돈황변문교주 6

敦煌變文校注

돈황변문교주 6

敦煌變文校注

교주자 **황정**(黃征)은 1958년생. 강소(江蘇) 회음(淮陰)인. 1993년 항주대학(杭州大學)에서 박사학위 취득. 현재 남경사범대학(南京師範大學) 중문과 교수 겸 돈황학연구소 소장을 맡고 있다. 주요 논문과 저서로는 「돈황사본 정리 때 지켜야 할 원칙(敦煌寫本整理應遵循的原則)」, 『돈황 속자 사전(敦煌俗字典)』(黃征 著), 『돈황변문집교의(敦煌變文集校議)』(郭在貽·張涌泉·黃征 공저) 등이 있다.

교주자 **장용천**(張涌泉)은 1956년생. 절강(浙江) 의오(義烏)인. 항주대학 중문과를 졸업 후 동대학원에서 석사학위를 받았으며, 1994년 사천대학(四川大學)에서 박사학위 취득. 현재 절강사범대학(浙江師範大學) 교수로 재직 중이다. 주요 논문과 저서로는 「돈황변문 속자의 유형과 고증 방법(敦煌變文俗字的類型及其考辨方法)」, 『돈황소설합집(敦煌小說合集)』(張涌泉 主編), 『돈황변문집교의(敦煌變文集校議)』(郭在貽·張涌泉·黃征 공저) 등이 있다.

옮긴이 **전홍철**(全弘哲)은 1960년 서울 출생. 한국외대 중국어과를 졸업하고, 동 대학원에서 敦煌變文 연구로 박사학위를 받았으며, 현재 又石大學 SILKROAD 映像研究院 院長 겸 유통통상학부(중국학) 교수로 재직 중이다. 현재 溫州大學 東亞民俗文化研究所 兼職教授를 맡고 있으며, 돈황학과 SILKROAD 文明交流에 관한 글쓰기와 영상 제작을 하고 있다. 주요 저서와 영상물로 『敦煌 講唱文學의 理解』·『敦煌 民間文學 談論』(著書), 〈韓國과 실크로드(Korea and Silkroad)〉·〈全北 속의 中國(全北裏的中國)〉·〈Pansori Road(板聲之路)〉(Video) 등이 있다.

옮긴이 **정병윤**(鄭炳潤)은 1966년생. 한국외국어대학교 중국어과를 졸업하고, 중국 남경대학교에서 「돈황강창문학 중 불교고사류 작품연구」로 박사학위를 받았다. 현재 한국외국어대학교와 우석대학교에서 중국 고전시와 중국문화 관련 강의를 하고 있다. 주요 논저로는 『돈황의 전설』, 「韓人과 고대 돈황인과의 접촉에 관한 고찰」, 「돈황석굴과 유불도 삼교의 만남」, 「돈황변문과 불교의 중국화과정」 등이 있다.

옮긴이 **정광훈**(鄭廣薰)은 1973년생. 한국외국어대학교 중국어과를 졸업하고 같은 학교에서 敦煌 變文에 관한 논문으로 석사 과정을 마쳤으며, 북경대 중문과에서 『스토리텔링 전통과 당대 중후기 문학 변혁』으로 박사학위를 받았다. 지금은 고려대 민족문화연구원의 HK연구교수로 재직 중이다. 주요 논문과 역서로 「敦煌 사본의 圖文 배치 방식과 圖書史的 의의」, 「敦煌 變文의 우리말 번역에 대한 고찰」, 『당대 변문』(공역), 『그림과 공연』(공역), 『중국문화사전』 등이 있다.

돈황변문교주 敦煌變文校注 6

1판 1쇄 인쇄 2015년 9월 30일 **1판 1쇄 발행** 2015년 10월 15일

교주자 황정·장용천 **옮긴이** 전홍철·정병윤·정광훈 **펴낸이** 박성모 **펴낸곳** 소명출판
등록 제13-522호 **주소** 06643 서울시 서초구 서초중앙로6길 15, 1층
대표전화 (02) 585-7840 **팩시밀리** (02) 585-7848
이메일 somyong@korea.com **홈페이지** www.somyong.co.kr

ISBN 979-11-86356-73-9 94820   값 36,000원   ⓒ 2015, 한국연구재단
ISBN 979-11-86356-67-8 (전6권)

이 번역도서는 2003년도 정부재원(교육인적자원부 학술연구조성사업비)으로 한국연구재단의 지원에 의하여 연구되었음.

이 번역도서는 중화사회과학기금의 지원으로 연구되었음.(中華社會科學基金Chinese Fund for the Humanities and Social Sciences資助)

敦煌本 目連緣起(P.2193)

敦煌本 大目乾連冥間救母變文(P.2319)

敦煌本 比喻經變文(BD08333)

敦煌本 頻婆娑羅王后宮綵女功德意供養塔生天因緣變(S.3491)

敦煌本 歡喜國王緣(P.3375)

敦煌本 金剛醜女因緣(P.3048)

敦煌本 不知名變文一（S.4327）

敦煌本 不知名變文二（S.3050）

敦煌本 八相押坐文(S.2440)

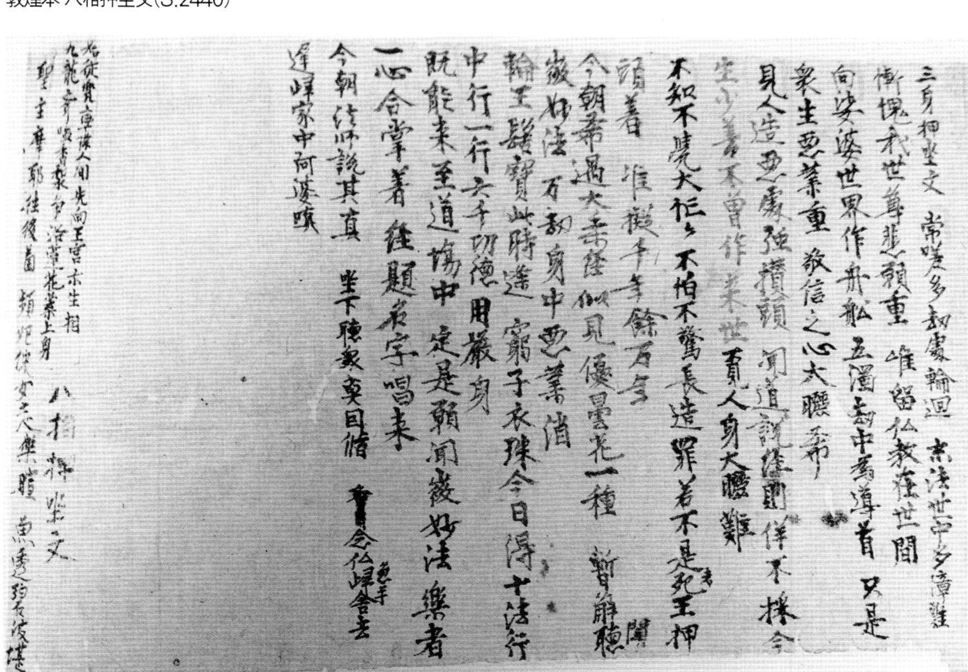

敦煌本 三身押座文(S.2440)

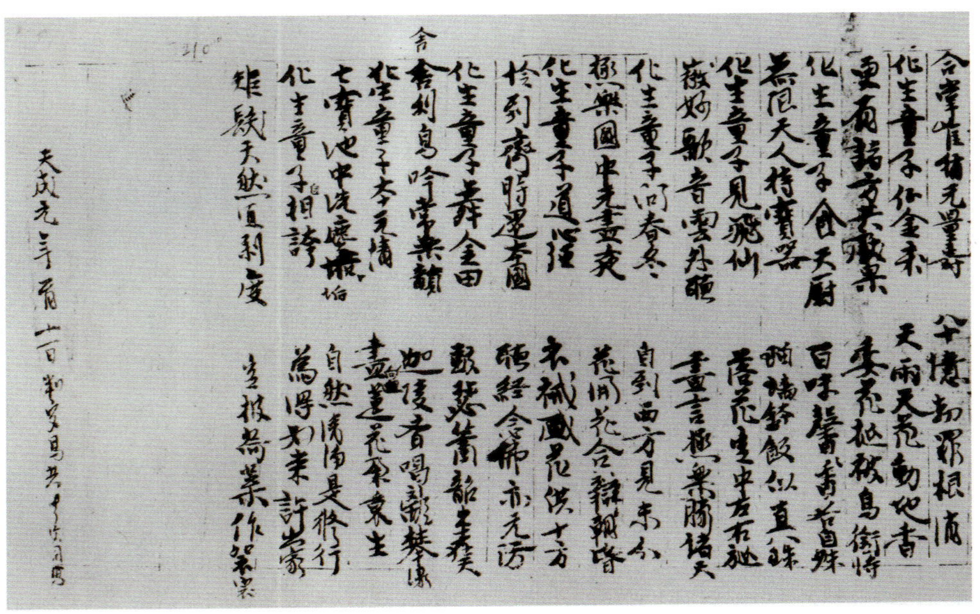

敦煌本 維摩經押座文(P.3210)

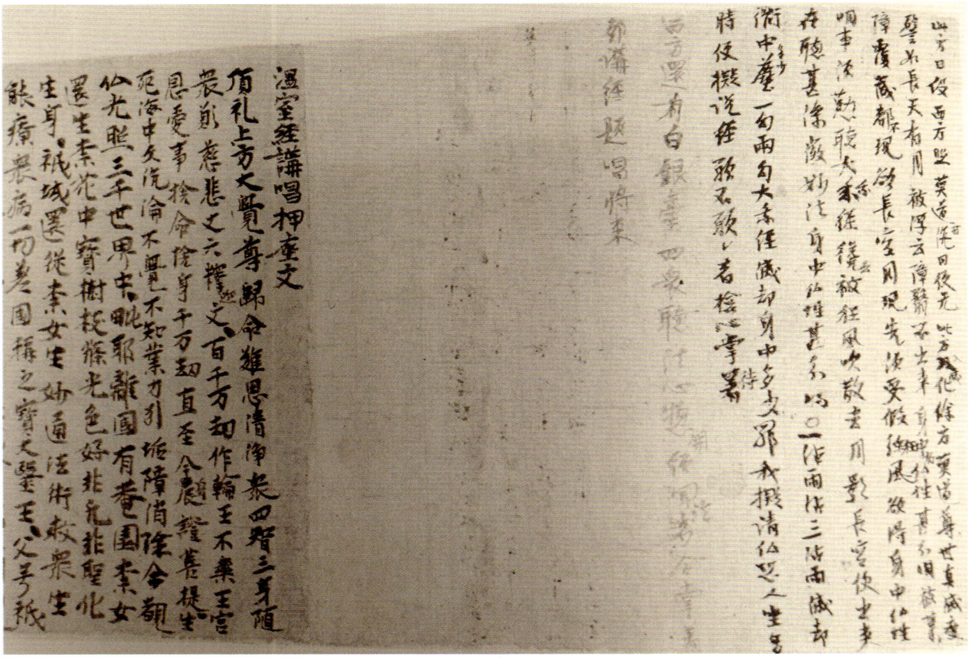

敦煌本 溫室經講唱押座文(P.2440)

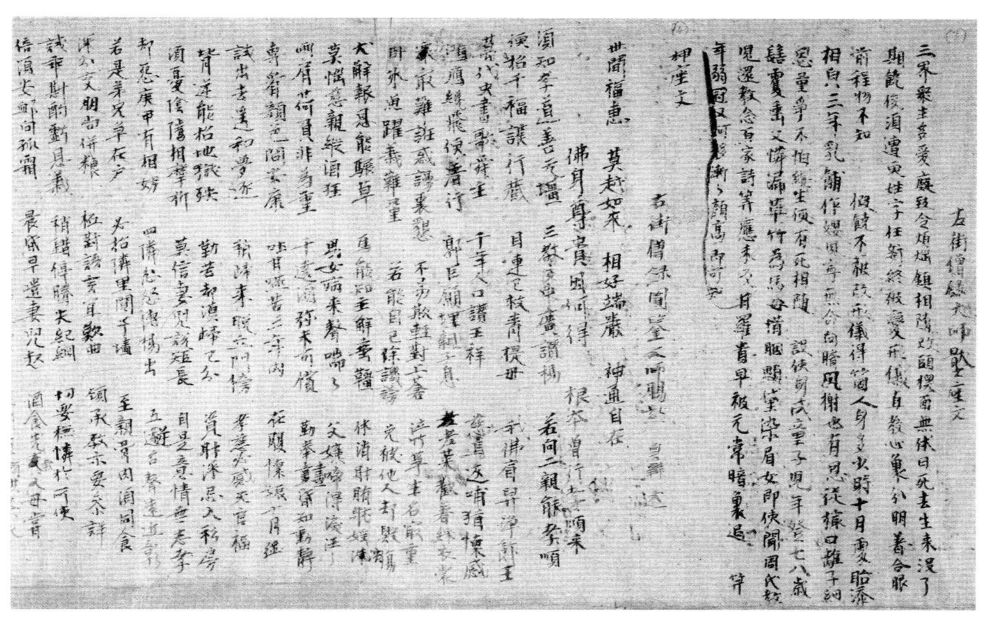

敦煌本 故圓鑒大師二十四孝押座文(P.3361)

敦煌本 左街僧錄大師壓座文(S.3728)

敦煌本 佛說阿彌陀經押座文(P.2122)

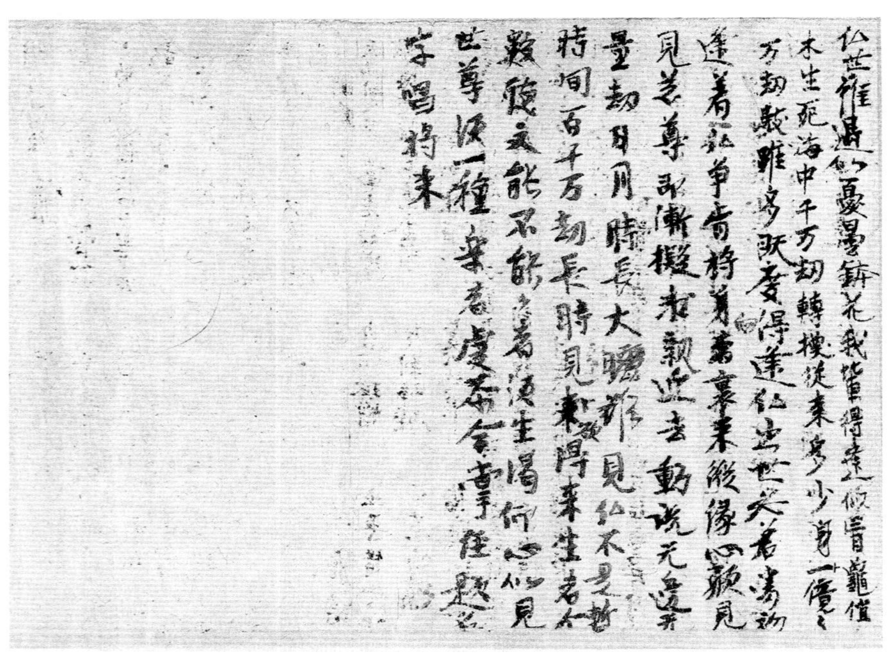

敦煌本 押座文(S.4474)

敦煌本 押座文一（P.2044）

敦煌本 押座文二（俄Φ109）

敦煌本 解座文匯抄(P.2305)

敦煌本 解座文二首(P.3128)

敦煌本 季布詩詠(S.1156)

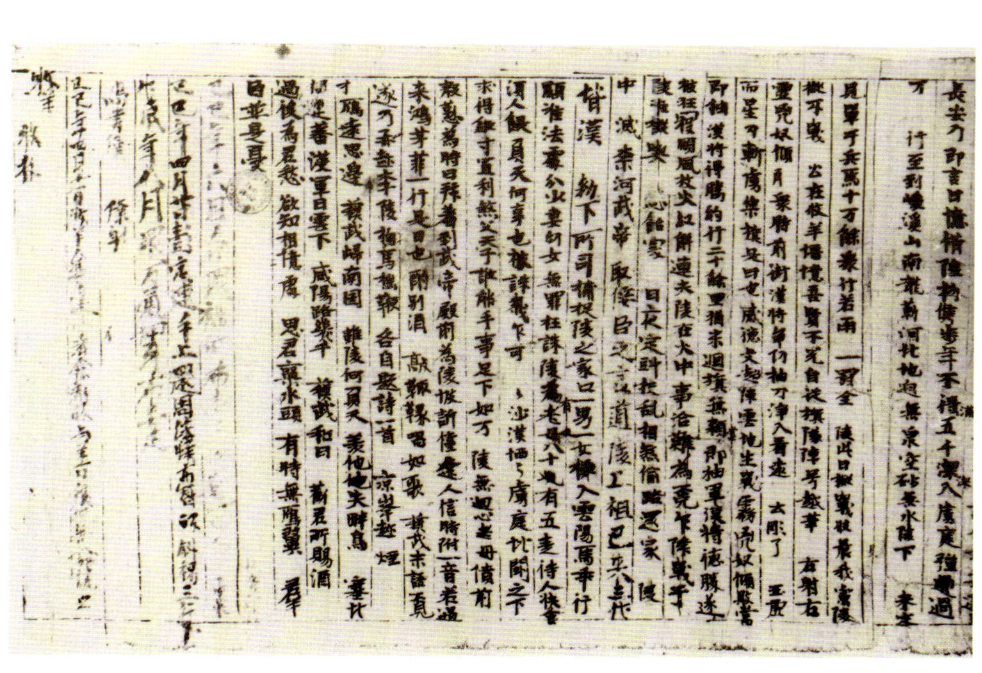

敦煌本 蘇武李陵執別詞(P.3595)

敦煌本 百鳥名
（P.3716）

敦煌本 四獸因緣
（P.2187）

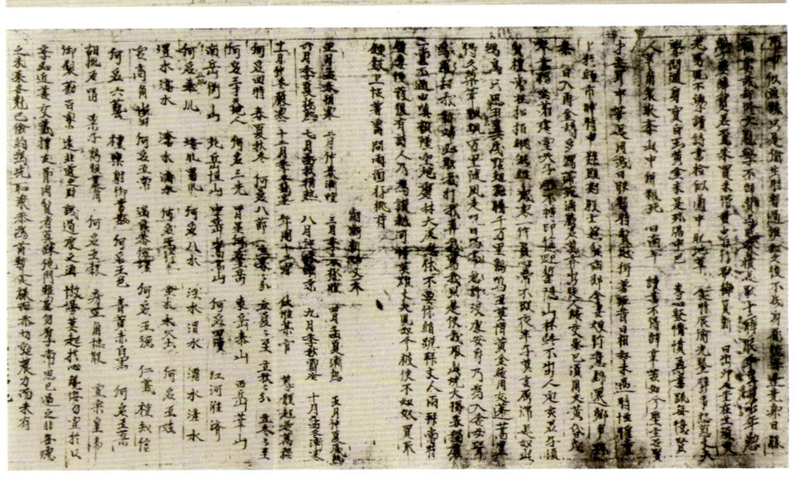

敦煌本 齖䶗可新婦文
（P.2633）

돈황변문교주 6

황정 · 장용천 교주 | 전홍철 · 정병윤 · 정광훈 옮김

敦煌變文校注

소명출판

❖ 일러두기

본서의 교주 체제는 『돈황변문집』의 방법을 따르되, 일부 변경된 부분이 있어 아래에 그 내용을 명시해둔다.

1. 본서에 수록된 변문은 『돈황변문집』에 실린 작품 대부분을 포함하며, 여기에다 러시아 · 대만 · 일본 등지에 소장되어 있는 변문 필사본을 더하여 총 86종이다. (『돈황변문집』에는 78종이 실려 있는데, 그 가운데 「하녀부사(下女夫詞)」 · 「추음(秋吟)」 · 「수신기(搜神記)」 · 「효자전(孝子傳)」 4종은 변문이 아니기에 제외시켰다. 또 P.2121 「유마힐경강경문」 1종은 사실 「유마경압좌문」의 일부이므로 본서에서는 이들을 하나로 합쳤고, S2440 「해좌문(解座文)」 1종은 『돈황변문집』에서는 「삼신압좌문(三身押座文)」 끝부분에 수록해놓았는데, 연구 결과 '해좌문'에 해당되는 까닭에 한 편의 독립된 작품으로 삼았다. 결과적으로 12종이 늘어난 셈이다.)

2. 본서의 작품 배열은 『돈황변문집』에서처럼 역사고사와 불교고사 두 부류로 대별하여 이루어졌다. 역사고사는 문체에 의거하여 유설유창(有說有唱) · 유설무창(有說無唱) · 대화체로 세분하여 3권으로 나눴으며, 각 권의 배열순서는 역사 시대순에 따랐다. 불교고사는 부처(석가모니) 고사 · 불경의 강설 · 불가(佛家) 고사 순서로 분류하여 3권으로 나눴다. 압좌문(押座文) 및 기타 단문(短文)은 그 뒤에 실어 한 권으로 삼았다.

3. 본문은 『돈황변문집』 및 관련 집록본(輯錄本)을 기초로 하고, 돈황 필사본 원권(대부분 마이크로필름)을 대조하였다. 필사본 정황과 이록(迻錄)에 참고한 저본, 교주(校注)에 참고한 주석본은 각 편의 주석 1번에 설명해두었다. 작품의 제목은, 편자가 임의로 정한 것은 '[ ]' 표시로 제목에 괄호를 쳐두고 마찬가지로 주석 1번에 설명을 달았다. 본문은 가능한 한 저본의 원형을 따르되, 다른 주석본을 참고하여 보충한 것이나 문맥에 비춰 바로잡은 몇몇 부분은 모두 교주에 그 사실을 밝혔다. 그리고 저본에는 오류가 없으나 다른 주석본에 오류가 있는 경우는 별도로 주(注)를 달지 않았고, 일반적인 이체자에도 주를 달지 않았다. 또 저본에는 오류가 있고 다른 주석본에는 오류가 없는 것은 직접 정문(正文)으로 바로잡고 교주에 그 근거를 밝혔다. 또 저본의 문자가 해독이 어려운 경우(예를 들면 속어나 판별이 힘든 속자 등)는 그 가차자나 이체자를 기록하였으며, 두 판본에 적힌 문자가 서로 다른 경우는 교주에다 상이한 내용을 기록해두었다. 저본에 글자가 빠져 있는 경우는 '□'로 표시했고, 빠진 글자 수를 정확히 알 수 없을 경우는 '▭'(좀 더 긴 직사각형 모양)로 표시했다. 빠진 글자는 다른 판본, 혹은 앞뒤 문맥에 의거하여 보충해 넣었을 때는 보완해 넣은 글자를 '[ ]'로 괄호를 쳐두었고, 저본에 본래 빠져 있는 글자는 먼저 '[□]'로 표시를 하고 그 옆에다 보완해 넣은 글자를 '( )' 표시 안에 넣어 두었다.

4. 일반적인 속자(俗字)는 별도의 주석 없이 곧바로 통용되는 번체자로 고쳐 적었다. 『돈황변문집』의 본문 기록에 의문이 들거나 오해하기 쉬운 속자들이 사용된 경우는 통용되는 번체자로 수정하고 주석을 달아 시비를 바로잡았다. 자형(字形)의 유사(類似)로 생긴 오자는 직접 정자(正字)로 바로잡았고 주석에 그 이유를 설명하였고, 자음(字音)의 유사로 생긴 오자와 가차자(假借字)는 원래의 글자로 표기하고 주를 달아 본자(本字)를 밝혔다. 그리고 일반적으로 통용되거나 알아보기 쉬운 가차자들, 이를 테면 '유(猶)'와 '유(由)', '교(敎)'와 '교(交)', '이(已)'와 '이(以)' 등은 '( )' 안에다 본자를 적어두고 별도로 주를 달지 않았다. ('혜(慧)'와 '혜(惠)'처럼 음과 뜻이 서로 통용되는 부류는 주석을 달지 않았다.) 그리고 고금(古今)의 용법이 서로 다른 글자들, 예컨대 '원(元)'과 '원(原)', '제(弟)'와 '제(第)', '양(孃)'과 '낭(娘)', '봉(奉)'과 '봉(捧)', '민(閔)'과 '민(憫)', '좌(坐)'와 '좌(座)', '은(隱)'과 '온(穩)', '배(陪)'와 '배(賠)' 등은 저본의 글자를 택함으로써 고서(古書)의 본모습을 남겨두었다.

5. 본서는 『돈황변문집』에 있는 모든 주석 내용을 그대로 남겨두었다. 『돈황변문집』의 본문 기록은 '원록(原錄)', 그 교주는 '원교(原校)'라 칭하였다. 반중규의 『돈황변문집신서』는 '반서(潘書)'(본 번역본에서는 '신서(新書)'라 표기함), 그 교주는 '반교(潘校)'(본 번역본에서는 '반중규(潘重規)'라 표기함)라 약칭하였다. 서진악(徐震堮)의 『돈황변문집교기보정(敦煌變文集校記補正)』과 그 『재보(再補)』는 '서교(徐校)'(본 번역본에서는 '서진악(徐震堮)'라 표기함)라 칭한다. 장례홍(蔣禮鴻)의 『돈황변문자의통석(敦煌變文字義通釋)』은 '통석(通釋)'(본 번역본에서는 상황에 따라 '통석(通釋)'과 '장례홍'을 병용함)이라 칭하며, 기타 다른 학자들의 견해는 일률적으로 그 이름을 적되 선생이나 동지 같은 호칭은 붙이지 않았다. 여러 명의 견해가 똑같을 경우는 발행시기가 이른 학자의 견해를 인용하고, 그 나머지는 언급하지 않았다. 전문가들의 견해는 1989년 말까지로 한정하였고, 본서 끝부분에 첨부해둔 관련 논저의 목록을 본문에서는 일일이 주를 달아 밝히지는 않았다.

6. 한지방에서의 글자와 어휘의 쓰임새에 대해 이전의 자전이나 사전에서는 언급할 가치가 없다고 여겨 다루어지지 않았다. 그런데 돈황변문은 민간에서 발생하여 구어와 속자로 기술되어 있으니 진실로 지방의 속자와 속어의 집합체인 셈이다. 이러한 글자와 어휘들은 그 뜻을 해독하기 어렵고 자전이나 사전에서도 언급되어 있지 않으니, 독자들은 그런 글자(어휘)를 접할 때마다 한숨이 나오게 마련이다. 그리하여 본서에서는 이처럼 난삽하고도 그 뜻이 애매한 글자들, 혹은 글자는 통용되나 그 의미가 다른 속어에 대해서는 부가 설명을 덧붙여 독자의 편의를 도모하였다. 그 밖의 널리 통용되는 글자나 어휘, 인명, 전고(典故)들은 번잡함을 피하기 위해 굳이 주를 달지 않았다.

7. 본서 말미에는 「참고문헌 : 본서에서 인용한 變文 補校 논저 목록」과 「찾아보기」를 첨부하였다.

돈 황 변 문 교 주 전 체 차 례

卷六

목련연기(目連緣起)[1]

昔有目連慈母, 號曰靑提夫人, 住在西方, 家中甚富, 錢物無數, 牛
馬成群, 在世慳貪, 多饒殺害. 自從夫主亡後, 而乃孀[2]居. 唯有一兒,

1 　王慶菽 [原校] 이 권자의 편호는 P.2193이고 표제는 본래 존재한다. [校注] 목련구모
　고사를 연역한 돈황 속문학작품으로는 12건 남짓이 있는데 대체로 다음과 같은 네
　종류로 분류된다. 첫째는 P.2193으로서 본래 권두에 '目連緣起', 권말에 '大目連緣起'
　라는 표제가 있다. 둘째는 북경도서관 成字 96호로서 아무런 표제가 없는데, 『變文集』
　에서 임의로 '目連變文'이라 명명하였다. 셋째는 S.2614 등의 9건으로서 '大目乾連冥
　間救母變文', '大目乾連變文', '目連變文', '目連變' 등과 같이 서로 다른 표제가 붙어
　있다. 넷째는 타이뻬이 중앙도서관 소장 「盂蘭盆經講經文」(본래 표제가 없는데 潘重
　規가 임의로 이렇게 명명하였음) 1건이다. 이 네 종류는 다시 두 부류로 분류되니 앞
　의 3종이 한 부류가 된다. 이 부류는 변문, 緣起類에 속하며 그 줄거리는 대체로 같으
　나 권자에 따라 상세하기도 소략하기도 하여 문구상 비교적 큰 차이를 보인다. 이는
　아마도 당시 유행하던 세 가지 대본의 영향일 터이다. 또 한 부류는 강경문류에 속하
　는 것으로, 그 출전은 모두 西晉 月氏 三藏 竺法護가 번역한 『佛說盂蘭盆經』이다. 본
　편에서는 '緣起'라는 명칭을 사용하였는데 '緣起'는 사실 '變文'의 별칭이다. 孟棨 本事
　詩의 기록에 따르면, 唐代 시인 張祜가 한때 長恨歌를 目連變에 비견하여 白居易에
　게 농담삼아 "(나는) 그대의 목련변을 알고 있소" 하였다. 이에 백거이가 "무슨 말씀

小名羅卜. 慈母雖然不善, 兒子非常道心, 拯恤孤貧, 敬重三寶, 行檀
布施, 日設僧齋, 轉讀大乘, 不離晝夜. 偶因[3]一日, 欲往經營, 先至堂
前, 白於慈母:「兒擬外州, 經營求財, 侍奉尊親. 家內所有錢財, 今擬
分爲三分. 一分兒今將去, 一分侍奉尊親, 一分留在家中, 將施貧乏
之者.」孃聞此語, 深愜[4]本情, 許往外州, 經營求利.

　一自兒子去後, 家內恣[5]情, 朝朝宰殺, 日日烹胞,[6] 無念子心, 豈知
善惡. 逢師僧時, 遣家僮打棒. 見孤老者, 放狗咬之. 不經旬日[7]之間,
羅卜經營卻返, 欲見慈母, 先遣使報來. 慈母聞道兒歸, 火急鋪設花
幡, 遼遶[8]院庭, 縱橫草穢狼藉, 一兩日間, 兒子便[9]到, 跪拜起居:「自

　이오?' 하고 물으니 장호가 "'위로는 벽락 아래로는 황천까지, 두 곳 모두 망망할 뿐
찾을 길이 없는데(上窮碧落下黃泉, 兩處茫茫皆不見)' 이는 목련변 아니고 무에요?'
하였다. '目連變'은 '目連變文'의 간칭인데(북경도서관 盈字 76호「大目乾連冥間救母
變文」권말에 있는 '寫盡此目連變一卷'이란 문구는 그 증거이다) 본편의 "自從一旦身
亡後, 何期慈母落黃泉"과 "哀哀慈母黃泉下, …… 地獄難行不可求"는 백거이의 시 "上
窮碧落下黃泉, 兩處茫茫皆不見"과 그 정취가 비슷하다. 張祜가 말한 바의 목련변은
목련연기를 가리키는 것이리라. 이로보아 '變'과 '變文'과 '緣起'는 이름만 다를 뿐 사
실은 하나다.

2　[徐震堮] '霜'은 '孀'과 같다.

3　'因'은 原卷에서는 '囙'으로 되어 있는데 이는 '因'의 俗字이다. 『干祿字書』: '囙因, 上
俗下正." 原錄에서는 '自'로 오록되어 있다. 潘重規의 교주 역시 똑같다.

4　'愜'은 原卷에서는 '恔'으로 되어 있는데 이는 '㤲'의 속자이다. '㤲'은 본래 '恣'의 이체
자인데(『說文解字』心部: "恣, 思貌. 從心, 夾聲.") 민간에서는 또 '愜'의 속자로도 사
용된다. 『龍龕手鏡』「心部」: "愜、㤲、恔: 謙叶反, 當也, 可也, 快也, 心伏也. 三." 이
는 '愜'과 '㤲'이 같은 의미의 이체자임을 말해준다.(『正字通』「心部」: "㤲, 同恣. 通作
愜." 이는 '㤲'과 '愜'이 同音으로 서로 통용됨을 말해준다)

5　'內恣'는 原錄에서는 '中咨'로 오록되어 있다. 여기서는 原卷에 의거하여 바로잡는다.
潘重規의 교주 역시 이와 같다.

6　'烹'은 原卷에서는 '燹'으로 되어 있는데 이는 '烹'의 增旁俗字이다. 또 '胞'는 原錄에서
는 '脆'로 되어 있고 '庖'로 교정하였다. [校注] 原卷은 사실 '胞'로 되어 있는데 '胞'는
'炮'와 통하며 '굽다'는 뜻이다. 原錄과 그 교주가 모두 정확하지 못하다.

7　[潘重規] '日'은 '月'로 보아야 할 듯하다. [校注] S.2614「大目乾連冥間救母變文」의 "兒
子不經旬月, 事了還家"라는 문구는 반씨의 견해를 뒷받침해준다. 그러나 '旬日'과 '旬
月'은 모두 시간의 짧음을 가리키며 문맥도 어느 것으로 보나 다 통한다. 따라서 본래
의 기록을 따르면 될 것이다.

8　'遼遶'는 '繚繞'와 같다. 原錄에서는 직접 '遶'를 '繞'로 수정하였는데 불필요한 작업이다.

離左右多時, 且喜阿娘萬福.」阿娘見兒來歡喜 :「自汝出向他州, 我在
家中, 常修善事.」兒於一日行到憐(鄰)家, 見說慈母, 日不曾修善, 朝
朝宰殺, 祭祀鬼神, 三寶到門, 盡皆凌辱. 聞此語悽悵歸家, 問母來由,
要知虛□(實). 母聞說已, 怒色向兒 :「我是汝母, 汝是我兒, 母子之情,
重如山岳, 出語不信, 納他人之閑詞, 將爲是實. 汝若今朝不信, 我設
咒誓, 願我七日之內命終, 死墮阿鼻地獄.」兒聞此語, 雨淚向前, 願
母不賜嗔容, 莫作如斯咒誓, 慈母作咒, 冥道早知, 七日之間, 母身將
死, 墮阿鼻地獄, 受無間之餘殃.

　　옛날 목련의 모친은 청제부인이라 불렸는데 그녀는 서방(西方)에 살면
서 재물이 헤아릴 수 없이 많고 우마(牛馬)가 무리를 이룰 만큼 집안이
부유하였지만 세상에 살아 있는 동안 [재물을] 아끼고 탐하며 많은 살
생을 저질렀다. 남편이 세상을 떠난 뒤 과부가 되어 여생을 사는데 그
녀에게는 나복(羅卜)이라는 이름의 아들이 하나 있었다. 모친은 비록 선
량하지 않았지만 아들은 매우 도심(道心)이 깊어 있어 고독하고 가난한
자들을 돕고, 삼보를 공경하여 보시를 행함에 날마다 재(齋)를 마련하고
대승경(大乘經)을 낭송함에 주야를 가리지 않았다. 그러던 어느 날 아들
은 장사를 하러 [타지로] 나가고자 함에 먼저 당(堂) 앞에 이르러 모친에
게 알리는데 "소자 외지로 나가 장사를 하여 재물을 모아 어머니를 시
봉하고자 합니다. 집안의 모든 재물을 이제 삼분하여 하나는 제가 가지
고 가고 하나는 어머니께서 사용토록 하시고 하나는 집안에 두고서 빈
궁한 자들에게 나누어 주시기 바랍니다." 모친은 이 말을 듣고 마음이
몹시 흡족하여 외지로 나가 장사하는 것을 허락하였다.

　　아들이 떠난 후에 모친은 집안에서 마음 내키는 대로 행함에 날이면
날마다 가축을 잡아 삶아 먹으며 아들의 말에 괘념치 않으니 어찌 선과
악을 알리오. 스님을 만나면 가동(家僮)을 내보내어 몽둥이질 하게 하고

9　'便'은 原卷에서는 '使'로 되어 있는데 이는 형체의 유사로 인한 오자일 것이다. 原錄
　에서는 '便'으로 직접 수정하였는데 여기서는 이를 따른다.

고아나 노인을 보면 개를 풀어 물게 하였다. 열흘이 못되어 나복이 장사를 마치고 돌아오는데, 모친을 뵙기에 앞서 먼저 사람을 보내어 [자신이 돌아온다는] 연통을 하게 하였다. 모친은 아들이 돌아온다는 소식을 듣고 황망히 화번(華幡)을 마당에 빙 둘러 세워두고 여기저기 잡초를 어지럽게 흩뜨려 두었다. 하루 이틀이 못되어 아들이 돌아와서는 문안인사를 올리는데 "어머니 곁을 떠난 지 여러 날이 되었는데 어머니께서 받으실 만복(萬福)을 생각하니 기쁘기 짝이 없습니다." 모친은 아들이 돌아온 것을 보고 기뻐하며 "네가 외지로 나간 뒤로 나는 집안에서 줄곧 선한 일을 해왔느니라" 하였다. 아들이 하루는 이웃집에 갔다가 모친 얘기를 하는 것을 들었는데 모친은 단 하루도 선한 일을 하지 않고 날마다 가축을 잡아 귀신에 제사지내고 삼보(三寶)가 문 앞에 이르기만 하면 욕을 퍼부어댔다는 것이었다. 이 말을 듣고 우울해진 아들은 집으로 돌아와 모친에게 내력을 물어 그 허실을 알고자 하였다. 모친은 아들의 말을 듣고 버럭 화를 내었다. "나는 네 어미고 너는 내 아들이다. 모자(母子)의 정은 그 무겁기가 산과 같거늘 내가 한 말은 믿지 않고 다른 사람의 험담을 사실로 여기는구나. 네가 지금 내 말을 못 믿겠다니 나는 이레 안으로 목숨이 다하여 아비지옥에 떨어지도록 [나 스스로에게] 저주를 내릴 것이다." 아들은 이 말을 듣고 비처럼 눈물을 쏟으며 앞으로 나아가 "제발 어머니 노여워하지 마시고 이러한 저주의 맹세를 하지 마십시오" 하였다. 그러나 모친은 주문을 외웠고 명계(冥界)에서는 이 사실을 진즉에 알게 됨에, 이레가 채 못 되어 모친은 죽어서 아비지옥에 떨어져 간단없는 고통을 받게 되었다.

羅卜見母身亡, 狀若天崩地減,[10] 三年至孝, 累七修齋, 思憶如何報

---

10 '減'은 原錄에서는 '減'로 되어 있다. [校注] '地減'은 해독이 어렵다. 原卷은 사실 '減'으로 되어 있다. '減'은 응당 '陷'으로 보아야 한다. '天崩地陷'은 하늘이 무너져 내리고 땅이 갈라져 꺼짐을 말하여 문맥에도 부합한다. 原錄은 옳지 않다.

其恩德, 唯有出家最勝, 況如來在世, 羅卜投佛出【家】, 便得神通第一,
世尊作號, 名曰大目連, 三明六通具解, 身超羅漢. 旣登賢聖[11]之位,
思報父母之深恩, 遂乃天眼觀占二親, 託生何處, 慈父已生於天上, 終
朝快樂逍遙, 母身墮在阿鼻, 日日唯知受苦.

目連慈母號靑提, 本是西方長者妻.

在世慳貪多殺害, 命終之後墮[12]泥犁.

身臥鐵床無暫歇, 有時驅逼上刀梯.

碓島[13]磑磨身爛壞, 遍身恰似淤靑泥.

於是目連見於慈母, 墮在地獄, 遂白佛言, 如來, 請陳上事.

慈母前生[14]修善, 將爲死後生天,

今且[15]墮在阿鼻, 此事有何所以.

目連雖證羅漢, 神通智惠[16]未全,

不了慈親罪因, 雨淚佛前啓告.

神通弟子目犍連, 援[17]步登時白佛言,

唯願世尊慈愍我, 得知慈母罪根源.

母在世時修十善, 將爲死後得生天,

---

11 ‘賢聖’은 原錄에서는 ‘聖賢’으로 오록되어 있다. 여기서는 原卷이 의거하여 바로잡는다.
‘賢聖’과 ‘聖賢’은 모두 賢者와 聖者를 가리키나, 불교 전적에서는 통상적으로 ‘賢聖’이
라 부르고 불교 외 전적에서는 ‘聖賢’이라 부른다. 따라서 굳이 수정할 필요 없다.

12 ‘墮’는 原卷에서는 ‘墯’로 되어 있는데 이는 ‘墮’의 속자이다. 原錄에서는 ‘落’으로 오록
되어 있다. 潘重規의 교주도 이와 같다.

13 ‘碓’는 原錄에서는 ‘確’으로 오록하였다. 여기서는 原卷에 의거하여 바로잡는다. 潘重
規의 견해도 똑같다. 또 ‘島’는 ‘擣’라 표기되기도 하는데 原錄에서는 이를 직접 ‘搗’
(‘擣’의 속자)라 적고 있는데 이는 타당하지 않다.

14 ‘前生’은 原錄에서는 도치되어 있는데 이는 잘못이다. 原卷에 의거하여 바로잡는다.
潘重規의 교주도 이와 같다.

15 ‘且’는 原錄에서는 ‘日’로 오록되어 있는데 여기서는 原卷에 의거하여 바로잡는다. ‘且’
는 ‘却’으로 문맥의 전환을 표시한다.

16 ‘智惠’는 ‘智慧’와 같다. 原錄에서는 직접 ‘惠’를 ‘慧’로 고쳤는데 온당치 못하다.

17 ‘援’은 原錄에서는 ‘攝’으로 오록되어 있다. 여기서는 原卷에 의거하여 바로잡는다.
‘援’은 ‘緩’과 통한다. ‘緩步’는 변문에서 자주 쓰이는 상용어이다.

自從一旦身亡後, 何期慈母落黃泉.

　나복은 모친이 죽자 마치 하늘이 무너지고 땅이 꺼지는 것 같았다. 3년간의 상을 치르고 칠칠재(七七齋)를 지내면서 어떡하면 그 은덕에 보답할지를 고민하다가 출가만이 최선의 길이라는 생각이 들었다. 더군다나 지금 여래께서는 세상에 머물고 계시지 않은가. 나복은 부처에 귀의 출가하여 제일의 신통력을 얻었고 세존으로부터 대목련이란 명호도 하사받았다. 삼명(三明)[18]과 육통(六通)[19]을 두루 갖추어 아라한을 능가하는 몸이 되었다. 성현(聖賢)의 위치에 오른 그는 부모의 깊은 은혜에 보답하고자 생각하던 중 천안(天眼)으로 양친이 어느 곳에서 태어나셨는지 살폈다. 부친은 천상에서 태어나 종일토록 안락함을 향유하는데 모친은 아비지옥에 떨어져 하루하루를 고통 속에서 살아가고 있었다.

　　목련의 모친은 청제라 불리는데
　　본래 서방 장자의 처였네.
　　세상에 살면서 아끼고 탐하며 많은 살생 저질러
　　목숨이 다하고는 지옥에 떨어졌네.
　　몸은 쇠 침대에 눕혀져 잠시도 쉴 새 없는데
　　칼의 사다리를 오르라 내몰리기도 하고
　　짓이겨지고 갈아져 몸뚱이가 떨어져나가니
　　온몸은 마치 푸른 진흙 같네.

　이때 목련은 모친이 지옥에 떨어진 것을 보고는 부처에게 아뢰는데 "여래시여, 부디 어찌된 일인지 말씀해주시기를.

　　모친은 생전에 선행을 닦았기에
　　사후에 천상에 태어날 것이라 여겼거늘
　　지금 되레 아비(阿鼻)에 떨어졌으니

18　아라한이 가지고 있는 세 가지 지혜. 숙명명, 천안명, 누진명을 이른다.
19　천안통 천이통 타심통 숙명통 신족통 누진통의 여섯 가지 신통력. 육신통이라고도 함.

이 일은 어찌 된 까닭인지.”

목련은 비록 아라한과에 올랐지만

신통력과 지혜가 완전하지 못해

모친의 죄인(罪因)을 알지 못함에

눈물을 쏟으며 부처 앞에 고하네.

신통 제자 목건련은

천천히 걸어올라 부처에게 아뢰는데

“세존이시여, 부디 이 제자를 불쌍히 여기시어

모친의 죄의 근원을 말씀해주시기를.

모친은 생전에 십선(十善)을 닦았기에

사후에 천상에 태어날 줄 알았는데

하루아침에 육신이 죽고 난 뒤

어찌하여 황천에 떨어지셨나.”

於是世尊聞, 喚目連近前:

　　汝今諦聽吾言, 不要聰聰[20]啼哭.

　汝母在生之日, 都無一片善心, 終朝殺害生靈, 每日期(欺)凌三寶.
自作自受, 非天與人. 今旣墮在阿鼻受苦, 何時得出.

　　我佛慈悲告目連, 不要恩恩且近前,

　　汝母在生[21]多殺害, 慳貪廣造惡因緣.

20　‘聰’은 原卷에서는 ‘聡’으로 되어 있는데 이는 ‘聰’의 속자이다. 『玉篇』「耳部」: “聡, 同
　　聰, 俗.” ‘恖’은 ‘聰’의 변체자이다(『正字通』「心部」: “恖, 隷作恖”) P.2187 「破魔變文」
　　: “奴家年幼, 父母偏憐, 端正無雙, 聡明少有.” 여기의 ‘聡’ 역시 ‘聰’이다. 문중의 ‘聰聰’
　　은 ‘恩恩’ 혹은 ‘恖恖’으로 보아야 한다. 『說文解字』: “恖, 多遽恖恖也. 從心、囪.” 段玉
　　裁 주석: “從囪從心者, 謂孔隙旣多而心亂也.” ‘多遽’는 ‘근심’, ‘비애’ 등의 의미로 파생
　　된다. 뒤의 “我佛慈悲告目連, 不要恩恩且近前”에서 ‘恩’자가 原卷에서는 ‘恖’으로 되어
　　있는데 이는 ‘恖’의 속자이며 ‘근심’, ‘비애’의 뜻이다. 『通釋』의 ‘恖恖 聰聰’ 항목을 참
　　조 바란다.
21　‘生’은 原錄에서는 ‘世’로 되어 있는데 이는 억측에 의한 수정으로 보인다. 여기서는

三塗受苦應難出, 一墮其中萬萬年,

自作之時還自受, 有何道理得生天.

目連聞金口所說, 不覺悶絕號咷. 旣知受罪因緣, 欲往三塗救拔. 切恨神通力小, 難開地獄之門. 我今欲見阿娘, 力小不能自往, 伏願世尊慈念,[22] 少借威光, 忽若得見慈親, 生死不辜[23]恩德.

目連聞說事因由, 悶絕號咷雨淚流,

哀哀慈母黃泉下, 乳哺之恩不易酬.

我今欲見慈親面, 地獄難行不可求,

願佛慈悲方便力, 暫時得見死生休.

세존은 이 말을 듣고는 목련을 앞으로 불러 말하였다.

"그대는 내 말을 잘 들으라.

슬퍼하지도 눈물 흘리지도 말라.

그대의 모친은 살아생전에 일편의 선심조차 없었으니 종일토록 생령(生靈)을 죽이고 매일같이 삼보를 능멸하였다. 스스로가 저지른 죄로 인해 스스로가 그 악과(惡果)를 받은 것이지 하늘이 그에게 내린 것이 아니니라. 이미 아비지옥에 떨어져 고통을 받고 있거늘 어느 때나 벗어날 수 있을 것인가."

부처께서 자비로이 목련에게 알리노니

"슬퍼하지 말고 가까이 나오너라.

原卷에 의거하여 바로잡는다. '在生'은 '在世'와 같다. 「地獄變文」: "在生恨你極無量, 貪愛之心日夜忙" "直爲在生行不孝, 又將鐵棒打屍來" 이 역시 같은 의미이다. 앞의 "汝母在生之日, 都無一片善心"에서의 '在生之日'은 '在世之日'이다.

22   '念'은 原錄에서는 '悲'로 오록되어 있다. 여기서는 原卷에 의거하여 바로잡는다. '慈念'은 '慈憐'과 같다. 『詩詞曲語辭匯釋』 卷5: "念, 猶憐也." S.4511 「金剛醜女因緣」: "唯願如來慈念力, 爲說前生修底因." 이 '慈念'도 같은 뜻이다.

23   '辜'는 原卷에서는 '辜'로 되어 있는데 이는 '享'자의 俗書이며 '享'는 '辜'의 속자이다. 慧琳 『一切經音義』 권8: "辜, 從辛、古聲也. 經從手作享, 謬也." 希麟 『續一切經音義』 卷2: "辜, 經文從手作享, 傳寫誤也, 字書無文也." 같은 책 卷10: "辜, 從辛、古聲, 或有從手作享, 變體誤書也." 【校注】 돈황사본에서 '辜'자는 종종 '享'나 '辜'로 적고 있다. 『龍龕手鏡』에서는 '享'를 속자로 보고 있는데 이는 옳다.

그대의 모친은 생전에 많은 생명을 죽이고
아끼고 탐하여 여러 악연을 맺었다.
삼도(三塗)에서 받는 고통 벗어나기 어렵나니
한번 그 속에 떨어지면 영원히 머물게 된다.
자신이 지은 죄는 자신이 받아야 하거늘
무슨 도리로 생천(生天)할 수 있으랴."

목련은 부처의 설법을 듣고 자신도 모르게 고민에 휩싸여 울부짖었다. "[모친이] 죄를 받는 인연을 알게 된 이상, 제자 삼도(三途)로 가서 모친을 구하고자 하나 애석하게도 신통력이 보잘것없어 지옥문을 열기 어렵네. 저는 지금 모친을 만나고자 하나 힘이 미미하여 저 홀로는 갈 수가 없사오니 바라옵건대 세존이시여, 이 제자 불쌍히 여기시어 잠시 위광(威光)을 빌려주시기를. 그리하여 모친을 만나볼 수 있게 되면 죽으나 사나 그 은덕 잊지 않겠네."

목련은 그 내력을 듣고
통곡하며 눈물을 비처럼 흘린다.
"불쌍한 어머니 황천에 계시는데
젖 먹여 기른 은혜 보답하기 어렵네.
저는 지금 모친을 만나고자 하나
지옥 길은 도모하기 어렵네.
부디 부처의 자비의 방편력으로
잠시 [모친을] 만날 수 있게 되면 언제까지나 [그 은덕] 잊지 못하리."

於是世尊威力不可思議. 目連告訴再三, 我佛哀怜懇切, 借十二闍錫杖, 七寶之鉢盂,[24] 方便又賜神通, 須臾振錫騰空, 傾剋(傾刻)便登地獄.

---

[24] '盂'는 原錄에서는 '蓋'로 오록되어 있고 '盂'라 교정하였다. 【校注】原卷은 사실 '盂'로 되어 있는데 이는 '盂'자이다. 原錄이 오류다. 潘重規의 교주도 이와 같다.

目連蒙佛賜威雄, 須臾直(擲)鉢便騰空,

去往由(猶)如彈指頃, 乘雲往返疾如風.

手托鉢盂[25]攜淨水, 振錫三聲到獄中,

重門關鎖難開得, 振錫之時[26]總自通.

其地獄者黑壁千重, 烏[27]門千刃,[28] 鐵城四面, 銅苟[29]喊呀, 紅焰黑煙, 從口而出. 其中受罪之人, 一日萬生萬死. 或刀山劍樹, 或鐵犁耕舌. 或洋銅[30]灌口, 或吞熱鐵大(火)丸, 或抱銅柱, 身體燋[31]然爛壞. 枷

---

25 '盂'는 原錄에서는 '蓋'라 오록되어 있는데 여기서는 原卷에 의거하여 바로잡는다. 潘重規의 교주도 이와 같다.

26 '時'는 原錄에서는 '聲'으로 잘못 적혀 있다. 이에 原卷에 의거하여 바로잡는다. 潘重規의 교주도 이와 같다.

27 '烏'는 原錄에서는 '鳥'로 되어 있다. 【徐震堮】 이를 '烏'로 보았다. 【校注】 原卷은 본래 '烏'로 적혀 있는데 이는 '烏'자의 속서이다. 뒤에 나오는 "目連見母哭烏呼"에서의 '烏'자 역시 原卷에서는 이 형태로 되어 있다. 또 S.328「伍子胥變文」: "烏鵲拾食遍交橫" "唯見江烏出岸, 白露(鷺)鳥而爭飛." 여기의 '烏' 역시 '烏'자의 俗書이다. '烏門'은 '黑壁'과 대응되며 '烏'는 '黑'과 같은 뜻이다.

28 '刃'은 '仞'의 편방 생략자로 생각된다. 『說文通訓定聲』: "刃, 假借爲仞. 無極山碑: '浚谷千刃.'" 「蘇武李陵執別詞」: "峻嶺千重, 洪崖萬仞." 여기의 '刃'을 原校에서는 '仞'이라 하였다.

29 '苟'는 原卷에서는 '喥'로 되어 있다. 【徐震堮】 '喥'는 '苟'자이다. 「冥間救母變文」에서도 銅狗吸煙을 얘기하고 있음이 그 증거이다. 【校注】 '喥'는 '茮'로 적어야 할 것을, 뒤 '喊呀' 두 자의 영향을 받아 '口' 편방을 덧붙여 그와 유사하게 변형된 듯하다. '茮'는 '苟'의 속와자이고 '苟'는 또 '猗'자의 편방 생략 가차자이다. 『干祿字書』: "苟苟、猗狗: 並上俗下正." 『龍龕手鏡』「犬部」: "猗狗: 古口反, 犬也. 二同." 본권의 '狗'자는 모두 '茮'나 '家'와 같은 형태로 적혀 있다. '銅狗'는 인간이 상상하는 지옥에서 자주 등장한다. P.3919「佛說父母恩重經」에서 아비지옥에 대한 묘사 중에 "銅苟鐵蛇, 恒吐煙焰"이라는 문구가 있다. 여기의 '銅苟'는 곧 '銅猫(狗)'이다. 이는 그에 대한 확실한 증거이다.

30 '洋銅'은 '烊銅'이다. 原校에서는 '洋'을 '汁'으로 보았는데 이는 옳지 않다. 「佛說阿彌陀經講經文」의 주석 26)을 참조 바란다.

31 '燋'는 '焦'의 속자다. '燋'의 본래 횃불을 뜻한다(說文解字 火部: "燋, 所以然持火也. 從火, 焦聲.") 그러나 이 본뜻으로는 거의 사용되지 않고 보통 '焦'의 속자로 사용된다. 『廣韻』「宵韻」: "燋, 傷火. 說文曰: '所以然持火也.'" '傷火'는 '焦'의 뜻이다(同韻: '焦, 傷火也.') 『龍龕手鏡』火部: "雦, 正; 燋, 或作: 卽遙反, 與焦同, 傷火也. 下一又音捉, 火炬也." 이로 보아 '燋'에는 두 가지 기능이 있다. 하나는 본연의 의미로 사용되는 것이고, 또 하나는 '同焦'의 뜻으로 사용되는 것이다. 그러나 후자가 이 글자의 기본 기능

鎖杻[32]械, 不曾離身. 牛頭每日凌遲. 獄卒終朝來拷. 鑊湯煎煮, 痛苦
難當. 受罪旣若[33]不休, 所以名爲無間. 目連慈母, 墮在其中.

　　　受罪早經所[34]歲, 煎煮不曾休歇,

　　　差惡[35]身體乾枯, 豈有平生之貌.

　　　目連欲見其母, 求他獄卒再三,

　　　一心願[36]見慈親, 不免低頭哀懇.

　세존의 위력은 불가사의하다. 목련이 거듭 호소하니 우리 부처 불쌍
하고 안타까운 마음에 십이환의 석장(錫杖)과 칠보 장식 발우, 그리고 방
편의 하나로 신통력을 하사하시니 [목련은] 일순 석장을 휘두르며 허공
으로 치솟더니 눈 깜짝할 새에 지옥에 이르렀다.

　　　목련은 부처께서 내린 위광을 입게 되자

　　　순간 발우를 던져 허공으로 솟아오른다.

　　　떠나고 머무름이 탄지경(彈指頃)에 이루어지고

　　　구름을 타고 오감이 바람처럼 날렵하다.

　　　손에는 정수(淨水)가 담긴 발우가 들려 있고

　　이니 주객이 전도된 셈이다.

32　【徐震堮】'杻'은 '柤'자인 듯하다. 【潘重規】'杻'은 '柤'의 속자로 생각된다. 【校注】'杻'은
　　刀聲이고 '柤'는 丑聲이라서 俗字說은 성립되지 않는다. 『說文解字』「木部」에서는
　　"杻, 桎杻也." "桎, 足械也"라 하였다. 이로 보아 '杻'은 범인을 구속하는 형구 '桎'을
　　말하는 듯하다. 『玉篇』「車部」: "軯, 礙車輪木. 或作杻." '杻'은 수레에 사용되면 수레
　　를 제어하는 나무를, 사람에 사용되면 刑具를 말하는데, 그 공통된 특징은 물체의 자
　　유로운 움직임을 구속한다는 점이다.

33　'苦'는 原卷에서는 '若'으로 되어 있다. 【校注】돈황사본에서 '苦'와 '右'는 혼용되고 있
　　다. 따라서 '苦'와 '若'은 구분되지 않는다. 「解座文匯抄」 중 "八苦三災豈忍聞"의 '苦'자
　　역시 原卷에서는 '若'으로 되어 있는데 문맥상 '苦'자임이 확실하다. 그러므로 문맥에
　　의거하여 '고'라 적는다.

34　'所'를 徐震堮은 '數'로 보았는데 이는 옳다.

35　'差惡'은 '추악하다', '못생기다'는 뜻이다. '差'와 '惡'은 둘 다 '추악하다'는 뜻이다. 『通
　　釋』의 해당 항목을 참조 바란다.

36　'願'은 原錄에서는 '欲'으로 오록되어 있다. 여기서는 原卷에 의거하여 바로잡는다. 潘
　　重規의 교주도 이와 같다.

석장을 세 차례 휘두르니 지옥에 다다른다.
육중한 대문은 굳게 잠겨 열기가 어려운데
석장을 휘두르니 스르르 열린다.

그 지옥은 천 겹의 검은 벽에 천 인(仞)의 검은 문을 하고 있고 사면
이 철성(鐵城)인데, 동(銅)으로 된 개가 으르렁대며 붉은 불꽃과 검은 연
기를 입에서 뿜어낸다. 그 속에서 죄를 받는 사람은 하루 동안에 만 번
살고 만 번 죽는다. 도산검수에 [온몸이 마디마디 잘려나가고] 쇠 쟁기
에 혀가 갈리며 펄펄 끓는 쇳물이 입에 들이부어지는가 하면 벌겋게 달
구어진 쇠구슬을 삼키게 된다. [작열하는] 동 기둥을 끌어안으니 온몸이
새까맣게 타버리고, 칼(枷)이며 쇠고랑이며 차꼬를 항상 몸에 차고 다니
는데 우두귀(牛頭鬼)는 날마다 학대하고 옥졸은 온종일 매질하며 뜨거운
가마솥에 넣어 삶으니 그 고통 감당하기 어렵다. 죄를 받음에 그칠 새가
없는 까닭에 무간(無間)이라 부르는데, 목련의 모친은 그 속에 떨어졌다.

죄를 받은 지 이미 여러 해
구워지고 삶기는 고통 일찍이 그친 적이 없다.
추악한 몸뚱이는 말라비틀어지니
생전의 모습 어찌 남아날 수 있으리.
목련은 모친을 만나고자 하여
옥졸에게 거듭 간구한다.
일심으로 모친을 만나고자 원하여
고개를 수그리고 애원을 한다.

是時慈母聞喚數聲, 抬身强强起來, 狀似破車無異, 於是牛頭把
棒,³⁷ 獄卒擎叉. 夜叉點領罪人, 鬼使令交逐後, 須臾領出, 得見慈親.

---

37 '棒'은 原錄에서는 '捧'으로 되어 있다. [潘重規] 돈황사본에서 '木'과 '扌'는 왕왕 구분
    되지 않는다. '捧'은 '棒'이다. [校注] 原卷은 '木' 편방으로 되어 있다. 이에 바로잡아
    적는다.

目連雨[38]淚向前抱母, 掩淚再三借問, 不知體氣[39]如何, 在生修善旣多,
何得今朝受苦.

　　　　　目連見母哭烏呼, 良久之間氣不蘇,

　　　　　自離左右經年歲, 未審娘娘萬福無.

　　　　　在世每常修十善, 將爲生天往淨方(土),

　　　　　因甚自從亡沒後, 阿娘特地落三塗.

　　　慈母告目連:「我爲前生造業, 廣殺豬羊, 善事都總不修, 終日咨情[40]
爲惡. 今來此處, 受罪難言. 漿□(水)不曾聞名, 飮[41]食何曾見面. 渾身
遍體, 總是瘡疾. 受罪旣旦夕不休, 一日萬生萬死.」慈母喚目連近前,
目連, 目連,[42]

　　　　　我緣在世不思量, 慳貪終日殺豬羊,

　　　　　將爲世間無善惡, 何期今日受新(斯)[43]殃.

　　　　　地獄每常長飢渴, 煎煮之時入鑊湯,

　　　　　或上刀山幷劍樹, 或卽長時臥鐵床.

　　　　　更有犁耕兼拔舌, 洋銅[44]灌口苦難當,

　　　　　數載不聞漿水氣, 飢羸遍體盡成瘡.

38　'雨'는 原錄에서는 '兩'으로 되어 있다. 袁賓은 이를 '雨'라 교정하였다. 【校注】原卷에서
　　는 사실 '雨'자로 되어 있다. 이에 직접 바로잡는다. '雨淚向前'은 본편의 상투어이다.

39　'體氣'는 '體質', '精神狀態'이다. 曹丕『典論』論文 : "孔融體氣高妙, 有過人者." 여기서
　　의 '體氣'는 '氣質'을 말한다. 변문에서는 '氣質'의 뜻이 확대되어 쓰인 것이다.『列子』
　　「楊朱」: "行年六十, 氣干將衰." '氣干'은 '體質', '精神'을 가리킨다. 이는 참고할 필요가
　　있다.

40　'咨情'은 '恣情'으로 보아야 한다. 앞의 글 "一自兒子去後, 家口恣情"에서 보듯이 '恣情'
　　이라는 문구가 쓰이고 있다.

41　'飮'은 原錄에서는 '飯'으로 오록되어 있다. 여기서는 原卷이 의거하여 바로잡는다.

42　'目連 目連'이 原卷에서는 '目連 ……'으로 되어 있는데 이는 반복 문구를 생략한 것이
　　다. 原錄에서는 '目連 目連'이라 적었는데 이는 옳다. 이에 이를 따른다.

43　'新'은 原校에서는 '斯'로 되어 있다. 潘重規는 '辛'으로 보아도 통한다 하였는데 原校
　　의 의미가 비교적 합당하다.

44　'洋銅'은 原校에서는 '汁銅'으로 되어 있는데 이는 옳지 않다. 앞서의 교주에서 상설한
　　바 있다.

於是目連聞說, 心中惆悵轉加,

慈母既被凌遲, 舊日形容改變.

一自娘娘崩背, 思量無事報恩,

遂乃投佛出家, 獲得神通羅漢.

今有瓊漿香飯, 我佛令遣將來,

母苦[45]飢渴多時,[46] 香飯瓊漿便喫.

이때 청제부인은 수차례 자신을 부르는 소리를 듣고 애써 몸을 일으키는데 그 모습이 마치 부서진 수레와 다름이 없었다. 이에 우두귀(牛頭鬼)가 몽둥이를 꼬나들고 옥졸이 작살을 치켜들고, 야차(夜叉)가 죄인을 [앞에서] 이끌고 귀사(鬼使)가 [뒤에서] 내몰았다. 잠시 후 [청제부인이] 끌려나오니 [목련은] 모친을 만날 수 있게 되었다. 목련은 눈물을 비 오듯 흘리며 앞으로 가서 모친을 끌어안았다. 그리고 흐르는 눈물을 애써 참으며 여쭈었다. "몸은 어떠신지요. 생전에 많은 선업을 쌓으셨거늘 오늘 어찌 이런 고통을 받으시는가요?"

목련은 모친을 만나고는 통곡을 터뜨리더니

한동안 혼절하여 정신을 잃고 마네.

"소자 곁을 떠나 여러 해가 지나는 동안

어머니께서 만복을 받고 계시는지 [어쩌는지] 알지 못했네.

생전에 늘 십선(十善)을 닦으셨기에

생천(生天)하시어 정토에 가 계시리라 여겨왔건만

어이하여 세상을 떠나신 후

어머니는 삼도(三塗)에 떨어지셨나."

모친이 목련에게 말하길, "나는 생전에 업을 지음에 돼지와 양을 많이 죽이고 선한 일이라고는 하지 않으며 종일토록 함부로 악행을 일삼

---

45 '苦'는 原卷에서는 '若'으로 되어 있다. 潘重規는 이를 '苦'자로 보았다. 이에 의거하여 바로잡는다.

46 '多時'는 原錄에서는 도치되어 있다. 여기서는 原卷에 의거하여 바로잡는다.

았다. 그리하여 이제 이곳에 와서 벌을 받고 있는데 그 고통 이루 다 말할 수 없다. 마실 물이라고는 들어보지도 못하고 음식은 구경조차 못해봤으며 몸 전체가 온통 상처투성이란다. 죄를 받음에 아침부터 저녁까지 그칠 새가 없고 하루에만도 만 번 죽었다가 만 번 되살아나며 [고통을 받고 있다]." 모친이 목련을 가까이 오라 부른다. 목련아, 목련아,

       "나는 세상에서 사는 동안 생각 없이

재물을 탐하고 날마다 돼지와 양을 죽이며

세간에는 선도 악도 없다 여겼으니

오늘 이러한 재앙이 닥치게 될 줄 어찌 알았으리.

지옥에서는 항상 오랜 기갈에 시달리고

뜨거운 가마솥에 들이부어져 삶기기도 한다.

도산(刀山)과 검수(劍樹)에 오르기도 하고

[날카로운 칼날이 뾰족뾰족 튀어나온] 쇠 침상에 오랫동안 누워 있을 때도 있다.

혀가 [길게] 뽑혀 쟁기로 밭 갈듯이 갈아엎어지고

[펄펄 끓는] 쇳물이 입에 들이부어지니 그 고통 감당하기 어렵다.

여러 해 동안 마실 물은 구경도 못하고

파리하게 시든 온몸은 온통 상처투성이네."

목련은 이 말을 듣고

가슴속의 슬픔이 더해만 간다.

"어머니는 고통에 시달려

예전의 모습이 변해버렸네.

어머니께서 세상을 하직하고 떠난 후

보은할 방도를 모색하다가

마침내 부처에 귀의 출가하여

신통 아라한의 몸을 얻게 되었네.

지금 맛있는 물과 향기로운 밥이 있는데

우리 부처께서 가져가라 말씀하신 거라네.
모친은 오랜 세월 기갈의 고통을 겪으셨는데
이 향기로운 밥과 맛좋은 물을 어서 드시기를.”

目連見母被淩遲, 如何受苦在阿鼻,
遍體盡[47]皆瘡癬甚, 形骸[48]苦(枯)考[49]改容儀.
累歲不聞漿水氣, 乾枯渴乏鎭長飢.
娘娘且是親生母, 我是娘娘親福(腹)兒,[50]
自從老母身亡後, 出家侍佛作闍梨.
香飯瓊將[51]都一鉢, 願母今朝喫一匙,
目連手擎香飯, 充濟慈母之飢.
奈何惡業又深, 爭那慳貪障重,
漿水來[52]變作銅汁, 香飯欲餐[53]變成猛火.

47　‘盡’은 原錄에서는 ‘悉’로 오록되어 있다. 여기서는 原卷에 의거하여 바로잡는다. 潘重
規의 교주 역시 이와 같다.

48　‘骸’는 原卷에서는 ‘骇’로 되어 있는데 이는 ‘骸’의 속자이다. 原錄에서는 ‘體’로 되어
있는데 이는 옳지 않다.

49　‘苦考’는 原錄에서는 ‘苦老’로 되어 있고 ‘枯老’로 교정하였다. 『通釋』에서는 ‘老’는 ‘差’
의 오류라고 하였고, 劉凱鳴은 ‘老’는 ‘鬱’자의 가차자라 하였다. 【校注】 原校의 ‘苦’자
가 옳다. ‘老’자는 原卷에서는 본래 ‘耂’로 되어 있는데 이는 사실 ‘考’자이다. 『干祿字
書』: “耂考: 上通下正.” P.2011 王仁昫 『刊謬補缺切韻』: “考, 俗作耂.” ‘耂’는 ‘考’의 변
형이다. ‘考’는 문중에서 응당 ‘槁로 보아야 한다. 『文選』 潘岳 河陽縣作詩 李善注:
“槁는 ‘考’의 古字로 서로 통한다.” S.5558 「嗟世三傷吟」: “傷嗟鵁刀鳥, 夜夜啼天曉.
墜翼脚攀枝, 垂頭口沾草. …… 一種情想生, 爾何獨枯栲.” 여기서 ‘枯栲’는 응당 ‘枯槁’
이다. 이는 참고할 필요가 있다. ‘枯槁는 초췌한 모습을 형용한다.

50　‘福’은 原校에서는 ‘腹’으로 되어 있는데 이는 옳다. ‘親腹兒’은 친아들을 말한다.
S.3877 「丙子年阿吳賣兒契」: “今將福生兒慶德, …… 立契出賣與洪潤鄕百姓令狐信通.”
여기의 ‘福生兒’ 역시 ‘腹生兒’로서 친아들을 말한다.

51　‘將’은 ‘漿’의 편방생략 가차자이다. 原錄에서는 직접 ‘漿’으로 수정하였는데 이는 옳지
못하다.

52　【徐震堮】 ‘來’ 앞에 한 글자가 누락된 듯하다.

53　‘餐’은 原卷에서는 ‘飡’으로 되어 있는데 이는 ‘餐’의 속자이다. 『集韻』 「寒韻」: “餐, 俗
作飡, 非是.” 본편 “飯食都總不餐”의 ‘餐’자 역시 原卷에서는 ‘飡’으로 되어 있다. 原錄

卽知慳貪障重, 所招惡業如斯,

奉勸座下門徒, 一一須生覺悟,

莫縱無明造業, 他時必墮三塗,

今朝覺悟修行, 定免如斯惡業.

母爲前生造罪多, 積集慳貪結網羅,

毀佛謗僧無敬信, 不曾將口念彌陀.

死墮三途無間獄, 終朝受罪苦波波,

見飯之時成猛火, 水來近口作疊(鹹)河.

目連見其慈母, 飯食都總不餐,

且知慈母罪深, 雨淚渾搥[54]自武.[55]

慈母卻歸地獄, 依前受苦不休,

目連振錫卻迴, 告訴如來悲泣.

適奉世尊威力, 令往地獄之中,

見母受罪千重, 一日萬死萬生.[56]

所奉瓊將[57]鉢飯,[58] [□□□□□□].

唯願聖主慈悲, 更賜方圓救濟.

目連心中孝順, 再三告訴如來,

唯願賜母之方. 得離三塗之苦.

目連見母淚灌灌, 須臾躄地自渾搥.[59]

에서는 이를 '飧'으로 적었는데 이는 오류다.

[54] '搥'는 原卷에서는 좌측이 '土' 편방으로 되어 있는데 이는 '搥'의 오자이다. 여기서는 문맥에 의거하여 바로잡는다.

[55] '武'를 徐震堮은 '撲'으로 보았는데 이는 옳다. '撲'과 '武'의 음이 비슷하여 생긴 오류인 듯하다.

[56] '萬死萬生'은 原錄에서는 '萬生萬死'로 되어 있는데 原卷에 의거하여 바로잡는다.

[57] '將'은 '漿'의 가차자이다. 原錄에서는 이를 직접 '漿'으로 고쳤는데 타당하지 않다.

[58] [徐震堮] 문맥으로 보아 이 글자 뒤에 한 구가 빠져 있는 것 같다. 이에 의거하여 6자의 공백을 남겨둔다.

[59] '搥'는 原錄에서는 좌측이 '土' 편방으로 되어 있다. [校注] 原卷에서는 사실 '搥'로 되어 있다. 이에 의거하여 바로잡는다.

母卽依前歸地獄, 目連振錫返身迴.

纔到佛前頭面禮, 放聲大哭告如來,

母向三塗作飢鬼, 冥冥數載掩泉臺.

受罪千重難說盡, 自言萬計[60]轉悲哀,

世尊更賜威光便, 免交慈母受迍災.

목련은 고난을 당한 모친의 모습을 보는데

아비(阿鼻)에서 어떤 고통을 받으셨기에

온몸이 온통 종기와 상처투성이인 데다

초췌해진 몰골로 모습이 완전히 변해버리셨나.

여러 해 동안 마실 물은 구경도 못하고

오랫동안 갈증과 배고픔을 겪어야 했다네.

모친은 나를 낳아준 어머니이고

이 몸은 모친의 친아들인데

노모가 세상을 떠난 후

[아들은] 출가하여 부처를 모시는 승려가 되었다네.

발우에는 향기로운 밥과 맛좋은 물이 담겨 있으니

어머니는 오늘 한 숟가락 드실 수 있기를.

목련은 손으로 향기로운 밥을 받들어

모친의 배고픔을 채워주려 하네.

악업이 얼마나 깊고

간탐(慳貪)의 장애가 얼마나 두텁기에

마실 물이 쇳물로 변해버리고

향기로운 밥이 맹렬한 불길로 화해버리는가.

---

[60] '萬計'는 袁賓은 '無計'로 보았는데 불필요한 지적으로 보인다. 뒤의 "千般萬計虔誠, 一種方圓救濟"라는 문구의 '萬計'는 목련이 갖은 방법으로 모친을 구제하고자 함을 가리켜 말한 것이다. 이 문구는 목련이 모친을 구해내고자 여러 방법을 모색해보나 아무런 효과도 없자 "轉悲哀"하게 됨을 뜻한다.

간탐의 장애 그 무거움을 알겠고
초래한 악업이 이와 같음을 알겠네.
이 자리에 모인 문도들에게 권하노니
하나하나 이 사실을 자각하여
어리석음으로 악업을 짓지 말아야 할 것이니
그렇지 않을 시엔 삼도(三塗)에 떨어지고 말 것이네.
오늘 이 점을 깨달아 수행을 하게 되면
이 같은 악업에서 반드시 벗어나게 되리라.
모친은 생전에 지은 죄가 많아
탐애의 마음이 쌓여 [자신을 얽어매는] 그물을 엮었네.
부처를 헐뜯고 승려를 비방하며 공경하지 않그
아미타불을 염송한 적 없었네.
죽어 삼도의 무간지옥에 떨어져
진종일 벌을 받으며 고통에 신음한다.
밥을 바라보니 [밥이] 뜨거운 불로 변하고
물을 입 가까이 대니 [물이] 소금물로 화해버린다.
목련은 그 모친을 바라보는데
[모친은] 밥이며 음식을 끝내 먹지 못한다.
모친의 죄 깊음을 알고는
눈물을 비처럼 쏟으며 온몸을 내동댕이친다.
모친은 지옥으로 되돌아가서
예전처럼 끊임없는 고통을 겪는데
목련은 석장을 휘둘러 [여래 처소로] 돌아가
슬피 흐느끼며 여래에게 하소연한다.
"방금 세존의 위력을 받들어
지옥 가운데로 들어가서
모친을 만났는데 [모친은] 무거운 벌을 받고 있어

하루에 만 번 죽었다 만 번 되살아난다네.
맛좋은 물과 밥이 담긴 발우를 손에 들면
[□□□□□□]
부디 성주(聖主)시여, 이를 불쌍히 여기시어
그를 구제할 방편을 내려주시기를.”
목련은 마음이 효순하여
거듭 여래에게 하소연하는데
부디 모친을 구제할 방도를 내려주시어
[모친이] 삼도의 고통에서 벗어날 수 있게 되기를.
목련은 모친을 만나자 주르르 눈물 흘리며
순간 온몸을 땅바닥에 내동댕이치네.
모친은 예전처럼 지옥으로 돌아가고
목련은 석장을 휘두르며 몸을 돌려 돌아온다.
부처 앞에 이르러 예배를 올리고는
방성통곡하며 여래에게 아뢴다.
모친은 삼도(三塗)에서 아귀(餓鬼)가 되어
어둑한 저승 속에서 수년 동안 갇혀 있다네.
받는 벌은 이루 말할 수 없이 무거운데
스스로 갖은 방법을 써 봐도 구제할 수 없으니 슬프고도 서럽네.
세존이시여, 위광(威光)의 방편을 내리시어
모친이 재앙에서 벗어날 수 있게 되기를.

佛以慈悲, 極切教化, 萬般方便, 設法千重, 悲心萬種. 遂告目連曰: 「汝能行孝, 願救慈親,[61] 欲酬乳哺之恩, 其事甚爲希有. 汝至衆僧解夏[62]之日, 羅漢九旬告必[63]之辰. 賢聖得[64]於祇園, 羅漢騰空於石室.

---

[61] ‘親’은 原錄에서는 ‘母’로 오록되어 있다. 여기서는 原卷에 의거하여 바로잡는다. 潘重規의 교주도 이와 같다.

辦香花之供養, 置盂[65]蘭之妙盆. 獻三世之如來, 奉十方之賢聖. 仍須懇告, 努力虔誠, 諸佛必賜神光, 慈母必離地獄. 但若依吾教敕, 便爲孝順之因. 慈悲教法流傳, 直至于今不絶. 世尊道：目連, 目連：

> 汝須努力莫爲難, 造取些些好果盤,

> 待到衆僧解夏[66]日, 羅漢騰空盡喜歡.

> 諸佛[67]慈悲來救濟, 必賜神通慧眼[68]觀,

> 都設上來諸供養, 救母三塗受苦酸.

> 早願慈親[69]離地獄, 免在三塗呑鐵丸,

> 佛在世時留此教, 故今相歡(勸)造盂蘭.

目連聞金口所說, 甚是喜歡, 依教奉行, 辦諸供養. 於是幡花滿座, 珠寶百味珍羞, 爐焚海岸之香, 供設蘇陀蜜味, 獻珍饌千般羞味, 造盂蘭百寶裝成, 虔心供養如來, 啓告十方諸佛, 願救泥犁之苦, 休居惡道之中, 冥官[70]獄卒休嗔, 惡業冤家解脫.

62 　'夏'는 原錄에서는 '憂'로 되어 있다. 徐震堮은 이를 '夏'로 보았는데 극히 옳다. 原卷에서는 사실 '夏'자로 되어 있다. '解夏'는 불교 용어이다. 불교의 승려는 여름철인 4월15일부터 90일 동안 사찰 안에서 고요히 거하며 山門을 벗어나지 않고 수행에 전념하는데 이를 일컬어 '結夏'라고 한다. 그리고 7월 15일 결하가 끝나는데 이날을 '解夏日'이라 한다. 뒤의 '九旬'은 結夏日부터 解夏日까지의 90일을 말한다.

63 　'必'을 徐震堮은 '畢'로 보았는데 이는 옳다.

64 　'得' 뒤에 '果'자가 누락된 듯하다. 「佛說盂蘭盆經」의 "十方大德衆僧當此之日, 一切聖衆或在山間禪定, 或得四道果"라는 문구를 참조할 필요가 있다.

65 　'盂'는 原錄에서는 '于'로 오록되어 있다. 여기서는 原卷에 의거하여 바로잡는다. 潘重規의 교주도 이와 같다.

66 　'夏'는 原錄에서는 '憂'로 오록되어 있는데 이는 억측으로 보인다. 여기서는 原卷에 의거하여 바로잡는다.

67 　'佛'은 原錄에서는 '神'으로 오록되어 있는데 여기서는 原卷이 의거하여 바로잡는다. 潘重規의 교주도 이와 같다.

68 　'惠眼'은 '慧眼'이다. 돈황사본에서 '惠'와 '慧'는 통용된다. 原錄에서는 직접 '慧'로 적었는데 이는 타당하지 않다.

69 　'親'은 原錄에서는 '悲'라 오록되어 있다. 여기서는 原卷에 의거하여 바로잡는다. 潘重規의 교주도 이와 같다.

70 　'冥官'은 原錄에서는 '冥冥'으로 되어 있다. 여기서는 原卷에 의거하여 바로잡는다. 潘重規의 교주도 이와 같다.

目連依敎設香花, 百味珍羞及果爪,

奉獻十方三世佛, 願兒[71]慈母離冤家,

冥官業道生[72]悲念, 獄卒牛頭及夜叉,

放捨阿孃[73]生淨土, 莫交(敎)業道受波吒.

　　부처는 지극한 연민으로 [중생을] 교화하시는 데 만 가지 방편과 천 겹의 방안과 만 가지 자비심으로 행하신다. 마침내 목련에게 알리길, "그대는 효를 행할 줄 아는구나. 모친을 구제하여 젖 먹여 길러준 [모친의] 은혜에 보답하고자 하는데 이는 매우 드문 일이다. 중승(衆僧)의 해하일(解夏日)[74] 아라한이 90일 간의 수행을 끝마치는 시각에 현성(賢聖)은 기원정사에서 과위(果位)를 얻고 나한은 석실(石室)에서 허공으로 치솟아 오를 것인데 이때 그대는 향기로운 꽃을 공양하고 우란(盂蘭)이라는 오묘한 그릇을 마련하여 삼세(三世)의 여래와 십방(十方)의 성현에게 바치도록 하여라. 그리고 간절히 [속마음을] 고하고 경건하게 받들면 제불(諸佛)은 반드시 신광(神光)을 내리실 것이고, 그리하면 네 모친은 분명 지옥에서 벗어날 것이니라. 나의 말대로 행하면 이는 곧 [모친에게] 효도하는 길이 될 것이다. 자비의 교법이 유전(流傳)되어 오늘에 이르기까지 단절됨이 없느니라." 세존이 말하길, 목련아, 목련아:

71　'兒'는 原卷에서는 '兒'로 되어 있는데 이는 '兒'의 속자인 '児'의 변형이다. 原錄에서는 '見'으로 되어 있는데 이는 잘못이다.

72　'生'은 原錄에서는 '成'으로 오록되어 있다. 潘重規는 原卷은 '生'자로 되어 있다고 하였는데 이는 옳다. 이에 바로잡아 기록한다.

73　'孃'은 原錄에서는 '娘'으로 되어 있는데 여기서는 原卷에 의거하여 바로잡는다. 『說文解字』'孃'자에 대한 段玉裁의 주석에는 "按廣韻, 孃女良切, 母稱; 娘亦女良切, 少女之號. 唐人此二字分用畫然, 故耶孃字斷無有作娘者, 今人乃罕知之矣"라 하였다. 【校注】 돈황사본에서 '孃'자는 '娘'으로 축약해 적고 있다. 본편에서 '孃'자는 많은 부분에서 '娘'으로 표기되고 있다. 이는 늦어도 晚唐 五大까지는 '孃'과 '娘'은 혼용되었음을 알 수 있다. 여기서는 마땅히 옛 기록을 좇아 기록함으로써 古書의 본모습을 보존하도록 한다. 原錄에서는 '孃'자로 적기도 '娘'자로 고쳐 적기도 하여 자칫 독자의 오해를 불러일으키기 십상이다.

74　'해하(解夏)'란 여름 안거(安居)를 마치는 일을 말한다. 음력 7월 15일이 해하일이다.

"그대는 노력하되 힘들다 여기지 말아야 할 것이니
훌륭한 과일 소반 몇 개를 마련하여
중승(衆僧)의 해하일(解夏日)
나한(羅漢)이 허공으로 치솟으며 기뻐해 마지않을 때를 기다렸다
[이를 바치면]
제불(諸佛)은 자비로이 구제할 것이고
반드시 신통한 혜안(慧眼)을 내리실 것이다.
이들을 마련하여 공양 올리면
삼도에서 고통 받는 모친은 구제될 수 있으리.
속히 모친을 지옥에서 구해내어
삼도에서 쇠구슬을 삼키는 고통을 면하게 하여라.
부처는 세상에 계실 때 이 가르침을 내리셨으니
이리하여 지금 우란분을 마련하라 권하게 되었다."

목련은 부처의 말씀을 듣고 매우 기뻐하며 그 가르침에 따라 모든 공양 준비를 하였다. 이리하여 깃발과 꽃을 자리에 가득 채우고 백 가지 진수성찬을 마련하고 향로에는 해안(海岸)의 향(香)을 괴웠으며 달콤한 수락(酥酪)과 천 가지 맛있는 음식을 바치고 백 가지 보화로 장식된 우란분을 만들어 경건한 마음으로 여래에 공양하고 시방(一方)의 제불에게 삼가 고하였다. 부디 지옥의 고통으로부터 구제해주시고 악도(惡道)에서 머물지 않게 되기를. 명관(冥官)과 옥졸의 분노가 사그라지고 악업의 지옥에서 벗어날 수 있게 되기를.

목련은 가르침대로 향기로운 꽃과
온갖 맛있는 음식과 과일을 준비하여
시방(十方)의 삼세불(三世佛)께 바치며
모친이 지옥에서 벗어날 수 있기를 기원하네
업도(業道)의 명관은 불쌍한 생각이 들고
옥졸과 우두귀와 야차는

모친을 놓아주며 [앞으로는] 정토에서 태어나

지옥의 고통 받을 악업을 짓지 말라 이르네.

於是盂蘭旣設, 供養將陳, 諸佛慈悲, 便賜方圓救濟. 目連慈母, 得離阿鼻地獄, 免交遭煎苦之憂. 蓋緣惡[75]增深, 未得生[76]於人道, 託陰(蔭)王城內, 化爲女苟(狗)[77]之身, 終朝只向街衢, 每日常餐[78]不淨.

目連供佛說慇懃, 不彈[79]劬勞受苦辛.

稽首十方三世[80]佛. 心心惟願救慈親.

慈母當時離地獄, 又向王舍作狗身.

終日食他人不淨, 罪深由(猶)未得人身.

於是目連天眼, 觀見慈母, 已離地獄, 將身又向王城, 化作狗身受苦, 目連心中孝順, 行到王城, 步步府近[81]苟(狗)邊, [□](苟)[82]見沙門歡

75 　‘惡’ 다음에는 ‘業’자가 누락된 듯한다. 뒤의 “自知罪業增深, 又向王舍作狗”와 “慈親作狗受迍殃, 惡業須交一一當” 구문을 참조할 필요가 있다.

76 　‘生’자는 原錄에서는 누락되어 있는데 여기서는 原卷에 의거하여 보충한다. 潘重規의 교주도 이와 같다.

77 　‘苟’는 原卷에서는 ‘𤟇’로 되어 있는데 이는 ‘苟’자의 俗訛字이다. ‘苟’는 ‘猫’의 가차자이다. 뒤에 나오는 ‘苟’자가 原卷에서는 모두 ‘𤟇’ 등의 형태로 되어 있다. 原錄에서는 이를 모두 ‘狗’로 적고 있는데 이는 타당하지 못하다. 여기서는 原卷에 의거하여 바로잡는다. 이하에서는 하나하나 지적하지 않는다.

78 　‘餐’은 原卷에서는 ‘喰’으로 되어 있는데 이는 ‘餐’의 속자이다. 『龍龕手鏡』「口部」: “喰, 俗餐、孫二音.” 이는 ‘喰’이 ‘餐’의 속자임을 말해준다. 原錄에서는 ‘飡’으로 되어 있는데 이는 본래의 글자가 아니다.

79 　‘彈’은 응당 ‘憚’으로 보아야 한다. 뒤의 “不彈劬勞申供養”의 ‘彈’을 原校에서는 ‘憚’으로 보았는데 이는 옳다.

80 　‘世’는 原錄에서는 ‘界’로 오록되어 있다. 여기서는 原卷에 의거하여 바로잡는다. ‘三世佛’은 과거불, 현재불, 미래불을 가리킨다.

81 　‘府’는 ‘附’와 통한다. 原校에서는 ‘俯’로 되어 있는데 적절하지 못하다. ‘附近’은 ‘근처’이다. 『小爾雅』「廣고」: “附, 近也.” S.5437 「漢將王陵變」: “漢高皇帝大殿而坐, 詔其張良, 附近殿前.” S.328 「伍子胥變文」: “婦人卓立審思量, 不敢向前相附近.” 「廬山遠公話」: “九十日內, 然可成形, 男在阿孃左邊, 女在阿孃右脅, 貼著俯近心肝, 稟氣成形.” 이로 보아 ‘俯近’은 응당 ‘附近’으로 보아야 한다.

82 　‘苟(狗)’자는 原卷에는 없는데 여기서는 문맥에 비춰 보충한다. 原錄에서는 아무런 설

喜. 目連知是慈母, 不覺雨淚向前. 遂問阿孃[83]: 久苦地獄, 受苦多時, 今乃得離阿鼻, 深助孃孃.[84] 今在人間作狗, 何如地獄之時. 阿孃[85]被問來由, 不覺心中歡喜. 告兒目連曰:

> 我在阿鼻地獄, 受苦皆是自爲,
>
> 聞汝廣設盂蘭, 供養十方諸佛.
>
> 今得離於地獄, 化爲母狗之身,
>
> 不淨乍可食之, 不欲當時受苦.
>
> 阿鼻受苦已多時, 不論日夜受凌遲,
>
> 今日喜歡離地獄, 深[86]心慚愧我嬌兒.
>
> 汝設盂蘭將供養, 故知佛力不思議,
>
> 我乍人間食不淨, 不能時向[87]在阿鼻.

이에 우란분을 설치하고 공양을 올리니 자비로운 제불은 곧 구제할 방편을 내리시어 목련의 모친은 아비지옥에서 벗어나 괴로움을 당하는 고통을 면할 수 있게 되었다. 그러나 업장이 너무 무거워 인도(人道)에 태어나지 못하고 왕사성 안의 암캐로 태어나 하루 종일 거리를 떠돌며 날마다 더러운 음식을 먹게 되었다.

> 목련은 부처를 공양하며 간절히 발원하는데
>
> 수고로움을 꺼리지 않고 괴로움을 받아들인다
>
> 시방(十方)의 삼세불(三世佛)에 머리를 조아리며
>
> 모친을 구제할 수 있기를 일심으로 기원한다.
>
> 모친은 이때 지옥으로부터 벗어나

명 없이 직접 '狗'자를 보충하였는데 타당하지 못하다.

[83] 原卷의 '孃'자가 原錄에서는 '娘'으로 되어 있다.

[84] 原卷에서는 '孃~'으로 되어 있는데 原錄에서는 '娘娘'으로 기록하였다.

[85] 原卷의 '孃'자가 原錄에서는 '娘'으로 되어 있다.

[86] '深'은 原錄에서는 '淨'으로 오록되어 있다. 여기서는 原卷에 의거하여 바로잡는다. 潘重規의 교주도 이와 같다.

[87] '時向'은 '時餉'과 같다. '向'은 '餉'의 편방생략 가차자이다. '時餉'은 '一時一餉'의 축약으로 '잠시(片刻)'라는 뜻이다. 『通釋』의 해당 항목 설명을 참조 바란다.

왕사성으로 가서 개의 몸으로 태어났다.
하루 종일 남들의 더러운 음식을 먹게 되었는데
죄가 무거워 사람의 몸을 얻지 못한 것이네.

목련은 모친이 지옥에서 벗어나 왕사성에서 개의 몸으로 태어나 고통을 받고 있는 것을 천안(天眼)으로 바라보았다. 효심이 지극한 목련은 [모친을 찾으러] 왕사성으로 갔는데 한 개가 목련 근처를 줄곧 따라다니며 그를 보고는 반가워하는 것이었다. 그 개가 바로 모친임을 알아본 목련은 자신도 모르게 눈물을 쏟으며 다가가서 모친에게 물었다. "오랫동안 지옥에 거하시며 고통을 겪으셨는데 이제 아비지옥을 벗어나게 되셨으니 어머니께 많은 도움이 되셨겠지요. 그런데 지금 인간 세상에서 개가 되셨는데 지옥에 있을 때에 비하여 어떠십니까?" 모친은 [자신을 알아보고 목련이] 질문을 하자 매우 기뻤다. 그리고 아들 목련에게 알려 말하기를,

내가 아비지옥에서
고통을 받은 것은 모두 내[의 죄업] 때문인데
듣자하니 네가 우란분을 널리 마련하여
시방(十方)의 제불을 공양하였다더구나.
지금은 지옥을 벗어나
어미 개의 몸으로 태어나
깨끗하지 못한 것을 먹을지언정
지옥에서의 고통을 받고 싶지는 않네.
아비지옥에서 고통 받기 이미 여러 해
주야를 가리지 않고 괴로움을 당했었네.
이제 기쁘게도 지옥을 벗어났지만
내 사랑하는 아들 대하기 마음 깊이 부끄럽네.
네가 우란분을 마련하여 [제불을] 공양하였는데
이리하여 불력(佛力)의 불가사의함을 알 수 있겠네.

나는 인간 세상에서 더러운 음식을 먹을지언정

한시라도 아비지옥에 머물고 싶지 않다네.

目連見母作狗, 自知救濟無方, 火急卻來白佛,「適[88]如來敎敕, 廣陳救母之方, 依前敎不敢有違, 盡依處分. 又蒙佛慈悲之力, 阿孃得出阿鼻地獄. 自知罪業增深, 又向王舍作狗. 願佛慈悲怜念, 母子情深, 卽頭[89]請陳救母之方.」「吾今賜汝威光, 一一事須記取, 當往祇園之內, 請僧卌(四十)九人, 七日鋪設道場, 日夜六時禮懺, 懸幡點燈, 行道放生, 轉念大乘, 請諸佛以虔成(誠).」目連依敎奉行, 便置道場供養, 虔心聖主, 願救慈親. 蒙我佛之威光, 母必離於地獄, 生於天上.

慈親作狗受迍殊, 惡業須交一一當,

今朝若欲生天去, 結淨依吾作道場.

七日六時長禮懺, 爐焚海岸六銖香,

點燈作道懸幡蓋, 救拔慈親恰相當.

目連蒙佛賜威光, 依敎虔誠救阿孃,

不彈(憚)劬勞申供養, 投佛號咷哭一場,

賢聖[90]此時來救濟, 世尊又施白毫光,

皆是目連行孝順, 慈親便得上天堂.

將知目連行孝, 慈親便離三塗,

千般萬計虔誠, 一種[91]方圓救濟.

---

88 ‘適’ 뒤에 ‘蒙’ 한 자가 누락된 것으로 보인다. 다음의 “又蒙佛慈悲之力, 阿孃得出阿鼻地獄” “蒙我佛之威光, 母必離於地獄”라는 문구의 ‘蒙’과 동일한 용법이다.

89 原校에서는 ‘頭’를 ‘願’으로 보았고, 潘重規는 “卽頭’는 ‘卽時’이다”고 하였는데, 둘 다 정확하지 않은 듯하다. ‘頭’자는 오류가 아니고 ‘卽’이 ‘叩’의 오류인 듯하다. ‘叩頭’는 ‘머리를 조아려 절하다’는 뜻으로 문맥에도 어울린다.

90 ‘賢聖’은 原錄에서는 ‘聖賢’으로 도치되어 있다. 여기서는 原卷을 따라 바로잡는다. 潘重規의 교주도 이와 같다.

91 原卷에서 ‘一’자는 선명하지 않다. 原錄에서는 이를 ‘二’로 보았는데 정확하지 못하다. ‘一種’은 ‘一樣, 一般(한 가지)’과 같다. 『通釋』에 자세한 설명이 있다.

奉勸座下弟子, 孝順學取目連,

二親若也在堂, 甘旨切須侍奉.

父母忽然[92]崩背, 修齋聞法酬恩,

莫學一輩愚人, 不報慈親恩德.

六畜禽獸之類, 由懷乳哺之恩,

況爲人子之身, 豈不行於孝順.

且如董永賣身, 遷殯葬其父母,

敢(感)得織女爲妻.

郭巨爲母生埋子, 天賜黃金五百斤.

孟宗泣竹, 冬月[93]筍生.

王祥臥冰, 寒溪魚躍.

慈烏返報(哺), 書使(史)皆傳.

跪乳之牛(羊), 從前且說.

목련은 개가 된 모친을 보고서도 모친을 구제할 방도가 자신에게는 없음을 알고는 황급히 부처에게 달려가 아뢰었다. "조금 전 여래께서 모친을 구제할 방도를 가르쳐 주셨고, 그 가르침에 따라 한 치의 어긋남도 없이 시행하였습니다. 그리고 부처의 자비력에 힘입어 모친은 아비지옥에서 벗어나게 되었으나 죄업이 깊어 모친은 다시 왕사성의 개로 태어나게 되었습니다. 자비로운 부처시여, 부디 이 모자(母子)의 깊은 정을 불쌍히 여기시어 모친을 [개의 몸에서] 구해낼 방도를 말씀해 주시기 바랍니다." "내 지금 너에게 위광(威光)을 내려 하나하나 방도를 가르

92　忽然 : 潘重規는 原卷에서는 '忽愁'로 되어 있다 하였는데 그 뜻이 문맥에 맞지 않는다. [校注] 原卷의 이 글자는 선명하지 못해 판독해내기가 쉽지 않다. 앞 聯의 "二親若也在堂, 甘旨切須侍奉"과 이 聯의 "父母忽然崩背, 修齋聞法酬恩"은 구조상 서로 대응된다. '忽然'은 '若也'와 같은 뜻으로, 양자 모두 가설의 어기를 나타내고 있다. 이리보면 문맥도 잘 통한다. 潘重規의 견해는 틀린 것으로 생각된다.

93　'月'은 原錄에서는 '日'로 되어 있다. 潘重規는 原卷에서는 '月'로 되어 있다고 하였다. 이에 의거하여 바로잡는다.

쳐 줄 터이니 잘 기억해 두어라. 지금 기원정사로 가서 마흔아홉 명의 승려를 초청하여 이레 동안 도량을 개설해 두고 밤낮 없이 육시(六時)[94]에 예불을 올리며 참회토록 하라. 번(幡)을 걸고 등불을 밝히며 도를 행하고 방생(放生)을 하며 대승경(大乘經)을 염송하며 정성으로 제불께 간청해보도록 하라." 목련은 부처의 가르침을 받들어 곧 도량을 설치하여 정성으로 성주(聖土)를 공양하며 모친의 구제를 기원하였다. 우리 부처의 위광에 힘입어 모친은 반드시 지옥을 벗어나 천상에 태어나리.

　　　모친은 개가 되어 재앙을 받는데
　　　악업은 하나하나 [모친 자신이] 감당해야 한다네.
　　　오늘 만일 천상에 태어나게 하고자 한다면
　　　나의 말대로 정토(淨土)를 만들고 도량을 열라.
　　　이레 동안 육시(六時)로 예배를 올리고 참회하며
　　　향로에 해안(海岸)의 육수향(六銖香)을 사르라.
　　　등불을 밝히고 도를 행하며 번(幡)을 걸어두면
　　　모친을 구제하기에 적합하네.
　　　목련은 부처의 위광(威光)에 힘입어
　　　모친을 구제하고자 가르침을 경건히 행하는데
　　　수고로움도 꺼리지 않고 공양을 올리며
　　　부처 앞에서 한바탕 큰 소리로 울부짖네.
　　　현성(賢聖)이 이때 [모친을] 구제하고
　　　세존은 백호의 광명을 발하시네.
　　　이 모두는 목련의 효심이라
　　　모친은 즉시 하늘나라에 오르게 되었네.
　　　목련이 효를 행하여
　　　모친이 삼도(三塗)에서 벗어났음을 알 것이며

온갖 방법 정성으로 행하니

이것이 바로 [모친을] 구제한 방도가 되었네.

법회에 모인 제자들에게 권하노니

목련의 효행을 본받으라.

양친이 집안에 계시면

맛있는 음식으로 시봉해야 할 것이고

부모가 세상을 뜨셨으면

재(齋)를 올리고 불법을 들으며 은혜에 보답할 일이네.

어리석은 무리들을 본받지 말 것이니

모친의 은덕에 보답하지 않으면 아니 되네.

육축(六畜)[95] 금수(禽獸)의 부류들도

젖 먹여 길러준 은혜를 알고 있거늘

하물며 사람의 자식이 되어

어찌 효도할 줄 모르는가.

동영(董永)은 자신의 몸을 팔아

빈장(殯葬)[96]한 부모를 장사지내니

감동한 직녀(織女)는 그의 아내 되었고

곽거(郭巨)[97]는 모친을 위해 자식을 묻으려 하니

하늘은 그에게 황금 오백 근을 내리셨네.

맹종(孟宗)[98]이 대나무 앞에서 울자

---

95 집에서 기르는 대표적인 여섯 가지 가축. 소, 말, 양, 돼지, 개, 닭을 이른다.

96 사정상 장사를 속히 치르지 못하고 송장을 방 안에 둘 수 없을 때에, 한데에 관을 놓고 이엉 따위로 그 위를 이어 눈비를 가릴 수 있도록 덮어 두는 일. 또는 그렇게 덮어 둔 것.

97 후한 시대의 24효(孝) 가운데 한 사람. 늙은 홀어머니를 모시고 몹시 가난하게 살 적에 어머니가 항시 밥을 덜어서 그의 아들에게 주는지라 아들 때문에 어머니가 배를 곯게 됨을 슬퍼하여 아들을 죽이기로 부인과 작정하고서 구덩이를 팠는데 난데없이 황금이 그 속에서 나왔다고 함.

98 삼국시대 오나라의 효자. 겨울날 숲속에서 그의 어머니가 즐기는 죽순이 없음을 애

한 겨울에 죽순이 자라났고
왕상(王祥)[99]이 얼음 위에 드러누우니
차가운 시내에서 잉어가 튀어 올랐네.
까마귀의 반포(反哺)[와 같은 효자들의 일화]가
사서(史書)에 실려 전해오네.
무릎을 꿇고 [어미의] 젖을 받아먹는 새끼 양[100]에 대해
앞서 이야기한 바 있네.

上來講[101]讚目連因, 只是西方羅漢僧,
母號靑提多造罪, 命終之後却沈輪(淪).
奉勸聞經諸聽衆, 大須布施莫因循,
託若[102]專心相用語, 免作靑提一會人.
須覺悟, 用心聽, 閑念彌陀三五聲,
火宅忙忙何日了, 世間財寶少經營.
無上菩提懃苦作, 聞法三塗豈不驚.
今日爲君宣此事, 明朝早來聽眞經.
지금까지 강찬(講讚)한 목련은
서방의 아라한 승려이고
청제라 불리던 그의 모친은 죄업이 많아

탄하자 홀연히 눈 속에서 죽순이 나타났다고 함.
99 서진(西晉)시대의 인물. 어려서부터 효성이 지극하여 그의 계모가 생선을 먹고 싶어
    하였을 때 얼음 위에 누워 얼음이 녹는 것을 기다려 얼음을 깨고 잉어 두 마리를 얻
    었다 함.
100 젖 먹여 길러주는 어미의 은혜에 감격한 새끼 양이 어미젖을 먹을 때 항상 무릎을
    꿇고 받아먹었다는 이야기가 전해온다.
101 '講'은 原錄에서는 '稱'으로 오록되어 있다. 여기서는 原卷에 의거하여 바로잡는다. 潘
    重規의 교주도 이와 같다.
102 [江藍生] '託'은 '脫'이어야 한다. '脫'은 '倘若(만일)'이다. '脫若'은 같은 의미의 글자가
    중복된 것이다.

목숨이 다한 후 지옥에 떨어졌다네.
경(經)을 듣는 모든 청중들에게 권하노니
보시를 행하고 경솔히 행동하지 말기를.
만일 일심으로 이 말을 실천하면
청제부인과 같은 재앙을 면할 수 있으리.
이 도리를 깨우치고 마음으로 들을 일이며
수차례 아미타불을 염할 일이다.
화택(火宅)[103]으로 [상황이] 급박한데 [불길은] 어느 때나 그치려나
세간의 재물을 조금만 탐하라.
위없는 보리 정성으로 닦을 일이니
삼도(三塗)에 관한 설법을 듣고 어찌 놀라지 않을까.
오늘 그대들을 위하여 이 일을 설법했는데
내일 아침 나와서 진경(眞經)을 들으라.

界道眞本記

삼계사(三界寺) 도진(道眞) 적음

---

[103] 불타고 있는 집이라는 뜻으로, 번뇌와 고통이 가득한 이 세상을 이르는 말. 『법화경
(法華經)』「비유품(譬喩品)」에 나온다.

대목건련명간구모변문(大目乾連冥間救母變文)[1]

夫爲七月十五日[2]者, 天堂啓戶, 地獄門開, 三塗業消, [十善增長].[3]

---

[1]　王慶菽 [原校] 「大目乾連冥間救母變文幷圖一卷幷書」라는 표제는 S.2614에서 보인다. 이 고사는 西晉 月氏 三藏 竺法護 譯『佛說盂蘭盆經』에 의거하여 연역한 것이다. 내용의 문구 및 구조가 완전히 똑같은 권자가 9권 있다. 여기서는 S.2614를 原卷으로 삼는데 이 권자는 首尾가 완정하다. 다만 처음 10행까지의 아랫부분에서 몇 글자가 빠져 있다. [校注] '幷圖' 두 글자는 이미 原卷에서 사라지고 없어 기록하는 것은 온당치 않다.

P.2319는 甲卷이다. 首尾가 완정하나 중간에 잔결된 부분이 있다. 간혹 비교적 상세한 부분이 있어 原卷과 상호 보완 교감하여 완전을 기하였다. [校注] 이 권자에는 '大目乾連冥間救母變文一卷'이란 제목이 있다. 권자에는 필사자의 고의로 보이는 간략화된 부분이 있는데 原校에서는 이를 '누락(缺漏)'라고 말하고 있는데 정확한 표현은 아니다.

P.3485는 乙卷이다. 시작 부분은 완전하나 끝부분이 잔결되어 있다. [校注] 이 권자에는 '目連變文'이라는 제목이 있다. 후반부가 빠져 있다.

P.3107은 丙卷이다. 시작 부분은 완전하나 끝부분이 잔결되어 있다. [校注] 이 권자에는 '大目乾連冥間救母變文一卷幷序'란 제목이 있다. 단지 서두만 남아 있으나 끝 부분에 '大目乾連變文一卷寶護'라는 글귀가 있다.

P.4988은 丁卷이다. 首尾가 완전하지 못하다.

爲衆僧咨下, 此日會福, 之(諸)神⁴八部龍天, 盡來敎福.⁵ [承供養者],⁶
現世福資, 爲亡⁷者轉生於勝處. 於是盂蘭百味, [飾貢於]⁸三尊. 仰大
衆之恩光,⁹ 救倒懸之窘急. 昔佛在世時, 弟[子厥號]¹⁰目連, 在俗未出
家時, 名曰羅卜, 深信三寶, 敬重大乘. [於一時間]¹¹欲往他國興易.¹²
遂卽支分財寶, 令母在後設齋供[養諸佛法僧及諸乞]¹³來者. 及其羅

北京 盈字 76호는 戊卷이다. 시작 부분은 잔결되어 있고 끝부분은 완전하다. [校注]
권말에 '寫盡此目連變一卷'라는 필사자의 題記가 붙어 있다.
北京 麗字 85호는 己卷이다. 首尾가 완전하지 못하다.
北京 霜字 89호는 庚卷이다. 首尾가 완전하지 못하다.
S.3704는 辛卷이다. 首尾가 완전하지 못하다.

2 原卷과 甲·乙·丙卷 모두 '日'자가 있다. 原錄에서는 실수로 빠져 있다.

3 [原校] '十善增長'은 甲·乙·丙卷에 의거하여 보완한다.

4 原錄에서는 '爲衆僧咨下此日會福之神' 11자를 한 문구로 하였는데, 여기서는 項楚의
   견해를 따라 두 문구로 나눈다. [項楚] 이 문구에는 탈자와 오자가 있다. '咨下'는 '自
   恣解夏'가 되어야 한다. '之'는 '諸'로 보아야 하며 이 두 글자는 동음으로 흔히 통용된
   다. [校注] '咨下'는 '恣夏'로 보아야 할 듯하다. 불교 승려들은 음력 4월 16일부터 7월
   15일까지 '坐夏(하안거)'라 하여 밖에 나가지 않고 한곳에서만 수행을 한다. 음력 7월
   15일에 좌하가 끝나는데 이날을 '解夏日'이라 부른다. 이날은 '自恣'를 행한다 하여 '自
   恣日'이라고 부른다. '恣夏'는 '自恣解夏'의 약칭인 듯하다.

5 [項楚] '敎'는 응당 '徼'가 되어야 한다. '徼福'은 '招福', '求福'이다.

6 [原校] '承供養者' 네 자를 甲·乙·丙卷에 의거하여 보완한다.

7 甲卷에서는 '亡'자 다음에 '過'자가 있다.

8 [原校] '飾貢於' 세 자는 甲·乙·丙卷에 의거하여 보완한다. [校注] 唐 宗密『盂蘭盆
   經疏』卷下: "부처께서 (목련에게) 갖가지 맛있는 음식들을 그릇에 담아 삼존을 공양
   하고 대중의 은택에 의지하면 거꾸로 매달려 있는 고통에서 벗어날 수 있다고 하셨
   다(佛令盆羅百味, 式貢三尊, 仰大衆之恩光, 救倒懸之窘急)." 宋 法雲『飜譯名義集』
   卷4「盂蘭盆」引用 三藏(玄奘)에도 "盆羅百味, 式貢三尊, 仰大衆之恩光, 救倒懸之窘
   急"이라는 똑같은 문구가 실려 있다. 이로 보아 '飾貢'은 '式貢'이 되어야 한다. '式'은
   '用'의 뜻이다.(『爾雅』「釋言」: "式, 用也.")

9 '光'은 原錄에서는 '先'으로 되어 있으며 다음 구에 속해 있다. [項楚] '先'은 응당 '光'이
   며 앞 구에 속해야 한다. '恩光'은 '恩澤'이다. [校注] 項楚의 견해는 옳다. 이에 의거하
   여 바로잡는다.

10 [原校] '子厥號' 세 자는 甲·乙·丙卷에 의거하여 보완한다.

11 [原校] '於一時間' 네 자는 甲·乙·丙卷에 의거하여 보완한다.

12 蔣禮鴻은 '興易'을 '장사하여 이득을 추구하다(京營求利)'로 보았다.

13 [原校] '養諸佛法僧及諸乞' 여덟 자는 甲·乙·丙卷에 의거하여 보완한다. [校注] 乙
   卷에서는 '佛法僧諸乞' 다섯 자로 되어 있고, 丙卷에서는 '養佛僧諸乞' 다섯 자로 되어

卜去後, 母生慳悋[14]之心, 所[15]囑咐資財, 並私隱匿. 兒子[16]不經旬月, 事了還家. 母語子言, 依汝[付囑營][17]齋作福.[18] 因茲欺誑凡聖, 命終遂墮阿鼻[19]地獄中, 受諸[劇][20]苦. 羅卜三周[21]禮畢, 遂卽投佛出家, 承[22]宿習因, 聞法證[得阿羅][23]漢果, 卽以道眼訪覓慈親, 六道生死, 都不見母. 目連從[定起含][24]悲, 諮白世尊, 「慈母何方受於快樂?」 爾時世尊報目連曰:「汝母已落阿鼻, 見受諸苦. 汝雖位登聖果, 知欲何爲. 若非十方衆僧解下[25]脫[26]之日, 已(以)衆力乃可救之.」 故佛慈悲, 開此方便, 用建盂蘭盆者, 卽是其事也.

있다.

14　‘悋’은 原卷에서는 ‘恡’로 되어 있고, 甲·乙卷에서는 ‘悋’로 되어 있는데 모두 다 ‘悋 (린)’의 속자이다. 丙卷에서는 ‘惜’으로 되어 있는데 의미는 똑같다.

15　甲·乙·丙卷에서는 ‘所’ 다음에 ‘是’자가 있는데 합당하다. ‘所是’는 ‘所有’와 같다. 일 본 中村不折 소장본 「搜神記」 梁元皓·段子京 항목: "사람을 보내 관과 옷, 이불, 요 등 장례에 필요한 도구 일체를 일일이 준비하게 하였다(卽令遣造棺木、衣衾、被褥, 所是送葬之具, 事事嚴備)." 여기서의 ‘所是’ 역시 같은 뜻이다.

16　‘兒子’는 丙卷에서는 ‘其兒羅卜’ 네 자로 되어 있다.

17　[原校] ‘付囑營’ 세 자는 甲·乙·丙卷에 의거하여 보완한다.

18　丙卷에서는 ‘作福’ 앞에 ‘供養’ 두 자가 더 있다.

19　甲·乙·丙卷에서는 ‘阿鼻’ 뒤에 ‘大’자가 더 있다.

20　[原校] ‘劇’자는 甲·乙·丙卷에 의거하여 보완한다.

21　‘三周’는 3년을 말한다. 「目連變文」: "목련은 부모를 장사지내 무덤에 안장시키고 3년 간 상복을 입고 十忌의 齋를 올리며 추모하였다(目連葬送父母, 安置丘墳, 持服三周, 追齋十忌)." 여기의 ‘三周’ 역시 같은 뜻이다. 「目連緣起」: "ㄴ복은 모친이 죽자 마치 하늘이 무너지고 땅이 꺼지는 것 같았다. 3년간의 상을 치르고 七七齋)를 지냈다(羅 卜見母身亡, 狀若天崩地滅, 三年至孝, 累七修齋)." 이로 보아 ‘持服三周’나 ‘三周禮畢’ 은 모두 3년간의 服喪을 말한다.

22　‘承’은 原錄에서는 ‘丞’으로 되어 있고 ‘承’으로 교정하였다. [校注] 甲·乙·丙卷에서 는 모두 ‘承’으로 되어 있다. 이에 의거하여 바로잡는다.

23　[原校] ‘得阿羅’ 세 자는 甲·乙·丙卷에 의거하여 보완한다. [校注] 乙·丙卷에는 ‘得’ 자가 없다.

24　[原校] ‘定起含’ 세 자는 甲·乙·丙卷에 의거하여 보완한다

25　[徐震堮] ‘解下’는 응당 ‘解夏’이어야 한다.

26　原錄에서는 ‘脫’ 앞에 ‘勝’자가 있다. [原校] ‘勝’자는 甲·乙卷에 의거하여 보완한다. [校注] ‘勝’자는 乙卷에서만 보이고 甲·丙卷에는 없다. ‘勝脫’은 그 뜻을 이해하기 어 렵다. ‘脫’자와 관련하여 생긴 오자인 듯하여 삭제한다.

대저 7월 15일에는 천당은 활짝 열리고 지옥은 문이 열리며 삼도(三塗)의 업은 사라지고 십선(十善)이 자라나는 날이다. 뭇 승려들의 자자(自恣)[27]를 위한 이날의 복을 비는 자리에는 제신과 팔부용천이 모두 자리하여 복을 기구한다. 이날 공양하는 자는 현세의 복을 얻게 되고 또 죽은 자를 보다 나은 곳으로 거듭 태어나게 한다. 그리하여 우란백미[28]를 삼존(三尊)[29]에게 공양하면 그 대중의 은광(恩光)에 힘입어 거꾸로 매달려 고통을 겪는 [망자를] 구하게 된다.

옛날 부처가 세상에 계실 적에 목련이라는 제자가 있었다. 아직 속세에 있으면서 출가를 하지 않았을 때 이름을 나복(羅卜)이라 불렸던 그는 깊이 삼보(三寶)를 믿고 대승(大乘)을 공경하였다. 어느 날 그는 타국으로 장사를 떠나고자 마음을 먹었다. 그리하여 재산을 모친에게 맡기며 후원에 재회(齋會)를 열어 불법승과 걸식자들에게 공양을 드리라고 당부하였다. 나복이 떠난 후 모친은 인색한 마음이 생겨 자식이 맡긴 재물 모두를 슬그머니 감추어버렸다. 한 달이 안 되어 아들이 일을 마치고 집으로 돌아왔다. 그러자 모친이 아들에게 말하였다. "네가 부탁한대로 재를 올리며 복을 쌓아왔느니라." 그리하여 성인을 기만한 죄로 목숨이 다하여 아비지옥에 떨어져서 모든 극심한 고통을 당하였다. 나복은 3년간의 상을 마치고 마침내 부처에 귀의 출가하였고 숙세의 인연으로 법을 듣자 곧 아라한과를 증득하였다. 그리하여 도안(道眼)으로 모친을 찾는데 육도(六道) 어디에서도 모친은 보이지 않았다. 목련이 선정(禪定)에서 깨어나 슬피 세존에게 물었다. "제 어머니께서는 어느 곳에서 안락함을 누

27　하안거(夏安居)를 마칠 때 하는 행사.

28　'우란(盂蘭)'은 범어 ullambana의 음역으로 '도현(倒懸. 거꾸로 매달림)'이란 뜻이다. 지옥에 떨어져 고통을 받고 있는 망자를 위하여 불사(佛事)를 행하여 구제하는 행사가 우란분(盂蘭盆)이다. 『우란분경(盂蘭盆經)』은 불제자 대목건련이 아귀도(餓鬼道)에 떨어진 모친을 구제하고자 석존의 지시에 따라 7월 15일 자자(自恣)일에 중승(衆僧)을 공양한다는 고사에 기초하고 있다. '백미(百味)'라는 것은 이날 제단에 바쳐지는 여러 가지 음식을 말한다.

29　'삼존(三尊)'은 삼보(三寶), 즉 불(佛)·법(法)·승(僧)을 말한다.

리고 계시는지요?" 이때 세존이 목련에게 일러 말하였다. "그대의 모친
은 아비지옥에 떨어져 온갖 고통을 받고 있느니라. 그대가 비록 성위(聖
位)에 올랐다지만 무엇을 할 수 있을 것인가. 십방(十方) 중승(衆僧)의 해
하일(解夏日)[30]에는 중력(衆力)으로 구할 수 있으리라." 그러므로 부처께서
자비롭게도 이 우란분을 행하는 방편을 열어주셨던 것은 바로 이 일을
말하는 것이다.

羅卜自從父母沒, 禮泣[31]三周復制[32]畢.

聞樂[33]不樂損形容, 食旨不甘傷筋[34]骨.

聞道如來在鹿苑,[35] 一切人天皆憮[36]恤,

我今學道覓如來, 往詣雙林而問佛.[37]

爾時佛自便逡巡, 稽首和尙兩足尊,

左右摩訶釋梵衆, 東西大將散支[38]神.

[30] '해하(解夏)'란 여름 안거(安居)를 마치는 일을 말한다. 음력 7월 15일이 해하일이다.

[31] [原校] '泣'은 본래 '垃'로 되어 있는데 甲·丙卷에 의거하여 보완한다. [校注] 乙卷에
서는 '泣'으로 되어 있다.

[32] '復制'는 '무덤에 참배(復墓)하는 법도'를 가리킨다.

[33] [原校] 본래 '不' 앞에 '道'자가 있는데 乙卷에 의거하여 삭제한다. [校注] 甲·丙卷에
도 '道'자는 없다.

[34] '筋'은 모든 권자에서 '觔'으로 되어 있는데 편방을 생략한 '筋'자인 듯하다. '筋'은 '筋'
의 속자이다. 이는 『干祿字書』에 보인다. 『正字通角部』: "觔, 與筋同." 여기서는 '觔'
이 '筋'의 이체자라고 말하고 있다.

[35] '苑'은 原錄에서는 '宛'으로 되어 있고 '苑'으로 교정하였다. [校注] 丙卷에서는 '菀'으로
되어 있는데 이는 '苑'의 속자이다. 돈황사본에서 '苑'은 왕왕 '菀'으로 표기된다. 여기
서는 丙卷에 의거하여 직접 '苑'으로 적는다.

[36] '憮'는 原卷에서는 '無'로 되어 있는데 甲·乙·丙卷에 의거하여 수정한다. 原錄에서
는 '無'로 되어 있고 '撫'로 교정하였는데 이는 옳지 않다.

[37] 甲卷에서는 뒤에 '云云' 두 자가 있고 중간 문구가 없이 곧바로 '號曰神通大目連'으로
이어지고 있다. 아마도 '云云'은 생략되었음을 말해주는 것이리라. 甲卷은 운문 부분
이 자주 생략되어 있는데 그럴 때마다 '云云' 두 자로 적어 그 사실을 얘기하고 있다.
이하에서는 별도로 注를 달지 않는다.

[38] '支'는 原錄에서는 '諸'로 되어 있다. [原校] '諸'는 본래 '支'로 되어 있는데 乙卷에 의거
하여 수정한다. [校注] 原卷의 '支'는 오류가 아니다. '散支'는 범어의 음역으로 '散脂',

看(胸)前萬字頗黎[39]色, 項後圓光像月輪,

欲知百寶千花上, 恰似天邊五色雲.

弟子凡愚居五[欲],[40] 不能捨離去貪嗔,

直爲平生罪業重, 殃及[41]慈母入泉[門].[42]

只恐無常相逼迫, 苦海沈淪生死津,

願佛慈悲度弟子, 學道專心報二親.

世尊當聞羅卜說, 知其正直不心邪,

屈指先論四諦法,[43] 後聞應當沒七遮.

縱令積寶陵[44]雲漢, 不及交(敎)人暫出家.

恰似盲龜遇浮木, 由(猶)如大火出蓮花.

炎炎[45]火宅難逃避, 滔滔苦海闊[46]無邊.[47]

‘半支迦’ 등으로 번역되기도 한다. 의역명은 ‘蜜神’ 즉 북방 비사문천왕을 보좌하는 여덟 대장 중 하나이다. 『大日經疏』 권5: “비사문천왕은 그 좌우에 야차 팔대장을 두었다. …… 세 번째가 半只迦인데 이전에는 散支라 불렀다[置毗沙門天王, 於其左右置夜叉八大將 …… 三名半只迦, 舊曰散支].”

39 [原校] 丙卷에서는 ‘頗黎’가 ‘波利’로 되어 있다. ‘유리(玻璃)’를 말한다. [校注] 乙卷에서는 ‘波利’로 되어 있고 丙卷에서는 ‘頗黎’로 되어 있다.

40 [原校] ‘欲’자는 丙卷에 의거하여 보완한다. [校注] 乙卷 역시 ‘欲’자가 있다.

41 ‘及’은 原錄에서는 ‘入’으로 되어 있다. 徐震堮은 이를 ‘及’으로 보았다. [校注] 모든 권자가 다 ‘及’으로 되어 있다. 原錄이 오류다.

42 [原校] ‘門’자는 丙卷에 의거하여 보완한다. [校注] 乙卷 역시 ‘門’자가 있다.

43 ‘法’은 原錄에서는 ‘去’로 되어 있다. [項楚] ‘去’는 응당 ‘法’이어야 한다. ‘四法’은 苦·集·滅·道 四諦를 말한다. 「頻婆娑羅王后宮綵女功德意供養塔生天因緣變」: “四諦의 가르침을 설하시자 마음이 열리고 그 뜻을 이해하게 되어 수타원과를 얻었다(其說四諦法, 心開意解, 得須陀洹果).” [校注] 原卷은 ‘去’로 되어 있고 乙·丙卷은 ‘法’으로 되어 있는데 ‘法’이 옳다. 이에 의거하여 바로잡는다.

44 ‘陵’은 原卷과 乙卷에서는 모두 ‘陵’으로 되어 있는데, 原錄에서는 ‘凌’으로 되어 있어 필사권과 맞지 않는다. 『說文解字』: “陵, 大阜也.” 段玉裁 註釋: “引申之爲上也.” ‘凌’은 ‘陵’의 古字이고 서로 통용되나 ‘넘다, 초과하다’는 뜻으로는 ‘陵’이 正字이다. 『敦煌曲校錄』 「禪門十二時」: “염라왕에게 목숨을 청해도 이루어지기 어렵나니, 보물을 하늘에 닿을 만큼 쌓아둬도 아무런 쓸모없다네(閻羅索命難求囑, 積寶陵天無用處).” 여기서도 ‘陵’자를 사용하고 있다.

45 丙卷은 여기까지다. 뒷면에는 “大目乾連變文一卷 寶護”라는 문구와 “삼가 서남방 鷄足山의 빈두바라타 화상을 모셔와 이달 8일 남염부제 大唐國 沙州 淨土寺에서, 돌아

直爲[48]衆生分別故, 如來所已(以)立三車.

佛喚阿難而剃髮, 衣裳便[49]化作袈裟,

登時證得阿羅漢,[50] 後受婆羅提木叉.

羅卜當時在佛前, 金爐怕怕[51]起香煙,

六種瓊林動大[52]地, 四花標樣葉清天.[53]

千般錦繡補(鋪)床座, 萬道珠[54]幡空裏玄(懸),

佛自稱言我弟[子],[55] 號曰神通大目連.

나복은 부모가 세상을 떠난 뒤

흐느껴 울며 3년간의 상을 마쳤네.

음악을 들어도 즐겁지 않으니 모습이 말라가그

가신 부친 아무개의 명복을 빌고자 재를 올립니다. 부처님의 가르침을 받고자 원하오니 우리 중생을 버려두지 마시고 자비를 베푸시어 때에 맞춰 강림해주시기를. 무인년 6월 16일 고아 아무개 삼가 적음(謹請西南方雞足山賓頭頗羅墮和尚, 右今月八日於南閻浮提大唐國沙州, 就淨土寺, 奉爲故父某某大祥追福設供, 伏願誓受佛勅, 不捨蒼生, 興運慈悲, 依時降駕. 戊寅年六月十六日孤子某某謹疏)"라는 주석이 붙어 있다. 글자체가 본문과 유사한 것으로 보아 동일 인물이 적은 것으로 보인다.

46 '闊'은 原卷·乙卷에서는 모두 똑같다. 原錄에서 왼쪽에 쓸데없이 'ㅜ'를 붙인 것은 옳지 않다.

47 [徐震塄] '邊'은 '涯'가 되어야 한다. [校注] '涯'자가 합운된다. 서씨의 견해는 옳다.

48 丁卷은 '爲'자부터 시작된다.

49 '便'은 각권이 모두 똑같은데 原錄에서는 '變'으로 되어 있다. 수정할 근거가 없다.

50 '羅'는 原卷에서는 '難'으로 잘못 기록되어 있다. 여기서는 乙卷에 의거하여 수정한다.

51 [項楚] '怕怕'는 응당 '拍拍'이 되어야 한다. '가득 차다', '충일하다'는 뜻이다. [校注] 항씨의 견해는 옳다. 王鍈『詩詞曲語辭例譯』(增訂本)의 '拍' 항목과『通釋』의 '遍索' 항목을 참고 바란다.

52 '大'는 原錄에서는 '天'으로 되어 있는데 項楚는 '大'로 보아야 할 것 같다고 하였다. [校注] '大'자가 옳다. 乙·丁卷에서는 사실 '大'자로 되어 있다. 이에 의거하여 바로잡는다.

53 [徐震塄] '標樣'은 '標映'으로 보아야 할 듯하고, '葉'자에는 오류가 있다. [項楚] '清'은 응당 '青'이어야 한다. [校注] '葉'은 응당 '協'으로 보아야 한다.

54 [原校] '珠'는 본래 '殊'로 되어 있는데 丁卷에 의거하여 바로잡는다.

55 [原校] '子'자는 戊卷에 의거하여 보충한다. [校注] 戊卷은 본편의 후반부만 존재할 뿐이라 이 부분은 남아 있지도 않다. '子'자는 乙·丁卷에서 보인다. 原校의 '戊卷'은 아마 '丁卷'의 잘못일 것이다.

맛있는 음식을 먹어도 그 맛을 모르니 근골이 상한다.

듣건대 여래께서 녹야원에 계시는데

모든 인천(人天)[56]을 긍휼히 여기신다네.

이제 나는 여래를 찾아뵙고 도를 배우리라.

쌍림(雙林)으로 가서 부처에게 여쭙네.

이때 부처는 스스로 준순(逡巡)하시는데[57]

스님이 양족존(兩足尊)[58]에 계수(稽首)[59]를 올리네.

좌우로는 제석(帝釋)과 범왕(梵王)이

동서로는 대장산지신(大將散支神)이 [시립하고 서] 있다.

가슴에는 유리(琉璃) 색의 만(卍)자가 새겨있고

목 뒤에는 월륜(月輪) 같은 후광이 빛난다.

백보천화(百寶千花)[60] 위가 어떤가 하면

마치 하늘가의 오색구름 같다.

제자는 어리석게도 오욕(五欲)[의 세계]에 거하며

탐욕과 성냄을 멀리하지 못하고

평생의 죄업 무겁기만 하여

모친이 황천에 떨어지는 재앙이 내렸네.

다만 두려운 것은 무상(죽음)이 들이닥쳐

생사의 고해에 빠지는 것이네.

바라옵건대 부처시여, [이 몸이] 제도 받은 제자 되어

전심으로 도를 배워 양친의 은혜에 보답할 수 있게 되기를.

---

56 인간계와 천상계의 중생.

57 이 문구는 의미가 불분명하다. '준순(逡巡)'은 변문이나 당시(唐詩)에서 '곧, 즉각', '바로 ~하다'라는 뜻의 속어로 사용되고 있는 게 대부분인데 여기서는 그 의미가 통하지 않는다.

58 '양족'이란 다리가 둘 있는 것, '양족존'은 다리가 둘 있는 것, 즉 인간들 가운데서 가장 존귀한 자란 뜻으로, 부처를 말한다.

59 머리가 땅에 닿도록 몸을 굽혀 하는 절.

60 부처가 앉는 보좌(寶座)의 아름다운 장식을 가리킨다.

세존은 나복의 말을 듣고

정직하여 사심(邪心)이 없음을 아시고는

손가락을 꼽으며 먼저 사체(四諦)를 설해주시고

다음으로 칠차(七遮)[61]를 끊는 법을 가르쳐주셨네.

은하수에 닿을 만큼 가득 보물을 쌓아도

남을 잠시만이라도 출가시키는 [복덕]만은 못하리.

눈먼 거북이 [대해에서] 부목(浮木)을 만난 듯하고

맹렬한 불길 속에서 연꽃이 피어나는 듯하네.

활활 타오르는 화택(火宅)은 달아나기 어렵고

도도한 고해(苦海)는 넓기가 끝이 없다네.

오로지 중생의 분별을 위하여

여래는 삼거(三車)[62]를 보이셨네.

부처께서는 아난을 불러 삭발을 시키시니

속의(俗衣)는 변하여 가사(袈裟)가 되네.

즉각 아라한과를 증득하고

이어서 바라제목차(婆羅提木叉)[63]를 전수받았네.

나복이 부처 앞에 있을 때

황금 화로에서는 몽실몽실 향 연기가 피어오르는데

육종(六種)의 경림(瓊林)이 대지를 뒤흔들며

사종(四種)의 천화(天花)가 푸른 하늘에 흩날린다.[64]

---

61 '칠역죄'를 달리 이르는 말. 수행을 막는 일곱 가지 죄라는 뜻이다.

62 양거(羊車), 녹거(鹿車), 우거(牛車)의 세 수레. 각각 성문승, 연각승, 보살승을 비유
적으로 이르는 말이다. 『법화경』「비유품(譬喩品)」에 화택(火宅) 삼거(三車) 비유가
보인다.

63 pratimoksa. 승려의 교단에 있어서 엄수해야 할 계율의 구체적인 조문집.

64 앞의 두 문구는 축복을 나타내는 서상(瑞像)으로서의 육종진동(六種震動, 대지가 여
섯 가지 모양으로 흔들림)과 사화(四花)의 산화(散華. 네 종류의 천화가 하늘로부터
흩날림)를 말하는 것임에 틀림없으나, 두 문구가 대구가 되지 않고 있다. '경림(瓊林)'
의 오류인 듯하다.

천 가지 화려한 비단이 상좌(牀座)를 장식하고
만 가지 구슬 장식 깃발이 공중에 걸려 있는데
부처께서는 몸소 "나의 제자여"라고 말씀하시며
신통 대목련이라고 이름 지어 주셨네.

當時目連於雙林樹下, 證得阿羅漢果. 何爲如此, 准法華經云 : 窮子品先受其價,[65] 然後除糞, 此卽是也. 先得阿羅[漢][66]果, 後當學道, 看目蓮深山坐禪之處. [若爲]?[67]

目連剃除須[68]髮了, 將身便卽入深山,
幽深地淨無人處, 便卽觀空而[69]坐禪.
坐禪觀空知善惡, 降心住心無所著,
對鏡澄澄不動搖,[70] 左脚還須押右脚.[71]

---

65 [項楚] '窮子品'은 응당 '云'자 앞에 와야 한다. 오늘날 전해지는 법화경 역본으로는 3종이 있다. 姚秦 鳩摩羅什 譯『妙法蓮華經』과 西晉 竺法護 譯『正法華經』과 隋 闍那崛多・笈多 譯『添品妙法蓮華經』이 그것이다. '窮子' 관련 고사는 鳩摩羅什本 권2 譬喩品, 竺法護本 권3 倍樂品, 闍那崛多本 권2 信解品에서 각각 보일 뿐 '窮子品'이란 품명은 없다. 첫 번째와 세 번째 역본에서는 '爾時窮子先取其價, 尋與除糞'이란 문구가 있는데 글귀가 이곳과는 약간의 차이를 보인다. 변문의 이 인용문은 별도의 역본이 존재하지 않는다면 필시 필사자가 자신의 기억에 의거하여 그 大意를 말한 것이리라. [校注] '品'자는 연자인 듯하여 삭제함이 마땅하다. '窮子品先受其價, 然後除糞'은 법화경의 문구를 인용한 것이다. 또 原校에서는 "戊卷은 '價'가 '位'로 되어 있다" 하였는데 '戊卷'은 '丁卷'을 잘못 말한 것이다.

66 [原校] 본래의 '難'자를 '羅'로 수정하며 '漢'자를 보충한다. [校注] 甲・乙・丁卷에서는 모두 '羅'로 되어 있고 '漢'자도 들어 있다. 이에 의거하여 보충 정정한다.

67 [原校] '若爲' 두 자는 丁卷에 의거하여 보충한다.

68 '須'는 甲・丁卷에서는 '鬚'로 되어 있다. '鬚'는 '須'에서 분화된 글자이다. '須'를 굳이 '鬚'로 고칠 필요는 없다.

69 '而'는 丁卷에서는 '學'으로 되어 있다.

70 '搖'는 原卷에서는 '遙'로 되어 있는데 丁卷을 따라 수정한다. 이 문구는 '마음을 가다듬고 좌선함'을 가리킨다.『資持記』下2 : "坐禪之處, 多懸明鏡, 以助心行." 이는 참고할 만하다.

71 慧琳『一切經音義』권8 : "결가부좌에는 두 종류가 있다. 하나는 길상좌이고, 또 하나는 항마좌이다. 먼저 오른발을 왼쪽 넓적다리 위에 올려놓고 그 다음에 왼발을 오른

端身坐盤石, 以舌著上蕚(齶).[72]

白骨盡皆空, 氣息無交錯.

當時群鹿止[73]吟林, 逼近淸潭望海頭,

明月庭前聽[74]法眼, 靑山松下坐唯禪.[75]

天邊海氣無遐換,[76] 隴外靑山望戍[77]樓,

秋風瑟瑟林中度, 黃葉飄零水上浮.

目連宴坐虛無境, 內外澄心[78]漸漸修,

쪽 넓적다리 위에 올려놓고, 손은 왼손을 오른손 위에 놓는 법인데 이는 항마좌라 부른다. …… 먼저 왼발을 오른쪽 넓적다리 위에 올려놓고 그 다음에 오른발을 왼쪽 넓적다리 위에 올려놓아 두 발이 양쪽 넓적다리 위에 놓이게 하고, 손은 오른손을 왼손 위에 놓는 법인데 이는 길상좌라 부른다(結跏趺坐略有二種, 一曰吉祥, 二曰降魔. 凡坐皆先以右趾押左股, 後以左趾押右股, 此卽左押右, 手亦左居上, 名曰降魔坐. …… 先以左趾押右股, 後以右趾押左股, 令二足掌仰於二股之上, 手亦右押左, 仰安跏趺之上, 名爲吉祥坐)." 이로 보아 변문의 문구는 항마좌를 달하고 있다.

72 [項楚] '著'는 응당 '拄'가 되어야 하며, 혀를 입천장에 붙이는 것을 말한다. 『禪秘要法經』 卷上에 좌선 방법에 대해 말하기를 "사문의 가르침이란 것은 마땅히 조용한 곳에다 방석을 펴고 결가부좌하고 앉아야 한다. 의복은 단정히 하고 몸을 똑바로 펴고 앉는데, 오른쪽 어깨가 드러나도록 옷을 걸친다, 그리고 왼손을 오른손 위에 둔다. 눈은 감고 혀는 입천장에 붙이고서 마음을 한 곳에 모아 흩어지지 않게 한다(沙門法者, 應當靜處敷尼師壇, 結跏趺坐, 齊整衣服, 正身端坐, 偏袒右肩, 左手著右手上, 閉目以舌拄齶, 定心令住, 不使分散)." 『佛本行集經』 卷28: "앉은 다음 입을 다물고 이는 서로 붙이며 혀는 위턱에 붙인다(坐訖合口, 以齒相拄, 舌築上齶)." '著', '拄', '築'은 모두 의미가 통한다. 따라서 '著'자는 굳이 고칠 필요 없다.

73 [原校] 乙卷은 '止'가 '正'으로 되어 있다. [校注] 丁卷 역시 '正'으로 되어 있다. 돈황사본에서 '止'와 '正'은 뒤섞여 쓰이고 있다. 여기서는 응당 '止'로 보아야 옳다.

74 [原校] 丁卷은 '聽'이 '看'으로 되어 있다.

75 '坐唯禪'은 '唯坐禪'이 되어야 할 듯하다.

76 [原校] 丁卷은 '遐換'이 '霞喚'으로 되어 있다. [項楚] '改換'으로 보아야 할 것 같다. '遐'는 '改'의 形訛字이며, 丁卷의 '霞'는 '遐'의 音訛字이다. "天邊海氣無遐換"은 선정에 든 후의 고요한 경계를 비유한 것이다. [校注] 丁卷에서는 마지막 세 글자가 '如霞喚'으로 되어 있는데 이는 '如霞煥'의 잘못인 듯하다. 潘重規의 견해도 이와 똑같다.

77 [原校] '成'은 본래 '或'으로 되어 있고, 丁卷에서는 '戌'으로 되어 있다. 王重民의 의견을 따라 '成'로 수정한다.

78 '澄'은 原錄에서는 '證'으로 되어 있다. [項楚] '證'은 응당 '澄'이어야 한다. '澄心'은 '잡념을 떨쳐 버리다'는 뜻이다. [校注] 丁卷에서는 '澄'으로 되어 있다. 이에 의거하여 수정한다.

通達聲聞居望[79]地, 出入山間得自由.

目連從定出, 迅速作神通,

來如霹靂急, 去似一團風.

海雁[80]啼繒徹(繳),[81] 鶬[82]鷹脫網籠,

潭[83]中煙霞碧, 天淨遠路紅

神通[84]得自在, 擲缽便騰空,

于時一向[85]子, 上至梵天宮.

目連一向至天庭, 耳裏唯聞鼓樂聲.

紅樓半映黃金殿, 碧牖渾淪白玉成.[86]

錫杖敲門三五下, 胸前不覺淚盈盈.[87]

長者出來如(而)[88]共語, 合掌先論中孝[89]情.

啓言長者相識否?, 頻(貧)[90]道南閻浮提人.

少小身遭父母喪, 其家大富少[91]兒孫.

---

79 【袁賓校】'望'은 '聖'의 形訛字이다. 【校注】원씨의 견해는 옳다.

80 '雁'은 丁卷에서는 '鳥'로 되어 있다.

81 '繒徹'은 原校에서는 '繒繳'으로 되어 있다. 項楚는 '繒'자를 고칠 필요 없다고 하였다. 【校注】'繒'은 '繒'의 고자로 두 글자는 통용된다. 『正字通』'糸部 : "繒, 與繒同." '繒繳' 는 古書에서 흔히 '繒徹'로 되어 있다.

82 '鶬' : 項楚는 '蒼'으로 교정하였는데 이는 옳다. 이는 偏旁 類化字이다.

83 '潭'은 原卷·丁卷에서는 '譚'으로 되어 있다. 여기서는 乙卷에 의거하여 바로잡는다.

84 神通 : 原錄에서는 잘못하여 도치시켜 놓았다. 여기서는 각권에 의거하여 바로잡는다.

85 【徐震堮】'向'은 '晌'과 같다. 이하 동일하다.

86 【潘校】'成'은 '城'과 통한다.

87 【原校】乙·丁卷에서는 '盈盈'이 '交盈'으로 되어 있다. 【校注】原卷에서는 '盈'자 왼편에 '삼수변(氵)'이 덧붙어 있는데 이는 편방을 첨부한 속자이다.

88 '如'는 原校에서는 '而'로 되어 있다. 【校注】돈황사본에서 '如'와 '而'는 흔히 통용된다. 丁卷에서는 '而'로 되어 있다.

89 【項楚】'中'은 '忠'이 되어야 한다. 여기서의 '忠孝'는 '孝'만을 가리킨다.

90 【原校】본권에서 '頻'자는 모두 '頻'으로 되어 있는데 일률적으로 '貧'으로 고친다. 【校注】原卷에서는 '頻道'와 '貧道'가 모두 쓰이고 있다. 따라서 原校의 설명은 타당하지 않다. 다른 권자에서는 '貧道'로 되어 있는 경우가 많다.

91 '少'는 原卷·乙卷에서는 '小'로 되어 있다. 여기서는 丁卷을 따른다.

孤㷀[92]更亦無途當,[93] 貧道慈母號青提.

阿耶名輔相.[94] 一生多造福田因.

亡過合生此天上. 可連(憐)[95]富貴嬌[96]奢地,

望睹[97]令人心悅暢. 鍾(鐘)鼓鏗鎗和[98]雅音,

鼓瑟[99]也以聲遼亮. 哀哀劬勞長不捨,

乳哺之恩難可忘. 別後安和好在[100]否,

比來此處相尋訪. 長者聞語意以[101]悲,

心裏迴惶出語遲. 弟子閻浮有一息,

不省既[102]有出家兒. 和尚莫怪苦盤問,

---

92 '㷀'은 原卷·乙卷에서는 '㺞'로 되어 있는데 아마도 '㷀'의 增旁 俗字일 것이다.(앞의 '孤'자와 관련하여 '子' 편방을 덧붙인 것으로 보임) 또 丁卷어서는 '瓊'으로 되어 있는데 이는 그 音訛字이다. 『玉篇』「勹部」: "㷀, 孤獨也." 項楚는 '㺞'은 '惸'으로 보아야 한다고 했는데 정확하지 않다.

93 【項楚】'途當'은 응당 '徒黨'이어야 하며 '친구', '동반자'를 말한다. 【校注】'徒黨'은 '무리', '패거리'를 가리키는 것이라, 목련의 집안에 '패거리가 없다'가 되어 문맥상 어색하다. 여기의 '途'는 어쩌면 '逢'자의 형와지인지 모른다. 그렇게 보면 이 문구는 '고독하기 짝이 없다'는 뜻이 된다.

94 【原校】乙卷에서는 '輔'가 '輸'로 되어 있다. 【校注】宗密『盂蘭盆經疏』卷下: "(목련은) 왕사성 輔相의 아들이다(目連是王舍城中輔相之子)." 이로 보아 '輔'가 맞다.

95 '可憐'은 '可羨(부럽다)', '可愛(사랑스럽다)'와 같다. 白居易「長恨歌」: "자매와 형제 모두에게 영지를 내려주니, 부럽게도 그들 가문에 광채가 나게 되네(姊妹弟兄皆列土, 可憐光彩生門戶)." 여기의 '可憐'은 같은 뜻이다. 『詩詞曲語辭匯釋』의 '可憐' 항목을 참조 바란다.

96 【原校】乙卷은 '嬌'가 '驕'로 되어 있고 丁卷은 '교'로 되어 있다.

97 【原校】乙卷은 '睹'가 '都'로 되어 있다. 【校注】돈황사본에서는 '都'와 '睹'가 통용된다. 乙卷의 '都'는 '睹'의 가차자이다.

98 【原校】'和'는 본래 '知'로 되어 있는데 丁卷에 의거하여 수정한다. 【校注】乙卷 역시 '和'로 되어 있다.

99 '鼓瑟'은 丁卷에서는 '瑟琴'으로 되어 있는데 앞의 '鐘鼓'와 중복됨이 없어 문맥상 더 합당하다.

100 '好在'는 '安好'이며 안부를 물을 때 자주 사용된다. 뒤의 "別久, 好在已否?" P.4988(丁卷)에서는 '好在已否'가 '已後好在'로 되어 있는데 이 '好在' 역시 같은 의미이다.

101 '以'를 周紹良은 '似'로 보았는데 사실에 가깝다.

102 【項楚】'既'는 응당 '記'이다. 이 문구는 출가하여 승려가 된 아들이 있음을 기억하지 못한다는 뜻이다.

世上人倫有數般. 乍觀出語將爲異,[103]

收氣之時稍似難. 俗間大有同名姓,

相似顔容幾百般. 形容大省[104]曾[105]相識,[106]

只竟[107]思量沒處安. 闍梨苦死來相認,

更說家中[108]事意看.

　이때 목련은 사라쌍수 아래서 아라한과를 얻었다. 이렇게 말할 수 있는 것은 『법화경』에서 "빈궁한 아들이 먼저 그 삯을 받고 나서 거름을 치웠다"[109]라 한 것에 의거한 것인데, 이것이 바로 그 경우이다. 먼저 아

103　‘異’를 蔣禮鴻은 ‘易’이라 교정하였는데 이는 옳다. 「降魔變文」의 "말을 내뱉기는 손바닥을 뒤집는 것보다 쉽지만 그 파장을 거두어들이는 것은 산을 뽑는 것보다 어렵다(出言易於反掌, 收氣難於拔山)"라는 문구는 그 증거가 된다.

104　[通釋] ‘大’는 ‘不’자의 잘못이다. 만일 ‘相識(서로 알고 있음)’한다면 ‘只竟思量沒處安’할 리가 없을 것이기 때문이다. 이 ‘大’자는 앞의 ‘俗間大有同名姓’의 ‘大’와 관련하여 생긴 착오이다. ‘不省旣有出家兒’라는 앞 문구에 의거하여 고쳐야 할 것이다. ‘不省曾’은 ‘不省’이며 이는 곧 ‘未曾(일찍이 ~하지 않다)’이다. [校注] ‘大’자는 각권이 모두 똑같은 것으로 보아 오류는 아닌 듯하다. 「金剛般若波羅密經講經文」："얼굴과 용모가 크게 닮았다 해도 존비(尊卑)가 같지 않음은 어쩔 수 없다네(大有顔容相似者, 爭那尊卑事不同)." 이 ‘大’자는 비슷한 용법으로 보인다. 이 문구는 이름도 똑같고 모습도 비슷하여 일찍이 알고 있던 사람인 듯하나, ‘일찍이 출가한 아들이 없었기에(不省旣(記)有出家兒)’, ‘아무리 생각해도 확신할 수 없다(只竟思量沒處安)’는 뜻이다. [原校] 丁卷에서는 ‘省’이 ‘性’으로 되어 있다. [校注] ‘性’은 ‘省’의 음와자이다.

105　[原校] ‘曾’은 본래 ‘繒’으로 되어 있는데 丁卷에 의거하여 수정한다.

106　‘識’은 原卷에서는 ‘織’으로 되어 있는데 여기서는 乙・丁卷에 의거하여 고친다.

107　蔣禮鴻은 ‘只竟’은 ‘至竟’, 즉 ‘필경(究竟)’, ‘아무래도(到底)’라는 뜻이라 하였다. 袁賓은 ‘只’는 ‘終’이며 ‘只竟’은 곧 ‘終竟’이라 하였는데 이는 정확하지 않다.

108　[原校] ‘中’은 본래 ‘徒’로 되어 있는데 丁卷에 의거하여 수정한다.

109　『법화경』「신해품(信解品)」에 나오는 궁자(窮子)의 비유이다. 어느 장자에게 아들이 있었는데, 그 아들은 어려서 부모와 헤어져 오랫동안 여러 나라를 방랑하다가 우연히 본국으로 향하게 되었고 자신의 아버지인 장자의 호화로운 저택 문 앞에 이른다. 계속 아들을 찾으면서 잠시도 아들을 잊은 적이 없는 아버지는 문 앞에 서 있는 아들의 모습을 발견하지만 아버지에 대한 기억이 전혀 없는 아들은 그 집의 위세에 놀라고 재난이 미칠 것을 두려워해 문 앞을 떠나려 한다. 장자가 심부름꾼을 시켜 데리고 오려고 하자 아들은 놀란 나머지 혼절해버리고 만다. 거기서 장자는 아들을 놓아주고 후일 다른 사람을 보내어 거름청소부가 되라고 권유하고, 아들은 선금을 받고 거름 치우는 일을 시작한다. 이리하여 장자는 청소부가 된 그에게 서서히 다가가 점차

라한과를 얻고 나서 도를 배우게 되었다. 목련이 깊은 산에서 좌선하는
장면을 보건대 어떠한가.

> 목련은 수염과 머리칼을 잘라낸 뒤
> 그 몸은 곧장 깊은 산속으로 들어갔네.
> 사람이 다니지 않는 그윽하고 청정한 곳에서
> 공(空)의 이치를 깊이 살피며 좌선을 행하네.
> 좌선하며 관공을 행하니 선악을 알게 되고
> 마음을 가라앉히고 마음에 집중하니 집착되는 바가 없네.
> 맑은 거울을 대하면서 마음에 흔들림이 없이
> 왼발을 오른발 위에 올려놓았네.
> 반석 위에 단아하게 앉아
> 혀를 위턱에 붙이네.
> 백골이 되어 모든 게 공(空)임을 살피며[110]
> 호흡에 어지러움이 없네.[111]
> 이때 사슴의 무리는 숲속에서 우는 것을 그치고
> 맑은 연못 가까이서 바닷가를 멀리 바라본다.
> 밝은 달이 비치는 뜰 앞에서 법안(法眼)을 듣고
> 청산의 소나무 아래서 일념으로 좌선하네.
> 하늘가의 안개는 저녁놀처럼 환하고
> 농산(隴山) 너머의 청산은 변방의 망루를 바라브네.[112]

중용하고 20여 년이 흐른 뒤에는 모든 재산을 그에게 맡기기 된다. 당장은 자신이
부처의 아들임을 납득할 수 없다 하더라도 오랫동안 가르치면 가능하게 된다는 사실
에 대한 절묘한 비유이다.

[110] 불교의 '부정관(不淨觀)' 수행법의 일종으로 '구상(九想)'이라는 게 있다. 중생은 몸에
대한 집착이 강하여 열반 길에 오르지 못한다고 한다, 이를 위하여 사람이 죽으면
아홉 단계를 거쳐 육신은 썩어 없어지고 다만 백골만 남는다는 것을 명상함으로써
육신에 대한 집착을 끊게 하는 것이 백골관이다.

[111] 들숨과 날숨의 수를 헤아림으로써 마음을 통일시키는 '수식관(數息觀)'을 말한다.

[112] 앞 두 구는 선정에 든 고요의 경계를 말하고 있다.

가을바람이 소슬하게 숲속을 지나니
노란 이파리가 흩날리며 물 위에 떠다닌다.
목련은 좌선하며 허무의 경계에서
안팎으로 마음을 순일하게 하고 점차 수행을 쌓아간다.
성문승(聲聞乘)[113]에 통달하여 성위(聖位)에 오르게 되니
산간을 드나듦이 자유자재로다.
목련은 선정에서 깨어나
신속히 신통력을 부리는데
오는 것이 벼락이 치듯이 빠르고
가는 것이 한바탕 부는 바람과 같다.
바다 기러기는 주살에 울고
매는 그물을 벗어나 날아간다.
연못 속의 안개와 노을은 푸르고,
하늘은 맑아 먼 길이 붉다.
자유자재의 신통력으로
발우를 던져 허공으로 날아올라[114]
눈 깜짝할 새에
위로 범천궁(梵天宮)에 이른다.
목련은 순식간에 하늘나라 궁전에 이르렀는데
북과 음악 소리만이 귀에 들려온다.
홍루(紅樓)는 반쯤 황금 궁전을 덮어 가리고
푸른 창문이 백옥성(白玉城) 곳곳에 나 있다.
석장으로 대문을 서너 차례 두드리는데
자신도 모르게 가슴으로 눈물이 흘러내리네.

---

113 삼승(三乘)의 하나이자 오승(五乘)의 하나. 부처의 설법을 듣고 아라한의 깨달음을
얻게 하는 교법.
114 불전에는 불도들이 흔히 발우나 석장(錫杖)을 던지며 신통력을 부리는 고사가 나온다.

장자(長者)[115]가 나와서 응대하니
목련은 합장을 하고 먼저 효심을 얘기하는데
"장자시여, 저를 알아보시겠는지요?
졸승(拙僧)은 남염부제 사람으로
어려서 부모를 여의었네.
집안은 부유하였으나 자손이 드물어
고적하기가 비할 데가 없었네.
졸승의 모친의 성함은 청제(靑提)이고
부친의 성함은 보상(輔相)이라네.
일생동안 복전(福田)의 선업을 많이 닦아
사후에 이곳 하늘나라에 태어나셨군요.
아주 부귀하고 화려한 이곳
바라보고 있자니 마음이 즐거워지네.
종고(鐘鼓) 소리 조화롭고
거문고 소리 띵띵 들려오네.
애처롭게도 [부모는] 오랫동안 고생하시며
젖을 먹여 기른 은혜 잊기 어렵네.
이별 이후 편안하신지 알 길이 없어
이곳에 와서 찾아보는 거라네."
이 말을 들은 장자는 슬퍼하며
마음이 두려워 더듬거리며 말을 하는데
"제자에게 염부제에 아들이 하나 있지만
일찍이 출가한 아들은 없었다네.
스님께서는 너무 고통스레 찾으러 다니지 마시기를.
세상에는 여러 부류의 인간들이 있다네.

---

115 목련의 부친을 말함.

처음 말을 내뱉는 것은 쉬워도

그 파장을 거두어들이는 것은 어렵다네.

속세에는 동명(同名)의 사람들이 많고

비슷한 얼굴도 수백이라네.

모습은 비슷하여 일찍이 알고 지내던 사람인 듯하나

아무리 생각해도 확신할 수가 없네.

스님께서는 한사코 [이 몸이 스님의 부친이라고] 알은척 하시는데

집안의 일을 좀 더 말씀해보시지요.

目連[116][到天宮尋父, 至一門見長者], 白言長者：「貧道小時, 名字羅卜. 父母亡沒已後, 投佛出家, 剃除須[117]髮, 號曰大目乾連, 神通第一.」長者見說小時名字, 卽知是兒, 「別久, 好在已否?」羅卜目連認得慈父, 起居問訊[118]已了, 慈母今在何方, 受於快樂?長者報言羅卜：「汝母生存在日, 與我行業不同, 我修十善五戒, 死後神識[119]得[生][120]天上. 汝母平生在日, 廣造諸罪, 命終之後, 遂墮地獄. 汝向閻浮提冥路之中, 尋問阿孃, 卽知去處.」目連聞語, 便辭長者, 頓身下降南閻浮提, 向冥路之中, 尋覓阿孃不見.[121] 且見八九個男子女人, 閑閑無

116　이 뒤는 原錄에서는 甲卷에 의거하여 "到天宮尋父, 至一門見長者" 11자(甲卷에는 '長者' 앞에 '一'자가 더 있다)를 보충하였는데 이는 불필요하다. 甲卷에는 '目連' 앞에 나오는 일단의 운문이 없기에 이 12자는 반드시 있어야 한다. 그러나 原卷과 乙・丁卷에서는 앞의 운문이 있고 운문에서는 목련이 天宮에 와서 부친을 찾는 이야기를 서술하고 있기 때문에 여기에 다시 甲卷에 나와 있다 하여 이 12자를 보충해 넣는다는 것은 사족일 뿐이다.

117　'須'는 甲・乙卷이 똑같다. 原錄에서는 丁卷에 의거하여 나중에 분화되어 생긴 '鬚'자로 적고 있으나 그럴 필요 없다.

118　[原校] '訊'은 본래 '信'으로 되어 있는데 甲・丁卷에 의거하여 수정한다. [校注] 丁卷은 '䛖'로 되어 있는데 이는 응당 '䛃'자이다. '䛃'는 '訊'의 古字로 서로 통용된다.

119　'識'은 原卷에서는 '織'으로 되어 있는데 여기서는 甲・乙卷에 의거하여 수정한다. '神識'은 '靈魂'이다.

120　[原校] '生'자는 甲・丁卷에 의거하여 보충한다.

121　丁卷은 여기까지다.

事, 目連向前問其事由之處:

　　　[□□□□□], 但且莫禮拜.[122]

　　　賢者是何人, 此間都集會.

　　　閑閑無一事, 遊城郭[123]外來.[124]

　　　貧道今朝至此間, 心中只手[125]深相怪.

　　　諸人答言啓和尙, 只爲同名復同姓,

　　　名字交錯被追來, 勘當恰經三五日,

　　　無事得放卻歸迴. 早被妻兒送墳墓,

　　　獨自抛[126]我在荒郊,[127] 四邊更無親伴侶.

　　　狐[128]狼鴉鵲競分張,[129] 宅舍[130]破壞無投處,

　　　王邊披訴語聲哀. 判放作鬼閑無事,

　　　受其餘報更何哉.[131] 死生路而今[132]已隔,

122　[項楚] 이 문구 앞에 한 구가 빠져 있다. ‘拜’는 韻脚字이다. 그리하여 다섯 글자를 공백으로 남겨둔다.

123　‘郭’은 原卷에는 좌측에 ‘土’ 편방이 붙어 있다. 이는 ‘墎’의 增旁字이다.

124　[項楚] ‘來’자는 응당 이 구의 처음에 와야 한다. 이 몇 구는 운문으로 ‘拜’, ‘會’, ‘外’와 뒤의 ‘怪’자가 韻字이다.

125　[蔣禮鴻] ‘手’와 ‘首’는 변문에서 통용된다. ‘只首’는 ‘참으로(實在)’이다. 이 문구는 ‘참으로 기이한 생각이 든다’는 뜻이다.

126　‘抛’는 原卷에서는 ‘㧈’로 되어 있는데 이는 ‘抛’의 속자이다. 原錄에서는 ‘尪’로 되어 있는데 이는 사실과 다르다.

127　‘郊’는 原卷에서는 ‘祁’로 되어 있는데 두 글자의 형태가 비슷한 관계로 잘못 적은 것 같다. 乙卷에서는 ‘交’로 되어 있는데 이는 ‘郊’의 省旁字(편방을 생략한 글자)이다.

128　‘狐’는 原錄에서는 ‘孤’로 되어 있다. [校注] 原卷에서는 사실 狐로 되어 있다. 이에 의거하여 바로잡는다.

129　‘分張’은 ‘分割’이다. 『南齊書』「張岱傳」: “岱初作遺命, 分張家財, 封置箱中.” 이는 그 예증이다.

130　[蔣禮鴻] ‘宅舍’는 귀신이 기대 사는 몸뚱이를 말한다.

131　[項楚] ‘哉’는 응당 ‘災’가 되어야 한다.

132　‘而今’은 原卷과 乙卷에서는 모두 ‘今而’로 되어 있다. 여기서는 徐震堮의 견해를 따라 바로잡는다. 項楚는 ‘而今’ 두 자가 이 문구의 맨 앞으로 와야 한다고 했는데 불필요해 보인다.

一掩泉門不再開. 塚上縱有千般食,

何曾濟得腹中飢. 號[133]咷大哭終無益,

徒煩攬紙作錢財. 寄語家中男女道,

勸令修福救冥災.[134]

　목련이 장자에게 알려 말하였다. "졸승은 어렸을 때 이름이 나복이었습니다. 부모가 세상을 뜬 뒤 부처에 귀의 출가하여 수염과 머리칼을 자르고 대목건련이라 불리며 신통제일이 되었습니다." 장자는 그의 아명(兒名)을 듣고 그가 자신의 아들임을 알아보았다. "오랫동안 뵙지 못했사온데 별고 없으신지요?" 나복 목련은 자부(慈父)를 알아보고 그간의 안부를 여쭙고 나서 물었다. "어머니께서는 지금 어디에서 안락함을 누리고 계신가요?" 장자가 나복에게 알려주었다. "모친은 살아생전에 이 몸과는 다른 업을 쌓았소. 나는 십선(十善)과 오계(五戒)를 닦아 사후에 영혼이 천상에 태어날 수 있었는데, 모친은 살아 있을 때 온갖 죄를 두루 지어 죽은 뒤 급기야 지옥에 떨어졌지요. 염부제의 명도(冥途)로 가서 모친을 찾아보면 간 곳을 알 수 있을 것이오." 목련은 그 말을 듣고 장자와 헤어져 곧바로 남염부제로 내려가 명계(冥界)에서 모친을 찾았으나 [모친은] 보이지 않았다. 여덟아홉의 남녀가 하는 일 없이 한가로이 있는 게 보이거늘 목련이 앞으로 가서 그 까닭을 묻는 장면 :

　"[□□□□□]

　예배를 드릴 필요는 없네.

　그대들은 어떤 분들이신데

　이곳에 모두 모여 계시나.

　하는 일 없이 한가로이

성 밖으로 나와 노닐고 있으니.

빈승은 오늘 이곳에 왔는데

마음은 기이하기 짝이 없다오."

모든 사람들이 목련에게 대답하여 말하길,

"단지 이름도 성도 같다는 이유로

이름이 뒤섞여 이곳으로 붙들려 왔네.

네댓새 동안 대조한 끝에

무죄로 방면되어 되돌아가게 되었지만

진즉 처자식이 [육신을] 무덤으로 내보내

홀로 황량한 들판에 내버려졌다네.

주위에는 친척도 지인도 없고

호랑(虎狼)과 오작(烏鵲)들이 앞 다투어 차지하네.

육신이 파괴되어 돌아갈 곳이 없어져

[염라]왕에게 호소하며 흐느꼈더니

할 일 없는 귀신이 되도록 판결 지어져

남은 인생 돌려받으니 어떤 재앙이 또 있으리.

지금은 이미 삶과 죽음의 길이 가로막혔고

황천의 문은 한번 닫히면 다시는 열리지 않네.

무덤 위에 천 가지 음식이 있다 할지언정

어찌 뱃속의 허기를 채울 수 있을 것인가.

소리 높여 슬피 우는 것도 아무 도움 되지 않고

지전(紙錢)을 만드는 것도 쓸데없는 일이라네.

집안의 아들딸들에게 전하노니

복을 닦아서 지옥에서 고통 받는 망친(亡親)을 구제하기를."

目連良久而言:「識一靑提夫人已否?」諸人答言:「盡皆不識.」目連
又問:「閻羅大王住在何處?」諸人答言:「和尙, 向北更行數步, 遙見

三重門樓, 有千萬個壯士皆持刀棒,[135] 卽是閻羅大王門.」 目連聞語,
向北更行數步, 卽見三重門樓, 有壯士驅無量罪人入來. 目連向前尋
問阿孃不見, 路旁大哭, 哭了前行, 被[136]所由將[137]見於王. 門官引入
見大王, [王][138]問目連事[由][139]之處 :

> 大王旣見目連入, 合掌逡巡而欲立,
>
> 和尙有沒[140]事由來? 連忙案後而祗捉.[141]
>
> 蹔(漸)愧闍梨至此間,[142] [□□□□□□□].
>
> 弟子處在冥途間, 栲定罪人生死,
>
> 雖然不識和尙, 早箇知其名字.
>
> 爲當佛使至此間, 別有家私事意.
>
> 太山[143]定罪卒難移, 總是天曹地筆[144]批.[145]

---

135 ‘棒’은 原錄에서는 ‘捧’으로 잘못 적혀 있다. 여기서는 각 권에 의거하여 바로잡는다.

136 ‘被’는 原校에서는 ‘披’로 교정되어 있다. 原卷에는 본래 ‘披’로 되어 있고 甲・乙卷에
서는 ‘被’로 되어 있는데, ‘被’가 옳아 보인다. 이에 따라 수정한다. ‘所由’는 ‘벼슬아치’,
‘아전’을 말한다.

137 ‘將’은 原錄에서는 ‘得’으로 잘못 수록되어 있다. 여기서는 각 권에 의거하여 바로잡는다.

138 ‘王’자는 乙卷에 의거하여 보충한다.

139 ‘由’자는 甲卷에 의거하여 보충한다.

140 原錄에서는 ‘有’가 ‘又’로 되어 있고 그 주석에서는 “乙卷은 ‘又’가 ‘有’로 되어 있다”고
하였다. 徐震堮은 ‘有’자가 옳다고 보았다. 이에 의거하여 수정한다. ‘有沒’은 ‘有什麼’
이다. ‘沒’은 의문대명사로서 『通釋』에 자세히 설명되어 있다.

141 [原校] ‘捉’은 본래 ‘色’으로 되어 있는데 甲卷에 의거하여 바로잡는다. 乙卷은 ‘邑’으로
되어 있다. 徐震堮은 ‘色’, ‘邑’, ‘捉’ 모두 잘못되었으며 ‘揖’이 되어야 한다고 하였다.
[校注] 原卷에서는 사실 ‘邑’으로 되어 있는데, ‘邑’은 ‘捉’의 편방 생략자이다. ‘捉’은
‘揖’의 古字로 서로 통용한다. 『正字通手部』: “捉, 與揖同.” 『荀子』 「議兵」: “湯武之誅
桀紂, 拱捉指麾.” 이로 보아 ‘捉’은 곧 ‘揖’의 가차자이다.

142 문맥 및 韻脚으로 보아 뒤에 한 구가 빠져 있음이 틀림없다. 그리하여 일곱 칸을 공
백으로 남겨둔다.

143 [原校] ‘太山’은 ‘泰山’이 되어야 한다는 王重民의 견해를 따른다. 여기서는 十王 중의
泰山王을 가리킨다. 이하 동일하다. [校注] 俗書에서 ‘泰山’은 흔히 ‘太山’으로 표기된
다. 佛書에서 ‘泰山王’, ‘泰山府君’은 흔히 ‘太山王’, ‘太山府君’으로 표기되는데 같은 맥
락이다. 따라서 ‘太’자는 굳이 수정할 필요 없다.

144 ‘地筆’은 ‘地府’의 오류로 보인다. ‘天曹地府’는 天地間의 官府를 가리킨다. 본편 뒤 문
장: “太山都要多名部(簿), 察會天曹幷地府.” 「韓擒虎話本」: “저희 두 사람은 天曹와

罪人業報隨緣起, 造此¹⁴⁶何人救得伊.

腥血凝脂長夜臭, 惡染闍梨清淨衣.

冥途不可多時住, 伏願闍梨早去歸.

目連啓言不得說, 大王照知否?

貧道生年有父母, 日夜持齋常矩午,¹⁴⁷

據其行事在人間, 亡過合生於淨土.

天堂獨有阿耶居, 慈母諸天覓總無,

計亦不應過地獄, 只恐黃天¹⁴⁸橫被誅.

追放縱由天地邊,¹⁴⁹ 悲嗟悔恨乃長噓.

業報若來過此界, 大王繪(曾)亦得知否?

얼마 있다 목련이 말하였다. "청제부인이라는 분을 아십니까?" 모든 사람들이 일제히 모르겠다고 하였다. 목련이 다시 물었다. "염라대왕은 어디에 계십니까?" 사람들이 대답하였다. "스님, 북쪽으로 조금 더 가면 멀리 세 겹의 문루가 보일 것이고 거기에는 칼이며 몽둥이를 손에 든 수천수만의 장사들이 있는데 그곳이 바로 염라대왕의 문입니다." 목련

地府의 사신으로, 대왕을 모시러 왔습니다(某緣二人是天曹地府來取大王)." 이처럼 '天曹地府'를 연용하고 있음은 그 증거이다.

145 '批'는 原卷에서는 '재방변(扌)'이 '才' 형태로 되어 있는데 이는 속자이다. 原錄에서는 '枇'로 되어 있는데 정확하지 않다.

146 蔣禮鴻은 '造此'는 '造次'이며 '倉卒'의 의미라 하였다.

147 '短'은 原錄에서는 '矩'로 잘못 기록하였다. 여기서는 原卷에 의거하여 바로잡는다. 【蔣禮鴻】'短'은 '斷'의 동음통용자이다. '斷午'는 정오가 지나면 먹지 않는다는 의미로, 佛家 규정의 하나이다. 袁賓은 '短午'는 잠깐 동안의 공양 시간을 가리킨다고 하였다. 【校注】승려는 매일 정오를 그 공양 시간으로 삼는다. '短午'는 응당 장씨의 견해를 좇아 '斷午'로 보아야 하고, 이는 정오가 지난 시각에는 식사를 하지 않는 규정을 말한다.

148 '黃天'을 項楚는 '皇天'으로 보았는데 이는 옳다.

149 【項楚】'放'은 응당 '訪'이어야 하고, '縱'은 '踪', '邊'은 '遍'이어야 한다. 이 문구는 白居易의 「長恨歌」에서 나오는 "昇天入地求之遍"의 뜻이다. 【校注】長恨歌에서는 또 "위로는 벽락 아래로는 황천까지, 두 곳 모두 망망할 뿐 찾을 길이 없네(上窮碧落下黃泉, 兩處茫茫皆不見)"란 문구가 나오는데 이 역시 같은 뜻이다.

은 이 말을 듣고 북쪽으로 조금 더 가니 과연 삼중의 문루가 보였는데
장사들이 무수한 죄인들을 안으로 몰아들이고 있었다. 목련은 앞으로
나아가 모친을 찾았으나 보이지 않았다. 그는 길가에 주저앉아 큰 소리
로 흐느껴 울었다. 울고 나서 그는 [문루로] 향하더니 그곳의 관리를 통
하여 대왕을 만나 뵐 수 있게 되었다. 문사(門士)를 따라 대왕을 알현하
니, 대왕이 목련에게 사유를 묻는 장면:

> 대왕은 목련이 들어오는 것을 보고
> 곧바로 합장을 하고 일어선다.
> "스님께서는 무슨 일로 오셨습니까?"
> 황망히 궤상(机床)에서 내려오더니 공손히 읍을 올린다.
> "황송하게도 스님께서 이곳에 오시니
> [□□□□□□□]
> 제자는 이 명도(冥途)에 거하면서
> 죄인의 생사를 심판한다네.
> 스님을 잘 알지는 못하나
> 존함은 일찍이 들어 알고 있다네.
> 부처의 사자(使者)로 이곳에 오신 것인지
> 아니면 무슨 사적인 용무가 있으신 건지요.
> 태산신(泰山神)의 판결은 손쉽게 변경할 수 있는 게 아니고
> 모두가 천조지부(天曹地府)의 최종 판결문이라네.[150]
> 죄인의 업보는 인과에 따른 것
> 누군들 갑작스레 구해낼 수 있으리오
> 여기는 피와 기름의 악취가 밤새도록 코를 찌르니

---

[150] 앞 두 구는 한대 이후의 태산신앙과 불교의 지옥관의 혼용을 보여준다. 태산신은 인
간의 생사를 주관하며 선악의 소행에 의거하여 심판을 내린다고 한다. 천조지부(天
曹地府)라는 것은 태산부군(泰山府君)의 밑에서 재판을 관장하는 신이다. '최종 판결
문'의 원문은 '비(批)'이다. 이것은 관청용어로, 안건을 처리한 최종결정내용을 문서로
적는 것을 말한다.

스님의 청정의(淸淨衣)를 더럽혀놓을 것이네.
명도(冥途)는 오래 머물 곳이 아니니
스님께서는 속히 돌아가시기를.”
목련이 말하는데 “[그런] 말씀 마십시오.
대왕께서는 알고 계시는지.
빈승에게는 전에 부모님이 계셨는데
밤낮으로 정진하며 때가 아니면 밥을 드시지 않았네.
인간에서의 소행에 비춰보자면
죽어서 정토에 태어나야 온당하거늘
천당에는 오직 선친만 계시고
망모(亡母)는 온 하늘을 다 뒤져도 보이지 않네.
지옥에 오지는 않았으리라 생각되나
상제로부터 잘못된 벌을 받은 것은 아닐까 걱정되네.
천지(天地)의 끝까지 소식을 구했건만
슬픔과 회한으로 장탄식할 뿐이네.
만일 업보에 의해 이 명도에 오게 되었다면
대왕이시여, 그 이름을 알고 계시겠지요.”

目連言訖, 大王便喚上殿, 乃見地藏菩薩, 便卽禮拜.「汝覓阿孃來!」目連啓言 :「是覓阿孃來.」「汝母生存在日, 廣造諸罪, 無量無邊, 當墮地獄. 汝且向前, 吾當卽至.」大王便喚業官、伺命、司錄,¹⁵¹ 應時卽至.「[是]¹⁵²和尙阿孃名靑提夫人, 亡後多少時? 業官啓言大王 :「靑提夫人[亡來]¹⁵³已經三載, 配罪案總在天曹錄事司太山都尉一本.」

---

151 ‘伺命’은 응당 ‘司命’이 되어야 한다. ‘司錄’은 乙卷에서는 ‘伺錄’으로 되어 있다. ‘伺’는 ‘司’의 晉訛字이다. ‘司命’은 세인의 생사를 주관하는 冥官이다 ‘司錄’은 본래 선행을 장려하고 악행을 지탄하는 일을 하던 六朝 및 唐代의 官名이었는데, 후에 세인의 복을 관장하는 冥官을 가리키는 데도 사용되었다.
152 [原校] ‘是’자는 乙卷에 의거하여 보충한 것이다.

王喚善惡二童子，　向太山檢青提夫人在何地獄?大王啓言和尙：「共童子相隨，問五道將軍，應知去處.」目連聞語，便辭大王卽出. 行經數步，卽至奈河之上，見無數罪人，脫衣掛在樹上，大哭數聲，欲過不過，迴迴惶惶，五五三三，抱頭哭啼. 目連問其事由之處：

　목련이 말을 마치자 대왕은 궁전으로 그를 청했다. 그러자 거기에는 지장보살이 계셨으므로 [목련은] 즉시 예배를 올렸다. "그대는 모친을 찾으러 온 것이오?" 목련이 대답하기를, "그렇습니다. 모친을 찾으러 이곳에 왔습니다." "그대의 모친은 살아생전에 무량무변의 죄업을 지어 지옥에 떨어졌소. 그대는 좀 더 앞을 향해 가보시오. 나도 곧바로 뒤따라가겠소." 대왕이 업관(業官)과 사명(伺命)과 사록(司錄)을 호명하니 그들은 즉시 그리고 와서 대령하였다. "이 스님의 모친은 이름이 청제부인인데 죽은 지 얼마나 되었는가?" 업관이 대왕에게 아뢰었다. "청제부인은 죽은 지 3년이 되었습니다. 판결문은 천조록사사(天曹錄事司)와 태산도위(太山都尉)의 손에 각각 한 통씩 보관되어 있습니다." 대왕은 선악동자(善惡童子)를 불러 태산으로 가서 청제부인이 어느 지옥에 있는지 알아보도록 시켰다. 그리고 목련에게 말하였다. "선악동자와 함께 오도장군(五道將軍)에게 가서 물어보시오. 반드시 소재를 알 수 있을 것이오." 목련은 그 말을 듣고 곧바로 대왕과 헤어져 길을 떠났다. 얼마 걸으니 내하(奈河)[154]에 이르렀다. 거기에는 수많은 죄인이 있었는데 그들은 모두 옷을 벗어 나무 위에 걸어놓고[155] 뭐라고 통곡을 하더니 [강을] 건너려 하는데 건

---

153 [原校] '亡來' 두 자는 甲卷에 의거하여 보충한다. 【校注】乙卷에서도 '亡來' 두 자가 있다.
154 삼도천(三途川)을 말함. 사람이 죽어서 명부(冥府)의 염마청(閻魔廳)에 가는 도중에 건너야 할 강. 죽은 지 7일째 건너게 되는 이 강에는 3곳의 여울이 있는데, 생전의 행위에 따라 건너는 곳이 다르기 때문에 삼도천이라 부른다. 당대(唐代)의 속설에는 죽은 자들이 도도히 흐르는 이 강을 앞에 두고 건널 수 없어 일제히 '내하(奈何) 내하(奈何)'(어찌할꼬 어찌할꼬)라며 울부짖는다고 한다. '내하(奈河)'라는 이름은 '내하(奈何)'에서 온 것이라 한다.
155 『지장보살발심인연시왕경(地藏菩薩發心因緣十王經)』(송대의 위경(僞經)) 에 따르면,

널 수가 없었다. 이에 어쩔 줄 몰라 하며 삼삼오오 머리를 감싸고서 흐느껴 울고 있었다. 목련이 그 까닭을 묻는 장면:

奈河之水西流急, 碎石巉(巉)巖行路澀,

衣裳脫掛樹枝傍, 被趁不交時向[156]立.

河畔問[157]他點名字, 胸[158]前不覺沾衣濕,

今日方知身死來, 雙雙傍樹長悲泣.

生時我舍事吾珍, 金[159]軒馹馬駕珠倫(輪),[160]

爲[161]言萬古無千[162]改, 誰知早箇化惟(爲)塵.[163]

嗚呼哀哉心裏痛, 徒埋白骨爲高塚,

南槽龍馬子孫乘,[164] 北牖香車妻妾[165]用.[166]

삼도천 가에는 의령수(衣領樹)라는 큰 나무가 있고 그 옆에 현의옹(縣衣翁)과 탈의파(脫衣婆)라는 귀신형상을 한 할아범과 할멈이 대기하고 있다가 탈의파가 죽은 사람의 옷을 벗기면 그 옷을 현의옹이 큰 나무에 건다고 한다. 그러면 가지는 죽은 사람이 생전에 저지른 죄과의 경중에 따라 달리 늘어진다고 한다.

156 [徐震堮] '向'은 '晌'과 같다. '時晌'은 '삽시간'의 뜻이다.

157 [徐震堮] '問'은 응당 '聞'으로 보아야 할 것이다. [校注] '聞'과 '問'은 형태와 음이 유사하여 돈황사권에서는 흔히 혼용되고 있다. 본편 앞글에는 "目連聞語, 向北更行數步"라는 문구가 있는데 여기서의 '聞'이 乙卷에서는 '問'으로 되어 있는 것이다.

158 [原校] '胸'은 본래 '兇'으로 되어 있는데 甲·乙卷에 의거하여 수정한다.

159 '金'은 原錄에서는 '今'으로 되어 있는데 徐震堮은 이를 '高'로, 袁賓은 '金'으로 보았다. [校注] 원씨의 견해가 옳다. 乙卷에서는 '金'자로 되어 있다. 이를 근거로 바로잡는다.

160 '珠'는 徐震堮은 '朱'로 보았고, 袁賓은 '珠'자를 수정할 필요 없다며 '珠輪'은 구슬로 술을 단 것으로 지극히 화려하고 귀한 것을 가리킨다고 하였다. [校注] '朱輪'이란 주홍색 漆을 한 수레이며 고관이 타는 수레를 가리킨다.

161 [項楚] '爲'는 '謂'와 통한다.

162 '千'을 徐震堮은 '遷'으로 보았는데 이는 옳다.

163 '惟'는 原校에서는 '爲'로 되어 있고, 項楚는 이를 '微'로 보았다. [校注] 原校의 의미가 비교적 합당하다.

164 [原校] "龍馬子孫乘"은 본래 "龍子孫乘用"으로 되어 있는데 乙卷에 의거하여 바로잡는다. [校注] 原卷에는 '用'자가 없다.

165 '妾'은 原卷에는 '接'으로 되어 있는데 이는 增旁字이다. 여기서는 乙卷에 의거하여 수정한다.

166 [原校] '用'은 原卷에는 '兩'으로 되어 있는데 乙卷에 의거하여 수정한다.

異口咸言不可論, 長噓嘆息更何怨,

造罪之人[167]落地獄, 作善之者必生[168]天.

如今各自隨緣業, 定是相逢後迴[169]難,

握手[170]丁寧須努力, 迴頭拭淚飽相看.

耳裏唯聞唱道急, 萬衆千群驅向前.

牛頭把棒河南岸, 獄卒擎叉水北邊.

水裏之人眼盼盼,[171] 岸頭之者淚涓涓.

早知到沒[172]艱辛地, 悔不生時作福田.

目連問言奈河樹下人曰 : 天堂地獄乃非虛,

行惡不論天所罪,[173] 應是[174]冥零[175]亦共誅.

貧道慈親不積善, 亡魂亦復落三塗,

---

167 ‘之’는 原卷에서는 ‘諸’로 되어 있는데 여기서는 乙卷에 의거하여 수정한다. ‘之人’은 뒤의 ‘之者’와 대응되며 같은 의미이다. 뒤 "水裏之人眼盼盼, 岸頭之者淚涓涓"의 ‘之人’ 역시 ‘之者’와 대응된다.

168 【原校】‘生’은 본래 ‘人’으로 되어 있는데 乙卷에 의거하여 수정한다.

169 【原校】乙卷에서는 ‘迴’가 ‘會’로 되어 있다. 【校注】‘會’자가 문맥에 부합한다.

170 【原校】‘手’는 본래 ‘力’으로 되어 있는데 乙卷에 의거하여 수정한다. 【校注】原卷에서는 사실 ‘手’로 되어 있다. 이를 ‘力’으로 한 것은 교록자가 뒤의 ‘努力’과 관련하여 잘못 기록한 것으로 보인다.

171 ‘盼’은 原卷에서는 ‘盻’으로 되어 있고, 甲卷에서는 ‘眄’으로 되어 있으며, 乙卷에서는 原卷과 동일하게 되어 있다. 이 모두는 ‘盼’의 오자이다. 「齊董洪達造象」「齊比丘惠瑗造象」에서는 ‘盼’자가 각각 ‘盻’, ‘眄’으로 되어 있음은 참고할 만하다. ‘盼盼’은 ‘그리워하는 모습’이다.

172 ‘到沒’은 原錄에서는 ‘別後’로 되어 있다. 【項楚】‘別後’는 ‘到沒’의 形訛字이다. ‘沒’은 ‘麼’와 같으며 ‘이와 같이’의 뜻이다. 【校注】각 권은 사실 모두 ‘到沒’로 되어 있다. 原錄의 오류다.

173 【原校】甲・乙卷에서는 ‘罪’가 ‘罰’로 되어 있다. 潘重規는 原卷 역시 ‘罰’로 되어 있다고 하였는데 정확하지 않다.

174 ‘是’는 原錄에서는 ‘時’로 되어 있고, 蔣禮鴻은 ‘是’로 교정하였는데 이는 옳다. 乙卷은 ‘是’자로 되어 있다. 이에 의거하여 수정한다. ‘應是’는 ‘모든’, ‘일체’의 뜻이다. 이에 관해서는 『通釋』에 상세히 설명되어 있다.

175 【原校】乙卷에서는 ‘零’이 ‘遷’으로 되어 있다. 蔣禮鴻은 ‘零’을 ‘靈’으로 교정하였는데 이는 옳다. ‘冥靈’은 ‘魂鬼’를 가리킨다. S.328 「伍子胥變文」: "冥靈幸願知懷抱" 여기서도 ‘冥靈’이라는 문구가 보인다.

聞道將來入地獄, 但曰知其消[176]息否.

罪人總見目連師, 一切啼哭損雙眉,

弟子死來年月近, 和尙慈親實不知.

我等生時多造罪, 今日辛[177]苦方始悔,

縱令妻妾滿山川, 誰肯死來相替代.

何時更得別泉門, 爲報家中我子孫,

不須白玉爲棺槨, 徒勞[178]黃金葬墓墳.

長悲怨[179]歎終無益, 鼓樂絃歌我不聞,

欲得亡人沒苦難, 無過修福救冥魂.

내하(奈河)의 물은 서쪽으로 급히 흐르고

부서진 돌과 우뚝 솟은 바위는 갈 길을 힘겹게 하네.

옷을 벗어 나뭇가지에 걸어놓았는데

잠시도 가만 서 있지 못하게 닦달하네.

강가에서 그가 [자신의] 이름을 부르는 것을 들으니

어느새 옷깃이 눈물에 젖어드네.

오늘에서야 비로소 자기 몸이 죽은 것을 깨닫고는

나무 아래서 서로 얼싸안고 슬피 눈물 흘리네.

생전에 내 집은 재물을 귀히 여기고

네 필의 말이 끄는 화려한 마차를 타고 다니며

[그 영화가] 영원히 변치 않을 것이라 여겼거늘

이토록 빨리 먼지로 변할 것을 그 누군들 알았으리.

아, 비통하다!

---

176 '消'는 原卷에서는 '逍'로 되어 있다. 여기서는 甲卷에 의거하여 수정한다.
177 '辛'은 原錄에서는 '受'로 오록되어 있다. 여기서는 각 권에 의거하여 수정한다.
178 [原校] 丙卷에서는 '勞'가 '浪'으로 되어 있다. [校注] '丙卷'은 아마 '乙卷'의 오류다. 丙卷은 서두 일부분만 존재할 뿐이다.
179 '怨'은 原卷·甲卷에서는 상반부가 '宛'으로 되어 있는데 이는 '怨'의 속자이다. 『集韻』에 실려 있다.

헛되이 백골을 파묻은 무덤만이 높다랗구나.
남쪽 마구간의 용마(龍馬)는 자손이 타고
북쪽 창가의 향거(香車)는 처첩들이 쓰는구나.
'그런 얘기 하지 마소' 다들 이구동성 말하는데
길게 탄식할 뿐 누구를 원망하리.
죄 지은 사람은 지옥에 떨어지고
선한 사람은 하늘에 태어나네.
이제 각자 [생전의] 업보를 받게 되니
분명 후세에 다시 만나기는 어려울 거네.
서로 손을 맞잡고 '몸조심하소' 말하고는
고개 돌려 눈물을 닦고 서로를 전송하네.
귀에 들리는 것은 '서둘러라!'는 노한 소리뿐
수천수만의 무리들이 앞으로 내몰려진다.
우두귀(牛頭鬼)는 남안(南岸)에서 몽둥이를 들고 있고
옥졸은 북안(北岸)에서 갈퀴를 치켜들고 있다.
물속에 있는 자는 그리운 눈으로 바라다보고
물가에 있는 자는 주룩주룩 눈물을 흘린다.
고난의 땅에 떨어지게 되리란 것을 진즉에 알았다면
생전에 선행을 쌓았을 것을.
목련이 내하의 나무 아래 사람에게 말하는데
"천당지옥은 만들어낸 말이 아니네.
악을 행하면 천벌은 말할 것도 없고
모든 명부(冥府) 역시 벌을 내린다네.
빈승의 모친은 선을 쌓지 않아
망혼(亡魂)은 삼도(三途)에 떨어졌다네.
듣기에 지옥으로 끌려 들어왔다고 하는데
그 소식을 알고 있으신지."

죄인들은 모두 목련을 바라보며

일제히 눈살을 찌푸리며 통곡을 하는데

"저희들은 죽은 지 얼마 안 되어

스님의 모친을 사실 알지 못한다네.

저희들은 생전에 지은 죄가 많아

오늘 고통을 받으며 비로소 후회한다네.

아무리 처첩이 많아 산천을 가득 메운다 해도

그 누가 대신하여 죽어줄 수 있으리.

언제 이 황천의 문을 떠나시거든

집안의 자손들에게 전해주십시오

백옥으로 관을 만들지 말 것이고

황금을 무덤에 부장(附葬)하는 것도 쓸데없으며

오랫동안 슬퍼하고 탄식하는 것도 아무런 도움 안 되며

북소리 노랫소리 내 귀에 들리지 않으니

망자의 고난을 없애고자 한다면

복을 닦아 명혼(冥魂)을 구함보다 나은 게 없다는 사실을."

和尙卻歸, [與諸人]180爲傳消息, 交令造福, 以救亡人. 除佛一人, 無由救得. 願和181尙捕(菩)提涅槃, 尋常不沒. 運載一切衆生, 智慧劍182勤183磨, 不煩惱林而誅,184 威行普心185於世界, 而諸佛之大願.

180 [原校] '與諸人' 세 자는 甲卷에 의거하여 보충한다.
181 乙卷은 여기까지다.
182 '劍'은 原卷과 甲卷에서는 모두 '鉏'로 되어 있는데 이는 '釼'의 형와자인 듯하다. '釼'은 돈황사권에서 흔히 '劍'의 속자(아래 교주 참조)로 쓰인다. 여기서는 문맥에 비춰 '劍'으로 적는다. '智惠劍'은 '智慧劍'으로, 번뇌를 끊는 지혜를 비유하는 불교 용어이다. 『維摩詰經』「菩薩行品」: "부처의 한량없는 공덕을 듣고는 뜻을 두어 게으르지 아니하고, 지혜의 칼로써 번뇌의 도적을 벤다(聞佛無量德志而不倦, 以智慧劍, 破煩惱賊)." P.2187「破魔變」: "지혜의 검을 휘두르기도 전에 波旬은 겁을 집어먹었다(智慧劍而未輪, 波旬怯懼)."

儻若出離泥犁, 是和尚慈親普降. 目連問以(已), 更往前行, 時向中間, 即至五道將軍坐所, 問阿孃消息處:

> 五道將軍性令[186]惡, 金甲明晶劍[187]光交錯,
>
> 左右百萬餘人, 總是接[188]飛手脚.
>
> 叫誼[189]似雷驚振[190]動, 怒目得電光輝霍.[191]
>
> 或有劈腹開心, 或有面皮生剝.
>
> 目連雖是聖人, 亦得魂驚膽[192]落.
>
> 目連啼哭念慈親, 神通急速若風雲,
>
> 若聞[193]冥途刑要[194]處, 無過此箇大將軍.

---

183 [原校] '勤'은 본래 '勒'으로 되어 있는데 甲卷에 의거하여 수정한다. [校注] 原卷에서는 사실 '勤'(왼쪽 아래 부분에 가로획이 하나 빠져 있음)으로 되어 있다.

184 '不'자는 衍字로 보인다. '誅'는 '제거하다'이다. 原校에서는 '誅'가 '諸'로 되어 있으며 '而誅(諸)' 두 자가 뒤 구에 속하는 것으로 되어 있는데 여기서는 따르지 않는다.

185 '心'자는 문맥상 맞지 않는다. 아마 '止'자의 形訛字이거나 '行'자의 音訛字일 것이다.

186 [項楚] '令'은 '靈'이어야 한다. '性靈'은 '성질', '기질'이다.(P.2418)「父母恩重經講經文」 : "집에서는 멋대로 성질을 부리면서 문밖에서는 다투어 이름을 날리려하네(只管於 家弄性靈, 爭知門外傳聲譽)." 여기서 '弄性靈'은 '화내다', '짜증내다'는 뜻이다.

187 '劍'은 甲卷에서는 '釼'로 되어 있는데 이는 '劍'의 속자이다. 『集韻』: "劍, 說文 : 人所 帶兵也. 或從刀. 俗作釼." 또 본편의 뒤에 "(借)問前頭劍樹苦"와 "鐵鏘萬劍安其下"라 는 문구가 있는데 여기의 '劍'자 역시 原卷에서는 모두 '釼'로 되어 있다. '釼'은 또 '刃' 의 속자로 쓰이기도 한다. 교주 220)번을 참조 바란다.

188 '接'은 '捷'과 통한다. 『集韻』: "接, 捷也."

189 『玉篇』「言部」: "誼, 叫誼, 怒也." 原校는 '誼'을 '喊'이라 하였는데 불필요한 지적이다.

190 '振'은 응당 '震'으로 보아야 한다. 『說文解字』: "震, 劈歷振物者." 문중에서 '震'과 '雷' 는 같은 뜻으로 서로 통용된다. 項楚는 '雷驚'은 '驚雷'여야 한다고 했는데 불필요한 지적으로 보인다.

191 '輝霍'은 原卷에서는 '耀鶴'으로 되어 있는데 여기서는 甲卷에 의거하여 수정한다. 原 卷의 '鶴'은 '霍'의 잘못인 듯하다.

192 [原校] '膽'은 原卷에서는 '曋'으로 되어 있는데 甲卷에 의거하여 수정한다. [校注] 原 卷과 甲卷은 모두 '膽'의 속자로 되어 있다. 原錄의 글자는 정확하지 못하다.

193 '聞'은 응당 '問'이어야 한다. 돈황사본에서 '聞'과 '問' 두 글자는 왕왕 혼용된다. 뒤의 "若問三塗何處苦, 咸言五道鬼門關"은 이 구문과 비슷한데 참고할 만하다.

194 '刑要'는 '形要'이어야 할 듯하다. 뒤의 "直言更亦無形迹" 이 '刑迹'을 原校에서는 '形迹' 이라 하였는데 참고할 필요가 있다. '形要'는 '緊要'와 같다. 『魏書』「范紹傳」: "범소 는 譙城의 요충지에 州를 설치하면 편리할 것이라 여겨 마침내 南兗을 세웠다(紹以

左右攢槍當大道, 東西立杖萬餘人,

縱然擧目西南望, 正見俄俄五道神.

[□□□□□□□], 守此路來經幾劫[195]

千軍萬衆定刑名, 從頭各自隨緣業,

貧道慈母傍行檀. 魂魄漂流[196]冥路間,

若問[197]三塗何處苦, 咸言五道鬼門關.

畜生惡道人偏遶,[198] 好道天堂朝暮閑.

一切罪人於此過, 伏願將軍爲檢看.

將軍合掌啓闍梨, 不須啼哭損容儀.

尋常此路恒沙衆, 卒問靑提知是誰.

太山都要多名部,[199] 察會天曹幷地府,

文牒知司各有名, 符卷[200]下來過此處.

今朝弟子是名官,[201] 暫與闍梨檢尋看,

譙城形要之所, 置州爲便, 遂立南充)."

[195] 項楚는 이 앞에 한 구가 빠져 있다고 하였다. '劫'은 韻脚字로 다음 聯의 '業'자와 압운된다. 여기서는 항씨의 견해를 따라 일곱 자의 공백을 남겨둔다.

[196] 『說文解字』「水部」: "漂, 浮也." '漂流'는 비슷한 의미를 가진 두 글자가 중첩된 첩어이다. 原錄에서는 '飄流'로 되어 있는데 이렇게 고친 근거가 부족하다.

[197] '問'은 原錄에서는 '向'으로 되어 있는데 項楚는 이를 '問'으로 교정하였다. [校注] 原卷은 '問'의 간체자로 보인다. 이에 바로잡는다.

[198] [項楚] '遶'는 응당 '饒'이며 '多'라는 뜻이다.(뒤의) "何覔天堂受快樂, 唯聞地獄罪人多." 역시 이 뜻이다.

[199] [項楚] '部'는 응당 '簿'이어야 한다. '名簿'는 '名冊'이다. [校注] 宋 吳曾 『能改齋漫錄』「神仙鬼怪」: "(조소사는) 꿈속에서 名簿를 지닌 神人을 보았는데 그 명부에는 황금색으로 趙槩라는 글자가 적혀 있었다(趙少師夢神人持名簿, 視其上有金書趙槩字)." 참고할 필요가 있다.

[200] '卷'은 原錄에서는 '弔'로 되어 있다. [項楚] '弔'는 초소 '書'자의 形訛字이다. [校注] 原卷은 본래 '圬'로 되어 있는데 이는 '卷'자의 訛字로 보인다. '卷'자는 돈황사본에서 흔히 '圬', '圬', '圬' 등의 형태로 적혀 있는데 이들은 모두 그 와자들이다. '符卷'은 '符書案卷'으로 문맥도 잘 맞는다.

[201] [項楚] '名'은 응당 '冥'이다. '冥官'은 지옥의 관리를 가리킨다. [校注] 본편의 앞 글 "汝向閻浮提冥路之中, 尋問阿孃." 여기의 '冥'자 역시 乙卷에서는 '名'으로 잘못 기록되어 있다.

可中果報[202]逢名字, 放覓縱由[203]亦不難.

"스님께서는 돌아가시거든 모든 사람들에게 이 사실을 알게 하고 복을 닦아 망자를 구제하라고 전해주십시오. 부처 외에는 아무도 구할 수가 없으니, 부디 스님께서는 보리열반[의 배(船)를] 항상 드러내시어 일체의 중생을 [피안으로] 이끌어 주시고, 지혜의 검을 부지런히 연마하여 번뇌의 숲을 잘라 없애시고 위행(威行)을 세간에 펼치시어 제불(諸佛)의 대원(大願) 성취하시기를 바라옵니다. 만일 이 지옥에서 벗어나시면 스님의 모친께도 은택이 내려질 것입니다.(?)"

목련은 그 말을 듣고 나서 앞으로 나아갔다. 잠시 후 오도장군(五道將軍)의 거소에 이르러 모친 소식을 묻는 장면:

오도장군은 성품이 포악하고
금 갑옷은 반짝반짝, 검의 빛은 번쩍번쩍
부하는 백만 남짓한데
모두 날랜 손발을 지녔네.
고함 소리는 우레가 [천지를] 뒤흔드는 듯하고
분노한 눈빛은 번갯불처럼 형형히 빛나네.
어떤 자는 배를 갈라 가슴을 열고
어떤 자는 낯가죽을 벗겨낸다.
목련은 성인(聖人)이 되었다지만
간담이 써늘해지고 혼백이 달아난다.
목련은 울며불며 모친을 찾아다니는데
신통하여 그 빠르기가 풍운과 같다.
명도(冥途)의 중추(中樞)로 말하자면
이 대장군을 능가하는 자는 없네.
좌우에는 창(槍)의 숲이 큰길을 메우고

---

202 '報'는 蔣禮鴻은 '教'로 교정하였는데 이는 옳다.
203 '放覓縱由'을 蔣禮鴻은 '訪覓蹤由'라 교정하였는데 이는 옳다.

동서에는 형장(刑杖)을 들고 선 이가 만여 명이네.
눈을 들어 서남쪽을 바라보니
우람한 [몸집의] 오도신(五道神)이 보이네.
[□□□□□□□]
이 길을 지키며 수 겁을 보냈네.
수천수만 [망자들]의 단죄는
각자 [생전의] 업에 따른 것
"빈승의 자모는 방자한 행동으로
혼백이 명도를 표류한다네.
삼도에서 [가장] 고통스러운 곳을 물으면
모두 말하네, 오도(五道)의 귀문관(鬼門關)이라고.
축생 악도(惡道)에는 사람이 많고
선한 천계(天界)는 항상 한적하기만 하네.
일체의 죄인은 모두 이곳을 지났으리니
바라건대 장군이시여, 부디 조사해주시기를."
장군이 합장하고서 목련에게 말한다.
"통곡하지 마시길, 스님답지 않으시네.
항상 이 길은 무수한 중생이 지나는데
갑작스레 청제(靑提)라는 사람을 묻네.
태산에는 수많은 명부(名簿)가 있으니
천조(天曹)와 지부(地府)를 시켜 조사해보려네.
문서에는 각각 이름이 남아있거늘
부서(符書)와 서류를 모두 이곳으로 가져오게 할 것이네.
오늘 제자[204]가 명관(冥官)이니
스님과 함께 잠시 살펴보려하네.

---

204   오도장군 자신을 말함.

만일 정말 이름을 찾아낸다면

그 소재를 찾는 것은 어렵지 않다네."

將軍問左右曰:「見一靑提夫人以否?」左邊有一都官啓言將[軍]²⁰⁵:
「三年已前, 有一靑提夫人, 被阿鼻地獄牒上索將, [今]²⁰⁶見在阿鼻地
獄受苦.」目連聞語, 啓言將軍. 將軍²⁰⁷報言和尙:「一切罪人皆從王
邊斷決, 然始下來.」「目連貧道阿孃, 緣何不見王面?」將軍報言和尙:
「世間兩種²⁰⁸人不得見王面:第一之人, 平生在日, 修於十善五戒, 死
後神識得生天上. [不見王面].²⁰⁹ 第二之人, 生存在日, 不修善業, 廣
造之²¹⁰罪, 命終之後, 便入地獄, 亦不得見王面. 唯有半惡半善之人,
將見王面斷決, 然始託生, 隨緣受報.」目連聞語, 便向諸地獄尋覓阿
孃之處:

> 目連淚落憶逍逍,²¹¹ 衆生業報似風飄,
>
> 慈親到沒艱辛地, 魂魄於時早已消.
>
> 鐵倫(輪)往往從空入, 猛火時時脚下燒.
>
> 心腹到處皆零落, 骨肉²¹²尋時似爛燋.

---

205 '軍'자는 甲卷에 의거하여 보충한다.

206 【原校】'今'자는 甲卷에 의거하여 보충한다.

207 原錄에서는 '將軍' 두 자에 빠진 글자를 첨부한 부호(卜)가 붙어 있다. 그리고 그 교주에서
　　 "'將軍' 두 자를 甲卷에 의거하여 보충한다"고 하였다. 【校注】原卷에서는 앞의 '將軍'
　　 두 글자 우측에 각각 반복부호가 붙어 있다. 따라서 응당 '將軍將軍'이 되어야 한다.

208 【原校】'種'은 본래 '衆'으로 되어 있는데 甲卷에 의거하여 수정한다.

209 '不見王面' 네 글자는 甲卷에 의거하여 보충한다.

210 '之'를 蔣禮鴻은 '諸'로 보았다. 【校注】본편의 윗글 "汝母平生在日, 廣造諸罪."(甲卷에
　　 서는 '諸'가 '之'로 되어 있음) 또 "汝母生存在日, 廣造諸罪." 이처럼 모두 '諸'로 되어
　　 있다.

211 【原校】甲卷에서는 '逍逍'가 '遙遙'로 되어 있다. 【校注】'逍逍'는 응당 '悄悄'이어야 하
　　 고, '遙遙'는 응당 '慅慅'이어야 한다. 『詩經』「邶風」柏舟의 '憂心悄悄'를 毛傳에서는
　　 "悄悄, 憂貌"라 하였다. 『爾雅』「釋訓」:"慅慅, 憂無告也." 이로보아 '悄悄'와 '慅慅'는
　　 글자는 다르나 같은 뜻이다.

212 '肉'은 原卷에서는 '宍'으로 되어 있는데 이는 '肉'의 속자이다. 『廣韻』에 보인다.

銅鳥萬道望心撒, 鐵計(汁)千迴頂上澆.

昔(借)問前頭劍樹苦, 何如剉磑斬人腰.

不可論, 凝脂碎肉[□]似津[213]

莽蕩周迴數百里, 嵯峨向下一由旬.

鐵鏘萬劍安其下, 煙火千重遮四門.

借問[214]此中何物[215]罪, 只是閻浮[216]殺罪人.

장군이 좌우에게 물었다. "청제부인이란 사람을 본 적이 있느냐?" 좌측에 있던 한 도관(都官)이 장군에게 아뢰었다. "3년 전에 청제부인이란 자가 있었는데 아비지옥으로부터 구인장이 와서 지금은 아비지옥에서 형을 받고 있습니다." 목련은 그 말을 듣고 장군에게 물었다. "장군께서는 제게 일체의 죄인은 모두 대왕이 계시는 이곳에서 판결을 받은 다음 지옥으로 떨어진다고 하셨는데 빈승의 모친은 어찌하여 대왕을 뵙지 않고 지나갔습니까?" 장군이 대답하였다. "세간에는 대왕의 대면을 필요로 하지 않는 자가 두 부류 있소이다. 한 부류는 평생 동안 십선(十善)과 오계(五戒)를 닦아 사후에 혼백이 천상에 태어나게 되는 사람이고, 또 한 부류는 생전에 선업을 닦지 않고 온갖 죄를 지어 죽은 뒤에 곧바로 지옥에 떨어지는 사람이오. 이들은 대왕을 만나지 않고 다만 반선반악(半善半惡)한 사람만이 대왕을 뵙고 판결을 받은 뒤 전생(轉生)하여 업연에 따라 응보를 받는 것이오." 목련이 이 말을 듣고 여러 지옥으로 모친을

---

213 原錄에서는 '不可論' 이하 아홉 글자가 한 구로 되어 있다. 【徐震堮】'不可論'은 응당 한 구문이 되어 뒤의 '津'자와 葉韻이 된다. '津' 앞에 한 글자가 빠져 있는 것 같다. 【校注】 탈자는 응당 '肉'자 뒤이다.

214 '問'은 原錄에서는 '門'으로 잘못 기록되어 있다. 여기서는 原卷에 의거하여 바로잡는다.

215 '何物'은 '什麼'다. 『世說新語』「雅量」: "조수가 밀려드니 沈令이 자리에서 일어나 갈팡질팡하며 물었다. '외양간에는 누가 있는가?'(潮水至, 沈令起彷徨, 問: '牛屋下是何物人?')" 참고할 필요가 있다.

216 '閻浮'가 原錄에서는 '浮閻'으로 오록되어 있다. 여기서는 原卷에 의거하여 바로잡는다. 이 두 문구는 여기서 벌을 받는 것은 생전에 죄인을 함부로 죽인 까닭임을 말하고 있다. 項楚는 '浮閻', '閻浮'는 모두 잘못이며 '閻羅'나 '閻王'으로 보아야 한다고 했는데 정확하지 않아 보인다.

찾아나서는 장면:

> 목련은 눈물을 흘리며 가슴이 미어지는데
>
> 중생의 업보란 바람에 흩날리는 듯하네.
>
> 모친은 고난의 땅으로 떨어지시어
>
> 혼백이 진작 사라지고 말았으려나.
>
> 쇠바퀴가 늘 허공으로부터 떨어져 몸속으로 파고들고
>
> 맹렬한 불길이 자주 발아래서 타오르네.
>
> 가슴과 배는 온통 말라비틀어지고
>
> 뼈와 살은 즉시 불살라지네.
>
> 동(銅)으로 된 새는 만 차례 심장을 쪼아대고
>
> 쇳물은 천 차례 머리 위에서 쏟아지네.
>
> 차문하노니, 앞에 있는 검수(劍樹)의 고통과
>
> 허리를 짓눌러 자르는 고통을 어찌할까나.
>
> 말로는 표현할 수 없는데
>
> 엉겨 붙은 비계와 부서진 살이 늪을 이루네.
>
> 사방 수백 리 드넓은 곳
>
> 그 아래로는 일 유순 낭떠러지.
>
> 쇠창 만 개가 그 아래 솟아있고
>
> 연기와 불길은 천 겹으로 사문(四門)을 가로막고 있네.
>
> 차문하노니, 이곳은 어떤 죄를 벌하는 곳인가.
>
> 이곳은 염부제의 죄인들을 죽이는 곳이라네.

目連言訖, 更往[217]前行, 須臾之間, 至一地獄. 目連啓言獄主:「此個地獄中有靑提夫人已否? 是貧道阿孃, 故來訪覓.」 獄主報言和尙:「此個[218]獄中總是男子, 幷無女人. 向前問有刀山地獄之中, 問必應得

---

217 '更往'은 原錄에서는 '向' 한 자로 오록하였다. 여기서는 각 권에 의거하여 바로잡는다.
218 原卷·甲卷에서는 모두 '個'자가 있는데 原錄에서는 빠져 있다.

見.」目連前行, [又]至[一]地獄,[219] 左名刀山, 右名劍樹. 地獄之中, 鋒劍相向, 涓涓血流. 見獄主驅無量罪人入此地獄. 目連問曰:「此箇名何地獄?」羅察(刹)答言:「此是刀山劍樹地獄.」目連問曰:「獄中罪人作何罪業, 當墮此地獄?」獄主報言:「獄中罪人, 生存在日, 侵損常住[220]游泥[221]伽藍, 好用常住水果, 盜常住柴新.[222] 今日交(教)伊手攀劍樹, 支支節節皆零落處:」

　　刀山白骨亂縱横, 劍樹人頭千萬顆.

　　欲得不攀刀山者, 無過寺家塡好土.

　　栽[223]接[224]果木入伽藍, 布施種子倍常住.

　　阿你箇罪人不可說,

　　累劫受罪度恒沙, 從[225]佛涅盤仍未出

　　此獄東西數百里, 罪入亂走肩相椶.[226]

219　[原校] '至'자 앞의 '又'자와 '地'자 앞의 '一'자는 모두 甲卷에 의거하여 보충한 것이다.
220　'常住'는 사원의 공공재물로 건물, 논밭, 什物 등이 여기에 포함된다.
221　[蔣禮鴻] '游泥'는 『雲謠集雜曲子』 洞仙歌 "少年夫婿, 向淥(綠)窗下佐(左)偎右倚; 擬鋪鴛被, 把人尤泥"의 '尤泥'인 듯하다. 이 가사에서의 '尤泥'는 '끊임없이 달라붙다'는 뜻이고, 변문의 '游泥'는 '끊임없이 가람을 어지럽히다'는 뜻이다. 項楚는 "'游泥'는 응당 '淤泥'이며 '淤'자는 아마 '淤'(汚)자의 形訛字이다. '汚泥'는 '侵損'과 대응되며 동사로 쓰이고 있고 '弄髒'의 뜻이다. 불교는 '汚泥伽藍'을 악업이라 여겨 이 죄를 지은 자는 사후에 그 죄업에 대한 대가를 받게 된다고 한다. 中村不折 소장 돈황권자 「禮懺文」 (大正藏 卷85 古逸部에 수록)에는 여러 가지 악업을 거론하면서 '시기하고 마음으로는 인내하지 못하는 것이 범이나 이리와 같고 악귀를 닮았다. 사찰을 오가며 더러움을 묻혀 들이고 술과 고기를 먹고 마심에 만족하는 법이 없다(乃至嫉妒, 心行不忍, 由(猶)如虎狼, 由如羅刹, 寺舍往來, 踐踏汚泥, 飮酒食肉, 無厭無足)'라 하였다. 여기의 '寺舍往來, 踐踏汚泥' 두 구는 변문 중의 '汚泥伽藍'을 이해하는 데 참고가 될 만하다. [校注] 항씨의 견해는 옳다.
222　'新'은 甲卷에서는 '薪'으로 되어 있다. '薪'은 薪의 후기 분화자이다. 原錄에서는 직접 '薪'으로 수정했는데 이는 온당치 않다.
223　'栽'는 原卷과 甲卷에서는 모두 '械'로 되어 있는데 이는 '栽'의 속자이다. 『龍龕手鏡』에 보인다.
224　[原校] 甲卷에서는 '接'이 '挿'으로 되어 있다.
225　'從'을 徐震堮은 '縱'으로 보았는데 이는 옳다.
226　'椶'은 응당 '綴'로 보아야 한다. 宋 林逋『奇太白李山人』:"몸에는 直裰(승복의 일종.

業風吹火向前燒, 獄卒把杈從後揷.

身手²²⁷應時²²⁸如瓦碎, 手足當時如粉沫.²²⁹

沸鐵騰光向口傾,²³⁰ 著者左穿如²³¹右穴.

銅箭傍飛射眼精,²³² 劍輪直下空中割.²³³

爲言²³⁴千載不爲人, 鐵杷²³⁵搜聚²³⁶還交(敎)活.

목련은 말을 마치고 다시 앞으로 걸어가는데 얼마 안 되어 한 지옥에 다다랐다. 목련이 그 옥주(獄主)에게 물었다. "이 지옥에 청제부인이란 사람이 있습니까? 빈승의 모친 되는데 일부러 그를 찾으러 왔습니다." 옥주가 목련에게 말했다. "이 지옥에는 전부 남자만 있고 여자는 한 명

역자 주)만을 걸치고 말 앞에는 낡은 술병을 걸어놓았다(身上只衣麤直裰, 馬前長帶古偏提)." '直裰'은 '直綴'이다. 참고할 만하다.

227 '身手'는 응당 '身首'로 보아야 한다. 돈황사본에서 '手'와 '首'는 통용된다.

228 '時'는 原錄에서는 '是'로 되어 있다. 【項楚】'應是'는 응당 '應時'이며 다음 구 '當時'와 같은 뜻이다. 【校注】항씨의 견해는 옳다. 原卷은 본래 '應時'로 되어 있는데 이 '時'자 오른편에 '是'라고 주를 붙여 놓았다. 돈황사본에서 글자 옆에 주를 달아 놓는 여타의 예에 비춰 보건대 이는 '時'자를 '是'로 수정함을 의미한다. 그러나 돈황사본 중에는 본래의 글자에 오류가 없음에도 그 옆에 주석자를 붙여 놓은 경우도 종종 존재한다. 이것은 그 예에 해당된다.

229 '沫'은 응당 '末'로 보아야 한다.

230 '傾'는 『說文解字』에서는 "出額也", 즉 튀어나온 이마를 말하며 直追切이라 하였다. 原校에서는 이를 '顙'라 하였는데 합당하지 않다. 鄭振鐸은 『中國俗文學史』 '變文'장에서 이 자를 '澆'로 보았는데 정확한 지 알 수 없다. 또 徐震堮은 '傾'으로 보았다.

231 '如'는 徐震堮은 '而'로 보았다.

232 【項楚】『說文解字』에 '睛'자는 없으며 古書에서는 흔히 '精'자를 사용한다. '睛'은 후기 분화자이다. 原校에서는 '精'을 '睛'으로 하였는데 불필요한 교정이다.

233 甲卷에서는 이 문구가 '刀山劍水直下割'로 되어 있다.

234 '爲言'은 응당 '謂言'으로 보아야 하고 '以爲'의 뜻이다. 甲卷에서는 '唯言'으로 되어 있는데 이 역시 통한다.

235 '杷'는 原錄에서는 '把'로 되어 있고 徐震堮은 '杷'로 교정하였다. 【校注】각권은 모두 '把'로 되어 있다. 原錄의 오류다.

236 '搜'는 原錄에서는 '樓'로 되어 있다. 【徐震堮】'樓'는 '搜'가 되어야 할 듯하며 '撈'의 뜻이다. 【校注】原卷은 본래 '搜'자로 되어 있고 甲卷은 '樓'로 되어 있다. 돈황사본에서 '手' 편방과 '木' 편방은 구분 없이 쓰이고 있다. 여기서는 '搜'자가 옳다. 袁賓은 『爾雅』 「釋詁」의 "搜, 聚也"를 인용하여 '搜聚'는 동의의 첩어라서 '搜'자를 굳이 '撈'로 수정할 필요 없다 하였다. 【校注】원씨의 견해는 옳다.

도 없소. 좀 더 가시면 도산지옥이 있는데 거기서 물어보시면 분명 만날 수 있을 것이오." 목련은 앞을 향해 걸었고 또 다른 지옥에 이르렀다. 왼쪽은 도산(刀山), 오른쪽은 검수(劍樹)라 불렸는더 지옥 안에는 날카로운 칼이 꽂혀 있었고 피가 내를 이루어 졸졸 흐르고 있었다. 옥주가 무수한 죄인들을 이 지옥으로 몰아넣고 있는 것이 보였다. 목련이 물었다. "이곳은 무슨 지옥입니까?" 나찰(羅刹)이 대답하였다. "이곳은 도산검수(刀山劍樹)지옥이오." "옥중의 죄인들은 어떤 죄업을 범하여 이곳에 떨어진 것입니까?" "옥중의 죄인은 세상에 있으면서 절의 재산을 축내고 가람을 더럽히며 경내의 과일을 훔쳐 먹고 그곳의 땔나무를 도둑질한 자들이오. 오늘 그들을 검수에 오르게 하여 수족이 마디마디 떨어져나가게 하려하오"라고 말하는 장면:

> 도산에는 백골이 이곳저곳 나뒹굴고
> 검수에는 사람 머리가 천만 개.
> 도산에 오르고 싶지 않거든
> 사찰로 비옥한 흙을 날라 오기를.
> 과수를 심고 접목시켜 가람으로 들여오고
> 종자를 보시하여 사찰 재산을 늘리기를.
> 너희 죄인들은 아예 말할 것도 없으니
> 항사(恒沙)의 겁(劫) 동안 벌을 받아
> 부처가 열반하시더라도 그곳을 벗어나지 못하리.
> 이 지옥은 동서로 수백 리.
> 죄인은 멋대로 달아나니 그 어깨들을 서로 엮었다.
> 업풍(業風)[237]은 불을 몰고 와 앞길을 불사르고
> 옥졸은 갈퀴와 작살로 등 뒤에서 찔러대니
> 몸뚱이와 머리는 그 자리에서 부서지고

---

237 지옥에서 부는 폭풍.

팔다리는 당장에 가루가 되어 흩어져버리네.

펄펄 끓는 쇳물을 입에다 들이부으니

[쇳물이] 닿는 곳 좌우로 구멍이 뚫리네.

동(銅) 화살은 어지러이 날아와 눈을 찌르고

검의 바퀴는 공중에서 떨어져 [몸뚱이를] 갈라버리네.

천 년 동안 사람이 되지 않으리라 여겼는데

쇠갈퀴로 [시체를] 긁어모아 살려내어 [또다시 고통을 겪게 하네.]

目連聞語, 啼哭咨嗟向前問言獄主:「此箇地獄中, 有一靑提夫人已
否?」 獄主啓言和尙:「是何親眷?」 目連啓言:「是貧道慈母.」 獄主報
言和尙:「此箇獄中無靑提夫人. 向前地獄之中, 總是女人, 應得相見.」
目連聞語,²³⁸ 更往前行. 至一地獄, 高下可有一由旬, 黑煙蓬勃, 臭氣
勳(薰)天. 見一馬頭羅刹, 手把鐵杈, 意[氣]²³⁹而立. 目連問曰:「此箇
名何地獄?」 羅刹答言:「此是銅柱鐵床地獄.」 目連問曰:「獄中罪人, 生
存在日, 有何罪業, 當墮此獄?」 獄主答言:「在生之日, 女將男子, 男
將女人, 行婬欲於父母之床, 弟子於師長之床, 奴婢於曹主²⁴⁰之床, 當
墮此獄之中. 東西不可算, 男子女人, 相和²⁴¹一半.」

女臥鐵床釘釘²⁴²身, 男抱銅柱胸²⁴³壞²⁴⁴爛,

---

238 '語'를 原錄에서는 原卷에 의거하여 '以'로 적고 '已'로 교정하였다. 여기서는 甲卷을
    따라 수정한다.
239 [原校] '氣'자는 甲卷에 의거하여 보충한다. '意氣'는 기운이 성한 모습이다. P.2305「解
    座文匯抄」:"가마솥의 탕은 재능의 많음을 상관치 않으며, 화로의 숯은 그대의 호기에
    좌우되지 않는다네(鑊湯誰管足才能, 爐炭不憑君意氣)." 여기서의 '意氣' 역시 같은 뜻
    이다.
240 '曹主'는 主人을 말한다. P.3418 王梵志 詩:"돈 되는 곳이라면 선뜻 나서니, 주인이
    부를 필요도 없다네(强處出頭來, 不須曹主喚)." S.6032에서는 '曹主'가 '主人'으로 되
    어 있는데 문자는 다르나 같은 뜻이다. P.3418 王梵志 詩:"노비는 주인을 바꾸고, 말
    은 다른 사람이 타고 있다네(奴婢換曹主, 馬卽別人騎)."
241 '和'는 原錄에서는 '合'으로 잘못 기록되어 있다. 原卷과 甲卷에 의거하여 바로잡는다.
242 [原校] 甲卷에서는 '釘釘'이 '釘其'로 되어 있다.

鐵鑽長交利鋒刀，[245] 饞牙快似如錐鑽.

腸空即以鐵丸充, 唱渴[246]還將鐵計(汁)灌.

蒺䔧入腹如刀臂(擘), 空中劍戟跳星亂.

刀剺骨肉斥斥[247]破, 劍割肝腸寸寸斷.

不可言, 地獄天堂相對正,

天堂曉夜樂轟轟, 地獄無人相求[248]出.

父母見存爲造福, 七分之中而獲一.

縱令東海變桑田, 受罪之人仍未出.

　목련은 이 말을 듣고 통곡하며 나아가 옥주에게 물었다. "이 지옥에 청제부인이라는 사람이 있습니까?" "그대와 어떤 관계되는 사람이오?" "빈승의 자모되십니다." 그러자 옥주가 목련에게 일러 말하였다. "이 지옥에는 청제부인이라는 사람은 없소. 좀 더 가시면 여자만 있는 지옥이 있는데 그곳에 가면 만날 수 있을 것이오." 목련은 그 말을 듣고 다시 앞으로 걸어갔다. 다시 한 지옥에 이르렀는데 높이는 일 유순쯤 되는데다 검은 연기가 뭉게뭉게 솟아오르고 역겨운 냄새가 하늘을 찌르고 있었다. 한 마두나찰(馬頭羅刹)이 손에 쇠 작살을 들고서 거들먹거리며 서 있는 게 보

243　[原校] '胸'은 본래 '兜'으로 되어 있는데 甲卷에 의거하여 수정한다.

244　壞 : 原錄에서는 原卷을 따라 '懷'로 되어 있는데, 여기서는 甲卷에 의거하여 수정한다.

245　刀 : 原卷에서는 '釖'로 되어 있는데 이는 '刀'의 增旁 俗字이다.『龍龕手鏡』金部 : "釖, 音刀, 劍刀也." 이 글자는 흔히 '劍'의 속자로도 사용되는데 여기서는 다르다. 교주 164)를 참고 바란다.

246　'渴'은 原錄에서는 '喝'로 되어 있다. [項楚] '喝'은 응당 '渴'이어야 한다. '唱渴'은 '叫渴'이다. [校注] 原卷에서는 사실 '渴'로 되어 있다. 原錄의 오류다.

247　'斥'은 原卷에서는 '斥'으로 되어 있고 甲卷에서는 '斤'으로 되어 있는데, 原錄에서는 '斥'으로 기록하고 있다. 潘重規는 이를 '片'자로 보았다. [校注] 돈황사본에서 '斥'자와 '片'자는 모두 이 같은 형태로 되어 있다(예를 들어 P.3697「捉季布傳文」"若得片雲遮頂上"의 '片'자, "先坼重棚除覆壁"의 '坼'자 우측의 '斥'이 '斤'로 되어 있다) 여기서는 '斥'자로 보는 게 옳다. '斥'과 '尺'은 옛날에는 서로 통용되었다.（예를 들어 '斥蠖'은 '尺蠖', '斥媽', '尺媽'으로 적었다) 그러므로 '斥斥'은 곧 '尺尺'이며 뒤의 '寸寸'과 댓구가 되고 있다.

248　[項楚] '求'는 '救'가 되어야 한다.

였다. 목련이 물었다. "이곳은 무슨 지옥입니까?" 나찰이 대답하였다. "이곳은 동주철상지옥(銅柱鐵床地獄)이오." 목련이 다시 물었다. "옥중의 죄인은 생전에 어떤 죄업을 범하여 이곳에 떨어지게 되었는지요?" 옥주가 대답하였다. "살아 있을 때 여자가 남자를, 남자가 여자를 유혹하여 부모의 침상에서 음행을 저지르거나, 또 제자가 스승의 침상에서, 노비가 주인의 침상에서 간음을 하면 이 지옥에 떨어지게 되오. 이곳은 동서를 헤아릴 수 없을 [정도로 광활한데] 남자와 여자가 각각 반씩 있소이다."

여자는 쇠 침대에 눕혀져 [팔다리가] 못 박혀지고
남자는 [작열하는] 동주(銅柱)를 껴안게 하니 가슴이 타버리네.
철창(鐵槍)은 항상 끝을 예리하게 갈아놓고
탐욕스러운 이빨은 송곳처럼 날카롭네.
배가 고프면 [달구어진] 쇠구슬을 삼키게 하고
목이 마르면 쇳물을 들이 붓네.
마름쇠[249]를 삼키게 하니 칼처럼 배를 가르고
공중에서 검극(劍戟)은 유성처럼 마구 날라드네.
칼은 뼈와 살을 한 자(尺)씩 발라내고
검은 간과 창자를 한 치(寸)씩 자르네.
이루 다 말할 수 없는 게
지옥과 천당을 비교하는 것이네.
천당은 밤낮으로 음악소리 끊이지 않는데
어느 누구도 지옥의 고통을 벗어나게 하지 못하네.
부모가 살아 계실 때 복을 지으면
[그 복의] 칠분의 일은 [망자가] 가져갈 수 있다네.[250]

---

249 끝이 송곳처럼 뾰족한 서너 개의 발을 가진 쇠못.
250 불교의 『지장경(地藏經)』에 따르면, 어떤 사람이 살아있을 때 착한 일을 하지 못하고 죄만을 지었더라도 목숨을 마친 후에 대소 권속들이 그를 위하여 복을 닦아주면 그 모든 공덕의 칠분의 일은 망인에게 가고 나머지 칠분의 육은 살아있는 자신에게로 돌아간다고 한다.

동해가 뽕나무 밭으로 변한다 해도

죄인은 지옥을 벗어나지 못한다네.

目連言訖, 更往前行. 須臾之間, 至一地獄. 啓言獄主:「此箇獄中, 有一靑提夫人已否?」獄主報言:「靑提夫人, 是和尙阿孃?」目連啓言:「是慈母.」獄主報和尙曰:「三年已前, 有一靑提夫人, 亦到此間獄中, 被阿鼻地獄牒上索將, 今見在阿鼻地獄中.」目連悶絶僻[地],[251] 良久氣通, 漸漸前行, 卽逢守道羅刹問處:

目連行步多愁惱, 刀劍路傍如野草.

側耳遙聞地獄間, 風火[252]一時聲號號.

爲憶慈親長(腸)欲斷, 前路不婁[253]行卽到.

忽然逢著夜叉王, 按劍坐蛇[254]當大道.

啓言貧道是釋迦如來佛弟子, 證見三明出生死.

哀哀慈母號靑提, 亡過魂靈落於此.

---

[251] 【郭在貽】‘僻’은 ‘躄’으로 보아야 한다. 「目連緣起」의 “순간 온몸을 땅바닥에 내동댕이치네(須臾躄地自渾搥).”처럼 ‘躄’자로 되어 있다. 【校注】晉 法顯 『佛國記』: “왕이 와서 그것을 보고는 정신이 혼미해져 쓰러졌다. 여러 신하들이 얼굴에 물을 뿌리니 잠시 후에 깨어났다(王來見之, 迷悶躄地, 諸臣以水灑面, 良久乃蘇).” 慧琳 『一切經音義』 卷15: “躄地, 毗壁反. 集訓云: ‘躄也, 從足、辟聲也. 經文從人作僻, 非也.’ 이로 보아 ‘躄’자는 가차자로 흔히 사용되었음을 알 수 있다. 또 ‘地’자는 原卷에는 없는데 原錄에서 임의로 ‘倒’자를 보충하였다. 袁賓은 ‘地’자를 보충해야 한다고 하였다. 【校注】원씨의 견해가 옳다. 甲卷에서는 마침 ‘地’자로 되어 있는 것이다. 潘重規는 原卷에 ‘地’자가 있다고 하였는데 불확실하다.

[252] ‘火’는 原錄에서는 ‘大’로 되어 있다. 袁賓은 ‘火’가 되어야 한다고 했다. 【校注】돈황사본에서 ‘火’자는 ‘大’자와 그 형태가 매우 비슷하다. 原卷을 세밀히 살펴보면 ‘火’임을 알 수 있다. 뒤의 “猛火龍蛇難向前”의 ‘火’자 역시 原卷에서는 ‘大’자와 비슷하게 적혀 있다.

[253] 【徐復】唐詩의 속어로 ‘多’는 ‘婁’로 표기된다. 따라서 ‘不多’는 ‘不婁’로 적기도 한다. 『集韻』 上 聲45厚에서 “嫪, 多也, 朗口切”라 하였고, ‘婁’와 동음이다. ‘嫪’자는 ‘婁’의 增旁字이다.

[254] 蛇: 原卷에서는 우측이 ‘也’로 되어 있다. 袁賓은 『廣韻』에 의거하여 이 자를 ‘蛇’의 속자라 하였는데 이는 옳다. 原校에서는 ‘地’라 하였는데 이는 옳지 않다.

摘(適)來巡曆(歷)諸餘²⁵⁵獄, 問者咸言稱不是.

近云將母入阿鼻, 大將亦應之(知)此事.

有無實說莫沈吟, 人間乳哺最恩深,

聞說慈親骨髓痛, 造此²⁵⁶誰知貧道心.

夜叉聞語心遏遏,²⁵⁷ 直言更亦無刑(形)跡.

和尙孝順古今希, 冥途不憚親巡歷.

青提夫人欲似有, 影響²⁵⁸不能全指的.²⁵⁹

[□□□□□□□], 灌鐵爲城銅作壁.²⁶⁰

業²⁶¹風雷振一時吹,²⁶² 到者身骸²⁶³似狼藉.²⁶⁴

勸諫闍梨早皈舍, 徒煩此處相尋覓.

不如早去見如來, 搥胸懊惱知何益.

목련은 말을 마치고 다시 앞으로 걸어가는데 얼마 안 돼 한 지옥에 이르렀다. 목련이 옥주에게 물었다. "이 지옥에 청제부인이라는 사람이

---

255 '諸餘'은 '一切' 혹은 '種種'과 같다. 『通釋』을 참조 바란다.

256 '造此'는 '造次'와 같으며 '倉卒'의 뜻이다. 앞에서 설명한 바 있다.

257 [袁賓] '遏遏'은 '惕惕'이며 …… '걱정하고 두려워하다(憂懼)'의 뜻이다. [校注] 「長興四年中興殿應聖節講經文」: "그리하여 전전긍긍 자리에 계시고 근심스런 모습으로 백성들을 걱정하신다(所以兢兢在位, 惕惕憂民)." 본 편의 뜻과 같다.

258 '影響'은 모호하고 확실치 않다는 뜻으로 성어 '影響之見'의 '影響'이다. 江藍生의 소논문 「影響釋義」를 참조 바란다.

259 '指的'은 분명하고 상세하다는 뜻이다. 『廣韻』入聲錫韻 : "的, 指的." '的'에는 '선명하다'는 뜻이 있고, '指的'은 '的'이 쌍음절화된 것이다. 宋 劉敬叔 『異苑』卷7 : "(곽징지가) 밤에 꿈속에서 한 신인을 만났는데 그 신인은 쇠뿔로 만든 효자손을 그에게 주었다. 그는 잠에서 깨어났는데 너무도 생생했다. 정신을 차리고 보니 그것이 머리맡에 놓여 있었다([郭澄之]夜夢見一神人以烏角如意與之. 雖是寤中, 殊自指的. 旣覺, 便在其頭側)." 여기서의 '指的'은 바로 이 뜻이다.

260 [項楚] 이 문구가 한 행으로 되어 있는데 앞에 한 구가 누락되었음이 틀림없다. '壁'은 전후의 韻脚字인 '遏(惕)', '迹', '歷', '的', '藉', '覓', '益' 등과 압운된다. [校注] 항씨의 견해대로 일곱 자의 공백을 보충한다.

261 原卷의 '業'자가 原錄에서는 '葉'으로 오록되어 있다.

262 '吹'는 袁賓은 '摧'로 교정하였는데 사실에 가깝다.

263 '骸'는 原錄에서는 '體'로 오록되어 있다. 여기서는 原卷과 甲卷에 의거하여 바로잡는다.

264 [原校] '藉'는 본래 '寂'으로 되어 있는데 甲卷에 의거하여 수정한다.

있습니까?" 옥주가 말하였다. "청제부인이 스님의 모친 되는가?" 목련이 대답하였다. "그렇습니다." 그러자 옥주가 목련에게 알려 말하였다. "삼년 전에 청제부인이라는 자가 이곳에 왔었는데 아비지옥에서 구인장이 내려와 지금은 아비지옥에서 형을 받고 있소." 목련은 정신이 아찔해지며 넘어졌다가 한참 후에야 정신이 들었다. 그러고는 다시 앞을 향해 걷다가 수도나찰(守道羅刹)을 만나 묻는 장면:

> 목련은 근심에 싸여 걷는데
>
> 길가의 도검(刀劍)은 들풀 같네.
>
> 귀에는 멀리서 지옥의 소리 들리는데
>
> 바람과 불길이 일시에 요란하게 울어댄다.
>
> 모친을 생각하니 애가 끊어지는 듯한데
>
> 얼마 안 가 [아비지옥에] 다다랐다.
>
> 홀연 야차왕(夜叉王)을 만났는데
>
> 칼을 어루만지며 뱀을 깔고 앉은 채 큰길을 가로막고 있다.
>
> [목련이] 말하길, "빈승은 석가여래불의 제자로서
>
> 삼명(三明)[265]을 얻어 생사를 초월하였다네.
>
> 불쌍한 자모는 이름이 청제인데
>
> 죽은 뒤 영혼이 이곳에 떨어졌다네.
>
> 앞서 다른 지옥들을 순력하면서
>
> 물어 보아도 다들 그곳에 없다 하네.
>
> 듣기에 모친이 아비지옥으로 끌려왔다고 하던데
>
> 대장께서는 이 일을 알고 계신지.
>
> 있고 없고를 숨기지 말고 사실대로 말씀해주시기를.
>
> 인간 세상에서 가장 깊은 것은 젖을 먹여 기른 은혜라 하였네.
>
> 모친이 골수에 파고드는 고통을 겪는다는 말을 들으니

---

265 아라한이 가지고 있는 세 가지 지혜. 숙명명, 천안명, 누진명을 이른다.

졸승의 심정 어느 누가 이해할 수 있으리."

야차는 이 말을 듣고 마음에 연민을 느끼면서

인사치레 없이 곧장 [그에게] 알린다.

"스님의 효심은 고금(古今)에 드물게도

명도(冥途)를 지나는 일조차도 꺼리지 않네.

청제부인은 [이곳에] 있는 듯하나

확실치 않아 틀림없다 말할 수 없네.

[□□□□□□□]

쇳물을 부어 성(城)을 짓고 동(銅)으로 벽을 만들었다네.

업풍(業風)이 우레처럼 한바탕 불고 나면

이곳에 들어간 자의 육신은 갈가리 찢겨진다네.

부디 스님께서는 일찌감치 돌아가시기를

이곳에서 [모친을] 찾는 것은 헛될 뿐이네.

차라리 서둘러 여래를 만나 뵈는 게 낫거늘

가슴 치며 탄식한들 무슨 도움 되리오."

目連見說地獄之難, 當卽迴[身],²⁶⁶ 擲缽騰空, 須臾之間, 卽至婆羅
林²⁶⁷所, 遶佛三匝, 卻坐一面, 瞻[仰]²⁶⁸尊顏, 目不蹔舍. 白言世尊處:

關事如來日已遠, 追放縱由²⁶⁹天地遍,

阿耶惟²⁷⁰得上生天, 慈母不曾重會面.

聞道阿鼻見受罪, 思之不覺肝腸斷,

---

266 '身'자는 甲卷에 의거하여 보충한다. 項楚는 '迴' 앞에 '却'자를 보충하였는데 적절하지
　　않다.

267 '娑'는 原錄에서는 '婆'로 되어 있는데 여기서는 甲卷에 의거하여 수정한다. '娑羅林'은
　　부처의 설법처이자 입멸 장소이다. 玄應『一切經音義』권2 '娑羅' 항목에 상세히 설명
　　되어 있다.

268 [原校] '仰'자는 甲卷에 의거하여 보충한다.

269 [徐震堮] '放'은 '訪', '縱'은 '蹤'이어야 한다.

270 [項楚] '惟'자는 '雖'자의 형와자이다.

猛火龍蛇難向前, 造次無由作方便.

如來神力移山海, 一切衆生多[271]愛[272]戀,

臣急由來解告君, 如何慈母重相見.

世尊喚言大目連, 且莫悲哀泣,[273]

世間之罪由如繩, 不是他家尼碾來.[274]

火急將吾錫杖[275]與, 能除八難及三災,

但知懃念吾名字, 地獄應[當][276]爲汝[277]開.

　지옥의 고난에 관한 얘기를 듣고 난 목련은 즉시 발우를 던져 허공으로 솟아오르더니 눈 깜짝할 사이에 사라쌍수가 있는 곳에 이르렀다. 부처의 주위를 오른쪽으로 세 바퀴 돌고나서 한쪽에 앉아 존안을 우러러 보며 잠시도 한눈을 팔지 않았다. 목련이 세존께 아뢰는 장면:

　"여래를 오랫동안 시봉하지 못하는 동안

　천지를 두루 다니며 [모친의] 행방을 찾았네.

　부친은 천상에 태어났지만

　모친은 다시 만날 수가 없었네.

　듣건대 아비지옥에서 고통 받고 있다 하니

　생각하면 저도 모르게 간과 창자가 갈가리 끊어지는 듯하네.

　맹화(猛火)와 용사(龍蛇)가 앞길을 가로막으니

　당장 어찌해 볼 방도가 없었네.

　여래의 신통력은 산해(山海)를 움직이시고

　일체의 중생을 불쌍히 여기시네.

271　'多'는 부사로서 '대체로', '대개'의 뜻이다. 原校에서는 '多'를 '受'로 교정하였는데 불필요해 보인다.

272　'愛'는 原卷에서는 '受'로 오록되어 있다. 여기서는 甲卷에 의거하여 수정한다.

273　[徐震堮] 이 구는 운이 맞지 않는다. '泣悲哀'가 되어야 옳다.

274　이 문구는 해독하기 어렵다. 재 주석이 필요하다.

275　'杖'은 原卷에서는 '丈'으로 되어 있다. 여기서는 甲卷에 의거하여 수정한다.

276　'當'자는 甲卷에 의거하여 보충한다.

277　'汝'는 原卷에서는 '如'로 되어 있는데 여기서는 甲卷에 의거하여 수정한다.

신하에게 급박한 일이 생기면 군왕에게 알리는 것[278]이 세상의 관습
어찌해야 다시 모친을 만날 수 있을는지.”
　　세존이 목련에게 일러 말하는데
　　“슬퍼하며 울지 말거라.
　　세인의 죄는 새끼줄과 같아서
　　남이 대신 꼬아줄 수 없도다.⑺
　　즉시 내 석장(錫杖)을 네게 주겠으니
　　팔난(八難) 삼재(三災)를 물리칠 수 있으리라.
　　오로지 나의 명호를 염한다면
　　지옥의 문은 그대를 위해 열릴 것이니라.”

　　目連承[279]佛威力, 騰身向下, 急如風箭. 須臾之間, 卽至阿鼻地獄.
空中見五十箇牛頭馬腦, 羅刹夜叉, 牙如劍樹, 口似血盆, 聲如雷鳴,
眼如掣電, 向天曹當直. 逢著目連, 遙報言 : 「和尙莫來, 此間不是好道,
此是地獄之路. 西邊黑煙之中, 總是獄中[280]毒氣, 吸着[281]和尙化爲灰
塵處 : 」
　　和尙不聞道阿鼻地獄, 鐵石過之皆得殃.

278　『조야첨재(朝野僉載)』 권4의 “무측천이 궐내에서 연회를 여는데 매우 즐거웠다. 하내
　　왕 (무)의종이 갑자기 일어나 아뢰기를, ‘신하는 급하면 임금에게 알리고, 자식은 급
　　하면 아비에게 알린다 하였습니다(周則天內宴甚樂, 河內王懿宗忽然起奏曰 : 臣急告
　　君, 子急告父)”, 그리고 宗密『우란분경소(盂蘭盆經疏)』 권(卷)하(下)의 “자식은 급하
　　면 아비에게 알리고 신하는 급하면 임금에게 알리는 법이니, 자신의 힘으로 안 되면
　　마땅히 부처에게 의지해야 합니다(子急告父, 臣急告君, 自力不如, 理宜投佛)”라는 문
　　구로 보아 변문의 이 문구는 당시의 속어로 보인다.
279　‘承’은 原卷에서는 ‘丞’으로 되어 있는데 여기서는 甲卷에 의거하여 수정한다.
280　原錄에서는 ‘獄中’ 두 자에 첨부부호([])를 붙여 놓고서 그 교주에서 밝히기를 “‘獄中’
　　두 자는 甲卷에 의거하여 보충한다”고 하였다. 【校注】 原卷에는 본래 ‘獄中’ 두 자가
　　있다.
281　原錄에서는 ‘吸’자가 누락되어 있고, 또 ‘着’자가 앞　구에 속하는 것으로 되어 있
　　는데 여기서는 原卷과 甲卷에 의거하여 보충 정정한다.

地獄爲言何處在, 西邊怒那[282]黑煙中.

目蓮(連)念佛若恒沙, 地獄元[283]來是我家.

拭淚空中遙(搖)錫杖, 鬼神當卽倒如麻.

白汗交流如雨濕, 昏迷不覺自噓嗟.

手中放卻三楞[284]棒, 臂上遙抛六舌叉.

如來遣我看慈母, 阿鼻地獄救波吒,

目連不住[285]騰身過, 獄卒相看不敢遮.

목련은 부처의 위력을 입고서 가볍게 몸을 하늘로 솟구치더니 화살처럼 하강하여 순식간에 아비지옥에 이르렀다. 공중에서 바라보니 이빨은 검수(劍樹) 같고 입은 혈분 같으며 목소리는 우레 스리 같고 눈은 전광(電光) 같은 우두마두(牛頭馬頭) 나찰야차(羅利夜叉) 오십 인이 천조(天曹)의 관부에서 당직을 서고 있었다. 그들은 목련을 발견하고는 멀리서 소리쳐 알렸다. "스님은 다가오지 마시오. 이곳은 좋은 세계가 못되오. 지옥의 길이란 말이오. 서쪽의 검은 연기 속에는 지옥의 독기(毒氣)가 있어서 그것을 마셨다가는 곧바로 재로 변하고 말 것이오." 이 장면:

"스님은 아비지옥을 들어보지 못했는가.

쇠나 바위마저도 이곳을 지나면 해를 입게 된다네.

지옥은 없다고 생각하는가.

서쪽의 검은 연기 속이 바로 그곳이라네."

목련은 항하(恒河)의 모래 수만큼 염불하며

"지옥은 본래 내 집이다" 중얼댄다.

눈물을 닦고 석장을 공중으로 던지니

귀신은 그 자리에서 삼(麻)처럼 넘어진다.

땀은 흘러 비에 젖은 듯하고

정신은 혼미해져 부지중에 한숨만 내쉰다.

손에 들린 삼릉봉(三稜棒)[286]을 내려놓고

팔은 육설차(六舌叉)[287]를 저 멀리 던져버린다.

"여래께서 나를 보내시어 모친을 만나고

아비의 고통에서 그를 구하라 하셨도다."

목련이 쉴 새 없이 공중으로 몸을 날리니

옥졸은 바라만 볼 뿐 감히 막지를 못한다.

目連前行,[288] 至一地獄, 相去一百餘步, 被火氣吸著, 而欲仰倒. 其阿鼻地獄, 且鐵城高峻, 莽蕩連雲, 劍戟森林,[289] 刀鎗重疊. 劍樹千尋, 以(似)芳撥,[290] 針刺相揩,[291] 刀山萬仞橫連,[292] 巉(巉)岊亂倒. 猛火[293]掣

---

[286] 모서리가 세 개인 몽둥이.

[287] 칼날이 여섯인 작살.

[288] '目連前行'이 原卷에서는 '目行連前'으로 되어 있다. '行連' 두 자 우측에는 갈고리 형태의 부호가 붙어 있는데 이는 '行'자와 '連前' 두 자가 도치되어야 함을 표시한다. 甲卷에서는 마침 '目連前行'이라고 되어 있어 그 증거가 된다. 原錄에서 '目連行前'이라 한 것은 오류다. 돈황사본에서는 도치되어야 할 글자를 왕왕 갈고리 형태의 부호로 표시하고 있는데 도치되는 글자 수는 정해진 바가 없어 문맥에 비춰 판단해야 한다. 「解座文匯抄」교주 90)번을 참조 바란다.

[289] '森林'은 '森森'으로 보아야 할 듯하다. 뒤의 "劍刀森林數萬層"의 '森林'을 徐震堮은 '森森'이라 하였는데 참고할 만하다.

[290] '以'자는 衍字인 듯하다(혹은 뒤에 한 글자가 누락되었든지) "劍樹千尋芳撥"과 "刀山萬仞橫連"은 서로 대응된다. 原校에서는 '以'가 '似'로 되어 있고 '似芳撥' 세 자가 다음 구에 속하는 것으로 되어 있는데 이는 오류이다. 그리고 '芳撥'은 '芳發'이며 '撥'은 '發'의 增旁字이다. 돈황본 「搜神記」王景伯 항목: "이때 태수의 죽은 딸이 애절한 거문고 소리를 듣고 다시 살아나, 왕경백이 탄 배로 다가와 비녀와 팔찌를 만지작거리며 그 소리를 들었다(時太守死女聞琴聲哀怨, 起屍聽之, 來於景伯船外, 發弄釵釧)." 여기서 '發弄'은 응당 '撥弄'이다. '撥'의 편방을 생략하여 '發'로 표기한 것이다. 참고할 만하다. 여기서는 나무를 칼과 검에 비유를 하고 있는데 '芳撥'은 나뭇가지와 잎이 마치 칼과 검처럼 빼곡히 자라고 있음을 가리킨다. 袁賓은 '芳撥'은 '旁魄'이며 '광대하다(廣大)', '널리 미치다(廣被)'의 뜻이라고 하였는데 이 역시 하나의 학설로 참고할 수

浚²⁹⁴似²⁹⁵雲吼,²⁹⁶ 眺跟²⁹⁷滿天; 劍輪簇簇²⁹⁸似星明, 灰塵撲地.²⁹⁹ 鐵

있겠다.

291 '揩'는 原卷에서는 '楷'로 되어 있다. 徐震堮은 이를 '偕'로 보았다. [校注] 돈황사본에서 '手' 편방과 '木' 편방은 혼용되고 있다. 여기서는 '揩'로 보아야 한다. 『廣韻』「皆韻」: "揩, 揩揮, 摩試." 慧琳『一切經音義』권15: "相揩, 苦皆反. 考聲云: 摩也. 從手." 여기서 혜림은 특별히 '揩'가 '手' 편방임을 지적하고 있는데 이는 '木' 편방으로 적는 것은 옳지 않음을 암시하는 것이다. '針刺相揩'는 검수의 날카로운 칼날이 서로 부딪는 모습을 가리킨다.

292 原錄에서는 '橫連'이 다음 구에 속하는 것으로 되어 있는데 이는 잘못이다. 徐震堮은 '橫連' 앞에 한 글자가 누락된 것 같다 하였고, 袁賓은 그의 견해를 좇아 임의로 '而'자를 보충하였다. 참고할 만하다.

293 原卷에서는 '火'자가 '大'자처럼 적혀 있다. 原錄에서는 '大'로 되어 있는데 정확하지 않다. 蔣禮鴻은 이를 '犬'으로 교정하였는데 오류로 생각된다. 袁賓은 본편의 "鐵輪往往從空入, 猛火時時脚下燒"라는 문구를 거론하며 '火'자로 보아야 함을 주장하였다.

294 [蔣禮鴻] '浚'은 '峻疾'의 '峻'으로 적기도 한다. [校注] 장씨는 그의 『通釋』에서 '峻疾'을 설명함에 있어 "'峻'은 '신속하다'라는 의미의 '迅', '駿'과 통한다'고 하였다. 따라서 '浚'은 '駿' 혹은 '迅'과 통한다고 말하는 게 훨씬 의미가 명료해진다. 『詩經』「周頌」噫嘻 "駿發爾私" 이에 대한 鄭玄의 주석에서 "駿, 疾也"라 하였다. 陸德明『經典釋文』에서는 이 글자가 '浚'으로 되어 있고 이 자를 '駿'으로도 적는다고 부연 설명하고 있다. 이는 '浚'과 '駿'이 詩經에서도 통용되고 있음을 말해준다. 元稹의 「競渡」라는 시에는 "용문은 물살이 쏟아 붓듯 세차다(龍門浚如瀉)"고 하였고, 『太平廣記』권466에는 三秦記를 인용하여 "용문의 물은 화살처럼 빠르고 7리 아래쪽은 그 깊이가 3리다(其龍門水浚箭涌, 下流七里, 深三里)"고 적고 있다. 이들은 모두 '浚'이 '駿' 혹은 '迅'과 통함을 말하고 있다. '掣浚'은 유사한 의미의 글자가 중첩된 경우이다. 袁賓은 이 문구를 "맹렬한 화염이 삽시간에 하늘로 치솟는 모습"을 말한다고 하였는데 이는 옳다. 劉凱鳴은 '掣浚'을 '熾焌'의 音訛字라 하였는데 지나치게 자의적인 감이 없지 않다.

295 '似'는 蔣禮鴻은 '以'라 교정하였는데 정확하지 않다. 이 '似'자는 뒤의 "劍輪簇簇似星明"의 '似'자와 대응되는 까닭에 수정하는 것은 온당치 못하다.

296 雲吼: 徐震堮은 '雲犼', 蔣禮鴻은 '震吼', 袁賓은 '震拘', 項楚는 '雷吼'라 교정하였는데, 項楚의 견해가 사실에 가깝다. 「韓擒虎話本」: "화살이 시위를 떠나자 그 기세가 우레와 같다(箭旣離弦, 世(勢)同雷吼)." 여기에도 '雷吼'라는 문구가 나온다. 또 '雷吼'는 뒤의 '星明'과 댓구를 이룬다.

297 '眺'를 徐震堮은 '跳'라 보았는데 이는 옳다. 『廣韻』「陽韻」: "跟, 跳跟也." 跳躍의 의미임을 보여준다.

298 '簇'은 原錄에서는 '簇'으로 되어 있는데 여기서는 原卷을 따른다. 『集韻』「屋韻」: "簇, 聚齊貌." 仕六切. 이로보아 이 글자는 '簇' 즉 '簇'의 속자이다.

299 '撲'은 原卷에서는 좌측이 '扌'로 되어 있고 우측이 '莫'으로 되어 있는데, 이는 '撲'의 속자이다. 原錄에서는 '模'로 되어 있고 '驀'이라 교정하였는데 옳지 않다. '撲地'는 '滿地', '遍地'와 같다. 『通釋』에 자세한 설명이 있다.

蛇吐火, 四面張鱗. 銅狗吸煙, 三邊振吠, 蒺蘺[300]空中亂下, 穿其男子之胸. 錐鑽天上旁飛, 剜剌女人之背. 鐵杷踔[301]眼, 赤血西流. 銅叉剉腰, 白膏東引. 於是刀山[302]入爐炭, 髑髏碎, 骨肉爛, 筋皮析, 手膽[303]斷. 碎肉迸濺於四門之外, 凝血滂沛於獄牆[304]之畔. 聲號叫天, 岌岌汗汗; 雷□□地,[305] 隱隱岸岸. 向上雲煙, 散散漫漫; 向下鐵鏘, 撩撩亂亂. 箭毛鬼嘍嘍竄竄, 銅嘴鳥吒吒叫叫喚.[306] 獄卒數萬餘人, 總是牛頭馬面, 饒君鐵石爲心, 亦得亡魂膽戰處:

앞으로 계속 나아가 한 지옥에 이르렀을 때 목련은 백여 보 떨어진 앞에서 거센 불길이 타올라 자칫하면 뒤로 넘어질 뻔하였다. 이 아비지옥으로 말하면, 철성(鐵城)은 고준히 솟아 아득히 구름에 닿아 있고 검극

---

300 [徐震堮] '蘺'는 '藜'와 같다. [校注] '蒺蘺'는 곧 '蒺藜'이다. 첩어는 그 발음에 치중할 뿐 字形에는 구속을 받지 않는다.

301 [項楚] '踔'은 응당 '卓'이며 '찌르다(擣擊)'는 뜻이다. …… 「韓朋賦」: "즉시 앞치마 비단 세 치를 찢고 이빨로 피를 낸 다음 서신을 써 화살에 달아 한붕에게 쏘아 보냈다(卽裂裙前三寸之帛, 卓齒取血, 且作私書, 繫箭頭上, 射與韓朋)." 『舊五代史』「王朴傳」: "세종이 …… 관 앞으로 나아가 옥으로 된 도끼를 집어 들고 땅바닥을 내려치니 살아 움직이는 이가 넷이었다(世宗 …… 及柩前, 以所執玉鉞卓地而動者數四)." …… 이들은 모두 그 예들이다. [校注] '踔'과 '卓'은 모두 '築'으로 보아야 한다. 『說文解字』「木部」: "築, 擣也" 『三國志魏書』「少帝紀」: "도적이 칼로 그 입을 짓찧어 말을 못하게 만들었다(賊以刀築其口, 使不得言)." 『西遊記』 제8회: "그는 막무가내로 올라와서는 잘잘못을 가리지 않고 쇠스랑을 꼬나들고 보살을 향해 공격을 가하였다(他撞上來, 不分好歹, 望菩薩舉釘鈀就築)." 이들은 모두 그 예이다.

302 [徐震堮] '刀山' 앞에 한 글자가 누락되어 있다. [校注] 누락된 글자는 어쩌면 '上'자일 것이다.

303 '膽'자는 문맥에 맞지 않는다. '脚', '臂', '膊' 부류의 글자로 보아야 한다.

304 '牆'은 原卷에서는 '墻'으로 되어 있는데 이는 '牆'의 속자이다. 돈황사본에서 '牆'자는 왕왕 '墻', '墻' 등의 형체로 되어 있는데 이들은 모두 '牆'의 變體이다. 原錄에서는 '壚'로 되어 있는데 문맥에 맞지 않는다.

305 原卷에서는 '雷'자 뒤에 약 두 자 정도가 잔결되어 있는데 原錄에서는 '雷' 다음에 곧바로 '地'자가 오고 있는데 이는 잘못이다. 앞의 "猛火掣澆似雲(雷)吼"라는 문구에 비춰보아 빠진 글자는 아마 '吼震' 두 글자일 것이다. 潘重規는 『新書』에서 '震動' 두 자를 보충해 넣었는데 참고할 만하다.

306 '吒吒叫叫喚'을 徐震堮은 '叱咤叫喚', 陳治文은 '咤咤喚喚' 혹은 '叫叫喚喚', 潘重規는 '咤咤叫喚'으로 보았다. [校注] 문맥에 비춰보아 진씨의 견해가 비교적 합당하다.

(劍戟)은 빽빽하고 칼과 창은 겹겹이 쌓여 있으며 검수(劍樹)는 천 심(尋)의 높이에 [지엽이] 촘촘히 자라 날카로운 칼끝이 서로를 찌르고 있었다. 도산(刀山)은 만(萬) 인(仞)에 달하고 횡으로 연이어져 있는데 가파르기 짝이 없고, 맹렬한 불길은 요란한 소리를 내며 이글이글 타올라 하늘을 가득 메웠으며, 수많은 검륜(劍輪)은 별빛 같은 화염을 뿌리며 이리저리 굴러다니니 [육신을] 태운 재가 온 땅을 뒤덮었다. 철사(鐵蛇)[307]는 불을 토해내며 사면에 비늘을 곤두세우고 있고, 동구(銅狗)[308]는 연기를 빨아들이며 주위를 향해 짖어대며, 마름쇠가 공중에서 어지러이 날아와 남자의 가슴을 꿰뚫고, 송곳이 하늘에서 날아와 여자의 등짝을 찔렀다. 쇠고무래가 눈을 찔러 붉은 피가 서쪽으로 흐르고, 동(銅) 작살이 허리를 쪼개니 허연 고름이 동쪽으로 흐른다. 그리고 도산에 화로의 숯을 집어넣으니 촉루(髑髏)는 부서지고 골육은 문드러지며 살과 가죽은 갈라지고 간담은 끊어졌다. 찢겨진 살점들이 사문 밖에 흩어져 있고 엉겨 붙은 피는 담벼락 부근에 떨어져 널려 있다. 비명은 높고 멀리 하늘에 메아리치고 우레 소리 우르릉 땅을 뒤흔든다. 위로는 구름과 연기가 아득히 깔려 있고 아래로는 쇠 소리 요란하다. 전모귀(箭毛鬼)는 조르르 돌아다니고 동취조(銅嘴鳥)는 꺄아꺄아 울어댄다. 옥졸은 수만여 인인데 모두가 우두마면(牛頭馬面)이다. 설령 그대가 쇠와 돌로 된 심장을 지녔을지라도 정신을 잃고 두려움에 떨게 될 장면:

目連執錫向前聽, 爲念阿鼻意轉盈,
一切獄中皆有息, 此箇阿鼻不見停.
恒沙之衆同時入, 共變其身作一刑,[309]

---

307 지옥에 산다는 식인 뱀.
308 지옥에 산다는 식인 개.
309 [項楚] '刑'은 '形'의 와자이다. [校注] '形'자를 '刑'으로 잘못 기록한 것이다. 앞뒤 문장에 그 예들이 있다. 항씨의 견해는 옳다.

忽若無人獨自入, 其身亦滿鐵圍城.

案案難, 難振鐵,[310] 吸炭[311]雲空,

轟轟鏘鏘栝(括)地[312]雄, 長蛇皎皎三曾黑,[313]

大鳥崖柴[314]兩翅青. 萬道紅爐扇廣炭,[315]

千重赤炎迸流星. 東西鐵鑽讒凶筋,[316]

左右銅鉸[317]石眼精.[318] 金鏘亂下如風雨,

---

310 原卷에는 뒤의 '案'자와 '難'자에 반복부호가 있다. 이 두 구는 해독하기 어렵다. 오자
나 탈자가 있을 것 같다.

311 '吸炭'은 '炭炭'이다.

312 '括'은 原卷에서는 '栝'로 되어 있다. [項楚] '栝'은 '括'이다. '括地'는 '刮地'이며 소리가
땅을 휘말듯이 들려옴을 형용한다. [校注] 돈황사본 중에서는 '手' 편방과 '木' 편방이
혼용되고 있다. 여기서는 문맥에 맞춰 바로잡는다.

313 [吳小如] (이 문구는) 뱀 가죽이 빛을 발하는 모습을 형용한 것일 듯하다. 빛을 발하
기에 '皎皎'라 하였을 것이며, '曾'은 '層'이고 '三層黑'은 뱀 가죽의 색깔을 가리킨다.
[陳治文] '皎皎'는 '胶眊'(혹은 '眊胶')의 잘못인 듯하고, '曾'은 '噲'의 오류로 보인다.
'胶眊'는 '곁눈질하다, 흘긋 보다'는 뜻으로 뱀의 눈빛을 형용한 것이다. '三噲'는 코,
입, 목 세 부분을 가리키며, '長蛇皎皎三曾黑'은 뒤의 '大鳥崖柴兩翅青'과 대구가 된
다. [校注] '皎皎'는 '絞絞'로 보아 이 문구는 뱀이 똬리를 틀고 있는 모습을 가리키는
것으로 생각된다. P.2653「韓朋賦」: "見一黃蛇, 皎妾牀脚." '皎'와 '胶'는 同義의 이체
자이며, 문중에서 '絞'로도 되어 있는 것은 그 증거가 된다. '曾'자는 再校가 필요하다.

314 蔣禮鴻은 '崖柴'는 곧 '啀喍'로, 여기서는 새가 부리를 벌리고서 짚어 삼키려는 흉악한
모습을 가리킨다고 하였다. 陳治文은 '崖柴'는 '睚眦'이며 '눈을 부릅뜨다'는 뜻이라고
하였다. [校注] 진씨의 견해가 비교적 문맥에 맞는다. 吳小如는 '崖柴'는 날개를 활짝
편 모습이라 하였는데 정확하지 않다.

315 '廣'은 原卷에서는 아래의 '八'이 없는데 原錄에서는 '광'으로 교정하였다. 여기서는 原
錄을 따른다. 그러나 '廣炭'은 해독하기 어렵다. 오류가 있는 듯하다.

316 '筋'은 原卷에서는 '觔'으로 되어 있다. [徐震堮] '讒胸觔'은 '劖胸肋'이어야 할 듯하다.
[校注] '觔'은 '筋'의 속자임은 앞서 설명한 바 있다. 앞서의 "骨肉爛, 筋皮折"은 '筋'자
가 오자가 아님을 증명한다.

317 袁賓은『釋名』「釋兵」의 "矢(…중략…)關西曰釭; 釭, 鉸也"를 인용하며 '銅鉸'는 곧 '銅
箭'이라 하였고, 項楚는 '鉸'는 '骹', 즉 '우는살(嚆矢)'로 보았다. [校注] '鉸'는 오늘날의
가위와 같은 것이다. 화살은 문맥에 어울리지 않는다. 王先謙은『釋名疏證補』에서
孫詒讓의 견해를 인용하며 '鉸'는 '骹'의 잘못이라 하였다. 여기서는 항씨의 견해를 따
라 '骹'로 교정한다.

318 '石'은 項楚와 袁賓 모두 '射'로 교정하였는데 이는 옳다. 앞의 "銅箭傍飛射眼精"에서
보듯이 '射'자를 사용하고 있는 것이다. 또 '精'자는 나중에 '睛'으로 분화되었음은 앞

鐵計(汁)空中似灌傾. 哀哉苦哉難可忍,

更交腹背下長釘. 目連見以(已)唱其[319]哉,

專心念佛幾千迴. 風吹毒氣遙呼吸,

看著身爲一聚灰.[320] 一振黑城關鎖落,

再振明門[321]兩扇開. 目連那邊仍未[322]喚,

獄卒擎叉[323]便出來. 和尙欲覓阿誰消息,

其城廣闕[324]萬由旬, 倉卒[325]沒人關閉得.

刀劍晶光阿點點, 受罪之人愁懺懺.

大火終融[326]滿地明, 煙霧滿滿[327]悵天[328]黑.

서 설명한 바 있다. 袁賓은 '精'을 '睛'으로 수정해야 한다고 했는데 타당하지 못하다.

319 '其'는 原校에서는 '奇'로 되어 있다. 【校注】'苦'의 形訛字인 듯하다.

320 '一聚灰'는 '한 줌의 灰土'이다. P.3833 王梵志 詩 : "몸과 그림자가 백년 후에 한 줌의 먼지가 되어 서로를 바라보네(身影百年後, 相看一聚塵)." 『廣弘明集』 卷30 亡名「五苦詩」生苦 : "결국은 한 줌의 흙이 될 거면서 억지로 천 년의 명성을 구한다(終成一聚土, 强覓千年名)." 이들은 '一聚塵'과 '一聚土'는 같은 뜻임을 보여준다.

321 '明'은 응당 '冥'이다. '冥門'은 앞서의 '黑城'과 대구되며 저승의 지옥을 가리킨다.

322 '仍'은 原卷에서는 '仮'으로 되어 있다. 項楚는 이를 '仍'으로 교정하였는데 이는 옳다. 俗書에는 편방을 늘린 글자들이 흔하다. 예를 들어 앞서 "天堂地獄乃非虛"의 '乃'자가 乙卷에서는 필획을 더해 '及'으로 되어 있으며, "乃見地藏菩薩"의 '乃'자 역시 乙卷에서는 '及'으로 잘못 적었다가 곧이어 '乃'로 정정하였다. 이곳의 '仮'역시 '仍'자에 필획이 첨가된 오자이다. 또 '未'자가 原錄에서는 '來'로 오록되어 있는데 여기서는 原卷에 의거하여 바로잡는다. 項楚의 교주도 이와 똑같다.

323 原卷의 '叉'자를 原錄에서는 '支'로 오록하였다.

324 '闕'은 原卷에서는 '闕', 즉 '闕'의 속자인 '闕'의 변체이다. 『說文解字』「門部」: "闕, 門觀也." 『六書故工事』1 : "宮城上爲樓觀, 闕其下爲門, 所謂闕門也." 본문은 지옥문 양측의 누대를 말한다. 原錄에서는 '闕'이 '闇'로 되어 있는데 ㅇ 는 억측이다.

325 '倉卒'은 原卷에서는 '卒倉'으로 되어 있는데 여기서는 項楚의 교정에 의거하여 바로잡는다.

326 【徐復】'終'은 응당 '炵'이다. '炵融'은 첩운자이다. 『廣韻』上平聲二冬 : "炵, 火威貌, 徒冬切" 이로보아 '炵融'은 불길이 맹렬한 것을 말한다. 「佛說阿彌陀經講經文」: "머리에서 화염이 훨훨 타오른다(頭上火焰而炵炵)." '炵'자로 되어 있는 이 예문은 좋은 증거가 된다. '融'은 東韻으로, 冬韻과 통한다. 【袁賓】'終融'은 '沖融'이다. '沖'과 '終'은 疊韻으로 서로 통용된다. '沖融'은 '충만하고 널리 퍼져 있는 모습'이다. 【校注】서씨의 견해가 옳아 보인다. 다만 그가 인용한 바 『廣韻』"火威貌"의 '威'는 '盛'의 오자이다. 『集韻』에서는 마침 '火盛貌'라 되어 있다. 이에 의거하여 바로잡는다.

忽見闍梨於此立, 又復從來不相識,

縱³²⁹由算當更無人, 應是三寶慈悲力.

목련은 석장을 손에 들고 앞으로 나아가 듣는데

아비(阿鼻)[의 고통] 생각하니 가슴이 점점 옥죄어 온다.

모든 지옥에는 [고통이] 그칠 때가 있다는데

이 아비지옥에는 멈출 날이 없다.

항하사와 같이 [무수한] 망자(亡者)가 동시에 들어가더니

그 몸들이 하나의 모습으로 변한다.

만일 다른 사람 없이 혼자서 들어간다면

그 한 몸을 부풀리어 철위성(鐵圍城)을 가득 메우리.

(   )³³⁰

험준하여 구름이 둥둥 떠다니고

우르릉 뚱땅 땅이 휘말릴 듯하다.

크고 긴 뱀은 똬리를 틀고 있는데 [온몸이] 새까맣고

커다란 새는 눈알을 뛰룩대는데 두 날개가 시퍼렇다.

만 개의 홍로(紅爐)에는 무수한 숯불이 타오르고

천 겹의 홍염은 유성을 내뿜는다.

동서의 쇠 끌은 흉근(胸筋)을 자르고

좌우의 동 화살은 눈알을 찌른다.

금창(金槍)은 풍우(風雨)처럼 어지러이 떨어지고

쇳물은 공중에서 관정(灌頂)하듯 쏟아진다.

---

327 [徐震堮] '滿滿'은 응당 '漫漫'이다.

328 戊卷은 여기서부터 시작한다. [徐震堮] '帳'은 '漲'이다. [項楚] '帳'은 본래 '張'이어야 하며 '가리다'는 뜻이다. [校注] 돈황사본에서 '巾'과 '忄'은 구분하지 않는다. 따라서 '帳'은 응당 '帳'의 속자이다. 『說文解字』「巾部」: "帳, 張也." '帳'과 '張'은 음도 비슷하고 그 의미도 서로 통한다.

329 '縱'을 蔣禮鴻은 '蹤'으로 보았다.

330 원문은 "案案難, 難振鐵"인데 그 의미를 파악하기 힘들다. 탈자가 있는 듯하다.

슬프고 괴로워 차마 바라볼 수 없는데

다시 배와 등에 기다란 못이 박힌다.

목련은 그 모습을 보고는 괴롭다, 탄식하며

전심으로 염불하기를 수천 회.

바람에 실려 온 독기를 멀리서 마시기만 하면

그 자리에서 육신은 한줌의 재로 변한다.

석장을 한 번 휘두르니 흑성(黑城)의 자물쇠가 떨어지고

다시 한 번 휘두르니 지옥의 문이 열린다.

목련이 거기서 채 부르기도 전에

옥졸이 작살을 손에 들고 나타났다.

"스님은 누구의 소식을 알고자 하는가."

그 성은 광활하기가 만(萬) 유순(由旬)에 달하고

아무도 [성문을] 쉽사리 여닫을 수 없다.

도검(刀劍)은 반짝반짝 빛나고

벌을 받는 자는 근심이 밀려온다.

큰불은 활활 온 대지를 밝히고

연무(煙霧)는 자욱하니 하늘을 가린다.

문득 바라보니 한 스님이 이곳에 서 있는데

여태까지 본 적이 없는 자이네.

지금까지 이곳에 온 사람은 없었거늘

필시 삼보의 자비력(慈悲力)에 의한 것이로다.

獄主啓言和尙:「緣何事開他[331]地獄門?」 報言:「貧道不開阿誰開?世尊[332]寄物來開.」 獄主問言:「寄是沒[333]物來開?」 目連啓獄主:「寄十二

---

331 '他'자는 原錄에서는 누락되어 있는데 여기서는 原卷과 甲卷과 戊卷에 의거하여 보충한다.

332 [原校] '世尊'은 본래 '和尙'으로 되어 있는데 甲·戊卷에 의거하여 수정한다. [校注]

環錫杖來開.」獄卒[334]又問:「和尙緣何事來至此?」目連啓言:「貧道阿
孃名靑提夫人, 故來訪覓看.」獄主聞語, 卻入獄中高樓之上, 迢[335]白
幡[336]打鐵鼓:第一隔中有靑提夫人已否?第一隔中無. 　過到第二隔中,
迢(招)黑幡[337]打鐵鼓:第二隔中有靑提夫人已否?第二隔中亦無. 　過到
第三隔中, 迢黃旛, 打鐵鼓, 第三隔中有靑提夫人已否?亦無. 過到第
四隔中亦無. 卽至第五隔中問, 亦道無. 過到第六隔中, 亦道無靑提
夫人. 獄卒行至第七隔中, 迢碧旛, 打鐵鼓, 第七隔中有靑提夫人已
否?其時靑提[夫人在][338]第七隔中, 身上下冊九道長釘, 鼎[339]在鐵床之
上, 不敢應獄主. 獄主更問:「第七隔中有靑提夫人已否?」「若看[340]覓
靑提夫人者, 罪身卽是.」「早箇緣甚不應?」「恐畏獄主, 更將別處受苦,
所以不敢應獄主.」獄主報言:「門外有一三寶, 剃除髭髮, 身披法服,

戊卷에서는 '和尙'으로 되어 있다. 原校의 착오다.

333 '是沒'은 原錄에서는 '甚'으로 되어 있고 그 주에서는 "'甚'은 본래 '沒'로 되어 있는데
　　甲卷에 의거하여 수정한다"고 하였다. 【校注】原卷과 戊卷에서는 모두 '是沒'로 되어
　　있고 이는 '甚'과 같은 뜻이다. 따라서 굳이 수정할 필요 없다. 『集韻』「果韻」:"沒,
　　不知而問曰拾沒." '是沒'은 곧 '拾沒'이며 '什麼'이다.

334 앞뒤 문맥으로 보아 '獄卒'은 응당 '獄主'의 잘못이다. 이하 동일하다.

335 [項楚] '迢'는 응당 '招'가 되어야 한다. 이하 동일하다.

336 '幡'은 原錄에서는 '幡'으로 되어 있는데 項楚는 이를 '幡'으로 보았다. 【校注】俗書에서
　　'巾' 편방과 '忄' 편방은 혼용되고 있다. 따라서 '幡'은 '幡'의 속자이다. 甲卷에서는 마
　　침 '幡'으로 되어 있다.

337 '幡'은 原錄에서는 '旛'으로 되어 있다. 【校注】原卷과 戊卷은 모두 '幡'으로 되어 있는
　　데 이는 '幡'의 속자이다. '旛'과 '幡'은 모두 설문해자에 보인다. '幡'의 본뜻은 '닦는
　　헝겊'인데 '기치'라는 뜻으로 사용될 때는 '旛'의 가차자가 된다. 그러나 오래도록 그
　　렇게 쓰이는 동안 '幡'자는 '旛'의 의미를 완전히 대체하여 '기치'를 뜻하는 상용자가
　　되었다. 따라서 '幡'자는 수정할 필요 없다. 이하의 '幡'자를 原錄에서는 모두 '旛'으로
　　고쳤는데 여기서는 따르지 않는다.

338 [原校] '夫人在' 세 글자는 戊卷에 의거하여 보충한다.

339 '鼎'은 原錄에서는 '釘'으로 되어 있고 그 주석에서는 "'釘'은 본래 '鼎'으로 되어 있는데
　　甲卷에 의거하여 수정한다"고 하였다. 【校注】原卷과 戊卷은 모두 '鼎'으로 되어 있고
　　甲卷은 '打'로 되어 있는데, 이들은 모두 '釘'자의 음차자인 듯하다. 原錄에서 '釘'으로
　　기록한 것은 각권에 부합되지 않는다.

340 '看'자는 衍字인 듯하다. 戊卷에서는 '看'자가 없다.

稱言是兒, 故來訪看.」青提夫人聞語, 良久思惟, 報言 : 「獄主, 我無兒子出家, 不是莫錯?」獄主聞語, 却迴行至高樓, 報言 : 「和尙, 緣有何事, 詐認獄中罪人是阿孃, 緣沒事謾語?」目連聞語, 悲泣雨淚. 啓言 : 「獄主, 貧道解[來]³⁴¹傳語錯. 貧道小時名³⁴²羅卜, 父母亡沒已後, 投佛出家, 剃除髭髮, 號曰大目乾連. 獄主莫瞋, 更問一迴去.」獄主聞語, 却迴至第七隔中, 報告罪人 : 「門外三寶小時字³⁴³羅卜, 父母終沒已後, 投佛出家, 剃除髭髮, 號曰大目乾連.」青提夫人聞語, 門外三寶, 若小時字羅卜, 卽是兒也.³⁴⁴ 罪身一寸腸嬌子. 獄主聞語, 扶起青提夫人, 拔却³⁴⁵四十九道長釘, 鐵鎖鎖腰生杖圍遶, 軀出門外, 母子相見處 :

옥주가 목련에게 말하였다. "무슨 일로 지옥의 문을 열었소?" 목련이 대답하였다. "빈승이 연 게 아니라면 누가 열었겠습니까? 세존으로부터 빌려온 물건으로 열었습니다." "무슨 물건을 빌려와 연 것이오?" "십이환(十二環)의 석장을 빌려다 열었습니다." 옥졸이 거듭 물었다. "스님은 무슨 일로 이곳에 오시었소?" "빈승의 모친은 청제부인이라고 하는 분인데 그 분을 만나고자 합니다." 그 말을 들은 옥주는 옥중의 높다란 누각으로 올라가 흰 깃발을 내걸고 쇠북을 치며 "첫 번째 격간(格間)에 청제부인이 있는가?" 첫 번째 격간에는 없었다. 두 번째 격간으로 가서는 검은 깃발을 걸고서 쇠북을 치며 "두 번째 격간에 청제부인이 있는가?" 두 번

---

341 [原校] '來'자는 戊卷에 의거하여 보충한다.
342 [原校] '名'은 본래 '自'로 되어 있는데 甲・戊卷에 의거하여 수정한다. [校注] 原卷의 '自'는 아마 '字'의 音訛字일 것이다. 뒤의 "門外三寶小時字羅卜" 이 '字'자도 原卷에서는 '自'로 되어 있는데 역시 동일한 착오이다. 戊卷에서는 '名' 뒤에 '字'자가 있다.
343 '字'는 原卷에서는 '自'로 되어 있는데 여기서는 甲卷에 의거하여 수정한다. 戊卷에서는 '名字' 두 자로 되어 있다.
344 [原校] '卽是兒也'는 본래 '是也' 두 자로 되어 있는데 甲卷에 의거하여 수정한다.
345 '拔却' 두 자는 甲卷을 따른다. 原卷과 戊卷에서는 모두 '□□却'으로 되어 있는데 '却' 앞의 두 글자는 알아볼 수가 없다. 原校는 戊卷을 따라 '提拔'로 되어 있는데 확실하지 않다.

째 격간에도 없었다. 세 번째 격간으로 가서는 노란 색 깃발을 걸고서
쇠북을 두드리며 "세 번째 격간에 청제부인이 있는가?" 거기에도 없었
다. 네 번째 격간에 가보았지만 역시 없었다. 다섯 번째 격간에 가서 물
어보아도 없다는 대답뿐이었다. 여섯 번째 격간 역시 청제부인은 없었
다. 옥졸이 일곱 번째 격간으로 가서 푸른 깃발을 걸고 쇠북을 두드리
며 물었다. "일곱 번째 격간에 청제부인이 있는가?" 이때 청제부인은 일
곱 번째 격간에 있었다. 몸 위에서 아래까지 마흔 아홉 개의 긴 못으로
쇠침상 위에 못 박힌 채 있었는데 감히 옥주에게 대답할 용기가 나지
않았다. 옥주가 다시 한 번 "일곱 번째 격간에 청제부인이 있는가?" 하
고 물으니 [그제야 청제부인은] "만약 청제부인을 찾으신다면 바로 이
몸이옵니다." 대답하였다. "어찌하여 즉각 대답하지 않았느냐?" "옥주께
서 다른 곳으로 끌고 가 고통을 주실까 두려워 감히 대답할 수가 없었
습니다." 옥주가 그녀에게 알려 말했다. "대문 밖에 삭발을 하고 법복(法
服)을 입은 한 삼보(三寶)가 와 있는데 그대의 아들이라며 그대를 만나야
한다고 하는구나." 청제부인은 그 말을 듣고 잠시 생각하더니 옥주에게
말하였다. "제게는 출가한 자식이 없습니다. 뭔가 잘못되지 않았나 싶습
니다." 이에 옥주는 즉시 누각으로 되돌아가 목련에게 말하였다. "어찌
하여 옥중의 죄인을 모친이라 속이는 게요. 무슨 연유로 망어(妄語)를 해
대느냐는 말이오." 그러자 목련은 비처럼 눈물을 쏟으며 옥주에게 아뢰
었다. "조금 전 빈승의 전언(傳言)에 모자람이 있었습니다. 빈승은 어렸
을 때 나복이라 불렸는데 양친이 모두 세상을 떠나고 나서 부처에 귀의
출가하였고 삭발한 후로는 대목건련이라 불리게 되었습니다. 옥주께서
는 진노하지 마시고 다시 한 번 가서 알아봐 주시기 바랍니다." 옥주는
목련의 말을 듣고 다시 일곱 번째 격간으로 가서 청제부인에게 일렀다.
"대문 밖에 있는 삼보는 아명(兒名)이 나복이며 양친 사후 부처에 귀의
출가하였고 삭발하고서는 대목건련이라 불린다고 한다." "대문 밖 삼보
께서 어려서 나복이라 불렸다면 저의 아들이 맞습니다. 저의 친자식이

옵니다!' 옥주는 청제부인의 말을 듣고 마흔 아홉 개의 긴 못을 뽑아내고 그녀를 일으켜 세웠다. 그리고 철쇄로 허리를 묶고 승장(繩杖)[346]으로 온몸을 결박한 다음 대문 밖으로 끌고 나갔다. 모자(母子)가 만나는 장면:

[□□□□□□□], 生杖魚鱗似雲集.[347]

千年之罪未可知, 七孔之中流血汁.

猛火從孃口中出,[348] 蒺籬步步從空入.

由如五百乘破車聲, 腰脊豈能於[349]管拾.

獄卒擎叉左右遮, 牛頭把鎖東西立.

一步一倒向前來, 目連抱母號咷泣.

哭曰由如[350]不孝順, 殃及慈母落三塗.

積善之家有餘慶, 皇天只沒[351]殺無辜.

阿孃昔日勝潘安, 如今憔顇[352]頓摧溅.[353]

曾聞地獄多辛苦, 今日方知行路難.

一從遭禍耶孃死, 每日墳陵常祭祀.

孃孃得食喫已否, 一過容顏總憔悴.

---

346 죄인을 포박하는 고대의 형구(形具)
347 [項楚] 이 문구 앞에는 응당 한 문구가 누락되어 '集'이 韻脚字가 된다. 이는 뒤의 汁·入·拾·立·泣 등과 압운된다. [校注] 항씨의 견해를 따라 앞에 일곱 자의 공백을 남긴다.
348 '出'은 原錄에서는 '去'로 오록되어 있는데 여기서는 原卷과 甲卷, 戊卷에 의거하여 수정한다.
349 '於'는 '相'이어야 할 것 같다. 돈황사본에서 '相'자의 초서는 '於'자와 비슷하여 오독하기 쉽다.
350 袁賓과 項楚는 모두 '如'를 '兒'로 보았는데 이는 옳다. 돈황사본에서 '如'와 '兒'는 통용되는 경우가 많다. 뒤의 "目連啓言: '慈母, 由兒不孝順, 殃及慈母, 墮落三塗 ……'"에서는 마침 '兒'자로 되어 있다.
351 '只沒'은 '這麽'와 같다.
352 '顇'는 原卷에서는 우측이 '隹'로 되어 있는데 아마 앞의 '憔'자와 관련하여 비롯된 듯하다. 여기서는 戊卷에 의거하여 수정한다. '憔顇'는 '憔悴'와 같다.
353 [徐震堮] '摧溅'은 응당 '摧殘'이다.

승장(繩杖)은 물고기 비늘처럼 온몸을 칭칭 감고
천년의 죄 알 수가 없는데
일곱 구멍에서는 피가 줄줄 흘러나오네.
맹렬한 불길이 모친의 입에서 뿜어져 나오고
마름쇠가 매 걸음마다 공중에서 날아드네.
마치 오백 량의 부서진 수레 같은 소리를 내거늘
허리도 등골도 어찌 움직일 수 있을까.
옥졸은 작살을 휘두르며 좌우에서 막아서고
우두(牛頭)는 쇠사슬을 손에 들고 동서로 서 있네.
걸음마다 쓰러지며 앞으로 다가오는데
목련은 모친을 부둥켜안고 흐느껴 우네.
통곡하여 말하기를 "자식이 불효하여
모친을 삼도(三途)에 떨어지게 했네.
적선(積善)의 집안에는 여경(餘慶)이 있다했거늘
하늘은 [어찌] 이렇게 무고한 자를 죽이는가.
지난날의 모친은 아름다움이 반악(潘岳)354을 능가하였는데
지금은 야위시어 갑작스레 [아름다움이] 해를 입었네.
일찍이 지옥에는 고통이 많다고 들었건만
오늘에야 비로소 그 길의 험난함을 알겠네.
부모가 세상을 떠난 후로
매일같이 무덤에 제사도 드렸건만
어머니는 [제물을] 드셨는지 아니 드셨는지
한 번 돌아가신 후 용안(容顔)이 초췌해지셨네."

---

354 멋진 외모로 유명했던 진(晉)나라 시인. 흔히 미남(美男)의 대명사로 사용되었으나
여기서처럼 여자를 반악에 비유한 경우는 그 전례가 없다. 성별을 떠나 그 미모만을
가리켜 비유한 것인지, 아니면 화자가 반악을 여자로 오인한 것인지 알 길이 없다.

阿孃旣得目連言, 嗚呼怕搦[355]淚交連.

昨與我兒生死隔, 誰知今日重團圓.

阿孃生時不修福, 十惡之愆皆具足.

當時不用我兒言, 受此阿鼻大地獄.

阿孃昔日極芬榮, 出入羅幃[356]錦障行.

那堪受此泥梨[357]苦, 變作千年餓鬼行.

口裏千迴拔出舌, 兇(胸)前百過鐵犁耕.

骨節筋皮隨處斷, 不勞刀劍自彫(凋)零.

一向須臾千過[358]死. 於時唱道卻迴生.

入此獄中同受苦, 不[359]論貴賤與公卿.

汝向家中懃祭祀, 只得鄉閭孝順名,[360]

縱向墳中澆歷(瀝)[361]酒, 不如抄寫一行經.[362]

目連哽噎啼如雨, 便卽迴頭諸獄主.

---

355 [項楚] '怕'는 응당 '拍'이다. '拍搦'은 '두드리고 어루만지다'는 뜻이다. S.328 「伍子胥變
文」: "자서는 말고삐를 당기고 박차를 가해 물가로 가서 젊은이를 끌어안아 다독이다
가 슬피 울며 조문하였다(子胥控馬籠鞭, 就水抱得小兒, 拍搦悲啼)." 여기서는 마침
'拍搦'으로 되어 있어 이를 따른다.

356 '幃'는 原卷과 戊卷에서는 모두 'ㅏ' 편방으로 되어 있는데 이는 '幃'의 속자이다.(돈황
사본에서 '巾' 편방과 'ㅏ' 편방은 구분되지 않는다) 原錄에서는 '偉'로 되어 있는데 정
확하지 않다.

357 [袁賓] '梨'는 응당 '犁'이어야 한다. '泥犁'는 지옥의 혹형 중의 하나인데, 간혹 지옥의
대명사로 쓰이기도 한다. [校注] '泥梨'는 '泥犁', '泥黎' 등으로 적기도 한다. 이는 범어
Niraya의 음역이며, 그 의역은 지옥이 된다. 따라서 '梨'자는 굳이 고칠 필요 없다.

358 '過'는 原錄에서는 '迴'로 되어 있고 그 주석에서 "'迴'는 본래 '過'로 되어 있는데 戊卷
에 의거하여 수정한다"고 하였다. [校注] '過'와 '迴'는 같은 뜻이라 '過'자를 고칠 필요
가 없다. 앞의 "口裏千迴拔出舌, 胸前百過鐵犁耕"과 뒤의 "白骨萬迴登劍樹, 紅顔百過
上刀林"에서 '過'와 '迴'는 모두 같은 뜻으로 대구가 되고 있음을 볼 수 있다.

359 [原校] '不'은 본래 '一'로 되어 있는데 여기서는 戊卷에 의거하여 수정한다.

360 [原校] '名'은 본래 '明'으로 되어 있는데 여기서는 戊卷에 의거하여 수정한다.

361 '歷'은 原校에서는 '瀝'으로 되어 있는데 사실에 가깝다. 劉凱鳴은 이를 '醴'로 보았는
데 정확한 것 같지 않다.

362 己卷은 "孃孃抄寫一行經"부터 시작한다. 앞은 잔결되어 있다

貧道雖[363]是出家兒,[364] 力小那能救慈母.

五服之中相容隱, 此卽古來賢聖[365]語.

惟願獄主放卻孃, 我身替孃長受苦.

獄主爲人情性剛,[366] 嗔心默默[367]色蒼芒(茫).

弟子雖然爲獄主, 斷決皆由平等王.

阿孃有罪阿孃受, 阿師造[368]罪阿師當.

金牌玉[369]諫(簡)無揩洗, 卒亦無人輒改張.

受罪只今[370]時以至, 須將刑殿上刀槍.

和尙欲得阿孃出, 不如歸家燒寶香.

目連慈母語聲哀, 獄卒擎叉兩畔催.

欲至獄[371]前而欲倒,[372] 便卽長悲好住來.[373]

---

363 ‘雖’는 原卷과 戊卷에서는 ‘須’로 되어 있는데, ‘須’와 ‘雖’는 돈황사본에서 통용된다. 여기서는 己卷에 의거하여 ‘雖’로 수정한다.

364 ‘出家兒’는 己卷에서는 ‘出家人’으로 되어 있다. 고대에 ‘兒’와 ‘人’은 통용되었다.

365 ‘賢聖’은 原錄에서는 ‘聖賢’으로 되어 있는데 여기서는 原卷과 戊卷, 己卷에 의거하여 ‘賢聖’(이 단락은 이 세 권자에만 존재한다)이라 바로잡는다.

366 [原校] 己卷에서는 ‘情性剛’이 ‘性自剛’으로 되어 있다.

367 ‘默默’은 原錄에서는 ‘點點’으로 되어 있고 그 주석에서는 “己卷에서는 ‘點點’이 ‘默默’으로 되어 있다”고 하였다. [校注] 原卷과 戊卷에서는 ‘默默’으로 되어 있고, 己卷에서는 ‘點點’으로 되어 있다. 原卷의 설명에 오류가 있다.

368 ‘造’는 原錄에서는 ‘受’로 되어 있고, 그 주석에서는 “戊卷은 ‘受’가 ‘遷’로 되어 있는데 이는 ‘有’의 의미로 보인다”고 하였다. [校注] 己卷에서는 ‘造’로 되어 있으며, ‘造’자가 옳다. ‘遷’는 아마 ‘造’자를 잘못 기록한 것 같고, ‘受’는 앞의 ‘受’자와 관련하여 생긴 착오로 보인다.

369 [原校] ‘玉’은 본래 ‘士’로 되어 있는데 己卷에 의거하여 수정한다.

370 [原校] ‘今’은 본래 ‘金’으로 되어 있는데 戊卷에 의거하여 수정한다.

371 原錄에서는 己卷에 의거하여 ‘獄’ 뒤에 ‘門’자를 보충하였다. 項楚는 ‘門’자를 보충할 필요 없다고 하였는데 이는 옳다.

372 ‘倒’자는 原卷과 戊卷에서는 ‘到’로 되어 있는데 여기서는 己卷에 의거하여 수정한다.

373 ‘好住來’는 곧 ‘好住’로서, 길손이 길을 떠날 때 남아 있는 자에게 몸조심하라고 당부하는 말이다. ‘來’는 어조사이다. S.328 「伍子胥變文」：“자서가 누님과 헤어지며 말한다. 건강하시고, 천 가닥 눈물일랑 더는 흘리지 마세요(子胥別姊稱好住, 不須啼哭淚千行).” 참고할 필요가 있다.

모친은 목련의 말을 듣고
가슴을 치고 쓸어내리며 눈물을 흘리는데
"그날 내 아들과 생사를 격하였는데
오늘 이렇게 만날 줄을 어찌 알았으리.
이 어미는 생전에 복을 닦지 않고
십악(十惡)의 허물을 두루 저질렀다네.
그때 내 아들의 말을 듣지 않아
이 아비지옥에 떨어지게 되었다네.
이 어미는 지난날 영화로운 생활을 추구하여
명주 장막과 비단 휘장을 드나들었는데
이 지옥의 고통을 어떻게 견딜 수 있을까
천 년 동안 아귀(餓鬼)로 살아야 한다네.
입에서는 일천 번 혓바닥이 뽑히고
가슴은 일백 번 쇠 쟁기로 갈린다네.
뼈마디와 살가죽은 곳곳이 잘려나가고
도검(刀劍)을 빌지 않고도 저절로 떨어져나가네.
눈 깜작할 사이에 일천 번 죽었어도
그때 '살아나라' 소리치면 또다시 살아난다네.
이 지옥에서는 모든 사람이 똑같이 고통을 받으니
귀천(貴賤)과 공경(公卿)을 가리지 않는다네.
그대가 집안에서 정성스레 제사를 지내도
단지 동네에서 효자라는 이름을 얻을 뿐이네.
제아무리 무덤 앞에 술을 뿌려도
경문 한 줄 적느니만 못하다네."
목련은 비처럼 눈물을 흘리며 흐느끼더니
고개를 돌려 옥주에게 묻는데
"빈승은 비록 출가한 자식이라지만

힘이 약해서 자모를 구해낼 수 없네.

오복(五服)[374]의 친지(親知)는 서로 비호한다는 것은

예부터 전해오는 성현의 말씀이네.

바라옵건대 옥주시여 모친을 놓아주시기를

이 몸이 모친을 대신하여 영원히 고통을 받겠나이다.”

옥주는 성정이 강직하여

분노한 마음 잠잠해지며 안색이 아득해진다.

“제자는 비록 옥주라지만

형의 집행은 모두 평등왕(平等王)[375]의 판결에 따라야 한다네.

모친의 죄는 모친이 받아야 하고

스님에게 죄가 있다면 스님이 받아야 하네.

금패옥간(金牌玉簡)[에 기록되어 있는 죄업]은 닦아 없앨 수 없거늘

누구도 쉽사리 바꿀 수 없다네.

죄를 받아야 할 때가 이미 다가왔으니

형전(刑典)에 의하여 칼과 창을 써야만 하리.

스님, 모친을 구하고자 하시거든

집으로 돌아가시어 보향(寶香)을 사르는 게 낫다네.”

목련의 자모는 목소리가 슬픈데

옥졸은 작살을 휘두르며 양쪽에서 재촉한다.

[청제부인은] 옥문에 이르러 땅바닥에 넘어지더니

비통한 목소리로 ‘잘 있으시오’ 말하네.

青提夫人一箇手, 託[376]着[377]獄門迴顧盼.[378] 言好住來, 罪身一寸腸[379]

---

374 다섯 가지의 전통적 상례 복제. 즉 참최(斬衰), 재최(齊衰), 대공(大功), 소공(小功), 시마(緦麻)를 이른다.

375 염라대왕을 말함.

376 [項楚] ‘託’은 응당 ‘托’이어야 한다. [校注] 『玉篇』 「言部」 : “託, 依憑也.” ‘託’은 고칠 필요 없다(‘托’은 나중에 분화된 글자이다)

嬌子處³⁸⁰ :

孃孃昔日行慳妒,³⁸¹ 不具³⁸²來生業報因.³⁸³

言作天堂沒地獄, 廣殺豬羊祭鬼神.

但悅其身眼下樂, 寧知冥路拷亡魂.

如今旣受泥梨³⁸⁴苦, 方知反³⁸⁵悟悔³⁸⁶自家身.

悔時悔亦知何道, 覆水難收大俗³⁸⁷云.

何時出離波咤³⁸⁸苦, 豈敢承望³⁸⁹重作人.

377 ‘着’은 原錄에서는 ‘住’로 오록되어 있다. 여기서는 原卷과 戊卷, 己卷에 의거하여 바로잡는다.

378 ‘盼’은 原卷에서는 ‘盻’, 戊卷에서는 ‘盻’, 己卷에서는 ‘盻’로 각각 되어 있는데 이 모두는 ‘盼’의 속와자이다. 본편 교주 148)번 참조 바란다.

379 原卷과 戊卷에서는 ‘寸’ 뒤에 ‘長’자가 있다. 徐震堮은 이를 衍字로 보았다. 【校注】己卷에는 ‘長’자가 없다. 이에 삭제한다. 본편의 “靑提夫人聞語, 門外三寶, 若小時字羅卜, 卽是兒也. 罪身一寸腸嬌子”라는 문구에서도 ‘長’자가 없다 S.328「伍子胥變文」: “근심스런 한 치 마음은 칼로 도려낸 듯 하고(一寸愁腸似刀割).” 이는 ‘一寸腸’이 당시의 속어임을 보여준다.

380 ‘處’자는 己卷에 의거하여 보충한다. 또 “靑提夫人一箇手”부터 이곳까지가 原錄에서는 운문으로 되어 있으나 여기서는 따르지 않는다.

381 ‘妒’는 原卷과 戊卷에서는 ‘姤’로 되어 있고, 己卷에서는 ‘妬’로 되어 잇는데, 이들 모두는 ‘妒’의 별자이다. 原校에서는 ‘姤’를 ‘悋’으로 보았는데 옳지 않다.

382 [項楚] ‘具’는 응당 ‘懼’이다.

383 ‘因’은 原卷과 戊卷에서는 ‘恩’으로 되어 있고 項楚는 이를 ‘因’으로 교정하였다. 【校注】己卷에서는 마침 ‘因’으로 되어 있다. 이에 수정한다.

384 ‘犂’는 原錄에서는 ‘梨’로 되어 있고 袁賓은 이를 ‘犂’라 교정하였다. 【校注】原卷과 戊卷에서는 ‘犂’로 되어 있고, 己卷에서는 ‘梨’라 되어 있다. ‘泥梨’와 ‘泥犂’는 범어 음역의 차이일 따름이다. ‘犂’를 ‘梨’라 고칠 필요 없을뿐더러 ‘梨’를 ‘犂’로 고칠 필요도 없다. 여기서는 原卷을 따른다.

385 ‘反’은 原卷과 戊卷에서는 ‘及’이라 되어 있다. 여기서는 己卷을 따른다.

386 劉堅은 ‘悟’자를 衍字로 보았다. 【校注】己卷에는 ‘悔’자가 없다 ‘悔’자가 아마도 衍字일 것이다.

387 [原校] ‘俗’은 본래 ‘僣’으로 되어 있는데 己卷에 의거하여 수정한다. 【校注】原卷과 戊卷은 모두 ‘俗’로 되어 있는데 이는 ‘俗’자의 俗體이다. 「隋故劉寶墓誌銘」의 ‘俗’자 역시 이 형태로 되어 있다.

388 [徐震堮] ‘咤’는 응당 ‘吒’이다. 【校注】‘咤’는 ‘타’의 이체자인 까닭에 수정하지 않는다. 『廣韻』: “咤, 同吒.” 『正字通』「口部」: “咤, 本作吒, 經傳皆作咤.”

389 ‘望’은 原錄에서는 ‘聖’으로 되어 있고 徐震堮은 이를 ‘望’으로 보았다. 【校注】己卷에서

阿師是³⁹⁰如來佛弟子, 足解³⁹¹知之父母恩.

忽若一朝登聖覺, 莫望(忘)孃孃地獄受艱辛.

目連旣見孃孃別, 恨不將身而自滅.

擧身自撲太山崩, 七孔之中皆灑血.

啓言孃孃且莫入, 迴頭更聽兒一言.

母子之情天性³⁹²也, 乳哺之恩是自然.

兒與孃孃今日別, 定知相見在何年.

那堪聞此波³⁹³咤苦, 其心楚痛鎭懸懸.

地獄不容相替代, 唯知號叫大稱怨.

隔是不能相救濟, 兒亦隨孃孃身死獄門前.

청제부인이 한 손을 지옥문에 짚고서 뒤를 돌아보며 "잘 있으시오, 아들이여!"라고 소리치는 장면:

모친은 지난날 인색함을 행하며

내세의 악업인연을 두려워하지 않았네.

천당도 지옥도 없다고 말하며

함부로 돼지와 양을 죽여 귀신에게 제사지냈네.

당장의 즐거움만을 구하였을 뿐

명도(冥途)에서 겪을 망혼(亡魂)의 고통을 어찌 알았으리.

이제 지옥의 고통에 시달리니

는 마침 '望'으로 되어 있다. 이에 의거하여 바로잡는다. '承望'은 '希望'과 같다. 여기에 대해서는 『通釋』에 자세하다.

390 [原校] '是'는 原卷에서는 '子'로 되어 있는데 戊卷과 己卷에 의거하여 수정한다. [校注] 戊卷의 '是'자 앞에는 '子'자가 있다.

391 [原校] '解'는 原卷에서는 '觧'으로 되어 있는데 己卷에 의거하여 수정한다. [校注] 原卷은 사실 '解'자의 變體로 되어 있고, 戊卷 역시 '解'자로 되어 있다.

392 '性'은 原錄에서는 原卷을 따라 '生'으로 되어 있고, 徐震堮은 이를 '性'으로 보았다. [校注] 戊卷과 己卷에서는 모두 '性'으로 되어 있다. 이에 의거하여 수정한다.

393 '波'는 原卷에서는 '言' 편방으로 되어 있다. 여기서는 戊卷과 己卷에 의거하여 바로잡는다.

그제야 비로소 자신을 뉘우치네.

뉘우칠 때 뉘우쳐도 어찌하랴.

'엎질러진 물은 주워 담기 어렵다'[394]고 태공(太公)도 말씀하셨네.

어느 때야 지옥의 고통에서 벗어나서

다시 사람으로 태어나기를 감히 바랄 수 있을까.

스님은 여래의 불제자이시니

부모의 은혜를 이해하고 남으리.

만일 어느 날 정각(正覺)에 오르시게 되거든

지옥에서 고통 받는 이 모친을 잊지 마시기를."[395]

목련은 모친의 이별을 보고

스스로 자기 몸을 해하려 한다.

태산이 무너지는 듯 오체를 땅바닥에 내던지니

일곱 구멍에서는 줄줄 피가 흐른다.

"어머니 잠시 [지옥에] 들어가지 마시고

[이쪽으로] 고개 돌려 제가 하는 말 좀 들어보시어요.

모자(母子)의 정은 하늘로부터 타고난 것이고

포유(哺乳)의 은혜는 자연적인 것이네.

저와 어머니가 오늘 이별하면

---

394 『습유기(拾遺記)』에 이와 관련한 태공망(太公望)의 고사가 보인다. 주나라의 여상(태공망)은 젊은 시절에 책만 읽고 전혀 일을 하지 않았는데, 그런 여상에게 싫증이 난 여상의 처 마씨는 친정으로 가버렸다. 뒷날 여상은 주나라 문왕에게 뽑혀 중신으로 크게 출세를 하였다. 이 사실을 안 마씨는 여상에게 다시 한 번 자기를 아내로 맞이해 달라고 하자, 여상은 말없이 쟁반에 담겨져 있던 물을 뜰에 쏟고 그 물을 원래의 그릇에 다시 담아놓으면 소원대로 해 주겠다고 하였다. 마씨는 열심히 물을 그릇에 담으려고 노력했으나 젖은 흙만 몇 주먹 파내자, 여상은 말하길 '한번 쏟아진 물을 그릇에 다시 담을 수 없는 것처럼 일단 헤어진 사람도 다시 합쳐질 수 없다'고 했다는 이야기다. '태공'의 원문은 '대속(大俗)'으로 되어 있는데 '태공'의 오류로 보인다.

395 『변문집』에서는 앞의 "잘 있어라, 내 아들아"부터 여기까지가 청제부인의 말로 되어 있다(『변문집』에서는 "청제부인이 한 손을 지옥문에 짚고서 뒤를 돌아보며 '잘 있어라, 내 아들아!'라고 소리치는" 역시 운문으로 되어 있고 '장면(場)'이라는 말도 없다)

어느 때나 다시 만날 수 있을까.

이 지옥의 고통 차마 들을 수 없으니

가슴이 아려오며 근심스럽기만 하네.

지옥에는 대신 들어갈 수 없다 하니

그저 울부짖으며 원통함을 하소연할 따름이네.

[어머니를] 구하는 게 불가능하다면

저도 어머니를 따라 옥문 앞에서 죽으려네."

目連見母卻入地獄, 切骨傷心, 哽噎聲嘶, 遂乃擧身自撲, 由如五太山[396]崩, 七孔之中皆流逬血. 良久而死, 復乃重甦, 兩手按地起來, 政(整)頓衣裳, 騰空往至世尊之[397]處 :

> 目連情地總昏昏, 人語冥冥似不聞,

> 良久沉吟而性[398]悟, 擲躰騰空問世尊.

> 目連對佛稱怨苦, 具[399]說刀山及劍樹.

> 蒙佛神力借餘威, 得向阿鼻見慈母.

> 鐵城煙焰火騰騰, 劍刀[400]森林[401]數萬層,

> 人脂碎肉和銅汁, 逬肉含潭[402]血裏凝.

---

396 [項楚] '太'는 '臺'가 되어야 한다. 전해오는 바에 따르면 '五臺山'은 불경 속의 '淸涼山'으로, 문수보살의 도량이다. 승도들에게 익숙한 곳이라 이것으로 비유를 삼은 것이리라. [校注] 앞서 "擧身自撲太山崩, 七孔之中皆灑血"에서의 '太山'은 '泰山'을 가리킨다. '五太山'은 다섯 좌의 泰山을 가리킨다. 항씨의 견해는 정확하지 않아 보인다.

397 原錄에는 '之'자가 없으나 여기서는 原卷과 戊卷, 己卷에 의거하여 보충한다.

398 [項楚] '性'은 응당 '醒'이어야 한다.

399 '具'는 原錄에서는 '且'로 되어 있다. [項楚] '且'는 응당 '具'이다. 刀山劍水의 일을 하나하나 호소하는 것을 말한다. [校注] 甲卷, 戊卷, 己卷에서는 모두 '具'로 되어 있다. 돈황권자에서 '具'와 '且'는 왕왕 혼용되고 있다. 여기서는 문맥에 비춰 '具'로 적는다.

400 '刀'는 原卷에서는 '刃'으로 되어 있는데 '刀'자의 오자인 듯하다. 여기서는 문맥에 비춰 바로잡는다.

401 [徐震堮] '森林'은 '森森'이어야 할 것 같다. [項楚] '森林'은 오류가 아니다. 삼림과 같이 빼곡함을 말한다. [校注] 항씨의 견해는 문맥상 그다지 적합지 못하다. 서씨의 견해가 옳아 보인다.

慈親容貌豈堪任, 長夜遭他刀劍侵,

白骨萬迴登劍樹, 紅顔百過上刀林.

天下之中何者重, 父母之情恩最深.

如來是衆生慈父母, 願照愚迷方寸心.

如來本自大慈悲, 聞語慘地歛雙眉,

衆生出沒於輪網, 恰似蝀蠚[403]免望絲.[404]

汝母昔時多造罪,[405] 魂神一往[406]落阿鼻.

此罪劫移仍未出, 非佛凡夫不可知.

佛喚[阿][407]難徒衆等, 吾[408]往冥途自救之.

　목련은 모친이 지옥에 들어가는 것을 보고 뼈가 부서지 듯 상심하여 꺼이꺼이 목을 놓아 울었다. 그러다가 오체를 내던지니 태산이 무너지

---

[402] [原校] 戊卷에서는 '潭'이 '漂'로 되어 있다. [項楚] '潭'도 '漂'도 해독이 어렵다. 이것은 '臊'의 와자이며, 앞 구의 '人脂'를 가리키는 것으로 보인다. [校注] 항씨의 견해가 사실에 가깝다.

[403] '蠚'는 原錄에서는 '盍'로 되어 있다. [項楚] '蝀盍'는 해석하기 어렵다. '盍'자는 字書에 나와 있지 않으며, '蝀'자는 『方言』11 '蜻蛉' 郭璞 주석에 보이는데 즉 "淮南人呼爲蝀虷"이라 하고 있다. 그러나 여기서도 '蝀盍'라는 말은 보이지 않는다. 생각건대 이 두 글자는 본래 '唐蒙'이어야 하는데 '蝀'과 '唐'이 유사하고, '盍'와 '蒙'이 비슷한 까닭에 생겨난 오류인 듯싶다. [校注] 戊卷에서는 '盍'이 '蚕'로 되어 있는데 이는 '蠚'의 속자이다. 이에 의거하여 수정한다.

[404] [蔣禮鴻] '望'은 '網'의 가차자로 보인다. 項楚는 장씨의 견해이 동조하면서 '網'자를 '兔'자 앞에 두어야 한다고 했다. 그는 "兔絲는 덩굴 형태의 초본식물이고, 松蘿(唐蒙)는 보통 소나무 가지 아래 늘어진 채 가볍게 흔들거린다. 이 드 식물은 한데 뒤엉켜 살아가기 때문에 따로따로 풀어헤치기가 매우 힘들다. 문중에서는 중생이 육도윤회의 그물에 빠져 그로부터 벗어나지 못하는 것이 마치 송라와 토사가 뒤엉켜 갈라놓기 힘든 것과 같음을 말하고 있다. [校注] '蝀蠚'는 작은 벌레이고, '兔'는 '初銜切'로 '纏'과 음이 비슷하여 서로 통용된다.

[405] 이 문구는 原錄에서는 '汝母時多昔造罪'로 되어 있는데 유견은 이를 '汝母昔時多造罪'라 교정하였다. [校注] 己卷에서는 마침 '汝母昔時多造罪'로 되어 있다. 이에 의거하여 바로잡는다.

[406] '一往'은 '곧장', '곧바로'이다. 러시아 소장 列1456호 王梵志 詩 : "곧바로 삼도에 떨어져 겁이 지나도록 헤어나지 못한다(一往陷三塗, 窮劫不得出).'

[407] [原校] '阿'자는 戊卷과 己卷에 의거하여 보충한다. [校注] 甲卷에도 '阿'자가 있다.

[408] '吾'는 原卷에서는 '五'로 되어 있는데, 여기서는 甲卷과 己卷에 의거하여 수정한다.

는 듯하고 일곱 구멍에서는 피가 흘러 나왔다. 한동안 정신을 잃었다가
다시 깨어나더니 두 손으로 땅을 짚고 일어서서 옷매무새를 가다듬고는
허공을 날라 세존 계신 곳으로 향하는 장면 :

> 목련은 가슴속이 몽롱하여
> 사람의 말조차 흐릿하여 들리지 않네.
> 한동안 정신을 잃었다가 깨어나더니
> 발우를 던져 허공을 날아 세존을 찾아뵙네.
> 목련은 부처에게 고충을 이야기하는데
> 도산(刀山)과 검수(劍樹)[의 두려움]을 낱낱이 고하네.
> "부처님의 신통력에 힘입어
> 아비지옥에서 모친을 만날 수 있었네.
> 철성(鐵城)에서는 활활 화염이 타오르고
> 검과 칼은 숲처럼 빼곡하여 수만 층이네.
> 사람의 기름과 짓이겨진 살이 동즙(銅汁)과 뒤섞이고
> 살과 기름이 핏속에서 엉겨 붙네.
> 모친의 모습 차마 바라볼 수 없는데
> 밤새도록 도검(刀劍)에 찔리고
> 백골은 만 번 검수(劍樹)에 오르며
> 홍안(紅顔)은 백 번 도림(刀林)을 지나네.
> 하늘 아래서 무거운 것은 무엇인지.
> 부모의 은정(恩情)이 가장 깊다 하였네.
> 여래께서는 중생의 자비로운 부모 되시니
> 부디 제자의 우매한 마음을 보살펴주시기를."
> 여래는 본디 대자대비하시니
> 그 말을 듣고 비통함에 눈썹을 찌푸리며
> "중생이 윤회의 그물에서 부침하는 것은
> 흡사 작은 벌레가 실새삼에서 헤어나지 못하는 것과 같도다.

그대의 모친은 지난날 많은 죄를 지어

혼백이 곧바로 아비로 떨어졌도다.

이 죄는 겁(劫)의 시간이 흘러도 벗어날 수 없으니

부처가 아닌 범부(凡夫)는 이해할 수 없으리.”

부처는 아난과 도중(徒衆)을 부르시고는

“내가 직접 명도로 가서 구해내겠노라” 하시네.

[409]如來領八部龍天, 前後圍遶, 放光動地, 救地獄[之]苦[處][410] :

　　如來聖智本均平, 慈悲地獄救衆生.

　　無數龍神八部衆, 相隨一隊向前行.

　　隱隱逸逸, 天上天下無如疋.

　　左邊沉, 右邊沒, 如山岌岌雲中出.

　　催催(崔崔)嵬嵬, 天堂地獄一時開.

　　行如雨, 動[411]如雷, 似月團團[412]海上來.

　　獨自俄俄師子步, 虎行侃侃象王迴.

　　雲中天樂吹楊柳, 空裏鏑(繽)芬下落梅.

　　帝釋[413]向前持玉寶,[414] 梵王從後奉金牌.

　　不可論中不可論, 如來神力救泉門.

409　己卷에는 이 행 앞에 '卷第二' 세 글자가 있다.

410　[原校] '之處' 두 자는 甲卷에 의거하여 보충한다.

411　[原校] '動'은 原卷에서는 '座'로 되어 있는데 甲卷과 己卷에 의거하여 수정한다. [校注] 戊卷에서도 '動'으로 되어 있다. 또 原卷에서는 사실 '坐'로 되어 있는데 '坐'로 보아도 문맥은 역시 통한다.

412　'團團'은 原錄에서는 '圍圍'로 되어 있다. 여기서는 甲卷과 戊卷에 의거하여 수정한다.

413　'釋'은 原錄에서는 '擇'으로 되어 있다. 여기서는 甲·戊·己卷에 의거하여 수정한다.

414　[原校] 己卷에서는 '寶'가 '諫'으로 되어 있는데 이는 곧 '簡'이다. [校注] '玉寶'는 옥새를 가리킨다. 『新唐書』「車服志」: "처음 태종은 受命玄璽를 새기고 …… 무측천에 이르러 모든 '璽'를 '寶'로 고쳤다(初, 太宗刻受命玄璽 …… 至武后改諸璽皆爲寶)." 또 『宋史』「輿服志6」: "존호를 올리고 관리가 玉寶를 만든다(凡上尊號, 有司製玉寶)." 문중에서는 여래의 玉印을 가리킨다.

左右天人八部衆, 東西侍[415]衛四方神.

眉間豪[416]相千般色, 項後[417]圓光五綵[418]雲.

地獄沾光消散盡, 劍樹刀林似碎塵.

獄卒沾光皆蹁跪, 合掌一心禮佛尊.[419]

如來今日起慈悲, 地獄摧賤(殘)悉破壞.

鐵丸化作磨[420]尼寶, 刀山化作琉璃地.

[□□□□□□□],[421] 銅汁變作功德水,

淸良(涼)屈曲[422]遶池流. 鵝鴨鴛鴦扶[423]淚淚,[424]

紅波夜夜[425]碧煙生, 綠[426]樹朝朝紫雲氣,[427]

---

415 '侍'는 原錄에서는 '持'로 되어 있는데 項楚는 이를 '侍'로 교정하였다. [校注] 甲·戊·己卷에서는 모두 '侍'라 되어 있다. 이에 의거하여 바로잡는다.

416 '豪'는 '豪'와 통한다. 原錄에서는 이를 직접 '毫'로 기록하였는데 온당치 못하다.

417 '項後'는 己卷에서는 '項背'로 되어 있다.

418 [原校] '綵'는 原卷에서는 '探'로 되어 있는데 甲·戊卷에 의거하여 수정한다. 또 己卷에서는 '色'으로 되어 있다.

419 '禮佛尊'은 原錄에서는 '而頂禮'로 되어 있는데 이리하면 운이 맞지 않는다. 여기서는 甲卷에 의거하여 수정한다. '尊'은 앞의 '塵', '雲', '神' 등과 압운된다.

420 '磨尼'는 범어 Mani의 음역이다. '摩尼', '末尼' 등으로 음역되기도 하며, '寶珠'라 의역된다. 原校에서는 '磨'를 '摩'라 하였는데 불필요하다.

421 문맥과 운에 비춰보건대 한 구가 누락되어 있다.

422 '曲'은 原錄에서는 '由'로 되어 있다. 여기서는 己卷에 의거하여 수정한다.

423 [袁賓] '扶'는 응당 '浮'의 同音訛字이다.

424 [袁賓] '淚'는 li로 발음하며, 급히 흘러가는 모습이다. 물새들은 응당 물위를 떠다닌다. 원씨의 견해를 따라 '淚'는 '戾'와 통하며, '淚淚'는 물새가 물위를 떠서 급히 질주하는 모습이다. 『全晉文』 卷34 盧諶 「蟋蟀賦」: "바람이 세차게 불어 나뭇가지를 흔들고, 이슬이 내리니 나무가 죽는다(風淚淚而動柯, 露零零而隕樹)." 여기의 '淚淚'는 그 용법이 비슷하다.

425 [袁賓] '夜夜'는 응당 '瀷瀷'이며 동음와자이다. 『集韻』入聲22 昔韻 夷益切: "瀷, 水流貌." [校注] '夜夜'는 뒤의 '朝朝'와 대응되는 까닭에 절대 오류가 아니다. 원씨의 견해를 따를 수 없다.

426 '綠'은 原錄에서는 '錄'으로 되어 있다. 여기서는 己卷에 의거하여 수정한다.

427 [徐震堮] '紫雲氣'는 응당 '紫雲起'이어야 하며 앞의 '碧煙生'과 대응된다. [校注] 서씨의 견해는 옳다. '氣'와 '起'는 돈황사본에서 통용된다. 앞의 "(目連)兩手按地起來"의 '起'자가 己卷에서는 '氣'로 되어 있다.

罪人總得生天上. 唯有目連阿孃爲餓鬼,[428]

地獄一切並變化, 總是釋迦聖佛威.

여래께서 팔부용천을 대동하여 앞뒤에서 호위케 하시고 빛을 발산하고 땅을 뒤흔들며 지옥의 고통을 구하시는 장면:

여래의 성지(聖智)는 본래 평등하기에

자비로이 지옥의 중생을 구제하신다.

무수한 용신팔부(龍神八部)의 무리들이

대오를 이루어 따르면서 앞으로 나아간다.

위풍당당한 그 모습

천상천하에 필적할 이 없도다.

왼쪽이 사라졌다 오른쪽이 없어졌다 하며[429]

우뚝 솟은 산처럼 구름 속에 나타난다.

높고도 웅장하게

천당과 지옥이 일시에 열린다.

비(雨)처럼 걸어가고 우레처럼 나아가시는데

마치 밝은 달이 바다 위로 내려오는 듯하다.

홀로 위엄 있게 나아가는 모습은 사자의 걸음과 같고

당당한 모습은 상왕(象王)의 움직임과 같다.

구름 속에서는 천악(天樂)이 양류(楊柳) 곡[430]을 연주하고

허공에서는 펄펄 매화꽃이 떨어진다.[431]

제석은 선두에서 옥간(玉簡)을 들고 있고

범왕은 후방에서 금패(金牌)를 받들고 있다.

---

[428] [原校] 甲卷에서는 '爲餓鬼' 세 자가 '飢' 한 자로 되어 있으며, '飢' 뒤에 '地獄一切並變化, 總是釋迦聖佛威'라는 문구가 더 있다.

[429] 여래의 일행이 하늘 위를 멀고도 높게, 구름 위에 보였다가 숨었다가 하면서 나아가는 모습을 말함.

[430] 악곡명.

[431] '매화락(梅花落)'(혹은 낙매화(落梅花))이라는 곡이 연주됨을 뜻한다.

불가사의하고도 불가사의하게
여래의 신통력은 지옥문을 벗어나게 한다.
좌우에는 천인(天人) 팔부중(八部衆)이
동서에는 사천왕(四天王)이 시위하고 있다.
미간의 백호(白毫)에서는 천 가지 빛이 발산되고
목 뒤의 배광(背光)은 오색의 구름이다.
지옥은 그 빛을 받자마자 소멸되어버리고
검수(劍樹)와 도림(刀林)은 부서져 가루가 되고 만다.
옥졸은 그 빛을 쐬자 일제히 무릎을 꿇고
합장하며 일심으로 정례(頂禮)를 올린다.
여래께서 오늘 자비심을 일으키시니
지옥은 와해되어 와르르 무너진다.
쇠구슬은 변하여 마니주(摩尼珠)가 되고
도산(刀山)은 변하여 유리지(琉璃地)가 되며
[□□□□□□□]
동즙(銅汁)은 화하여 공덕수(功德水)가 된다.
맑은 시냇물은 구불구불 연못을 빙 돌고
아압(鵝鴨)과 원앙은 물위를 날쌔게 헤엄친다.
붉은 물결에서는 밤마다 푸른 안개가 일고
푸른 나무에서는 아침이면 자줏빛 구름이 일어난다.
모든 죄인이 천상에서 태어나는데
목련의 모친만은 아귀(餓鬼)가 되었다.
지옥의 일체가 변화되었거늘
이 모두는 석가불의 위력이로다.

目連蒙佛威力, [重]⁴³²得見慈母. 罪根深結, 業力難排, 雖免地獄之
酸, 墮在餓鬼之道, 悲辛不等, 苦樂玄(懸)殊. 若並前途, 感其百千萬

倍.[433] 咽如針孔, 滴[434]水不通. 頭似太山, 三江難滿.[435] 無聞漿水之名, 累月經年, 受飢羸之苦. 遙見淸涼[436]冷水, 近著變作膿河. 縱得美食香餐, 便卽化爲猛火. 孃孃見今飢困, 命若懸絲, 汝若不起[慈][437]悲, 豈名孝順之子. 生死路隔, 後會難期. 欲救懸沙(絲)之危, 事亦不應遲晚.[438] 出家之法, 依信施而安存, 縱有常住飮食, 恐難消化. 兒[439]辭孃孃[440]往向王舍城中, 取飯與孃孃[441]相見. 目連辭母. 擲鉢騰空, 須臾之間, 卽到王舍城中, 次第乞飯, 行到長者門前. 長者見目連非時乞食, 盤問逗留[442]之處:「和尙, 食時已過,[443] 乞飯將用何爲?」目連啓言

---

432 '重'자는 甲卷, 戊卷, 己卷에 의거하여 보충한다. 또 甲卷, 戊卷, 己卷에서는 '威' 뒤에 '力'자가 없다.

433 앞의 두 구는 해독이 어렵다. '若'은 '苦'자의 오자로 보인다(돈황사본에서 '苦'와 '若'은 혼용되고 있다) '感'은 응당 '減'으로 보아야 한다. 이 문구의 뜻은 아귀도에서 받는 고초는 지옥에 비해 천만 배 가벼움을 말한다.

434 '滴'은 각권은 모두 '渧'로 되어 있다. 돈황사본에서 '渧'는 '啼'의 속자로도 '滴'의 속자로도 사용된다. 여기서는 '滴'의 속자이다.『龍龕手鏡』「水部」: "渧, 俗; 滴, 正: 音的, 水滴也."『正字通』「水部」: "渧, 俗滴字. 說文本作滴, 梵書省作渧, 水點也."

435 '頭'는 '腹'이 되어야 할 듯하다. 北京 成字 96호「目連變文」: '배는 태산보다도 넓어 세 개의 강물을 담아도 채우기 어렵다(腹藏則寬於太山, 盛售(受)三江而難滿)." 이는 그 증거가 된다.

436 '凉'은 原卷에서는 우측이 '京'으로 되어 있고, 甲·戊·己卷에서는 우측이 '亰'로 되어 있는데, 이들은 모두 '凉'자의 속자이다. 原錄에서는 '源'이라 하였는데 이는 옳지 않다.

437 [原校] '起'는 原卷에서는 '去'로 되어 있는데 己卷에 의거하여 수정한다. 또 '慈'자는 甲·己卷에 의거하여 보충한다. [校注] 戊卷에도 '慈'자가 있다.

438 [原校] '晚'은 原卷에서는 '曉'로 되어 있는데 己卷에 의거하여 수정한다.

439 [原校] '兒'는 原卷에서는 '而'로 되어 있는데 甲·己卷에 의거하여 수정한다. [校注] 戊卷에서도 '兒'로 되어 있다.

440 '孃孃'은 原錄에서는 '阿孃'으로 되어 있고 그 주석에서는 "阿孃은 본래 '孃孃'으로 되어 있는데 己卷에 의거하여 수정한다"고 하였다. [校注] 본권어서는 모친을 '阿孃 혹은 '孃孃'이라 부르고 있다. '孃孃'을 고칠 필요 없다.

441 '孃孃'은 原校에서는 '阿孃'으로 되어 있다. 項楚는 '孃孃'은 수정할 필요 없다고 하였는데 이는 옳다.

442 '留'는 原校와 甲·戊卷 모두에서는 아래에 '辶'이 붙어 있다. 앞의 '逗'자와 관련하여 생긴 오류로 보인다. 여기서는 己卷을 따라 바로잡는다. '逗留'는 '원인', '까닭'의 뜻이다.

443 原卷에서는 '食時已過' 앞에 '且齋已過' 네 자(己卷에서는 '且齋時已過' 다섯 글자로 되어 있음)가 더 있는데, 이는 오록한 것을 미처 삭제하지 못한 것으로 보인다. 돈황사

長者：

　　貧道阿孃亡過後, 魂神一往落阿鼻,

　　近得如來相救出, 身如枯骨氣如絲.

　　貧道肝腸寸寸斷, 痛切傍人豈得知,

　　計亦不合非時乞, 爲以[444]慈親而食之.

　　長者聞言大驚愕(愕), 思忖[445]無常情不樂.

　　金鞍永絶晶珠心, 玉貌無由上莊(粧)閣.

　　但且歌, 但且樂, 人命由由[446]如轉燭.[447]

　　不見[448]天堂受快樂, 唯聞地獄罪人多.

본에서는 오자를 삭제하지 않은 채 연이어 正字를 적어둔 예가 드물지 않다. 여기서는 필사자가 '齋時已過' 혹은 '食時已過'라 적으려던 것을 실수로 '且齋已過'라 적었다가 다시 그 뒤에 '食時已過'라 정정한 것이리라. 잘못 적은 문구를 삭제하지 않아 誤字와 正字가 병존하게 된 것이다. 甲卷에서는 '齋' 다음에 '時'자가 있고 '食時已過' 네 자는 없는데, 이는 '齋時已過', '食時已過' 둘 중의 하나는 衍文임을 말해준다. 佛家의 규정에 따르면, 하루 중 정오에 먹는 밥을 '食時' 혹은 '齋時'라 부르며, 정오가 지난 뒤에는 더 이상 밥을 먹을 수 없다. 『法苑珠林』권42 인용 「薩婆多論」: "정오 이후부터 밤에 이르는 동안은 속인들이 연회를 벌이고 유희를 즐기는 때이므로, 이때 마을에 들어가 걸식하게 되면 번뇌를 일으키기 십상인 까닭에 非時라고 말한다(從中已後, 至於夜分, 是俗人宴會遊戲之時, 入村乞食多有觸惱, 故名非時)." 『老學庵筆記』卷3: "불경에서 비구에게 非時에 음식을 먹는 것을 삼가라고 한 것은, 정오가 지나면 먹지 말 것을 말한 것이리라(佛經戒比丘非時食, 蓋其法過午則不食也)." 문중에서 목련이 '非時'에 걸식을 함에 장자가 이를 이상히 여겨 여쭙는 것이다. '齋時已過'는 곧 '食時已過'이기에 둘 중의 하나는 衍文이다. 여기서는 앞 문구를 삭제한다.

444　[項楚] '以'는 '與'와 통한다. [校注] 己卷에서는 '與'로 되어 있다. 『廣雅』「釋詁」에서는 "以, 與也"라 하여 '以'와 '與'를 같이 보았다. 또 王引之의 『經傳釋詞』에도 이러한 예가 매우 많다. 따라서 '以'자는 굳이 수정할 필요 없다.

445　[原校] '忖'은 原卷에서는 '寸'으로 되어 있는데 甲卷에 의거하여 수정한다. [校注] '寸'과 '忖'은 통용된다('忖'은 '寸'의 후기 분화자일 것이다)

446　'由由'는 原校에서는 '攸攸'로 되어 있다. 潘重規는 이를 '悠悠'로 보았다. [校注] 반씨의 견해는 옳아 보인다. 『史記』「孔子世家」: "悠悠者天下皆是也." 또 裴駰 『集解』 인용 孔安國曰: "悠悠者, 周流之貌也." 이들은 응당 이 문장의 근거가 된다.

447　[原校] 이 문구는 각 권마다 조금씩 차이가 있다. 甲卷은 '人命猶如而轉燭', 戊卷은 '人命由由而轉燭', 己卷은 '人命由由知旣(機)何'로 되어 있다. [校注] 戊卷은 사실 두 자가 빠져 '人命而轉燭'으로 되어 있다.

448　'不見'은 原錄에서는 '何覓'으로 되어 있고 그 주석에서는 "甲卷은 '何覓'이 '不見'으로

有時喫, 有時著, 莫學愚人多貯[449]積.

不如廣造未來因, 誰能保命存朝夕.

兩兩相看不覺死, 錢財必莫於身惜.

一朝揹手入長棺, 空澆塚上知何益.

智者用錢多造福, 愚人將金買田宅.

平生辛苦覓錢財, 死後總被他分擘.[450]

長者聞語忽驚疑,[451] 三寶福田難可遇.

急催左右莫交遲, 家中取飯以[452]闍梨.

地獄忽然消散盡, 明知諸佛不思議.

長者手中執得飯, 過以[453]闍梨發大願,

非但和尚奉慈親, 合獄罪人皆飽滿.

目連[454]乞得耕(粳)良[455]飯, 持鉢將來獻[456]慈母.

于時行至大荒郊,[457] 手捉[458]金匙而自哺.[459]

되어 있다." [項楚] 甲卷이 옳다. 이 권자에서 '何覓'으로 되어 있는 것은 '不見' 두 자가 '覓'('覓'의 이체자)으로 잘못 합체된 데다, 그로인해 원문에서 한 글자가 모자란 것을 '何'자를 넣어 보충한 것으로 보인다. [校注] 己卷에서도 '不見'(己卷에서는 '不見' 두 자가 앞의 '人命由由知旣(幾)何'에 붙어 있는데 '何'자는 마땅히 앞 문구에 속해야 한다)으로 되어 있다. 이에 의거하여 바로잡는다.

449 '貯'자는 原卷에서는 우측이 '守'로 되어 있는데 이는 '貯'의 속자이다.(『龍龕手鏡』 貝部에 보인다)

450 [原校] '擘'은 본래 '栢'으로 되어 있는데 甲卷에 의거하여 수정한다.

451 '驚疑'는 己卷에서는 '驚芒'으로 되어 있는데 이는 '驚忙'과 통한다.

452 '以'는 原錄에서는 '與'로 되어 있고 그 주석에서 "'與'는 본래 '以'로 되어 있는데 甲卷에 의거하여 수정한다"고 하였다. [校注] 戊・己卷 역시 '與'로 되어 있다. 그러나 '以'자에는 본디 '與'의 의미가 있다. 따라서 여기서는 原卷을 좇아 기록한다.

453 '以'는 己卷에서는 '與'로 되어 있다. [校注] '以'와 '與'는 글자는 다르나 의미는 같다. 原校에서는 '以'를 '與'로 수정했는데 불필요하다. '過以'는 '給與'의 뜻이다.

454 '連'은 原錄에서는 '蓮'으로 오록되어 있다. 여기서는 각권에 의거하여 바로잡는다.

455 '良'은 '粮'(즉 '糧'의 속자로 돈황사본에서 종종 눈에 띈다)의 가차자이다. P.2564 「晏子賦」: "멥쌀은 썩은 흙에서 나오는 법이고(粳粮稻米出於糞土)." '粳粮'이라는 문구가 보인다. 原校에서는 '良'을 '粱'이라 하였는데 정확한 것 같지 않다.

456 [原校] '獻'은 본래 '憲'으로 되어 있는데 甲・戊卷에 의거하여 수정한다.

457 '郊'는 原卷에서는 '交'로 되어 있는데 甲卷에 의거하여 수정한다.

목련은 부처의 위력에 힘입어 모친을 다시 만날 수는 있었지만 모친의 죄근(罪根)이 너무 깊어 업력을 없애기는 어려웠다. 그리하여 비록 지옥의 고통은 면하게 되었지만 모친은 아귀도(餓鬼道)에 떨어지게 되었다. 그 괴로움은 [지옥과] 같지 않고 고락(苦樂)은 완전히 달라서 앞으로의 고통으로 말하자면 [지옥보다] 백천만 배 가볍다. 목구멍은 바늘구멍만 하여 한 방울의 물도 지나갈 수 없고 배는 태산만하여 삼강(三江)의 물조차도 가득 채우기 어렵다. 물이라고는 들어보지도 못하고 연년세세 굶주림의 고통을 받는다. 멀리서는 맑고 시원한 물로 보이다가도 가까이만 가면 고름의 강으로 변해버리고 아무리 맛좋은 음식을 얻었더라도 이내 뜨거운 불길로 변해버린다. '모친이 지금 굶주림의 고통을 당하고 있고 목숨이 실에 매달려 있는 듯 아슬아슬한데도 그대에게 자비심이 일지 않는다면 어찌 효자라 할 수 있겠는가. 삶과 죽음의 길은 서로 막혀 있으니 나중에 다시 만난다는 것은 기대하기 어렵다. 실에 매달려 있는 듯한 위급에서 구해내고자 한다면 잠시도 미적거릴 수 없다.' "출가 법에 따르면 승려는 [신도의] 보시에 기대어 살도록 되어 있는 까닭에, 설령 음식이 준비되어 있을 지라도 함부로 먹을 수 없습니다. 소자, 어머니와 헤어져 왕사성으로 가서 밥을 가져와 어머니를 다시 찾아뵙겠습니다." 모친과 헤어진 목련은 즉시 발우를 던져 공중을 날아 한순간에 왕사성에 도착하여서는 집집을 차례로 다니며 음식을 구걸하였다. 그가 어느 한 장자의 집에 이르렀을 때 목련이 비시(非時)[460]에 걸식을 하러 온 것을 보고 장가가 그 까닭을 묻는 장면 : "스님, 공양 시간은 이미 지났는데 밥을 구걸하시는 것은 무엇 때문이십니까?" 목련이 장자에게 이르기를:

---

458   '捉'은 原錄에서는 '把'로 되어 있고 그 주석에서는 "'把'는 본래 '捉'으로 되어 있는데 甲·己卷에 의거하여 수정한다"고 하였다. [校注] 戊卷 역시 '把'로 되어 있다. 그러나 '捉'자에는 '쥐다'라는 뜻이 있기에 굳이 수정하지 않는다.

459   己卷은 여기까지다.(다음 행에 '將得飯鉢來'라는 몇 글자가 더 보인다)

460   불가에서, 정오 이후 식사를 하지 아니하는 때.

"빈승의 모친은 세상을 떠난 후

혼백이 곧장 아비지옥에 떨어졌었네.

얼마 전 여래께서 구출해주셨는데

몸뚱이는 고골(枯骨) 같고 숨은 간당간당한다네.

빈승은 간담(肝膽)이 촌촌이 끊어지는데

그 고통을 다른 사람이 어찌 알 수 있으리오

비시(非時)의 걸식은 맞지 않다 생각하나

모친을 먹이고자 해서라네."

장자는 그 말을 듣고 크게 놀라며

무상한 생각에 마음이 우울해지네.

금안(金鞍)은 영원히 ~의 마음[461]을 끊고

옥모(玉貌)는 장각(粧閣)에 오르기를 그만두었네.[462]

마음껏 노래 부르고 마음껏 즐기라.

사람의 목숨이 잠시인 것은 바람받이에 선 촛불과 같네.

천당에서의 쾌락을 [누리는 사람은] 보지 못하고

지옥에 죄인이 많다는 소식만 들리네.

어떤 때는 먹고 어떤 때는 입으라.

어리석은 자의 비축(備蓄)을 배우지 말 것이네.

내세의 선인(善因)을 많이 쌓느니만 못하고

아침의 목숨을 어느 누가 저녁까지 보증할 수 있으리.

두 사람이 서로 바라보는 동안에 죽음은 살며시 다가오나니

[이 사실을 안다면] 재물을 몸보다 더 아끼지는 않으리.

하루아침에 죽어서 긴 관속으로 들어가니

무덤 앞에 술 뿌린 들 무슨 이득 되리오

---

461 원문은 '晶珠心'으로 되어 있는데 해독하기 어렵다. 앞으로의 재검토가 필요하다.
462 목련 모친의 생전의 영요(榮耀)와 미모(美貌)가 지금은 사라지고 없음에 대한 무상함
　　을 말하는 듯하다.

지혜로운 자는 돈으로 많은 복을 쌓고

어리석은 자는 황금으로 땅과 가옥을 산다네.

생전에 고생스레 거둬들인 재물도

사후에는 결국 다른 사람들이 나눠 갖네.

장자는 [목련의] 말을 듣고 나서 깜짝 놀라며

삼보(三寶)에 대한 공양은 만나기 어려운 복전(福田)이라 생각하네.

황급히 좌우를 부르더니

안에서 밥을 가져오게 하여 목련에게 시주하네.

지옥이 홀연 사라졌다니

제불(諸佛)의 불가사의함을 확실히 알겠네.

장자는 손에 밥을 들고서

목련에게 건네주며 대원(大願)을 발하는데

"스님의 모친을 받들어 모시는 데 그치지 않고

지옥의 모든 죄인들이 배불리 먹게 되기를."

목련은 쌀로 지은 맛있는 밥을 시주받고서

모친에게 드리려 발우를 들고서 돌아가네.

이때 [모친이 기다리는] 드넓은 황야에 이르자

황금 숟가락을 손에 들고 자신 혼자 먹는다.

靑⁴⁶³提夫人, 雖遭地獄之苦, 慳貪究⁴⁶⁴竟未除, 見兒將得飯鉢來, 望
風卽生悋惜. 來者三寶, 卽是我兒, 爲我人間取飯, 汝等令人⁴⁶⁵息心.
我今自療(療),⁴⁶⁶ 況復更能相濟. 目連將飯幷鉢奉上, 阿孃恐被侵奪, 擧

---

463 庚卷은 여기부터다.
464 '究'는 原錄에서는 '久'로 되어 있는데 여기서는 庚卷에 의거하여 수정한다.
465 [項楚] '令'은 '各'자의 형와자다. '各人'은 '各自'이다.
466 이 뒤에 빠진 글자가 있는 것 같다. 뒤의 "獨喫猶看不飽足, 諸人息意慢承忘(望)"이란
     문구에 비춰보건대 빠진 글자는 '猶不飽足' 정도의 문구일 것이다. 또 庚卷에서는 '我
     今自救無療'로 되어 있는데 이 역시 탈자나 오자가 있는 것 같다.

眼連看四畔,[467] 左手部[468]鉢, 右手團[469]食. 食未[470]入口, 變爲猛火. 長
者雖然願重,[471] 不那慳部[472]尤[473]深. 目連見母如斯, 肝膽猶如刀割. 我
今聲聞[474]力劣, 智小人微. 唯有啓問世尊, 應知濟拔[之][475]路. 且[476]看
[與]母飯處 :

  夫人見飯[477]向前迎,[478] 慳貪未喫且空爭,

  我兒遠取人間飯, 將[479]來自擬療飢坑.

  獨喫猶看[480]不飽足, 諸人息意慢[481]承忘,[482]

---

467 ‘畔’은 原錄에서는 ‘伴’으로 되어 있고, 徐震堮은 이를 ‘畔’으로 보았다. 【校注】 庚卷에
  서는 ‘畔’으로 되어 있다. 이에 의거하여 수정한다.

468 ‘部’은 原錄에서는 ‘彰’으로 되어 있다. 【校注】 原卷과 戊卷과 庚卷은 모두 ‘部’으로 되
  어 있는데 이는 ‘障’과 같다. 甲卷은 ‘將’으로 되어 있는데 이는 ‘障’의 음와자이다. 原
  錄의 ‘彰’은 오록이다.

469 ‘團’은 ‘搏’과 같다. 『佛說盂蘭盆經』: “목련은 슬프고 서러웠다. 기에 곧 바리때에 밥을
  담아 모친에게 가져다주니, 모친은 왼손으로 바리때를 가리고 오른손으로 밥을 움켜
  쥐었다. 그러자 밥은 입에 들어가기도 전에 재가 되고 말았다(目連悲哀, 卽以鉢盛飯,
  往餉其母. 母得鉢飯, 便以左手障鉢, 右手搏食; 食未入口, 化成化炭).” 이는 이 문구의
  근거가 된다.

470 【原校】 ‘末’는 원래 ‘來’로 되어 있는데 甲卷에 의거하여 수정한다. 【校注】 庚·戊卷 역
  시 ‘末’로 되어 있다. 『佛說盂蘭盆經』 역시 ‘末’자로 되어 있다. 潘重規는 ‘來’자 역시
  가능하다고 하였는데 정확하지 않다.

471 【原校】 ‘重’은 본래 ‘票’로 되어 있는데 甲·庚卷에 의거하여 수정한다. 【校注】 甲卷 역
  시 ‘票’로 되어 있다.

472 【原校】 ‘部’은 원래 ‘部’로 되어 있는데 庚卷에 의거하여 수정란다.

473 ‘尤’는 ‘猶’와 같다.

474 ‘聞’자는 오류인 것 같다(변문에서는 ‘聲聞’이라는 문구가 자주 보이는데 이로 인한 오
  록으로 보인다) 뒤의 ‘劣’, ‘小’, ‘微’ 등의 글자로 봐서 ‘聞’은 어떤 형용사의 오자일 것
  이다.

475 【原校】 ‘之’자는 己卷에 의거하여 보충한 것이다. 【校注】 甲·戊卷 역시 ‘之’자가 있다.

476 【原校】 ‘且’는 본래 ‘其’로 되어 있는데 庚卷에 의거하여 수정한다. 또 ‘與’자 역시 庚卷
  에 의거하여 보충한다.

477 【原校】 ‘飯’은 본래 ‘願’으로 되어 있는데 庚卷에 의거하여 수정한다.

478 ‘迎’은 原卷에서는 ‘迊’, 甲卷에서는 ‘迊’, 戊卷에서는 ‘迎’으로 되어 있고, 庚卷에서는
  原卷과 비슷한 형태로 되어 있는데 이 모두는 ‘迎’자의 속자이다.

479 ‘將’은 原錄에서는 ‘持’로 오록되어 있는데 여기서는 각권에 의거하여 바로잡는다. ‘將’
  은 ‘지니다’는 뜻으로, 앞의 ‘見兒將飯鉢來’의 ‘將’과 같다.

480 【項楚】 ‘看’은 ‘自’의 형와자다. 【校注】 ‘看’은 ‘생각하다’, ‘짐작하다(估量)’는 뜻으로 ‘將’

靑提慳貪業力重, 入口喉中猛火生.

目連見母喫飯成猛火, 渾搥自撲[483]如山崩.

耳鼻之中皆流血, 哭言黃天[484]我孃孃.

南閻浮提施此飯, 飯上有七尺往[485]神光.

將作是香美飮食, 飯未入口變[486]成火.

只[487]爲慳貪心不改, 所以連年受其罪.

兒[488]今痛切更無方, 業報不容相替代.

世人[不][489]須懷嫉妒,[490] 一落三塗罪未畢.

자와 비슷한 뜻이다. 따라서 굳이 수정할 필요 없다. P.2292 「維摩詰經講經文」: "그 대는 十地를 넘어섰고 果가 三祇를 가득 채웠으며, 장애를 모두 제거하고 복과 지혜가 원만해져, 이제 곧 佛果를 이루어 연화좌에 앉게 될 것이다(況汝位超十地, 果滿三祇, 障盡習除, 福圓惠滿. 將成佛果, 看坐花臺)." P.3618 「秋吟」: "여름을 보내고 나니 이내 가을이 다가오는 듯하다(旣辭朱夏, 看逼新秋)." 이들 '看'자는 같은 의미로 쓰이고 있는데, 앞의 예문에서 '看'과 '將'은 대구가 되고, '看'은 '將'과 같다.

481 '慢'은 甲卷에서는 '謾'으로 되어 있고, 甲卷에서는 '滿'으로 되어 있는데 이들 모두는 '漫'으로 보아야 할 것 같다. '헛되이', '보람 없이'의 뜻이다. 蔣禮鴻은 '慢'을 '謾'으로 보면서 '謾'은 '속이다'는 뜻으로 보았는데, 문맥상 어울리지 않는다.

482 '承忘'을 蔣禮鴻은 '承望'으로 보았는데 이는 옳다. '承望'이 '希望'의 뜻임은 앞서 언급한 바 있다.

483 '搥'는 各卷에서는 모두 '扌' 편방으로 되어 있다. 돈황사본에서는 '扌' 편방과 '土' 편방이 혼용되고 있음에 비춰보아 여기서는 문맥에 맞게 수정 기록한다. '渾搥自撲'은 온몸을 때리며 스스로 땅바닥에 내동댕이치는 것을 가리킨다. 앞에서 언급한 바 있다.

484 '黃天'을 項楚는 '皇天'이라 교정하였다.

485 [原校] '往'자는 衍字이다. 庚卷에서는 이 글자가 없다. [校注] '往'은 일정 한도 혹은 범위를 넘어섬을 표시한다. '七尺往'은 일곱 자 남짓을 의미하여 '往'자는 오류가 아닌 것 같다.

486 '變'은 原錄에서는 '便'으로 되어 있는데 여기서는 庚卷에 의거하여 수정한다. 앞의 "食未入口, 變爲猛火"에서도 '變'자가 쓰이고 있다.

487 '只'는 原錄에서는 '口'로 되어 있고, 여기서는 庚卷에 의거하여 수정한다. 뒤 "直爲慳貪心不止, 水未入口變成火"에서 '直'은 '只'와 같다.

488 '兒'는 原錄에서는 '如'로 되어 있는데 여기서는 庚卷에 의거하여 수정한다.

489 [原校] '不'자는 庚卷에 의거하여 보충한 것이다.

490 '妒'는 原卷과 戊卷에서는 '姤'로 되어 있고 庚卷에서는 '妬'로 되어 있는데 모두 '妒'의 속자이다. P.2914 王梵志 詩에서 '妒'자는 '姤'로 되어 있음을 볼 수 있다. '姤'는 '여자의 혀'라 하여 민간에서 만들어진 속자일 것이다.

香飯[491]未及入咽喉, 猛火從孃口中出.

俗間之罪[492]滿婆婆, 唯有慳貪罪最多.

火旣無端從口出, 明知業報不由他.

一切常行平等意, 亦復[493]專[494]心念彌陀.

但能捨卻貪心者, 淨土天堂隨意至.

靑提喚言孝順兒, 罪業之身不自亡,

不得阿師行孝道,[495] 誰肯艱辛救阿孃.[496]

見飯未能抄入口, 大[497]火無端卻損腸,[498]

慳貪豈[499]得將心念, 只應過有百餘殃.[500]

阿師是孃孃孝順子, 與我冷水濟虛腸.

청제부인은 지옥의 고통을 겪었음에도 불구하고 아끼고 탐하는 마음

---

491 '飯'은 原錄에서는 '飮'으로 되어 있는데 여기서는 戊卷과 庚卷에 의거하여 수정한다.

492 [項楚] '之'는 응당 '諸'이어야 한다. 뒤의 '慳貪'은 '諸罪'의 하나이다.

493 '復'은 '壽'로 보아야 할 것 같다.

494 '專'은 原錄에서는 '壽'로 되어 있다. [項楚] '壽'는 응당 '收'이다. [校注] 庚卷에서는 '專'으로 되어 있으며 '長'의 뜻이다. 이에 의거하여 수정한다.(原卷의 '壽'자는 '專'의 형와 자인 듯하다)

495 이 문구는 原卷과 戊卷에서는 모두 '不得阿行邪(戊卷은 '耶'로 되어 있음)孝道'로 되어 있다. 여기서는 庚卷에 의거하여 바로잡는다.

496 '阿孃'은 原卷과 戊卷에서는 '耶孃'으로 되어 있다. 여기서는 庚卷에 의거하여 수정한다.

497 '大'는 原錄에서는 '見'으로 되어 있다. 여기서는 庚卷에 의거하여 수정한다. 原卷과 戊卷은 '見'으로 되어 있는데 이는 앞의 '見'자와 관련하여 생긴 오류일 것이다.

498 '腸'은 原錄에서는 '傷'으로 되어 있고 그 주석에서는 "庚卷에서는 '傷'이 '腸'으로 되어 있다" 하였다. [校注] '腸'자는 옳다. 이에 수정한다.

499 '豈'는 原錄에서는 '去'로 되어 있다. 項楚는 이를 '未'로 교정하였다. [校注] 庚卷에서는 '豈'로 되어 있는데 '豈'가 맞다. 原卷과 甲·戊卷은 '去'로 도어 있으며 이는 '豈'의 音訛字이다. 돈황사본에서 '去'와 '豈'는 통용된다.

500 '諸'는 原錄에서는 '百'으로 되어 있고 그 주석에서 "'百'자는 戊卷에 의거하여 보충한다. 또 庚卷에서는 이 문구가 '只應過去有餘央'으로 되어 있다" 하였다. [校注] 原卷에는 '有' 뒤에 '諸'자가 있다. '只應過有諸百餘殃'은 庚卷의 '只應過去有餘央(殃)'과 같은 뜻이다.(『通釋』 '諸餘' 항목에서는 "'諸餘'는 곧 '餘'이며 '여타(其他)'란 뜻이다"고 하였다) 甲卷과 戊卷에서는 이 문구가 '只應過有百餘殃'으로 되어 있고 原錄은 이를 따르고 있는데 그 의미가 그다지 자연스럽지 못하다.

이 여전히 없어지지 않았다. 아들이 밥이 담긴 발우를 들고 오는 것을 보자 까닭 없이 인색한 마음이 들었다. "저기 오는 스님은 바로 내 아들인데 나를 위하여 인간 세상에 가서 밥을 구해오는 것이니 그대들은 먹을 생각일랑 마시오. 나는 지금 나 자신의 굶주림을 면하려는 것이니 다른 사람들에게 나누어 줄 수는 없네." 목련이 밥이 담긴 발우를 드리니 모친은 사람들에게 빼앗길까 두려워 연신 사방을 휘휘 둘러보며 왼손으로 발우를 가리고 오른손으로 [밥을] 집어 먹으려 하였다. 그런데 밥은 입에 들어가기도 전에 맹렬한 불길로 변해버렸다. 장자의 바람이 비록 무겁다 하나 탐하고 아끼는 마음의 장애가 갈수록 깊어짐을 어이할까. 목련은 모친의 이러한 모습을 보자 간담을 칼로 도려내는 것 같았다. "나는 지금 성문(聲聞)이라 하나 힘은 미약하고 지혜는 미미한 보잘것없는 인간이다. 다만 세존을 찾아뵙고 아뢰어서 구제할 방도를 찾을 수밖에 없겠구나." 자아, 모친에게 밥을 바치는 장면을 보면

> 부인은 밥을 보자 달려 나가 받아들고서
> 탐심을 부려 먹기도 전에 어리석게 다툰다.
> "내 아들이 멀리 인간 세상에서 얻어온 밥이니
> 나는 내 배고픈 목구멍을 낫게 하려하네.
> 나 혼자 먹어도 배불리기에 부족할 것 같으니
> 그대들은 공연히 먹을 생각 말기를."
> 청제부인은 탐심(貪心)의 업장이 무거워
> 입에 넣으려 하니 뜨거운 불길이 생겨난다.
> 목련은 모친이 먹는 밥이 뜨거운 불로 변하는 것을 보고
> 산이 무너지듯 온몸을 대동댕이치네.
> 귀와 코에서는 피가 흘러나오고
> 통곡하며 말하기를 "하늘이시여, 어머니,
> 남염부제에서 보시한 이 밥이
> 일곱 자의 신비로운 광채가 나는 이 밥이

향기롭고 맛있는 밥인 줄 알았는데
입에 가져가기도 전에 맹화(猛火)로 변해버리네.
아직 탐하는 마음을 고치지 못한 까닭에
여러 해 계속해서 그 죄를 받는다네.
아들은 지금 아무런 방도도 없음을 통감하는데
업보는 다른 사람이 대신 치를 수 없다네.
세상 사람들이여, 시기심을 품지마시라.
한번 삼도(三途)에 떨어지면 그 죄가 끝날 날이 없나니.
향기로운 밥이 목구멍에 들어가기도 전에
맹렬한 불길이 모친의 입에서 튀어나오네.
속세의 죄 사바세계를 가득 채우는데
간탐(慳貪)의 죄가 가장 많다네.
뜻밖에도 입에서 불이 치솟으니
업보는 타인에게서 비롯되지 않음이 분명하네.
일체로 항상 평등심을 행하고
오직 전심으로 미타(彌陀)를 염하며
탐하는 마음을 내던질 수 있다면
극락정토는 마음 가는 대로 이르게 된다네."
청제부인이 소리쳐 말하는데 "효순한 아들아,
죄업의 이 몸은 저 스스로 사라지지 않으니
스님이 효도를 행하지 않으면
누가 고통으로부터 모친을 구해낼 수 있겠느냐.
밥을 보고서 채 입에 넣기도 전에
뜻밖에도 커다란 불에 창자를 데이네.
탐심을 어찌 마음에 두지 않을 수 있을까.
다만 다른 재앙을 당할 뿐이네.
스님은 모친의 효순한 아들이니

시원한 물로 텅 빈 창자를 채워주기를."

目連聞阿孃索水, 氣咽聲嘶. 思忖[501]中間, 忽憶王舍城南有[一][502]大水, 闊[503]浪無邊, 名曰恒河之水, 亦應救得阿孃火難之苦. 南閻浮提衆生, 見此水卽是淸涼冷[504]水. 諸天見水, 卽是琉璃寶池. [魚][505]鱉見此水,[506] 卽是澗澤.[507] 靑提見水, 卽[508]是膿河猛火. 行至水頭未見兒祝願, 便[509]卽左手托岸良由慳, 右手抄水良由貪, 直爲慳貪心不止, 水未入口變[510]成[火].[511] 目連見阿孃喫飯成猛火, 喫水成猛火, 搥胸怕(拍)[512]憶(臆), 悲號啼哭, 來向佛前, 遶佛三匝, 卻住一面,[513] 白言:「世尊, [弟子阿孃造諸不善, 墮樂(落)三塗, 蒙世尊][514]慈悲, 救得阿孃[波咤][515]之苦. 只今喫飯成火, 喫水成火, 如何[516]救得阿孃火難之苦!」

---

501 [原校] ‘忖’은 본래 ‘寸’으로 되어 있는데 甲卷에 의거하여 수정한다. [校注] ‘寸’과 ‘忖’은 고대에 통용되었다. 따라서 ‘寸’은 수정할 필요 없다.

502 ‘一’자는 甲・戊・庚卷에 의거하여 보충한다.

503 原錄에서는 ‘闊’자 왼쪽에 ‘氵’가 덧붙어 있는데 여기서는 각권에 의거하여 삭제한다.

504 ‘冷’은 原錄에서는 ‘之’로 오록되어 있다. 여기서는 각권에 의거하여 바로잡는다.

505 [原校] ‘魚’자는 甲・庚卷에 의거하여 보충한다. [校注] 戊卷 역시 ‘魚’자가 있다.

506 原錄에서는 ‘見’ 뒤에 ‘此’자가 있다. 여기서는 庚卷에 의거하여 삭제한다. ‘魚鱉見水’는 앞뒤의 ‘靑提見水’, ‘衆生見水’, ‘諸天見水’와 같은 운율이다. ‘水’는 泛稱이다. 潘重規는 甲卷에 의거하여 앞의 ‘衆生見水’의 ‘見’자 뒤에 ‘此’자를 보충하였는데, 오류로 보인다.

507 庚卷에서는 ‘澗澤’이 ‘潤澤’으로 되어 있다.

508 [原校] 庚卷에서는 ‘卽’이 ‘唯’로 되어 있다.

509 ‘便’은 原錄에서는 ‘更’으로 되어 있고, 그 주석에서 “庚卷은 ‘便’으로 되어 있다”고 밝히고 있다. [校注] 甲・戊卷 역시 ‘便’으로 되어 있다. 이에 의거하여 수정한다.

510 ‘便’은 原錄에서는 ‘便’으로 되어 있다. 여기서는 庚卷을 따라 수정한다. 앞의 교주 440)을 참고 바란다.

511 [原校] ‘火’자는 甲卷에 의거하여 보충한다. [校注] 戊卷 역시 ‘火’자가 있고, 庚卷에서는 ‘猛火’ 두 자로 되어 있다.

512 辛卷은 여기서부터 시작된다.

513 庚卷에는 이 뒤에 ‘蹋跪合掌而’ 다섯 글자가 있다.

514 [原校] ‘弟子阿孃造諸不善, 墮樂(落)三塗, 蒙世尊’ 열다섯 글자는 庚卷에 의거하여 보충한다.

515 原錄에서는 ‘波咤’ 두 자가 없다. 庚卷에 의거하여 보충한다. ‘波咤之苦’는 뒤의 ‘火難

世尊喚言：「目連, 汝阿孃如今未得飯喫, 無過周匝一年七月十五日, 廣造盂蘭盆, 始得飯喫.」目連見阿孃飢, 白言：「世尊, 每月十三、十四日可不[得]517否. 要須待一年之中, 七月十五日始得飯喫?」世尊報言：「非但汝阿孃當須此日, 廣造盂蘭盆, 諸山坐禪解下518日, 羅漢得道日, 提婆達多罪減日, 閻羅王歡喜519日, 一切餓鬼總得普同飽滿.」520

　목련은 물을 찾는 모친의 말을 듣고 가슴이 메었다. 잠시 생각에 잠긴 그는 문득 왕사성 남쪽에 항하(恒河)라 불리는, 끝 간 데 없이 광활한 대하(大河)가 있음을 떠올리고 그것이라면 화난(火難)의 고통에서 모친을 구할 수 있으리라 믿었다. 남염부제의 중생들이 이 물을 보면 청량수였고, 제천(諸天)이 이 물을 보면 유리(琉璃)의 보지(寶池)였으며, 어별(魚鼈)이 이 물을 보면 계곡이고 연못이었다. 그런데 청제부인이 이 물을 보면 곧 고름이 흐르는 하천이고 세찬 불길이었다. [청제부인은] 물가에 이르자 아들이 진언을 염송하기도 전에 탐하는 마음에서 왼손으로 강기슭을 받치고 오른손으로 물을 떴다. 간탐(慳貪)의 마음이 그치지 않았기 때문에 입에 닿기도 전에 물은 곧 불로 변해버렸다. 목련은 모친이 밥을 먹으려 해도 물을 마시려 해도 맹화(猛火)로 변해버리는 것을 보고 가슴을 치며 통곡하였다. 그러고는 부처가 계신 곳으로 와서 그 주위를 세 바퀴 돌고는 한쪽에 서서 아뢰었다. "세존이시여, 제자의 모친은 많은 불선(不善)을 행하여 삼도에 떨어진바 되었는데 세존의 자비에 힘입어 지옥의 고통에

之苦'와 다르다. 전자는 지옥에서의 고통을 가리킨다. 앞의 "何時出離波咤苦"에서의 '波咤苦'와 같은 뜻이다.

516　[原校] '何'는 본래 '今'으로 되어 있는데 庚卷에 의거하여 수정한다. [校注] 甲卷 역시 '何'로 되어 있다.

517　[原校] '得'자는 甲・戊卷에 의거해 보충한다. [校注] 庚卷 역시 '得'자가 있다.

518　'解下'가 原錄에서는 '戒下'로 되어 있다. 이를 徐震堮은 '解夏'로 보았다. [校注] 庚卷에서는 '解下'로 되어 있다. '解'는 오류가 아니다. 이에 수정한다. 교주 4)를 참조 바란다.

519　[原校] 庚卷에서는 '歡喜'가 '勸善'으로 되어 있다.

520　[原校] 甲・戊卷에서는 '飽滿' 뒤에 '日'자가 더 있다.

서 모친을 구해낼 수 있었습니다. 하지만 지금은 밥을 먹으려 하면 불로 변하고 물을 마시려 해도 불로 변해버리니, 어찌하면 모친을 화난(火難)의 고통에서 구제할 수 있겠습니까!" 세존이 말하였다. "목련아, 너의 모친은 지금 밥을 먹지도 못하게 되었는데 1년 후 7월 15일에 우란분을 성대하게 베풀도록 하여라. 그러면 밥을 먹을 수 있게 될 것이니라." 목련이 모친의 굶주림을 보고 다시 아뢰는데 "세존이시여, 매월 13일과 14일은 아니 되옵니까? 1년 중에 7월 15일이 되어야만 비로소 먹을 수가 있는 것이옵니까?" "그대의 모친만을 위해 이날에 성대하게 우란분을 베풀라는 것은 아니니라. 모든 승원(僧院)에는 좌선을 마치는 해하(解夏)일과 아라한이 득도한 날과 제파달다의 죄가 소멸된 날과 염라대왕이 환희한 날이 있는데 이때가 일체의 아귀가 모두 배를 채울 수 있는 날들이니라."

目連承佛明教, 便向王舍城邊塔廟之前, 轉讀大乘經典, 廣造⁵²¹盂蘭盆善根, 阿孃就此盆中, 始得一頓飽飯喫. 從得飯已來, 母子更不[相]⁵²²見. 目連諸處尋覓阿孃不見, 悲泣雨涙, 來向佛前, 遶佛三匝, 却住一面, 合掌蹦跪. 白言:「世尊, 阿孃喫飯成火, 喫水成火, 蒙世尊慈悲, 救得阿孃火難之苦. 從七月十五日得一頓飯喫已來, 母子更不相見, 爲當墮[於]⁵²³地獄, 爲復向餓鬼之途?」世尊報言:「汝母亦不墮地獄[及]⁵²⁴餓鬼之途. [得]⁵²⁵汝轉經功德, 造盂蘭盆善根, 汝母轉[却]⁵²⁶餓鬼之身,⁵²⁷ 向王舍城中作黑狗身去. 汝欲得見阿孃⁵²⁸者, 心行平等,

---

521　[原校] '造'는 본래 '罪'로 되어 있는데 戊卷에 의거하여 수정한다. [校注] 甲・庚卷 역시 '造'로 되어 있다.
522　原錄에는 '相'자가 없다. 甲・戊・庚卷에 의거하여 보충한다.
523　[原校] '於'자는 甲卷에 의거하여 보충한 것이다.
524　[原校] '及'자는 甲卷에 의거하여 보충한 것이다.
525　[原校] '得'자는 甲卷에 의거하여 보충한 것이다.
526　原錄에는 '却'자가 없는데 여기서는 庚卷에 의거하여 보충한다.
527　'餓鬼之身'이 原錄에서는 '餓身之鬼'로 오록되어 있다. 각권에 의거하여 수정한다.
528　'孃'은 原卷에서는 '娘'으로 되어 있는데 甲・戊・庚卷에 의거하여 수정한다. '孃'은 모

次第乞食,[529] 莫問貧富. 行至大富長者家門前, 有一[530]黑狗出來, 捉汝袈裟銜著,[531] 作人語, 卽是汝阿孃也.」目連蒙佛敕,[532] 遂卽托鉢持盂, 尋覓阿孃. 不問貧富坊巷, 行衣(於)匝合,[533] 總不見阿孃. 行至一長者家門前, 見一黑狗身,[534] 從宅裏出來, 便捉目連袈裟. 咸(銜)著卽作人語,[535] 言:「阿孃孝順子, 忽是能向地獄冥路之中救阿孃來, 因何不救狗身之苦?」目連啓言:「慈母, 由兒不孝順, 殃及慈母, 墮落三塗,[536] 寧作狗身於此?寧[537]在地獄[538]餓鬼之途?」[539] 阿孃喚言:「孝順兒, 受此

친을 말하고, '娘'은 소녀에 대한 호칭으로 서로 다른 용법을 보인다. 그러나 돈황사본에서 '孃'은 '娘'으로 대체돼서 사용되기도 한다. 본문 뒤에는 '孃'과 '娘'이 혼용되고 있는데 모두 '孃'으로 수정하며 별도로 주를 달지 않는다.

529 '食'은 原錄에서는 '貪'으로 되어 있고 '食'으로 교정하였다. 【校注】甲・戊・辛卷에서도 모두 '食'으로 되어 있다. 이에 의거하여 바로잡는다. 庚卷은 '飯'으로 되어 있다.

530 原錄에는 '一'자가 누락되어 있다. 각권에 의거하여 보충한다.

531 '捉'은 介詞로 '把'나 '將'에 해당한다. 뒤의 "見一黑狗身, 從宅裏出來, 便捉目連袈裟. 咸(銜)著卽作人語"의 '齪'자도 같은 용법이다. 原錄에서는 '捉汝袈裟' 뒤에 마침표를 찍었는데 타당하지 않다.

532 【原校】庚卷에서는 '敕'이 '明敎' 두 자로 되어 있다.

533 【原校】'衣匝合'이 甲卷에서는 '於迨匝', 戊卷에서는 '於匝合', 庚卷에서는 '於九迶'로 되어 있다. 【袁賓】'衣'는 응당 '已'로 보아야 한다. 음이 비슷하여 대체 사용된 것이다. 【校注】각권의 '衣'나 '於'는 모두 '已'의 음와자이다. '匝合'은 原卷에서는 본래 '迊合'으로 되어 있는데 '迊'은 '匝'의 속자이다. 『說文解字』:"帀, 市也. 從反止. 合亦聲." 또 "市, 周也." '匝合'은 곧 '市帀'이며, '匝匝'으로 적기도 한다. 이는 같은 운이 중복되는 첩어로서 '두루 돌다(周匝)', '두루 미치다(周遍)'의 뜻이다. 甲卷에서는 '迨迊'으로, 戊・辛卷에서는 '迊合'으로 되어 있는데 이들은 '匝匝', '匝合'의 속자로, 모두 동일한 첩어의 변형이다.

534 甲卷에서는 '身'자가 없는데, 없는 게 오히려 문맥이 잘 통한다.

535 【原校】原卷에는 '語語' 두 자가 있는데 庚卷에 의거하여 '語'자 하나를 삭제한다. 또 甲卷에는 '曰'자 하나만 있다. 【校注】庚卷에서는 '語' 뒤에 '喚言' 두 자가 있고, 甲卷에서는 '語' 뒤에 '曰'자가 있다. 原卷과 戊卷에서는 '語' 뒤에 'ゟ'로 되어 있는데 이는 '曰'자의 초서이다. 原錄에서는 이를 반복부호로 보았는데 이는 잘못이다.

536 【原校】辛卷에서는 '塗'가 '途'로 되어 있다.

537 '寧'은 原錄에서는 '你'로 되어 있다. 江藍生은 이를 '寧'으로 교정하였는데 극히 옳은 지적이다. 庚卷에서는 마침 '寧'자로 되어 있고, 이에 의거하여 바로잡는다. 原卷의 '寧'자 우측에는 삭제를 의미하는 점과 함께 '你'라 덧붙여 있는데, 이는 오자로 정자를 수정한 사례가 된다.

538 '在地獄'은 原錄에서는 '作' 한 자로 되어 있는데 여기서는 庚卷에 의거하여 수정 보완

狗身音[540]啞報, 行住坐臥得安寧.[541] 飢卽於坑中食人不淨,[542] 渴飲長流以濟虛. 朝聞長者念三[543]寶. 莫(暮)聞[544]娘子[545]誦尊經. 寧作狗身受大地不淨, 耳中不聞地獄之名.」目連引得阿孃往[546]於王舍城中佛塔之前, 七日七夜, 轉誦大乘經典, 懺悔念戒. 阿孃[547]乘此功德, 轉卻狗身, 退卻狗皮, 掛於樹上, 還得女人身, 全具人狀[548]圓滿. 目連啓言 :「阿孃, 人身難得, 中國[549]難生, 佛法難聞, 善心難發. 喚言阿孃, 今得人身,

한다.

539 原錄에서는 이 문구가 '你作餓鬼之途'로 되어 있다. '餓鬼之途'는 동사 '作'과는 어울리지 않는다. 江藍生은 '途'를 '徒'라 수정하였다. 그러나 庚卷에 의거하건대 사실 '作'자가 오자이다.

540 [項楚] '音'은 응당 '喑'이다.

541 '安寧'은 原卷과 甲·戊·辛卷에서는 '存' 한 자로 되어 있다. 여기서는 庚卷에 의거하여 수정 보완한다. 原卷 등은 아마 '存' 앞에 '安'자가 누락되었을 것이다.

542 庚卷에서는 이 문구가 '飢卽坑中食不淨'으로 되어 있다. 앞뒤 문구가 모두 7언이 되어 한층 어울린다.

543 庚卷은 여기까지다.

544 [原校] 甲卷에서는 '莫聞'이 '夜間'으로 되어 있다. [校注] 戊卷 역시 '夜間'으로 되어 있다. '間'은 '聞'의 形訛字로 보인다.

545 '娘子'는 甲卷에서는 '孃子'로 되어 있다. 司馬光『司馬氏書儀』卷上 : "옛사람은 부친을 阿郎이라 부르고 모친을 孃子라 불렀다. 이리하여 劉岳의 書儀에서는 부모를 阿郎 孃子라고 일컫고 있다. 그 후로 노비가 자신이 섬기는 주인을 부모와 같다 하여 그 주인을 阿郎 孃子라 불렀다(古人謂父爲阿郎, 謂母爲孃子, 故劉岳書儀上父母書稱阿郎孃子. 其後奴婢尊其主如父母, 故亦謂之阿郎孃子)." 문중의 '娘子'와 '長者'는 서로 대응되며, 검은 개가 된 목련의 모친이 그 주인 및 주인마님을 가리키는 호칭이다. 甲卷을 따라 '孃子'로 보는 게 옳다.

546 '往'은 原錄에서는 '住'로 오록되어 있다. 여기서는 각권에 의거하여 바로잡는다.

547 辛卷은 여기까지다.

548 [原校] '狀'은 본래 '扶'로 되어 있는데 甲·戊卷에 의거하여 수정한다.

549 '中'은 原錄에서는 '衆'으로 되어 있고 그 주석에서는 "原卷의 '衆'자 옆에는 '中'자가 있고, 甲卷에서는 '衆'이 '中'으로 되어 있다"고 하였다. [校注] 原卷의 '衆'자 우측에는 '中'이라 첨부되어 있는데 아마 글자를 수정한 예일 것이다. 이에 의거하여 '中'으로 수정한다. 戊卷 역시 '中'으로 되어 있다. 불교도는 갠지즈강 중류 일대의 중인도를 중국이라 불렀는데 본문은 아마 이곳을 가리키는 듯하다. '人身難得', '中國難生'은 모두 불교적 관점에서 보자면 매우 얻기 어려운 일들이다. 북경도서관 果字 41호「西方淨土讚文」: "사람의 몸을 얻기는 어려운데 이제 그것을 얻었고, 이 나라에 태어나기 어려운데 다시 이곳에 태어났으니, 어찌 힘써 정진하지 아니하며 헛되이 일생을 허비

便卽修福.」

　목련은 부처의 가르침을 받들어 곧 왕사성 근교의 탑묘에서 대승경전을 낭송하고 성대한 우란분회를 열어 선근(善根)을 쌓으니 모친은 그곳에서 비로소 배불리 한 끼를 먹을 수 있었다. 그런데 밥을 먹은 후로는 모친의 모습을 찾아볼 수 없었다. 목련은 이곳저곳 모친을 찾았지만 보이지 않으니 비처럼 눈물을 쏟으며 부처 앞으로 나아가 그 주위를 세 바퀴 돈 다음 한쪽에서 합장을 하며 무릎을 꿇었다. '세존이시여, 모친은 밥을 먹으려 하면 불로 변하고 물을 마시려 해도 불로 변하였는데, 세존의 자비를 입어 모친을 화난의 고통에서 구해낼 수 있었습니다. 그런데 7월 15일에 한 끼를 먹고 난 후 저희 모자는 다시 만날 수가 없게 되었사온데, 지옥에 떨어진 것입니까 아니면 아귀도로 간 것입니까?' 세존이 일러 말했다. "그대의 모친은 지옥에 떨어진 것도 아귀도에 떨어진 것도 아니다. 그대가 경전을 낭송한 공덕과 우란분을 연 선근에 힘입어 그대의 모친은 아귀의 몸이 바뀌어 왕사성의 한 검은 개가 되었느니라. 모친을 만나고자 하거든 평등한 마음으로 빈부를 가리지 말고 차례대로 걸식을 행하여라. 그러다가 부유한 장자의 저택 문 앞에 이르렀을 때 검은 개가 뛰어나와 그대의 가사를 물면 그 개는 인간의 말을 하게 될 것인데 그 개가 바로 너의 모친이니라." 목련은 부처의 가르침을 받고 즉시 탁발하며 모친을 찾아 나섰다. 빈부를 가리지 않고 거리 곳곳을 두루 돌아다녔지만 모친을 찾을 수가 없었다. 어떤 장자의 저택 문 앞에 이르렀을 때 검은 개 한 마리가 안에서 뛰어나와 목련의 가사를 물더니 인간의 말을 하는 것이었다. "어미의 효순한 아들아, 지옥의 명도에서는 이 어미를 구해내주더니 어찌하여 개의 몸뚱이에서는 구해내지 않는 게냐?" 목련이 아뢰었다. "어머니, 소자 불효하여 어머니에게 그 화가 미쳐 삼도에 떨어지셨는데 이곳에서 개의 몸이 되신 것은 지옥도나

할 수 있을까(人身難得今皆得, 中國難生復得生, 何不於中勤精進, 徒勞虛失一生年)." 참고할 필요가 있다.

아귀도에 비해 어떠하십니까?" "효순한 아들아, 개의 몸이 되어 말을 할 수는 없지만 걷거나 멈추거나 앉거나 누울 수 있어 편하구나. 배가 고프면 변소에서 사람들의 똥오줌을 먹고 목이 마르면 물가에서 목을 축일 수 있다. 아침에는 장자가 삼보를 염송하는 소리를 들을 수 있고 저녁에는 안주인이 경을 낭송하는 소리를 들을 수 있다. 차라리 개의 몸으로 땅 위의 더러운 것을 먹을지언정 지옥이라는 말은 다시 듣고 싶지 않다." 목련은 모친을 왕사성의 불탑 앞으로 모시고 와서 이레 동안 밤낮으로 대승경전을 전독하며 참회하고 계율을 염했다. 이에 모친은 이 공덕에 힘입어 개의 몸을 바꾸게 되니 개 가죽을 벗어 나무 위에 걸어 두고 여인의 몸을 얻었는데 인간의 형상을 두루 갖추고 있었다. 목련이 말하였다. "어머니, 사람의 몸은 얻기 어렵고 중천축국에는 태어나기 어렵고 불법은 듣기 어렵고 선한 마음은 내기 어렵습니다. 어머니, 이제 사람의 몸을 얻으셨으니 복을 닦는 데 힘쓰시기 바랍니다."

目連將母於裟羅雙樹下, 遶佛三匝, 卻住一面, 白言:「世尊, 與弟子阿孃看業道已來, 從頭觀占, 更有何罪?」世尊不違目連之語, 從三業道觀看, 更率私[550]之罪. 目連見母罪滅, 心甚歡喜, 啓言:「阿孃, 歸去來, 閻浮提世界不堪停. 生[551]死本來無住處, 西方佛國最爲精.」[552]

---

[550] 原錄에서는 '私' 다음에 '人'자를 보충하고서 "'人'자는 庚卷에 의거하여 보충한다"고 주석을 달았다. 【校注】이 단락은 原卷과 甲·戊卷에만 보이는데 이들 모두에는 '人'자가 없다. 原校에 오류가 있다.

[551] 각권의 '生' 다음에는 '住'자가 있다. 項楚는 '住'자는 뒤의 '住'자와 관련하여 생긴 衍字라고 보았는데 이는 지극히 옳다. 이에 삭제한다. P.2250 釋法照 「歸去來」: "돌아가련다. 사바세계의 이 예토는 머물기 어려워라. 어서 안락국으로 돌아가서 부처를 뵙고 법문을 들어 無生의 이치를 깨달아야지(歸去來, 娑婆穢境不堪停. 急手須歸安樂國, 見佛聞法五(悟)無生)." 그 구법이 이것과 유사하다.

[552] '精'은 '대단히 뛰어남'을 말한다. 『廣韻』「淸韻」: "精, 善也, 好也." P.3833 王梵志 詩: "분노의 뿌리를 없애고자 한다면, 말 적게 하는 것이 가장 좋다네(欲覓無嗔根, 少語最爲精)." P.3418 王梵志 詩: "아들 딸 있는 것도 좋지만, 없을 때가 역시 가장 좋다네(男女有亦好, 無時亦最精)." 이 '精'자는 본문의 것과 같은 뜻이다.

感[553]得[天][554]龍奉引[555]其前, 亦得天女來迎接, 一往迎[556]前刀(忉)利天, 刀(忉)利天[557]受快樂. 最初說偈度俱輪. 當時[558]此經時, 有八萬菩薩[559]、八萬僧、八萬優婆塞、八萬[優婆][560]姨, 作禮圍遶, 歡喜信受奉行.

　　목련은 모친을 사라쌍수 아래로 모시고 가서 부처의 주위를 세 바퀴 돌고 한쪽에 서서 공손히 아뢰었다. "세존이시여, 제자의 모친을 위하여 그 과거의 숙업을 처음부터 살펴보시어 또 어떠한 죄업이 있는지 들려주십시오." 세존은 목련의 부탁을 들어 주시기 위하여 [신통력으로] 모친의 삼업도(三業道)를 관찰하시고 지금까지의 숙업을 모두 거두어주셨다. 목련은 모친의 죄가 소멸된 것을 알고 기뻐 어쩔 줄 모르며 모친에게 말하였다. "돌아가시지요. 염부(閻浮)의 세계는 지낼만한 곳이 못됩니다. 삶과 죽음은 본래 머물 데가 없으니 서방의 불국토가 가장 훌륭한 곳입니다." 이에 감동한 용천(龍天)은 선두에서 길을 인도하고 천녀들도 마중 나가 곧바로 도리천으로 맞아주어 그곳에서 안락함을 누리게 하였다.

　　최초에 게(偈)를 설하여 구륜(俱輪)을 제도하시었다. 그때 팔만의 보살과 팔만의 승려와 팔만의 우바새, 팔만의 우바리가 예배를 올리며 [부처

553　[原校] '感'은 본래 '敢'으로 되어 있는데 甲卷에 의거하여 수정한다. [校注] 戊卷에서는 '咸'으로 되어 있는데 이는 '感'의 가차자이다.

554　'龍天'은 原錄에서는 '天龍'으로 되어 있다. [原校] '天'자는 庚卷에 의거하여 보충한다. [校注] 庚卷에는 이 단락이 없다. 原校의 '庚卷'은 '戊卷'을 잘못 말한 것이다. 또 戊卷의 '天龍' 우측에는 도치를 뜻하는 '乙'부호가 있기에 이에 바로잡는다.

555　'引'은 原錄에서는 '行'으로 오록되어 있는데 여기서는 각권에 의거하여 바로잡는다.

556　[原校] '迎'은 본래 '仰'으로 되어 있는데 戊卷에 의거하여 수정한다. [校注] 戊卷은 본래 '迎'으로 되어 있는데 이는 '迎'의 속자이고, 原卷의 '仰'은 '迎'의 편방 생략자이다. 그리고 甲卷에서는 '迎'로 되어 있는데 이 역시 속자이다.

557　原卷과 甲·戊卷의 '刀(忉)利天' 세 글자 우측에는 각각 반복부호가 있다. 그런데도 原錄에서는 중복을 시키지 않고 있는데 이는 잘못이다.

558　'時'자는 뜻이 통하지 않는다. 다음의 '時'자와 관련하여 생긴 오류인 듯하다. '持', '說' 등의 글자가 와야 할 것으로 보인다. 潘重規는 '持'가 되어야 한다고 했다.

559　[原校] '菩薩' 두 자는 본래 '卅'로 되어 있는데 戊卷에 의거하여 수정한다. [校注] 甲卷은 '菩薩'로 되어 있고, 戊卷은 '卅'로 되어 있는데 이는 '菩薩'의 合文이다. 그리고 原卷에서는 '卌'로 되어 있는데 이는 '卅'의 변형으로 보인다.

560　[原校] '優婆' 두 자는 甲卷에 의거하여 보충한다. [校注] 戊卷 역시 '優婆' 두 자가 있다.

의 주위를] 에워싼 채 기뻐하며 [부처의 가르침을] 믿고 받들어 그대로
행하였다.

　　大目犍連變文一卷[561]
　　貞明柒年辛巳歲四月十六日淨土寺學郎薛安俊[562]寫[563]
　　　　　　　　　　　　　　　　　　　　　　張保達文書

　　대목건련변문 일권
　　정명(貞明) 7년 신사년(辛巳年) 4월 16일 정토사(淨土寺) 학랑(學郎) 설안준
(薛安俊) 씀.
　　　　　　　　　　　　　　　　　　　　장보달(張保達) 문서

561　甲卷은 여기까지다. [原校] 戊卷 문미에는 "태평흥국 2년(977) 정축년 6월 5일 현덕사
　　학사랑 양원수가 홀로 복을 짓기를 발원하여 이 목련변 1권을 베껴 적었다. 훗날에는
　　석가모니불처럼 미륵보살이 부처가 될 것이니, 훗날 信心을 지닌 중생들은 목련변을
　　옮겨 적고 願力을 지녀 三惡道에 떨어지지 말기를(太平興國二年, 歲在丁丑潤六月五
　　日, 顯德寺學仕郎楊願受一人思('思'는 '恩'과 '思'의 중간 형태로 적혀 있다. 이 자를 潘
　　重規는 '恩'으로 보았다)微, 發願作福, 寫盡此目連變一卷. 後同釋迦牟尼佛壹會彌勒生
　　作佛爲定. 後有衆生同發信心, 寫盡目連變者, 同池(持)願力, 莫墮三塗)"라는 문구가
　　있다. 참고로 적어둔다.
562　'安'은 原卷에서는 '妄'으로 되어 있다. 『干祿字書』에서는 '安'자의 속자로 '㝉'를 들고
　　있는데, 앞의 글자는 이 속자의 변형인 듯하다.
563　이 題記는 原卷에서만 보인다.

목련변문(目連變文)[1]

上來所說序分竟, 自下第二正宗[2]者.

昔佛在日, 摩竭國中有大長者, 名拘[3]離陀. 其家巨富, 財寶無論. 於

1　向達【原校】原卷의 편호는 北京 成字 96호이다. 본래 표제가 없는데 S.2614「大目乾連冥間救母變文」에 의거하여 '目連變文'이라 정한다. 그 후 王重民은「敦煌變文硏究」라는 논문에서 "이 잔권의 서두에는 '앞서 설한 바는 序分이고 이제부터 [이야기하는 것은] 正宗이다(上來所說序分竟, 自下第二正宗者)'라는 문구가 있는데 이는 바로 講經文의 형식이다. 그러나 본권에서는 經文을 唱하지 않는 까닭에 다들 이 작품을 변문류에 편입시키고 있다"고 하였다. 【校注】변문 연구자들은 보통 '講經文은 變文 중에서 가장 먼저 발전한 형식'으로 이해하고 있다. 본편은 어쩌면 講經文에서 非講經의 變文으로 발전해 가는 과도기적 작품일지 모른다.

2　'正宗'은 '正宗分'이다. '正宗分'이나 '序分'은 佛經 三分(불경의 기본구조)의 하나이다. '序分'은 본 佛經이 생겨나게 된 이유와 인연을 서술한 부분이고, '正宗分'은 序分에 부응하여 설해지는 법문을 말하고, '流通分'은 본 불경의 이익 됨을 거론하며 경전의 유통을 권하는 부분이다. 본 권자는 正宗分의 전반부에 해당되며 권자의 앞뒤는 잔결되어 있다.

3　'拘'는 原卷에서는 '拘'로 되어 있는데 이는 '拘'의 속자이다.『正字通』「手部」: "拘, 俗拘字."

三寶有信重之心, 向十善起精崇之志. 宮中夫人, 號曰淸提,[4] 端正雖世上無雙, 慳貪又欺誑佛法. 生育一子, 號曰目連, 塵劫而深種善因, 承事於恆沙諸佛. 未見我佛在俗之時, 家竭所有七珍, 設齋布施於一切. 忽於一日, 思往他方. 家財分作於三亭,[5] 二分留與於慈母, 內之一分, 用充慈父之衣糧, 更分資財, 縈(營)齋布施於四遠. 囑付已畢, 拜別而行. 母生慳吝之心, 不肯設齋布施. 到後目連父母壽盡, 各取命終. 父承善力而生天, 母招慳報墮地獄. 或值刀山劍樹, 穿穴五藏[6]而分離; 或遭[7]爐炭灰河, 燒炙碎塵於四體. 或在餓鬼受苦, 瘦損軀骸, 百節火然, 形容燋[8]醉(悴). 喉咽[9]別(則)細如針鼻, 飮嚥滴水而不容; 腹藏則寬於太山, 盛售[10]三江而難滿. 當爾之時, 有何言語?

앞서 설한 바는 서분(序分)이고 이제부터 [이야기하는 것은] 정종(正宗)이다.

옛날 부처가 이 세상에 계실 적에 마갈국(摩竭國)에 구리타라는 이름의 대장자가 있었다. 그의 집은 대단히 부유하여 재물을 중시하지 않았고 삼보(三寶)에 대한 깊은 믿음이 있었으며 십선(十善)[11]을 정성으로 행

---

4 '淸'은 原錄에서는 '靖'으로 되어 있다. 潘重規는 原卷은 '淸'으로 되어 있다고 하였는데 이는 옳다. 이에 의거하여 바로잡는다. 또 '提'자는 原卷에서는 '椹'로 되어 있는데 潘重規는 돈황사본에서 '扌'와 '木' 편방은 구분이 없다며 '椹'는 곧 '提'라고 하였다. 여기서는 이에 의거하여 바로잡는다. '淸提'는 '靑帝'와 같다.

5 '亭'은 양사로서 '股', '份'과 같다. 『水滸全傳』54회 : "三停中走了二停多路." 이 '停'도 같은 뜻이다.

6 '五藏'은 '五臟'이다. '臟'은 '藏'의 後期 分化字이다.

7 '遭'는 原錄에서는 '招'로 오록되어 있다. 여기서는 原卷에 의거하여 바로잡는다.

8 '燋'는 '憔'와 통한다. 『莊子』「天地」의 "其色燋然"에 대한 成玄英의 疏에서는 "燋然, 憔悴貌"라 하였다. 原錄에서는 이를 직접 '憔'라 수정하였는데 타당하지 못하다.

9 喉咽 : 原錄에서는 '喉'자가 누락되어 있다. 여기서는 原卷에 의거하여 보충한다. 徐震堮은 '咽' 뒤에 '喉'자가 누락되어 있다고 하였는데 정확하지 못하다.

10 '售'는 原卷에서는 '雋'로 되어 있는데 이는 '售'의 속체자이다. 『干祿字書』에서는 "雋售:上俗下正." 이라 하였다. '售'는 응당 '받아들이다'는 의미의 '受'로 보아야 한다. 原錄에서는 '集'으로 되어 있는데 이는 근거 없는 억측이다.

11 몸과 말과 뜻으로 짓는 열 가지 행위 가운데 십악(十惡)의 반대가 되는 열 가지 착한 행위를 말한다. 십악에는 몸으로 짓는 세 가지 나쁜 짓과 입으로 짓는 네 가지 나쁜

하였다. 집안에 청제(淸提)라는 부인이 있었는데 그 단정함은 비록 세상에 견줄 바가 없었지만 [재물을] 아끼고 탐하며 불법(佛法)을 업신여겼다. 그녀에게 목련이라는 이름의 아들이 하나 있었는데 그는 여러 겁 동안 깊이 선인(善因)을 닦았고 무수한 제불(諸佛)을 받들어 섬겼다. 부처를 뵙기 전 속인으로 있을 때 그는 집안의 모든 재물로 재(齋)를 열어 모든 승려들에게 보시를 하였다. 그러던 어느 날 그는 다른 지방으로 가서 장사를 하고자 하여 집안의 재물을 삼등분하여 두 몫을 모친에게 남기며 그 중 한 몫은 부친을 모시는 데 필요한 옷이며 양식을 사도록 하고, 나머지 한 몫은 재(齋)를 마련하여 사방 멀리에서 온 스님들에게 보시하도록 하였다. [목련은] 부탁을 마치고 모친과 헤어져 길을 떠났다. 그런데 모친은 아깝고 인색한 마음이 들어 재를 마련하여 보시하려 하지 않았다. 그 후 목련의 부모는 수명이 다하여 모두 세상을 떠났는데 부친은 선업을 행한 덕에 천상에 태어났고 모친은 인색함의 과보로 지옥에 떨어졌다. [지옥에서 모친은] 도산검수에 오르다가 오장(五臟)이 꿰뚫리고 떨어져나가는가 하면 불화로 속의 숯과 재로 된 강을 만나 팔다리가 모조리 익어 불타버리기도 하였다. 또 아귀가 되어 고통을 받는데 몸이 앙상하게 말라 온몸의 마디마디가 불타는 듯하고 초췌하였다. 목구멍이 바늘구멍 같아서 물 한 방울조차 마실 수 없는데 배는 태산보다도 커서 삼강(三江)의 물을 모두 마셔도 가득 채우기 어려웠다. 이때 어떤 말이 있는가?

目連父母並凶亡, 輪迴六道各分張.[12]

짓, 그리고 뜻으로 짓는 세 가지 나쁜 짓이 있다. 그 첫째는 산목숨을 죽이는 것, 도둑질하는 것, 삿된 음행하는 것이고 둘째는 거짓말, 두 가지 말, 악한 말, 꾸며대는 말이고 셋째는 탐욕과 성냄과 삿된 견해 등이다.

[12] '分張'은 '헤어지다(分離)'이다. P.2914 王梵志 詩 : "그대를 붙잡고서 이별을 고하지 못하다가, 돌연 가족과 헤어진다네(攬你不得辭別, 俄爾眷屬分張)." 이 '分張'도 같은 뜻이다. 『通釋』에 상세한 설명이 있다.

母招惡報墮地獄, 父承善力上天堂.

思衣羅繡千重現, 思食珍羞百味香;

足躡庭臺七寶地, 身倚幰帳¹³白銀床.

冥¹⁴間母受多般苦, 穿刺燒蒸¹⁵不可量;

鐵磓磓來身粉碎, 鐵叉叉得血汪汪.

飢餐孟(猛)火傷喉胃,¹⁶ 渴飲鎔銅損肝腸.¹⁷

錢財豈肯隨已益, 不救三塗地獄殃.

목련의 부모는 죽고 나서

서로 헤어져 육도(六道)를 윤회하는데

모친은 악과(惡果)를 불러 지옥에 떨어지고

부친은 선업(善業)에 힘입어 천궁(天宮)에 올랐다.

옷을 생각하면 천 가지 비단 옷이 나타나고

음식을 생각하면 백 가지 진수성찬이 나타난다.

두 발은 정원 누대의 칠보로 된 바닥을 밟고 있고

몸은 비단 장막의 백은(白銀) 침상에 기대어 있다.

---

13 幰帳 : 原卷에서는 '幛慞'로 되어 있는데 徐震堮은 이를 '幰帳'으로 보았다. 徐復은 '幛
慞'는 '幰幌'을 잘못 적은 것이라 보며 '幰幌'는 '嶹帷'라 하였다. 【校注】 俗書에서 '巾'과
'忄' 편방은 혼용되는 까닭에 '幢'은 '憧', '幡'은 '憣', '帔'는 '恢'로 적기도 한다. 이로 보
아 '幛慞'는 응당 '幰帳'의 속체자이다. '幰'자는 字書에 수록되어 있지 않은데 아마도
'幗'의 이체자로 보인다. 『廣雅』「釋器」: "幗幰, 絑也." (王念孫 疏證 : "幗, 各本訛作幗,
今訂正." 이는 본편의 '帳'를 '慞'라 적고 있음을 말해준다) '幰幗'는 '幗幰'자의 앞뒤가
뒤바뀐 것이다.

14 '冥'은 原卷에서는 '宲'으로 되어 있는데 이는 '冥'의 속자이다. 이는 앞서 이미 여러
차례 언급한 바 있다. 原錄에서는 '實'으로 되어 있는데 이는 정확하지 못하다.

15 '蒸'은 原卷에서는 '菜'으로 되어 있는데 徐震堮은 이를 '蒸'으로 보았다. 【校注】 '菜'은
'蒸'의 別體字인 듯하다. 『魏元延明墓誌』에서는 '蒸'자를 '菜'으로 적고 있고 『唐張慶
之墓誌』에서는 '菉'으로 적고 있는데 이는 참고할 만하다.

16 '胃'는 原卷에서는 '胢'로 적고 있는데 이는 '胃'의 增旁字이다. 「茶酒論」주석 113) 참
조 바람.

17 '腸'은 原卷에서는 '脹'으로 되어 있는데 이는 '腸'의 이체자이다. 『集韻』「陽韻」: "腸,
說文 : 大小腸也. 或作脹."

명간(冥間)의 모친은 수많은 고통을 당하는데
무수히도 꿰뚫리고 태워지고 찜 쪄진다.
쇠 맷돌이 돌아가니 몸뚱이가 갈가리 부서지고
쇠 작살이 [몸을] 찌르니 콸콸 피가 솟는다.
배고픔에 [밥을] 먹으니 뜨거운 불길이 목구멍과 위를 상하게 하고
목마름에 [물을] 마시니 쇳물이 간장(肝腸)을 다치게 한다.
돈과 재물이 어찌 이익 됨을 가져다줄 것이며
삼도(三塗) 지옥의 재앙에서 구해낼 수 있을까.

目連葬送父母, 安置丘墳, 持服三周, 追齋十忌. 然後捨卻榮貴, 投佛出家, 精懃持誦修行, 遂證阿羅漢果. 三明自在, 六用神通, 能遊三千大千, 石壁不能障礙. 尋卽晏坐禪定, 觀訪二親; 父在切利天宮, 受諸快樂, 卻觀慈母, 不見去處蹤由. 道眼他心, 草知次第.[18]

目連父母亡沒, 殯送三周禮畢;
遂卽投佛出家, 得蒙如來賑恤.
頭上鬚髮自落, 身裏架裟化出;
精修證大阿羅, 六用神通第一.
目連出俗證阿羅, 六通自在沒人過;
身往虛空嘦[19]日月, 傍遊世界遍娑婆.

18　[潘重規] ‘草知次第’는 해독이 안 된다. ‘草’는 ‘莫’의 잘못인 듯하다. 【校注】 ‘次弟’는 原錄에서는 ‘次第’로 되어 있다. 여기서는 原卷에 따른다.

19　[項楚] ‘嘦’자는 사실 ‘弄’의 訛字이다. ‘弄日月’은 해와 달을 손 위에 놓고 놀다는 뜻으로, 신통광대의 극치를 말함. 『大智度論』 권2 「釋初品中總說如是我聞第3」에는 憍梵鉢의 신통력에 관한 묘사가 있다. 즉 “말을 마치고 선정에 들더니 허공으로 치솟는데 몸에서는 환한 빛이 뿜어져 나왔다. 또 물과 불을 내뿜고 손으로 해와 달을 어루만지는 등 여러 신통력을 드러내보였다(說是言已, 入禪定中, 踴在虛空, 身放光明. 又出水火, 手摩日月, 現種種神變).” 大智度論의 ‘手摩日月’은 目連變文의 ‘弄日月’에 다름 아니다. ‘弄’은 곧 ‘手摩’이다. 【校注】 ‘嘦’은 ‘哢’의 增旁字인 듯하다. ‘哢’은 ‘弄’으로 사용되기도 한다(‘哢’과 ‘弄’은 『廣韻』 盧貢切 小韻에 속한다)

履水如地無搖動, 入地如水現騰波

忽下山宮澄禪觀, 威凌[20]相貌其[21]巍峨.

　목련은 부모를 장사지내 무덤에 안장시키고 3년간 상복을 입고 십기
(十忌)의 재(齋)를 올리며 추모하였다. 그런 다음 부귀영화를 버리고 부처
에 귀의 출가하여 정성으로 수행에 힘써 마침내 아라한과를 증득하였
다. 삼명(三明)[22]에 정통하고 육신통(六神通)[23]에 능하여 삼천대천세계(三千
大千世界)에 노닐 수가 있게 되니 바위벽도 장애가 되지 못했다. 잠시 안
온히 앉아 선정에 들어 양친을 찾아보니 부친은 도리천궁(切利天宮)에서
온갖 즐거움을 누리고 있었는데 모친은 간 곳을 찾을 수가 없었다. 도
안(道眼)과 타심통을 사용해도 어찌된 영문인지 알 도리가 없었다.

목련은 부모가 세상을 떠나자

빈장을 하고 3년간의 예를 마치고는

부처에 귀의 출가하여

여래의 보살핌을 입었네.

머리카락이 저절로 떨어지고

몸에는 가사가 입혀졌네.

수련에 정진하여 대아라한(大阿羅漢)을 이루어

육신통에 제일가는 자가 되었네.

목련은 속세를 떠나 아라한과를 증득하여

육통(六通)을 자유자재로 구사하니 그를 능가하는 이 없네.

20　[徐震堮] '凌'은 응당 '棱'으로 보아야 한다.
21　'其'를 王慶菽은 '甚'으로 보아야 할 것 같다고 하였다.
22　아라한과를 성취한 성자에게 갖추어진 불가사의한 능력으로 세 가지에 대해 밝게 아
　　는 것인데, 즉 천안명(天眼明), 숙명명(宿命明), 누진명(漏盡明)을 말한다.
23　여섯 가지 신통력을 말하는 것으로 삼명(三明)에 세 가지를 더 추가한 것이다. 삼명
　　이 세계를 보는 세계관이나 또는 지혜의 눈이라는 측면이 강한 반면, 육통(六通)은
　　어떤 불가사의한 능력, 부처님이나 아라한에게 갖추어진 자유자재한 권능이라는 측
　　면이 강하다. 천안통(天眼通) 천이통(天耳通) 타심통(他心通) 숙명통(宿命通) 신족
　　통(神足通) 누진통(漏盡通)이 있다.

허공으로 몸을 솟구쳐 일월을 희롱하고

이리저리 두루 사바세계를 돌아보네.

물을 밟고서도 [물이] 땅처럼 움직이지 않고

땅속으로 들어가도 [땅이] 물처럼 파도가 이너.

홀연 산사(山寺)로 내려가니 사찰이 청정해지는데

위엄 있는 그 모습 우뚝하기 그지없네.

目連雖割親愛, 捨俗出家, 偏向二親, 甚能孝道, 尋思往【日】乳哺,
未有報答劬勞. 先知父在天宮, 先知父在天堂,[24] 未審母生何界. 遂卽
騰身天上, 到於父前, 借問孃孃. 趣向甚處?

　　是時目連運神通, 須臾攊騰擲[25]到天宮;

　　足下外欄琉璃地, 金錫令敲門首鐘.

　　父聞從內走出戶, 下基祇接禮虔恭;

　　臺[26]頭合掌問和尚, 本從何來到此中.

目連道:「貧道生自下界, 長自閻浮. 母是清提[27]夫人, 父名拘[28]離長

24　原卷에서는 이 문구 앞에 "先知父在天宮" 한 구가 더 있다. 王慶菽은 "'先知父在天宮'
　　는 응당 衍文이다. 앞의 '先知父在天弓' 구와 관련하여 생긴 오류라서 삭제함이 마땅
　　하다" 하였다. 【校注】 돈황사본에서는 誤字와 正字가 병존해 있는 경우들이 눈에 띈
　　다. 필사자가 오자를 발견하고서 그것을 삭제하지 않은 채 그 뒤에 연이어 수정된
　　글자를 적어 놓은 것이다. 여기서는 필사자가 '先知父在天弓'이라 적으려 한 것을 '先
　　知父在天宮'이라 잘못 적게 되었고, 이를 발견한 필사자가 올바로 고쳐 적고서도 잘
　　못된 문구를 삭제하지 않음으로써 衍文이 발생하게 된 것이다. 그러므로 원권의 衍文
　　은 '先知父在天宮'이다. 본편의 앞부분: "母招惡報墮地獄, 父承善力上天堂." 또
　　S.2614 「大目乾連冥間救母變文」: "천당은 밤낮으로 음악소리 끊이지 않는데, 어느 누
　　구도 지옥의 고통을 벗어나게 하지 못하네(天堂曉夜樂轟轟, 地獄無人相求出)." 이로
　　보아 '天堂'은 오류가 아니다.
25　【原校】 '攊陰騰擲到天宮'의 '攊陰騰擲'은 '攊陰' 혹은 '騰擲'으로 '擲' 한 자는 衍字이다. 【校注】
　　原校는 옳다. '攊騰' 혹은 '騰擲'은 같은 의미의 글자가 중첩된 것으로 '擲'은 '騰'과 같은
　　뜻이다. 三國 賈岱宗 「大狗賦」: "기지개를 켜고서 떨쳐 일어나면, 마치 應龍이 날아오
　　르는 듯하다(時頻伸而振迅, 若應龍之騰擲)." 여기의 '騰擲' 역시 같은 의미이다.
26　'臺'는 '擡'의 편방생략 가차자이다.
27　'清提'는 '青提'와 같다. 原錄에서 '清'은 '靖'으로 되어 있는데 이는 오류다.

者. 貧道少生, 名字號曰羅卜. 父母並遭衰喪, 我自投佛出家. 果證羅漢, 功就神通, 道眼他心, 隨無障蟆. 見父生於天上, 封受自然, 未知母在何方, 受諸快樂. 故來騰身到此, 而問因由. 願父莫惜情懷, 說母所生之處.」

長者聞言情愴悲, 始知和上[29]是親兒;

互訴寒溫相借問, 不覺號咷淚雙垂.

報言我子能出俗, 斯知心願不思議;

爲僧能消萬劫苦, 在俗惡業墮阿鼻.

汝母生存多慳誑, 受之[30]業報亦如斯;

常在冥間受苦痛, 大難得逢出離期.

목련은 비록 친애(親愛)를 끊고 속세를 떠나 출가하였으나 양친에게 효도를 할 줄 알았다. 지난날 [자신을] 젖 먹여 길러주고 아직 그 은혜를 보답 받지 못한 [모친을] 찾고자 하였다. 먼저 부친이 천궁에 있음은 알았지만 모친은 어디에 있는지 알 수가 없었다. 그리하여 몸을 날려 천상에 있는 부친 앞에 이르러 모친이 어디에 있는지 물었다.

이때 목련은 신통력을 부려

하늘로 치솟더니 순식간에 천궁에 도착하였다.

발아래 난간 너머로는 유리(琉璃)의 땅이 펼쳐져 있는데

황금 석장으로 대문을 두드리고 종을 쳤다.

부친이 [그 소리를] 듣고 밖으로 나오더니

---

28 '拘'는 原卷에서는 '构'로 되어 있는데 이는 '拘'의 속자이다. 原錄에서는 '枸'로 되어 있는데 정확하지 않다.

29 '和上'은 '和尙'이다. 梵語 '鄔波地耶'의 音轉이다. 慧琳『一切經音義』卷22「新譯大方廣佛花嚴經音義」(慧苑撰) : "和上이란, 생각건대 오천축국의 말로 '鄔波地耶'를 가리킨다. 그런데 그 나라에서는 보통 '和上殟社'라 불렀고, 우전과 소륵에서는 '鶻社'라 불렀다. 지금 이곳에서는 그 음이 와전되어 '和上'이라 부르고 있다(和上, 案五天雅言和上謂之鄔波地耶, 然其彼土流俗謂和上殟社, 于闐疏勒乃云鶻社, 今此方訛音謂之和上)." 原錄에서는 '上'을 직접 '尙'으로 수정하였는데 그럴 필요 없다.

30 [潘重規] '之'는 '諸'이다. 돈황사본에서 '之'와 '諸'는 왕왕 통용된다.

기단에서 내려와 경건하고 공손하게 예를 올린다.

고개 들어 합장하며 스님에게 묻는데

본래 어디로부터 이곳에 오신 것인지.

목련이 대답하였다. "빈승은 하계(下界)에서 태어나 염부제에서 자랐는데 모친은 청제부인이고 부친은 구리장자(拘離長者)라는 분이셨네. 빈승은 어렸을 때 나복이라 불렸는데 부모가 세상을 떠난 후 부처에 귀의 출가하여 아라한과를 증득하고 신통력을 얻어 도안(道眼)으로 타인의 마음을 아는 데 아무런 장애가 없다네. [도안으로 바라보니] 부친은 천상에 태어나셨고 이는 당연한 일이나, 모친은 어느 곳에서 즐거움을 누리고 계신지 알 수가 없네. 그리하여 몸을 날려 이곳으로 와서 그 이유를 알고자 하는 것이네. 부디 부친께서는 [천상의 즐거운] 심경을 아쉬워 마시고 모친이 어느 곳에 태어나셨는지 말씀해주십시오."

장자는 그 말을 듣고 마음이 슬퍼지며

그제야 스님이 자신의 친아들임을 깨닫는다.

서로의 안부를 주고받는데

자신도 모르게 흐느끼며 두 줄기 눈물을 흘린다.

"내 아들이 속세를 떠났다 말하는데

그 심원(心願)의 불가사의함을 알겠네.

승려는 만겁의 고통을 소멸시킬 수 있겠지만

[모친은] 속세에서의 악업으로 아비(阿鼻)에 떨어졌네.

네 모친은 생전에 인색함과 속임이 많아

이와 같은 업보를 받게 되었네.

줄곧 명간(冥間)에서 고통을 받고 있는데

그로부터 벗어나기는 대단히 어렵다네."

爾時其父長者, 聞說情懷, 蹭跪尊前, 迴答所以. 「我昔在於世上, 信佛敬僧, 受持五戒八齋, 得生天上. 汝母在生慳誑, 欺妄三尊. 不能

捨施濟貧, 現墮阿鼻地獄. 夫妻雖然恩愛, 各修行業不同. 天地路殊,
久隔互不相見. 雖則日夜思憶, 無力救他. 願尊【者】起大慈悲, 速往冥
間尋問.」目連聞此, 哽噎悲哀, 自撲³¹渾堆,³² 口稱禍苦. 當卽辭於天
界, 速³³往下方, 趣入冥間, 訪覓慈母.

　　　　　目連聞此哭哀哀, 渾塠³⁴自撲³⁵不可裁.³⁶

　　　　　父子相接皆號叫, 應見³⁷諸天淚濕腮.

　　　　　父雖備設天廚供, 聖者不餐唱苦哉;

　　　　　當卽返身辭上界, 速就冥間救母來.

　　聖者來於幽逕, 行至奈河邊, 見八九個男子女人, 逍遙取性³⁸無事.
其人遙見尊者, 禮拜相謁³⁹再三. 和尙近就其前, 便卽問其所以.

　　　　　善男善女是何人, 共行幽逕沒災迍.⁴⁰

31　'撲'은 原卷에서는 '樸'으로 되어 있는데 이는 '撲'의 속자이다. 原錄에서는 '樸'으로 되
　　어 있는데 정확하지 않다.

32　'塠'는 응당 '搥'로 보아야 한다. '塠'와 '搥'는 둘 다 都回切의 동음(『廣韻』)으로서 서로
　　통용된다. 原錄에서는 '堆'로 되어 있는데 이는 본래의 형태가 아니다. 뒤의 주석을
　　참조 바란다.

33　'速'은 原卷에서는 '連'으로 오록되어 있다. 여기서는 문맥에 의거하여 바로잡는다.

34　'塠'는 응당 '搥'이다. '塠'는 '堆'의 이체자이며, '搥'와는 형태와 소리가 모두 비슷하다.

35　'撲'은 原卷에서는 '樸'으로 되어 있다. 돈황사본에서 '扌'와 '木' 편방은 서로 혼용되고
　　있다.(다음 구의 '接'자 역시 原卷에서는 '木' 편방으로 되어 있다) 여기서는 문맥에
　　의거하여 바로잡는다.

36　'裁'는 原卷에서는 '樴'로 되어 있는데 이는 '栽'의 속자이다. '栽'는 응당 '裁'로 보아야
　　하며 '헤아려 단정하다(裁度)', '형용하다, 묘사하다(形容)'는 뜻이다.

37　[項楚] '見'은 '是'의 형와자이다. '應是'는 '모든(所有)', '일체(一切)'의 뜻이다.

38　'取性'은 '마음대로', '멋대로'이다. 宋 陳師道「次韻無斁雪後二首」중의 두 번째 詩:
　　"제멋대로라 강직함이 없고 수시로 변한다(取性無通介, 隨時有異同)." 이는 참고할
　　필요가 있다.

39　'相'은 原錄에서는 '於'로 되어 있다. [校注] 原卷에서는 '扵'로 되어 있는데 이는 '相'의
　　초서로 생각된다.「譬喩經變文」: "怨家惡業鎭相隨." 여기서의 '相'자가 原卷에서는
　　'扵'로 되어 있다. 또「歡喜國王緣」필사권에서 '相'자는 보통 '扵'나 '扷' 등의 형태로
　　되어 있는 것이다. 이로 보아 原錄은 오류로 생각된다. 『通釋』에서는 原錄에 의거하
　　여 '於謁'은 '두터운 예로 배알하다'는 뜻이라 하였는데 정확하지 못하다.

40　'迍'은 原錄에서는 '退'로 되어 있다. [徐震堮] '退'는 응당 '迍'이며, 본래 '迍'으로 되
　　어 있는 것을 '迏'로 오록한 것 같다. [校注] 原卷에서는 본래 '迏'로 되어 있는데 이는

閑閑夏泰⁴¹禮貧道, 欲說當本修低⁴²因.

諸人見和尙問著, 共白情懷, 啓言和尙.

同姓同名有千姟,⁴³ 煞鬼交錯枉追來;

勘點⁴⁴已經三五日, 無事得放卻歸迴.

早被妻兒送墳塚, 獨臥荒郊孤土堆.

四邊爲是無親眷, 狼鴉□□□□□.(下缺)

목련의 술회를 듣고 난 부친은 그 앞에 무릎을 꿇더니 지금까지의 내력을 이야기 하였다. "이 몸은 지난날 세상에 있을 때 부처를 믿고 승려를 공경하고 오계(五戒) 팔재(八齋)를 수지하여 천상에서 태어날 수 있었네. 그런데 네 모친은 생전에 인색함과 속임수로 삼존(三尊)을 기만하고, 보시로써 가난한 자를 구제하지 않았기에 지금 아비지옥에 떨어졌다네.

'迖'자의 변형이고, '迖'은 '迆'의 속자이다. 原錄은 옳지 않다.

41 [蔣禮鴻] '夏'는 '憂'의 形訛字이다. '憂泰'는 '優泰'이며 '優遊安泰(유유하고 무사태평함)'을 뜻한다. 앞서의 "逍遙取性無事"와 같은 의미이다. [謝春膞] '夏泰'는 '暇泰'이다. '暇'는 系亞切이며 音은 夏이다. '暇'와 '夏'는 동음으로 서로 통용된다. '暇泰'는 '閑暇舒泰(한가롭고 편안하고 기분이 좋음)'이다. [校注] 장씨의 견혜가 사실에 가깝다. 劉堅은 '夏泰'를 '虔恭'의 訛字로 보았는데 사실과는 거리가 있어 보인다.

42 '低'는 原卷에서는 '伝'로 되어 있는데 이는 '低'의 속자인 '伍'의 변체자이다. 蔣禮鴻은 '低'는 곧 '底'이며 이는 '的'과 마찬가지로 관형어와 핵심어 사이에 위치하는 구조조사라 하였는데 이는 지극히 옳다. S.4511 「金剛醜女因緣」: "바라건대 여래시여, 자비를 베푸사 전생에 지은 業因을 말씀해주소서(惟願如來慈念力, 爲說前生修底因)." 이 '底'의 용법도 똑같다.

43 '姟'는 原錄에서는 '嫁'로 되어 있다. [徐震堮] '千嫁'은 '千垓'인 듯하다. 돈황사본에서 '亥' 편방은 흔히 '㐭'로 되어 있다. [校注] 돈황사본에서 '亥' 편방은 흔히 '㐭'로 되어 있다는 서씨의 견해는 지극히 옳다. 이 글자의 우측 편방은 原卷에서는 '㐭'로 되어 있는데 이는 '姟'의 속체자이다. 『廣韻』「咍韻」: "姟, 數也, 十葊曰姟." '千姟'는 그 수가 대단히 많음을 뜻한다. 서씨가 이를 '垓'로 보았는데 그럴 필요가 없다. 『通釋』의 '姟' 항목을 참조 바란다.

44 '勘'은 原卷에서는 우측 편방이 '刀'으로 되어 있는데 이는 '勘'의 속자인 듯하다. S.2614 「大目乾連冥間救母變文」: "단지 이름도 성도 같다는 이유로, 이름이 뒤섞여 이곳으로 붙들려 왔네. 네댓새 동안 대조한 끝에 무죄로 방면디어 되돌아가게 되었네(只爲同名復同姓, 名字交錯被追來, 勘當恰經三五日, 無事得放卻歸迴)." 본문의 '勘點'은 이 '勘當'과 비슷한 뜻으로, '심사하고 대조함'을 말한다.

부부가 비록 은애한다지만 각자 수행의 업보가 달라 가는 길이 하늘과 땅으로 나뉘어졌으니 오랫동안 떨어져 만날 수가 없네. 비록 밤낮으로 생각은 하고 있지만 그를 구해낼 힘이 없다네. 부디 존자께서는 대자비심을 발하시어 속히 명간으로 가시어 알아보시기를." 이 말에 목련은 슬피 흐느끼며 온몸을 내동댕이치면서 '재앙이로다!' 되뇌었다. 그리고 즉시 천계(天界)를 떠나 신속히 아래로 향하여 명간으로 들어가 모친을 찾았다.

> 목련은 이 말을 듣고 슬피 곡을 하며
> 온몸을 내동댕이치는데 [그 모습] 이루 다 형용할 수 없다.
> 부자(父子)가 서로를 부둥키고 통곡을 하니
> 제천(諸天)이 눈물로 뺨을 적신다.
> 부친은 천상의 음식을 준비하여 공양하려 하나
> 목련은 [이를] 먹지 않으며 고(苦)로다, 되뇐다.
> 그 즉시 몸을 돌려 상계(上界)를 하직하고
> 모친을 구하려 속히 명간으로 향한다.

목련은 삼악도(三惡道)에 도착하여 내하(奈河)에 이르렀는데 8, 9명의 남녀가 할 일없이 이리저리 거닐고 있는 것이 보였다. 그 사람들은 멀리서 존자(尊者)를 발견하고는 수차례 예배를 올렸다. 목련은 그들 앞으로 걸어가 그 까닭을 물었다.

> "그대 선남선녀들은 뉘신데
> 삼악도를 거닐면서 재앙을 입지 않으시는가.
> 한가롭고 유유히 빈승에게 예를 올리시는데
> 어떤 업인(業因)을 닦았는지 듣고 싶네."

사람들은 목련의 물음을 듣고 가슴속의 정회(情懷)를 풀어 알리는데

> "[세상에는] 동성동명이 수없이 많은 탓에
> 죽음의 귀신이 잘못 끌고 왔다네.
> 심문하는 데 사나흘을 흘려보내고는

일없다 놓아주며 되돌아가라하네.
[육신은] 처자식이 일찌감치 무덤으로 보내서
황량한 교외의 외로운 언덕 위에 홀로 드러눕혀졌네.
주위에는 아무런 권속(眷屬)도 없고
이리(狼)와 까마귀가 ~ (이하 잔결)

비유경변문(譬喩經變文)[1]

(前闕)覓得一條鐵棒, 運業道之身, 來到墓所.

纏[2]生餓鬼道, 受罪何時了.

---

1   본편의『變文集』에서의 原題는「地獄變文」이다. 向達 [原校] 原卷은 본래 표제가 없
는데 고사 내용에 의거하여 임의로 제목을 붙였다. 原卷 편호는 北京 衣字33호이다.
[校注] 原卷 앞뒤는 모두 잔결되어 있다. 許國霖『敦煌雜錄』에 이 작품이 실려 있는
데 제목은 ‘譬喩經變文’으로 되어 있다. 唐 道世『法苑珠林』권71에서는『譬喩經』의
다음과 같은 문구가 실려 있다. 즉 "옛날 외국에 어떤 사람이 죽었는데 혼령이 돌아
와서 그 죽은 몸뚱이에 채찍질을 가하였다. 옆에 있던 사람이 물었다. ‘이 사람은 이
미 죽었는데 왜 채찍으로 때리는 것이오?’ 그러자 대답하기를, ‘이것은 내 옛 몸뚱이
인데 내게 죄악을 저질렀소. 경전을 보고서도 읽지 않고 도둑질을 하고 남을 속이고
남의 아내를 범하였소. 또 부모형제에 불효하고 재물을 아끼느라 보시를 하지 않아,
나를 惡道 속으로 떨어뜨렸으니 그 고통이 이루 말할 수 없게 되었소. 이 때문에 몸
뚱이에 채찍질을 하고 있는 것이오(昔外國有人死. 魂還自鞭其屍. 傍人問曰. 是人已
死. 何以復鞭. 報曰. 此是我故身. 爲我作惡. 見經戒不讀. 偸盜欺詐犯人婦女. 不孝父
母兄弟. 惜財不肯布施. 今死令我墮惡道中. 勤苦毒痛不可復言. 是故來鞭之耳)." 이와
동일한 고사가 梁 沙門 僧旻 寶唱 등의『經律異相』권46「鬼還鞭故屍」항목에도 실
려 있는데 그 출처 역시 비유경이다. 今本 失譯『天尊說阿育王譬喩經』에도 이 고사

行似破車聲, 臥如枯樹³倒.

遍身煙焰生, 口里⁴如煙道.

一日之中百度燒, 長年受苦何時了.

阿過⁵多時業不離, 怨家惡業鎭相隨,

朝朝日日難除渴, 沒沒生生⁶未免飢.

受苦恨無解摘⁷路, 受迤多了解尋思,

가 실려 있는데 자구는 앞서의 것과 다소 차이가 있다. 이로 보아 본편은 지옥과는 무관한, 비유경을 연역한 변문의 殘卷임을 알 수 있다. 따라서 허씨의 견해를 따라 「譬喩經變文」이라 명명하였다.(項楚 「敦煌文學雜考」를 참조 바란다)

2 ‘繞’는 原卷에서는 ‘繞’로 되어 있는데 ‘繞’자로 보인다. 原錄에서는 ‘繞’로 되어 있는데 의미 파악이 어렵다. 徐震堮은 ‘受’로 보았는데 字形이나 音이 실제와 너무 동떨어져 있다.

3 ‘樹’는 原錄에서는 ‘木’으로 오록되어 있다. 原卷에 의거하여 바로잡는다. 『新書』 역시 이와 같다.

4 ‘里’는 ‘裏’와 통한다. 朱駿聲 『說文通訓定聲』: “里, 假借爲裏.”

5 【袁賓】‘阿過’는 오자로 보인다. 【校注】宋 趙彦衛 『雲麓漫鈔』 卷10 : “옛사람들은 ‘阿’자를 자주 사용했다. …… 晉나라 때 특히 심하여 阿戎이나 阿連 등과 같은 문구들이 흔히 사용되고 있다. 또 唐나라 사람들은 武后를 ‘阿武婆’라 불렀다. 부녀자에게는 이름이 없기 때문에 성 앞에 ‘阿’자를 붙였다(古人多言阿字 …… 晉尤甚, 阿戎、阿連等語極多, 唐人號武后爲阿武婆, 婦人無名, 以姓加阿字).” ‘阿’자가 명사의 접두사로 쓰이는 예는 돈황사본에서 흔히 찾아볼 수 있다. 阿郎, 阿奴, 阿婆, 阿家, 阿沒, 阿莽 등등이 그것인데, 일반적으로 이름이나 의문대명사 앞에 사용되고 있다. 본문 ‘阿過’의 ‘阿’자 역시 명사의 접두사로 쓰인 듯한데(‘過’는 過失을 뜻함) 다른 예들과는 달리 보통명사 앞에서 쓰이고 있는 점은 주목할 필요가 있다.

6 ‘沒沒’은 原卷에서는 앞 글자가 ‘役’로 되어 있고 뒷 글자는 반복부호로 되어 있다. 【潘重規】 이는 응당 ‘役役’이다. 돈황사본에서 ‘亻’과 ‘彳’은 종종 구분 없이 사용된다. 【校注】 ‘役’은 ‘役’의 속자이고, ‘役’은 ‘役’의 이체자이다. 그러나 ‘役役’은 특별한 의미를 가지고 있지 않다. 袁賓은 ‘沒沒’의 형와자라고 단정지었는데 이는 사실에 가깝다. P.3079 「維摩詰經講經文」: “내가 이렇게 가면 보살은 분명 나를 알아볼 것이니(我只役去, 定是菩薩識我).” 徐震堮은 ‘只役’을 ‘只沒’로 보고 있는데 이는 그 예이다. 여기서는 이에 의거하여 바로잡는다. ‘沒沒生生’은 ‘死死生生’이며, ‘沒’은 ‘歿’과 통한다.

7 ‘摘’은 原卷에서는 ‘樀’로 되어 있는데 ‘摘’의 이체자인 것 같다. 原錄에서는 ‘樀’으로 되어 있는데 정확하지 않다. 淸 桂馥 『說文解字義證』: “摘, 字朾 : 摘, 除也.” ‘解摘’은 ‘벗어나다’, ‘탈피하다’는 뜻이다. 玄應 『一切經音義』 권14 : “摘解, 他狄反, 謂除也.” ‘摘解’는 ‘擿解’이다(『集韻』 麥韻 : “摘, 或從適.”) ‘解摘’의 도치문이다. 項楚는 ‘解摘’을 ‘解釋’이라 보았는데 옳지 않아 보인다.

推尋惡業誰人造, 省得前身自己爲.

冥[8]司恨無推緣受, 復攝思量怨死屍,

覓得一條長鐵棒, 墳間[9]呵責盡頭搥.

(앞부분 빠져 있음) 한 개의 쇠몽둥이를 들고 업도(業道)의 육신을 다스리러 묘지로 왔다.

아귀도(餓鬼道)에 태어나니

시달림은 언제나 그치려나.

걸어가면 부서진 수레 소리가 나고

누우면 고목이 넘어지는 듯하다.

온몸에서 연기와 불꽃이 피어오르고

입에서는 연기가 뿜어져 나온다.

하루에 백 번 불에 태워지며

오랫동안 고통을 받으니 어느 때나 그치려나.

오랜 세월 흘러도 업이 떠나지 않아

원수와 악업이 늘 따라다닌다.

날마다 목마름을 없애기 어렵고

죽으나 사나 굶주림을 면치 못한다.

시달림을 벗어날 길이 없으니

이리저리 망설이다가 생각을 그만둔다.

누가 악업을 짓는지를 가려내서

---

8 '冥'은 原卷에서는 '宜'로 되어 있는데 이는 '冥'자이다. '冥'은 俗書에서 '寘'으로 적기도 하는데 그 하반부를 생략하면 '宜'가 된다. P.3211 王梵志 詩 : "살아서는 四合院에 살다가 죽어서는 흙더미 속으로 들어가네. 어둡고 컴컴한 곳에 잠드니 밝은 촛불과는 영원한 이별이네(生坐四合舍, 死入土角觸. 宜宜黑闇眠, 永別明燈燭)." '宜宜'은 '冥冥'('冥'은 俗書에서 '寘'로 적기도 하는데 '宜'은 '寘'의 축약이다)인데 이는 그 예이다. 原錄에서는 '宜'로 적고 있는데 이는 옳지 않다.

9 '間'은 原錄에서는 '問'으로 오록하였다. 原卷에 의거하여 바로잡는다.

전생에 자신이 지은 죗값을 치르게 되리.

저승사자는 벌을 내릴 방도가 없음을 원망하다가

다시 여러모로 생각하고는 시체를 책망한다.

긴 쇠몽둥이 하나 찾아 들고서

무덤 사이에서 크게 꾸짖으며 [시체] 머리를 내려친다.

　既將鐵棒, 直至墓所, 尋得死屍, 且亂打一千鐵棒. 呵責道:「恨你在生之日, 慳貪疾妒,[10] 日夜只是筭[11]人, 無一念饒益之心, 只是萬般損害. 頭頭增罪, 種種造殃, 死墮[12]三塗.」號菩薩佛子

在生恨你極無量,[13]　貪愛之心日夜忙;

老去和[14]頭全換卻,　少年眼也擬挽[15]將.

百般放聖[16]謾依[17]著,　千種爲難爲口糧;

在生愛[18]他總恰好,　業排[19]眷屬不分張.

10　'妒'는 原卷에서는 '姤'로 되어 있는데 이는 '妒'의 속자이다.

11　'筭'은 '算'과 같다. 남을 몰래 謀害하다는 뜻이다. 『文選』陸機「弔魏武帝文」: "장시간 꾸민 계략이 단시일에 막혀버리고, 원대한 업적이 재촉하는 길에서 무너졌다(長筭屈於短日, 遠迹頓於促路)." 李善注: "筭, 計謀也." 原錄에서는 직접 '算'으로 수정하였는데 이는 타당하지 못하다.

12　'墮'는 原錄에서는 '値'로 되어 있다. [校注] 原卷에서는 '陻'로 되어 있는데 이는 '墮'의 속자이다. S.6551「佛說阿彌陀經講經文」: "백천 만 겁 동안 삼도에 떨어진다(百千萬劫墮三塗)." 原卷에서 '墮'가 '陏'로 되어 있음은 참고할 필요가 있다.

13　[徐震堮] '量'은 '良'이 되어야 한다.

14　'和'는 介詞로서 '連'에 해당한다. 『通釋』에 詳說되어 있다.

15　'挽'은 原卷에서는 좌측 편방이 '才'로 되어 있는데 이는 '挽'자이다. 原錄에서는 '椀'으로 되어 있는데 정확하지 못하다. [徐復] 唐人들은 눈을 후벼내는 것은 '挽'이라 하였다. ……『集韻』上聲24緩: "挽, 取也, 鄔管切." 이라 하였고 또 "䁅, 揞目"이며 '挽'과 동음이라 하였다. '䁅'는 '揞目(눈을 파내다)'의 본자이다.

16　[蔣禮鴻] '聖'은 'ㄱ鑽'으로, '교활하다', '능글맞다'는 뜻이다. '放聖'은 오늘날의 '放ㄱ(부당하게 남을 못살게 굴다)'와 같은 뜻이다. 徐震堮은 '聖'자는 오자라고 하였는데 정확하지 못하다.

17　[徐震堮] '依'는 '衣'가 되어야 한다.

18　'愛'는 原錄에서는 '憂'라 오록되어 있다. 原卷에 의거하여 바로잡는다.

19　'排'는 原錄에서는 '按'으로 오록되어 있다. 原卷에 의거하여 바로잡는다. 『新書』역시

緣男爲女添新業, 憂家憂計走忙忙; ·

盡頭呵責死屍了, 鐵棒高臺[20]打一場.

從次[21]第二. 怨死屍在生日, 於父母處[22]不孝, 中親[23]處無情, 兄弟致詞, 向[24]姊妹處無[25]義. 菩薩佛子

恨汝生迷智, 不曾聞好人.[26]

五逆[27]向耶孃, 萬般惡業累.

동일하다.

[20] '臺'는 原卷에서는 '𡌫'로 되어 있는데 이는 '臺'의 속자이다. '臺'는 '擡'의 편방생략 가차자이다. 原錄에서는 직접 '擡'로 수정하여 기록하였는데 이는 타당하지 못하다.

[21] '從次'는 '從此'가 되어야 한다. '次'와 '此'는 통한다.

[22] '處'는 原卷에서는 '受'로 되어 있다. 여기서는 徐震堮의 견해에 의거하여 바로잡는다.

[23] '中親'은 아래 문장 '內親'과 같은 뜻이다. '中'은 '中表(친척관계로서의 內從·外從·姨從을 뜻함)'의 '中'이다. 蔣禮鴻은 '宗親'이라 교정하였는데 꼭 그런 것 같지는 않다.

[24] [徐震堮] '致'는 '處'의 잘못인 것 같다. '向'자는 앞 구에 속하며 '詞向' 두 글자에는 오류가 있다. 『通釋』은 서씨의 견해를 따르고 있으나, '詞向'은 의미가 유사한 글자가 합쳐진 연합식 복합어로서 '위반하다', '거스르다'는 뜻이라 하였다. 潘重規는 '致詞向' 세 글자를 직접 삭제하였다. [校注] 반씨의 교주는 근거가 없는 까닭에 결코 따를 수 없다. 서씨는 '向'자가 앞 구에 속하는 것으로 보았는데 이는 따를 만하다. '致詞'는 '置詞'('致'와 '置'는 음이 비슷하며 뜻도 서로 통한다. 돈황사본에서는 이 두 글자가 실제 혼용되고 있다)이며 '불평하다', '원망하다'는 뜻이다. P.3128 「不知名變文」: "당신 오늘 왜 이렇게 원망만 하오? 빈부란 多生의 악업이 이끈 것이거늘(娘子今日何置言, 貧富多生惡業牽)." 蔣禮鴻은 '置言'을 '힐문하다', '원망하다'고 해석하였고, '向'은 '於'의 의미라고 하였다. P.2418 「父母恩重經講經文」: "이 모두가 자애로운 아버지께 불효하고 고생하신 어머니를 저버린 때문이지(皆因不孝於慈父, 盡爲辜僥向母親)." 또 "어리석든 지혜롭든 편애함이 없고 원망스럽든 친하든 똑같이 대한다네(不於愚智生偏曲, 不向怨親作等倫)." "딸이라고 싫어하는 일 없고 아들이라고 아끼는 법 없네(不於女處生嫌厭, 不向兒邊起愛親)." '向'과 '於'는 대구가 되고 있는데 '向'은 '於'와 같은 뜻이다. 그러므로 "向姊妹處無義"는 "於姊妹處無義"이며 위 문장 "於父母處不孝" 문구와 일치된다.

[25] '無'는 原卷에서는 '死'로 되어 있는데 이는 형와자로 보인다. 徐震堮의 교주에 의거하여 바로잡는다.

[26] [蔣禮鴻] '聞好人'은 '學好人'으로, 훌륭한 사람을 모범으로 삼는다는 뜻이다.

[27] [徐震堮] '五'는 '仵'와 같다. [劉堅] '五逆'은 불교 술어로서, 아버지를 죽이는 일(害父), 어머니를 죽이는 일(害母), 아라한을 죽이는 일(害阿羅漢), 몸을 망치는 일(破身), 부처의 몸에 상처를 입히는 일(出佛身血)을 말한다. [校注] 유씨의 견해는 옳다. 그런데 '破身'은 '破僧'의 잘못인 것 같다. 불교에서 말하는 오역은 무간지옥에 떨어지게 되는

虎狼性縱恣, 禽獸心長起.

姉妹似參晨(辰), 兄弟如火水.

內親長不近, 外族難知己.

責處罪過沒休時, 永劫沈輪[28]爲餓鬼.

念君在世過爲災, 一去三途更不迴.

直爲在生行不孝, 又將鐵棒杴[29]屍來. (下闕)

　쇠몽둥이를 들고 곧장 무덤으로 가서 시체를 찾아 쇠몽둥이로 수없이 내리치며 꾸짖는다. "네 놈은 살아생전에 탐욕과 질투로 밤낮 남을 음해하고, 단 한 차례도 남을 이익 되게 한적 없이 오로지 온갖 손해만 끼쳤다. 하는 일마다 죄를 더하고 재앙을 가져온 까닭에 죽어서 삼악도에 떨어진 것이다."

　　　살아생전의 너를 한 없이 증오하게 된 것은
　　　[네가] 탐애의 마음으로 밤낮 바빴던 까닭이로다.
　　　노인이 지나가면 머리를 돌리고
　　　소년이 지나가면 눈을 파내려 하였다.
　　　갖은 방법으로 남을 속이며 못살게 굴고
　　　여러 가지로 남을 괴롭혀왔다.
　　　생전에 그를 좋아한 것은 우연일 뿐이고
　　　업을 없애고 권속은 흩어지지 않았다.
　　　아들딸은 새로운 업장을 더하고
　　　가족과 계책을 걱정하며 바삐 뛰어다닌다.
　　　모든 시체들에게 호통을 치며

큰 죄업을 말하는데, 후에는 인륜을 거스르는 죄 일체를 가리키게 되었다. 문중에서는 앞의 두 가지를 가리킨다.

28　'沈輪'은 '沈淪'으로 보아야 한다.

29　[潘重規] '杴'은 '打'자이다. 돈황사본에서 '木' 편방과 '扌'편방은 흔히 구분 없이 쓰인다. [校注] '打'는 '杴'의 後起 俗字인 까닭에 '杴'자는 굳이 수정할 필요가 없다.

쇠몽둥이를 한바탕 휘둘러댄다.

여기서부터는 두 번째이다. 시체가 살아 있을 때 부모에 불효하고 친척을 무정하게 대하고 형제를 원망하고 자매에게 의롭지 못했음을 미워한다.

한스럽게도 그대는 살아생전에 어리석어
훌륭한 사람을 본받은 적이 없었다.
부모에게 오역(五逆)을 행하고
갖은 악업을 쌓아왔다.
호랑이와 이리의 기질을 지녀 제멋대로이고
금수와 같은 마음이 일어났다.
자매를 삼성(參星)[30] 대하듯 하고
형제를 물이나 불을 대하듯 하였다.
친척을 오랫동안 가까이하지 않고
외척은 자기를 알아보지 못했다.
그칠 새 없이 그대의 죄과를 다스리니
영원토록 아귀도에 떨어지리라.
그대가 살아 있을 때 지은 허물은 재앙이 되니
한번 삼악도에 빠지면 다시 돌아오지 못하리.
생전에 불효를 행하였기에
쇠몽둥이로 그대의 시체를 때리려고 왔도다. (이하 빠져 있음)

---

[30] 이십팔수의 하나.

빈파사라왕후궁채녀공덕의공양탑생천인연변

(頻婆娑羅王后宮綵女功德意供養塔生天因緣變)[1]

年來年去暗更移, 沒一個將心解覺知,

只昨日顋邊紅艶艶, 如今[2]頭上白絲絲.

尊高縱[3]使千人諾, 逼促[4]都緣[5]一夢期.

1 　王重民【原校】甲卷의 原題에 의거한다. 표제에 뒤이어 압좌문이 있고, 압좌문이 끝난 뒤 다시 '功德意供養塔生天緣'이란 簡題가 붙어 있다. 甲卷(S.3491)은 완전히 고사가 끝나지 않은 채 「破魔變文」이 나온다. 이 두 변문은 하나의 압좌문을 공동으로 사용하고 있다. 말하자면 한 권자에 압좌문이 두 차례 수록되어 있는 것이다. 이 압좌문은 또 P.2187에서도 보인다. 乙卷(P.3051)은 변문의 끝부분이다. 丙卷(P.2187)은 본래 「破魔變文」으로 동일한 압좌문이 있다. 이 고사의 출전인 『撰集百緣經』 권6 「功德意供養塔生天緣」(『大正大藏經』 제4권, 229~230쪽)과 甲乙 양권을 상호 교정한 바에 따르면, 이 변문에는 阿闍世 태자가 부왕을 살해하고 공덕의가 공양탑을 청소한 죄로 죽임을 당하는 단락이 누락되어 있다. 이로 보면 현존 변문은 전체 변문의 약 2분의 1에 해당된다. 【校注】 권두의 압좌문은 「破魔變文」의 교주를 참조 바란다.

2 　【原校】甲卷 제2사본에서는 '今' 다음에 '朝'자가 있다. 제1사본과 丙卷에는 없다.

3 　'縱'은 甲卷 제1사본에서는 '蹤'으로 되어 있다. 原錄은 제2사본에 의거하여 '縱'으로 수정하였는데 여기서는 이를 따른다.

4 　'逼促'은 '偪促', '迫促'과 같으며 '급하다', '(시간이) 짧다'는 뜻이다.

更見[6]老年腰背曲, 驅驅猶自爲妻兒. 觀世音菩薩

君不見生來死去, 似蟻循還,[7] 爲衣爲食, 如蠶作繭. 假使有拔[8]山擧頂(鼎)之士, 終埋在三尺土中. 直饒[9]玉提金繡[10]之徒, 未免[於][11]一械灰爐.[12] 莫爲[13]久住, 看則[14]去時, 雖論有頂之天, 總到無常之地. 小[15]妻恩厚, 難爲與替死之門; 愛子情深, 終不代君受[苦],[16] 忙忙[17]濁世, 爭戀久居; 摸摸[18]昏迷,[19] 如何擬去. 不集開常意樹,[20] 欲折[21]覺花, 天宮

---

5 '緣'은 甲卷 제2사본 및 丙卷에서는 '成'으로 되어 있다. '成'은 '如', '似'의 뜻이다.

6 '見'은 原錄에서는 '期'로 되어 있고 그 주석에서는 "제2사본 및 丙卷에서는 '期'가 '見'으로 되어 있다"고 하였다. [校注] 각 권자 모두가 '見'으로 되어 있다. 原錄이 잘못되었다.

7 [原校] 제2사본 및 丙卷에서는 '循還'이 '修邃'으로 되어 있다. 「破魔變文」교주에 상세한 설명이 있다. [校注] '還'자는 甲卷 제2사본에서는 '還'으로 되어 있고 丙卷에서는 '邃'로 되어 있는데 이들은 모두 '還'자의 俗體字이다. 또 '循'자는 甲卷 제1사본에서는 '脩'로 되어 있고 丙卷에서는 '脩'로 되어 있는데, 돈황사본에서 '循'자와 '脩'자는 모두 이렇게 표기되고 있다. 여기서는 문맥에 의거하여 '循'이라 적는다. 原校에서는 丙卷이 '修'라 되어 있다고 했는데 정확하지 않다. 甲卷 제2사본에서는 '修'라 되어 있는데 이는 '脩'의 音訛字이다. '循還'을 徐震堮은 '循環'이라 보았는데 이는 옳다.

8 '拔'은 甲卷 제1사본에서는 '秋'라 오록되어 있다. 여기서는 제2사본 및 丙卷에 의거하여 바로잡는다.

9 '饒'는 甲卷 제1사본에서는 '繞'로 되어 있다. 여기서는 甲卷 제2사본 및 丙卷에 의거하여 바로잡는다.

10 '提'는 '緹'로 보아야 한다. '緹'는 '繡'이다. 「破魔變」교주 12)번을 참조 바란다.

11 [潘重規] '於'자는 丙卷에 의거하여 보충한다. [校注] 甲卷 제2사본에서도 '於'자가 있다. 이에 보충해 넣는다.

12 '爐'은 甲卷 제1사본에서는 '賣'으로 되어 있다. 여기서는 제2사본에 의거하여 수정한다. 丙卷에서는 본래 '賣'로 적었다가 그 오른편에다 '爐'이라 고쳐 적었다.

13 '爲'는 '謂'와 통한다. '여기다, 생각하다(以爲)'는 뜻이다.

14 '則'은 甲卷 제2사본에서는 '卽'으로 되어 있다. '則'과 '卽'은 같다.

15 '小'는 응당 '少'로 보아야 한다. 丙卷에서는 마침 '少'로 되어 있다.

16 [原校] '苦'자는 제2사본 및 丙卷에 의거하여 보충한다.

17 '忙忙'은 '어두침침한 모습'이다. 原校에서는 '茫茫'으로 교정하였는데 그럴 필요 없다.

18 '摸摸'는 '忙忙'과 같은 뜻이며 서로 대구가 되고 있다. 原校에서는 '漠漠'이라 교정하였는데 그럴 필요 없다. 일설에 의하면 '忙忙'과 '摸摸'은 '바삐 힘쓰다'라는 뜻이다. 『敦煌變文集校議』의 본편 교주를 참조 바란다.

19 '迷'는 項楚는 '途'라 하였는데 그럴 듯하다.

20 이 문구는 해독이 어렵다. 徐震堮은 '開常' 두 자가 도치되어야 한다고 했는데 그럴

快樂處, 須去地獄下. 波吒莫嘆死, 去了卻生來, 合嗟傷. 爭堪你[22]卻
不思量:

　　　　一世似風燈虛[23]沒沒, 百年如春夢苦忙忙.

　　　　心頭託[24]手細參詳, 世事從來不久長.

　　　　遮莫金銀盈庫藏, 死時爭肯[25]與[26]君將.

　　　　紅顏漸漸雞皮皺, 綠鬢看看鶴髮蒼,[27]

　　　　更有向前相識者, 從頭老病總無常,

　　　　春夏秋冬四序璀,[28] 致令人世有輪迴,

　　　　千山白雪分明在, 萬樹紅花闇欲開.

　　　　燕來燕去時候[29]促, 花榮花謝競推排,

　　　　聞健直須疾[30]覺悟, 當來必定免輪迴.[31]　觀世音菩薩

듯하다.

21　'折'은 甲卷 제2사본에서는 '圻'라 되어 있는데 이는 '坼'의 訛字로 보인다. '折'과 '坼'은
　　같은 뜻으로 '(꽃망울이) 터지다'는 뜻이다.

22　'你'는 甲卷 제1사본과 丙卷에서는 '泥'로 되어 있는데 이는 音訛字로 보인다. 여기서
　　는 甲卷 제2사본에 의거하여 수정한다.

23　【原校】제2사본에서 '虛'는 '驅'로 되어 있다. 【校注】'虛'자가 문맥에 더 잘 어울린다.

24　'託'은 甲卷 제2사본에서는 '着'으로 되어 있다.

25　'肯'은 甲卷 제1사본 및 丙卷에서는 모두 '豈'로 되어 있는데 이는 글자의 상반부가
　　똑같은 관계로('豈'의 상반부를 俗書에서는 '止'로 적음) 오록된 것으로 보인다. 여기서
　　는 甲卷 제2사본에 의거하여 바로잡는다. 『詩詞曲語辭匯釋』卷2 : "肯, 猶能也; 得也."
　　'爭肯'은 '怎能', '怎得'과 같다.

26　'與'는 原錄에서는 '爲'로 되어 있다. 【校注】각권 모두 '與'로 되어 있다. 이에 바로잡는다.

27　'蒼'은 原錄에서는 甲卷 제1사본 및 丙卷을 따라 '倉'으로 되어 있다. 여기서는 甲卷
　　제2사본을 따라 수정한다.

28　'璀'는 原錄에서는 '摧'로 되어 있다. 【校注】甲卷 제1사본 및 丙卷에서는 '璀'로 되어
　　있고, 甲卷 제2사본에서는 '灌'로 되어 있다. '璀'와 '灌'는 모두 '催'로 보아야 한다. 原
　　錄의 글자는 각권의 글자와 맞지 않는다.

29　'候'는 甲卷 제1사본 및 丙卷에서는 '後'로 되어 있다. 여기서는 甲卷 제2사본에 의거
　　하여 수정한다. 原錄에서는 '復'으로 되어 있는데 이는 각권과 맞지 않는다.

30　'疾'은 原錄에서는 '知'로 되어 있다. 【校注】丙卷에서는 '知'자 우측에 '疾'이라는 첨자
　　가 붙어 있다. 이는 글자를 수정하였음을 표시한다. 따라서 그에 맞게 수정 기록한다.

31　이하는 甲卷에서만 보인다.

內宮爾時以此開讚功德, 我府主太保千秋萬歲, 永蔭龍沙, 夫人松柏同貞, 長承[32]貴寵. 城隍[33]奏樂, 五稼豐登, 四塞澄清, 狼煙罷驚,[34] 法輪常轉, 佛日恒明. 眞宗有召代[35]之興, 俗巨(民)有堯年之樂. 時衆運志誠, 心大稱念, 摩訶.[36]

> 해가 오고 해가 가는 것은 알게 모르게 이루어지는데
> 어느 누구도 마음의 깨달음을 얻지 못하네.
> 어제는 뺨이 불그스름하게 곱더니
> 오늘은 머리가 하얗게 세었네.
> 존귀하여 천 명을 부릴지언정
> 모두가 일장의 꿈이 되고 만다네.
> 노인의 허리도 등도 굽은 것을 보라.
> 처자식을 위해서 힘들여 애쓰는구나.

그대는 태어나고 죽는 것이 마치 개미가 [맷돌 위를] 돌고 도는 것 같고, 옷을 입고 음식을 먹는 것이 마치 누에가 고치를 만드는 것 같음을 보지 못하는가. 설사 산을 뽑아내고 솥을 들어 올리는 장사라 할지라도 결국에는 석 자(尺)의 흙 속에 묻히고 만다. 설령 옥과 금으로 장식한 화려한 옷을 입은 자라 할지라도 한 갑의 재로 되는 것은 피할 수 없다. 오래도록 살리라 여기지 말라. 머지않아 떠날 때가 닥치리라. 제아무리 하늘을 떠받치는 [영웅이라] 할지라도 종국에는 죽어서 땅속으로 돌아

---

32 '承'은 原錄에서는 '氷'으로 되어 있고 '承'이라 교정하였다. 【校注】甲卷에서는 본래 '承'이라 되어 있는데 이는 사실 '承'의 속체자이다. 본 권자에서 '承'자는 보통 이 형태로 적혀 있다.

33 '隍'자는 甲卷에서는 그 우측 편방이 초서로 되어 있다. 原錄은 이를 '亻' 편방으로 보아 '偟'라 적었는데 정확하지 않다.

34 【徐震堮】'驚'은 응당 '警'이어야 한다.

35 '召'는 '昭'로 보아야 할 듯하다. '代'는 原錄에서는 '伐'로 되어 있다. 【校注】'代'자는 俗體로 '伐'이라 적는데 이는 그 俗字이다. 여기서는 문맥에 맞춰 '代'라 적는다. '昭代'는 '청명한 시대'란 뜻이다. 陸游 「朝飢示子聿」詩 : "生逢昭代雖虛過, 死見先親幸有辭."

36 '訶'는 甲卷에서는 '言' 편방이 간체자로 되어 있고 原錄에서는 이를 '阿'로 보았는데, 이는 정확하지 못하다. '摩訶'는 범어 'Mahā'의 음역으로 '大', '多', '勝'의 뜻이다.

가고 말리라. 젊은 아내에 대한 은애가 두텁더라도 대신하여 죽음의 문에 들어가기 어렵고, 사랑스런 자식에 대한 정이 깊다하더라도 그대를 대신하여 고통을 받지 않는다. 망망한 탁세(濁世)에 어찌 오래 머물려 하며 어둑한 밤길을 어찌 지나가려 하는가. 의수(意樹)[37]를 열지 않고 깨달음의 꽃을 피우려고만 드니 천궁의 안락처가 아닌 지옥에서 태어나게 되리라. 고통스럽다 하여 죽기를 바라지 말라. 죽었다가도 다시 되살아나느니. [몸이] 상할 것을 탄식하면서 그대는 어찌 이 사실을 깨닫지 못하는가.

> 한 평생은 바람 앞의 등불처럼 허망하고
> 백 년은 춘몽(春夢)과 같이 바삐 흘러간다네.
> 이리저리 곰곰이 생각해보면
> 세간사 어떤 일도 오래가지 않는다네.
> 설령 금은보배 창고에 가득할지언정
> 죽을 때 어떻게 가져갈 수 있으리?
> 홍안(紅顔)은 점점 닭의 가죽처럼 주름지고
> 녹빈(綠鬢)[38]은 어느새 학의 깃털처럼 백발이 성성하네.
> 이제까지 알고 지내던 사람들
> 모두 늙고 병들어 결국은 무상(無常)하게 되네.
> 춘하추동 사계절이 급히 흐르며
> 이 세상을 윤회에 들게 하네.
> 천산(千山)에 백설(白雪)은 분명 남아 있는데
> 온갖 나무에서는 붉은 꽃들이 남몰래 피어나려 하네.
> 제비가 날아왔다 날아가며 세월을 재촉하니
> 꽃들은 앞 다투어 피었다가 또 시드는구나.
> 건강할 때 깨달음을 얻어야 할 것이니

---

[37] 불법(佛法)을 삼가 바라는 간절한 마음.
[38] 윤이 나는 검은 머리.

[그리하면] 내세에 반드시 윤회를 면하게 되리라. 관세음보살

내궁(內宮)에서는 이때 이 개찬의 공덕으로 [삼가 바라옵건대] 우리 부주(府主) 태보(太保)께서는 천년만년 영원히 사막에 은덕을 드리우시고, 부인께서는 송백(松柏)과 같은 정절로 오랫동안 총애를 받으시기를. 성(城)과 해자(垓子)에는 태평스런 음악이 울리고, 오곡은 풍성하며 사방의 변방은 안정되어 봉화대는 경계를 그만두기를. 교법(教法)이 항상 설해져 불일(佛日)이 늘 밝게 빛나기를. 진종(眞宗)[39]에는 청명한 시대와 같은 부흥됨이 있고 백성들에게는 요임금 시절의 즐거움이 있기를. 이때 중생은 지극 정성으로 마하(摩訶)를 큰 소리로 염송한다.

功德意供養塔生天緣

過去久遠, 往昔世時, 我佛大慈, 出興於世. 遍遊三界, 普化四生, 開八萬甘露之門, 柱四千塵勞之逕.[40] 時則有王舍大城頻婆娑羅王統渥(握)瞻部,[41] 紹繼黔黎, 常以政法[42]治國, 不邪枉諸民衆. 心行[43]平等, 遠近愍而[44]腹生;[45] 意起寬慈, 怨親慰同赤子. 爲王賢善, 風雨順時. 年

39 　불성(佛性) 또는 법계(法界)의 이치를 설하는 진실한 종교라는 뜻이다.

40 　'逕'은 原錄에서는 '遙'로 오록되어 있다. 潘重規는 甲卷에서는 '逕'으로 되어 있다고 하였는데 이는 옳다. 이에 의거하여 바로잡는다. '逕'은 '徑'과 같다. 『莊子』「徐無鬼」: "인적이 없는 먼 골짜기로 도망가 있는 자는 명아주의 잎이나 콩잎이 족제비의 길도 막고 있는데 …… (夫逃虛空者, 藜藋柱乎鼪鼬之逕. ……)." 이에 대한 陸德明의 釋文: "柱, 司馬云 : 塞也. 逕, 本亦作徑. 司馬云 : 徑, 道也." 이는 참고할 필요가 있다.

41 　'瞻部'는 '瞻部', 즉 불교에서 말하는 이른바 4大洲의 하나인 '瞻部洲'이다.

42 　【徐震堮】'政法'은 '正法'과 같다.

43 　原錄에서는 '行' 뒤에 '于'자가 있다. 【項楚】'于'는 응당 삭제되어야 한다. 뒤의 '平'자와 형태가 비슷하여 생긴 衍字이다. 【校注】甲卷에서 '于'자는 이미 덧칠이 된 듯하다. 이에 의거하여 삭제한다.

44 　【蔣禮鴻】'而'는 '如'의 가차자이다.

45 　'腹'은 原錄에서는 '日' 편방으로 되어 있다. 蔣禮鴻은 이를 '腹'으로 봐야 한다고 하였다. 【校注】甲卷은 본래 '腹'자로 되어 있다. '腹生'은 '친생 자식'을 가리킨다. S.4571「維摩詰經講經文」: "부모의 마음을 가장 붙들어 매는 것은 자신의 배로 낳은 자식이다(父母繫心最切, 是腹生之子)." 이 '腹生' 역시 같은 의미이다.

常[46]之五稼[47]豐饒, 庫藏之珍財盈滿. 感得四方晏靜, 八表欽威, 外無草動而塵飛, 內有安家而樂業,[48] 人民歡泰, 嘆美其王. 天神讚揚, 亦皆敬護. 加以深崇三寶, 重敬佛僧, 棄捨高榮, 懇修功德. 時遇世尊, 行化說法度人; 其王渴仰歸誠, 遂作在家弟子. 佛卽不違王願, 隨樂許之. 王請佛於迦蘭陀竹林敷演於甚深密藏.[49] 每日將大臣眷屬, 三時往就林中, 步步而行, 參禮於佛. 經年度月, 恒無懈怠之心, 日日三界, 不但(憚)往來之苦.

婆羅大王治黔黎, 常生十善化群迷,

於諸衆生普平等, 感[50]得時和內外淸.

七珍百寶無所乏,[51] 年支[52]五稼有豐盈,

46　'年常'은 '常年'과 같다. 『醒世恒言』「錢秀才錯占鳳凰儔」: "오랫동안 귀산에서 과일을 사다가 우연히 영애가 재능과 미모를 겸비했다는 말을 들었다(刃年常在貴山買果, 偶聞令愛才貌雙全)." 여기에도 '年常'이란 단어가 보이고 있는데 이는 참고할 필요가 있다.

47　'稼'는 原錄에서는 '穀'이라 오록되어 있다. 여기서는 甲卷에 의거하여 바로잡는다. '五稼'는 五穀이다. 晉 杜預「論水利疏」: "이번 물난리는 동남지방이 특히 심한데 단지 오곡을 거두지 못했을 뿐 아니라 가업마저도 피해를 입었다(今者水災, 東南特劇, 非但五稼不收, 居業並損)." 또 본편의 뒷부분에 "年支(?)五稼有豐盈"이란 문구가 있는 것으로 보아 '五稼'는 오류가 아니다.

48　'業'은 甲卷에서는 본래 '苹'으로 되어 있는데 이는 '茉'의 缺筆字(획이 빠진 글자)이다. '茉'는 '業'의 속자이다.(P.2292「維摩詰經講經文」에서 '業'자는 흔히 이 형태로 되어 있다)

49　'蜜'은 '密'과 통한다. 原錄에서는 이를 직접 '密'이라 수정하였는데 이는 타당하지 못하다. '密藏'은 불교 용어로 '眞言의 經典'을 가리킨다.

50　'感'은 原錄에서는 '威'라 오록되어 있다. 潘重規는 甲卷에서는 본래 '感'이라 되어 있다고 하였는데 이는 옳다. 이에 바로잡는다.

51　'乏'은 原錄에서는 '近'으로 되어 있다. [校注] 원권에서는 본래 '乏'으로 되어 있다. 이 문구는 앞의 "庫藏之珍財盈滿"과 같은 뜻이다. 原錄은 임의적으로 수정을 가한 것이라 따르지 않는다.

52　'支'는 原錄에서는 '交'로 되어 있다. 甲卷은 본래 '支'로 되어 있는 듯하다. 이에 바로잡아 기록한다. '年支'와 '年交'는 그 의미가 모두 적절하지 못하다. 이는 '年年'으로 보아야 할 것 같다. 아마도 뒤의 '年'자는 본래 반복부호로 되어 있던 것인데, 이를 형태가 비슷한 '之'자로 오인하게 되고(필사본에서 반복부호는 항상 '之'자와의 혼동을 유발한다), 초록할 때 '之'와 음이 비슷한 '支'로 다시 오독되었을 것이다. "年年五稼有豐盈"은 앞의 "年常之五稼豐饒"와 같은 뜻이다.

人民歡喜皆稱嘆, 諸天愛護讚神明.

加以傾心敬三寶, 不貪高貴世間[53]榮.

是時佛在山林內, 三時就禮每精誠.

大臣眷屬相隨從, 往來途路步而行,

請[54]佛演說三乘教, 普益一切諸衆生.

공덕의공양탑생천연

　까마득히 오랜 옛날에 우리 부처께서 세상에 나타나시어 삼계(三界)를 주유하시며 사생(四生)을 널리 교화하고 8만 감로(甘露)의 문을 열고 4천 번뇌의 길을 막아 통하지 않게 하시었다. 이때 왕사성의 빈파사라왕은 섬부주(贍部洲)[55]를 관할함에 백성들을 계승하여 항상 정법으로 나라를 다스리며 모든 사람들을 정직하게 대하였다. 마음이 평등하여 [관계의] 멀고 가까움을 가리지 않고 마치 친자식처럼 대하였고, 뜻이 관대하고 자비로워 원수와 벗을 가리지 않고 모두 갓난아이처럼 대하였다. 현명하고도 선하게 왕 노릇을 하니 풍우가 제때에 맞게 내리고 해마다 오곡이 풍요롭고 창고에는 재물이 가득 넘쳤다. 이에 감화되어 사방이 안정되고 팔표(八表)가 그의 권위를 공경하였다. 밖으로는 초목이 흔들리어 먼지가 날리는 일이 없고, 안으로는 집안이 안정되어 즐거이 생업에 종사하였다. 백성들은 태평함에 즐거워하며 그 왕을 찬미하였고 천신(天神)은 찬양하며 삼가 그를 보호하였다. 게다가 [왕은] 삼보(三寶)를 깊이 숭배하고 불승(佛僧)을 극진히 공경하며 고귀한 영화(榮華)를 내던지고 간절히 공덕을 닦았다. 그러던 중 법을 설하며 중생을 제도하고 있는 세존을 우연히 만난 왕은 세존에 진심으로 귀의하며 그의 재가 제자가 되기를 간절히 원하였다. 부처는 왕의 바람을 저버리지 않고 기꺼이 그를

53　間 : 甲卷은 본래 ‘초두(艹)’가 붙어 있는데 이는 增旁誤字로 보인다. 여기서는 문맥에 의거하여 바로잡는다.

54　請 : 原錄에서는 ‘諸’로 오록되어 있다. 여기서는 甲卷에 의거하여 바로잡는다. 앞의 “王請佛於迦蘭陀竹林敷演於甚深密藏”은 이 문구의 구체적 내용이다.

55　사람이 사는 세상을 말하며 염부제라고도 한다.

제자로 받아들였다. 그리고 왕은 부처에게 가란타죽림(迦蘭陁竹林)에서 심오한 밀장(密藏)을 설해주실 것을 간청하였다. [부처께서 이를 허락함에 왕은] 매일 대신과 권속(眷屬)을 거느리고 삼시(三時)로 이 숲으로 가서 부처에 참배를 올렸다. 세월이 흘러도 항상 나태한 마음이 없고 날마다 삼계(三界)를 오가는 수고를 꺼리지 않았다.

> 빈파사라왕은 백성을 다스리는데
> 항상 십선(十善)으로 그들의 어리석음을 교화하고
> 모든 중생을 평등으로 대하니
> [하늘의 감동으로] 나라 안팎의 천기(天氣)가 순조롭네.
> 칠보(七寶) 등 온갖 보물 부족함이 없고
> 해마다 오곡이 풍성하네.
> 백성은 기뻐하며 다들 찬탄을 하고
> 제천(諸天)은 [왕을] 애호하며 [그의] 신명함을 찬탄하네.
> 또 삼보를 마음으로부터 공경하고
> 고귀함과 세간의 영화로움을 탐하지 않네.
> 이때 부처께서 숲속에 계시는데
> 삼시(三時)로 정성을 다해 예배를 올리네.
> 신하와 권솔들 그 뒤를 따르며
> 오가는 그 길을 걸어서 가네.
> 부처님께 바라옵나니 삼승(三乘)의 가르침 설해주시어
> 일체의 중생에게 이익 되게 하소서.

於是大王後乃漸漸老大, 體重力微, 難可故往於山林, 日日三時而禮謁, 然以端居寶殿, 正念思惟, 非分憂惶, 怔忪反側. 今若休罷禮拜, 伏[56]恐先願有違; 若乃頂謁參承,[57] 力劣不能來往. 卽朝[58]大臣眷屬,

---

56   伏 : 甲卷에서는 '伐'으로 되어 있는데 이는 형태의 유사로 인한 오자로 보인다. 여기
      서는 原校에 의거하여 바로잡는다.

隱便[59]商宜,[60] 中內有一智臣, 出來白王一計.

　　佛有他心聖智, 預知衆生心意,

　　大王意欲參承,[61] 莫煩耳(爾)多憂慮.

　　今日往於林中, 佛前虔恭蹞跪,

　　求請小(少)許髮爪, 還宮敬造塔寺.

　　安置佛之毫信, 依此禮拜專志,

　　共往山林之中, 福分也合同比.

時王取臣之計, 遂往林中, 卽於佛前, 求哀乞罪: 弟子不是懈怠輕慢[62]

57　'承'은 甲卷에서는 '永'으로 되어 있는데 이는 '承'의 俗體 '永'의 변형이다. 여기서는 문맥에 의거하여 바로잡는다.

58　'朝'는 응당 '詔'로 보아야 한다.

59　'隱便'은 '穩便'과 같다. '穩'은 '隱'의 後起俗字다. 原校에서는 '隱'을 '穩'이라 적고 있는데 그럴 필요 없다.

60　商宜: 呂叔湘은 '商議'라 보았는데 이는 옳다.

61　'承'은 原錄에서는 '氺'으로 되어 있고 '承'이라 교정하였다. [校注] 甲卷은 본래 '永'으로 되어 있는데 이는 '承'의 俗書이다. 이에 의거하여 바로잡는다.

62　[原校] 본래 甲卷은 여기에서 끝이 나고 뒤로는 「破魔變押座文」(앞서 언급했던 제2사본)과 「破魔變文」이 이어진다. 『撰集百緣經』에 의거하여 중간에 누락된 부분을 적어 보면 다음과 같다. "(이때 왕태자 아사세는 제파달다와 음모를 꾸미어 부왕을 살해하고서 자신이 왕위에 올랐다. 궁 안에 칙령을 내려 그 탑에 예배의 공양을 올리지 못하게 했다. 이를 어긴 자는 죄를 받게 될 것이라 하였다. 그 후 7월 15일 自恣日에 공덕의라고 하는 궁녀가 홀로 생각하기를 '이 탑은 대왕이 지은 것인데 지금은 더러워졌거늘 아무도 청소하는 이가 없다. 나는 지금 하녀의 신분이니 형벌을 받게 될 것이다. 나는 그 탑을 청소하고 향기로운 꽃과 등불을 바쳐 공양하리.' 생각을 마치고 등불을 밝히고 그 탑을 공양했다. 이때 아사세왕이 누각 위에서 그 탑에 등불이 밝은 것을 보고 대노하였다. 즉시 사람을 보내어 누군지를 알아보게 했다. 공덕의가 등을 밝혀 공양을 하고 있는 것을 보고 심부름꾼은 돌아와 왕에게 알렸다. 왕은 공덕의를 불러들여 그 이유를 물었다. 공덕의가 왕에게 대답하길, "이 탑은 선왕께서 세우신 공양지처이기에, 이 좋은 날에 깨끗이 청소하고 등불을 밝혀 공양을 하였습니다." 아사세는 이 말을 듣고 공덕의에게 고하길, "그대는 내가 앞서 말한 칙령을 듣지 못했는가?" 공덕의가 말하길, "왕의 칙령을 들었지만, 왕께서 지금 다스리는 바는 선왕을 능가하지 못합니다." 이때 아사세는 이 말을 듣고 분노가 더하여 즉시 칼로 죽였다. 공덕의는 이 善心으로 목숨을 잃고서 도리천에 태어났는데 몸의 빛이 찬란하여 일 유순에 가득했다. 이때 하늘의 제석과 제천 등이 모두 와서 보며 묻기를, "그대는 무슨 복을 지어 이곳에 올 수가 있었는가? 빛이 대단하여 제천을 능가하는구나." 이에 천

[63]其說四諦法, 心開意解, 得須陀洹果.」 爾時□□□□□□[64]道果,
踊悅心懷, 卽於佛前, 歡喜讚嘆:

> 巍巍大聖尊, 最勝無有比,
>
> 父母及師長, 功德無及□.
>
> □□□□□, 超越白骨山,
>
> 閉塞三惡道, 能開三善門.

이후 대왕은 점점 늙어 몸이 무겁고 힘이 미약하여 숲속으로 가서 매일 세 차례씩 예불을 올리기가 힘들게 되었다. 이에 궁전에 단정히 앉아 생각에 잠기던 그는 걱정과 두려움에 휩싸여 어찌할 바를 몰랐다. '만일 지금 예배 올리는 것을 그만둔다면 앞서의 서원을 지키지 못하는 것이 된다. 그렇다고 정례(頂禮) 참배를 계속 올리자니 기력이 없어 오갈 수가 없다.' 그리하여 대신과 권솔을 불러들여 합당하면서도 편리한 방안을 모색하는데 한 지혜로운 신하가 왕에게 한 가지 계책을 아뢰었다.

"부처에게는 타심통의 성지(聖智)가 있으시어

자는 게송으로써 제석에 대답하였다(時王太子阿闍世共提婆達多共爲陰謀, 殺害父王, 自立爲主. 尋敕宮內, 不聽禮拜供養彼塔, 有犯之者, 罪在不請. 於其後時七月十五日僧自恣時, 有一宮人, 字功德意, 而自念言: 此塔乃是大王所造, 今者坌污, 無人掃灑, 我今奴身, 分受刑戮. 掃灑彼塔, 香花燈明, 而供養之. 作是念已, 尋卽然燈, 供養彼塔. 時阿闍世王遙在樓上, 見彼燈明, 卽大瞋恚. 尋卽遣人, 往看是誰. 見功德意然燈供養. 使者還來, 以狀白王; 王敕喚來, 問其所由, 時功德意卽答王曰: 今此塔者, 先王所造供養之處, 以此良日, 掃除淸淨, 燃燈供養. 時阿闍世聞是語已, 告功德意, 汝不聞我先所約敕? 功德意言, 聞王所敕. 然王今者其所治化不勝先王. 時阿闍世聞是語已, 倍增瞋恚, 卽以劍斬殺. 功德意乘此善心, 卽便命終, 生忉利天, 身光照曜, 滿一由旬, 時天帝釋及諸天等, 咸來觀看, 而問之言: 汝造何福, 得來生此? 光明殊特, 倍勝諸天? 爾時天子, 卽以偈頌答帝釋)."

63 [原校] 乙卷은 "佛卽爲其說四諦法"부터 시작되며 그 앞 내용은 존재하지 않는다. 서술 중에 『撰集百緣經』 원문을 인용할 때는 항상 소괄호로 묶어 놓았다. [校注] 乙卷에서는 "其說四諦法" 앞에 짤막한 3행이 더 남아있다. 제1행에는 '大'자 한 자가 있고, 제2행에는 '諸瓔珞莊' 네 자가 있고, 제3행에는 '養佛□□□照于竹林前'이라는 문구가 있다. 남아 있는 이들 몇 글자로 판단해보건대, 乙卷 卷頭에서 잔결된 내용은 인용된 경문의 문구로 보인다.

64 [原校] 이곳에는 약 6~7자가 누락되었다.

중생의 마음을 미리 알고 계시네.

대왕께서 참배를 계속 올리고자 하시지만

괴로워도 근심도 하지 마시기를.

오늘 숲속으로 가시어

부처 앞에 경건히 무릎 꿇으시고

약간의 머리카락과 손톱을 하사받아

궁궐로 돌아와 삼가 탑사를 세우시기를.

부처의 신물(信物)을 안치시키고

여기에 전심으로 예배 올리면

숲속으로 가셔서 [예배를 올리는 것과]

복(福)은 서로 같을 것이네.”

이때 왕은 신하의 계책을 받아들여 마침내 숲속으로 가서 부처 앞에 엎드려 죄를 빌었다. “제자가 게으르거나 [부처를] 경시해서가 아니네.[65]

[66]사제법(四諦法)을 설하시니 마음이 열리고 그 의미를 이해하게 되어 수다원과(須陀洹果)를 얻었다.” 이때 ( ) 도과를 얻으니 마음이 뛸 듯이 기뻐 곧장 부처 앞으로 나아가 환희하며 찬탄하였다.

우뚝하신 대성인 존자시여

누구보다 뛰어나 비견될 이 없도다.

부모나 사장(師長)도

그 공덕은 ( )에 미치지 못하네.

( )

백골산(白骨山)을 뛰어넘네.

삼악도(三惡道)를 막아버리고

삼선문(三善門)을 열 수 있으리.

---

65   이곳에서 S.3491은 돌연 종결되고 곧바로 「파마변문」의 압좌문이 이어진다.

66   여기서부터는 乙卷의 시작.

讚歎佛已, 復作是言.「自念我昔, 積於白骨, 過於須彌. 涕泣雨淚, 多於巨海. 乾竭血肉, 徒喪身命. 終無利益. 我今於佛如來, 隨生一念, 一轉之間, 得此妙果. 超越輪迴, 值人天逕.」作是語已, 遶佛三匝, 還歸天宮處, 若爲陳說：

天子頂上戴天冠, 兼之身上七寶纏,

威容端政[67]如菩薩, 身光朗曜日暉鮮.

□□天[68]衆來下界, 各執香花就佛前,

合掌虔恭而作禮, 令其光影照雙間.

□□[69]爲彼說四句, 天子諦受住心田.

當便心意令開解, 得證初位須陀洹.

□□道果懷歡慶, 卽佛功德讚無邊,

自念無始從來事, 循還[70]六趣是因緣.

□□□[71]於四海水, 聚骨過於富羅山,

只爲無明相繫縛, 遛迴不遇出頭年.

□□如來[72]略開演, 菩提道果化周圓,

作是語已禮佛足, 又繞三匝卻歸天.

67　'端政'은 '端正'과 같다.

68　'天'은 原錄에서는 '大'로 되어 있다. 【潘重規】原卷의 '大'자에는 필획이 빠져 있다. 본래 '天'자였던 것으로 보인다. 【校注】'天'자가 옳다. 『撰集百緣經』의 "(天子)將諸天衆, 各齎香花, 下供養佛"이란 문구를 눈여겨 볼 필요가 있다. 경문에 의거해보건대 빠진 글자는 응당 '將諸' 두 자이다.

69　빠진 글자는 '佛卽' 두 자로 생각된다. 경문 중에는 "佛卽爲其說四諦法"이란 문구가 있다.

70　'循'은 乙卷에서는 본래 '偱'으로 되어 있는데 이는 '循'의 俗體字이다. 原錄에서는 '修'로 되어 있는데 이는 오류이다. '循還'은 '循環'으로 보아야 한다. 앞서의 주석을 참조 바란다.

71　빠진 글자는 '雨漏多' 세 자로 생각된다. 경문에는 "積於白骨, 過於須彌; 涕泣雨淚, 多於巨海"라는 문구가 있다.

72　'如來'은 原錄에서는 缺文으로 되어 있다. 乙卷에 '來'자가 남아 있으며, 문맥에 비춰 '如來' 두 자를 임의로 채워 넣는다. 처음의 缺文은 '我佛'과 같은 부류의 문자인 듯하다. 앞서의 "我今於佛如來, 隨生一念, 一轉之間, 得此妙果"라는 문구는 그 근거가 된다.

[時諸比]⁷³丘, 至明清旦, 合掌向佛, 白言世尊, 昨夜光明, 倍蹺於常. 爲[是帝釋]梵天, 爲是四天王子(乎)? 廿八部鬼神大將也?⁷⁴ 令其夜分, 照耀竹林. 諸比丘道：

□□⁷⁵光明倍尋常, 照耀竹林及禪房,

爲是上界天帝釋? 爲是梵衆四天王?

□□⁷⁶佛會禪林內, 能令夜分現禎祥.

惟願世尊愍四衆, 解說昨夜見底⁷⁷光.

부처에 대한 찬탄을 마치고 나서 말을 이었다. "지난날을 돌이켜보면 백골이 쌓여 수미산을 넘어서고, 흘린 눈물은 큰 바다보다도 많았네. 온 몸의 피와 살이 다 마르도록 목숨을 아끼지 않았지만 끝까지 아무런 이익 됨도 없었네. 그런데 이제 부처님 앞에서 잠깐 동안 수생(隨生)하니 한순간에 이 묘과(妙果)를 얻어 윤회에서 벗어나 천인의 길을 만나게 되었구나." 말을 마치고 부처 주위를 세 바퀴 돌고나서 천궁으로 돌아가는 장면, 어떻게 얘기되는가.

천인은 머리 위에 천관(天冠)을 쓰고

몸에는 칠보 장식을두르고 있는데

---

73 【原校】이 단락의 문자는 『撰集百緣經』과는 좀 차이가 있다. 경문에서는 "時諸比丘, 於其晨朝, 白世尊言. 昨夜光明, 殊倍於常, 爲是帝釋梵天四天王乎? 二十八部鬼神大將也"라 하였다. 원권에서 선명하지 못한 부분은 경문에 의거하여 소괄호 내의 6자를 보충해 넣는다. 또 '乎'자는 원권에서는 '子'로 되어 있다. 【校注】인용한 경문의 '也'는 의문어기사로서 그 뒤에는 응당 물음표가 붙어야 한다. 이에 대해서는 다음 주석을 참조 바란다. 또 이 단락은 경문의 원문을 인용한 것이 아니라 경문을 연역한 것으로도 보인다.

74 '也'는 의문어기사이다. 이상의 3구는 선택의문문으로, 마지막 구의 첫머리에는 선택을 표시하는 접속사 '爲是'가 생략되어 있다. 이 3구는 '제석범천인가, 아니면 사천왕인가, 아니면 이십팔부 귀신대장인가?'라는 뜻이다. 原錄에서는 '也'자 뒤에 마침표를 붙였는데 이는 정확하지 않다.

75 缺文은 '昨夜' 두 자로 생각된다. 앞의 "昨夜光明, 倍蹺於常"이란 문구는 그 증거이다.

76 蔣禮鴻은 '照曜' 두 자가 빠진 것으로 보았는데 이는 그럴 듯하다.

77 '底'는 조사로서 '的'에 해당한다. 뒤의 "汝等昨夜見底光, 非是釋梵四天王, 乃是王宮功德意, 爲先捨命掃佛堂"의 '底' 역시 같은 용법이다.

그 위용 보살처럼 단정하고

신광(身光)은 태양빛처럼 찬란하네.

제천의 무리들은 하계(下界)하여

각자 향화(香花)를 들고 부처 앞으로 다가와

경건하게 합장하고서 예배를 올리며

미간에서 빛을 발하시기 간구하네.

부처는 그들을 위하여 법문을 설하시니

천인은 진리를 받아들여 마음속에 새겨두네.

그 즉시 마음이 스르르 열리며

초과(初果)인 수다원과를 얻었네.

( )를 기뻐하며 경축하고

한량없는 부처의 공덕을 찬양하네.

먼 과거로부터 지금까지의 일을 가만히 헤아리는데

육도(六道) 윤회는 인연에 의한 것.

흘린 눈물 사해(四海)의 물보다 많고

쌓인 백골은 부라산(富羅山)보다 높다네.

무명(無明)에 의해 결박되어

이리저리 배회하며 [고통에서] 벗어나지 못했네.

( ) 여래께서 잠시 법을 설하시니

보리의 도과(道果) 주위를 교화하네.

말을 마치고 불족(佛足)에 절을 한 다음

[부처 주위를] 세 바퀴 돌고 나서 하늘로 돌아간다.

이튿날 아침 모든 비구들은 합장을 하고서 세존께 아뢰었다. "어제 밤은 평상시보다 그 밝음이 평상시의 갑절은 되었는데, 이는 제석범천[의 공덕] 때문이었습니까, 아니면 사천왕[의 공덕] 때문이었습니까, 아니면 이십팔부 귀신대장[의 공덕] 때문이었습니까? 한밤 중에 죽림을 훤하게 비추었습니다." 모든 비구들이 말하였다.

"어제 밤 평상시의 갑절이 되는 광명이

죽림과 선방(禪房)을 비추었는데

상계(上界) 제석천의 공덕 때문인가요?

범중천 사천왕의 공덕 때문인가요?

부처의 선림(禪林)을 밝게 비추어

한밤중에 길상함을 드러내보였네.

바라옵건대 세존이시여, 사중(四衆)을 긍휼이 여기시어

어젯밤의 광명에 관해 말씀해주시기를."

[佛告]⁷⁸諸比丘, 非是帝釋, 亦非梵天鬼神大將, 乃是頻婆娑羅王[后]宮綵女, 名功德意, 供養塔故, 爲阿闍世王被害命終, 生忉利天, 今還下界, 來供養我, 是彼光耳.」佛道:

汝等昨夜見底光, 非是釋梵四天王,

乃是王宮功德意, 爲先捨命掃佛堂.

被害命終生天上, 還來下界至此方,

執持香花供養我, 令其夜分現禎祥.

佛法寬廣, 濟度無涯, 至心求道, 無不獲果. 但保宣⁷⁹空門薄藝, 梵宇荒才, 經敎不便⁸⁰於根源, 論典罔知於底漠.⁸¹ 輒陳短見, 綴秘蜜⁸²

---

78 [原校] 이 단락의 '非是帝釋', '今還下界' 여덟 글자는 경문에 없는 문구이다. 원권에서 선명하지 않는 글자는 경문에 의거하여 괄호 안에 넣어 보충한다. [校注] 이 단락은 경문의 인용이 아니라 경문을 연역한 것이다.

79 [原校] '保宣'은 이 변문의 작자이다.

80 '便'은 '辨'으로 보아야 한다. P.2299「太子成道經」: "눈은 어두워 색깔을 구분하지 못한다(眼闇都緣不便色)." 이 '便' 역시 '辨'과 통한다.(S.548에서는 '辯'으로 되어 있는데 '辯'은 '辨'과 통한다)

81 '底漠'은 '底謨'로 보아야 한다. '漠'과 '謨'는 형태나 음이 모두 비슷하다.('言' 편방은 필사본에서 흔히 간체로 표기된다)『爾雅』「釋詁」: "漠, 謀也." 郝懿行義疏: "漠, 謨互通." '底謨'는 앞의 '根源'과 대응되며 '심오한 이치'를 가리킨다. 『碧巖錄』普照序: "(대도의) 근원을 풀이하고, 법문의 이면까지를 해석하였다(剔抉淵源, 剖析底理)." '底謨'은 '底理'와 같다.

之因由; 不懼羞慚, 緝甚深之緣喻.

維大周廣順參年癸丑歲肆月二十日三界寺禪僧法保自手寫紀.[83]

부처께서 모든 비구들에게 알려 말씀하시기를, "[어젯밤의 광명은] 제석 때문도 범천 귀신대장 때문도 아니고 바로 공덕의(功德意)라는, 빈파사라왕 후궁의 시녀 때문이었느니라. 그녀는 탑에 공양을 올렸다는 이유로 아사세왕(阿闍世王)으로부터 목숨을 잃었고, 그 후 도리천에 태어났는데 어젯밤 그녀가 나를 공양하러 하계로 내려왔었다. 그 광명은 바로 이 때문이었느니라." 부처가 말씀하시기를,

> "그대들이 어젯밤에 보았던 빛은
> 제석도 범천 사천왕도 아니고
> 다름 아닌 왕궁의 공덕의가
> 목숨을 버려가며 불당을 소제한 까닭이라네.
> 죽임을 당한 뒤 천상에 태어났는데
> 하계로 내려와 이곳으로 와서
> 향화(香花)를 바치며 나를 공양한 까닭에
> 한밤중에 길상함이 보였던 것이네."

불법(佛法)은 넓고 넓어 중생을 제도함에 끝이 없으니 지심으로 구도하면 얻지 못할 과위(果位)가 없다. 그러나 보선(保宣)은 불문(佛門)에 대한 재능이 보잘것없고 불사(佛寺)에 대한 재주도 서툴며 경전의 근원을 알지 못하고 그 깊은 이치도 깨닫지 못하였다. 그럼에도 불구하고 이렇게 짧은 식견을 서술하고 비밀한 유래를 모아 부끄러움을 무릅쓰고 심오한 연유(緣喻)를 엮었다.

대주(大周) 광순(廣順) 3년 계축년 4월 20일에 삼계사(三界寺) 선승 법보(法保)가 손수 적다.

---

82 '蜜'은 '密'과 통한다. 原錄에서는 직접 '密'이라 수정하였는데 이는 타당하지 못하다.
83 '紀'는 '記'와 같다. 原錄에서는 직접 '記'라 수정하였는데 이는 타당하지 못하다.

환희국왕연(歡喜國王緣)[1]

謹案藏經, 說西天有國名歡喜, 有王歡喜王. 王之夫人, 名有相[2]者.
夫人容儀窈窕, 玉貌輕盈, 如春日之夭桃, 類秋池之荷[3]葉. 盈盈素質,

---

1 啓功 [原校] 原卷은 두 조각으로 나뉘어져 있다. 앞 조각은 '謹案'부터 '國主乍聞心痛
切'까지인데, 上虞 羅振玉 소장이고 『敦煌零拾』에 수록되어 있으며 현재는 상해시 문
물보관위원회에 소장되어 있다. 뒤 조각은 '朝臣知了淚摧摧'부터 끝까지인데, 프랑스
국가도서관에 소장되어 있으며 편호는 P.3375 背面이다. 前題는 尾題에 의거하여 보
충한 것이다. 甲卷은 卷頭가 잔결되어 있고 '若論舞'부터 3행은 행의 뒷부분에 일곱
글자가 빠져 있으며 권말까지 이어진다. 필사자 이름이 적혀 있고 표제는 없다. 상해
시 문물보관위원회에 소장되어 있다. [校注] 原卷의 앞 조각과 甲卷은 현재 상해도서
관에 소장되어 있고 편찬 목록자가 임의로 붙인 '有相夫人昇天變文'이라는 제목이 붙
어 있다. 여기서는 그 사진에 의거하여 교감을 한다.

2 '相'은 原錄에서는 '於'로 되어 있고 '相'으로 교정하였다. 原卷에서 '相'자는 '杦'으로 되
어 있는데, 필사권에서 '相'자와 '於'자는 모두 이 형태로 되어 있다. 여기서는 문맥에
의거하여 바로잡는다. 이하 모두 동일하며, 별도의 주를 달지 않는다.

3 '荷'는 原卷에서는 '河'로 되어 있는데 아마 '荷'자의 俗寫일 것이다. '연꽃(荷)'은 풀에
속하는 까닭에 '초두(艹)'를 붙였고, 또 물과도 관련되어 있는 까닭에 '삼수변(氵)'을
붙여 '河'라 표기하게 되었다. 『字彙補』「水部」에서는 '河'는 '荷'와 마찬가지로 '늪 이

灼灼嬌姿; 實可⁴漫漫,⁵ 偏稱王心.

  吟   自入王宮仕⁶聖君,⁷ 高低⁸皆說猥(猥)承恩.

     若倫(論)舞⁹勝當如品, 縱使淸歌每動嚬¹⁰

     出入椒房¹¹嬪彩亂,¹² 安存宮監惠唯新.

    름(澤名)'을 말한다고 하였다. 즉 '苟'의 別子이다.

4 【通釋】'實可'는 '참으로, 정말(實在)'이다. '可'는 어조사이다.

5 【通釋】'漫漫'은 '얼굴에 윤이 나고 혈색이 좋다. 얼굴이 환하다(容光煥發)'는 뜻으로, 유상부인의 아름다운 용모를 찬미하고 있다. 『通釋』에 상세한 해설이 있다.

6 '仕'는 '事'로 보아야 한다. 『玉篇』「史部」: "事, 奉也." 「降魔變文」: "불가가 만일 강하다면 짐은 온 나라의 백성들과 함께 부처를 섬길 것이오(佛家若强, 朕與合國之人, 總歸仕佛)." 여기서 '仕'는 '事'와 통한다. 原校에서는 '侍'로 교정하였는데 정확한 것 같지 않다.

7 '君'은 原錄에서는 '居'로 되어 있다. 돈황사본에서 '君'자는 '居'자와 뒤섞여 사용되고 있다. 여기서는 문맥에 의거하여 바로잡는다.

8 '高低'는 '上下'와 같다.

9 【原校】'論舞'는 原卷에서는 '倫無'로 되어 있는데 여기서는 甲卷을 따른다. 이하 편방을 고친 글자는 모두 甲卷을 따른다. 【校注】甲卷에서는 '倫舞'로 되어 있다.

10 【潘重規】'嚬'은 周紹良의 『敦煌變文彙錄』에서는 '嚬'으로 되어 있다. 【校注】'嚬'자가 옳다. 『廣韻』「眞韻」: "嚬, 笑也."

11 '椒'는 原錄에서는 '排'로 되어 있는데, 徐震堮은 이를 '椒'로 보며 말하기를 "초서체의 '椒'자에서 세로획 하나를 없애면 곧 '排'자와 비슷해진다고 하였다. 【校注】'椒房'은 본편의 관용어이다. 서씨의 견해는 옳다.

12 【原校】甲卷에서는 '亂'이 '雍'으로 되어 있다. 【校注】'雍'은 '雍'의 別構이다.(馬王堆 帛書 『老子』乙本에서 '雍'이 '雍'으로 되어 있음)『玉篇』「广部」: '雍'은 '雍'과 같다. 唐玄度 『九經字樣』: "雍雍: 上正下俗." 이로보아 '雍'은 '雍'이며, 문중에서는 또 '擁'의 가차자이기도 하다. 『廣韻』「用韻」: "雍, 擁也." 劉堅은 '雍'이 '雍'의 形誤字라 하였는데 정확하지는 않다. 劉堅은 또 原卷의 '亂' 역시 '擁'이 되어야 한다고 하였는데 확실하지 않다. '亂'은 '紛亂'을 뜻하며 그래야 문맥이 통한다. 杜甫 「夔府書懷四十韻」: "血淚紛在眼, 涕泗亂交頤." '亂'과 '紛'은 서로 대응되며 같은 뜻으로 쓰이고 있다. 본문의 이 문구는 빈비와 궁녀들이 앞뒤에서 에워싸고 있음을 말하는데, 여기서 '亂'은 그 수효가 많음을 뜻한다. '亂'도 '擁'도 모두 그 의미가 통한다. S.4511 「金剛醜女因緣」: "궁녀와 비빈이 좌우에서 부축하고, 앞에는 掌扇이 어지러이 들려 있네(綵女嬪妃左右擁, 前頭掌肩鬧芬芳)." '鬧芬芳'은 곧 '亂'(『通釋』에서 '芬芳'은 곧 '紛亂', '紛紜'이라 하였음)으로, 채녀와 빈비가 추녀공주를 에워싸고 있는 광경을 묘사하고 있는데, 본문의 이 문구와 그 의미가 똑같다. 蔣禮鴻은 '亂'을 '伴隨'라 해석하였고, 袁賓은 '圍繞', '簇擁'이라 해석하였는데, 그 둘의 의미가 서로 비슷하긴 하나 그 字義에 딱 들어맞지는 않는다. 또 陳治文은 '亂'은 '胤'의 訛字이고, '胤'은 다시 '引'의 가차자라 하였

普天咸荷[13]雍[14]王聖, 有相賢和助一人.

這夫人儀容[15]旣麗, 婦德彌章(彰), 有日月處皆智(知), 滿乾坤而盡許.
王之顧念, 日夕不離數(椒)房, 旦暮歡於金殿. 如斯富貴, 可笑[16]殊嚴.[17]
忽地一朝, 別聞惡事:

[側][18]王卽情偏寵, 其如[19]命不長.

[側] 忽因歌舞次, 死相千[20]邊彰.

　一道深[深][21]氣, 看看七日亡.

　聖君纔見了, 流淚兩三[22]行.

[斷] 忽地夫人氣色昏,[23] 淚流如線莫能勝,

　定知玉貌終歸土,[24] 爭忍夫人化作塵.

　這度淸鸞纔失[25]伴, 後迴花小[26]爲誰春.

　　는데, 지나치게 자의적 해석인지라 따를 수 없다.

13　'咸'은 '感'으로 보아야 할 듯하다. '咸荷'는 '감격하다(感激)', '기쁘다(慶幸)'는 뜻이다.

14　'雍'은 原卷과 甲卷에서는 '雝'으로 되어 있는데 이는 '雍'의 別構이다. 또 '雍'은 '擁'과
　　같고 '攤'으로 적기도 한다. 이에 대해서는 앞에서 설명한 바 있다. '雍王聖'과 뒤 구
　　'助一人'은 서로 대응되며 '擁'과 '助'는 그 의미가 비슷하다.

15　'儀容'은 原錄에서는 '容儀'로 되어 있다. [原校] '容儀'는 甲卷에서는 '儀容'으로 되어
　　있다. [校注] 原卷에서도 '儀容'으로 되어 있다. 이에 의거하여 바로잡는다.

16　'可笑'는 부사로서 '매우', '대단히'란 뜻이다. 466쪽 교주 421번을 참조 바란다.

17　'殊嚴'은 '殊麗嚴整'으로, 유상부인의 아름다운 용모를 가리킨다.

18　[原校] '側'은 甲卷에 의거하여 보충한 것이다. 이하 동일하다. 甲卷에서는 '側', '斷',
　　'觀世音菩薩佛子' 등의 자구가 붉은 글씨로 쓰여져 있다.

19　'其如'는 '어찌하랴(怎奈, 无奈)'란 뜻이다.

20　[徐震堮] 뒤의 문장에 의거하여 '千'은 '耳'가 되어야 한다. [校注] '耳'의 초서와 '千'자
　　는 형태가 비슷하여 착오를 일으키기 쉽다. 徐씨의 견해는 옳다.

21　[原校] '深'자는 原卷에는 빠져 있다. 甲卷에 의거하여 보충한다.

22　[原校] '兩三'은 原卷에서는 '一兩'으로 되어 있다.

23　[原校] '昏'은 原卷에서는 '潛'으로 되어 있다.

24　'土'는 原錄에서는 '七'로 되어 있는데, 徐震堮은 '土'가 되어야 한다고 하였다. [校注]
　　原卷과 甲卷에서는 '七'로 되어 있다. 『敦煌零拾』에서는 '土'로 되어 있다. 이를 따라
　　바로잡는다.

25　[原校] '失'은 原卷에서는 '朱'로 되어 있다.

26　'小'는 '俏'로 보아야 할 듯하다. 꽃이 아름답게 피었는데 사람은 떠나게 되는 까닭에
　　'누구를 위한 봄인가(爲誰春)'라는 탄식이 있게 된다. 原校에서는 '小'를 '雀'으로 고쳤

國王見此心驚怪, 嬪彩皆言悟一人.

　삼가 대장경에 의거하건대, 서천축국에 환희(歡喜)라는 나라가 있었고 환희왕(歡喜王)이라는 왕이 있었다. 왕의 부인은 유상(有相)이라 불렸는데, 용모는 요조했고 옥 같은 얼굴에 가녀린 모습을 지니고 있어, 마치 아름답게 꽃 핀 복숭아나무 같고 가을 연못의 연꽃잎 같았다. 아리따운 새하얀 얼굴과 눈부시게 화려한 자태, 실로 아름답기 그지없으니 그녀는 왕의 마음을 사로잡았다.

　吟 왕궁으로 들어와 성군(聖君)을 모신 뒤로

　　[지위개] 높고 낮은 자들은 모두 [부인이] 성은(聖恩)을 입었다고 말한다.

　　무승(舞勝)(?)으로 말하자면 마땅히 ～하고[27]

　　청가(淸歌)[28]를 부르면 모두들 즐거워한다.

　　초방(椒房)[29]을 드나들 때면 따르는 궁녀들 무수하고

　　궁감(宮監)[30]을 쉬게 하는 현명함은 나날이 새로웠다.

　　온 천하는 모두 왕의 성스러움을 기뻐하며

　　유상부인은 어질고도 조화롭게 한 사람을 내조한다.

　부인의 용모는 아름답고 부덕(婦德)이 훌륭하여 해와 달이 있는 곳에는 모두 알려졌고, 천하가 모두 인정을 하였다. 왕의 총애는 그 마음이 밤낮으로 초방을 떠나지 않으니 온종일 금전(金殿)에서 즐거움을 누렸다. 이처럼 부귀를 누리고 대단한 미모를 지닌 그녀에게 어느 날 갑자기 불길한 소식이 들려왔다.

　[側] 국왕의 총애가 부인에게 쏠려 있지만

　　는데 그 뜻을 파악하기 어렵다. 甲卷에서는 '笑'라 되어 있는데 이 또한 그 의미가 통한다.

27　원문은 "若論舞勝當如品"인데 해독하기 어렵다.

28　악기 반주 없이 부르는 노래.

29　왕비의 처소.

30　궁감은 환관, 즉 내시를 말한다.

목숨이 길지 않은 것을 어찌하랴.

[側] 노래 부르며 춤을 추는데

돌연 죽음의 모습이 귓가에 드리워졌네.

한줄기 깊은 기운이 있는데

이레 후의 죽음을 알리는 것이니

왕은 그것을 보고

두세 줄기 눈물을 흘린다.

[斷] 갑작스레 부인의 기색이 어두워지거늘

(왕은) 실같이 흐르는 눈물을 이기지 못하는데

옥 같은 얼굴이 끝내 땅으로 돌아갈 것을 아니

어찌 차마 부인이 먼지로 변하는 것을 지켜볼 수 있으리.

이번에 청난(淸鸞)이 짝을 잃게 되었는데

꽃이 아름답게 피는 것은 누구를 위한 것인가

국왕은 이를 보고 놀라며 괴이쩍어 하는데

궁녀들은 모두 왕의 뜻을 거슬렀다 말하네.

這有[相]夫人顏貌平正,³¹ 又復能歌. 一日殿中起舞, 正歌之次, 歡喜國王見者³² 夫人面上身邊³³[一道]³⁴氣色, 知其有相七日身亡. 王乃含悲, 心懷惆悵. 有相夫人見王垂淚, 不測事³⁵由, 舞罷歛容儀³⁶云

---

31 [原校] '正'이 原卷에서는 '止'로 되어 있다.
32 '者'는 지시대명사 '這'의 본자이다. 宋 毛晃『增修互注禮部韻略』「馬韻」: "凡稱此箇爲者箇, 俗多改用這." 郭忠恕『佩觿』卷上 時俗에 대한 언급에서 "迎這之這(魚變翻)爲者回"라는 문구에서는 '這'를 '者'의 俗用字로 쓰고 있다. 原錄에서는 甲卷을 따라 '者'를 '這'로 고쳤는데, 불필요한 작업이다.
33 앞뒤 문구로 보아 '身邊'은 '耳邊'의 착오일 것이다.
34 [原校] '一道' 두 자는 甲卷에 의거하여 보충한 것이다.
35 [原校] '測事'는 原卷에서는 '側士'로 되어 있다.
36 原卷에서는 '罷' 앞에 '有'자가 더 있는데 점을 찍혀 있어 삭제를 표시하는 듯하다. 이에 여기서는 삭제한다. 原錄에서는 '有'자를 넣었다. 潘重規는 이를 '罷有'로 교정하였는데 확실하지 않다. 甲卷에서는 '舞罷歛容' 네 자로 되어 있다.

云.[37] 觀世音菩薩佛子

斷　臣[38]今歌舞有詞乖?[39]　王忽延(筵)中淚落來,

　　爲復言詞相觸悟(牾)?　爲當去就拙[40]旋迴?[41]

　　希王善惡如[42]今說, 莫使宮嬪總亂猜.

　　皇帝旣遭親顧問, 一場惆悵口難開.

皇帝旣被有相夫人再三頻問,[43] 唯唯惆悵, 轉轉悲啼,[44]　良久, 大人語其有相夫人:「朕無餘事[45]惆悵,　夫人適來作舞[46]之時,　朕見夫人耳邊有一道氣色, 此氣色案於世書圖籍,[47]　號曰死文; 卻後七日, 夫人必死. 朕今已見, 恐喪夫人, 不免心中憂懷惆悵.」觀世音菩薩佛子

37　'云云'은 原錄에서는 '云了'로 되어 있고, 그 주석에서는 "'云了' 두 자와 이하의 '云云'이란 자구는 모두 甲卷에 의거하여 보충한다"고 하였다. [校注] '云了'는 뒤의 예를 보아 응당 '云云'으로 보아야 한다. 필사본에서 반복부호와 '了'자는 형태가 비슷하여 오판을 일으키기 쉽다. 이에 의거하여 바로잡는다.

38　[原校] '臣'은 原卷에서는 '神'으로 되어 있다.

39　[徐震堮] '詞'는 '何'가 되어야 한다. 『通釋』에서는 '詞乖'를 유사 의미의 글자가 합쳐진 합성어로 보고 '背謬違戾'로 해석하였다. [校注] '詞乖'가 하나의 어휘라는 것은 어떠한 증거도 없다. 문맥으로 보아 이 문구는 의문구가 되어야 하기에, 蔣氏의 견해는 정확한 고증이라 볼 수 없을 것 같다. 徐震堮은 '詞'를 '何'로 보았는데 이는 옳다. 필사권에서 '言' 편방은 흔히 간체로 적는 까닭에 '亻' 편방과의 혼동을 야기한다.

40　'拙'은 原錄에서는 '柚'로 되어 있다. 필사권에서 '扌' 편방과 '木' 편방은 뒤섞여 쓰이고 있다. 여기서는 甲卷 및 문맥에 의거하여 '拙'로 기록한다.

41　'旋迴'는 '응대하다, 접대하다(應酬)'는 뜻이다. 「張淮深變文」: "금란전에 도착한 후 조정에 아뢰는 날, 침착하고 상세하게 천자의 물음에 응했지(到後金鑾朝奏日, 沖融敷對爲周旋)." S.4511「金剛醜女因緣」: "날마다 연회에 참석하거늘, 집집마다 처가 접대를 한다(每日將身赴會筵, 家家妻女作周旋)." 이상의 예로 알 수 있듯이 '旋迴'는 '周旋'과 같다.

42　'如'는 '於'로 보아야 마땅하다. 돈황사본에서 '如'와 '於'는 音이 비슷하여 통용된다.

43　'頻問'은 '顧問'으로 보아야 할 듯하다. 이 문구는 앞의 "皇帝旣遭親顧問"이란 뜻이다. 뒤의 "王被夫人顧問" 역시 '顧問'으로 되어 있다.

44　'啼'는 原錄에서는 '渧'로 되어 있고 '啼'로 교정하였다. '渧'는 '啼'의 속자이다.(『集韻』「齊韻」에 나타나 있음) 이에 직접 교정하여 기록한다.

45　[原校] '事'는 原卷에서는 '士'로 되어 있다.

46　[原校] '舞'는 原卷에서는 '無'로 되어 있다.

47　[原校] '籍'은 原卷에서는 '精'으로 되어 있다.

側王被夫人顧問, 登時遂卽申陳,

　　報言有相須知, 却後七朝身死 :

　　「朕得舞延(筵)之內, 忽占面色憂文.

　　定知與我相離, 所以適來惆悵.」

[吟斷] 說了夫人及大王, 兩情相顧又迴惶,

　　「誰知賤妾天年盡, 爭忍抛人便夭亡.」

　　金殿乍開(聞)皆失色, 只言[48]知了盡悲傷.

　　咸賀有相能平正,[49] 也被無常暗取將.

　이 유상부인은 용모가 바를 뿐더러 노래도 잘 불렀다. 하루는 궁전에서 춤을 추며 노래를 부를 때 환희국왕은 이 부인의 얼굴과 몸에서 한 줄기 기운을 보았고, 유상부인이 이레 후에 죽게 될 것임을 알았다. 왕은 슬퍼하며 마음에는 걱정이 가득하였다. 유상부인은 왕이 눈물을 흘리는 것을 보고 이유를 알 수가 없어 춤을 끝내고 용의를 단정히 하고서 말했다. 관세음보살 불자

　斷 신(臣)이 지금 노래하고 춤을 추는 데 있어 무슨 어긋남이 있었는지

　　왕께서는 갑자기 자리에서 눈물을 흘리시네.

　　언사에 거스름이 있었는지

　　아니면 시중듦이 소홀했던 때문인지.

　　바라건대 왕께서는 잘잘못을 말해주시어

48　[通釋] '只言'은 '這言'이다. '只'는 '這'의 同音假借이다. [項楚] '只言'은 '六宮'의 形誤이다. 같은 쪽 뒤 문장에 "六宮送處皆垂淚, 三殿辭時哭斷腸"이란 문구가 보인다. '六宮'은 후비들이 기거하는 후궁을 말하는데, 여기서는 육궁에 거주하는 후비 궁녀들을 가리킨다. [校注] 項氏의 견해는 일리가 있다. 뒤의 "六宮慘切情何極, 九族臨喪盡悲哀"에서의 '六宮' 역시 이와 같다. 뒤의 "國主乍聞心痛切, 朝臣知了淚漼漼(漼漼)"라는 문구에서 '乍聞'와 '知了' 앞에 각각 '國主'와 '朝臣'이 위치해 있다. 이로 보아 이곳의 '知了' 앞에 '六宮'을 두는 것이 옳음을 알 수 있다.

49　'咸'은 甲卷에서는 '感'으로 되어 있어 의미가 비교적 잘 통하고 있다. '感賀'는 '感荷'와 같다. 문중에서는 '感慨', '感傷'의 뜻으로 쓰인 듯하다. [原校] '平正'은 原卷에서는 '悉' 한 자로 되어 있다. [校注] '悉'은 '平正' 두 자를 잘못 합친 것이다.

궁빈(宮嬪)들이 마음대로 추측하지 않게 해주시길.
황제는 부인의 질문을 받고
일장 탄식하며 입을 열지 못한다.

황제는 유상부인의 거듭된 질문에 오직 슬퍼하며 더욱 눈물을 흘릴 뿐이었다. 얼마 후에 대왕이 유상부인에게 말하기를 "짐은 다른 일로 슬퍼하는 것이 아니라 부인이 방금 춤을 출 때 부인의 귓가에서 한줄기 기색을 보았는데, 세상의 도적(圖籍)에 의하면, 이 기색은 죽음의 무늬라 불리며 이레 후에 부인은 반드시 죽게 될 것이오. 짐은 그것을 보고 부인을 잃을까 염려되어 근심과 슬픔을 면할 수가 없소." 관세음보살 불자

側 왕은 부인의 질문을 받고
곧 마침내 사실을 알리네.
유상부인에게 [그녀가] 알아야 할 것을 알리는데
이레 뒤에 죽을 것이라네.
"짐은 그대가 춤을 출 때
홀연 그대 얼굴에서 근심의 무늬를 점치게 되었는데
분명히 나와 이별을 할 것이기에
지금 이렇게 슬퍼하는 것이오."
[吟斷] 부인과 대왕은 말을 마치고
서로를 바라보며 두려워하는데
"천첩(賤妾)의 천수가 다하였음을 누가 알겠으며
어찌 차마 사람(왕)을 남겨두고 요절하겠나이까.'
궁궐 사람들은 처음 이 말을 듣고 모두 실색하고
육궁(六宮)[50]은 이 사실을 알고 모두 비통해 한다.
유상부인은 반듯하고 올바른데도
무상함이 암암리에 그녀를 데려가려 하는구나.

---

[50] 육궁(六宮)이란 후비들이 거주하는 장소로서의 후궁(后宮)을 뜻하며, 여기서는 육궁에 사는 비후궁(妃后宮)들을 말한다.

夫人聞了, 又自悲傷, 知道者[51]身, 看看命謝. 與王相伴, 又得兩[52]朝. 夫人語大王曰:「占看氣色, 道奴身亡, 卻後七朝, 已過兩日. 臣今恐命定不存留, 暫擬歸舍, 辭別父母, 伏願帝聽, 放奴歸家.」王曰:「夫人氣色, 命有五朝, 看卽與朕不得相見. 莫辭且住, 更忍兩朝. 後三日中, 辭別父母.」大王言訖, 於是夫人[53]處分不司.[54]

[斷] 從此夫人別大王, 歸家來見親父娘.[55]

六宮送處皆垂淚, 三殿辭時哭斷腸.

這度雙鸞愁失伴, 後應孤影必潛傷.

慇懃旣出椒房後, 數日看時只待亡.

夫人旣去, 王乃難留. 便使嬪妃, 相隨至舍. 莫不辰(晨)參暮省, 送藥送茶;[56] 賜之以七寶百珍, 賞之以綾羅錦彩. 夫人至舍, 父母歡忻; 及問因由, 一家惆悵[云云].

[側] 有相辭王出, 歸家別父娘.

萬人皆失色, 百壁(辟)盡悲傷.

父母初聞說, 悲號[57]哭斷腸.

只緣薄福德, 不久見身亡.

及其[58]聞說淚沾巾, 莫怪今朝勸善貧(頻).[59]

父母初逢端正貌, 爭忍交(敎)爲化[60]作塵.

51　'者'는 原校에서는 甲卷에 의거하여 '這'로 수정하였는데 그럴 필요 없다.

52　[原校] '兩'은 原卷에서는 '後'로 되어 있다.

53　[原校] '夫人'은 甲卷에서는 '大王'으로 되어 있다.

54　'不司'의 '不'은 초서체 '所'자의 착오로 보인다. 原卷에서는 '有司'로 교정하였는데 확실하지 않다.

55　[原校] '親父娘'은 甲卷에서는 '父兼娘'으로 되어 있다.

56　[原校] '茶'는 原卷에서는 '恭'으로 되어 있다. [校注] 原卷에서는 본래 '萘'로 되어 있는데, 이는 '茶'의 속자인 '茶'의 오독이다.

57　'號'는 原卷에서는 '獅'로 되어 있고 甲卷에서는 '獅'로 되어 있는데, 이 모두는 '號'자의 속체자이다. 原錄에서는 '嘀'로 되어 있는데 이는 잘못이다.

58　[原校] '及其'는 原卷에서는 '父母'로 되어 있다.

59　이 문구는 甲卷에서는 "坐下切須勤授戒"로 되어 있다.

便喚醫師尋妙藥, 卽求方術擬案(安)魂.

人人皆道天年盡, 無計留他這個人.

부인은 이 말을 듣고 나니 저절로 슬퍼졌다. 그리고 이 몸이 곧 시들
어버릴 것을 알았다. 왕과 함께 또다시 이틀을 보내고 부인이 왕에게
말하였다. "기색을 점쳐보시고 이 몸이 이레 후에 죽을 거라 하셨는데
이미 이틀이 지났습니다. 신은 목숨이 정해져 있어 오래 머물지 못할
것을 염려하여 잠시 친정으로 돌아가 부모님께 작별인사를 올리고자 하
오니, 대왕께서는 바라옵건대 신이 집에 갈 수 있도록 허락해주십시오."
왕이 말하길, "부인의 기색에 의하면 목숨이 닷새 남았소. 보아하니 짐
과 다시는 만날 수 없을 것 같으니 지금 떠나지 말고 이틀만 더 머물러
주시오. 그런 다음 [남은] 사흘 동안 부모에게 작별인사를 올리도록 하
시오." 대왕은 말을 마쳤고 부인은 그에 따랐다.

[斷] 부인은 대왕과 이별을 하고

집으로 돌아가 친부모를 만나려 하는데

육궁은 송별하며 모두 눈물을 흘리고

삼전(三殿)[61]은 작별하며 통곡으로 단장(斷腸)되네.

이번에 한 쌍의 난새는 짝을 잃을 것을 근심하고

[이별] 뒤에 남은 외로운 그림자는 분명 남몰래 슬퍼할 것이네.

[유상부인은] 은근하게 초방을 떠난 후

날 수를 헤아리고 때를 보며 죽음을 기다리네.

부인이 떠난 뒤, 왕은 가만있기 어려워 곧 비빈으로 하여금 집에 까
지 따라 가도록 하였다. 또 아침저녁으로 찾아가 안부를 묻고 약(藥)이며
차(茶)를 보내고, 칠보(七寶) 등 수많은 재물을 하사하고 아름다운 비단을
상으로 내렸다. 부인이 집에 도착하자 부모는 기뻐하며 [집에 온] 이유
를 묻는데 [사연을 듣고 나서] 온 가족은 슬퍼하였다.

60 　[原校] '化'는 原卷에서는 '何'로 되어 있다.
61 　황궁 중의 삼대전(三大殿)을 의미하나 보통 황궁을 가리킴.

[側] 유상부인은 왕을 떠나

부모와 작별인사 하러 집으로 가는데

모든 사람이 [놀라움에] 얼굴빛이 변하고

백관들은 하나같이 비통해하네.

부모는 처음 그 말을 듣고

애가 끊어지듯 슬피 통곡하는데

복덕이 없는 이유로

머지않아 [자식의] 죽음을 보게 된다네.

부모는 그 말을 듣고 눈물로 수건을 적시니

오늘 거듭 [그대에게] 선을 권하는 것은 당연한 일.

부모는 이제 막 [딸의] 단정한 모습을 보았는데

어찌 차마 흙이 되게 할 수 있으리.

즉시 의사를 불러 묘약을 구하기도 하고

방술로써 귀신을 위로하기도 하는데

다들 천수가 다하였으니

그를 살릴 방도가 없다고 하네.

有相夫人辭王歸舍, 父母愛憐,⁶² 卽便檢藥尋醫, 擬延女命. 國師財見,⁶³ 盡說不能. 卽有一人語夫⁶⁴人曰 :「人命無常, 色如山水, 佛願有

---

62 '憐'은 原卷에서는 '恰'으로 되어 있다. 여기서는 甲卷에 의거하여 바로잡는다.
63 [原校] '財見'은 甲卷에서는 '待詔'로 되어 있다. [校注] '待詔'로 보는 것이 의미가 잘 통한다. '國師'나 '待詔'는 모두 醫員에 대한 존칭(본래는 御醫를 가리킴)이다. 『太平廣記』 권219 「田令孜」(『玉堂閒話』 출전) : "時田令孜有疾, 海內醫工召遍, 至於國師待詔, 了無其徵." 原卷의 '財見'은 아마 필사자가 '待詔'의 의미를 잘 알지 못하고서 임의로 수정한 것이리라. '財'는 '纔'로 보아야 한다. '纔'와 '財'는 古字에서는 통용된다.
64 '夫'자는 原卷에서는 '一'자 뒤에 있는데, 그 의미가 통하지 않는 까닭에 項楚의 견해를 따라 바로잡는다. 甲卷에서는 '夫'자가 '一'자 오른쪽 아래편에 적혀 있다. 아마 본디 '語'자 다음에 첨부시켜야 될 것을, '一'과 '語' 뒤에 모두 '人'자가 있음으로 인해 착오가 생긴 것 같다. 그리고 原卷은 甲卷의 오류를 그대로 따랐다.

偈, 聞者由(猶)驚. [偈][65]云：是日已至, 命卽隨陷, 如少水魚. 勸請隨喜衆, 勤學證無餘.」[66]又云：「一失人身, 萬劫不逢, 身謝命終. 去此不遠, 有一名山, 山中有僧, 名之石室. 此比丘尼, 有大威德, 護念他人. 往被(彼)問之,[67] 已(以)延身命.」於是有相夫人, 與至(王)家眷,[68] 卽往山內比丘所, 禮拜供養, 永乞[69]神功. 佛子憂疑之次,[70] 有人傳語：

[斷] 僧住城南萬仞[71]山, 我將救度屆(向)人間.[72]

　　道德衆推能敏物,[73] 慈悲皆說度人天.

　　如今況在前生福, 好是[74]相將暫結緣.

　　必若有人延得[75]命, 與王齊受[76]百千年.

65　[原校] ‘偈’자는 甲卷에 의거하여 보충한다.

66　[原校] ‘勤學證無餘’는 甲卷에서는 ‘無餘思有何樂’으로 되어 있다.

67　‘問’은 原錄에서는 ‘河’로 되어 있고 ‘求’로 교정하였다. 徐震堮는 甲卷에 의거하여 ‘往被河之’를 ‘事往問之’로 교정하였다. ‘河’를 ‘問’으로 본 것은 옳다. ‘問’자를 초서로 **询**로 적고 있는데 이는 ‘河’자의 초서와 매우 닮아 있다. 이에 서씨의 견해에 의거하여 바로잡는다.

68　[原校] ‘眷’은 原卷에서는 ‘卷’으로 되어 있다.

69　‘求’는 原錄에서는 ‘永’으로 되어 있다. 甲卷에 의거하여 수정한다.(原卷의 이 글자도 ‘求’자로 보인다) ‘求乞’은 同義의 連綿字이다.

70　‘次’는 原卷에서는 ‘此’로 되어 있는데 이는 音誤字이다. 甲卷에 의거하여 바로잡는다.

71　‘仞’은 原卷에서는 ‘㓞’으로 되어 있다. 여기서는 甲卷에 의거하여 수정한다.

72　[原校] 甲卷에서는 ‘永(求)乞神功’ 다음부터 여기까지가 “菩薩佛子. 憂疑之次有人傳, 僧住城南萬仞山”의로 되어 있다.

73　[原校] ‘物’자는 原卷에서는 뚜렷하지 않은데 ‘抑’자인 듯하다. [校注] 原卷 ‘物’자의 좌반부는 ‘牛’ 편방이고, 우반부는 ‘卯’으로 되어 있는데, 이는 ‘物’자를 잘못 적은 것이다. 甲卷에서는 오류 없이 ‘物’로 적고 있다. [潘重規] ‘敏物’은 ‘救物’이 되어야 할 듯하다. [校注] ‘敏’은 응당 ‘愍’의 생략형 가차자이며, 이는 곧 ‘愍’이다. 『龍龕手鏡』「心部」：“愍愍：眉忍反, 傷也, 悲也, 怜也. 二.” 돈황사본에서는 ‘愍’자를 ‘愍’으로 적는 경우가 많다. P.2305「妙法蓮華經講經文」：“대왕의 마음이 이처럼 간절하니, 성현들은 모두 안타까워하고 슬퍼한다(大王旣若心專至, 賢聖多應總敏哀).” 여기서 ‘敏’은 ‘愍’의 가차자이다. 이는 그 증거이다.

74　原卷과 甲卷에서는 모두 ‘是’로 되어 있다. 原錄에서는 아무런 근거도 없이 ‘似’로 고쳐져 있다.

75　[原校] ‘得’은 甲卷에서는 ‘德’으로 되어 있다.

76　‘受’는 ‘受命’으로 하늘로부터 부여받은 수명을 가리킨다. 뒤의 “受命豈論年與月”의 ‘受’는 이를 가리킨다. 原校에서는 ‘受’를 ‘壽’로 수정하였는데 그럴 필요 없다. 「廬山遠公

[吟] 忽爾聞人說, 夫人便訪尋.

不居城槨(郭)[77]內, 終日住山林.

求已[78]重重禮, 陳情切切深.

欲求神妙藥, 免被死王[79]侵,

[斷] 死苦爲計遍此身, 便於山裏禮名僧.

初占[80]月面精神爽, 後德(得)談經去夜昏.[81]

欲識心珠先發願, 要窮佛法傳香燈.

但於[82]言下知歸處, 誓學牟尼六度門.

유상부인은 왕과 작별하고 집으로 돌아왔는데, 부모는 [딸을] 가엾이 여겨 곧 약을 구하고 의사를 찾으며 딸의 수명을 연장시키고자 했지만, 의원(醫員)들은 모두 불가능하다고 하였다. 곧 어떤 사람이 부인에게 말하길, "사람의 목숨은 무상하고 만물은 산수(山水)와 같습니다. 부처의 발

話」: "인간이 받은 백 년의 수명은 마치 별똥별과 같다(人受百歲, 猶如星火)." 「前漢劉家太子傳」: "주서에서 이르기를, 팽조의 수명은 7백 년이었다고 합니다(臣讀周書云: 彭祖受年七百歲)." S.525 「搜神記」: "한 경제는 자진에게 광주자사를 제수하였는데 그는 1백 세의 삶을 살았다(漢景帝拜(子珍)爲光州刺史, 受年一百而終)." P.3270 「兒郎偉」: "이처럼 믿음이 끊이지 않으니 그 목숨 천 년 만 년 계속되리(如此信心不絶, 受命千年萬年)." 모두 그 예이다.

77 [原校] '槨'은 原卷에서는 '橄'으로 되어 있다.
78 [原校] '已'는 原卷에서는 '與'로 되어 있다. [項楚] '已'는 '乞'로 보아야 한다. 먼저 형태가 비슷한 '已'로 잘못 적은 다음, 다시 음이 비슷한 '與'로 잘못 기록한 것이다. [校注] 項씨의 견해는 사실에 가깝다.
79 '死王'은 原錄에서는 '死亡'으로 되어 있고 原校에서는 "'亡'은 原卷에서는 '王'으로 되어 있다"고 하였다. [潘重規] '死王'으로 보는 것이 옳아 보인다. [校注] 甲卷에서는 사실 '死王'으로 되어 있다. '死王'이 맞다. '死王'은 불경과 변문에서 자주 사용되는 어휘로서 死神을 가리킨다. 1178쪽 교주 65번을 참조 바란다.
80 '占'은 原校에서는 '瞻'으로 되어 있다. 『廣雅』 「釋言」: "占, 瞻也." 따라서 '占'자는 고칠 필요 없다.
81 '德'은 原錄에서는 '得'으로 되어 있다. [原校] '得'은 原卷에서는 '德'으로 되어 있다. [校注] 甲卷에서도 '德'으로 되어 있다. 필사권에서 '得'과 '德'자는 통하나 곧바로 원자로 고쳐 적는 것은 온당하지 않다. [原校] '昏'은 原卷에서는 '賢'으로 되어 있다.
82 [原校] '於'는 原卷에서는 '知'로 되어 있다. [校注] '知'는 뒤에 나오는 '知'자와 관련하여 잘못 쓰여진 것으로 보인다. 甲卷에서는 '於'로 되어 있는데 이는 옳다.

원을 말하고 있는 게송이 있는데 [그것을] 듣는 자는 모두 놀랍니다. 그 게송은 이렇습니다. '이날이 이미 다가오니 목숨은 그를 따라 사라져가는구나. 마치 줄어드는 물속의 물고기처럼. 수희(隨喜)[83]의 중생들에게 권하노니 열심히 배워 무여(無餘)[84]를 증득하기를.'" 그 사람은 계속하여 말하였다. "한번 사람의 육신을 잃으면 만 겁이 지나도록 다시 얻지 못하는데 육신은 시들어 목숨이 다하는구나. 여기서 멀지 않은 곳에 한 명산이 있고 그 산 속에는 석실(石室)이라 불리는 승려가 있는데, 이 비구니는 크고 위엄스런 덕이 있어 다른 사람을 보호할 수 있지요. 그리로 가서 그 분께 여쭈어 목숨을 연장해보시지요." 이어 유상부인은 왕의 권속들과 함께 즉시 산 속의 비구니에게 가서 절을 올리고 공양을 한 다음 신비한 공력을 구하였다. 불자 걱정하고 의아해하던 차에 어떤 사람이 말을 전하는데 :

　[斷] 승려는 성 남쪽의 만인산(萬仞山)에 살고 있는데

　　　나는 장차 인간세상을 제도하려 한다.

　　　도덕은 확대되어 물질을 가련히 여기고[85]

　　　자비는 인천(人天)[86]을 제도하라 말한다.

　　　이제 하물며 전생의 복으로

　　　다행히 잠시 인연을 맺게 되려네.

　　　만일 목숨을 연장하는 사람이 있다면

　　　반드시 왕과 더불어 백천 년의 수명을 누리리라.

　[吟] 문득 어떤 사람의 말을 듣고

　　　부인은 당장 찾아 나서는데

　　　[그 승려는] 성곽에 살지 않고

83　남의 선행을 보고 마음에 기쁨을 느낌.

84　열반의 다른 명칭.

85　'도덕'은 이 승려가 갖춘 덕(德)의 힘을, '물질'은 중생을 가리키는 듯하다.

86　육도(六道)·십계(十界) 중의 인계(人界)와 천계(天界)를 말하는데, 이들 인천계는 모두 미망(迷妄)의 경계.

종일 산속에서 지낸다네.

거듭 예를 올리고

간곡하게 심정을 얘기하는데

신묘한 약을 구하여

죽음의 신으로부터 벗어나고자 하네.

[斷] 죽음의 고통이 이 몸을 에워싸니

산속으로 들어와 명승(名僧)에게 예를 올리는데

처음 달 같은 얼굴을 보니 정신이 맑아지고

설법을 들으니 어둠이 사라지네.

심주(心珠)[87]를 알고자 하거든 먼저 발원을 한 뒤

불법을 깊이 연구하고 향등(香燈)을 전해야 한다네.

단지 말만을 듣고 돌아갈 곳을 알게 되니

석가모니의 육도문(六度門)[88]을 배울 것을 맹세하네.

夫人聞說, 遂向山中, 禮拜此僧, 乞延壽命. 於是虔恭合掌, 歸依而不彈(憚)[89]驅馳; 懺悔投誠, 發露[90]而未經傾剋(頃刻). 夫人曰:「和尚, 賤身生居草也(野), 長向王宮, 三五日前, 大王占相道故, 卻後七日命絡(終), 放我歸家, 令辭父母. 適聞人說, 和尚慈悲, 故故[91]起居, 乞延受(壽)法.」 和尚道:「夫人, 夫人! 浮生遒速,[92] 不可不留,[93] 可惜心神, 以

---

87   중생의 심성. 중생의 심성은 본래 깨끗함이 마치 명주(明珠)와 같기에 이렇게 일컬음.

88   육도(六度) : 대승불교에서 보살이 불도를 이루고자 실천해야 할 여섯 가지 덕목, 즉
    보시(布施)・지계(持戒)・인욕(忍辱)・정진(精進)・선정(禪定)・지혜(智慧). 육바라
    밀(六波羅蜜)이라고도 함.

89   [原校] '憚'은 甲卷에서는 '彈'으로 되어 있다. [校注] 原卷에서도 '彈'으로 되어 있다.

90   發露 : 자신이 저지른 악행을 숨기는 바 없이 솔직히 털어놓음. 불교 술어.

91   故故 : 일부러(特意). 뒤의 "今朝故故來相報, 火急修持且莫慵"이라는 문구와 P.3418
    王梵志 詩 : "이것이 전생의 惡이니, 고의로 태어나 서로 빚을 갚는 것이라네(此是前
    生惡, 故故來相値)"라는 문구에서 사용되고 있다.

92   [徐震堮] '遒'은 '迅'과 같다. [校注] 『禮記』 「大傳」 : "遒率天下諸侯 …… 遒奔走." 鄭玄
    注 : "遒, 疾也. …… 周頌曰 : '遒奔走在廟.'" 今本 『詩經』 「周頌」의 「淸廟」에서는 '駿奔

求延受(壽)法.」⁹⁴　夫人曰:「人間短促,⁹⁵　弟子⁹⁶當知,　未委何方命壽長
遠?」和尙曰:「天中壽命, 與此不同. 快樂逍遙, 又勝人世.」和尙於是
與夫人說三界九地人所生之處, 壽命無限等事. 觀世音菩薩佛子

　　[側] 浮生難長久, 生來死去忙.⁹⁷

　　　　爭如天上⁹⁸福, 快樂是尋常.

　　　　念食天廚飯, 思衣寶伏(服)香.

　　　　若求生去者, 八戒是津糧(梁).

　　[斷] 僧與夫人說此緣, 欲求長命欲生天?

　　　　出去瑞雲承兩足, 歸來光相遶身邊.

　　　　五音日日聲盈耳, 七寶朝朝滿眼看.

　　　　須知浮世俄⁹⁹爾是, 聞早迴心莫等閑.

　　부인은 그 말을 듣고 곧 산으로 가서 이 승려에게 예배를 올리고 수
명 연장을 간청하였다. 그리하여 경건히 합장하고 귀의하여 수고로움을

으로 되어 있다. 『爾雅』「釋詁」: "駿, 速也." 郭璞 注: "駿猶迅." 이로 보아 '遂'은 '駿',
'迅'과 같다. '遂'과 '駿'과 '迅'은 古音이 서로 비슷하며 그 의미도 서로 통한다. 856쪽
교주 267번을 참조 바람.

93　　[袁賓] 뒤의 '不'자는 '久'가 되어야 한다. 필사한 형태가 비슷하여 발생한 오류이다.
　　　뒤의 "浮生難長久" 문구의 의미는 이와 같다. [校注] 袁씨의 견해는 옳다. 뒤의 '不'자
　　　는 아마 앞의 '不'자와 관련하여 생긴 오류일 것이다. 蔣禮鴻은 뒤의 '不'자는 어조사
　　　로서 아무런 뜻이 없다고 하였는데, 이는 정확하지 않다.

94　　[原校] 甲卷에는 '法'자가 없다.

95　　短促 : 原錄에서는 原卷을 따라 '矩燭'으로 되어 있는데, 여기서는 甲卷에 의거하여 수
　　　정한다. 돈황사본 중에서 '短'자와 '矩'자는 혼용된다. 原卷에서의 '矩'자는 사실 '短'자
　　　의 속체자이며, '燭'은 '促'의 音誤字이다.

96　　原錄에는 '弟子' 뒤에 '常'자가 더 있다. 그리고 그 교주에서 "'常'자는 甲卷에서 붉은
　　　글씨로 삭제되어 있다"고 하였다. [校注] 原卷의 '常當知'가 甲卷에서는 '常知'로 되어
　　　있다. 사진에서 붉은 글씨로 삭제한 흔적은 보이지 않는다. 원문은 '當知' 혹은 '常知'
　　　가 되어야 한다. 여기서는 原卷을 따라 '當'자를 남기고 '常'자는 삭제한다.

97　　'忙'은 原錄에서는 '亡'으로 되어 있다. 潘重規는 '忙'이 되어야 한다고 추정하였는데
　　　이는 옳다. 甲卷에서는 '忙'으로 되어 있다.

98　　[原校] '上'은 甲卷에서는 '下'로 되어 있다. [校注] 甲卷에서는 사실 '上'자로 되어 있
　　　다.

99　　[原校] '俄'는 原卷에서는 '我'로 되어 있다.

꺼리지 않고, 정성 들여 참회하고 발로(發露)[100]하기를 얼마 지나지 않아, 부인이 말하였다. "스님! 이 천한 몸은 초야에 태어나서 오랫동안 왕궁에서 지냈는데, 며칠 전에 대왕이 관상을 보시고 말하기를, 이레 후에 목숨이 끝날 것이라 하시며 저를 집으로 보내어 부모와 작별인사 하라고 하였습니다. 마침 어떤 사람이 스님의 자비로움을 말하는 것을 듣고 일부러 이렇게 찾아와 목숨을 연장할 방도를 구합니다." 승려가 말하길, "부인이시여! 부생(浮生)은 신속히 흘러가 오래 머물 수가 없는 법인데 심신(心神)을 아끼시어 목숨을 연장할 방법을 구하시는군요." 부인이 말하기를, "인간의 수명이 짧다는 것은 이 제자도 알고 있사온데, 어떠한 방도로 수명을 오래도록 연장할 수 있는지를 알지 못합니다." 승려가 말하기를, "하늘에서의 수명은 이것과 같지 않고, 즐거움을 누리는 것도 인간세상 보다 낫습니다." 화상은 그리하여 부인에게 삼계(三界) 구지(九地)[101]의 유정(有情)이 살아가는 곳과 그곳의 무한한 수명에 대해 설하였다. 관세음보살 불자

[側] 덧없는 인생은 오래도록 살기 어려워

　　　생(生)과 사(死)가 바쁘게 오가니

　　　어찌 천상(天上)의 복처럼

　　　즐거움이 영원할 수 있을까

　　　천주(天廚)[102]의 밥을 먹고자 하고

　　　보배롭고 향기로운 옷을 입고자 하여

　　　하늘에서 태어나고자 하는 자는

100　자신이 저지른 악행을 하나도 숨김없이 솔직히 털어놓음.

101　삼계(三界) : 중생이 살아가는 욕계·색계·무색계. 이들 삼계는 비록 우열(優劣)과 고락(苦樂)의 차이가 있지만 모두 미계(迷界)에 속하는 것으로, 생사의 윤회가 지속된다. 구지(九地) : 선정삼매(禪定三昧)의 깊고 옅음에 따라 색계와 무색계는 각기 사선천(四禪天)과 사무색천(四無色天)으로 세분되고 여기에 욕계를 더한 아홉 종류의 중생들이 사는 곳을 말한다.

102　하늘의 주방.

　　팔계(八戒)[103]가 바로 진량(津梁)[104]이라네.

[斷] 승려는 부인에게 이 인연을 설하는데

　　긴 목숨을 구하려는가 아니면 하늘에서 태어나고자 하는가.

　　(하늘나라는) 나갈 때는 상서로운 구름이 두 발을 받들고

　　돌아올 때는 빛이 몸 주위를 아우르네.

　　음악이 날마다 귀에 들려오고

　　칠보는 매일 같이 눈에 가득하다네.

　　덧없는 인생 잠시인 것을 깨달아

　　하루빨리 마음을 돌려 소홀하지 말기를.

　　於是石室比丘尼勸有相夫人了, 交(敎)求生天, 莫求浮世壽命. 夫人問和尙曰 :「凡生人間, 修何法則? 凡生天[105]上, 修何法行?」和尙答曰 :「欲生人世, 修持五戒. 求生天者,[106] 須持八戒. 一日一夜. 若能至心[107]受如來淸淨八戒, 必生天上, 快樂自在.」 於是有相夫人聞是事己. 於求[108]石室比丘尼所求受如是淸淨八戒. 授(受)八戒已了, 歸家日

103　불교는 비록 출가와 재가 제자가 있지만 불법은 어디까지나 출세해탈을 목적으로 하여 출가를 더 상위에 두고 있다. 불교는 출가하지 못한 재가의 신도들이 하루 동안 승가에 머물면서 출세의 선근을 쌓게 할 기회를 마련하는데, 팔계는 재가인이 이때 배워야 할 여덟 가지 계율을 말한다. 팔관재계(八關齋戒)라고도 한다.
104　나루와 다리. 이들은 물을 건너는 데 없어서는 안 되는 것들. 즉 고통이 사라진 경계에 도달하는 데 있어 반드시 의지해야 할 바.
105　原錄에서는 原卷을 따라 '天' 뒤에 '生'자가 더 있다. 이는 아마 앞의 '生'자와 관련하여 생긴 衍字일 것이다. 여기서는 甲卷 및 徐震堮에 의거하여 삭제한다.
106　[原校] '者'는 甲卷에서는 '靑'으로 되어 있다.
107　'至心'은 甲卷에서는 '志心'으로 되어 있다. 그 뜻은 똑같다.
108　於求 : '求'자는 아마 '於'자와 형태가 비슷하여 생긴 衍字일 것이다('於'와 '求'의 초서체는 비슷해 보인다. 사실 필사본에서는 이 두 자를 오용하는 경우가 많다. 甲卷에서는 본래 '於'라고만 되어 있고, 오른쪽 옆에 '求'라고 덧붙어 있는데, 이는 아마 다른 권자의 기록을 고려하여 그 옆에 이 글자를 첨부시킨 것 같다) 마땅히 삭제해야 한다. 뒤의 "有相夫人於石室比丘尼所"라는 문구는 그 증거가 될 수 있다. 原校에서는 '求於'로 되어 있는데 확실한 것 같지 않다.

滿, 便乃身亡, 生在天中, 受諸快樂[云云].

　　[斷側] 當日夫人聞說, 卽時日夜堅持.

　　　　果然七日身亡, 生在他[109]居天上.

　　　　禮拜比丘歸舍, 人間年限將終.

　　　　夫人旣有身亡, 家內營其殯送.

　　[斷] 夫人受戒卻回來, 七日身修(休)掩夜臺.

　　　　國主乍聞心痛切, 朝臣知了淚摧摧.[110]

　　　　六宮參(慘)切情何極, 九族臨喪[111]盡悲[112]哀,

　　　　揀日擇時便殯葬, 凶儀相送塞香街.

　그리하여 석실비구니는 유상부인에게 생천(生天)을 구하고 부생(浮生)
의 수명을 구하지 말 것을 권하였다. 부인이 승려에게 묻기를, "인간 세
상에 태어나려면 무슨 법을 닦아야 하고, 천상에 태어나려면 무슨 법을
닦아야 하는지요?" 승려가 대답하기를, "인간의 세상에 태어나려면 오계
(五戒)[113]를 닦아야 하고, 천상에 태어나려면 팔계(八戒)를 닦아야 합니다.
꼬박 하루를 지심으로 여래의 청정한 팔계를 닦으면 반드시 천상에 태
어나 즐거움을 누릴 수 있습니다." 유상부인은 이 말을 듣고 석실비구니
가 있는 곳에서 이 같은 청정팔계(淸淨八戒)를 받기를 서원하였다. 그리
고 팔계를 받은 뒤 집으로 돌아갔고, 날짜가 되자 죽어 천상에 태어나
서 온갖 즐거움을 누렸다.

109　[原校] '他'는 甲卷에서는 '地'로 되어 있다.

110　[徐震堮] '摧摧'는 '漼漼'가 되어야 한다. [校注] 甲卷에서는 '催催'로 되어 있다.

111　'喪은 原卷과 甲卷에서는 '㐅'으로 되어 있는데, 이는 '喪'자의 이체자이다. 顧藹吉『隸辨』
　　:"㐅, 曹全碑：赴一紀. 按說文作㗊, 從哭, 亡聲, 碑變作㐅." '㐅'은 곧 '㐅'의 변체이다.

112　[原校] '悲'는 甲卷에서는 '物'로 되어 있다. [校注] 아마 '物'은 '惚'의 오류일 것이며,
　　'惚'은 '總'의 속자이다.(필사본에서 자주 보인다) P.3716 王梵志 詩 : "邪淫과 妄語가
　　그릇된 것임을 알거든 모두 저지르지 말일이네(邪淫及妄語, 知非勿物作)." 여기의
　　'物' 역시 '惚'의 오류이다.(P.2718에서는 '惚'으로 되어 있음) '盡總哀'가 되면 그 의미
　　가 자연스럽게 통한다.

113　재가(在家)의 남녀가 지켜야 할 다섯 가지 계율, 즉 불살생·불투도·불사음·불망
　　어·불음주.

[斷側] 그날 부인은 스님의 말을 듣고

즉시 밤낮으로 팔계를 닦았는데

과연 이레가 지나자 목숨이 다하여

지거천(地居天)[114]에 태어났다.

스님에게 예배를 올리고 집으로 돌아가거늘

인간 세상에 머물 수 있는 기한이 곧 다가오는구나.

부인의 육신이 죽고 나자

가족들은 장사를 지낸다.

[斷] 부인은 팔계를 받은 뒤 집으로 돌아가고

이레가 다 차자 육신은 무덤 속에 잠들었다.

국왕은 그 소식을 듣자 가슴이 미어지고

조정의 신하들은 그 사실을 알고 하염없이 눈물 흘린다.

육궁(六宮)의 비통한 심정은 다할 길이 없고

구족(九族)은 [부인의] 죽음을 접하고 슬픔이 극에 달한다.

좋은 날과 시간을 택하여 빈장(殯葬)을 하고

장사(葬事)를 모시는데 그녀를 보내는 이들이 번화한 거리를 가득

메웠다.

有相夫人於石室比丘尼所受戒了, 歸來七日滿, 身終也. 歡喜國王
出天丈(仗), 如法殯葬. 後夫人又經半年, 生在天上. 於天中忽爾思唯:
「我昔何緣, 來此寶界.」 良久入定, 觀此身前是歡喜國王夫人, 因國
王[115]相[116]我知七日身亡, 遂歸父母家. 及往山中石室比丘尼所, 得聞

---

114 원문의 "他居天"은 "地居天"의 오류이다. 지거천(地居天)이란 욕계의 육천(六天) 중의
　　사천왕천과 도리천을 의미한다.

115 [原校] '國王' 두 자는 原卷에서는 '緣'으로 되어 있다.

116 '相'은 原錄에서는 '於'로 되어 있다. [項楚] '於'자는 초서체 '相'자에 대한 오독이다.
　　여기서는 '관상을 보다(占相)'는 뜻이다. [校注] 原卷에서는 '扵'로 되어 있는데 이는
　　'相'의 초서인 듯하다. 이에 바로잡아 기록한다.

妙法及[受]¹¹⁷八戒, 七日命終, 生於天上. 我須今日, 卻下於天界, 往歡喜國, 報其王¹¹⁸恩供養. 言說¹¹⁹夫人遂與天女同來下界. 觀世音菩薩佛子

　[斷] 一自夫人受戒歸, 命終身謝見無期.

　　　因緣已感生天上, 果報還招福自隨.

　　　受命豈論年與月, 歡娛寧有是兼非.

　　　忽然入定辭前世, 歡喜王宮國后妃.

　　　思憶須是下天界, 彩女相將數十人.

　　　四種瑞花¹²⁰光錯落, 五音歌管亂紛紜.

　　　臨帝坐, 入王宮, 霧駕庭庭滿碧空.

　　　只向雲中抛¹²¹寶玩, 五天皆悉現神通.

　유상부인은 석실비구니에게 계를 받고서 집으로 돌아갔고 7일이 다 지나자 목숨이 끊어졌다. 환희국왕은 천장(天仗)¹²²을 보내 예법대로 장사를 지냈다. 그 후 반년이 지나 부인은 천상에서 태어났는데 하늘에서 문득 생각하기를, "나는 지난 날 무슨 인연으로 이 보계(寶界)¹²³에 왔는

117 　【原校】 '受'자는 甲卷에 의거하여 보충한다.

118 　'王'은 原錄에서는 '天'으로 되어 있다. 【原校】 '天'은 原卷에서는 '王飲' 두 자로 되어 있다. 【校注】 甲卷에서는 '王'으로 되어 있고 '天'자는 없다. 여기서는 甲卷에 의거하여 '王'자로 적는다.

119 　'說'은 '訖'이 되고, 뒤에 콤마를 찍어야 할 듯하다.

120 　四種瑞花 : 原錄에서는 原卷을 따라 "四衆瑞云(雲)"으로 되어 있는데('衆'은 '種'의 音借이다), 여기서는 甲卷에 의거하여 수정한다. '四種瑞花'는 불경에서 말하는 '六種祥瑞' 중의 하나이다. 『妙法蓮華經』「序品」: "부처님이 이 경전을 설하시는데 …… 이때 하늘에서는 曼陀羅華와 摩訶曼陀羅華와 曼殊沙華, 摩訶曼殊沙華가 비처럼 흩날리며 부처님과 모든 청중 위로 떨어졌다(佛說此經已 …… 是時天雨曼陀羅華、摩訶曼陀羅華、曼殊沙華、摩訶曼殊沙華, 而散佛上及諸大衆)." 天雨曼陀羅華 등의 '四種瑞花'는 부처의 출행시에 흔히 나타나는 상서로운 사물이다. 뒤의 "種種名[花]異香"은 바로 이 '四種瑞花'를 가리킨다.

121 　'抛'는 原卷에서는 '㧒'로 되어 있다. 뒤의 "剩抛散施總□(須)知"의 '抛'자도 原卷에서는 이 형태로 되어 있다. 이 글자는 '抛'의 속자인 '抛'의 변체일 것이다. 甲卷에서는 '抛'로 되어 있다.

122 　천자의 호위병.

가." 부인은 한동안 명상에 잠겼다. 그리고 자신은 이전에 환희국왕의
부인이었는데, 국왕이 자신을 점쳐보고는 7일 뒤에 죽을 것을 알아 부
모 집으로 돌아가게 되었고, 다시 산속 석실비구니에게 가서 묘법을 듣
고 팔계를 받은 후 7일이 다 차 목숨이 끊어진 뒤 천상에 태어나게 된
사실을 깨달았다. 나는 오늘 하늘나라에서 환희국으로 내려가서 왕의
은혜에 보답하여 공양해야 하리. 부인은 드디어 천녀를 데리고 하계로
내려왔다. 관세음보살 불자

   [斷] 부인은 계를 받고 돌아간 뒤로

목숨이 끝나고 육신이 시듦에 기한이 없음을 보게 되었고
그 인연으로 인해 천상에 태어나게 됨을 알게 되었으며
과보로 복(福)이 저절로 따랐다.
[천상에 태어난 자의] 목숨을 어찌 [세간의] 세월로 논할 것이며
그곳의 즐거움에 어찌 옳고 그름이 있으리오.
홀연 선정(禪定)에 들어가 전생을 바라보니
환희국왕의 후비(后妃)였네.
돌이켜보고 하계로 내려오게 되거늘
채녀 수십 명이 서로 따르는데
네 가지 상서로운 꽃빛이 흩날리고
오음(五音)의 노래와 음악소리 요란하다.
제왕의 처소에 다다라 왕궁으로 들어가니
안개가 일어나 궁궐의 창공에 자욱하다.
구름을 향해 보배로운 노리개를 던지니
오천(五天)[124] 전체에 신통함이 드러난다.

---

123 불국토의 경칭. 『아미타경』이나 『관무량수경』 등의 경전에서 불국토는 칠보로 장식
    이 되어 있다고 한 데서 연유함.

124 고대 인도의 전역은 모두 동·서·남·북·중의 다섯 구역으르 나뉘어져 있었기에
    "오천축"이라고 불렀는데, "오천(五天)"은 그 약칭.

於是有相夫人[曰]¹²⁵國王道：「殿前何故種種名[花]¹²⁶異香，及諸珍
玩?」於虛空中，喚其大王，遞¹²⁷相慰喻.「時吾聞諸,¹²⁸ 驚愕失次，及
國土內，凡諸人民，皆見是[有]相夫人.」¹²⁹

[側] 歡喜王宮裏，當初忽爾聞，

  忽然驚與嘆，兼要重精神.

  出殿望空禮，承空問彼¹³⁰人，

  何緣生瑞¹³¹相，願說此來因.¹³²

[斷] 王與夫人兩不同，人間天上喜相逢，

  慇懃顧問當初事，屈曲還至此日功.

  道是因憑八戒力，感招¹³³得身敬上天宮.

  今朝故故來相報，火急修持且莫慵.

大王語夫人曰：「夫人自歸家內，七日身亡，以何因緣，而¹³⁴來下

---

125 [原校] ‘曰’자는 甲卷에 의거하여 보충한다. [校注] ‘曰’자가 되면 그 의미가 자연스럽
  지 않다. ‘問’자의 형오자인 듯하다.

126 [原校] ‘花’자는 甲卷에 의거하여 보충한다.

127 ‘遞’는 原錄에서는 ‘遞’로 되어 있고 ‘迊’로 교정하였다. 그리고 그 교주에서 이르기를
  “甲卷에서는 ‘牙’로 되어 있다”고 하였다. [校注] ‘遞’는 ‘遞’자의 이체자이다.(『玉篇』에
  보임) ‘遞’는 ‘바꾸다(更易)’(『說文解字』)는 뜻이다. ‘遞相慰喻’는 ‘互相慰喻’이다. 原校
  에서는 ‘迊’로 되어 있는데 이는 옳지 않다. 甲卷의 ‘牙’는 ‘㸦’의 訛字로, 이는 ‘互’의
  속체자이다. ‘遞’와 ‘互’는 글자는 다르나 의미는 같다.

128 甲卷에서는 ‘諸’가 ‘之’로 되어 있다.

129 이 문구는 甲卷에서는 ‘皆見是扵(相)’ 네 자로 되어 있다.

130 ‘彼’는 原錄에서는 ‘被’로 되어 있고 ‘彼’로 교정하였다. 여기서는 甲卷에 의거하여 직
  접 바로잡는다.

131 ‘瑞’는 原錄에서는 ‘端’으로 되어 있고 ‘瑞’로 교정하였다. 여기서는 甲卷에 의거하여
  직접 바로잡는다.

132 ‘因’은 原卷에서는 ‘困’으로 잘못 적혀 있다. 문맥에 의거하여 수정한다.

133 ‘招’는 原卷과 甲卷에서는 모두 ‘枯’로 되어 있다. 袁賓은 이를 ‘招’로 교감하였는데 매
  우 옳다. 돈황사본에서 ‘扌’ 편방과 ‘木’ 편방은 뒤섞여 사용되며, 또 ‘召’자를 속체로
  ‘呂’라 적는다.(『干祿字書』에 보임) 따라서 ‘枯’는 ‘招’의 俗體에 대한 오독이다. 앞 문
  구 “果報還招福自隨”의 ‘招’자가 原卷에서는 ‘枯’로 되어 있다. ‘感招’는 ‘果報感應’을 가
  리킨다(664쪽 교주 276번 참조) 潘重規는 ‘感枯’을 ‘感拈’으로 보았는데 정확하지 않
  다.

界?」夫人道:「我自離宮內, 便入山中, 禮拜比丘尼, 求[135]受八關齋戒. 一日一夜, 志心境(敬)持, 便[136]得上生兜率[137]天上. 今朝到此, 來報大王, 伏望不戀閻[138]浮, 求生天上, 與爲同止, 再遂忠(衷)腸,[139] 千萬再三:速求出離.」

[側] 大王聞說便心迴, 日夜燒香禮聖臺,
自別夫人經數月, 思量好是苦持齋.
每想[140]夫人辭家出, 夜夜尋看房臥路.[141]
玉貌定知皈那裏, 且喜恩霑說修持.
今日若能得上界, 施與如來國內財.
相勸諫, 速持齋, 莫戀閻[142]浮急出來.
座下總須聽此說, 當來畢[143]定免輪[144]迴.[145]

134 【原校】'而'는 甲卷에서는 '如'로 되어 있다. 【校注】原卷에서는 '如'로 되어 있고, 甲卷에서는 '而'로 되어 있다. 필사권에서 '如'와 '而'는 통용된다. 여기서는 甲卷에 의거하여 '而'를 택한다.

135 '求'는 原錄에서는 '永'으로 되어 있다. 그 교주에서는 "'永'은 甲卷에서는 '求'로 되어 있다"고 하였다. 【校注】原卷에서는 사실 '求'로 되어 있다. 原錄은 잘못되어 있다.

136 【原校】'便'은 甲卷에서는 '勸'으로 되어 있다.

137 '兜率'은 原卷에서는 '兠𡓞'로 되어 있는데, 이는 '兜率' 두 자의 속체자이다.(甲卷에서는 '兜率'로 되어 있음)『碑別字新編』에서는 '兜'의 별체자로 '兠'을 말하고 있는데, 이는 참고할 만하다. 또『集韻』「質韻」: "率, 古作𧥶." '𡓞'은 응당 '𧥶'의 변체이다.('言' 양 옆의 '土'가 앞의 '兜'자와 관련하여 類化된 것으로 보인다)

138 '閻'은 原卷에서는 '𨶒'으로 되어 있다. 이는 뒤의 '浮'자와 관련하여 類化된 것이다. 甲卷에서는 '閻'으로 되어 있다.

139 【原校】'腸'은 甲卷에서는 '場'으로 되어 있다. 【校注】甲卷에서는 사실 '腸'으로 되어 있다.

140 '想'은 原卷에서는 '相'으로 되어 있는데, 여기서는 甲卷에 의거하여 수정한다.

141 '房臥'는 '臥房'이다.『通釋』의 이 항목을 참조 바란다. 또 原錄에서는 '路'자 뒤에 빠짐표([ ])가 들어 있다. 【校注】原卷에서는 '路'자 뒤에 검은 점이 찍혀 있는데, 이는 필사할 때 실수로 찍힌 것이지 원문에 잔결이 있음을 말하는 게 아니다. 甲卷에서는 이 문구가 "夜夜交人淚如雨"로 되어 있다.

142 '閻'은 原卷에서는 '閰'으로 되어 있다. 이는 '閻'의 속체자이다. '臽'자를 속체로 '臼'라 적는데('臼'를 속자로는 '旧'라 표기한다. 이에 대해서는『龍龕手鏡』에 보인다), 이 글자가 다시 '閰'이나 '閰'으로 변한 것이다.(S.2614「大目乾連冥間救母變文」과 S.6551「佛說阿彌陀經講經文」에 각각 그 예가 보임) '閰'은 그 변체이다.

이때 유상부인이 국왕에게 물어 말하기를, "궁전에 무슨 까닭으로 갖가지 아름다운 꽃과 특이한 향기와 여러 진귀한 노리개들이 있는 것이옵니까?" 허공에서 대왕을 부르며 서로 위로하고 달래 주었다. "이때 나는 그 소리를 듣고 놀라서 정신이 없었는데, 나라 안의 모든 백성들은 유상부인을 보게 되었다."

[側] 환희왕은 궁 안에서

　　문득 그 소리를 듣고서

　　갑자기 놀라고 탄식하며

　　정신을 차리고자 했다.

　　궁전 밖으로 나가 허공을 향해 예를 올리고

　　허공을 바라보며 누군지를 묻고

　　어찌하여 서상(瑞相)이 나타나고

　　이곳에 내려왔는지 듣고자 하네.

[斷] 왕과 부인은 [사는 세계가] 같지 않은데

　　인간과 천인이 기쁘게 서로 만나

　　은근하게 이전의 일들이며

　　굽이굽이 오늘에 이르기까지의 공덕을 물었다.

143　'畢'은 '必'과 통한다.

144　'輪'은 原卷에서는 '輨'라 잘못 적혀 있다. 여기서는 原錄에 의거하여 교정한다.

145　[原校] 이 단락의 운문 14구가 甲卷에서는 다음과 같이 12구로 되어 있다. "왕은 연유를 물어 그 내막을 자세히 알고는 난간에 기대어 눈물을 흘린다. 부인을 사별한 후 언제나 내 집에 다시 올 수 있으려나. 부인이 집 떠나는 걸 떠올릴 때마다 매일 밤 비처럼 눈물을 흘리니, 옥과 같은 왕의 용모 어느새 생기가 사라지고, 은혜 입어 그를 따르기를 희구한다. 오늘 어느 때나 후궁에 들 것이며 조정에서 다시 만날 것을 어찌 바랄 수 있으리. 만약 부부의 금슬을 오래도록 드리울 수 있다면 이 몸은 궁궐을 버리고 수행에 나서리라(王問緣由知子細, 憑欄目視深垂涕, 自別夫人已隔生, 何期再到余家第. 每想夫人辭家出, 夜夜交人淚如雨, 王(玉)貌須臾變作灰, 且希恩霑備從容, 今朝何期入後宮, 金馬豈望重相睹! 儻垂琴瑟當時久, 我也修行弃九重)." [校注] 項楚는 문맥 및 각운으로 보아 제8구와 제10구의 위치를 바꿔야 한다고 하였는데 일리가 있다. 또 제8구의 '備'자를 항초는 '略'으로 교감하였는데, 이 역시 옳다.

말하기를, 팔계(八戒)의 힘에 기대어
천상의 궁전에서 태어나게 되었네.
오늘 일부러 내려와 알리려하니
하루빨리 [팔계를] 받아 나태하지 마소서.

대왕이 부인에게 말하기를, "부인은 집으로 돌아가서 이레가 다 차 죽었는데 어떤 인연으로 세상에 내려온 것이오?" 부인이 말하기를, "저는 궁을 떠난 뒤 입산하여 비구니께 예배를 올리고 팔계를 받기를 서원하였습니다. 밤낮 지심으로 수지하여 마침내 도솔천에서 태어날 수 있었습니다. 오늘 이곳에 와서 대왕께 알리고자 하는 것은, 부디 대왕께서 인간의 세계에 연연해하지 마시고 천상에 태어날 것을 구하시어 저와 함께 지내기를 바라옵니다. 거듭 저의 속마음을 말씀드리건대, 부디 속히 세속에서 벗어나시옵기를."

[側] 대왕은 그 말을 듣고 마음을 바꿔
밤낮으로 향을 사르고 성대(聖臺)에 예배를 올리네.
부인과 이별한 후 수개월 동안
애써 팔계(八戒)¹⁴⁶ 수지(受持)만을 생각하네.
매번 부인이 집을 떠난 것을 생각할 때마다
왕은 밤마다 [부인의] 침소를 보고자 하는데
옥 같은 얼굴은 [왕이] 그곳에 왔음을 알고는
은혜를 입어 [왕에게] 수지(修持)를 권하네.
오늘 만일 상계(上界)¹⁴⁷에서 태어날 수 있다면
여래께 나라 안의 모든 재물을 보시하리.
서로 권하고 간하면서 속히 팔계를 수지하고
염부제에 연연해하지 않고 빨리 떠나기를 구하네.
법좌 아래서 언제나 이 설법을 들으면

---

146 원문의 '재(齋)'는 '팔관재계(八關齋戒)', 즉 '팔계(八戒)'를 의미.
147 육도(六道)의 하나로 '천상계(天上界)'라고도 한다. 사람이 사는 '하계(下界)'에 대응.

내세에는 반드시 윤회를 면하게 되리라.

於是大王受諫, 有相迴歸. 凡是後來, 也持八戒, 還生天上, 福德[148]
自隨[云云].

　　[側] 有相夫人報大王, 盈盈玉貌也無常.

　　　傾國傾城人聞說, 尙與國王有分離.

　　　勸發[願], 速修行, 濁世婆娑莫戀嵤.[149]

　　　便須受戒歸政法,[150] 淨土天中還相逢.

　　　無限難思[151]意味長, 速須覺悟禮空王.

　　　三八士須[152]斷酒肉, 十齋直[153]要剩[154]燒香.

　　　更能長念如來好,[155] 一切時中得吉祥.

　　　好道理, 不思儀,[156] 記當修行莫勇伊.[157]

148　'得'은 原錄에서는 '德'으로 되어 있다. 그리고 그 교주에서는 "德은 甲卷에서는 '樂'으로 되어 있다"고 하였다. [校注] 原卷에서는 본래 '得'으로 되어 있다. '得'은 '德'과 통하나 직접 '德'으로 고쳐 적는 것은 옳지 않다.

149　'嵤'은 사전에 나와 있지 않다. '瞢'자의 오자로 추정된다. 『說文解字』「目部」: "瞢, 惑也." 原校에서는 '營'으로 되어 있는데, 그 문맥이 자연스럽지 못하다. 정확한 것 같지 않다.

150　'政'은 '正'과 통한다. '正法'은 '진정한 道法'이다. '正'은 '邪'에 대응된다. 1086쪽 교주 39번 참조 바람.

151　[項楚] '難'자는 '離'자의 형와자이다. 이 부분은 유상부인이 국왕에게 이별을 고하는 장면이다. 그리하여 '離思'라는 어구가 보인다.

152　[通釋] '士'는 '事'의 가차자이다. '事須'는 '應須'의 뜻으로, 명령의 어기를 나타낸다. [校注] 蔣씨의 견해는 옳다. 甲卷에서는 '事須'로 되어 있는데, 이는 그 증거이다.

153　'直'은 原卷에서는 '眞'으로 되어 있는데, 이는 형와자로 보인다. 여기서는 甲卷에 의거하여 바로잡는다.

154　'剩'은 '多'이다. 甲卷에서는 '數'로 되어 있는데, 그 의미는 같다.

155　'好'는 甲卷에서는 '號'로 되어 있다. '號'로 보는 것이 의미가 자연스럽다. '長念如來號'는 부처의 명호를 염송하는 것으로, 佛門에 귀의함을 뜻한다.

156　[潘重規] '儀'는 '議'가 되어야 한다.

157　'勇'은 原卷에서는 '勈'으로 되어 있고, 甲卷에서는 '勇'으로 되어 있는데, 전자는 '勇'자의 속체이다. 原卷 본편의 뒤에 실려 있는 「須闍提太子因緣」에는 "吾不及汝精進勇猛, 會得阿耨多羅三藐三菩提"라는 문구가 있는데, 여기의 '勇' 역시 '勇'자이다. '勇伊

念佛座前領取偈, 剩抛散施總[須][158]知.[159]

歡喜國王緣一本寫記

乙卯年七[160]月六日三界寺僧戒淨寫耳

그리하여 대왕은 부인의 간청을 받아들였고 유상부인은 되돌아갔다. 후에 대왕은 팔계를 수지하여 천상에 태어나 복덕(福德)이 저절로 따랐다.

[側] 유상부인이 대왕에게 알리기를,

　　옥 같이 아름다운 얼굴도 무상하고

　　경국지색(傾國之色)의 미녀도

　　국왕을 떠나게 되오니

　　지심으로 발원하시고 속히 수행하시며

는 '踊移'와 같으며, '주저하다, 망설이다(猶豫)', '우물쭈물하다(游移)'란 뜻이다. 715쪽 교주 42번 참조 바람.

158　'須'자는 甲卷에 의거하여 보충한다.

159　[原校] 이 부분의 운문 18구는 甲卷에서는 20구로 되어 있다. 즉 "유상부인의 옥 같이 아름다운 용모와 눈처럼 새하얀 살결, 나라와 성을 기울게 할 정도였음은 누구나가 다 알았지만 그녀는 국왕과 사별하였네. 속히 수행하시며 혼탁한 사바세계에 연연해 하지 마시고, 삼가 戒를 받고 자주 경문을 들으시면 정토천에서 만나게 될 것이네. 그 의미 무한하고 헤아리기 어려우며 영원하니, 속히 깨달음을 걷어 空王에 예배하옵기를. 날마다 재를 올리고 계율을 받들 것이며, 매일매일 공손히 예배 올리기를. 三八日에는 반드시 술과 고기를 끊고, 十齋日에는 많은 향을 사르기를. 다시 오랫동안 여래의 명호를 염송하면 항상 길상함을 얻게 되리. 이 같은 훌륭한 이치는 불가사의하니 응당 수행함에 주저해서는 안 될 일. 법좌 앞에서 염불하고 게송하며 많이 버리고 보시를 해야 함을 항상 명심해야 하느니.(有相夫人經上說, 盈盈玉貌兇(胸)前雪, 傾國傾城衆所知, 尚與國王重死別. 速修行, 懃發願, 濁世娑婆不甚戀, 懃須受戒數聞經, 淨土天堂還相見. 無限難思義味長, 速須覺悟禮空王, 持齋奉戒朝朝作, 禮拜虔恭日日忙, 三八事須斷酒肉, 十齋直要數焚香, 更能長念如來號, 一切時中得吉祥. 好道理, 不思儀, 記當修行□(莫)勇伊, 念佛街領取偈, 剩抛散施總須知)."[校注] 제6구 '甚'을 潘重規는 '堪'으로 교정하였고, 제9구 '難思'는 原卷으로 보아 '離思'로 보아야 하고, 제17구 '儀'는 '議'와 통하고, 제18구의 결자부호(□)는 필사권에서 '莫'으로 되어 있음을 판별할 수 있기에 삭제해야 하고, 제19구의 '街'는 '階'로 보아야 하며 그 뒤에 '前'자를 보완해야 한다. 「解座文彙抄」에 "念佛階前領取偈"라는 문구가 보이며, 또 P.3128 「不知名變文」에도 "合掌階前領取偈"라는 문구가 보이고 있다.

160　[原校] 서명을 적은 이 행이 原卷에서는 "濁世婆娑" 구의 빈 공간에 적혀 있다. 甲卷에도 적혀 있는데 '七月'이 '六月'로 되어 있다.

혼탁한 사바세계에 연연해하지 마시고

계(戒)를 받아 정법(正法)에 귀의하시어

정토천(淨土天)에서 님을 만나뵙기를.

무한하고 헤아리기 어려우며 의미가 영원하니

속히 깨달음을 얻어 공왕(空王)[161]을 친견하고 예배하옵기를.

삼팔일(三八日)[162]에는 반드시 술과 고기를 끊고

십재일(十齋日)[163]에는 많은 향을 사르기를.

다시 오랫동안 여래의 명호를 염송하면

항상 길상함을 얻게 되리.

이 같은 훌륭한 이치는 불가사의하니

응당 수행함에 주저해서는 안 될 일.

법좌 앞에서 염불하고 게송하며

많이 버리고 보시를 해야 함을 항상 명심해야 하느니.

환희국왕연 일본(一本) 필사하여 기록함

　　　　　　을묘년 7월 6일 삼계사(三界寺) 승려 계정(戒淨) 적음

161　부처의 별칭.

162　매월 8·18·28일의 3일.

163　매월 1·8·14·15·18·23·24·28·29·30일. 이날 불보살의 명호를 염송하면 지
　　은 죄가 사라진다고 함.

금강추녀인연(金剛醜女因緣)[1]

我佛因地, 曠劫修行. 投崖飼虎,[2] 救鴿尸毗. 爲求半偈, 心地不趂.[3]

1 『變文集』에서의 原題는 「醜女緣起」이다. 王重民 [原校] 이것은 乙卷의 前題이다. 甲卷의 後題는 '金剛醜女因緣'으로 되어 있고, 丙卷은 '醜女金剛緣'기라 되어 있다. 모두 5종의 사본이 있다. 甲卷은 S.4511이다. '我佛當日'부터 시작되는데 서두 부분이 乙卷에 비해 148자 부족하다. 乙卷은 P.3048이다. 서두 부분이 甲卷에 비해 한 단락이 많고 권말은 한 구가 많다. 그러나 여전히 미완성으로 보인다. 丙卷은 S.2114이다. 丁卷은 P.3592이다. 戊卷은 P.2945이고 뒷면에 적혀 있는데 글씨가 선명하지 못하다. 이 5종 권자 가운데 甲卷과 乙卷이 가장 완정하나 여전히 문자상의 차이를 보인다. 그리하여 이 두 권 중에서 상대적으로 상세하고 문맥이 잘 통하는 부분을 취하여 그 저본으로 삼되 일반적인 차이는 일일이 지적하지 않는다. 서두 부분은 乙卷을 저본으로 삼는다. 이 고사는 佛經 속에서 제법 자주 거론된다. 『百緣經』의 「波斯匿王醜女緣」, 『雜寶藏經』의 「醜女賴提緣」, 『賢愚經』의 「波斯匿王女金剛品」 등이 이 고사를 다루고 있다. [校注] 甲卷은 前題가 '金剛醜女因緣一本'으로 되어 있고 後題는 없다. 그런데 原校에서는 甲卷에 '金剛醜女因緣'이라는 後題가 붙어 있다고 하였다. 이는 정확하지 못하다. 乙卷은 전제가 '醜女緣起'로 되어 있고 권말어 '上來所說醜變'이라는 문구가 적혀 있다. 丙卷에는 前題가 '醜女金剛緣'이라 되어 있고 뒷부분이 잔결되어 있다. 丁卷은 앞뒤가 모두 잔결되어 있다. 戊卷은 前題가 '金剛醜女緣'이라 되어 있고 후반부는 잔결되어 있다. 元魏 慧覺 『賢愚經』 권2 「波斯匿王女金剛品第八」의

剜身然燈, 供養辟支. 善友求珠, 貧迷.⁴ 父王有病, 取眼⁵獻之.

　　大聖慈悲因地, 曠劫修行堅志,

　　也曾供養辟支, 帝釋天來誠[□].

　　割肉際⁶於父王, 山內長時伏氣,⁷

　"파사닉왕의 부인 마리가 딸을 하나 낳았다. 이 딸의 字는 波闍羅(진나라 말로 金剛. 原注)고 하였는데, 몹시 못생겼고 피부는 거칠기가 낙타 가죽 같았으며, 머리털은 굵고 질기기가 말총과 흡사했다(波斯匿王之大夫人摩利, 生一女, 字波闍羅(原注 : 晉言 金剛), 極醜, 肌體粗澁, 猶如駝皮; 頭髮粗强, 猶如馬尾)"라는 문구와, 본편의 내용 및 본문에서 자주 거론되는 '金剛醜女'라는 호칭으로 판단해 보건대 본편은 『賢愚經』을 연역한 것으로 생각된다. 그래서 甲卷에 의거하여 제목을 수정한다.

2　'崖'는 原錄에서는 '座'로 되어 있다. 이는 오류다. 여기서는 저본(乙卷)에 의거하여 바로잡는다. '投崖飼虎'는 佛本生談이다. 北涼 曇無讖 譯 『金光明經』 권4 「捨身品」 및 梁 釋僧旻·寶唱 等 『經律異相』 卷32 「乾陀尸利國王太子投身餓虎遺骨起塔」 등에 이 고사가 실려 있다.

3　【徐震堮】 '趍'는 '移'가 되어야 할 듯하다. 【校注】 '趍'는 '迻'의 오록으로 보인다. '走' 편방과 '辶' 편방은 형태나 뜻이 비슷하기 때문에 俗書에서는 통용된다. 이를 테면 '透'를 '趍'로, '逾'를 '𧾷'(『集韻』에 보임)로 적는 것이다. 「韓擒虎話本」: "금호는 들어오라는 명을 받고서 먼저 주군과 장수 두 사람을 바친 후 궁실의 작은 담장을 조심히 지나 절을 올리고 만세를 불렀다(㑇虎得對, 先進上主將二人, 然後迻過簫墙, 拜舞叮呼万歲)." 이 '迻'자는 '趍'여야 한다. 이 예는 그 증거가 된다. '迻'는 곧 '移'이다. "爲求半偈, 心地不趍"는 석가모니가 설산에서 고행하면서 반 마디의 偈를 얻기 위하여 자신의 몸을 희생시킨 일을 가리킨다. 『涅槃經』 권1 「聖行品」에 보인다.

4　'善友'는 原錄에서는 '善支'로 되어 있고 앞 구문에 속하는 것으로 되어 있다. 徐震堮은 '辟支'에서 구절이 끝난다 하였고, 袁賓은 '支'는 '友'이어야 한다고 하였는데 이는 모두 옳다. 乙卷은 본래 '友'로 되어 있다. 善友가 寶珠를 구하는 고사는 『大方便佛報恩經』 「惡友品」에 보인다. 또 '貧迷' 앞뒤에는 누락된 글자가 있음이 분명하다. 선우태자는 아우인 악우와 함께 용왕의 여의주를 구하기 위하여 바다에 들어가는데, 악우가 대나무로 선우의 두 눈을 찌르고는 혼자서 寶珠를 훔쳐가 버린다. 그 후 선우는 봉사가 되어 온갖 고생을 겪는다. 潘重規는 '貧迷'는 '頻迷'라 하였는데 정확하지 않다.

5　'取眼'은 原錄에서는 '取服'으로 되어 있다. 徐震堮은 이를 '割肉' 혹은 '割股'라 보았는데 정확하지 않다. 乙卷은 '服'자가 '眼'으로 되어 있는데 이는 사실 '眼'자이다. 돈황사본에서 '目' 편방은 흔히 '月'로 표기된다. 뒤의 "日月眼前多富貴"의 '眼'자 역시 乙卷에서는 '眼'로 되어 있다. 潘重規의 교주 역시 이와 같다. "父王有病, 取眼獻之"는 인욕태자가 자신의 눈을 찔러 부친을 치료한 일을 말한다. 『大方便佛報恩經』 「論議品」에 보인다.

6　'際'는 原錄에서는 '祭'로 되어 있다. 이는 오류이다. 여기서는 저본에 의거하여 바로잡는다. '際'는 응당 '濟'로 보아야 한다. '구제하다'는 뜻이다.

7　【徐震堮】 '伏'은 '服'이어야 한다. 【校注】 '服氣'는 도가의 호흡수련 방법이다. '伏氣'라고

去世因[□]修行, 三界大師便是.

世尊當日度行壇,[8] 爲救衆生業障纏,

也解求珠於大海, 尸毗救鴿結良緣.

三徒(途)地獄來往走, 六道輪迴作舟舡,

爲度門徒生善相, 感賀(荷)如來聖力潛.

　우리 부처께서는 인지(因地)[9]에 계시면서 영겁의 세월 동안 수행을 쌓으셨다. 절벽에서 몸을 던져 [굶주린] 호랑이를 먹이셨고,[10] 시비왕(尸毗王) 때는 비둘기를 구하셨고,[11] 반 마디의 게(偈)를 얻기 위하여 신념을 바꾸지 않으셨다.[12] 몸을 도려내어 등불을 밝혀가며 벽지불을 공양하셨고, 선우(善友)태자 때는 여의보주(如意寶珠)를 찾아 나서셨으며, 부왕이 병들자 눈알을 파내 바치셨다.

　　대성(大聖)께서 자비로이 인지(因地)에 머무실 때

　　영겁 동안 수행을 쌓으시었네.

　　벽지불을 공양하기도 하시고

　　제석천이 내려와서 ( ) 시험하기도 했네.

　도 적는데 이는 '伏'과 '服'이 통용되기 때문이다. P.3333「謁金門詞」: "항상 호흡수련을 하고 봉래궁에서 거주한다(常伏氣, 住在蓬萊宮裏)."『太平廣記』卷269「安進道」: "호흡수련을 하여 마침내 곡기를 끊었다(旣能伏氣, 遂絕粒)." 참고할 필요가 있다.

8　'行壇'은 해독하기 어렵다. 【潘重規】'壇'은 '檀'이어야 한다. 【校注】「目連緣起」의 "行檀布施, 日設僧齋"라는 문구가 있는 것으로 보아 반씨의 견해는 사실에 가깝다.

9　불법의 수행이 아직 성불에 이르지 아니한 보살의 지위.

10　자신의 몸을 던져 배고픈 호랑이를 먹였다는 석가모니의 전생 이야기는『보살본행경(菩薩本行經)』하(下)와『육도집경(六度集經)』에 보인다.

11　석가모니가 전생에 시비왕이 되어 선업을 쌓고 있을 적에 제석천은 그의 자비행을 시험해보고자 하였다. 그리하여 자신은 한 마리 매로 둔갑하고 그의 신하 비슈천자는 한 마리의 비둘기로 변했다. 그리고 시비왕 근처에 가서 일부러 매는 비둘기를 잽싸게 쫓고 비둘기는 잡히지 않으려고 달아나면서 시비왕의 겨드랑이 밑으로 숨어 들어갔다. 구해달라는 비둘기와 그 먹이를 먹지 않으면 굶어죽을 것이라는 매의 말을 듣고 시비왕은 선뜻 자신의 온몸을 바쳐 그 둘을 구한다는 이야기.『보살본행경(菩薩本行經)』하(下)에 보인다.

12　『대반열반경(大般涅槃經)』권13,『대지도론(大智度論)』권12,『찬집백연경(撰集百緣經)』권4 등에 보인다.

살을 잘라 부왕을 구하기도 하시고

산속에서 오랫동안 조식(調息)도 하셨네.

과거세에 인지(因地)에서 수행하시어

삼계(三界)의 대사(大師) 되셨네.

세존께서 이날 제도(濟度)를 행하시는 것은

업장(業障)에 얽매여 있는 중생을 구하려 함이네.

대해(大海)에서 보주(寶珠)를 구하기도 하시고

시비왕 때는 비둘기를 구하여 좋은 인연 맺기도 하셨네.

삼도(三途)의 지옥을 오가며

육도를 윤회하는 [중생을 위하여] 나룻배가 되시고

문도(門徒)를 제도하여 선한 모습으로 태어나게 하시니

감사하도다, 여래의 숨은 성력(聖力)이여.

我佛當日[13]爲救門徒六道輪迴, 猶如舟舡,[14] 般[運][15]衆生, 達於彼岸. 此時總得見佛, 今世足衣足食,[16] 修行時至, 勤須發願. 有餘供養佛僧,[17] 得數結紹見. 此時更若修行, 來世勝相[18]定現.[19]

---

13 [原校] 甲卷은 여기부터 시작한다. [校注] 丙卷과 戊卷 역시 여기부터 시작한다. 戊卷에는 처음의 ‘我’자가 빠져 있다.

14 ‘舡’은 原錄에서는 ‘船’으로 되어 있다. [校注] 乙卷과 甲卷에서는 본래 ‘舡’으로, 丙卷과 戊卷에서는 ‘船’으로 되어 있다. ‘舡’과 ‘船’은 모두 ‘船’의 속자이다.(‘台’ 편방은 속서로 ‘公’이라 적는다. 따라서 ‘船’을 俗書로 ‘舩’이라 적는다. 또 ‘公’과 ‘工’은 동음인까닭에 ‘船’은 ‘舡’이라 적기도 한다)『集韻』: “船, 俗作舡.” 돈황사본에서 ‘舡’은 ‘船’의 속자로 흔히 사용된다. 본편의 “六道輪廻作舟舡”(原錄에서는 ‘舡’이라 표기됨)에서 ‘舡’은 ‘纏’, ‘緣’, ‘潛’ 등의 글자와 압운되고 있어 이 글자가 ‘船’자임을 보여준다. 그러나 세월이 지나면서 ‘舡’과 ‘船’은 음이 분화되어 두 글자로 분리된다(『玉篇』: “船, 市專切, 舟船. 舡, 火江切, 船也.”) 여기서는 ‘舡’로 되어 있는 저본의 기록을 존중하여 ‘舡’으로 적는다. 독자는 이 점을 염두에 두고 이해하면 될 것이다.

15 [原校] ‘運’자는 甲·丙卷에 의거하여 첨부한다. [校注] 甲卷은 본래 ‘蓮’으로 되어 있는데 이는 形訛字이다. 또 ‘運’자는 戊卷에도 있다.

16 [原校] 丙·丁卷에서는 ‘食’이 ‘飯’으로 되어 있다. [校注] 戊卷 역시 ‘飯’으로 되어 있다.

17 이 구부터 뒤의 “修齋造善”까지 甲·丙·戊卷에는 없다.

我佛慈悲世莫誇, 救度衆生遍河沙,

總得到於無爲處, 今生富貴足嬌闍.[20]

人身不久如燈炎, 世事浮空似雲遮,

供養佛僧消滅障, 來生必定禮龍花

來如(如來)長說誘勸門徒, 焚香發願, 勸念彌陀, 修齋造善. 布施有多
[種][21]功德, 一一不及廣讚. 設齋歡喜, 果報圓滿. 若人[22]些些[23]攢眉,
來世必當醜面.

우리 부처는 이날 육도를 윤회하는 문도를 구하기 위해 나룻배처럼
중생을 옮겨 피안에 이르게 하셨다. 이때 [중생은] 모두 부처를 뵙게 되
었고 금세(今世)에 옷과 밥이 풍족하게 되었다. 수행할 때는 지심으로 발
원할 것이며, 여유가 있어 불승(佛僧)을 공양하면 ~[24]을 얻게 될 것이다.
이때 만일 더욱더 수행을 계속하면 내세에는 반드시 훌륭한 모습으로
태어나게 되리라.

우리 부처의 자비는 세상에서 자만하지 않으시고

항하사(恒河沙)[25]만큼 무수한 중생을 구도하시어

---

18 '相'은 原錄에서는 '於'로 되어 있다. 袁賓은 '於'를 '相'으로 보아야 한다고 했는데 이는
    옳다. '於'는 乙卷에서는 본래 '扵'로 되어 있는데 이는 '相'자인 듯하다(「歡喜國王緣」
    주석 2) 참조 바람) '勝相'은 아름다운 용모를 가리킨다. 앞의 '善相'과 같은 뜻이다.
19 '現'은 原錄에서는 '見'으로 되어 있다. 【校注】乙卷(이 단락은 乙卷에만 있다)은 본래
    '現'으로 되어 있다. 이에 바로잡는다.
20 【徐震堮】'嬌闍'는 '嬌奢'이어야 한다.
21 乙卷에는 본래 '種'자가 없다. 【校注】甲·丙·戊卷에서는 이 문구가 모두 '布施有多種
    因緣'으로 되어 있다. '功德'과 '因緣'의 차이가 있지만 '多' 뒤에는 모두 '種'자가 들어
    있다. 이에 의거하여 보충한다.
22 '人'은 乙卷에서는 '己'로 되어 있다. 여기서는 甲·丙·丁·戊卷에 의거하여 수정한다.
23 '些些'는 原錄에서는 '些些手'로 되어 있다. 徐震堮은 이 '手'자를 衍字로 보았고, 蔣禮
    鴻은 '些些子'로 보았다. 【校注】'手'자는 乙卷에서는 '手'와 '子'의 중간 형태로 되어 있
    는데 이미 삭제한 것이 아닌가 싶다. 뒤의 "若人些些皺眉, 則知果報不遂"는 '些些'가
    옳음을 말해준다. 甲·丙·丁·戊卷에서는 모두 '些子'로 되어 있는데 그 의미는 똑
    같다.
24 원문 "득수결소견(得數結紹見)"은 해독하기 어렵다. 오자가 있는 듯하다.
25 갠지즈강의 무수한 모래.

[중생] 모두가 무위처(無爲處)에 이르게 하시니

[중생이 누리는] 금생의 부귀가 한껏 호사스럽네.

인간의 육신은 오래가지 않음이 타오르는 등불과 같고

세간사 공허하니 구름에 가려지는 듯하네.

불승(佛僧)을 공양하여 업장을 소멸시키면

내생에는 반드시 용화회(龍華會)[26]에 이르게 되리라.

여래께서는 항상 가르침을 설하여 문도에게 권유하시었다. 향을 사르며 서원을 발하고 삼가 미타(彌陀)를 염송하며 재(齋)를 올리고 선행을 행할지어다. 보시를 하면 수많은 공덕이 쌓이나니 일일이 그것들을 거론하지는 않으리. 재(齋)를 마련함에 기쁜 마음으로 하면 과보는 원만해질 것이고, 만일 조금이라도 눈살을 찌푸리는 자가 있다면 내세에는 반드시 추악한 얼굴로 태어나게 될 것이다.

佛在之日, 有一善女, 也曾供養羅漢,[27] 雖有布施之緣, 心裏便生輕賤. 不得三五日間, 身死. 有何靈驗?[28] 此女當時身死, 向何處託生? 於[29] 波斯匿王宮內託生, 此是布施因緣, 得生於國王之家.[30] 輕慢[31]賢聖之業, 感得[32]果報, 元在於我大王夫人.

---

26 미륵보살이 성불한 후에 중생을 제도하기 위하여 연 법회. 석가모니가 입멸한 뒤 56억 7천만 년 만에 세상에 나타나서 용화수 밑에서 도를 이루고, 세 차례의 설법을 한다고 한다.

27 [原校] '羅漢'은 甲卷에서는 '辟支佛'로 되어 있다. [校注] 丙·丁·戊卷에서는 모두 '辟支'로 되어 있다.

28 甲·丙·丁·戊卷에서는 '身死有何靈驗' 6자가 없다.

29 '於'는 丙·戊卷에서는 '向'으로 되어 있고, 甲·丁卷에서는 '向於'로 되어 있다. [校注] '向'은 '於'와 같다('向於'는 同義의 衍文이다) 『新書』는 '於' 앞에 '向'자를 보충하였는데 그럴 필요 없다.

30 丙·丁·戊卷에서는 모두 '得'자가 없다. 甲卷에서는 이 문구가 '生於王家' 4자로 되어 있다.

31 '慢'은 乙卷에서는 '罵'로 되어 있고, 甲·丙·丁·戊卷에서는 모두 '慢'으로 되어 있다. '慢'자가 문맥상 어울린다. 이에 수정한다.

32 甲卷에서는 '感得' 두 자가 없다. 『新書』는 甲卷의 '感'을 '敢'으로 보았는데 정확하지

纔生三日, 進與大王; [大王]³³纔見之[時]非常驚訝.³⁴ 世間醜陋, 生於貧下.³⁵ 前生修甚因緣, 今世形容轉差?³⁶ [觀世音菩薩]³⁷ 大王道:

只首³⁸思量也大奇, 朕今³⁹王種豈⁴⁰如斯?

醜陋世間人總有, 未見今朝惡相儀.

崞崇⁴¹踚蹈⁴²如龜鼈,⁴³ 渾身又⁴⁴似野豬皮,

饒⁴⁵你丹青心裏巧, 彩色千般畫不成.

않다. '感'은 丙卷에서는 '憨'으로 되어 있고, 丁・戊卷에서는 '敢'으로 되어 있는데 모두 音訛字이다.

33 [原校] '大王' 두 자와 뒤의 '時'자는 모두 甲・丙・丁卷에 의거하여 보충한다.

34 '訝'는 丙卷에서는 '詐'로 되어 있는데 이는 '差'의 假借字이다. 『集韻』「禡韻」: "差, 異也." 따라서 '驚差'는 '驚訝'이다.

35 '貧下'는 甲卷에서는 '貧賤'으로 되어 있다.

36 [原校] 甲・丙卷에서는 '轉差'가 '醜乍'로 되어 있고, 乙・丁卷에서는 '轉乍'로 되어 있다. '乍'는 '差'이다. [校注] 乙卷은 본래 '轉差'로 되어 있다. 原校에서 '乙'권이라 말한 것은 '武'권으로 고쳐야 한다. 또 丙卷에서는 사실 '轉乍'로 되어 있다.

37 '觀世音菩薩' 다섯 글자가 乙卷에는 없다. 甲・丙・丁・戊卷에 의거하여 보충한다.

38 [潘重規] 甲・丙・丁・戊卷에서 '首'는 모두 '守'로 되어 있는데, '守'와 '首'는 통한다. [校注] '只首'는 '只首', '只手'라고도 적으며 '참으로(實在)'의 뜻이다. 寒山 詩: "棄本却求末, 只守一場獃." 「大目乾連冥間救母變文」의 주석 105)번을 참조 바란다.

39 '今'은 戊卷에서는 '生'으로 되어 있는데 문맥상 잘 어울린다.

40 [原校] '豈'는 본래 '起'로 되어 있는데 甲・丙・丁卷에 의거하여 수정한다. [校注] 戊卷 역시 '豈'로 되어 있다. 돈황사본에서 '豈'와 '起'는 통용된다.

41 '崞'는 『篇海類編』에서는 '嵍'와 같다고 되어 있다. 『集韻』「東韻」: "嵍, 嵍崣, 山形." [校注] '崞'은 '穹'의 後起俗字이다. '穹'자는 흔히 '崇', '崖' 등의 글자와 연용되는 까닭에 이 글자들과 유사하게 增旁되어 '崞'이나 '嵍'이 된 것 같다. '穹崇'은 '높다란 모습'이다.

42 '踚'은 潘重規는 '踚'자의 속체라고 하였는데 이는 옳다. 『龍龕手鏡』「足部」: "踚, 音縮, 鳥鵲飛, 其掌踚在腹下." '踚'은 사실 '縮'의 後起分化字이다. 『篇海類編』「身體類」 足部에서는 "踚, 通作縮"이라 하였다. '踚蹈'은 '局縮'과 마찬가지로 '굽어서 펴지지 않는 모습'을 말한다. '穹崇踚蹈'은 추녀가 등과 흉부가 불쑥 튀어나와 머리가 움츠러들어 있는 모습을 가리킨다.

43 [原校] 甲・丙・丁卷에서는 이 문구가 모두 '彎山倉緪縮如龜'로 되어 있다. [校注] 戊卷은 甲・丙・丁卷과 똑같다. '彎山'은 추녀의 등이 솟아 있는 모습을 비유한 것이다. '倉緪'은 해독하기 어렵다.(혹시 '緪'은 '縮'과 連讀하여, '緪縮'을 '踚蹈'으로 보아야 하는지 모른다)

44 [潘重規] 甲・丙・丁・戊卷에서는 '又'가 모두 '恰'으로 되어 있다.

獸頭渾是可憎貌,⁴⁶ 國內計應無比並,

[若論此女形貌相],⁴⁷ 長大將身娉阿誰.

부처가 세상에 계실 때 한 선녀(善女)가 있었다. 그녀는 일찍이 아라한을 공양하는 보시는 행하였으나 [아라한을] 멸시하는 마음을 품고 있었다. 며칠 지나지 않아 그녀는 죽게 되었는데 어떠한 과보를 받게 되었을까? 이 여인은 당시 죽은 뒤 어느 곳에 태어났는가? 파사닉왕의 왕궁에 태어나게 되었다. 이는 보시를 행한 과보로 국왕의 집안에서 태어나게 된 것이었다. 성자를 멸시한 과보는 알고 보니 우리 대왕의 부인에게 남겨져 있었다.

해산 후 사흘 뒤에 [공주를] 데리고 가서 대왕에게 보였다. 대왕은 공주를 보고는 대단히 경악하였다. '세상에서 추한 자는 빈천한 집에서 태어나는 법이거늘 이 아이는 전생에 무슨 인연을 지었기에 금생에 이토록 추한 모습으로 태어났는가!' [관세음보살] 대왕이 말하기를 :

생각할수록 참으로 기이하구나.

짐은 왕의 자손을 낳았거늘 어찌 이와 같을 수 있을까.

추한 자는 세상에 항상 있게 마련이지만

이 같은 악상(惡相)은 본 적이 없구나.

굽은 등과 짧은 목은 거북이나 자라와 같고

온몸은 돼지의 가죽이로구나.

그대가 아무리 단청(丹靑)에 공을 들이고

45　[潘重規] 甲・丁・戊卷에서는 '饒'가 '任'으로 되어 있다. [校注] 丙卷 역시 '任'으로 되어 있다.

46　'貌'는 原錄에서는 '皃'로 되어 있다. 袁賓은 이를 '皃(貌)'라 교정하였다. [校注] 乙卷에서는 '皃'('皃'의 속자)로 되어 있고, 甲・丙・丁・戊卷에서는 '見'으로 되어 있는데, 이 모두는 '皃(貌)'의 형와자이다. 이에 바로잡는다.

47　[原校] 乙・丁卷에는 이 문구가 없다. 甲・丙卷에 의거하여 보충한다. 乙卷에는 '獸頭渾是可憎貌' 앞에 '宮人見到皆驚怕' 한 구가 더 들어 있는데 앞뒤의 구와 운이 맞지 않기에 삭제하고 이 구절을 보충한다. [校注] 乙卷 '宮人見到'의 '到'는 본래 '則'자로 되어 있다.

온갖 색깔을 사용해도 그려낼 수 없으리.

짐승의 머리 참으로 밉살스러우니

나라 안에 견줄 자가 없구나.

이 딸아이의 모습으로 말한다면

자라서 누가 장가들려 할 것인가.

　於是大王羞恥, 嘆訝非常. 遂[48]處分宮人, 不得唱說, 便遣送至深宮,
更莫將來, 休交(敎)朕見[云云].[49]

　　女緣醜陋世間希, 渾身一似黑靯[50]皮,

　　雙脚跟頭皴[51]又僻,[52] 髮如驢尾[53]一枝枝.

48　이상 아홉 글자가 甲·丙·丁·戊卷에서는 '於是大王' 네 글자로 되어 있다.

49　'云云' 두 글자는 甲·丙·丁·戊卷에 의거하여 보충한다.

50　'靯'은 原錄에서는 '靴'으로 되어 있다. 【校注】乙卷(이 구절은 乙卷에서만 보인다)에
서는 본래 '靰'로 되어 있다. 劉復『敦煌掇瑣』에서는 '靯'으로 되어 있다. 【潘重規】『龍
龕手鑑新編』183쪽: "靰, 俗, 居撝反." 이로보아 '靰'은 응당 '靯'이어야 한다. 『篇海』
: "靯, 革也." 【校注】 이에 의거하여 바로잡아 기록한다.

51　'皴'은 乙卷에서는 본래 '皺'로 되어 있는데 이는 '皴'의 俗字이다. 俗書에서 '夋' 편방은
흔히 '㕙'라 표기된다. 丙·丁·戊卷에서는 왼쪽 편방이 '月'로 되어 있고 오른쪽 편방
은 '夋'로 되어 있는데 이는 '朘'의 속자이다. 『集韻』「仙韻」: "朘, 縮也." 『篇海類編』
「天文類」月部: "朘, 縮也, 縮朒爲朘." '縮朒'은 무엇인가? 『玉篇』「月部」: "縮朒, 不寬
伸之貌." 『說文通訓正聲』「孚部」인용 通俗文: "縮小曰瘛, 皺不申曰縮朒." 이로보아
'朘'은 주름지어 펴지지 않는 모습을 말하며, '皴'과 비슷한 뜻이다.(徐復은 '皴'은 살갗
이 쭈글쭈글하고 거친 것을 말한다고 하였다) 또 甲卷에서는 '酸'으로 되어 있는데
이는 '朘' 또는 '皴'자의 오자이다.

52　【潘重規】甲·丁·戊卷은 '僻'이 '膤'으로 되어 있다. 【校注】丙卷 역시 '膤'으로 되어
있다. 【徐震堮】'僻'은 '躃'과 같다. 【徐復】'僻'은 응당 '擗'이어야 하며 '劈'과 통용된다.
……『玉篇』「手部」: "擗, 裂也." 【劉凱鳴】'躃'은 '人不能行', '仆'의 뜻이라 문맥에 부
합되지 않는다. '僻'은 '劈'이어야 한다. 『廣雅』「釋詁」: "劈, 裂也." 【校注】'皴'에는 이
미 '피부가 갈라지다'는 뜻이 있기 때문에 '擗'이나 '劈'을 첨부할 필요가 없다. 徐震堮
은 '僻'을 '躃'으로 보았는데 이는 옳다. '躃'자는 '躄'이나 '躃'으로도 적으며, 본래 정도
가 심한 절뚝발이를 가리키나 일반적인 절룩거림을 가리키기도 한다. 『龍龕手鏡』「
足部」: "躄, 跛也." 이는 그 증거이다. '膤'은 '躃'자가 앞의 '朘'('皴'자가 甲·丙·丁·
戊卷에서는 '朘'로 되어 있다)과 관련하여 생긴 偏旁 類化字이다.

53　【原校】甲卷에서는 '驢尾'가 '總樹'로 되어 있고, 丙·丁卷에서는 '宗樹'로 되어 있다.

看人左右和身轉, 擧步何曾會禮儀.

十指纖纖如露柱,[54] 一雙眼子似木槌離.[55]

大王再三形相, 嗟嘆數聲, 「何事敢招,[56] 如斯醜陋!」[57]

公主全無窈窕, 差事非常不小

上脣半斤有餘, 鼻孔竹筒[58]渾小.

生來未省[59]喜歡,[60] 見說三年一笑.

[校注] 戊卷 역시 '宗樹'로 되어 있다. '宗樹'는 '椶樹'이며 '總'은 '椶'의 音訛字이다. 종려모는 암갈색으로 거칠고 뻣뻣하기에 이렇게 비유한 것이다. 『賢愚經』 권2의 "(금강 추녀는) 아주 못생겼는데 피부는 낙타처럼 거칠고 껄끄러웠고, 머리카락은 말총처럼 두껍고 질겼다((金剛醜女)極醜, 肌體粗澁, 猶如駝皮; 頭髮粗强, 猶如馬尾)"는 참고할 필요가 있다.

54 [潘重規] 甲·丁·戊卷은 '露'가 '路'로 되어 있다. [校注] 丙卷 역시 '路'로 되어 있는데 이는 '露'의 편방 생략 가차자이다. '露柱'는 집 밖 旌門에 서 있는 두 개의 나무기둥을 말한다. 구시대에 관리의 집안이나 사찰 문 앞에 흔히 세워 놓는다. 『通釋』에서는 '露柱'를 '기둥 끝의 용 모양 부분'을 가리킨다고 하였는데 정확하지 못하다. 문중에서는 추녀의 크고 굵은 손가락을 '露柱'에 비유한 것이니 '纖纖'은 반어적인 표현이다. 뒤에 나오는 "兩脚出來如露柱, 一雙可膞似䴛橡"의 '露柱' 역시 같은 뜻이다. 劉凱鳴은 '露柱'를 '碌碡'의 音訛字라 하였는데 이는 옳지 않다.

55 [原校] 甲卷은 이 문구가 '一雙眼似木堆梨'로 되어 있고, 丙·丁卷은 '禾堆離'로 되어 있다. [校注] 丙·丁卷에서는 사실 '木堆離'로 되어 있다. 문맥으로 보아 이는 '木槌梨', 즉 나무망치 모양의 배를 가리키는 것으로 보아야 할 듯하다.

56 '敢招'는 乙卷에서는 본래 '最招'로 되어 있다. [袁賓] '最'는 '敢'의 形訛字이고 '敢'은 '感'이다. [校注] 원씨의 견해는 옳다. 이에 의거하여 바로잡는다.

57 '大王再三形相'부터 여기까지는 甲·丙·丁·戊卷에는 모두 없다.

58 '筒'은 原錄에서는 '同'으로 되어 있고 '筒'으로 교정하였다. 潘重規는 丁·戊卷에서는 '筒'으로 되어 있다고 하였다. 이는 옳다. 따라서 수정한다.

59 [原校] 乙卷에서는 '省'이 '有'로 되어 있다. 甲·丙卷에 의거하여 수정한다. [校注] 乙卷의 '未有'가 甲卷에서는 '已雀'으로, 丙·丁·戊卷에서는 모두 '已省'으로 되어 있다. 原錄에서는 '未省'으로 되어 있는데 여기서는 이를 따른다. '有'와 '雀'은 응당 모두 '省'의 형와자이고, 甲·丙·丁·戊卷의 '已'는 '未'의 借音字이다. 「破魔變文」: "아직 이 세상에서 제도를 펼치지 않으셨을 때, 어느 곳에서 그 인연이 있기를 기다리실까(以向此間來救度, 且於何處待機緣?)" 이 '以'는 '未'의 借音字이다.(「八相變」에서는 '未'자로 되어 있다) 이는 참고할 필요가 있다.

60 '喜歡'은 原錄에서는 '歡喜'로 되어 있다. [校注] 乙·戊卷에서는 '喜歡'으로, 甲·丙·丁卷에서는 '歡喜'로 되어 있다. 이 단락은 乙卷을 저본으로 하고 있기 때문에 이를 따라 '喜歡'으로 한다.

覓他行步風流, 卻是趙士[61]襪襪.[62]

大王見女醜[63]形骸, 常與夫人手拓[64][題].[65]

憂念沒心求駙馬, 慚惶誰更覓良媒.

雖然富貴居樓殿, 恥辱緣無傾國財,[66]

敕下令交便鎖閉,[67] 深宮門戶不交(敎)[68]開.

대왕은 수치스러워하며 탄식과 경악을 금치 못하였다. 그리고 궁녀들에게 명하기를, "이 사실을 절대 입 밖에 내지 말 것이며, 당장 [이 아이

61　'趙士'는 原錄에서는 '趙土'로 되어 있다. 여기서는 乙卷에 의거하여 바로잡는다.(돈황 사본에서 '土'자는 옆에 점을 찍어 '圡'라 적음으로써 '士'자와 구분을 두고 있다. 이 글자가 乙卷에서는 점이 없고 아래의 가로획이 좀 짧아 '士'자로 보인다) [原校] 丙・丁・戊卷에서는 '趙十'으로 되어 있다. [校注] 甲卷 역시 '趙十'으로 되어 있다. 王貞珉은 "『太平廣記』 권204 인용 『盧氏雜記』에는 '拍彈起於李可久, 懿宗朝恩澤曲子「別趙十」「哭趙十」之名.'이라 하였고, 崔令欽 『敎坊記』에는 '別趙十', '憶趙十'이란 곡명이 있다. 이는 바로 「醜女緣起」의 '趙十'이다'고 하였다. 張金泉은 이를 '趙士'로 보아 '趙나라 武士'를 가리킨다고 하였다. [校注] 장씨의 견해가 비교적 문맥에 부합한다.

62　'襪襪'은 原錄에서는 '襪脚'으로 되어 있다. [原校] 丙・丁・戊卷에서는 '裸襪'으로 되어 있다. [校注] 乙卷에서는 '襪裼', 甲卷에서는 '襪襪', 丙卷에서는 '襪襪', 丁卷에서는 '襪襪', 戊卷에서는 '襪襪'으로 되어 있다. 앞 글자는 '襪'의 속자이고, 뒤 글자는 자전에 나오지 않아 앞으로의 고찰이 요구된다.(돈황권자에서 '衣' 편방과 '示' 편방은 구분되지 않는다. 따라서 '襪'은 어쩌면 '襪'자일지 모른다)

63　[原校] 乙卷에서 '女醜'는 '醜女'로 되어 있는데 甲・丙・丁卷에 의거하여 수정한다. [校注] 戊卷 역시 '女醜'로 되어 있다.

64　'拓'은 乙卷에서는 이렇게 되어 있고 甲・丙卷에서는 '託'으로, 丁・戊卷에서는 '托'으로 되어 있다. [校注] 『廣韻』「鐸韻」："拓, 手承物也." '托'과 '拓'은 같다. 原錄은 甲・丙卷을 따라 '託'으로 적었는데 이는 오류다.

65　[原校] 乙卷에는 본래 '題'자가 없는데 甲・丙卷에 의거하여 보충한다. [校注] 丁・戊卷 역시 '題'자가 있다.

66　[原校] 甲・丙卷에서는 '財'가 '容'으로 되어 있다. [校注] 丙卷은 사실 '財'로 되어 있다. 이 문구는 甲卷에서는 '恥辱房臥傾國容'으로, 丙卷에서는 '恥辱緣房頃國財'로, 丁・戊卷에서는 '恥辱緣房傾國財'로 되어 있다. 문맥 및 운자로 판단해 보건대 '恥辱緣無傾國材'가 되어야 한다. '傾國材'는 '傾國容'과 같다.('容'자는 운자가 아니다) '材'는 '자질'을 말하며 뒤의 '醜質身'의 '質'과 같다.

67　이 문구는 甲・丙・丁・戊卷에서는 모두 '敕下十年令鎖閉'로 되어 있다.

68　[潘重規] 甲・乙・丁・戊卷에서는 '交'가 '曾'으로 되어 있다. [校注] 乙卷에서는 '交'로 되어 있다. 『新書』의 주석에서는 '乙'권이 '丙'권으로 되어 있다.

를] 대궐 안 깊숙이 들여보내 데리고 나오지 말라. 짐의 눈에 띄어서는
안 된다."

　　　공주의 못생긴 용모는 세상에 드물거늘
　　　몸 전체가 온통 검은 가죽인 듯하고
　　　두 다리는 구부러진 채 절뚝거리며
　　　머리털은 당나귀 꼬리처럼 뻣뻣하고 억세네.
　　　사람을 볼 때는 몸을 좌우로 돌려야 하고
　　　걸음걸이에 예의(禮儀)가 없으며
　　　섬섬(纖纖)한 열 손가락은 노주(露柱)와 같고[69]
　　　두 눈은 나무망치 닮은 배(梨) 같네.

대왕은 그 모습을 보고는 거듭 탄식하였다. "무슨 죄를 지었기에 이
리도 못생겼단 말인가!"

　　　공주에게는 요조함이 조금도 없으니
　　　이만저만 기이한 일이 아니네.
　　　윗입술은 반 근(斤) 남짓하고
　　　콧구멍은 죽통(竹筒)보다도 크네.
　　　태어나서 즐거워해본 적이 없으며
　　　3년에 한 차례 웃을 뿐이라네.
　　　그의 걷는 모습에서 풍류를 찾으려 한다면
　각반(脚絆) 찬 조나라 무사만도 못할 것이네.(?)
　　　대왕은 딸의 추한 모습을 보며
　　　늘 부인과 더불어 손으로 뺨을 괴고 앉았네.
　　　근심으로 부마를 구할 마음 없고
　　　수치와 두려움에 어느 누가 괜찮은 매파를 구할 수 있으리.

69　'섬섬(纖纖)'은 미인의 가늘고 긴 손가락을 형용하는 것으로 문맥과는 완전히 상반된
　　다. 이는 상투어인 "십지섬섬(十指纖纖)"을 작자가 무심코 그대로 사용한 것으로 생
　　각된다. '노주'는 사찰의 당(堂) 밖 정면에 세운 두 기둥을 말한다.

비록 부귀하여 몸은 어전(御殿)에 살지만

경국(傾國)의 용모 없음을 부끄러워하네.

칙령을 내려 자물쇠로 잠가 가두고

심궁(深宮)의 문호를 열지 못하게 하네.

爾時波斯匿王自念世(女)醜, 由不如人, 遂遣在深宮, 更不令頻出.[70]
[於是金剛醜女],[71] 日來月往, 年漸長成. 夫人宿夜[憂][72]愁, 恐[73]大王不
肯發遣. 後因遊戲之次, 夫人斂容進步, [向前咨白大王云云][74]

　　賤妾常慚[75]醜[76]質身, 虛霑宮[77]宅與王親,

　　日日眼前多富貴, 朝朝惟是用珠珍.

　　宮人侍婢常隨後, 使喚東西是大臣,[78]

　　慚恥這身無得解,[79] 大王寵念赴[80]乾坤.

　　妾今有事須親奏, 願王歡喜莫生嗔：

---

[70]　[潘重規] 乙卷과 戊卷은 '爾時'부터 '頻出'까지의 몇 개 구가 없다. [校注] 乙卷에는 있
　　고 甲·丙·丁·戊卷에는 없다.

[71]　原錄에는 '於是金剛醜女' 여섯 글자가 없다. 여기서는 甲·丙·丁·戊卷에 의거하여
　　보충한다.

[72]　原錄에는 '憂'자가 없는데 甲·丙·丁·戊卷에 의거하여 보충한다.

[73]　原錄에서는 '恐'자가 앞 구에 속하는 것으로 되어 있는데 이는 오류이다. 甲·丙卷에
　　서는 '恐'이 '恐怕' 두 글자로 되어 있다. 이는 '恐'이 뒤 구에 속하는 것을 보여준다.

[74]　[原校] 乙卷은 본래 '向諮白' 세 글자로 되어 있다. 괄호 안의 여덟 글자는 甲·丙卷에
　　의거하여 보충한다. [校注] 丙卷은 '向前咨白大王' 여섯 글자로 되어 있다. 丁·戊卷
　　은 甲卷과 마찬가지로 여덟 글자로 되어 있다.

[75]　'慚'은 甲卷에서는 본래 '慚'로 되어 있는데 이는 '慚'의 속자이다. 丙·丁·戊卷에서는
　　모두 '慙'으로 되어 있다.('慚'자는 설문해자에서는 '慙'으로 되어 있다)

[76]　[原校] 乙卷에서는 '醜'가 '陋'로 되어 있다. 이 문구 다음부터는 甲卷을 저본으로 한다.

[77]　[潘重規] '宮'은 乙卷에서는 '屋'으로 되어 있고, 丁卷에서는 '室'로 되어 있다.

[78]　[原校] 乙卷에서는 '大臣'이 '內臣'으로 되어 있다. [校注] '內臣'으로 보는 게 더 낫다.

[79]　'德'은 原錄에서는 '得'으로 되어 있는데 여기서는 丙·戊卷에 의거하여 수정한다. 甲卷
　　에서는 이 글자가 빠져 있고 乙·丁卷에서는 '得'으로 되어 있는데 이는 '德'의 音借字
　　이다. '德解'는 덕행과 식견을 말한다. 「維摩詰經講經文(4)」주석 88)번을 참조 바란다.

[80]　'赴'를 蔣禮鴻은 '副'로 보았다.

「金剛醜女年成長,[81] 爭忍令交(教)不事人.」[82]

於是大王[聞奏],[83] 良久沈吟,[84] 未容發言, 夫人又奏云云

姉妹三人總一般,[85] 端正醜陋結[86]因緣,

並是大王親骨肉, 願王一納[87]賜恩憐.

向[88]今成長深宮內, 發遣令交使向前,

十指雖然[89]長與短, 個個[90]從頭試咬看.[91]

이때 파사닉왕은 딸의 얼굴이 조금도 사람의 것이 아닌지라 마침내 깊은 궁으로 보내어 함부로 밖으로 나오지 못하게 하였다. 날이 가고 달이 지나 금강추녀는 점점 자라 성인이 되었다. 부인은 밤낮으로 대왕

---

81 '成長'은 丁卷에서는 '長成'으로 되어 있다.

82 '事'는 原錄에서는 '仕'로 되어 있는데 여기서는 乙卷에 의거하여 수정한다. '事'는 '侍奉'이다. '事人'은 시집가는 것을 말한다.

83 [原校] '聞奏' 두 글자는 乙卷에 의거하여 보충한다.

84 [原校] '吟'은 甲·丁卷에서는 '晉'으로 되어 있는데 乙卷에 의거하여 수정한다. [校注] 丙·戊卷 역시 '晉'으로 되어 있다.

85 '總一般'은 甲卷에서는 '共一' 두 글자로 되어 있는데 여기서는 乙·丙·丁·戊卷에 의거하여 보충한다.

86 [原校] 乙卷에서는 '結'이 '計'로 되어 있다. [潘重規] 丙·丁·戊卷에서는 '結'이 모두 '繼'로 되어 있다. '繼'와 '計'는 모두 '繫'와 통용된다.

87 [蔣禮鴻] '一納'은 '모두, 전부(一總)'의 뜻이다. [校注] 乙卷에서는 '一納'이 '一例'로 되어 있는데 '一納'은 '一例'와 같다.

88 '向'은 乙卷에서는 '況'으로 되어 있고, 뒤의 '事向'은 乙卷에서는 '事況'으로 되어 있다. 모두 음차자인 듯하다.

89 '雖然'은 原錄에서는 '從頭'로 되어 있는데 여기서는 乙卷에 의거하여 수정한다.(甲卷에서는 '從頭'로 되어 있는데 이는 어쩌면 뒤의 '從頭'와 관련하여 생긴 오류인 듯하다)

90 '個個'는 原錄에서는 '各各'으로 되어 있다. 여기서는 乙卷에 의거하여 수정한다.

91 '試咬看'은 原錄에서는 '施交看'으로 되어 있다. [原校] 乙卷에서는 '施交看'이 '誠咬看'으로, 丁卷에서는 '試咬看'으로 되어 있다. [項楚] '試咬看'으로 보아야 한다. 아픈지 안 아픈지 시험 삼아 한번 깨물어보다는 뜻이다. 劉商「胡笳十八拍」第14拍: "오랑캐 자식을 부끄러이 여기지 말라, 느끼는 은정으로는 그 역시 아들이라네. 열 손가락 길고 짧음 있지만 잘렸을 때의 아픔은 모두가 똑같다네.(莫以胡兒可羞恥, 恩情亦各言其子. 手中十指有長短, 截之痛惜皆相似)." 그 의미가 이와 같다. [校注] 항씨의 견해는 옳다. 乙卷의 '試咬看'의 '試'자는 '試'와 '誠'의 중간 형태로 되어 있는데 이는 사실 '試'자의 변형이다. 이에 바로잡아 기록한다. 또 丙卷에서는 '使咬看', 丁·戊卷에서는 '施咬看'으로 되어 있는데 '使'나 '施'는 모두 '試'의 音訛字이다.

이 딸을 밖으로 내보내려 하지 않음을 염려하였다. 그 후 대왕과 쉬고 있을 때 부인이 위의(威儀)를 단정히 하고 대왕께 아뢰었다.

"소첩은 분수에 넘치게도
궁궐에 거하며 대왕을 섬겨왔네.
날마다 눈앞에는 부귀가 넘치고
매일같이 진주 보물을 사용하네.
궁녀와 시종이 항상 뒤를 따르고
내관들이 심부름을 해주네.
덕행도 식견도 없는 이 몸 부끄럽기만 한데
대왕의 총애는 천지간에 가득하네.
소첩은 지금 대왕께 아뢸 말씀이 있사오니
부디 진노하지 마시고 즐거이 들어주소서.
금강추녀는 이제 성인이 되었사온데
어찌 차마 시집을 안 보낼 수 있겠습니까"

왕은 부인이 아뢰는 말을 듣고 한동안 생각에 잠기며 아무런 말도 하지 않았다. 그러자 부인이 다시 아뢰었다.

"자매 셋은 모두가 똑같으니
단정하든 추하든 [대왕과] 인연을 맺었네.
그들은 모두 대왕의 골육들이오니
부디 대왕께서는 차별 없이 은정을 베푸시기를.
지금 깊은 궁 안에서 자라고 있는 [막내를]
시집보내 남편을 시중들게 하시지요.
열 손가락은 장단(長短)의 차이는 있으나
한번 하나하나 깨물어 보시기를."

大王見夫人奏勸再三, 不免咨告夫人云云
我緣一國帝王身, 眷屬由來宿⁹²業因,爭那就中容貌差,⁹³ 交奴恥見國朝臣.

心⁹⁴知是朕親生女, 醜差都來不似人,

說著上由(尚猶)皆驚怕,⁹⁵ 如何囑娉⁹⁶向他門.

[夫人又告大王]⁹⁷:「大王若無意發遣, 妾也不敢再言. 有心令遣事⁹⁸人, 聽妾今朝一計. 私地詔⁹⁹一宰相, 交覓薄落¹⁰⁰兒郎, 官職金玉與伊, 祝娉¹⁰¹充¹⁰²爲夫婦.」 於是大王取其夫人¹⁰³之計, 卽詔¹⁰⁴一臣, 交作良媒, 便卽私地發遣. 臣下[蒙詔],¹⁰⁵ 速赴內廳,¹⁰⁶ 面對處分¹⁰⁷天敕,

---

92　[原校] 乙・丁卷은 '宿'이 '斷'으로 되어 있다. [潘重規] 丙・戊卷 역시 '斷'으로 되어 있다.

93　[原校] '差'는 甲・丁卷에서는 '乍'로 되어 있는데 乙卷에 의거하여 수정한다. 뒤의 '醜差' 역시 乙卷에 의거하여 수정한다. [校注] 丙・戊卷 역시 '乍'로 되어 있으며, 이는 '差'의 通假字이다. 乙卷에서의 '差'자는 오른쪽 아래의 '工'이 '日'로 되어 있다. 이는 形訛字인지라 문맥에 맞게 바로잡는다.

94　[原校] 乙・丁卷에서는 '心'이 '深'으로 되어 있다. [校注] 丙・戊卷 역시 '深'으로 되어 있다. 돈황사본에서 '深'과 '心'은 통용되고 있다. 본편의 위 문장 "深宮門戶不交開"의 '深'자가 丙卷에서는 '心'으로 되어 있음은 그 예이다.

95　[原校] 乙卷에서 '皆驚怕'는 '心裏怕'로 되어 있다.

96　'囑娉'은 原錄에서는 '祝娉'으로 되어 있다. [校注] 甲卷은 본래 '竹娉', 乙卷은 '囑娉', 丙・丁・戊卷은 '祝娉'으로 되어 있는데 '囑娉'이 옳다. '竹'이나 '祝'은 모두 '囑'의 音訛字이다. 여기서는 乙卷에 의거하여 수정한다. '囑娉'은 '屬娉'과 같으며 여자가 시집가는 것을 말한다. 「유마힐경강경문(1)」의 주석 256)번을 참조 바란다.

97　[原校] '夫人又告大王' 여섯 글자는 甲卷에 의거하여 보충한다. 乙卷은 '夫人道'로 되어 있다. [校注] 이것은 甲卷을 저본으로 하고 있기 때문에 "甲卷에 의거하여 보충한다"고 말할 수 없다. 사실 甲卷에는 '夫人又告大王'이란 여섯 글자가 없고 乙卷에 있다. '夫人道' 세 글자는 丙・丁・戊卷에 있다. 原校에 오류가 많다.

98　'事'는 原錄에서는 '仕'로 되어 있는데 여기서는 乙・丙・丁・戊卷에 의거하여 수정한다.

99　[原校] '詔'는 본래 '朝'로 되어 있는데 乙卷에 의거하여 수정한다. [校注] 丙・丁・戊卷 역시 '詔'로 되어 있다.

100　'薄落'은 '困窮하고 零落하다'는 뜻이다. '落薄', '洛薄', '落魄' 등으로 적기도 한다.

101　'祝娉'은 '屬娉'으로 보아야 한다.

102　甲卷에는 '充'자가 없다. 여기서는 丙・丁・戊卷에 의거하여 보충한다. 乙卷에서는 이 문구가 "娉與交爲夫婦"로 되어 있다.

103　甲卷에는 '人'자가 없는데 乙・丙・丁・戊卷에 의거하여 보충한다.

104　'詔'는 甲卷에서는 본래 '招'로 되어 있는데 乙・丙・丁・戊卷에 의거하여 수정한다.

105　[原校] '蒙詔' 두 글자는 乙・丁卷에 의거하여 보충한다. [校注] 丁卷에서는 '蒙詔' 두 글자가 없다.

受王進旨.[108]　王告臣曰：

　　「卿今聽朕語, 子細說來[109]處：

　　緣是國夫人,[110]　有一親生女.

　　天生貌不强, 只要且眹眝,[111]

　　覓取一[112]兒郎, 娉與爲夫婦.」[113]

　[大王又向臣下道][114]：

　　「卿爲臣下我爲君, 今日商量只兩人,

　　朝慕[115]切須看聽審,[116]　惆悵[117]莫交[118]外人聞.

106　'廳'은 乙卷에서는 '庭'으로 되어 있다. '內庭'은 궁궐 안을 가리키니 이는 문맥과도 부합한다.

107　乙・丙・丁・戊卷에는 모두 '處分' 두 글자가 없는데, 없는 것ㄷ 오히려 자연스럽다.

108　'進旨'는 '進止'와 같다. 天子의 의지(뜻)를 가리킨다.

109　甲卷에서는 본래 '處' 앞에 '由'자가 더 있는데 '由'자가 韻이 맞지 않는 까닭에 '處'자로 그것을 대신한 듯하다. 여기서는 乙・丙卷에 의거하여 '由'자를 삭제한다.

110　'夫人'은 原錄에서는 '大王'으로 되어 있다. [原校] '大王'이 甲・丁卷에서는 '夫人'으로, 乙卷에서는 '夫王'으로 되어 있는데 이 모두는 오류다. 여기서는 문맥에 비춰 '大王'으로 수정한다. [徐震堮] '夫人'이 옳다. 교주자는 임의로 '大王'으로 수정하였는데 이는 옳지 않다. 이 말은 왕이 한 말인데 어떻게 '國大王'운운할 수 있는가! [校注] 丙・戊卷 역시 '夫人'으로 되어 있다. 서씨의 견해가 옳다.

111　'且眹眝'은 原錄에서는 '直眹眝'으로 되어 있다. [原校] '直眹眝'이 乙卷에서는 '且䏱駐'로, 丁卷에서는 '且眹眝'으로 되어 있다. [蔣禮鴻] '直'자는 '且'도 보아야 할 것 같다. [陳治文] '眹'은 '眹'과 그 형태가 매우 비슷한데 이는 '眹'의 訛字이다. 『玉篇』「目部」 : "眹, 火協切, 閉一目也. 又音眹." '眝'은 '眝'과 그 형태가 매우 비슷한데 이는 '眝'의 訛字이다. 『玉篇』「目部」 : "眝, 直旅切, 張目也." '眹眝'은 오늘날의 '한 눈은 뜨고 한 눈은 감다'는 뜻이다. [校注] '直'자는 乙・丙・丁・戊卷에서는 모두 '且'로 되어 있다. 이에 의거하여 수정한다. '眹眝'은 甲卷에서는 '眹眝', 丙卷에서는 '眹眝', 丁卷에서는 '眹眝'으로 되어 있는데, 이들 모두는 '眹眝'의 형와자인 듯하다. 돈황사본에서 '目' 편방과 '月' 편방은 혼용되고 있다. '眝'자는 속체로 '眝'라 적는다(『龍龕手鏡』「目部」 : '眝, 俗, 陟雨反.' 『字彙補』 : '眝'와 '眝'은 같다) 乙卷의 '駐'자는 '眝'의 換旁 假借字이다. [潘重規] 丙卷의 '眹眝'이 옳은 듯하다. '眹'은 '實'과 같으며, '實眝'은 財賦를 뜻한다. [校注] 반씨의 견해는 신빙성이 없어 보인다.

112　[原校] '一'은 본래 '好'로 되어 있는데 乙・丁卷에 의거하여 수정한다. [校注] 丙・戊卷 역시 '一'로 되어 있다.

113　丁卷에는 이 문구 다음에 '云云平' 세 글자가 있다. '平'은 曲調 기호이다.

114　[原校] 이 문구는 乙卷에 의거하여 보충한다.

相當莫厭無才藝, 莽路¹¹⁹何嫌徹骨貧,

萬計事須相就取, 倍¹²⁰些房臥¹²¹莫爭論.」

115　'朝慕'는 原錄에서는 '朝暮'로 되어 있다. 여기서는 저권(甲卷)에 의거하여 기록한다. [潘重規] '朝暮'는 乙卷에서는 '召暮', 丙卷에서는 '召幕', 丁卷과 戊卷에서는 '召慕'로 되어 있는데 이 모두 '招募'로 보아야 한다. [校注] 丙卷에서는 '召慕'로 되어 있는데 이는 응당 '召募'이다. 「伍子胥變文」: "결국 위릉을 보내 진공의 딸을 불러오게 했다 (遂遣魏陵沼募秦公之女)." 『三國志』「吳書」孫策傳 : "모집하여 수백 명을 얻었다(因緣召募得數百人)." 이는 그 예들이다.

116　'穩審'은 原錄에서는 '聽審'으로 되어 있다. [原校] 乙卷에서는 '穩審'으로 되어 있고, 丁卷에서는 '隱審'으로 되어 있다. [蔣禮鴻] '聽審'의 '聽'은 誤字이다. [潘重規] 丙卷과 戊卷 역시 '穩審'으로 되어 있다. '穩審'으로 보는 것이 옳다. [校注] '隱審'은 '穩審'이다. '穩'은 '隱'의 後起 分化字이다. 여기서는 乙卷에 의거하여 바로잡는다. 「유마힐경 강경문(5)」의 주석 51)번을 참조 바란다.

117　[蔣禮鴻] '惆悵'은 '造次'와 같으며 '경솔하다'는 뜻이다. 또 '급작스럽다'는 뜻도 있다. [劉凱鳴] '惆悵'은 '周章'의 가차자이다. '惆悵'은 '실망ㆍ낙담하는 모양'이란 뜻 외에도 '周章'과 同義의 다음과 같은 두 가지 의미를 가지고 있다.(1) 두려워 어쩔 줄 모르다 (2) 선회하다, 배회하다. 주저하다, 조심스럽다. …… (유씨는 두 번째 의미에 대해) 楚辭 九歌 「雲中君」에는 "龍駕兮帝服, 聊翺遊兮周章"이란 문구가 있고, 王逸 章句에는 "周章, 猶周流也."란 문구가 있다. …… 潘岳 「西征賦」에는 "徘徊桂宮, 惆悵柏梁." 또 謝莊「月賦」에는 "徘徊露房, 惆悵陽阿"가 있다. …… 뒤의 두 예에서 '惆悵'은 '徘徊'에 대응되는데 이는 '惆悵'이 '선회하다', '서성거리다'는 뜻을 가지고 있음을 증명할 뿐 아니라, '惆悵'이 '周章'의 가차자라는 판단을 갖게 한다. '惆悵'과 '周章'은 '선회하다', '서성거리다'는 뜻이며, 다시 '주저하다', '조심스럽다'는 뜻으로 파생되었다. …… 추녀 연기의 예문 해독에 참고할 필요가 있다. [校注] '惆悵'은 '周章'의 音借라는 유씨의 견해는 따를 만하다. 그러나 앞의 '惆悵'은 아래 문장의 "私行坊市. 巡歷諸州"의 의미, 말하자면 '널리 퍼지다(周流)', '배회하다(盤桓)'는 의미로 보아야지 '주저하다', '조심스럽다'로 그 의미를 확대시킬 필요는 없을 듯하다.

118　[潘重規] 乙ㆍ丁ㆍ戊卷에서는 '交'가 '遣'으로 되어 있다. [校注] 丙卷 역시 '遣'으로 되어 있다.

119　[原校] '路'가 乙卷에서는 '鹵'로 되어 있고 丁卷에서는 '薗'로 되어 있다. [校注] 丙ㆍ戊卷은 글자의 형태가 丁卷의 것과 비슷하다. 또 '莽'자가 甲ㆍ乙ㆍ丁ㆍ戊卷에서는 모두 '莾'으로 되어 있는데 이는 '莽'의 속자이고, 丙卷에서는 '莽'으로 되어 있는데 이는 '莽'의 변형이다. '莽路', 즉 '莽鹵', '莽薗'('薗'은 '鹵'의 偏旁 類化字이다)은 모두 連綿語 '鹵莽'의 변체이다. 문중에서 이는 '馬虎'의 뜻으로, 다시 말해 추녀에게 대충 배우자를 구해주면 그만이라는 뜻이다(蔣禮鴻의 견해를 따른 것임) 潘重規는 이를 '粗野之人'으로 해석하였는데 이는 적절하지 못하다.

120　'倍'가 乙ㆍ丁ㆍ戊卷에서는 모두 '陪'로 되어 있다. '賠補(변상하다)'의 '賠'자가 고대에는 고정된 바 없이 '陪', '備', '倍' 등으로 표기되기도 하였다. 原錄에서는 이를 직접 '陪'로 고쳤는데 그럴 필요가 없다. 『투르판출토문서』제1책「高昌延昌二十二年康長

부인의 거듭된 주청에 왕이 부인에게 알려 말하였다.

　　“나는 한 나라의 제왕으로

　　권속은 숙업(宿業)의 인연에 의한 것이네.

　　그런데 [그 아이는] 너무도 얼굴이 못생겨

　　조정의 신하들에게 내보이기 부끄럽네.

　　마음이야 그 아이가 짐의 친딸임을 알건마는

　　그 못생긴 용모는 인간의 모습 같지 않네.

　　말을 꺼내기만 해도 모두 놀라는데

　　어떻게 남의 집으로 시집보낼 수 있겠소.”

부인이 다시 왕에게 고하였다. “만일 대왕께서 시집을 보낼 마음이 없으시다면 소첩은 다시는 감히 거론하지 않겠습니다만 시집을 보낼 마음이 있으시다면 소첩의 이 계책을 한번 들어보십시오. 비밀리에 재상에게 명하여 곤궁하고 영락(零落)한 사내를 찾아 관직과 금옥을 주면서 [막내에게] 장가들어 부부가 되도록 하는 것입니다.” 이리하여 왕은 부인의 계책대로 한 대신을 불러 중매인 역할을 하명한 뒤 슬그머니 [궁 밖으로] 내보냈다. 신하는 왕의 부름을 받자 속히 내정(內庭)으로 들어가 왕을 배알하고는 그의 뜻을 받들었다. 왕이 신하에게 이르기를,

　　“경은 지금 짐의 말을 잘 들으시오

　　[그대를 부른] 이유를 소상히 들려줄 것이오

　　실은 왕후에게

　　친생녀가 하나 있는데

受從道人孟忠邊歲出券」：“문서를 작성하고 난 후에는 누구도 되돌릴 수 없다. 이를 어기는 자는 그 두 배로 상대에게 배상한다(券成之後, 各不得返悔, 悔者一倍二入不悔者).” 여기의 ‘倍’ 역시 ‘賠’와 같다.

121 ‘房臥’는 혼수를 가리킨다. 『宋會要』「崇儒七」：“熙寧三年四月十九日, 御集英殿, 召輔臣觀岐國長公主房臥, 命座賜茶.” 여기의 ‘房臥’를 呂叔湘은 ‘혼수(妝奩)’라 보았다. 原校에서 ‘房臥’를 ‘房屋’이라 한 것은 명백한 오류이다. 『通釋』의 해당 항목을 참조 바란다.

　　타고난 용모가 볼품없어

　　한쪽 눈은 뜨고 한쪽 눈은 감겨 있소.

　　사내를 하나 구하여

　　장가들여 부부가 되게 하고자 하오.”

대왕은 또 신하에게 말하기를,

　　“경은 신하이고 짐은 왕이지만

　　오늘의 의논은 두 사람만의 비밀이니

　　조석으로 마음을 쓰고 언동에 신중하여

　　함부로 타인에게 알려지지 않도록 하시오.

　　적당한 자가 있다면 재능 없다 걱정 말고

　　빈털터리 사내도 아무 상관없으리.

　　반드시 일을 제대로 성사시켜야 할 것이며

　　지참금에 대해서는 아무 말 마시오.”[122]

於是宰相[123][受敕],[124] 拜辭出內, 便卽私行坊市. [巡歷]諸州, 處處問人,[125] 朝朝尋覓. 後忽經行街巷, [見一][126]貧生子,[127] 姓[128]王, 施問再三, 當時便肯.[129] 領[130]到內門, [先入見王, 言奏]尋得. 皇帝[聞說],[131]

122　중국에서는 우리나라와는 달리 결혼 시에 신랑 측에서 결혼지참금을 신부 측에 전달
　　한다. 여기서는 신랑이 부담해야하는 결혼 비용이나 혼물(婚物) 등을 신부가 대신해
　　주거나, 신랑의 뜻대로 따를 것임을 말한다.

123　'宰相'이 乙卷에서는 '大臣'으로 되어 있다.

124　[原校] 이 단락 내의 '受敕', '巡歷', '先入見王, 言奏' 등 괄호 안의 열 자는 모두 乙卷에
　　의거하여 보충한 것이다.

125　'問人'은 甲卷에서는 본래 '求覓'으로, 丙·丁·戊卷에서는 '聞人'으로 되어 있다. 여기
　　서는 乙卷에 의거하여 수정한다.

126　甲卷에서는 '見一' 두 글자가 없다. 여기서는 乙卷에 의거하여 보충한다.

127　乙·丁卷에서는 '貧生' 뒤에 '子'자가 없는데 없는 것이 의미가 자연스럽다.

128　'姓'은 甲卷에서는 본래 '性'으로 되어 있다. 여기서는 丙·丁·戊卷에 의거하여 수정
　　한다.

129　'施'는 '試'로 보아야 할 것 같다. 위 문장 "個個從頭試咬看"에서의 '試'자가 甲卷에서는
　　'施'로 오록되어 있는데 이는 그 예이다. 이상의 두 구가 乙卷에서는 "試問婚因, 他言

大悅龍顔, 遂詔[132]宰相, 速令引到.[133]

　　皇帝坐於[134]寶殿, 宰相曲躬[135]來見,

　　前時奉敕覓人, 今日得依[136]王願.

　　門前有一兒郞, 性行不妨[137]慈善,

　　出來好個[138]面貌,[139] 只是有些些舌短云云,

　　大王聞說喜徘徊, 捲[140]上珠簾御帳開,

　　旣强[141]聖人心裏事, 也兼皇后樂咳咳.[142]

便肯”으로 되어 있다. 참고 바란다.

130 ‘領’은 甲卷에서는 ‘令’으로 되어 있는데 乙·丙·丁·戊卷에 의거하여 수정한다. 乙卷은 ‘領’자 앞에 ‘當時’ 두 자가 더 있다.

131 ‘聞說’ 두 자는 乙卷에 의거하여 보충한 것이다.

132 ‘詔’는 甲卷에서는 본래 ‘朝’로 되어 있는데 乙·丙·丁·戊卷에 의거하여 수정한다.

133 ‘到’는 乙卷에서는 ‘對’로 되어 있는데 이는 ‘對’의 속자이다.

134 ‘坐’는 甲卷에서는 본래 ‘座’로 되어 있는데 乙·丙·丁·戊卷에 의거하여 수정한다. 또 ‘於’자는 甲卷에서는 ‘想’으로, 乙·丙·丁·戊卷에서는 ‘相’으로, 原錄에서는 ‘相’으로 되어 있다. 陳治文은 ‘相은 ‘於’의 訛字라고 하였는데 이는 사실에 가깝다. 甲卷의 ‘想’은 ‘相’의 오자임이 분명하다. 여기서는 진씨의 견해를 따라 수정한다.

135 ‘躬’은 甲卷에서는 본래 ‘弓’으로 되어 있는데 乙·丙·丁·戊卷에 의거하여 수정한다. 또 甲卷에서는 ‘弓’ 다음에 衍字 ‘如’자가 있는데 여기서는 다른 권자에 의거하여 삭제한다.

136 ‘依’는 甲卷에서는 본래 ‘衣’로 되어 있는데 乙·丙·丁·戊卷에 의거하여 수정한다.

137 ‘妨’은 甲卷에서는 본래 ‘坊’으로 되어 있는데 乙卷에 의거하여 수정한다. ‘不妨’은 ‘몹시’, ‘대단히’이다. 丙·丁·戊卷에서는 ‘不方’으로 되어 있는데 의미는 똑같다. 「佛說阿彌陀經講經文(1)」주석 90)번을 참조 바란다.

138 [原校] ‘個’는 甲·丁卷에서는 ‘哥’로 되어 있는데 乙卷에 의거하여 수정한다. [校注] 丙·戊卷 역시 ‘哥’로 되어 있다.

139 ‘貌’는 乙卷에서는 ‘模’로 되어 있다. ‘模’는 ‘모양’, ‘모습’이다. 丁·戊卷에서는 ‘毛’로 되어 있는데 이는 ‘貌’의 音訛字이다.

140 ‘捲’은 甲卷에서는 본래 ‘倦’으로 되어 있으며 乙卷도 이와 똑같이 되어 있다. 여기서는 丙·丁·戊卷에 의거하여 수정한다.

141 ‘强’은 乙卷에서는 ‘然’으로 되어 있는데 무슨 글자인지 알 수가 없다.

142 ‘咳咳’는 原錄에서는 ‘嘵嘵’로 되어 있다. 徐震堮은 ‘嘵嘵’는 운이 맞지 않기 때문에 ‘咍咍’나 ‘咳咳’로 보아야 한다고 하였다. [校注] 甲卷은 본래 ‘嘵嘵’로 되어 있고 乙·丁·戊卷에서는 ‘咳咳’로, 丙卷에서는 ‘孩孩’로 되어 있다. 여기서는 乙·丁·戊卷에 의거하여 수정한다.

嬪妃綵女[143]令詔入, 內監忙忙迤邐[144]催,

便把被[145]衫揩拭面, 打扳[146]精神强[147]入來.

　재상은 칙명을 받들어 사직인사를 올리고 궁궐을 나와 비밀리에 저잣거리로 들어갔다. 고을이란 고을은 모두 돌며 사람들에게 묻고 날마다 [적당한 자를] 물색하였다. 하루는 거리를 걷다가 가난한 사내를 하나 만났는데 성이 왕이라는 자였다. 시험 삼아 몇 번 물어보니 사내는 그 자리에서 승낙을 하였다. 이에 사내를 궁궐로 데리고 온 신하는 먼저 왕을 알현하여 그 사실을 아뢰었다. 그 말을 듣고 대왕은 크게 기뻐하며 재상에게 속히 그 사내를 데려오게 하였다.

　　황제는 보전(寶殿)에 앉아 있고

　　재상은 국궁(鞠躬)을 하고서 아뢴다.

　　"전날 칙명을 받들어 부마를 찾으러 떠났는데

　　오늘 대왕의 소원을 이룰 수 있게 되었네.

　　문전에 한 젊은이가 와 있는데

　　품성이 매우 온순하고

　　생김새도 훌륭한데

　　다만 혀가 좀 짧을 따름이네."

143　[原校] 乙卷에서는 '綵女'가 '傳下'로 되어 있다.

144　'迤邐'는 乙卷에서는 '邐迤'로 되어 있다.

145　'被'는 乙·丙·丁·戊卷에서는 모두 '布'로 되어 있다.

146　'打扳'은 丙卷에서는 '扳打'로 되어 있다. [蔣禮鴻] '打扳'은 대략 '분기하다', '분발하다'는 뜻이다. 元劇에는 '打拍'이라는 용어가 있다. 예를 들어 關漢卿「金線池」劇 第1折 金盞兒曲: "쏟아지는 눈물을 닦고 그 정신을 떨쳐 일으켜라(揩開汪淚眼, 打拍老精神)"가 그것이다. 『元劇俗語方言例釋』에서는 '打拍'을 '분기하다', '분발하다'라고 해석하고, '扳'과 '拍'은 음이 비슷하다 하였다. [校注] 釋道明『聯燈會要』卷12「潭州神鼎鴻諲禪師」: "도를 얻었다 해서 조사라 불리지는 않는다. 그렇다면 어떠해야만 조사라 불릴 수 있는가? 형제들이여, 정신을 가다듬고 그 근원을 궁구해야만 하느니(直饒道得, 亦未稱祖師意. 且道如何稱得祖師意? 諸兄弟, 直須打辨精神, 究徹根源)." '打辨'은 곧 '打辦'이며 '打扳', '打拍' 역시 같은 용어이다.

147　'强'은 乙·丙·丁·戊卷에서는 모두 '直'으로 되어 있다.

대왕은 그 말을 듣고 대단히 기뻐하며

주렴을 걷어 올리고 휘장을 열어 젖혔다.

대왕의 마음이 흡족하니

황후 또한 기쁨에 호호거린다.

비빈과 궁녀를 불러들이고

내관들은 황망히 이리저리 오간다.

이리하여 [공주는] 장옷으로 얼굴을 가린 채

정신을 차리고 곧바로 들어온다.

王郎登時見皇帝, 道何言語:

　於是貧仕[148]蒙詔, 跪拜大王已了.

　叉手[149]又說寒溫, 直下[150]令人失笑.

　更道下情無任, 得仕[151]丈母[152]阿嫂.

　起居進步向前, 下情不勝憐[153]好.[154]

其時[155]大王處分: 排備[156]燕會, 屈請[157][王][158]郎. 旣到座筵, 遣宮

---

[148] ‘仕’는 ‘士’와 통한다. 乙·丁卷에서는 마침 ‘士’로 되어 있다.

[149] ‘叉手’는 ‘拱手하다’는 뜻이며 ‘抄手’라고도 적는다. 「父母恩重經講經文(1)」의 주석 173)번 참조 바란다.

[150] ‘直下’는 ‘즉각·바로’이다.

[151] ‘事’는 原錄에서는 ‘仕’로 되어 있고 ‘事’로 교정하였다. [校注] 乙卷에서는 ‘事’로 되어 있다. 이에 의거하여 바로잡는다.

[152] ‘丈母’는 原錄에서는 ‘父母’라 오록되어 있다. [校注] 甲·乙·丙·丁·戊卷에서는 모두 ‘丈母’라 되어 있다. 이에 의거하여 바로잡는다. 潘重規의 견해도 이와 같다.

[153] [潘重規] 甲·丙·丁卷에서는 ‘怜’이 ‘恰’으로 되어 있다. [校注] 필사본 중에서 ‘怜’자와 ‘恰’자는 혼동되는 경우가 많다. 이 예문은 ‘怜(憐)’으로 해야 옳다.

[154] [原校] 丁卷은 여기까지다.

[155] ‘時’는 原錄에서는 ‘是’로 적고 ‘時’라 교정하였다. [校注] 丙·戊卷은 ‘時’로 되어 있다. 이에 의거하여 바로잡는다.

[156] ‘排’는 原錄에서는 ‘俳’로 적고 ‘排’라 교정하였다. [校注] 丙卷은 ‘排’로 되어 있다. 이에 의거하여 바로잡는다. 또 戊卷에서는 ‘棑’로 되어 있다. 돈황사논에서 ‘木’ 편방과 ‘扌’ 편방은 구분하지 않는다. 따라서 ‘棑’은 곧 ‘排’이다. ‘排備’는 ‘안버하다(按排)’, ‘정비하다(整備)’는 뜻이다. 아래 문장 “次第漸到王郎, 排備酒饌”의 ‘排備’ 역시 같은 뜻이다.

人引其公主[見]¹⁵⁹對王郎. 當爾之時, 道何言語:

　　　新婦出來見[王]郎,¹⁶⁰　都緣面貌多不強,¹⁶¹

　　　綵女嬪妃左右擁, 前頭掌扇鬧¹⁶²芬芳.¹⁶³

　　　金釵玉釧滿頭粧,¹⁶⁴　錦繡羅衣複¹⁶⁵鼻香,

　　　王郎纔見公主面, 誂¹⁶⁶來魂魄轉飛颺.¹⁶⁷

　왕 씨 성의 사내는 이때 황제를 알현하는데 무슨 말을 하는가.

　　　이리하여 빈사(貧士)는 [대왕의] 부름을 받고

　　　무릎을 꿇고서 대왕에게 절을 올린다.

　　　손을 가슴 앞에 모으고 안부를 여쭙는데

　　　곧바로 사람들의 웃음을 자아낸다.

　　　"소인 맡은 바 임무를 감당할 수 없지만

　　　빙모와 형수[의 뜻을] 받들지 않을 수 없네."

　　　『通釋』의 해당 항목을 참조 바란다.

157　'屈請'은 同義의 連綿語이다. '屈'은 '請'과 같다. 『通釋』의 '屈' 항목을 참조 바란다.

158　原錄에는 '王'자가 없다. 여기서는 甲卷에 의거하여 보충한다. 丙・戊卷 역시 '王'자가
　　　있다.

159　'見'자는 丙・戊卷에 의거하여 보충한다.

160　'王'자는 丙・戊卷에 의거하여 보충한다.

161　'多不強'은 丙・戊卷에서는 '不多強'으로, 乙卷에서는 '不得'으로 되어 있다.

162　'鬧'는 甲卷에서는 '閑'이라 오록되어 있다. 여기서는 乙・丙・戊卷에 의거하여 바로
　　　잡는다.

163　[蔣禮鴻] '芬芳'은 '紛紛'이다.

164　[原校] 이 구는 乙卷에서는 '金與玉, 滿頭裝'의 3자 구로 되어 있다. [校注] 丙卷에서는
　　　'粧'이 '挿'으로 되어 있다.

165　'複'은 甲卷에서는 오른쪽 편방이 '復'으로 되어 있는데 이는 '複'의 속자인 듯하다.
　　　丙・戊卷에서는 모두 '複'으로 되어 있다. 原錄은 乙卷에 의거하여 '馥'으로 되어 있
　　　다. [校注] '複'은 앞의 '滿'과 대응되기에 마땅히 동사가 되어야 한다. 따라서 '複', '馥'
　　　은 모두 '撲'(이 세 글자는 모두 入聲 屋韻字이다)으로 보아야 할 것 같다.

166　'誂'는 原錄에서는 '聞'으로 되어 있다. [校注] 乙卷에서는 '誂'로 되어 있는데 이는 '誂'
　　　의 속와자인 듯하다. 아래 문장 "於是王郎旣被誂倒"의 '誂'자가 乙卷에서는 마찬가지
　　　로 이 형태로 되어 있다. '誂'자가 문맥에도 부합한다. 이에 수정한다.

167　'颺'은 原錄에서는 '傷'으로 되어 있다. 徐震堮은 이를 '揚'으로 보았다. [校注] 乙卷에
　　　서는 '颺'으로 되어 있다. 이에 의거하여 수정한다.

자리에서 일어나 걸어 나오며

"소인 부끄러움에 몸 둘 바를 모르겠나이다."

이때 대왕은 연회 준비를 명하여 왕 씨 성의 사나를 접대토록 하였다. 연회가 준비되자 궁녀를 시켜 공주를 데려와 왕 씨 성의 사내를 만나게 하였다. 이때 무슨 말이 있는가?

신부는 사내를 만나러 밖으로 나오는데

그 용모가 몹시 추하네.

궁녀와 비빈이 좌우에서 부축하고

앞에는 장선(掌扇)[168]이 어지러이 들려 있네.

금비녀에 옥팔찌, 머리를 뒤덮는 각종 발식(髮飾)들

금수(錦繡)로 된 비단 옷에서는 향기로운 냄새.

왕 씨 성의 사내는 공주의 얼굴을 보더니

깜짝 놀라 혼백이 달아나버렸다.

於是王郎旣被諕倒, 左右宮人, 一時扶接,[169] 以水[170]灑面, 良久乃蘇. 宮人道何言語:

女緣前生貌不敷,[171] 每看恰似獸頭牟,[172]

---

168 고귀한 신분의 인물이 외출할 때 뒤따르는 시종이 두 손으로 받쳐 드는, 기다란 손잡이가 달려 있는 커다란 부채.

169 '扶接'은 乙卷에서는 '扶起'로 되어 있는데 이렇게 보는 것이 의미상 자연스럽다.

170 '以水'는 甲卷에서는 '已' 한 글자로 되어 있다. 乙·丙·戊卷에 의거하여 수정한다.

171 '敷'는 甲卷에서는 '𣁾'로, 乙卷에서는 '𢾭'로 되어 있는데 이 모두는 '敷'의 속자이다. 丙卷에서는 '敷'로 되어 있다. 劉凱鳴은 原錄의 '敷'는 '𢾭'의 形訛字이고 '𢾭'은 '揚'의 古字라 하였는데 신빙성이 없어 보인다. '敷'는 '足'의 뜻이다. '貌不敷'는 용모가 완전하지 못함을 뜻한다.

172 [原校] 이 문구는 乙卷에서는 '每看如似獸形軀'로 되어 있다. [蔣禮鴻] '獸頭牟'는 '짐승 머리 모양이다. 『敦煌曲子詞集』 「別仙子」 詞 : "이때의 모습은 가을날의 달과 같구나(此時桦樣, 算來是秋天月)." 孫貫文은 '桦'를 '模'라 보았다. 이는 '牟'는 곧 '桦'다시 말해 '模樣'임을 말해준다. 李白 「明堂賦」 : "사람과 짐승은 기이한 모습이로다(人物禽獸, 奇形異模)." 여기서의 '模' 역시 같은 의미이다.

天然旣沒紅桃色,[173]　遮莫七寶叫身[174]鋪.[175]

夫主誂來身已倒,[176]　宮人侍婢一時扶,

多少內人噴[177]水救,[178]　須臾得活卻醒蘇.[179]

於是兩個阿姊, 恐被王郎耻嫌醜陋不肯,[180] 左右宮人, 合[181]皆總急.
[阿姊][182]無計, 思寸(忖)且著卑辭, 報答王郎云云

「王郎不用怪笑, 只緣新婦幼小,

妹子雖不端嚴,[183]　手頭裁縫最巧.

官職王郎莫愁, 從此富貴到老,

些些醜陋不[184]嫌, 新婦正當年少.」

사내가 놀라 혼절하자 주위의 궁녀들이 일제히 그를 부축하여 일으

173　【原校】乙卷에서는 '色'이 '臉'으로 되어 있다. 【校注】丙·戊卷 역시 '臉'으로 되어 있다.

174　'叫身'은 '온몸·전신'의 뜻이다. '叫'자는 아무런 뜻을 취함 없이 '繳'로 보아야 할 것 같다('繳'과 '叫'는 『集韻』에서 모두 吉弔切에 속해 있다) 『廣雅』「釋詁」: "繳, 繧也."

175　【原校】이 문구는 乙卷에서는 '占不頭盈白王梳'로 되어 있다. 【蔣禮鴻】'占不'은 '遮莫'이다.(「妙法蓮華經講經文(1)」의 주석 25)번 참조 바람) 또 乙卷의 '王'자를 장씨는 '玉'이라 교정하였는데 이는 옳다. 돈황사본에서 '玉'과 '王'은 흔히 구분되지 않는다.

176　'已倒'는 甲·丙·戊卷에서는 모두 '以到'로 되어 있는데 여기서는 乙卷에 의거하여 수정한다.

177　'噴'은 原錄에서는 '嘖'으로 되어 있고 '噴'으로 교정하였다. 【校注】乙·丙·戊卷에서는 모두 '噴'으로 되어 있다. 이에 의거하여 수정한다.

178　'救'는 甲卷에서는 '求'로 되어 있다. 여기서는 乙·丙·戊卷에 의거하여 수정한다.

179　乙卷에서는 '得活卻醒蘇'이 '始得却星(醒)蘇'로 되어 있는데 이렇게 보는 것이 의미상 자연스럽다.

180　原錄에서는 丙·戊卷에 의거하여 '不肯' 다음에 '却歸' 두 자를 첨부하였는데 의미가 자연스럽지 못해 여기서는 삭제한다.

181　'合'은 原錄에서는 '令'으로 되어 있다. 袁賓은 이를 '合'으로 보았는데 이는 옳다. 돈황사본에서 '合'과 '令'은 흔히 혼용된다. 아래 문장 "然相合之時, 爭忍見其醜貌"의 '合'자가 丙卷에서는 '令'으로 잘못 적혀 있다. 項楚는 '令'을 '例'로 교정하였는데 정확하지 못한 듯하다.

182　'阿姊' 두 자는 丙·戊卷에 의거하여 보충한 것이다.

183　이상의 두 구는 甲卷에서는 본래 '只緣新婦嫌(年?)幼, 少朱(未-妹)子不端正'으로 되어 있는데 그 의미가 통하지 않기에 여기서는 乙·丙·戊卷에 의거하여 수정한다. '端嚴'은 '端正'이다.

184　'不은 乙卷에서는 '莫'으로 되어 있다. '不'과 '莫'은 같다.

켜 세웠다. 그리고는 얼굴에 물을 뿌리니 얼마 후 사내는 정신이 돌아왔다. 그때 궁녀가 무슨 말을 하는가?

공주는 전생의 업보로 인하여 용모가 완전치 못하니
보기에 마치 짐승의 모습을 하고 있다네.
태어날 때 붉은 복숭아 빛 얼굴을 지니지 못하여
비록 칠보로 온몸을 꾸미긴 했지만
남편[185]이 깜짝 놀라 혼절하고 마니
궁녀와 시비(侍婢)가 일제히 부축하네.
궁녀들이 물을 뿌리며 간호하니
[사내는] 잠시 후 정신이 돌아오네.

이때 두 언니들은 행여 사내가 못생긴 동생의 모습을 싫어하여 그녀에게 장가들려 하지 않을까 걱정스러웠고 좌우의 궁녀들 역시 다들 조바심이 났다. 달리 방도가 없는 언니들은 고심 끝에 일단 공손한 어조로 사내에게 말하였다.

"왕 서방은 이상히 여기며 비웃지 마시게.
신부는 아직 나이가 어린 까닭이라네.
동생은 비록 단정하지 못한 용모이지만
손끝의 바느질은 대단하다네.
왕 서방은 관직을 걱정하지 마시게.
이제부터 늙을 때까지 부귀한 신분이니
조금 못생겼다고 싫어하지 말기를.
신부는 지금 나이가 어리다오."

王郎道苦, 彼[186]媒人誤我. 將來今日目前, 見這個弱事,[187] 乃可[188]

185　원문은 '부주(夫主)', 즉 '남편'으로 되어 있는데 사실은 왕 씨 성의 사내를 말함.
186　'彼'는 丙·戊卷에서는 '被'로 되어 있다. '被'로 보는 것이 의미가 잘 통한다.
187　'弱事'는 '壞事'와 같다. '弱'은 '差', '壞'의 뜻이다. 「父母恩重經講經文(1)」의 주석 165)

不要富貴, 亦不籍[189]你[190]官職; 然[191]相合之時, 爭忍[見][192]其醜貌. 思
寸再三, 沈疑不語, 阿姊又道:

> 不要稱[193]怨道苦, 早晚得這箇新婦,[194]
>
> 雖則容貌不强, 且是國王之女.
>
> 向[195]今正値[196]年少, 又索得當朝公主,[197]
>
> 鬼神大曬[198]僂儸,[199] 不敢偎[200]門傍戶.

번을 참조 바란다.

188 '乃可'는 '차라리 …… (하는 게 낫다)(寧可)'와 같다. 淸 王引之 『經傳釋詞』 권6 : "乃, 猶寧也."

189 '藉'는 '중히 여기다', '소중히 하다'는 뜻이다. P.2483 「太子五更轉」: "오로지 보리를 즐겨 불도를 수행하니 세상에서의 국왕 됨을 중히 여기지 않네(一樂菩提修佛道, 不藉你世上作公王)." 范張鷄黍 劇2 : "마음이 쓰리고 온갖 감정이 찢어지는데, 우리의 공명은 더 이상 소중하지 않네(寸心酸, 五情裂. 咱功名, 已不藉)."

190 '你'는 丙·戊卷에서는 '那'로 되어 있다.

191 '然'은 '雖'이다. 양보 관계를 표시한다. 러시아 소장 「雙恩記」: "太子曰 : '然卽如此, 不敢違王. 欲擬上聞, 請乞一願.'" 또 "盲士然知說擾煩, 牧人未免生疑慮." 여기서의 '然'자 역시 같은 의미이다. 丙·戊卷에서는 '然' 앞에 '須'자가 있는데 이는 응당 '雖'로 보아야 한다. '然'으로 되어 있건 아니면 '須(雖)然'으로 되어 있건 간에 그 의미는 하나다. 潘重規는 '然' 앞에 '須'자를 보충하였는데 그럴 필요 없다.

192 '見'자는 乙·丙·戊卷에 의거하여 보충한 것이다.

193 '稱'은 甲·丙·戊卷에서는 모두 '舟'로 되어 있고, 乙卷에서는 '稱'으로 되어 있다. 앞 자는 '稱'의 古字의 변형이다.

194 이 문구가 甲卷에서는 본래 '早晚言新婦'로 되어 있는데 丙·戊卷에 의거하여 수정한다. '早晚'은 '어느 때'라는 뜻이다. 이에 대해서는 앞서 상술한 바 있다.

195 '向'은 乙卷에서는 '況'으로 되어 있다. 돈황사본에서 '況'과 '向'은 혼용된다. 본문에서는 '向'을 '況'으로 보는 것이 더 낫다.

196 '値'는 甲卷에서는 '直'으로 되어 있다. 여기서는 丙卷에 의거하여 수정한다. 乙卷에서는 '正値年少'가 '整是少年'으로 되어 있다.

197 [原校] 이 문구는 본래 '色得唐朝公主'로 되어 있다. 乙·丙卷에 의거하여 수정한다. [校注] '色得'은 '索得'이다.

198 '大曬'는 '매우', '대단히'이다. 「三身押座文」: "다만 중생의 악업이 무거우니, 공경하고 믿는 마음 극히 드무네(只是衆生惡業重, 敬信之心大曬希)."

199 '僂儸'는 '영리하고 기민하다'는 뜻이다. 乙卷에서는 '婁羅'로 되어 있는데 같은 뜻이다. 宋 羅大經 『鶴林玉露』 권15 : "『오대사』에서 이르기를, '한나라 유수는 사조홍과 양빈을 싫어하였다. 이때 이업이 이 두 사람을 황제에게 참소하여 그들을 죽였다. 유수가 기뻐하며 이업에게 이르기를, 그대는 참으로 영민한 사람이오, 하였다. 僂儸는

於是王郎恥嫌不得, 兩箇相合, 作爲夫婦. 阿姊見成親, 心裏喜歡非常, 到於宮中, 拜賀父母. 當時甚道[201]云云.

　　小娘子如今娉了, 免得父孃煩惱,
　　推[202]得精怪出門, 任他到舍相抄(吵).
　　王郎咨申大姊 : 萬事今朝總了,[203]
　　且須遣妻不出,[204] 恐怕朋友怪笑,
　　小娘子莫顚莫强,[205] [206]不要出頭出惱(腦),[207]
　　王郎[208]心裏不嫌, 前世業遇須要.

[妻語夫曰 :

　　王郎心裏莫野, 出去早些歸舍,
　　莫抛我一去不來, 交我共誰人語話.
　　爭肯出門出戶, 如今時徒[209]轉差,

속어로, 교활함을 말한다. 구양수의 사서에서 속어를 적고 있음은 매우 특이한 일이다(五代史 : 漢劉銖惡史肇弘、楊邠. 於是, 李業譖二人於帝而殺之. 銖喜謂業曰 : '君可謂傀儡兒矣.' 傀儡, 俗言猾也. 歐史間書俗語甚奇)."

200　'偎'는 甲卷에서는 '猥'로 되어 있고 乙卷에서는 '隈'로 되어 있다. 여기서는 丙卷에 의거하여 수정한다. '偎'는 '依'이며 아래의 '傍'과 같은 뜻이다. 溫庭筠 「南湖」 詩 : "작은 배는 봄풀에 기대어 강기슭에 머무르고, 물새는 물결을 일으키며 석양 속을 날아간다(野船著岸偎春草, 水鳥帶波飛夕陽)." '偎' 역시 '의지하다(依傍)'는 뜻이다.
201　戊卷은 여기까지다.
202　'推'는 甲卷에서는 '總惟' 두 자로 되어 있는데 여기서는 乙·丙卷에 의거하여 수정한다.
203　乙卷에는 이 두 구가 없다.
204　[原校] 이 문구는 丙卷에 의거하여 보충한 것이다. 乙卷에서는 '王郎遣妻不出'로 되어 있다. [校注] 甲卷에도 이 문구가 있는데 아래 문장에 오록되어 있다. 뒤의 주석을 참조 바란다.
205　이 문구는 甲卷에서는 '小娘子莫顚倒'로 되어 있고 乙卷에서는 '三娘子莫漫狂顚'으로 되어 있다. 여기서는 丙卷에 의거하여 수정한다.
206　甲卷에서는 이 앞에 '且須遣妻不出莫怪' 여덟 글자가 있는데 여기서는 삭제한다.
207　이 문구는 甲卷에서는 '不要出要出頭惚' 일곱 글자로 되어 있는데 여기서는 乙·丙卷에 의거하여 수정한다.
208　原錄에서는 '王郎' 앞에 '總'자가 있다. 이는 앞 구 '惱(腦)'자와 관련하여 생긴 연자인 듯하다. 여기서는 각권에 의거하여 삭제한다.
209　'時徒' 두 자는 오류다. 응당 '世途'로 보아야 할 듯하나, 이에 대해서는 재검토가 필요

門前[210]過往人多, 恐怕驚他驢[□].[211]

사내가 괴로워하며 중얼거렸다. '그 자가 나를 속여 이곳으로 데려와 오늘 이 같은 재수 없는 일을 당했구나. 차라리 부귀도 관직도 못 얻고 말지 부부가 되어 어떻게 저 추한 모습을 차마 바라볼 수 있단 말인가.' 생각에 생각을 거듭하며 묵묵히 아무런 말도 하지 않았다. 그러자 언니들이 다시 말하였다.

　　"원통해하지도 괴로워하지도 마시게.

　　이 신부를 언제 [다시] 얻을 수 있을까.

　　용모는 비록 추할지 몰라도

　　다름 아닌 국왕의 따님이라네.

　　더군다나 지금은 한창 꽃다운 나이

　이 나라의 공주님을 손에 넣으시게.

　귀신은 영리하고 기민하기 짝이 없어

　감히 가문에 기댈 수 없다네."

이에 사내는 수치스러워하지도 미워하지도 못하고 그녀를 받아들여 부부가 되었다. 언니들은 [동생이] 결혼하는 것을 보고 기쁘기 그지없었

하다.

210　'前'은 原錄에서는 '人'으로 되어 있는데 이는 뒤의 '人'과 관련하여 생긴 오자인 듯하다. 項楚는 이를 '前'으로 보았는데 이는 지극히 옳다. 乙卷에서는 본래 '前'(이 문구는 乙卷에서만 보인다)으로 되어 있다. 이에 의거하여 바로잡는다.

211　[原校] 이상의 5행은 乙卷에 의거하여 보충한 것이다. 劉堅은 끝 구절의 결자가 '馬'자라 하였는데 이는 옳다. 또 '驢'는 '駙'라 하였는데 이는 정확하지 못하다. [項楚] 이것은 추녀가 왕랑에게 외출했다가 일찌감치 돌아올 것을 부탁하는 말인데 부마에게 어떻게 '驚他駙馬'라고 말할 수는 있겠는가? 끝 두 구는 문 밖 출입을 망설이는 까닭에 대한 추녀의 혼잣말이다. '驚他行人'이라 말하지 않고 '驚他駙馬' 말한 것은 추녀의 못생긴 외모를 극력 과장하기 위함으로, '사람을 놀라게 하는(驚人)' 정도를 훨씬 넘어서고 있음을 말하고 있다. 항초는 또 '驚駙馬'로써 추녀의 추함을 과장하는 수법은 고대 중국의 문학작품에서 흔히 보이는 유머러스한 표현이라고 하였다. 예를 들어 돈황권자 P.3716 趙洽 「醜婦賦」에서 "或恐馬以驚驢"라 하였고, 또 錢鍾書 『管錐編』39쪽 인용 「孤本元明雜劇」에서 禾旦 '女姑姑'가 자신의 추함을 한탄하는데 '驢見驚, 馬見走, 駱駝看見翻筋斗'라 한 것이 그것이다."

다. 궁궐로 돌아와 부모에게 축하를 올리는데, 이때 무슨 말이 있는가?

　　　“막내딸이 이제 시집을 갔으니

　　　부모님의 걱정을 덜게 되었네.

　　　요괴를 집밖으로 내쳤으니

　　　저들더러 자기 집에서 떠들도록 내버려두시기를.”

　　　사내가 큰언니에게 말하는데

　　　“오늘 만사가 모두 매듭지어졌네.”212

　　　“처를 밖으로 나오지 못하게 하게나.

　　　친구들에게 웃음거리가 될까 염려되네.

　　　막내 동생은 마음대로 외출해서도 안 되고

　　　밖을 엿보게 해서도 안 되네.

　　　왕 서방은 마음속으로 혐오하지 말게나.

　　　모두 전생의 숙업(宿業)에 의한 거라네.”213

　처가 남편에게 말하기를,

　　　“서방님께서는 무례히 생각지 마시고

　　　외출하시거든 일찌감치 귀가하시기를.

　　　저를 놔두고 나가시어 돌아오지 않으시니

　　　저는 누구와 정담을 나눌까.

　　　어찌 밖으로만 나도시나.

　　　요즘 점점 딴 사람이 되어가네.

　　　대문 앞에는 오가는 사람 많은데

　　　저 나귀며 말(馬)을 놀라게 할까 두렵네.”214

212　이 두 문구는 왕 씨 성의 사내가 추녀의 언니에게 하는 불만의 스리인 듯하다. P.3048
　　에서는 이 문구가 없다.
213　이상 여섯 문구는 추녀의 언니가 사내에게 해주는 충고의 말이다.
214　앞 6구는 추녀가 남편에게 일찍일찍 귀가할 것을 당부하는 말이고, 뒤 2구는 문밖을
　　나서기를 꺼려하는 추녀가 그 이유를 혼잣말하는 것이다. 말이며 당나귀를 놀라게
　　할 정도로 못생겼다는, 지극히 과장된 표현이다.

於是貧仕[215]旣蒙駙馬，　與高品知聞，　書題[216]往來，　以[217]相邀[218]會.
遂赴朝官之宴，　同拜玉階,[219]　侍御郎中，　共相出入. 州官縣宰，　相伴駙
馬之筵，　[僕射][220]尙書，　同歡一座. 已前諸官，　密[221]計相宜,[222]　要[看]
公[223]主. 遞斗傳局,[224]　流行屈到家中，　事須妻出勸酒. 旣[225]無形跡,[226]
例皆[227]見女出妻，　盡接座筵[同歡].[228]　日日不備[229]歡樂，　次第漸到王

215 　'貧仕'는 '貧士'와 같다. 乙卷에서는 이 문구가 '王郎旣爲駙馬'로 되어 있는데 그 의미
　　가 비교적 명확하다.

216 　'書題'는 乙卷에서는 '緘題'로 되어 있다.

217 　'以'는 甲卷과 丙卷에서는 '已'로 되어 있다. 여기서는 乙卷을 따른다.

218 　'邀'는 甲卷에서는 '敫'로 되어 있는데 이는 '邀'의 속자이다. 여기서는 乙·丙卷에 의
　　거하여 바로잡는다.

219 　'階'는 甲卷에서는 '皆'로 되어 있다. 여기서는 丙卷에 의거하여 수정한다.

220 　'僕射' 두 자는 乙·丙卷에 의거하여 보충한다.

221 　'密'은 甲卷에서는 본래 '蜜'로 되어 있는데 여기서는 丙卷에 의거하여 수정한다.

222 　'相宜'는 응당 '商議'로 보아야 한다.

223 　'看'은 丙卷에 의거하여 보충한다. 또 '公'자는 原錄에서는 '宮'으로 오록되어 있다. 여
　　기서는 甲·丙卷에 의거하여 바로잡는다(乙卷에서는 '已前諸官'부터 '妻出勸酒'까지
　　의 28자가 없다)

224 　'互'는 甲·丙卷에서는 '丒'로 되어 있는데 이는 '互'의 속자이다. 原錄에서는 '斗'라 오
　　록되어 있다. 또 '局'자는 甲卷에서는 '扃'으로, 丙卷에서는 '㞐'으로 되어 있는데 이
　　모두는 '局'의 俗體이다. 『干祿字書』: "扃㞐局: 上俗中通下正." 扃、㞐은 '扃', '㞐'의
　　변체로서 필사본에서 자주 보인다. '局'은 '연회석'을 가리킨다. '遞斗傳局'은 '돌아가
　　며 연회를 준비함'을 가리킨다.

225 　[原校] '旣'는 본래 '說'로 되어 있는데 乙卷에 의거하여 수정한다. [校注] 丙卷 역시
　　'旣'로 되어 있다.

226 　'跡'은 原錄에서는 '積'으로 되어 있다. 王鍈과 項楚는 이를 '迹'으로 보았다. [校注] 乙
　　卷에서는 마침 '跡'('迹'의 이체자)으로 되어 있다. 이에 의거하여 바로잡는다. '形迹'은
　　'사양·겸손(客套)'을 뜻한다. 『金瓶梅詞話』57回: "마음이 통하는 사람을 만나 술을
　　마시니 예절은 다 잊어버린 채,…… (只見酒逢知己, 形迹多忘, ……) 여기서의 '形迹'
　　은 '겸손'의 뜻이다. 『通釋』의 '形則, 形迹' 항목을 참조 바란다.

227 　'例皆'는 同義의 連綿語이다. '例'는 '皆'이다. 『廣韻』 「祭韻」: "例, 皆也." S.4633 「太子
　　成道變文」: "잠에서 깨어난 태자는 온 몸이 땀으로 흥건하였다. 단연하게 앉아 있던
　　그는 자신을 지키는 궁녀가 여전히 깨어 있음을 알았다. 이에 혜안으로 신인을 바라
　　보며 말하였다. "나를 부르러 오셨는데, 방문은 잠겨 있고 궁녀들은 깨어 있으니 어찌
　　하면 좋겠습니까?" 이에 신인이 손으로 그쪽을 한 번 가르치니 궁녀들은 모두 잠에
　　떨어지고 방의 자물쇠는 스르르 열렸다(其太子睡校(覺), 遍體汗流, 端然如(而)座. 其
　　守伴宮人, 例皆不睡. 其太子惠眼, 觀見神人, 遂言: 「據是聖力取來, 其房門開(關)鎖,

郎, 排備[230]酒饌. 唯[231]憂妻貌不强, 思慮[232]恥於往還. [233] 遂乃精神不
安, 宿夜憂愁. 妻見兒婿怨煩, 不免再三盤問. 王郎被問, 遂乃於[234]實
諮告妻曰:

> 「每日將身赴會筵, 家家妻女作周旋,
>
> 玉貌細看花一朵,[235] 蟬鬢窈窕似神仙.
>
> 朝官次第相邀[236]會, 飲食朝朝數千[237]般,

宮人不睡, 此者有何之計?」語由未了, 被神人以手指卻一匝, 宮人例總瞌睡, 兼房關鎖並開)." 앞에서는 '例皆' 뒤에서는 '例總'으로 되어 있다. 이로 보아 '例'는 '皆'와 같으며 또 '總'과도 같다. 原錄에서는 '例'자를 앞 구에 속해 놓았는데 이는 오류다. 여기서는 항초의 견해를 따라 바로잡는다.

[228] '同歡' 두 자는 乙卷에 의거하여 보충한다.

[229] '不備'는 앞뒤의 문맥에 어울리지 않는다. 이는 '排備'로 보아야 할 것 같다. '排備'는 '俳備'로 적기도 하는데(다음 주석을 참조 바람) '俳'의 편방을 생략하면 '非'가 되며, 다시 '非'와 '不'은 의미가 비슷한 관계로 '不'이라 오록하게 된 것 같다. '日日不備歡樂'은 '날마다 술과 음식을 마련하고 음악을 즐김'을 말한다.

[230] '排備'는 原錄에서는 '俳備'로 되어 있다. 徐震堮은 '俳'는 '排'라 하였는데 이는 옳다. 丙卷은 '排'로 되어 있다. 이에 의거하여 수정한다. 乙卷은 '日日不備歡樂'에서 이 구까지가 '水日(?)如此, 日日赴會, 次弟到赴(駙)馬家排比'로 되어 있다. '排備'와 '排比'는 모두 '안배(준비)하다'는 뜻이다. 『通釋』의 해당 항목을 참조 바란다.

[231] '唯'는 原錄에서는 '惟'로 되어 있다. 【校注】乙卷은 '惟'로 되어 있다. 여기서는 丙卷에 의거하여 수정한다.

[232] '思慮'는 乙卷에서는 '慮恐'으로 되어 있다.

[233] '往還'은 명사이며 친구를 가리킨다. 乙卷은 '還往'으로 되어 있는데 의미는 같다. P.2054「十二時」: "처사를 찾아 영단을 구하고, 벗에게 부탁하여 영약을 구하네(尋求處士訪靈丹, 囑託往還回藥餌)." 또 "안마당은 쓸쓸하고 음악소리 그치며, 수레는 뜸하고 벗들은 멀어지네(門庭寥落管弦休, 車馬稀疎往還棄)." 任二北 『敦煌曲初探』: "'往還'은 '知聞'과 같은 뜻으로, 교의를 나누는 벗을 가리킨다" 【校注】뒤 예문의 두 번째 구는 P.2174에서는 '車馬希(稀)逢還往棄'로 되어 있다. '還往'은 곧 '往還'이다.

[234] '於'는 응당 '依'로 보아야 한다. 乙卷은 '衣'로 되어 있는데 이는 '依'의 편방 생략 가차자이다. 唐 五代의 西北方音에서 止攝과 遇攝은 구분이 안 된다. 따라서 '於'와 '依'는 흔히 통용된다.

[235] 原錄에서는 '朵'자가 '扌' 편방이 붙은 글자로 되어 있다. 여기서는 乙·丙卷에 의거하여 수정한다.

[236] '邀'는 甲卷에서는 본래 '敫'로 되어 있는데 이는 '邀'의 속체이다. 여기서는 乙·丙卷에 의거하여 바로잡는다.

[237] '千'은 乙·丙卷에서는 '百'으로 되어 있다.

後日我家備[238]酒饌, 也須娘子見朝官.」

　이리하여 가난한 사내는 부마가 되어 높은 품계의 친구들과 서신을 교환하기도 하고 모임에 초청되기도 하였다. 조신(朝臣)의 연회에 참석하기도 하고 조정을 방문하기도 하고 시어(侍御)며 낭중(郎中) 같은 고관과 동행하기도 하였다. 주관(州官)과 현령(縣令)이 부마의 연회에 나란히 참석하는가 하면 복야(僕射)와 상서(尚書)가 같은 연석에서 즐거워하기도 하였다. 이에 앞서 관리들은 공주를 만나보고자 암암리에 계략을 꾸몄다. 그리하여 돌아가며 각자의 집에서 연회를 열기로 하는데 주인 된 자는 반드시 처를 불러내어 모두에게 술을 권하게 하기로 하였다. 스스럼없이 다들 딸이며 처가 연회에 나와 함께 즐거워하였다. 매일같이 그렇게 즐거움을 향유하는 동안 점차 이 부마의 집에서 주연을 마련해야 하는 차례가 다가왔다. 왕 씨 사내는 처가 못생긴 것을 걱정하며 모임에서 창피를 당할 것을 두려워하였다. 이 때문에 그는 마음이 편치 못하고 밤낮으로 근심에 잠겨 있었다. 처는 괴로워하는 남편의 모습을 보고 거듭 그 까닭을 캐어물었다. 이에 왕 씨 사내가 아내의 질문에 사실로써 대답하였다.

> "날마다 연회에 참석하거늘
> 집집마다 처가 접대를 하는데
> 옥 같은 얼굴은 한 송이 꽃과 같고
> 머리칼은 선녀인 양 정숙하네.
> 조신들은 돌아가며 연석을 베푸는데
> 하루에 수천 가지 음식을 마련하네.
> 후일 우리 집도 주연(酒宴)을 열어야 할 터인데
> [그때는] 부인도 조신들을 접대해야 할 것이네."

238　'備'는 原錄에서는 '俳'로 되어 있다. 【校注】甲卷에서는 본래 '俳偹'로 되어 있는데 '俳'는 衍字이고 '偹'는 '備'의 속자이다. 乙·丙卷에서는 모두 '排'로 되어 있다. '排'는 '備'와 같은 뜻이다. 原錄에서는 '俳'로 되어 있는데 이는 오록이다.

王郎遂向公主, 具說根由:「我到他家中; 盡見妻妾, 數巡勸酒, 對坐歡[239]娛. 若諸朝官赴我筵會,[240] 小娘子[241]事須出來相見, 我恥此事, 所以憂愁, 怨恨自身, 尋相[242]不樂.」王郎道云.[243]

「我無怨恨亦無嗔, 自嗟前生惡業因,

只爲思君多醜貌, 我今恥辱會諸賓.

來朝若也朝官至, 還須娘子勸酒巡;

出到坐延[244]相見了, 交我[245]恥辱沒精神.」[246]

公主既聞此事, 哽噎不可發言, 慚見醜質, 嗁氣淚落. 前世種何因果, 今生之中, 感得醜陋.[247]

公主纔聞淚數行,[248] 聲中哽咽轉悲傷,

怨恨前生何罪業, 今生醜陋異尋常.[249]

再三自家嗟嘆了, 無計遂罪粧臺中.

239　'歡'은 甲卷에서는 '周'로 되어 있다. 여기서는 丙卷에 의거하여 수정한다.

240　이상 7구는 乙卷에서는 "王郎道: 我旣到他宅裏, 盡皆見他妻女, 必若朝遼(僚)赴我會來"로 되어 있다.

241　'小娘子'는 乙卷에서는 '三娘子'로 되어 있다.

242　'相은 '想'의 편방 생략 가차자이다. 丙卷에서는 '尋相(想)'이 '尋常'으로 되어 있는데 이렇게 보아도 의미는 통한다.

243　'云云'은 原錄에서는 '云' 한 글자로 되어 있다. [校注] 甲卷에서는 '彡', 丙卷에서는 '云彡'으로 되어 있는데 이들은 모두 '云云'의 생략형이다. 이에 바로잡아 기록한다.

244　'延'은 '筵'의 편방 생략 가차자이다. '坐筵'은 '座筵'이다.

245　'我'는 原錄에서는 甲卷을 따라 '著'로 되어 있는데 의미가 자연스럽지 못하다. 여기서는 丙卷을 따라 수정한다.

246　'神'은 甲卷에서는 본래 '身'으로 되어 있는데 丙卷에 의거하여 수정한다. 또 이상 3구가 乙卷에는 없다.

247　'公主旣聞此事'에서 여기까지가 乙卷에서는 "娘子被王郎道著醜貌, 不免雨淚羞恥, 怨恨此身種何因果, 今生減(感)得如斯"로 되어 있다. 또 原錄에는 甲卷에 의거하여 이 문구 뒤에 "夫主去後, 便捻香爐, 向於靈山, 禮拜發願(남편이 나간 후 香爐를 피워놓고 靈山을 향해 예배를 올리며 발원하였다)." 16자가 더 있다. 乙卷에서는 해당 문구가 이 뒤에 나오는 운문 뒤에 있다. 이 뒤부터는 乙卷을 저본으로 하고 있다. 따라서 동일 내용의 중복을 피하기 위하여 이 16자를 삭제한다.

248　[原校] 이하는 乙卷을 저본으로 삼는다.

249　[原校] 原卷에서는 '尋常' 앞에 衍字 '子'자가 더 있다.

億(憶)佛乞垂加護²⁵⁰ :

    懊惱今生貌不强, 緊盤雲鬢罷紅粧,²⁵¹

    豈料我無端正²⁵²相, 致令暗裏²⁵³苦商量.

    胭脂合子²⁵⁴捻抛卻, 釵朵瓏璁²⁵⁵調²⁵⁶一傍,

    雨淚焚香思法會, 遙告靈山大法王.

왕 씨 사내는 마침내 공주에게 그 이유를 말하였다. "내가 다른 사람 집에 가면 모두 처첩이 [손님을] 맞아 수차례 술을 권하고 마주 앉아 더불어 즐기곤 합니다. 만일 조신들이 내 집의 연회에 오게 되면 낭자는 필히 그들을 접대해야 할 터인데, 그것이 나는 수치스러워 이렇게 우울하고 기분이 좋지 않은 것이오." 왕 씨 사내가 말하기를,

    "나는 원한도 분노도 없고

    다만 전생의 악업을 나 스스로 탄식하는 거라네.

    그대의 추한 용모를 생각하면

    손님을 초대하는 것이 수치인 것 같네.

    후일 만일 조신들이 오게 되면

---

250   이상 5구가 原錄에서는 "再三自家嗟嘆了, 無計遂罪粧臺中. 億(詣)佛乞垂加護 : "로 되어 있다. [原校] 原卷에서는 '粧臺' 앞에 衍字 '心'자가 더 있다. [項楚] '心'자는 衍字가 아니다. '再三自家嗟嘆'이 한 구가 되고, '□了無計'(한 글자가 누락되었는데 아마도 '嘆'자인 듯하다)가 한 구가 된다. '罪'자는 '罷'자의 오류이다. '遂罪粧臺'가 한 구가 되며 '다시는 빗질도 화장도 하지 않는다'는 뜻이다. '億'은 '憶'이며 '心中憶佛'이 한 구가 되고 '乞垂加護'가 한 구가 된다. [校注] 항씨의 견해는 지극히 옳다. 여기서는 이를 따른다.

251   "怨恨前生何罪業"부터 여기까지가 甲卷과 丙卷에는 없다.

252   '端正'은 丙卷에서는 '端嚴'으로 되어 있는데 의미는 똑같다.

253   [原校] '致'는 본래 '置'로 되어 있는데 甲卷에 의거하여 수정한다. 또 '暗裏'가 甲卷에서는 '闇地'로 되어 있다.

254   '合子'는 곧 '盒子'이다. '盒'은 '合'의 後起 分化字이다.

255   瓏璁 : '瓏'은 乙卷에서는 '愁'으로 되어 있는데 이는 '瓏'의 속자이다.(『篇海類編』「珍寶類」 玉部에 보임) '瓏璁'은 '璁瓏'이 도치된 것으로 '맑고 깨끗한 모습'이다. 甲卷에서는 '籠鐸'로 되어 있는 듯하나 정확하지 않다.

256   [徐震堮] '調'는 '掉'과 같다. [校注] 甲卷에서는 '拔'로, 丙卷에서는 '挑'로 되어 있는데 '拔'자로 보는 것이 낫다('拔'은 앞 구 '捻'에 대응되며 모두 동작을 표시한다)

　　그대는 술을 권해야 할 터인데

그러려면 연석에 모습을 드러내야 할 것이니

　　[그것을 생각하면] 치욕스러워 기운이 없어진다오."

　공주는 이 말을 듣고 슬픔에 목이 메어 아무 말도 할 수가 없었다.
자신의 추한 모습을 부끄러워하며 눈물을 흘렸다. '전생의 무슨 인과로
금생에 이토록 추한 모습을 하게 되었단 말인가!'

　　공주는 그 말을 듣고 주르르 눈물을 흘리는데

　　목이 메고 마음이 슬프고 쓰라렸다.

　　한스럽게도 전생에 무슨 죄업을 지었기에

　　금생에 이런 추한 모습으로 태어났는가.

　공주는 탄식을 거듭하였지만 아무런 방도도 없음어 마침내 몸치장을
그만두고 마음속으로 부처를 생각하며 그분의 가호를 기원하였다.

　　금생의 추한 용모에 고뇌하면서

　　얼굴과 머리는 화장을 그만두었네.

　　단정한 모습 내게 없을 줄 어찌 상상했겠으며

　　남몰래 고심하게 될 줄 어이 알았으리.

　　연지 담긴 분합을 던져 버리고

　　비녀 발식도 뽑아버렸네.

　　눈물을 흘리며 향을 사르고 법회를 생각하며

　　멀리 영산(靈山)의 대법왕(大法王)께 고하네.

　　於是娥媚(眉)[257]不掃, 雲鬢罷梳, 遙[□][258]靈山, 便告世尊[259]:

---

[257]　'娥媚'는 原校에서는 '蛾眉'로 되어 있다. [校注] '媚'는 '眉'로 노아야 하는데 이는 앞
　　자 '娥'와 관련하여 그와 유사하게 변화된 것이다. '娥'자는 굳이 수정할 필요 없다.
　　'娥眉'는 여자의 수려한 눈썹을 말한다. 楚辭 「大招」에 이미 '娥眉曼只'라는 문구가 보
　　인다. '娥'에는 본래 '수려하게 아름답다'는 뜻을 가지고 있다. '娥眉'의 '娥'는 바로 이
　　뜻을 취한 것이다. 이 글자는 '蛾眉'라고도 적는데 '蛾'는 음차자이다. 後人이 이 글자
　　를 액면 그대로 받아들여 '蛾眉'를 누에나방과 연관시켜 말하는 경우가 있는데 이는

珠淚連連怨復嗟,[260] 一種爲人面貌差.

玉葉不生端正相,[261] 金藤[262]結朵野田花.

見說牟尼長丈六,[263] 八十隨形號釋迦,

惟願世尊加被我, 三十二相與些些.

이리하여 눈썹도 그리지 않고 머리를 빗질하는 것도 그만두고, 멀리 영산을 바라보며 세존께 고하는데:

"눈물 뚝뚝 흘리며 원망하고 탄식하나니

똑같은 사람으로 태어났건만 얼굴이 너무도 못났네.

옥엽(玉葉)의 관(冠)을 써도 단정하지 못하고

금등(金藤)의 발식(髮飾)으로 꾸며도 들판의 야생화 같네.

듣건대 석가모니께서는 일 장(丈) 육 척(尺)의 신장에

80종호를 지니셨다 하였네.

세존이시여, 가호를 드리우시어

32상을 약간이라도 허락하여 주시옵소서."

佛以他心通, 遙知[264]金剛醜女焚香發願. 遂於醜女居處[階][265]前, 從

잘못이다.

258 누락된 글자는 아마 '向'자일 것이다. 위 문장 "夫主去後, 便捻香爐, 向於靈山, 禮拜發願"을 참조 바란다.

259 이상 4구는 甲·丙卷에는 없다.

260 [原校] '嗟'는 본래 '差'로 되어 있는데 甲卷에 의거하여 수정한다. [校注] 丙卷 역시 '嗟'로 되어 있다.

261 [原校] 甲卷에서는 '相'이 '樹'로 되어 있다. [校注] 丙卷 역시 '樹'로 되어 있다.

262 '藤'은 原錄에서는 '騰'으로 되어 있고 徐震堮은 이를 '藤'으로 보았다. [校注] 丙卷에서는 '騰'으로 되어 있는데 이는 '藤'의 속자이다.(「降魔變文」原卷에서는 '藤'자가 대부분 이 형태로 되어 있다) 여기서는 바로잡아 기록한다.

263 [原校] 이 문구는 甲卷에서는 "惟願慈悲加護我"로 되어 있다. [校注] 이 주석은 다음 련의 "惟願世尊加被我"로 옮겨야 한다. 丙卷도 '我'자가 '利'로 오록된 것 외에는 甲卷과 같다.

264 [原校] 甲卷에서는 '知'가 '見'으로 되어 있다. [校注] 丙卷 역시 '見'으로 되어 있다.

265 [原校] '階'자는 甲卷에 의거하여 보충한 것이다.

地踊出, 親垂加被, 醜女忽見大聖世尊, 矼身[266]階前, 渾搥[267]自撲, 起來禮拜, 哽咽悲涕. [恰似四鳥而分離, 思念自身, 恨不[268]減[269]沒而入地].[270] 啓告世尊, 乞垂加護.[271] 醜女告世尊：

　　自嘆前生惡業因, 置(致)令醜陋不如人.

　　毀謗聖賢多造罪, 敢昭[272]容貌似煙薰.

　　生身父母多嫌棄, 姊妹朝朝一似嗔,

　　夫主入來無喜色, 親羅[273]未看[274]見慇懃.

　　時時懊惱流雙淚, 往往咨嗟怨此身.

266　[原校] ‘矼身’의 ‘矼’자는 알아볼 수가 없다. 丙卷에서는 ‘擧身’으로 되어 있는데 이는 ‘現身’의 잘못으로 생각된다. [徐復] ‘矼’은 ‘砼’의 별체이다. 따라서 ‘現身’으로 수정할 수 없다. ‘砼’은 ‘仡’과 통한다. 王褒 「僮約」：“仡仡扣(叩)頭” 디것과 뜻이 상통한다. ‘抏’로 적기도 한다. 『說文解字』「手部」：“抏, 動也.” ‘砼身’은 ‘몸을 앞뒤로 흔듦’을 말하며 ‘叩頭’와 비슷한 뜻이다. [潘重規] ‘矼’은 응당 ‘碎’이다. ‘碎’는 속체로 ‘砕’라 적기도 한다. [校注] 原校는 옳지 않다(丙卷의 ‘擧身’은 ‘몸을 내던지다’는 뜻이다. 이는 ‘矼身階前’이 추녀의 동작임을 말해준다) 반씨의 견해가 사실에 가깝다.

267　‘渾’은 原錄에서는 ‘魂’으로 되어 있는데 여기서는 丙卷에 의거하여 수정한다. ‘渾搥自撲’은 ‘온몸을 땅바닥에 내동댕이치다’는 뜻으로, 변문에서 자주 사용되는 상투어이다.

268　‘恨不’은 原錄에서는 ‘不恨’으로 되어 있다. 여기서는 項楚의 견해에 의거하여 바로잡는다.

269　‘減’은 徐震堮은 ‘滅’로 보았는데 정확하지 않다. ‘陷’으로 보아야 할 듯하다. 『玉篇』：“陷, 沒也.” 『禮記』「檀弓下」：“毋使其首陷焉” 鄭玄 注：“陷, 謂沒入於土.” 이 문구는 땅속으로 꺼져 들어가고 싶음을 의미한다. 「目連緣起」주석 10)번을 참조 바란다.

270　[原校] 이 18자는 甲·丙卷에 의거하여 보충한 것이다.

271　‘加護’는 甲·丙卷에서는 ‘加備(被)’로 되어 있는데 의미는 똑같다.

272　[徐震堮] ‘敢昭’는 ‘故招’가 되어야 할 것 같다. [陳治文] ‘敢昭’는 ‘感招’의 가차자이다. [校注] 진씨의 견해는 옳다. ‘感招’는 ‘果報感應’으로 變文의 상투어이다. 「金剛般若波羅密經講經文」주석 276)번을 참조 바란다.

273　[蔣禮鴻] ‘親羅’는 친족 혹은 친척 관계를 말한다. …… 「燕子賦」：“들까치는 자신의 종형제요, 갈매기는 자신의 백부이며 친척들이 등나무 가지처럼 주현의 장관으로 여기저기 깔려있다고 합니다(雲野鵲是我表丈人, 鵁鳩是我家伯, 州縣長官, 瓜蘿親戚).” ‘瓜’는 ‘덩굴(瓜蔓)’이고 ‘蘿’는 ‘소나무겨우살이(女蘿)’로서 모두 ‘연루되다’, ‘관련되다’는 의미를 가지고 있다. 그리하여 ‘親戚’과 동의의 병렬 관계를 이루고 있다. ‘親羅’의 ‘羅’는 ‘蘿’와 같은 뜻으로 서로 통한다.

274　‘看’은 蔣禮鴻은 ‘省’으로 교정하였는데 이는 옳다. ‘未省’은 ‘未曾(일찌기 …… 적이 없다)’이다. 『通釋』에 상세한 설명이 있다.

聞道靈山²⁷⁵三界主, 所以焚香告世尊.

佛有他心道眼, 當時遙遙觀見,

現身公主前頭, 交令懺悔發願.

醜女佛前懺罪愆, 所爲宿業²⁷⁶自招然,²⁷⁷

懺悔纔終兼發願, 當時²⁷⁸果報福周圓.²⁷⁹

　　부처는 타심통을 발휘하여 멀리서도 금강추녀가 향을 사르며 발원하고 있음을 알았다. 그리하여 추녀의 거처 댓돌 앞 땅속에서 솟아올라 친히 가호를 내렸다. 추녀는 뜻밖에도 대성(大聖) 세존이 댓돌 앞에 나타나신 것을 보고 오체를 땅바닥에 던져 일어서며 예배를 올렸다. 그리고는 슬피 흐느껴 우는데 마치 네 마리 새가 헤어지는 듯하였다.²⁸⁰ 자신의 모습을 돌이켜 보고는 땅속으로 꺼져 들어가지 못하는 게 한스럽기만 하였다. [추녀가] 세존에게 고하며 그의 가호를 기원하였다. 추녀가 세존에게 고하기를,

　　　　"한탄하노니 전생의 악업(惡業)으로 말미암아

　　　　추하게 되니 사람의 모습이 아니네.

　　　　성자(聖者)를 비방한 죄업이 많아

　　　　그 응보로 얼굴은 연기에 그을린 듯 되었네.

　　　　낳아주신 부모조차 미워하며 경원시하기 일쑤고

　　　　친자매도 날마다 화가 난 듯하네.

275　'山'은 原錄에서는 '出'로 되어 있고 '山'으로 교정하였다. 【校注】乙卷(저본)의 '山'자에는 중간에 가로획이 하나 더 있는데 이는 오록이다. 이에 바로잡아 기록한다.

276　'宿業'은 甲·丙卷에서는 '惡業'으로 되어 있다.

277　'招'는 原校에서는 '昭'로 되어 있는데 이는 오류다. 【蔣禮鴻】'招'는 '招致'이다. '然'은 '如此'이다. 뒤 구는 숙업이 이 같은 추함을 초래하였음을 말하고 있다. 【校注】'招'는 '感招'이다. 장씨의 견해는 옳다.

278　'當時'는 甲卷에서는 '願令'으로 되어 있다.

279　'周'는 原錄에서는 '團'으로 되어 있는데 여기서는 甲卷에 의거하여 수정한다. '福周圓'은 '두루두루 福相을 갖추었음'을 가리킨다.

280　사조별(四鳥別). 네 마리의 새끼 새가 그 어미를 떠난다 하여 모자(母子)가 서로 이별함을 비유한다. 『공자가어(孔子家語)』「안회(顔回)」편에 관련 고사가 보인다.

남편은 [집에] 돌아와도 희색이라곤 없고
친척들은 따스한 배려를 보인 적 없네.
항상 괴로움에 눈물을 흘리고
늘상 탄식하며 이 몸을 원망하네.
영산(靈山)에 삼계(三界)의 주인이 계신다 하여
이렇게 향을 피우며 세존께 고하네."
부처는 타심통의 도안을 지니시어
그 즉시 멀리서 이를 바라보시고는
추녀 앞에 몸을 보이시어
참회하고 발원토록 하셨네.
추녀는 부처 앞에서 죄를 참회하는데
숙업으로 인하여 그런 결과가 생긴 것이라네.
참회를 마치고 발원을 하니
그 즉시 과보의 복이 원만해지네.

醜女見佛現身, 歡喜倍常, 遂讚嘆如來:「願我身與佛無異!」
　　公主見佛至, 顏容世無比,
　　髮紺旋螺文, 眉如初月[281]翠,
　　口似頻婆果, 四十二牙齒,
　　兩目海澄澄, 胸前題萬字.
[金剛醜女嘆佛已了, 右繞三匝, 退座一面. 佛已(以)慈悲之力, 垂[282]
金色臂, 指醜女身, 醜女形容, 當時變改云云].[283]
　　歎佛了, 求加被,[284] 低頭禮拜心專志[285]

---

281 '初月'은 甲·丙卷에서는 '雙月'로 되어 있다.
282 '垂'는 原錄에서는 '辶' 편방으로 되어 있고 '垂'로 교정하였다. [交注] 丙卷에서는 '垂'
　　로 되어 있다. 이에 의거하여 바로잡는다.
283 [原校] '金剛'에서 '云云'까지의 40자가 乙卷에는 없다. 甲·丙卷어 의거하여 보충한다.
284 '加被'는 甲·丙卷에서는 '加備'로 되어 있다. '備'는 '被'의 가차자이다.

容顏頓改舊時儀,²⁸⁶ 百醜變作千般媚.

추녀는 부처의 현신을 보자 매우 기뻐하며 여래를 찬탄하는데, "바라옵건대 저의 몸이 부처님과 다름없게 되기를!"

공주는 부처께서 이르신 것을 보는데
그 모습 세상에 견줄 바가 없네.
감색의 머리칼은 꼬불꼬불 나선 모양이고
눈썹은 초승달 모양의 취색(翠色)이네.
사과 같은 붉은 입술에
마흔두 개의 치아를 지녔네.
두 눈은 바다처럼 맑고
가슴에는 만(卍)자가 적혀 있네.

금강추녀는 부처를 찬탄하고서 오른쪽으로 세 바퀴 돌고나서 한쪽으로 물러나 앉았다. 부처가 자비의 힘으로 금색의 팔을 들어 추녀의 몸을 가리키니 추녀의 모습이 홀연 변하였다.

부처를 찬탄하고 가호를 구함에
머리 숙여 경건히 예배 올린다.
홀연 이전의 모습이 바뀌는데
백 가지 추함이 천 가지 아름다움으로 변한다.

醜女旣得世尊加被,²⁸⁷ [換舊時之醜質, 作今日之面(周)旋;²⁸⁸ 醜陋

---

285 '專'은 原錄에서는 乙卷을 따라 '轉'으로 되어 있다. 여기서는 甲·丙卷에 의거하여 수정한다. 『新書』에서는 乙卷 역시 '專'으로 되어 있다고 하였는데 정확하지 않다. '專志'는 '한결같이 경건함(專一虔誠)'을 말한다. 「頻婆娑羅王後宮綵女功德意供養塔生天因緣變」에는 "부처의 신물(信物)을 안치시키고, 여기에 전심으로 예배 올리면(安置佛之毫信, 依此禮拜專志)"이란 문구가 있다.

286 [原校] '儀'는 본래 '容'으로 되어 있는데 甲·丙卷에 의거하여 수정한다.

287 '加被'는 甲·丙卷에서는 '加備'로 되어 있다.

288 [蔣禮鴻] 아래 문장 "誹謗阿羅漢果業, 致令人貌不周旋"에 의하건대 '面旋'은 '周旋'이어야 한다. '周旋'은 '醜質'에 대응되며 '아름답다', '예쁘다'는 뜻이다. [校注] '周旋'은

形軀, 變端嚴之相好],[289] 敢(感)得貌若春花, 夫主入來不識.

　　　　公主輕盈世不過, 還同越女及娘(嫦)娥,

　　　　紅花臉似[290]輕輕坼, 玉質如綿[291]白雪和.

　　　　比來醜陋前生種, 今日端嚴遇釋迦,

　　　　夫主入來全不識, 卻覓前頭[292]醜阿婆.

　　妻云道：「識我否?」[293]夫云「不識」. 「我是你妻, [如何不識]?」[294]夫主云：「唬人!」

　　　　娘子比來[295]似[296]獸頭, 交我人前滿面[297]羞,

　　　　今日因何端正相, 請君與我說來由.

　추녀는 세존의 가호를 입어 지금까지의 못생긴 모습이 이제는 아름다운 모습으로 변하고 추한 몸뚱이가 단엄한 모습으로 변하니 그야말로 봄꽃의 요염함을 느끼게 하였다. 남편이 돌아와서도 그가 자신의 처임을 알아보지 못할 정도였다.

　　　　공주의 미모는 세상에 견줄 바 없거늘

　　　　서시(西施)와 항아(嫦娥)에 닮아 있네.

　　　‘周全’과 같으며 문중에서는 ‘단정하고 복스러운 용모’를 가리킨다. 「妙法蓮華經講經文」주석 34)번을 참조 바란다.

289　[原校] 괄호 내 22자는 甲·丙卷에 의거하여 보충한 것이다. 乙卷에서는 ‘換却舊時醜質’ 여섯 글자만 있다.

290　‘紅花臉似’는 응당 ‘臉似紅花’가 되어야 한다. 뒤 구 ‘玉質如綿’과 대응된다.

291　‘綿’은 原錄에서는 ‘棉’으로 되어 있다. 여기서는 乙卷에 의거하여 수정한다(이 단락은 乙卷에서만 보인다) ‘棉’은 목화나무를 가리킨다. 명주솜은 ‘綿’이나 ‘緜’으로 표기한다(‘綿’은 ‘緜’의 이체자) ‘棉’이 명주솜을 뜻하게 되는 것은 후세의 일이다. 따라서 ‘綿’을 ‘棉’으로 수정하는 것은 합당하지 못하다.

292　‘前頭’는 ‘이전(以前)’, ‘본래(原先)’이다. ‘頭’는 어조사로서 특별한 뜻은 없다.

293　‘否’는 原錄에서는 ‘不’로 오록되어 있다. [校注] 乙·甲·丙卷 모두 ‘否’로 되어 있다. 이에 의거하여 바로잡는다.

294　[原校] ‘如何不識’ 네 자는 甲·丙卷에 의거하여 보충한 것이다.

295　‘比來’는 甲·丙卷에서는 ‘天生’으로 되어 있다.

296　‘似’는 原錄에서는 ‘是’로 오록되어 있다. 여기서는 甲·乙·丙卷에 의거하여 바로잡는다.

297　‘滿面’은 甲·丙卷에서는 ‘見便’으로 되어 있다.

얼굴은 붉은 꽃이 하늘하늘 피어 있는 듯하고

살갗은 목화솜처럼 곱고 눈처럼 하얗네.

지난날의 추함은 전생의 업에 의한 것이고

오늘의 단엄함은 석존을 뵌 덕이네.

남편이 들어와서도 전혀 알아보지 못하고

되레 이전의 추한 아내를 찾네.

처가 말하기를, "저를 알아보시겠어요?" 남편이 말하기를, "[뉘신지]
모르겠소." "저는 당신의 아내인데 모르시겠어요?" "정말 놀랄 일이오!"

"그대는 이전에는 금수의 모습 같아

남 앞에서 이 몸을 부끄럽게 만들더니만

지금은 어떻게 단정한 모습이 되었는지

그 내력을 말해주시오."

妻語夫曰 :「自君²⁹⁸前時, 憂我身醜陋, 羞見他朝官. 妾懊惱再三,
遂乃焚香禱祝靈山[世]²⁹⁹尊. 蒙佛慈悲, 便垂加祐,³⁰⁰ 換卻醜陋之形
軀, 變作端嚴之相好. 公主自道 :

「我今天生³⁰¹貌不强, 深慚³⁰²日夜辱³⁰³王郎,

遙想³⁰⁴釋迦三界主, 不捨慈悲降此方.

---

298 '君'은 原錄에서는 '居'로 적고 '君'으로 교정하였다. 【校注】돈황사본에서 '君'자는 '居'
와 혼용되어 쓰인다. 丙卷에서는 '君'자로 되어 있기에 이에 의거하여 바로잡는다.

299 【原校】'世'자는 甲·丙卷에 의거하여 보충한 것이다.

300 '祐'는 原錄에서는 '佑'로 되어 있다. 【校注】甲·乙·丙卷에서는 모두 '祐'로 되어 있
다. 이에 의거하여 바로잡는다. '加祐'는 '加被'와 같으며 '보우하다', '돕다'는 뜻이다.

301 '我今天生'은 甲卷에서는 '我本前生'으로 되어 있고 丙卷에서는 '我本生前'으로 되어
있다.

302 '慚'은 原錄에서는 '漸'으로 적고 '慚'으로 교정하였다. 【校注】乙卷과 丙卷에서는 '慙'으
로 되어 있고, 甲卷에서는 '慚'으로 되어 있다. '慙'은 '慚'자가 변한 것이다. 原錄의 '漸'
은 오류다.

303 '辱'은 原錄에서는 '尋'으로 적고 '辱'으로 교정하였다. 【校注】甲·丙卷에서는 모두 '辱'
으로 되어 있고, 乙卷(저본) 역시 '辱'으로 되어 있다. 이에 의거하여 바로잡는다.

便禮拜, 更添香, 不覺形容頓改張,

　　我得今朝端正相, 感賀[305]靈山大法王.」

　王郎見妻端正, 拍[306]手喜歡, 道數聲可曾(憎)![307] 可曾(憎)! 走入內裏,
奏上大王.

　　王郎拍[308]手歡喜, 走報[309]大王宮裏.

　「丈人丈母不知, 今日渾成差事![310]

304　[原校] '想'은 乙卷에서는 '相'으로 되어 있는데 甲・丙卷에 의거하여 수정한다.

305　'感賀'는 原錄에서는 '感附'로 되어 있다. 여기서는 甲・丙卷에 의거하여 수정한다. '感
　　賀'는 '感荷'와 같다. 乙卷은 '感附'로 되어 있는데 '附'는 '負'로 보아야 할 듯하다. 『敦
　　煌曲子詞集』「望江南」: "밤이 깊어지니 바람 점차 거세지고 달 가린 구름 걷히니 (달
　　빛이) 부끄럽게도 이 몸을 비추네(夜久更闌風漸緊, 爲奴吹散月邊雲, 照見附心人)."
　　여기서 '附心人'은 '負心人'이다. 이는 참고할 만하다. '負'에는 '부끄럽다'는 뜻이 있다.
　　『論衡』「道虛」: "慚于鄕里, 負于論議." '負'와 '慚'은 댓구가 되며 같은 뜻이다. '感附'
　　는 '感負'이며 '感慚', '感愧'(감사의 마음과 부끄러운 마음)라 적기도 한다. 여기서는
　　'감사'의 뜻으로 '感賀'와 동의어이다. S.4571「維摩詰經講經文」: "마음 가는 대로 행
　　해도 부끄러운 줄 모르고, 조금만 자기 뜻에 어긋나도 불만스럽네(萬種隨心沒感慚,
　　纖毫違意嫌災橫)." 여기의 '感慚' 역시 '感謝'의 뜻이다. '感附(負)'는 '感慚'과 같다. 『通
　　釋』'慚愧 慚 愧 娩' 항목을 참조 바란다.

306　'拍'은 原錄에서는 '指'로 되어 있다. 蔣禮鴻은 이를 '拍'으로 교정하였다. [潘重規] 甲
　　卷에서는 '指'가 '栢'으로 되어 있는데 이는 '拍'자이다. [校注] '拍手'이하 15자는 乙卷
　　에서만 보인다. 반씨의 견해는 오류다. 乙卷은 본래 '栢'로 되어 있는데 이것은 '拍'자
　　를 잘못 쓴 것이다(아래 교주 참조) 여기서는 장씨의 견해에 의거하여 바로잡는다.

307　[蔣禮鴻] '曾'은 '憎'과 통한다. '可憎'은 反語로서 '사랑스럽다'는 뜻이다. 뒤의 '可憎!'은
　　原錄에서는 '〢'로 되어 있고 다음 구에 속하는 것으로 되어 있다. [原校] '〢'는 古文
　　'快'자이다. [蔣禮鴻] '〢'는 두 개의 반복부호를 하나로 잘못 병기한 것으로 생각되며,
　　앞 구에 속하는 것으로 봐야 할 듯하다. 말하자면 "道數聲可曾! 可曾!"이며 이는 왕
　　씨 사내가 대단히 기뻐서 외치는 소리이다. [校注] 장씨의 견해는 지극히 옳다. 이에
　　의거하여 바로잡는다.

308　'拍'은 原錄에서는 '指'로 되어 있다. [校注] 乙卷(저본)에서는 '揑'로 되어 있고 甲卷에
　　서는 '栢'으로 되어 있는데 모두 '拍'의 와자인 듯하다. 丙卷에서는 '拍'으로 되어 있다.
　　이에 의거하여 바로잡는다.

309　'報'는 原錄에서는 '入'으로 오록되어 있다. [校注] 甲・乙・丙卷은 모두 '報'로 되어 있
　　다. 이에 의거하여 바로잡는다.

310　'渾成差事'는 甲卷에서는 '具見喜事'로, 丙卷에서는 '且見喜事'로 되어 있다. '差'에는
　　'異'의 뜻이 있기에 '差事'는 '異事', '奇事' (기이한 일)를 뜻한다. 徐震堮은 '差'를 '詫'로
　　보았는데 그럴 필요 없다. 『通釋』의 해당 항목을 참조 바란다.

小³¹¹娘子如今變也,³¹² 不是舊時精魅,

欲識公主³¹³此時³¹⁴容, 一似佛前菩薩子.」

大王聞說喜盈懷,³¹⁵ 火急忙然覓女來,

夫人隊仗離宮內, 大王御輦到長街.

纔見女, 喜徘徊, 灼灼桃花滿面³¹⁶開,

大王夫人喜歡曬,³¹⁷ 因玆³¹⁸特地送資財.

公主³¹⁹因佛端正, 事須慚謝大聖,

明朝速往祇園, 禮拜志心³²⁰恭敬.

처가 남편에게 말하였다. "당신은 전에 저의 추한 모습을 근심하고 조신들에게 내보이기 부끄러워하셨지요. 저는 이를 괴로워하던 끝에 향을 사르며 영산에 계신 세존께 기도를 드렸습니다. 이리하여 부처님의 자비로운 은혜로 곧 가호가 내려 추한 모습을 벗고 이렇게 단엄한 모습이 될 수 있었습니다." 공주가 말하기를,

---

311 '小'는 原錄에서는 '少'로 적고 '小'로 교정하였다. 【校注】甲·丙卷에서는 '小'로 되어 있다. 여기서는 직접 바로잡아 적는다.

312 '變也'는 甲卷에서는 '改變'으로 되어 있다.

313 '欲識公主'는 甲·丙卷에서는 '欲說醜女'로 되어 있다.

314 '時'는 原錄에서는 '是'로 적고 '時'로 교정하였다. 【校注】甲·丙卷에서는 '時'로 되어 있다. 여기서는 직접 바로잡아 기록한다.

315 '盈懷'는 甲·丙卷에서는 '徘徊'로 되어 있다.

316 丙卷은 여기까지다.

317 【徐震堮】'曬'는 '曬'가 되어야 한다. 【校注】曬는 '曬'의 後起 分化字이다. 『正字通』「日部」: "曬, 俗曬字." 서씨의 견해는 합당하지 못하다. '曬'자와 '曬'의 초기 형태는 '煞'이다. 그러나 古人들은 이 글자를 '曬'이나 '曬', '晒' 등으로 적기도 했다. 『詩詞曲語辭匯釋』과 『通釋』에는 이에 대한 많은 예들이 거론되어 있다. 따라서 '曬'는 굳이 수정할 필요가 없다.

318 【原校】'因玆'는 본래 '囚慈'로 되어 있는데 甲卷에 의거하여 수정한다. 【校注】'因'자는 乙卷에서는 '囙'로 되어 있는데 이는 '因'의 변형이다. 原校에서는 이를 '囚'라 보았는데 이는 옳지 않다.

319 甲卷에서는 '公主'가 '我女'로 되어 있고 그 앞에 '父王道' 세 글자가 있다.

320 '志'는 原錄에서는 甲卷에 의거하여 '至'로 되어 있다. 여기서는 乙卷(저본)에 의거하여 '志'로 적는다. '志心'은 '至心'과 같으며 '경건하다'는 뜻이다. 위 문장 "歡佛了, 求加被, 低頭禮拜心專志." '志'는 '志心'의 '志'로서 '志誠'을 말한다.

"저는 태어나면서 용모가 볼품없어
밤낮 왕 씨 사내를 욕되게 하여 몹시 부끄러웠는데
삼계(三界)의 주인이신 석가를 멀리서 떠올리니
과분하게도 자비를 베푸시어 이곳으로 내려오셨네.
예배를 올리고 향을 사르니
모르는 사이에 모습이 홀연 일변하였네.
오늘 이렇게 단정한 모습을 얻었으니
영산(靈山)의 대법왕께 감사드리네."

남편은 단정해진 처를 보고는 손뼉을 치며 기뻐하였다. "아름답소, 아름다워!" 수차례 이렇게 감탄을 하고는 궁궐로 들어가 왕에게 아뢰었다.

사내는 손뼉을 치며 즐거워하고
왕궁으로 달려 들어가서 알리는데
"장인어른, 장모님, 들어보세요.
오늘 참으로 기이한 일이 일어났다네!
오늘 아내 모습이 변하였으니
이전의 요괴 모습이 아니라네.
공주의 지금 자태로 말씀드리자면
불전(佛殿)의 보살과 다름없다네."
대왕은 이 말을 듣고 기쁨에 겨워
급히 딸을 보러 가는데
부인은 수행과 함께 궁궐을 떠나고
대왕의 어가(御駕)는 거리에 이른다.
딸을 보고는 기쁨이 솟는데
활짝 핀 복사꽃이 얼굴에 가득하다.
대왕과 부인은 기뻐해 마지않으며
특별히 [축하의] 물품을 보낸다.
"공주는 부처님의 은혜 덕분에 단정한 [용모를] 얻었으니

반드시 대성(大聖)께 감사드려야 할 것인 바

내일은 속히 기원정사로 가서

경건히 예배 올리고 공경해야 할 일이로다."

於是槍旗耀日, 皂纛隱映,³²¹ [七寶珍財, 奉獻其佛].³²² 百寮³²³從駕[如³²⁴行], 千官咸命[從後], 同赴祇園, 謝女端正. [經於一宿, 已屆祇園, 謝佛重恩, 再三請問]:

下御輦, 禮金人, 更將珍寶獻慈尊,

我女前生何罪過,³²⁵ 一場³²⁶醜陋卒難陳.

賴爲如來親加被,³²⁷ 還同枯木再生春,³²⁸

惟願如來慈念力,³²⁹ 爲說前生修底因.」³³⁰

이리하여 창기(槍旗)는 햇빛에 반짝거리고 군기(軍旗)는 보였다 안보였

321　'映'은 原錄에서는 '暎'으로 되어 있다. 【校注】乙卷에서는 '暎'(이 글자는 乙卷에서만 보임)으로 되어 있는데 이는 '映'의 이체자이다. 『集韻』「映韻」: "映, 亦從英." 原錄의 오류다. 『新書』역시 이와 같다.

322　[原校] 이 단락 내의 4개 괄호 안의 28자는 모두 甲卷에 의거하여 보충한 것이다.

323　'寮'를 乙卷에서는 '辶' 편방으로 적고 있는데 여기서는 문맥에 의거하여 바로잡는다. 甲卷에서는 '官'으로 되어 있다.

324　[徐震堮] '如'는 '而'와 같다.

325　[原校] 甲卷에서는 '何罪過'가 '修何業'으로 되어 있다.

326　場 : 原錄에서는 乙卷에 의거하여 '塲'로 되어 있는데 이는 '場'의 와자인 듯하다. 甲卷에서는 '傷'으로 되어 있는데 이는 '場'의 換旁 假借字이다.(속자로 보면 '場'의 우편방과 '傷'의 우편방은 같다) 『新書』역시 이와 같다.

327　'加被'는 原錄에서는 '加備'로 되어 있다. 【校注】乙卷(저본)에서는 '加被'로 되어 있고 甲卷에서는 '加備'로 되어 있는데 '備'는 '被'의 音近 假借字이다. 原錄에서는 저본의 '加被'를 취하지 않고 甲卷에 따라 '加備'로 기록하였는데 이는 옳지 않다. 앞서의 주석을 참조 바란다.

328　[原校] 甲卷에서는 '春'이 '枝'로 되어 있다. 【校注】'枝'자는 운이 맞지 않음에 반하여 '春'자는 전후의 '尊', '陳', '因'과 함께 臻攝韻으로 합운된다.

329　이 문구는 甲卷에서는 '惟願慈悲加念力'으로 되어 있다. '加念'은 '어여삐 여겨 은혜를 베풀다'는 의미로 '加護'나 '加祐'와 비슷한 뜻이다.

330　'底'는 구조조사로서 '的'에 해당된다. 原錄에서는 문구 끝에 물음표를 붙였는데 이는 잘못이다.

다 하는데 [대왕과 부인은] 칠진(七珍)의 보물을 부처에게 바치기 위해 [기원정사로] 행차하였다. 백료(百寮)가 어가(御駕)를 따르고 천관(千官)이 명을 받들어 뒤에서 따르며 그들 모두는 기원정사에 도착하였다. 그리고 공주에게 단정한 용모를 내려주신 데 대해 감사를 올렸다.

  그들은 도중에 하룻밤을 묵고 기원정사에 도착하여 부처의 깊은 은혜에 감사를 드린 다음 거듭 부처에게 여쭈었다.

> "어가에서 내려 금인(金人)에 예배올리고
> 진귀한 보물을 자존(慈尊)에게 바치오네.
> 여식이 전생에 무슨 죄를 지었기에
> 형언조차 하기 어려운 추녀가 되었었는지.
> 여래의 가호에 힘입어
> 고목에도 봄이 다시 찾아왔네.
> 바라건대 여래시여, 자비를 베푸사
> 전생에 지은 업인(業因)을 말씀해주소서.

  [佛告波斯匿王 : 諦聽諦聽, 汝³³¹當有事悟汝, 與說宿世因緣. 佛道此女前生, 曾供養辟支佛. 雖然供養, 唯道面醜. 供養因緣生王家; 輕慢賢聖³³²之業, 感得面貌³³³醜陋. 信心布施, 直須歡喜, 若人些些皴眉,³³⁴ 則知果報不遂].³³⁵

---

331 '汝'는 '吾'나 '今'의 잘못인 듯하다. 뒤의 '汝'자와 관련하여 생긴 오류로 보인다.
332 '賢聖'은 原錄에서는 '聖賢'으로 되어 있다. 여기서는 甲卷(저본)에 의거하여 바로잡는다.
333 '貌'는 原錄에서는 '皃'로 되어 있다. [徐震堮] '皃'는 응당 '皃'이며 이는 곧 '貌'이다. [校注] 甲卷(저본)은 본래 '皃'로 되어 있는데 이는 '皃'자이다(돈황사본에서 '皃'자는 흔히 이 형태로 표기된다) 이에 의거하여 바로잡는다.
334 '皴眉'는 原錄에서는 '酸屑'로 되어 있다. 蔣禮鴻은 이를 '皺眉'의 오자로 보았고, 陳治文은 '攢眉'의 訛字로 보았다. [校注] 장씨와 진씨의 '屑'자에 대한 교정은 옳다. 甲卷(저본. 이 구절은 甲卷에만 보임)은 본래 '肩'로 되어 있는데 이는 '眉'의 속자이다. 돈황사본에서 '目' 편방과 '月' 편방은 혼용된다. 위 문장 "若人些些攢眉"의 '眉'자는 甲卷에서는 '眉'로 되어 있고 乙卷에서는 '肩'로 되어 있다. 또 "眉如初月翠"의 '眉'자가 甲

前生爲謗辟支迦, 感得³³⁶形容面貌差.

爲緣不識阿羅漢, 百般笑効³³⁷苦分葩.³³⁸

將爲惡言發便了, 他家³³⁹業報更不差.³⁴⁰

得見牟尼身³⁴¹懺悔, 當時卻似一團花,

卷에서는 '肩'로 되어 있는데 이들은 모두 그 증거이다. '酸'자는 응당 '皺'의 訛字이다. 위 문장 "雙脚跟頭皺又僻"에서의 '皺'자가 甲卷에서는 '酸'으로 되어 있는데 이는 그 증거가 된다. '皺眉'는 '皺眉', '攢眉'와 같다. 玄應『一切經音義』권20 인용「坤蒼」: "樹皮甲錯粗厚, 亦曰皺皵." 이 뜻에서 '찌푸리다'는 의미로 파생되었다. 宋 盛均「眞龍對」: "客皺眉而俯, 不復抽言." 이 '皺眉' 역시 같은 쓰임새이다.

335 [原校] 이 단락은 甲卷과 乙卷의 문자가 다르다. 甲卷의 내용이 비교적 명확하여 甲卷에 따른다. 乙卷의 원문은 다음과 같다. "부처가 파사닉왕에게 말하였다. '이 여인은 전생에 일찍이 성현을 깔보고 업신여긴 적이 있었기에 이번 생에 추악한 몰골로 태어난 것이니라.' 세존은 또 말씀하시기를, '이 여인은 전생에 벽지불을 공양하면서 (벽지불의) 얼굴이 못생겼다고 말한 적이 있었다. 공양의 인연으로 국왕의 딸로 태어나긴 했지만, 악언을 발설한 일로 인해 용모가 추하게 된 것이다. 여러 중생들에게 알리노니, 보시는 반드시 환희로써 해야 하느니라(佛告波斯匿王言 : 此女前生發言, 曾輕慢聖賢, 感得此生形容醜陋. 世尊又道 : 此女前生供養辟支佛, 爲(唯)道面醜. 供養因緣生於國王家爲女, 發惡言之事, 感得面貌不强. 佛勸諸人布施, 直須喜歡)."

336 '感得'은 原錄에서는 '所以'로 되어 있다. [校注] 乙卷(저본)에서는 '感得'으로 되어 있고 甲卷에서는 '所以'로 되어 있다. '感得'의 의미가 더 합당하여 이를 따른다.

337 [蔣禮鴻] '笑効'는 '비웃고 멸시하다'이다.『廣雅』「釋言」: "姣, 侮也." '効'와 '姣'는 소리가 비슷하고 의미가 같다. [校注] '効'는 '效'의 속자이다.『玉篇』「力部」: "効, 俗效字." 문중의 '姣'는 '姣'와 통한다.

338 '分葩'는 原錄에서는 '芬葩'로 되어 있다. [原校] 甲卷에서는 '葩'가 '挐'로 되어 있다. [蔣禮鴻] '芬挐'는 '紛挐'이고 '芬葩'는 '芬葩'로서 '紛挐'와 같은 의미이다. [校注] 乙卷(저본)은 본래 '分葩'로 되어 있고 甲卷은 '芬挐'로 되어 있다. '分'과 '芬'은 모두 '紛'으로 적기도 한다. '葩'는 '葩'이다.(속서에서 '艹'와 '竹'은 구분되지 않는다) 甲卷의 '挐'자는 古籍에서는 흔히 '拏'와 혼용된다.『集韻』「麻韻」: "挐, 女加切, 說文 : 牽引也. 或作拏." 또「禡韻」: "挐, 亂也." 이 '紛挐'는 곧 '紛拏'이다.('挐'와 '拏'의 차이에 대해서는 說文解字 段注 참조 바람) '挐'와 '拏'에는 또 '붙잡다', '체포하다'는 뜻이 있는데 俗書로 '拏'로 적기도 한다. 그러나 '뒤섞여 어지러움(紛亂)'의 뜻으로 사용될 때는 '拏'로 적지 않는다. '紛葩'와 '紛拏(挐)'는 '말이 많다', '수다를 떨다'를 뜻하며 '拏'는 '拿'와 같지 않다.

339 '家'는 甲卷에서는 '交'로 되어 있다. '交'는 '敎'와 같다.

340 '更不差'는 原錄에서는 '更不嗟'로 되어 있다. [校注] 乙卷에서는 '不'자 없이 '更差'로만 되어 있고, 甲卷에서는 '更不嗟'로 되어 있다. '嗟'는 '差'의 增旁 假借字이다. 여기서는 甲·乙卷을 참고하여 바로잡는다.

341 '牟尼身'은 甲卷에서는 '世尊親'으로 되어 있다.

只爲前生發惡言, 今招[342]果報不虛然,

誹謗[343]阿羅漢[344]果業,[345] 致令人貌不周旋.

兩脚出來如露柱,[346] 一雙可膊[347]似黧椽.[348]

纔禮世尊三五拜, 當時白淨軟[349]如綿.[350]

上來所說醜變[351]

부처께서 파사닉왕에게 알려 말하였다. "잘 들도록 하라, 내 그대에게 숙세의 인연을 설할 것이니라. 그대 여식은 전생에 벽지불을 공양한 적이 있었는데 비록 공양은 하였으되 얼굴이 못생겼다그 말한 적이 있었느니라. 그 공양의 인연으로 왕가(王家)에 태어나기는 했으나 성자를 비방한 업(業)으로 추한 얼굴을 하게 된 것이다. 신심(信心)으로 보시를 하는 자는 반드시 환희에 차서 해야 할 것이며, 만일 즈금이라도 눈살을 찌푸린다면 그 과보를 받게 되느니라."

전생에 벽지불을 비방한 까닭에

용모도 얼굴도 볼품없게 되었네.

아라한을 알아보지 못하고

---

342 '招'는 原錄에서는 '朝'로 되어 있다. 【校注】 乙卷(저본)에서는 '招'로 되어 있고 甲卷에서는 '朝'로 되어 있는데 '招'가 문맥에 더 잘 어울린다. 이에 수정한다.

343 '誹謗'은 原錄에서는 '毀謗'으로 되어 있다. 【校注】 乙卷(저본)에서는 '誹謗'으로 되어 있고 甲卷에서는 '毀謗'으로 되어 있다. '誹謗'은 '毀謗'으로 수정할 필요가 없다.

344 '阿羅漢'은 原錄에서는 '阿羅嘆'으로 되어 있는데 여기서는 甲卷에 의거하여 수정한다. 위 문장: "爲緣不識阿羅漢, 百般笑效苦分蓝." '誹謗阿羅漢'은 이를 가리키는 말이다.

345 '果業'은 甲卷에서는 '果報'로 되어 있다.

346 【原校】 '露柱'는 乙卷에서는 '露主'로 되어 있는데 甲卷에 의거하여 수정한다. 【校注】 甲卷에서는 '露'가 '路'로 되어 있다. 편방 생략 가차자이다.

347 【原校】 甲卷에서는 '可膊'이 '膈膊'으로 되어 있다. 【校注】 劉凱鳴과 袁賓은 '可膊'을 '胳膊'로 교정하였는데 이는 옳아 보인다.

348 '椽'은 甲·乙卷에서는 '㛟'으로 되어 있는데 이는 '椽'의 속자이다.

349 '軟'은 甲卷에서는 '輕'으로 되어 있다.

350 【原校】 甲卷은 여기까지다. 【校注】 '綿'은 原錄에서는 '棉'으로 되어 있는데 甲·乙卷에 의거하여 수정한다.

351 【原校】 乙卷은 여기까지다. 【校注】 '醜變'은 '醜女變文'의 약칭이다. 이는 각 권자들에 적혀 있는 '緣'이나 '緣起', '因緣'들이 모두 '變文'의 별칭임을 증명한다.

갖가지 방법으로 비웃고 수다를 떨었네.
악언을 내뱉고서도 아무 일 없으리라 여겼는데
어찌 그 업보를 치르지 않을 수 있으리.
석가모니를 뵙고서 깊이 뉘우치니
곧바로 한 다발의 꽃처럼 변하였네.
단지 전생에 악언을 한 까닭이니
금생의 과보는 공연한 게 아니네.
아라한을 비방한 업보로 인하여
아름답지 못한 용모 되었네.
두 다리를 내놓으면 노주(露柱)와 같고
두 팔뚝은 굵은 서까래 같네.
세존에게 네댓 차례 예배를 올리니
그 자리에서 비단처럼 하얗고 보드랍게 되네.
위에서 얘기한 것은 추녀변(醜女變)이다.

부지명변문 1(不知名變文一)[1]

(首缺)得今朝便差, 更有師人[2]謾語一段. 脫空[3]下卦[4]燒香呵, 來出頃

---

1   王慶菽 [原校] 본권 편호는 S.4327이고 표제는 본래 빠져 있다. 체재가 변문 형식으로 되어 있음에 임의로 제목을 붙인다.

2   '師人'은 原錄에서는 '師師'로 되어 있다. [校注] 原卷에서는 '師乙'로 되어 있는데 이는 '師人' 두 글자인 듯하다. '人'자를 俗書에서는 '乙'로 표기된다. P.2292「維摩詰經講經文」: "모든 곳이 안락함을 가져다주니, 이것을 일러 참도량이라 한다네(一切處與　安樂著, 此個名爲眞道場)." '與'자 다음의 글자가 '人'자임은 그 증거이다. '師人'은 占星이나 觀相을 보는 術士를 가리킨다. 「廬山遠公話」: "세상 사람들은 부정한 말을 헛되이 받아들여 병이 침상에 이르기도 전에 귀신을 원망하며 돈을 태우고 …… 術士의 기만과 공갈을 몸 굽혀 받아들인다(世人枉受邪言, 未病在床, 便怨神鬼, 燒錢解禁, …… 枉受師人誆嚇)."『水滸傳』61회: "아녀자가 뭘 안다고 그러는가? 그 존재를 믿을 일이지 없다고 믿어서는 안 되네. 자고로 재앙은 술사의 입에서 나와 그 길흉을 결정하는 법이란 말이야(你婦人家省得甚麼, 寧可信其有, 不可信其無. 自古禍出師人口, 必主吉凶)." 宋 俞琰『書齋夜話』卷1: "오늘날의 무당은 귀신이 그 육신에 들러붙은 것으로, 오래된 시체와 같은 것이다. 그러므로 남방의 민간에서는 무당을 '太保'라 부르기도 하고 '師人'이라 부르기도 한다. '師'자는 곧 '尸'자이다(今之巫者, 言神附其體, 蓋猶古之尸; 故南方俚俗稱巫爲太保, 又呼爲師人. 師字亦卽是尸字)."

3   '脫空'은 '아무런 근거도 없는 허위'를 말한다. 宋 呂本中『東萊紫微師友雜記』: "유기

去, 逡巡呼[5]亂說詞. 弟一且[6]道上頭底.[7] 弟二更道[8]東頭底. 弟三更道
西頭底. 華岳[9]、太山、天帝釋、北君神、白華樹神、可邏[10]迴鎭靈公、
何怕(河伯)將軍、獵射王子、利市將軍, 水草道路, 金頭龍王、可汗大
王, 如此配當, 終不道著老師[11]闍梨. 傾剋(頃刻)中間, 燒錢斷送.[12] 若
是浮災橫疾, 漸次減除; 儻或大限到來, 如何免脫. 死王强壯.[13] 奪人
命根, 一息不來便歸後. 假使千人防援,[14] 直饒你百種醫術. 自從渾沌

지는 일찍이 성실함의 도리를 논하면서 매사를 사실에 의거하여 말하였다. 이제 거
짓을 말하면서 나중에는 이전에 했던 말을 잊어버리고 그것이 허위라고 하였다(劉器
之嘗論至誠之道, 凡事據實而言. 纔涉詐僞, 後來忘了前話, 便是脫空)."

4 '卦'자는 原卷에서는 좌측 절반만 남아 있다. 여기서는 문맥에 의거하여 '卦'로 적는
다. 原錄에서는 결문으로 되어 있다.

5 '呼'는 項楚는 '胡'로 보았는데 이는 옳다.

6 '且'는 原錄에서는 '昰'로 되어 있고 '且'으로 교정하였다. 徐震堮은 '且'은 '且'의 오류
로 여기며 '且道'는 아래 문장 '更道'와 상응한다고 하였다. 【校注】서씨의 견해는 옳
다. 原卷에서는 사실 '且'로 되어 있다.(본권에서 '且'자는 '昰'로 적고 있는데 그 자형
이 '且'자와는 전연 다르다) 原錄과 그 교주는 모두 틀렸다.

7 '底'는 본래 '戾'로 되어 있는데 이하 동일하다. 이는 '底'의 속자로 보인다. '氐'자는 속
서에서는 '互'로 적기도 하고 '玄', '玄'로 적기도 한다. '衣'는 그 변체로 보인다.

8 '更道' 두 글자는 原錄에서는 누락되어 있다. 原卷에 의거하여 보충한다.

9 '岳'은 原錄에서는 '北'으로 오록되어 있다. 原卷에 의거하여 바로잡는다. 『新書』역시
동일하다.

10 '邏'는 原錄에서는 '暹'로 되어 있다. 『新書』는 原錄에서는 '邏'로 되어 있다고 하였는
데 이는 옳다. 이에 의거하여 바로잡는다.

11 '老師'의 '師'는 승려나 도사에 대한 존칭이다. 문중의 '老師'는 나이 든 高僧을 가리킨다.

12 '斷送'을 蔣禮鴻은 '다른 사람에게 재물을 보내다'로 보았다. 그리고 문중에서의 의미
는 紙錢을 불살라 귀신에게 주며 질병에 걸리지 않기를 기원하는 것이라 하였다. 項
楚는 지전을 불살라 死者의 장례를 치른다는 뜻으로 보아, '斷送'은 '送葬', '埋葬'의
의미라 하였다. 【校注】'斷送'은 오늘날의 '내쫓다', '떠나게 하다'는 뜻으로 문중에서는
'병마를 내쫓다'라는 의미로 사용되었다. 따라서 장씨의 견해가 더 합당하다.

13 '壯'은 原卷에서는 '扗'로 되어 있고 原校에서는 '壯'으로 교정하였다. 徐震堮은 이를
'壯'자로 보면 의미가 통하지 않는다며 '押'자가 아닌가 의심하였다. 蔣禮鴻은 '拴'의
축약('拴'은 '掘'의 속자)으로 보아 '强拴'은 곧 '强倔'이고 이는 곧 '倔强'이라 하였다.
【校注】字形으로 보아 '壯'으로 기록한 原校가 옳은 듯하다. 「魏元寶月墓誌」에서 '壯'
자가 '壯'으로 되어 있고, 「隋雍長墓誌」에서는 '扗'으로 되어 있음은 참고할 필요가 있
다. '死王强壯'은 死神의 강대함으로써 생명의 짧음을 비유한 것이다. 의인화된 화법
인 셈이라 의미가 안 통할 이유가 전혀 없다.

已來, 到而[今]留得幾個? 總爲灰燼, 何處堅牢? 大地山河, 尙猶朽壞,
況乎泡電之質, 那得久停? 故老子曰 : 「吾有大患, 爲吾有身, 及其無
身, 患將何有.」 身是病本, 生是死源. 若乃無[□]病, 死[15]何有. 若要
不生、不老、不病、不死, 除佛世尊, 自餘小聖, 寧得免矣. 此[16]下說
陰陽人慢[17]語話, 更說師婆慢(漫)語話.

　　　瓊枝奇樹早含芳, 開坼[18]春錦繡粧,[19]

　　　淸旦每多鶯巧語, 晚時甚有蝶飛忙.

　　　輝華囑(屬)對如生艷, 灼樂[20]連行似有光,

　　　恰[21]到葉彫(凋)身朽故, 便同厄病卽無常.

14　'援'은 原錄에서는 '㨂'로 되어 있고 '撲'으로 교정하였다. 蔣禮鴻은 '㨂'은 '援'의 오자로
　　보고, '防援'은 '수호하고 보위하다'는 뜻이라 하였다. [校注] 장씨의 견해는 옳다. 原
　　卷은 사실 '防援'으로 되어 있다(原卷의 '援'자는 초서체로 되어 있다) 日本 圓仁 『入
　　唐求法巡禮行記』 卷1 : "이 나라 풍습에는 밤에 야경꾼을 두고서 관물을 지키기 위해
　　밤이 되면 북을 두드렸다(其國之風, 有防援人, 爲護官物, 至夜打鼓)." 이 '防援' 역시
　　같은 뜻이다.

15　이 두 구는 原錄에서는 '若乃無病, 死何有'로 되어 있다. 徐震堮은 '死' 다음에 '於'자가
　　누락된 것 같다고 하였다. [校注] '無' 다음에 '生' 혹은 '身'자가 누락되었고, '病'자는
　　뒤 구에 속해야 한다.

16　'此'는 原錄에서는 '以'라 오록되어 있다. 여기서는 原卷에 의거하여 바로잡는다.

17　'慢'은 原卷에서는 '手' 편방으로 되어 있는데 이는 '慢'자를 잘못 기록한 것 같다. 原校
　　에 의거하여 바로잡는다. '慢語'는 응당 '謾語'로 보아야 한다. 이하 동일하다. 『說文解
　　字』 「言部」: "謾, 欺也." '謾語'는 '거짓말이다. 위 문장 "更有師人謾語一段." 여기서는
　　'謾'으로 적혀 있다. 이 변문의 轉變人은 불교의 입장에 서서, 점쟁이나 무당, 음양가
　　들이 제멋대로 치병이나 점복 등의 술수로 사람들의 재물을 갈취한다고 비난하고 있
　　다. 점쟁이나 무당, 음양가들이 '謾語'를 일삼는다고 한 것은 이 까닭이다.

18　'坼'은 原錄에서는 '折'로 되어 있다. [校注] 原卷에서는 '坼'와 '扚'의 중간 형태로 적혀
　　있다. 徐震堮은 이를 '坼'으로 보았는데 이는 옳다. 이에 의거하여 바로잡는다.

19　[徐震堮] '春' 뒤에는 '花'자가 누락되었다. [校注] 서씨의 견허는 옳아 보인다. 『新
　　書』에서는 '春'자 앞에 한 글자가 누락된 것으로 되어 있는데 이는 정확하지 못하다.

20　[徐震堮] '灼樂'은 '灼爍'의 오자인 것 같다. [校注] 『說文解字』 「新附」: "爍, 灼爍, 光
　　也." 서씨의 견해는 옳다.

21　'恰'은 原卷에서는 '手' 편방으로 되어 있는데 이는 '恰'자의 오자인 것 같다.(위 문장
　　"陰陽人慢語話"의 '慢'자가 原卷에서는 '手' 편방으로 되어 있다) 여기서는 袁賓의 견
　　해에 의거하여 바로잡는다.

　(앞부분 빠져 있음) 오늘날 남녀 무당들의 거짓말 한 토막이 있다. 그들은 근거 없이 점괘를 풀고 향을 사르며 이리저리 오가며 제멋대로 떠들어댄다. 처음에는 위쪽의 내막을 이야기하고 두 번째는 동쪽의 내막을 이야기하고 세 번째는 서쪽의 내막을 이야기한다. 화악(華岳)·태산(太山)·천제석(天帝釋)·북군신(北君神)·백화수신(白華樹神)·가라회진영공(可邏迴鎭靈公)·하백장군(河伯將軍)·엽사왕자(獵射王子)·이시장군(利市將軍)은 수초(水草)로 뒤덮인 거리를 두루 돌아다니고, 금두용왕(金頭龍王)·가한대왕(可汗大王)은 이렇게 어울리며 끝내 고승(高僧)을 거론하지 않는다. 잠깐 사이에 지전(紙錢)을 태워 사자(死者)에게 보낸다. 재앙이 닥치고 질병이 횡행하면 점점 없앨 수는 있다지만, 만일 죽을 시기가 닥쳐오면 어떻게 피할 것인가. 죽음의 대왕은 강력(剛力)이 있어 사람의 목숨을 빼앗아버리니 한번 호흡이 멎으면 이내 죽어버린다. 설령 천 명이나 되는 사람이 그대를 보호하고 백 가지 의술이 그대를 치료한다 해도, 혼돈(渾沌)이 찾아오면 오늘 몇이나 살아남을 수 있을까. 모두가 재로 변해버리니 어느 곳인들 버텨낼 수 있을까. 산천대지도 세월이 지나면 깎이고 사라지거늘, 하물며 포말 같고 번갯불 같은 육신인들 오래 머물 수 있을까. 그러므로 『노자』는 "내게 커다란 재난이 있는 것은 내게 육신이 있기 때문이다. 육신이 없다면 재난이 어찌 있을 수 있겠는가?"라고 하였다. 육신은 질병의 뿌리이고, 삶은 죽음의 근원이다. 만일 (　　)이 없다면 질병이나 죽음이 어찌 있을 것인가. 삶과 늙음과 질병과 죽음을 바라지 않는다 해도, 불세존이나 보살들 말고 어느 누가 이것을 피해갈 수 있을까. 다음에는 점술가들의 거짓말을 얘기하고, 그 다음에는 무녀(巫女)들의 거짓말을 얘기하겠다.

　아름답고 기이한 나무는 향기를 품고
　봄꽃을 피워 화려하게 단장한다.

이른 아침마다 꾀꼬리는 꾀꼴대는데
저물녘이면 나비는 바삐 날아다닌다.
휘황한 대구는 살아 있는 듯 아름답고
반짝거림이 계속되니 마치 광채를 발하는 듯하다.
낙엽이 지는 것처럼 육신이 늙어지면
재앙과 질병이 찾아와 무상(無常)하게 된다.

(원문은 여기서 끝남)

부지명변문 2(不知名變文二)[1]

昔時大雪山南面, 有一梵志婆羅門僧, 教學八萬個徒弟, 善惠爲上

---

[1] 王慶菽 [原校] 본권의 편호는 S.3050이고 표제는 본래 빠져 있다. 무슨 경전을 연역한 것인지 알 수가 없어 임의로 제목을 달았다. [校注] 본편은 佛本生故事를 연역한 것 같다. 後漢 竺大力 등이 번역한 『修行本起經』 卷上 「現變品」, 劉宋 求那跋陀羅 飜譯 『過去現在因果經』 卷1, 隋 闍那崛多 飜譯 『佛本行集經』 卷3 「受決定記品」 等의 불전 에는 이와 같거나 유사한 고사가 수록되어 있다. 原卷에서는 매 행마다 25자 정도가 적혀 있고, 권두에는 비교적 큰 글씨로 한 줄에 14~15자씩 총 4행의 문자가 적혀 있다. 즉 "생각해보니 업의 인연 비록 크다지만 마음과 언사가 그것을 끊으니 절로 소멸되었고, 불법 비록 오묘하다지만 차례로 그것을 익히니 그 이치 깨닫게 되었다. 월 땅 이 사원의 참된 佛子는 하늘이 곧은 성품을 주었고 신령이 지혜와 재주를 부여 하였다(竊以業緣雖大, 心言絶之而自消; 佛道雖玄, 次第修之而得到. 粵有此院, 眞釋子 矣, 並天生性直, 神與智才)." 이 4행의 문자는 본편의 내용과 무관할 뿐더러 문체의 풍격도 판이하게 다르고 필적 역시 차이가 있어 보이는 까닭에 별도 문장의 잔편으로 생각된다. 原錄에서는 네 번째 줄의 "直神與智才" 다섯 글자를 본편의 서두에다 포함 시키고 있는데 이는 잘못이다. 또 '才'자는 原卷에서는 '扌'로 되어 있는데 이는 '才'의 속자이다. 原錄에서는 '卡'라 적고 '木或卜'일 교정하였는데 모두 오류다. 『新書』 역시 이와 동일하다.

座. 六年苦行, 八萬伽他之偈, 幷五部佛心, 無有不識, 無有不會. 善[2]
惠卻往還不,[3] 和上[4]又遺三般物色：一、是五百文金錢,[5] 二、五百個
金舍勒, 三、五百個金三故. 道[6]大雪山北面, 言道王舍大城, 有一大
富[7]長者, 常年四月八日, 設個無遮大會, 供養八萬個僧：並是猛(盲)聾[8]
音(暗)啞, 無數[9]供養. 八萬個僧, 各布施五百文金錢, 五百個金舍勒,
五百個金[10]三故. 善惠四月八日, 至到王舍大城, 到是大富[11]長者宅
內, 四部僧衆齊坐念誦. 善惠發四弘盛願,[12] 言道四部僧衆, 不先是上

2　‘善’은 原卷에서는 ‘善’으로 되어 있는데 이는 ‘善’의 속자(본권이서 ‘善’자는 대부분 이
　　형태로 되어 있다)이다. 原錄에서는 ‘姜’으로 되어 있는데 이는 잘못이다.

3　‘不’자는 衍文으로 생각된다.

4　‘和上’은 ‘和尙’이다. 범어 Upadhyaya의 音變字이다. 原校에서는 ‘和尙’으로 고쳐 적었
　　는데 불필요한 작업이다. 1075쪽 주석 26)번을 참조 바란다.

5　‘錢’ 뒤에 原錄에서는 ‘上’자를 실수로 덧붙이고 있다. 原卷에 의거하여 삭제한다.

6　‘道’는 原錄에서는 ‘過’로 되어 있다. 【校注】原卷에서는 본래 ‘討’로 되어 있고, 그 우측
　　옆에 한 글자가 덧붙여 있는데 무슨 글자인지 판독하기 쉽지 않다. 자형으로 보아
　　‘過’와 ‘道’의 중간 형태로 보이는데, ‘討’자에 바탕하여 살펴보건대 ‘道’자로 보아야 한
　　것 같다. 필사 과정에서 ‘道’자를 음이 서로 비슷한 ‘討’로 잘못 적은 것 같다. 그래서
　　그 옆에다 ‘道’라 적어 ‘討’자를 바로잡은 것이다.(‘過’자를 ‘討’로 오록하는 사례는 없어
　　보인다) 그러나 ‘道’자나 ‘過’자는 의미상 모두 적당하지 않다. 원활한 문맥을 위해서
　　라면, 이 글자를 삭제하고 다음 구의 ‘言道’ 두 글자를 本句의 처음에다 위치시켜야
　　할 것 같다.

7　‘富’는 原錄에서는 ‘笛’으로 되어 있다. 蔣禮鴻은 이를 ‘富’라 교정하였다. 【校注】原卷
　　에서는 본래 ‘富’로 되어 있는데 이는 ‘富’의 속자이다. 아래 문장 “到是大富長者宅內”
　　의 ‘富’자 역시 原卷에서는 이 형태로 되어 있다. 이에 의거하여 바로잡는다.

8　‘聾’은 原錄에서는 ‘龍’으로 오록되어 있다. 여기서는 原卷에 의거하여 바로잡는다.『新
　　書』역시 동일하다.

9　‘數’는 原卷에서는 ‘皺’로 되어 있는데 이는 ‘數’의 속자인 듯하다. ‘攵’ 편방과 ‘皮’ 편방
　　은 속서에서 흔히 혼용된다.「解座文匯抄」：“아들딸을 내세워 행하게 하지 말고, 남
　　이 수지할 것을 기대하지 말지어다(莫推男女成行, 准望他家修持).” 이 ‘致’자는 原卷
　　에서는 오른쪽 편방이 ‘皮’로 되어 있다.

10　原錄에서는 ‘金’ 뒤에 ‘錢’자가 덧붙어 있는데 이는 衍字이다. 여기서는 原卷에 의거하
　　여 삭제한다.『新書』역시 동일하다.

11　‘富’는 原卷에서는 ‘富’로 되어 있는데 이는 ‘富’의 속자이다. 原錄에서는 ‘笛’로 되어
　　있는데 이는 사실과 다르다.

12　‘願’은 原卷에서는 ‘况’으로 되어 있고 原校에서는 ‘疑是願字’로 되어 있다. 【校注】아래
　　문장 중의 ‘願’자는 原卷에서는 모두 이 형태로 되어 있는데 이는 아마도 ‘願’의 초서

界菩薩, 不先是下界腰(妖)精望兩(魍魎), 便是[13]善惠口稱我是上界菩薩,
不是下界腰精網[14]兩(魍魎). 不是[15]善惠卻問僧衆∶「大雪山南面, 有一
梵志婆羅門僧, 教學八萬個徒弟, 曾聞不聞?」 四部僧衆卻道∶「之(知)
聞.」[16]「八萬個徒弟, 上坐[17]善惠, 曾聞不聞?」「曾聞.」「記(既)若[18]知聞,
某乙便是善惠.」 四部僧衆, 便請爲上坐. 常年四月八日發願, 舊上坐
數年發願. 今日是者[19]個童子替其某乙, 心中便是發其惡心. 你得佛
聲佛酬, 得人聲人酬, 喫齋散[20]來, 善惠[21]其大願. 給孤長者心中大越
(悅), 偏(徧)布施五百頭[22]童男,[23] 五百個童女, 五百頭牸牛並犢子、金

체인 것 같다. 여기서는 문맥에 의거하여 직접 '願'으로 수정하였다. 이하에서는 재론
　하지 않는다.

13　앞부분에 오자나 탈자가 있는 것 같다. 原錄에서는 '便是' 뒤에 '遂'자가 들어 있는데
　原卷에는 없다. 위 문장 "和上又遣三般物色"의 '遣'자가 原卷에서는 이 형태로 되어
　있다. 原錄의 조판공이 이와 관련하여 실수로 덧붙인 것 같다. 여기서는 삭제하여 바
　로잡는다.

14　'網'은 原卷에서는 '纲'으로 되어 있는데 이는 '網'의 속자이다.(속서에서 '罔'은 '冈'으
　로 표기된다. 이에 대해서는 『龍龕手鏡』에 나와 있다) 原錄에서는 '綱'로 되어 있는데
　이는 사실이 아니다.

15　[原校] '不是' 두 글자는 衍字인 듯하다.

16　'之聞'은 곧 '知聞'이다. 돈황사본에서 '之'와 '知'는 통용된다. 原錄에서는 '聞之'로 되
　어 있는데 이는 임의로 고친 것이라 따를 수 없다. 아래 문장 "旣若知聞, 某乙便是善
　惠"에서는 '知聞'으로 되어 있음을 볼 수 있다.

17　'上坐'는 곧 '上座'이다. 본권에서는 '上坐'와 '上座'가 모두 보인다. '坐'와 '座'는 古今字
　이다. '上座'는 寺院에서 가장 높은 직위이다.

18　'若'은 原錄에서는 '先'으로 되어 있고 '已'라 교정하였다. 『新書』에서는 原卷에서는 본
　래 '若'자로 되어 있다고 하였는데 이는 옳다. 이에 의거하여 바로잡는다.

19　'者'자는 原錄에서는 누락되어 있다. 原卷에 의거하여 보충한다. '者個'는 '這個'와 같다.

20　'散'은 原錄에서는 '敬'으로 오록되어 있다. 原卷에 의거하여 바로잡는다. 『新書』 역시
　동일하다.

21　'善惠' 뒤에 '發'자가 누락된 것 같다. 原錄에서는 '善惠'를 앞 구에 속하는 것으로 보았
　는데 여기서는 이를 따르지 않는다.

22　'頭'는 原錄에서는 '個'로 되어 있다. 【校注】 原卷에서는 '頭'로 되어 있고 그 앞에 ' '
　부호가 들어 있다. 이는 衍字로 보이기에 바로잡는다. '頭'는 일반적으로 동물을 세는
　양사이나 사람을 셀 때 역시 사용할 수 있다.

23　'男'은 原錄에서는 '身'으로 오록되어 있다. 여기서는 原卷에 의거하여 바로잡는다. 『新
　書』 역시 동일하다.

錢、舍勒、三故, 便是請佛爲王說法.

옛날 대설산 남쪽에 한 범지(梵志) 바라문 승려가 8만의 제자들을 가르치고 있었는데 선혜(善惠)가 그 중에서 상좌였다. 6년 동안 고행을 하며 8만의 가타(伽他) 게송과 오부(五部)의 불심(佛心)을 알지 못하는 바가 없었고 이해하지 못하는 바가 없었다. 어느 날 화상이 선혜에게 5백 문(文)의 금전과 5백 개의 황금 사륵(舍勒)과 5백 개의 황금 삼고(三故)를 건네주며 다음과 같이 말하였다. 대설산 북쪽에 왕사성이라는 큰 성이 있는데, 거기에 사는 한 대부호 장자는 매년 4월 8일마다 무차대회를 열어 8만의 승려를 공양하고, 무수한 맹인과 벙어리, 귀머거리들을 공양한다는 것이었다. 이때 8만의 승려들은 각각 5백 문의 금전과 5백 개의 황금 사륵(舍勒)과 5백 개의 황금 삼고(三故)를 보시 받는다는 것이었다. 4월 8일, 선혜는 왕사성 대부호 장자의 집에 도착하였는데 사부대중이 모두 나란히 앉아 염불하고 있었다. 선혜는 사홍서원을 발하는데 사부대중이 그에게 상계의 보살인지 하계의 망량(魍魎)인지를 물으니, 선혜는 "나는 하계의 망량이 아니라 상계의 보살입니다" 하였다. 그러고 나서 선혜가 사부대중에게 물었다. "대설산 남쪽에서 8만의 제자들을 가르치고 있다는 범지 바라문승에 대해 들어보셨습니까?" 그러자 사부대중은 들은 적이 있다고 대답하였다. "8만의 제자 가운데 선혜라는 상좌에 대해 들어보셨는지요?" "들은 적이 있습니다." "들은 적이 있다니, 제가 바로 선혜입니다." 이 말에 사부대중은 곧 그를 상좌로 모셨다. 해마다 4월 8일 발원하는 날이면 이전 상좌가 여러 해 동안 발원했는데, 오늘 이 동자가 그를 대신하려고 하니 그의 마음속에 나쁜 마음이 생겼다. '저 자는 부처님의 음성과 응답을 가지고 있고, 또 뭇 사람들의 음성과 응답도 가지고 있으면서 이 무차대회에까지 왔구나.' 선혜가 큰 서원을 발하자 급고장자는 크게 기뻐하며 5백 명의 동남(童男)과 5백 명의 동녀(童女), 5백 마리의 암소와 송아지, 금전(金錢), 사륵(舍勒), 삼고(三故)를 바치고 나서 부처에게 왕을 위해 설법해줄 것을 간청하였다.

給孤長者問耆陀[24]太子, 言道:「某乙不知.」 後問貧波娑羅王,[25] 王卻問給孤長者:「有其何事?」 長者啓貧波娑羅王:「別無何事, 請佛爲王說法.」 給孤長者啓王:王園計地多少?」「其園八十傾(頃).」[26] 貧波娑羅王言道:「樹價金錢, 地滿銀墼.」[27] 給孤長者言道:「便得.」 貧波娑羅王同發盛心, 記樹千金,[28] 地滿銀墼, 當還過, 請佛園中說法. 千二百五十人俱聽法.「因何爲[29]給孤長者?」「箭(接)濟貧人, 並戀僻貝漏[30]、猛(盲)聾音(喑)啞, 捨財無數, 名爲給孤長者.」 善惠說法已必(畢),[31] 卻歸

24　[原校] ‘耆陀’는 기타태자이다.

25　‘羅’는 原卷에서는 초서체 ‘羅’로 되어 있는데 그 형태가 ‘衆’자와 매우 비슷하다. 이하 동일하다. 原錄에서는 ‘衆’이나 ‘羅’나 ‘帶’로 보는 등 일정치 않다. ‘貧波娑羅’는 범어 Bimbisāra의 음역으로, ‘頻毗娑羅’나 ‘頻婆娑羅’로 적기도 한다. 기원전 6세기 인도 마갈타왕국의 국왕이다.

26　‘傾’은 ‘頃’과 통한다. 『淮南子』墜形「傾宮旋室」高誘注:“傾宮, 宮滿一頃.” ‘傾’은 ‘頃’의 가차자이다. 原錄에서는 직접 ‘頃’으로 수정하였는데 이는 원권의 모습이 아니다.

27　‘滿’은 原卷에서는 ‘㵘’으로 되어 있는데 이는 ‘滿’자의 속자인 듯하다. 아래 문장 “地滿銀墼”의 ‘滿’자 역시 原卷에서는 이 형태로 되어 있다. 또 ‘墼’자가 原卷에서는 ‘墼’로 되어 있는데 이는 ‘墼’의 속자이다. 『龍龕手鏡』「土部」:“墼, 正; 墼, 今:經歷反, 塼坏別名也.” ‘墼’은 ‘墼’의 변체자이다. P.2344「祇園因由記」:“만일 반드시 팔아야만 한다면 온 땅에는 황금을 가득 깔고 나뭇가지마다에는 은전을 걸어놓아야 할 것이다(必若須賣者, 地則尽補(布)黃金, 樹須盡掛銀錢).” 본문 “樹價金錢, 地滿銀墼”의 ‘價’ 역시 ‘掛’의 잘못이 아닌가 싶다.

28　‘記’는 응당 ‘繫’로 보아야 한다. 또 ‘金’자는 原卷에서는 ‘年’으로 되어 있는 듯하고 原錄도 이를 따르고 있는데, 그렇게 놓고 보면 의미가 통하지 않는다. ‘年’은 ‘金’자의 오자인 것 같다. 여기서는 문맥에 의거하여 바로잡는다.

29　‘爲’는 原卷에서는 ‘如’로 되어 있고 그 우측 옆에 ‘爲’라 덧붙여 있다. 이는 ‘如’를 ‘爲’로 수정함을 가리킨다. 原錄에서는 ‘爲如’라 적고 ‘如’를 ‘名’이라 교정하였는데 모두 잘못이다.

30　[蔣禮鴻] ‘戀僻貝漏’는 문맥에 비춰보아 ‘攣躄背僂’이다. 『妙法蓮華經』권2:“矬陋攣躄盲聾背僂” ‘戀’, ‘攣’은 모두 ‘攣’의 이체자 혹은 가차자이다. ‘貝漏’는 ‘背僂’의 音訛字로서 『法華經』의 ‘背僂’를 말한다. [校注] 장씨의 견해는 옳다. 『龍龕手鏡』足部:“躄, 俗, 力員反.” 곧 ‘攣’의 속자이다. 본문의 ‘戀’은 곧 ‘躄’의 편방 생략 가차자이다. 劉凱鳴은 ‘戀僻貝漏’는 ‘憐庀百陋’의 音訛字라고 하였는데 이는 옳지 않아 보인다.

31　‘必’은 袁賓은 ‘畢’이라 보았는데 이는 지극히 옳다. ‘必’과 ‘畢’은 동음으로 서로 통용된다. 변문 중에서 자주 보인다. 原錄에서는 ‘必’을 다음 구에 속하는 것으로 보았는데 이는 오류이다.

大雪山南面, 到蓮花城中, 付(敷)設道場, 縣零(鈴)杆[32]鈸. 善惠問其僧衆有何事意? 僧衆言道:「蓮花城中然燈城中, 有然燈佛出世.」 善惠大雪山南面, 不到蓮花城中如(而)住,[33] 數處[34]覓其蓮花, 並總不得. 蓮花成[35]節度使出敕:須人[36]買(賣)卻蓮花者, 付五百文金錢須(誰)人. 並總不肯買(賣)卻蓮花. 善惠便元欲[37]思量, 在一流水邊如(而)坐, 心中便是思惟者之事. 世尊到來, 不用者七珍八寶, 則要蓮花. 轉巽[38]有一個小下女人[39]族(取)水如(而)來, 㼱[40]中有七支蓮花. 便善惠言道:「娘娘賣其蓮花兩支, 與五百文金錢.」 婢[41]女言道:「某乙蓮花並總不買(賣), 名

---

32 '杆'은 속서에서 '打'로 적기도 한다. 오늘날에는 '打'자만 쓰이고 '杆'자는 쓰이지 않는다. 原校에서는 '杆'을 '打'로 교정하였는데 이는 불필요한 작업이다.

33 '如住'는 응당 '而住'로 보아야 한다. 본권에서는 '而'자를 '如'로 표기하는 경우가 많다. 예를 들어 아래 문장 "在一流水邊如坐" "有一個小下女人取水如來"의 '如'자가 모두 '而'로 되어 있는 것이다. 原錄에서는 '如信'으로 되어 있고 다음 구에 속하는 것으로 되어 있는데 이는 옳지 않다. 『新書』에서는 '住'가 '往'으로 되어 있는데 타당해 보이지 않는다.

34 '處'는 原錄에서는 '麥'으로 오록되어 있다. 原卷에 의거하여 바로잡는다.

35 '成'을 蔣禮鴻은 '城'이라 보았는데 이는 옳다.

36 '須人'을 蔣禮鴻은 『變文字義待質錄』에 포함시켰다. 袁賓은 '須'와 '誰'는 음이 비슷하여 서로 통용된다고 하며 '須人'은 '誰人'이라 하였는데 이는 옳은 듯하다. P.2718 王梵志 詩:"빌려준 돈을 돌려받지 못하고 빌린 돈을 갚으려 하지 않네. 빈번히 시비를 가리며 싸우니 잘못이 누구에게 있는가?(借錢索不得, 貸錢不肯還. 頻來論卽鬪, 過在阿誰邊?)" P.3558에서는 '阿誰'가 '阿須'로 되어 있는데 이 '須' 역시 '誰'의 가차자이다. 潘重規는 '須'는 原卷에서는 '汲'로 되어 있고 이는 '該'자인 듯하다 했는데 정확하지 못하다. 본래의 글자는 '須'의 초서체이다. 아래 문장 '須人'의 '須'자가 原卷에서 '頂'로 되어 있음은 이 글자가 '須'자임을 증명한다.

37 '欲'은 原卷에서는 '敬'과 '欲'의 중간 형태로 되어 있다. 어느 글자로 보아도 해독이 어렵다. 재검토가 필요하다.

38 [原校] 본래 '宣'자로 되어 있고 그 옆에 '巽'이라 덧붙여 있다. [校注] 이는 수정한 글자를 옆에 적어 둔 사례이다. 따라서 原錄은 옳다. '轉巽'은 해독이 안 된다. 앞으로의 연구가 필요한 부분이다.

39 '人'은 原錄에서는 '之'로 되어 있고 '子'로 교정되어 있는데 모두 틀렸다. 여기서는 原卷에 의거하여 바로잡는다. 『新書』 역시 동일하다.

40 '㼱'는 原卷에서는 '㼱'로 되어 있는데 이는 '㼱'의 속자이며 '缸'과 같은 글자이다. 앞에서 누차 설명한 바 있다. 原校에서는 原卷의 글자가 '瓶'자인 듯하다고 했는데 이는 오류이다.

(明)日[42]然燈佛到蓮花成(城)中供養世尊.」 善惠卻便發心供養, 一支兩支便足, 不用廣多. 婢女卻道：「不用與價, 某乙今劫女人[43]之身,[44] 爲他人使, 不得自在. 如(而)於(衣)不改(蓋)形,[45] 食不充口. 到後劫之中, 某乙得個自在女人之身,[46] 和上後劫之中, 本得個孩子之身, 共爲夫妻. 之者得罪磨?」[47] 善惠便道：「逢著兒兒布施, 逢著女女[48]布施, 逢妻妻布施, 得罪磨?」女人卻道：「得.」七支蓮花都與善惠, 同其一會, 到第二日早去. 世尊到來, 善惠便是供養如[49]行. 世尊取其蓮花, 兩手如(而)把, 五支僻著一面與[50]行, 兩支僻著一面與行. (下缺)

　　급고장자가 기타태자에게 물으니 기타태자는 자신은 잘 모른다고 대

41　原錄에서는 '婢' 앞에 '言'자를 넣고 '然'으로 교정하였다. 【校注】原卷의 '言'자 우측에는 '卜' 표시가 붙어 있는데 이는 삭제를 뜻하기에 기록하지 않는다.

42　'日'은 原錄에서는 '曰'로 되어 있고 '日'이라 교정하였다. 【校注】돈황사본에서 '曰'과 '日'은 흔히 구분이 되지 않는다. 문맥에 의거하여 기록하는 게 옳다.

43　'女人'은 原錄에서는 '拒' 한 글자로 오록되어 있다. 여기서는 原卷에 의거하여 바로잡는다. 『新書』 역시 동일하다.

44　'身'은 原錄에서는 '不'로 되어 있다. 【潘重規】原卷에서는 '夈'로 되어 있는데 이는 '身'자인 것 같다. 【校注】반씨의 견해는 옳다. 이에 의거하여 바로잡는다.

45　'如'는 '而'로 보아야 한다. '於'자는 原卷에서는 판독이 불가능한데 '於'자로 보는 게 좋을 듯하며 이 글자는 '衣'와도 통한다.('衣'와 '於'는 자형이나 음이 비슷하여 돈황사본에서는 통용된다) 原錄에서는 '行'으로 되어 있는데 문맥이 통하지 않는다. 또 '改'는 '蓋'로 보아야 한다. '衣不蓋形'과 다음 구 '食不充口'는 대구가 되며 문맥에도 부합한다. P.3128 「解座文」："뱃가죽을 덮으면 등뼈가 드러나고 발꿈치의 버선은 발가락 끝이 다 나왔네. 아침저녁으로 구걸해도 끼니를 채우지 못하니 낮이든 밤이든 무슨 잠을 자겠는가(蓋得肚皮脊背露, 脚根有襪指頭串. 朝求暮乞不成喰, 有日無夜著甚眠)." 이는 곧 "衣不蓋形, 食不充口"의 뜻이다.

46　'身'은 原錄에서는 '名'으로 되어 있다. 潘重規는 原卷에서는 '身'자로 되어 있다(위 문장 "今劫女人之身"의 '身'자도 이 형태다)고 하였는데 이는 옳다. 이에 의거하여 바로잡는다.

47　'磨'는 '麼'와 같다. 『詩詞曲語辭匯釋』 권3："麼, 其字亦作磨 …… 唐五代時, 隨聲取字, 麼、磨、摩, 皆假其聲爲之." 原校에서는 '磨'를 '麼'라 교정하였는데 그럴 필요 없다.

48　뒤의 '女'자는 原卷에서는 반복부호로 되어 있다. 原錄에서는 이를 '人'자로 오록하였다. 劉凱鳴은 '人'자 뒤에 '女'자를 보충했는데 정확하지 못하다.

49　【潘重規】'如'는 '而'와 통한다. 뒤의 '如把'도 마찬가지다.

50　'如'는 '而'이다.(『廣雅』 釋詁에 보임) '與行'은 곧 '以行'이다. 뒤의 '與行'도 마찬가지다. 潘重規는 '與'는 '以'와 통한다고 하였는데 설명이 미진한 감이 있다.

답하였다. 다시 빈파사라왕에게 물으니 왕은 도리어 급고장자에게 그것
이 무슨 일이냐고 되물었다. 장자가 빈파사라왕에게 아뢰었다. "다름이
아니라 부처님께 왕을 위해 설법해주실 것을 간청하였습니다." 급고장
자가 국왕에게 아뢰었다. "대왕의 동산은 얼마나 큽니까?" "80경(頃)이오."
빈파사라왕이 말하기를, "나무에는 금전을 걸어놓고 땅에는 은을 뒤덮
도록 하시오." 이에 급고장자는 "당장 그리 하겠습니다"고 대답하였다.
빈파사라왕은 그와 더불어 성심(誠心)이 발하여 나무에 천금을 걸쳐놓고
땅에는 은을 깔도록 하였다. 그리고 부처를 동산으로 초청하여 설법을
간청하니 1천 2백 50인이 그의 가르침을 들었다. "어찌하여 급고장자라
부르는가?" "가난한 자를 구제하고, 앉은뱅이며 곱사등이, 맹인, 벙어리,
귀머거리들에게 무수한 재물을 보시하였기에 급고장자라 부릅니다." 설
법을 마친 선혜는 대설산 남쪽 연화성으로 가서 도량을 설치하고 동발
(銅鈸)을 두드렸다. 선혜가 승려들에게 무슨 일인지를 물으니 승려들이
"연화성의 연등성에서 연등불이 세상에 나셨습니다"고 대답하였다. 선
혜는 대설산 남쪽에서 연화성으로 가다 말고 여러 곳을 들러 연꽃을 구
하고자 했으나 구할 수가 없었다. 연꽃을 팔려면 5백 군의 금전을 내야
한다는 연화성 절도사의 칙령이 있었던 까닭에 아무도 연꽃을 팔려 하
지 않았던 것이다. 선혜는 물가에 앉아 마음속으로 생각하였다. '세존께
서 오셨는데 여러 보물은 쓸데없고 연꽃만이 필요하다.' 마침 한 여인이
물을 길러 그리로 다가오고 있었는데 항아리 속에는 일곱 송이의 연꽃
이 들어 있었다. 이를 본 선혜가 말하였다. "낭자여, 5백 문을 줄 터이니
연꽃 두 송이만 내게 파시오." 그러자 여인이 대답하였다. "연꽃은 팔려
는 게 아닙니다. 내일 연등불께서 연화성에 오시면 세존께 공양할 것입
니다." 선혜는 공양하겠다는 발심으로, 전부는 필요 없고 다만 한두 송
이면 충분하다고 말하였다. 그러자 여인이 말하였다. "값을 치를 필요는
없습니다. 저는 금생에 여자로 태어나 다른 사람의 시증이 되어 자유롭
지 못할뿐더러 입을 옷도 부족하고 음식도 충분하지 못합니다. 내생에

제가 자유로운 여자의 몸으로 태어나고 화상께서 남자로 태어나시어 함
께 부부가 된다면 죄가 될까요?" 이에 선혜가 "아들을 만나면 아들을 보
시하고, 딸을 만나면 딸을 보시하며, 아내를 만나면 아내를 보시해도 괜
찮겠습니까?" 하니, 여인은 "괜찮습니다"라고 대답하였다. 그러고는 연꽃
일곱 송이를 모두 선혜에게 주고는 이튿날 아침 일찍 그곳을 떠났다.
세존이 오시자 선혜는 연꽃을 바쳤다. 세존께서 그 연꽃을 양손에 드셨
는데, 한 손에는 다섯 송이를, 또 한 손에는 두 송이를 들고서 걸어가셨
다.(이하 빠져 있음)

卷七

팔상압좌문(八相押座文)[1]

始從兜率降人間, 先向王宮示生相,
九龍齊嗢[2]香和水, 爭[3]浴蓮花葉上身.

---

1 [原校] (王慶菽) 본권의 번호는 S.2440이고 표제는 원래부터 있었다. [校注] '坐'자를
   原錄에서는 '座'로 썼으며 여기서는 原卷에 근거하여 고쳤다. 『正字通』 「廣部」 : "座,
   古作坐, 俗作座." '座'는 '坐'에서 나중에 분화된 글자이다. 돈황사본에서 '座'의 의미는
   대부분 '坐'로 쓰이므로 '坐'자는 굳이 고칠 필요가 없다. 또 向達은 「唐代俗講考」에서
   이렇게 말했다. "'押座'의 '押'은 '壓'자와 같은 의미로 볼 수 있다. 따라서 청중을 진압
   하여 그들이 조용히 귀를 기울이게 한다는 뜻이다. …… 즉 후세의 入話, 引子, 楔子
   같은 것들이다." 孫楷第는 「唐代俗講軌範與其本之體裁」에서 이렇게 말했다. "'押'은
   곧 '鎭壓'의 '壓'이며 '座'는 '四座'의 '座'이다. …… '押'은 '壓'과 통하며 진압하고 진정시
   킨다는 의미를 갖고 있다. …… 압좌의 의미는 좌석의 청중들을 조용히 시킨다는 의
   미로 해석할 수 있다. 강경을 시작하기 전에 마음을 집중시키기 위해 梵贊으로 진정
   시키는 것이다." 『正字通』 「手部」 : "押, 與壓通." S.328 「伍子胥變文」 : "곤륜잔을 들어
   계란을 누르는데 어찌 꺾이지 않을 것인가(俗崑崙之押卵, 何得不摧?)"과 S.289 佚名
   詩 : "전마로 앞에서 북쪽 오랑캐를 몰고, 군사를 날려 뒤에서 서쪽 오랑캐를 압박하
   네(戰馬先驅北狄, 揚兵後押西戎)"에서 '押'은 모두 '壓'과 통한다.
2 '嗢'을 『說文』에서는 "咽也"라고 했으나, 이 의미로 보면 문맥이 통하지 않는다.

聖主摩耶往後園, 頻(嬪)妃綵女走[4]樂喧.

魚透碧波堪賞玩, 無憂花色[5]最宜觀.

無憂花樹葉敷榮, 夫人彼中緩步行.

舉手或[6]攀枝余(餘)葉, 釋迦聖主袖中生.

釋迦慈父降生來, 還從右脅出身胎.

九龍灑水早是衩,[7] 千輪足下有瑞蓮.[8]

阿斯陀仙啓大王, 太子瑞應□(極)[9]貞祥.[10]

不是尋常等閑事, 必作個菩提大法王.

前生與殿下結良緣, 賤妾如今豈敢專.

是日耶輸再三請, 太子當時脫指環.

長成不戀世榮華, 厭[11]患深宮爲太子.

捨卻金輪七寶位, 夜半逾城願出家.

六年苦行在山中, 鳥獸同居[12]爲伴侶.

P.2999 등 「太子成道經」 사권의 이와 관련된 창사에는 물을 데운다는 의미의 '溫'으로 되어 있다. 위에서 '嗢'은 '溫'의 편방을 바꾼 글자일 것이다. 또 본편 「八相押坐文」과 P.2999 등의 「太子成道經」에 포함된 吟詞가 대체로 같다는 점도 이를 방증한다.

3 이 구는 P.2999 등의 「太子成道經」에서 총 두 번 나오는데 한 곳은 '爭'자로 되어 있고 다른 한 곳은 '淨'으로 되어 있다. '淨'이 문맥상 더 낫다.

4 '走'는 '奏'로 읽어야 한다. P.2999 등의 「太子成道經」에서는 이 구가 두 번 나오는데 모두 '奏'로 되어 있다.

5 P.2999 등의 「太子成道經」에서는 이 구가 두 번 나온다. 한 번은 '花樹'로 한 번은 '花色'으로 썼다.

6 S.548 「太子成道經」에는 '或'이 '已'로 되어 있다. '已'는 '以'와 통해 문맥상 더 낫다.

7 '衩'가 字書에 실려 있진 않으나 '差'의 속자로 보는 것이 타당할 듯하다. '差'는 '기이하다'의 의미이다.

8 이 구가 P.2999 등의 「太子成道經」에 두 번 등장한다. 그 중 한 곳은 '瑞蓮開'로 한 곳은 '有瑞蓮開'로 되어 있는데 '瑞蓮開'가 더 낫다.('開'는 위의 '來', '胎' 등과 압운이 되나 '有瑞蓮'이라고 하면 운이 맞지 않는다)

9 '極'자가 原卷에는 지워져있다. 여기서는 「太子成道經」에 근거하여 채워 넣었다.

10 '貞'은 '禎'으로 읽어야 한다. P.2999 등의 「太子成道經」에는 '禎'으로 되어 있다. '禎祥'은 동의의 연문이다.

11 '厭'이 原卷에는 '疒' 편방으로 되어 있다. 속서에서는 '厂'와 '广' 편방이 흔히 '疒'과 섞여 쓰이곤 한다. 여기서는 문맥에 맞게 고쳤다.

長飢不食眞修[13]飯, 麻麥將來便短終.[14]

得證菩提樹下身, 降伏衆魔成正覺.

鷲領(嶺)峰頭放毫相, 鹿苑初度五俱輪.[15]

先開有教益群情, 次說空宗令悟解.

後向靈山談妙法, 益今利後不思議.

今晨擬說此[16]甚深經, 唯願慈悲來至此.

聽衆聞經願[17]罪消滅.[18]

---

[12] '居'가 原卷에는 이체자인 '㞐'로 되어 있다.

[13] 蔣禮鴻은 '眞修'를 '珍羞'로 옳게 고쳤다. 초사자는 '長成不戀世榮華' 이하의 열 구를 같은 두루마리에 한 번 더 썼는데, 다시 쓴 부분에서는 '眞修'를 '珍修'로 썼다.

[14] 蔣禮鴻은 '短終'을 「變文字義待質錄」에 집어넣었다. 원빈은 '終'이 비슷한 음 때문에 '中'을 빌려 쓴 것이라 했다. 이는 대단히 타당한 의견이다. 그러나 다시 '短中'이 '잠깐 동안의 齋食 기간'이라는 부정확한 의견을 제시하고 있다. 위의 '短終'은 '斷中'으로 읽어야 한다. '中'은 '中食'을 가리키며 불교에서는 하늘의 해가 정오가 될 때를 '齋時'로 여겨 정오가 지나면 밥을 먹을 수 없다. 그래서 '斷中'이라 하는 것이다. 나중에는 정오에 재식을 먹는 것을 가리키는 의미로 확장되었다. 일본 승려 圓仁의 『入唐求法巡禮行記』卷二 '開成五年二月卄一日早朝'에 이런 기록이 있다. "혜취사로 들어가 머물 곳을 잠시 찾다가 북원에 편안히 자리를 잡았다. 재시에는 혜녕사의 극락도리원으로 가서 단중에 들었다(入惠聚寺, 權覓住處, 北院安置. 齋時 赴惠海寺極樂闍梨院斷中)." "29일. 아침에 출발하여 서북쪽으로 30리를 가 지양관이 이르러 단중에 들었다. 재계 후 20리를 가서 모성촌의 고안의 댁에 이르러 묵었다(卄九日, 早發, 西北行三十里, 至芝陽館斷中. 齋後, 行卄里, 到牟城村高安宅宿)." 여기서 '斷中'은 모두 午時에 齋食에 드는 것을 말한다. '麻麥將來便斷中'은 마와 보리로 재식을 한다는 의미이다. 위 내용은『大唐西域記』「摩揭陀國」: "여래는 외도에게 엎드리고 마귀의 청을 받아들였고, 이에 6년을 고행하며 매일 마와 보리를 먹으니 겉모습은 초췌해지고 몸은 파리해졌다(如來爲伏外道, 又受魔請, 於是苦行六年, 日食一麻一麥, 形容憔悴, 膚體羸瘠)"에 근거를 두고 있다.

[15] '五俱輪'은 '五俱倫'과 같다. 부처가 처음으로 깨달음을 준 다섯 비구를 말한다.

[16] '此'자는 아래의 '此'자 때문에 잘못 쓴 것 같다. 「維摩經押座文」, 「溫室經講唱押座文」, 러시아 소장본 109번 압좌문의 유사한 문구에는 '此'자가 없다.

[17] '願'은 연문인 것 같다. 「維摩經押座文」등의 유사 문구에는 '願'자가 없다.

[18] 原卷을 보면 '今晨擬說此甚深經' 이하의 몇 구절이 행과 행 사이의 빈 공간에 쓰여 있으며, 빈칸이 너무 좁아 생략한 부분이 상당히 있는 것 같다. 아마 이 구 다음에는 "모두가 보리의 법보신을 증험하리라. 불타는 집의 긴박함은 어느 날 사라질까, 오욕은 결국 생사의 고통을 부르네(總證菩提法報身. 火宅忙忙何日休, 五欲終招生死苦)." 세 구가 생략되었을 것이다. 「維摩經押座文」과 러시아 소장본 압좌문에는 '聽衆聞經

[19]不似聽經求 …… .[20]

처음으로 도솔천에서 인간세상으로 내려와

먼저 왕궁으로 가서 생상(生相)[21]을 보여주네.

구룡(九龍)이 일제히 향 섞은 물을 따뜻이 데워

연꽃잎 위의 몸을 깨끗이 씻겨주네.

성주(聖主) 마야부인께서 후원으로 가시자

비빈(妃嬪)과 궁녀의 연주소리 요란하구나.

물고기가 푸른 물결 헤치고 나와 기꺼이 감상하고

무우수(無愚樹)[22] 꽃의 빛깔은 참으로 볼 만하네.

무우수의 나뭇잎 무성하여

부인은 천천히 그 속으로 걸어가네.

손을 들어 가지에 남은 나뭇잎들을 붙잡으니

석가모니 성주께서 소매 속에서 태어나시네.

석가모니 자부께서 강생하시니

오른쪽 옆구리를 따라 태아가 나오는구나.

구룡의 물 뿜는 모습 진작부터 기이하고

천륜(千輪)의 발아래는 상서로운 연꽃이 있네.

     罪消滅' 뒤에 이 세 구가 있다.

[19] 原錄에서는 이 구 앞에 '今晨' 두 글자를 넣고 그 뒤에 빈칸 아홉 개를 넣었다. 하지만 이는 옳지 않다. 原卷의 '今晨' 두 글자는 잘못 쓴 글자를 미처 지우지 않은 것이다. 따라서 여기에 쓸 필요가 없다.

[20] 【原校】「八相押座文」은 여기서 殘缺되어 있다. 【校注】原卷을 보면 '求' 아래에 글자를 쓰지 않은 공백이 있는데 여기에는 "해탈(을 구하지 않고서), 부처님을 배워 수행할 수 있겠습니까? 할 수 있는 분은 경건히 합장하십시오. 이제 경문의 제목을 창하겠습니다(解脫, 學佛修行能不能? 能者虔恭合掌着, 經題名字唱將來)"의 23자가 채워져야 할 것이다. 이 구문이 압좌문의 상투어라 초사자가 생략해버린 듯하다.(「維摩經押座文」과 러시아 소장 압좌문에는 이 구가 있다)

[21] 【譯注】生相: 四相의 하나이다. 사상은 나고 죽고 변화하는 4가지 모습을 말하는 것으로 생상, 住相, 異相, 滅相이 있다.

[22] 【譯注】無愚樹: 룸비니 동산에 있는 나무로, 석가모니가 이 나무 아래에서 태어났다고 전해진다.

아사타선(阿斯陀仙)이 대왕에게 아뢰기를,

태자의 서응(瑞應)이 지극히 상서롭다네.

흔히 있는 예삿일이 아니니

반드시 보리(菩提)의 대법왕이 될 것이라 하네.

전생에 전하와 좋은 인연을 맺었거늘

천첩(賤妾)이 지금 어찌 감히 멋대로 하겠습니까.

이날 야수(耶輸)[23]가 거듭 청하자

태자는 그 자리에서 가락지를 빼버렸네.

장성하여 세상의 영화에 연연하지 않고

깊은 궁궐에서 태자 됨을 혐오하네.

금륜(金輪)의 칠보(七寶) 자리를 내던지고

한밤중에 성을 넘어 출가하려 하는구나.

산 속에서 6년을 고행하니

조수(鳥獸)가 함께 살며 친구가 되네.

오래도록 굶어도 진수성찬 먹지 않고

마와 보리를 가져오자 곧 한낮의 재식(齋食)을 드시네.

보리수 아래의 몸을 증험하여

여러 마귀들을 항복시켜 바른 깨달음을 이루시네.

취령봉(鷲領峰) 꼭대기에 백호(白毫)의 상을 놓고

녹야원(鹿野苑)에서 처음으로 다섯 비구를 깨우치시네.

먼저 가르침을 열어 군중의 마음을 더하고

다음으로 공종(空宗)[24]을 말하여 깨닫게 하시네.

그 후 영산(靈山)으로 가서 묘법을 말하시어

지금에 더해주고 훗날에 이익을 주심이 불가사의로다.

오늘 아침 이 심오한 경문을 말하려 하니,

---

23   【譯注】耶輸 : 석가모니의 태자 시절 아내로 원래 이름은 야수다라이다.
24   【譯注】空宗 : 性空의 이치로 망상을 없애는 종파로서 法相宗, 三論宗 등을 포함한다.

바라노니 자비로움이 이곳에 함께 하시길.

청중들은 경문을 듣고 죄가 사라지길 바랍니다.

경문을 듣고 (해탈을) 구함만 못하니,

……

賦　就中[□](此)地足悲哀,[25] 暫到城南便不迴.

侵晨行早尋沙徑, 博(薄)暮休程傍水偎.[26]

憶兒母子應長(腸)斷, 應須會裏見如來.

今日講經功德分, 願因逢便早歸來.

就中此地足別離, 每夜唯聞處處悲.

借問因何懷悵惘, 昨朝强賊捉余兒.

孤貧臨老遭如此, 啓告黃(皇)天願照之.[27]

黨(儻)令母子重相見, 由(猶)如枯樹再生枝.

부(賦)

그 중에 (이) 땅은 슬프고 애달픈 일이 많아

잠깐 사이 성의 남쪽으로 가서 돌아오질 않으시네.

새벽에 일찍 나가 모랫길을 찾아 나서고

저물녘에 길을 멈춰 물가 언덕에 기대시지.

어머니와 자식 생각 하면 애간장 끊어지니,

25　原錄에서는 '賦'를 아래의 '就中地足悲哀' 구에 붙여 쓴 다음 이렇게 교기하였다. "「八相押座文」 뒤에 두 단락이 이어져 있다. 이는 또 다른 압좌문으로 글의 제목은 이미 없어졌다. 위에 기록해두니 참고하기 바란다. 본문은 그 중 한 수로서 시작부분은 잔결되어 있고 첫 부분에 궐문이 있는 듯하다." 그러나 原卷을 보면 '賦'자만 다른 행에 따로 쓰여 있으며 사실 노래의 가락을 표시하는 글자라 아래 구와 붙여 읽어선 안된다. '就中' 다음에는 '此'자가 빠져 있다. 아래의 '就中此地足別離'가 이 구와 똑같은 구조이다. 項楚 역시 이렇게 교기하였다.

26　[潘重規] '偎'는 '隈'가 되어야 한다.

27　'照之'는 '照知'가 되어야 할 것이다. 돈황사권에서 '之'와 '知'는 통용된다. 「李陵變文」 :"대장부가 백 번 싸운들 어찌 그 괴로움을 마다할 것인가, 다만 현명하신 군주께서 알아주지 않을까 걱정될 뿐(丈夫百戰寧詞(辭)苦, 只恐明君不照知)."

법회에서 여래를 뵈어야 하리라.

오늘 강경으로 공덕이 나뉘어져,

상봉해서 일찍 돌아오시길 바랍니다.

그 중에 이 땅은 이별하는 일이 많아

매일 밤 곳곳에서 슬픈 소리만 들리는구나.

왜 이렇게 슬퍼하느냐고 물어보니,

어제 아침 힘센 도적이 내 아이를 잡아갔다네.

외롭고 가난하게 늙어감에 이 일까지 당하여

황천(皇天)께 알리오니 부디 보살펴주시기를.

만약 두 모자 다시 만나게 해주신다면

마른나무에 새 가지 돋는 것이나 마찬가지네.

弟子布施一索, 分難之時願平善, 孩兒早出來.[28]
久住令賤.[29]

---

[28] 이상의 세 구를 原錄에서는 '弟子布施一索分難之時, 願平善孩兒早出來'로 써서 역시 운문 형식으로 배열하고 있으나 이는 잘못인 듯하다. '索'은 '束'이 되어야 하고 '束'은 양사이다. '一束'은 옷감이나 돈을 가리키는 말인 것 같다. 『左傳』「襄公」十九年의 "순언에게 비단 한 다발을 뇌물로 주었다(賂荀偃束錦)"에 대해 杜預는 '五匹爲束'이라는 주석을 달았다. 『新唐書』「禮樂志四」: "금, 기, 증포, 갈, 월(돗자리를 짤 때 쓰는 식물의 일종—譯注)은 모두 다섯 양을 한 다발로 삼는다(錦, 綺, 繒布, 葛, 越皆五兩爲束)"와 『禮記』「雜記」: "한 다발을 납폐하는데, 한 다발은 다섯 양이고, 한 양은 다섯 尋이다(納幣一束, 束五兩, 兩五尋)"과 P.2653 「燕子賦」: "그에게 삼베 한 다발을 바치다(與他祁摩一束)"에서 '一束'은 모두 같은 용법으로 쓰였다. 또 '分難'은 '分離'가 되어야 한다. '離'와 '難'의 모양이 비슷해 잘못 쓴 것이다. 「王昭君變文」: "산같이 무거운 뜻을 베푸시니 그 은혜는 버리기 힘들고(丘山義重恩離捨)"의 '離'를 原校에서 '難'으로 고친 것이 이를 증명한다. '分離'는 모자의 헤어짐을 가리키며, 이는 위에서 '昨朝强賊捉余兒' 운운한 것과 상응한다. 또 이 글은 어떤 사람이 아들을 힘센 도적에게 뺏긴 다음 부처님께 발원하는 말이지 압좌문은 아닌 것 같다.

[29] [潘重規] '久住令賤' 아래에 궐문이 있는 듯하며 혹은 연문으로 잘못 쓴 것도 같다. [校注] P.3697 「捉季布傳文」: "예로부터 오래 머물면 주인에게 천대 받고, 예전부터 물이 자주 출렁이면 탁해진다고도 했지(古來久住令人賤, 從前又說水煩昏)"와 P.2653 「燕子賦」: "오래 머물면 사람들이 미워하고 천대하며, 가끔 와야 기뻐하고 좋아한다

제자가 한 다발을 보시하오니, 부디 떨어질 때 편안하고 아이는 어서
나오기를 바라옵니다.

(남의 집에) 오래 머물면 멸시 받게 되지요.

³⁰此方日沒西方照, 莫道西沈日便無.

此方入滅化餘方, 莫道世尊眞滅度.

譬如長天有月, 被浮雲障翳不出來.

身中有佛性甚分明, 被業障覆藏都不現.

欲長空月現, 先須要假狂風.

欲得身中佛性明, 事須³¹懃聽大乘經.

纔(殘)雲³²被狂風吹散去, 月影長空便出來.

在聽甚深微妙法, 身中佛性甚分明.

一沾兩沾三沾³³雨, 滅卻衢中多少塵.

一句兩句大乘經, 滅卻身中多少罪.

이쪽에서 해가 져도 서방에선 밝게 비추니

서쪽으로 가라앉아 해가 사라졌다 말하지 마시길.

이곳에서 입적해도 다른 곳에서 교화하시니

세존께서 정말로 열반하셨다 말하지 마시길.

넓고 넓은 하늘에 달이 있어도

뜬 구름에 가려 나오지 못하는 것과 마찬가지라네.

몸에 불성(佛性)이 분명히 있는데도

네(久住人憎賤, 希來見喜歡)"에서 말하는 바가 위의 내용과 상응한다. 이 부분은 좀
더 고찰이 좀 필요할 것이다.

30 [原校] 아래는 또 하나의 압좌문인 것 같다.

31 [譯注] '事須'는 '~해야 한다'의 의미이다. 「韓擒虎話本」: "만약 이후에 군주가 되시면
꼭 불법을 다시 일으켜야 합니다(若也已後爲君, 事須再興佛法)."

32 原卷에는 '雲'이 古文인 '云'으로 쓰여 있다.

33 [徐震㙟] '沾'은 '點'이 되어야 한다. [校注] 『廣韻』에서 '沾'자는 '都念'과 '他兼'의 두 가
지 음이 있으며 이는 모두 '點'의 음과 비슷하다. 徐震㙟의 주장은 타당하다.

업장에 덮여 가려지면 밖으로 드러나지 않으니,

넓은 하늘에 달을 보이려면

먼저 광풍(狂風)의 힘을 빌어야 하고,

몸속의 불성을 밝게 하려면

모름지기 대승경(大乘經)을 정성스레 들어야 하리라.

잔구름이 광풍에 불려 흩어져

달그림자가 넓은 하늘로 나오고,

심오한 묘법을 들으면서

몸속의 불성이 분명해지리라.

한 방울, 두 방울, 세 방울의 비가

거리의 많은 먼지들을 없애주고,

한 구, 두 구의 대승경이

몸속의 많은 죄들을 없애주리라.

我擬請佛, 恐人坐多時, 便擬說經. 願不願?[34] 願者檢心[35][□](合)[36]掌待.[37]

제가 이제 부처님을 모시려 하니, 여러분이 오랫동안 앉아 계신다면 곧 경문을 말씀드릴 것입니다. 그렇게 하길 원하시나요? 원하시는 분들

---

34 '願不願'은 속강 법사가 청중들에게 묻는 말로서 강경을 할 때 흔히 쓰는 말이다. 따라서 原錄에서 마침표를 찍은 건 잘못이다. S.6551 「佛說阿彌陀經講經文」: "다음으로 문도제자들과 經題를 창하고자 하는데 할 수 있는가 없는가? 원하는가 그렇지 않은가?(次下便與門徒弟子唱經, 能不能? 願不願?)"가 참고가 된다.

35 '檢'은 '斂'으로 읽어야 한다. '斂心'은 강경문에서 흔히 쓰는 말이다.

36 原卷에는 '合'자가 없는데 여기서는 문맥에 맞게 임시로 채워 넣었다. 「金剛般若波羅蜜經講經文」: "대중들은 마음을 가다듬고 합장하시라(大衆斂心合掌着)"와 「維摩經押座文」: "할 수 있는 사람은 경건하게 합장하시라(能者虔恭合掌着)"에서는 모두 '合掌'으로 썼다.

37 原卷을 보면 '待'자는 본래 '着'으로 쓴 다음 그 오른쪽에 '待'자를 더한 모습이다. 아무래도 이는 '待'를 '着' 대신 쓴다는 의미인 것 같다.('待'는 위의 '罪'와 압운이 된다) 原錄에서는 '待着'이라고 썼으나 이는 잘못인 것 같다.

은 마음을 가다듬고 합장하고 계십시오.

    [38]西方還有白銀臺, 四衆聽法心總開.

願聞法者合掌着, 都講經題唱將來.

서방에 또 백은대(白銀臺)가 있어

사중(四衆)[39]이 법(法)을 듣고 마음이 모두 열리누나.

법을 듣고자 하는 이는 합장하십시오.

도강(都講)이 경제(經題)를 창하겠습니다.

---

38   [原校] 原卷을 보면 다른 행으로 쓰여 있어 위 압좌문의 마지막 구절인지 아닌지 잘
모르겠다.

39   [譯注] 四衆 : 교단을 구성하는 네 무리로서, 출가의 두 무리인 비구와 비구니, 재가의
두 무리인 우바이와 우바새를 말한다.

삼신압좌문(三身押座文)¹

常嗟多劫處輪迴, 末法世中多障難.

慚愧我世尊悲願重, 唯留佛敎在世間.

向娑婆世界作舟船, 五濁劫中爲導首.

只是衆生惡業重, 敬信之心大曬²希.

見人造惡處强攢頭, 聞道說經則伴不採.³

---

1   [原校] (王重民) 본 사권의 번호는 P.2440이다.

2   [原校] 啓功은 '曬'가 '煞'의 동음자인 것 같다고 했다. [校注] 위에서 '曬'는 '煞'과 쓰임
이 같으며 정도가 심함을 나타내는 말이다.

3   '採'를 原錄에서는 '睬'로 고쳤다. '理睬'(주의를 기울이다, 관심을 갖다)에서 '睬'가 옛
책들에는 '采'로 쓰여 있으며 속자로는 '採'로 쓴다. 즉 '睬'가 전용으로 쓰인 건 나중의
일이다.(대략 元代부터 보이기 시작함) 이백의 시 「武陵春色」 "시비는 모두 관심을
갖지 않고, 명리도 모두 그만두었네(是非都不采, 名利混然休)"와 P.3211 王梵志 시:
"장성하여 아내를 얻자 부모가 추하다고 싫어하고, 어머니에게는 관심도 갖지 않고
오로지 부인 말만 듣는다네(長大取得妻, 却嫌父母醜, 耶孃不採括, 專心聽婦語)"에서
'采'와 '採'는 모두 '理睬'의 의미로 쓰였다. 『字彙補』「目部」: "睬, 俗言偢睬, 塡詞家多
用此字." 따라서 '採'자는 굳이 고칠 필요가 없다.

今生少善不曾作, 來世覓人身大曬難.

不知不覺大忙忙, 不怕不驚長造罪.

若不是者[4]死王押[5]頭着, 準擬[6]千年餘[7]萬年.

今朝希遇大乘經, 似見優曇花一種.

暫解聞聽微妙法, 萬劫身中惡業消.

輪王髻寶此時逢, 窮子衣珠今日得.

十法行中行一行, 六千功德用嚴身.

旣能來至道場中, 定是願聞微妙法.

樂者一心合掌着, 經題名字唱[□](將)[8]來.[9]

수 겁(劫)의 세월 윤회에 처함을 늘 탄식하였는데

말법(末法)[10]의 세상이라 어려움이 많기도 하구나.

우리 세존의 비원(悲願)이 무거워

세상에 불교를 남기셨음이 부끄럽구나.

사바세계를 향해 배를 만들어

오탁(五濁)의 겁 속에서 영도자가 되시니.

중생들의 악업이 참으로 무거워

공경하고 진실한 마음 갖길 깊이 바라시네.

누군가 악업을 저지르면 힘써 머리를 들이밀면서도

4　‘者’를 原錄에서는 결문으로 처리했다. 그러나 原卷에는 ‘是’와 ‘死’ 우측에 한 글자가 들어가 있는데 자세히 보면 ‘者’자임을 알 수 있다. ‘者’는 곧 ‘這’와 같다.

5　‘押’은 ‘壓’으로 읽어야 할 것이다. 돈황사본에서 ‘押’과 ‘壓’은 통용된다.

6　‘準擬’는 ‘준비하다, 안배하다’의 의미이다. 『通釋』에서는 이를 ‘打算’으로 해석했는데 옳은 의견이라 할 수 있다.

7　‘餘’는 ‘與’로 읽어야 한다.

8　‘將’자가 原卷에는 없어 여기서는 문맥에 맞게 채워 넣었다.

9　原錄에서는 이 구 다음에 네 구절을 더 넣었으나, 사실 이는 解座文이라 뒤에서 따로 한 편을 만들었다.

10　【譯注】末法 : 正法, 像法, 말법의 三時 중 하나로 부처가 세상을 떠난 지 오래 되어 가르침이 점차 사라져가는 시기를 말한다. 흔히 정법은 오백년, 상법은 천년, 말법은 만년으로 본다.

도를 듣고 경문을 말하면 나 몰라라 하지.

이생에서 조금이라도 선한 일을 하지 않으면

내세에 사람의 몸 찾기가 참으로 어려워지지.

자기도 모르는 새에 허둥대다가

두려움이나 놀라움도 없이 오래도록 죄를 짓게 되지.

만약 염라대왕이 진압하지 않는다면

천년만년을 그렇게 할 것이네.

오늘 아침 대승경(大乘經) 만나길 바라나니

우담화(優曇花) 한 가지를 본 것이나 마찬가지리라.

잠시라도 오묘한 불법을 풀어 들으면

만겁 몸속의 악업이 사라질 것이며,

전륜왕의 계보(髻寶)를 이때에 만나

궁자(窮子)는 옷과 구슬을 오늘 얻게 되리라.

십법행(十法行)[11] 중 한 행이라도 행하면

육천(六千)의 공덕으로 몸을 장엄하리라.

이미 도량으로 올 수 있음이

바로 미묘한 불법을 듣기 원한다는 것.

---

[11] **[譯注]** 十法行 : 경전에 대한 10가지 행법이다. 첫 번째는 '書寫'로 부처의 말씀을 글로 옮기고 유통시켜 끊어지지 않게 하는 것이며, 두 번째는 '供養'으로 부처의 경전이 있는 곳(불탑이나 사원 등)에 공양을 하는 것이며, 세 번째는 '施他'로 자신이 들은 불법을 다른 사람에게 설명해주거나 경권을 건네줌으로써 경전을 독차지하지 않는 것이며, 네 번째는 '諦聽'으로 다른 사람의 경전을 읽고 해설하는 소리를 들으면 기쁜 마음으로 귀 기울여 듣는 것이며, 다섯 번째는 '披讀'으로 제불이 말한 경전을 항상 열어보며 손에서 놓지 않는 것이며, 여섯 번째는 '受持'로 제불이 말한 교법을 부처에게서 받아 늘 지니고 다니며 잃어버리지 않는 것이며, 일곱 번째는 '開演'으로 여래가 말한 교법을 항상 연설함으로써 사람들이 이를 이해하게 하는 것이며, 여덟 번째는 '諷誦'으로 여래가 말한 일체의 도법을 맑은 소리로 읊음으로써 사람들이 즐겨 들을 수 있게 하는 것이며, 아홉 번째는 '思惟'로 여래가 말한 일체의 법의 뜻을 헤아려 항상 잊지 않는 것이며, 열 번째는 '修習'으로 여래가 말한 법을 악히고 닦아 道果를 이룸을 말한다.

낙자(樂者)¹²들께선 일심으로 합장하십시오.
경제(經題)의 이름이 창으로 나오겠습니다.

12   [譯注] 불교에서 '樂'은 범어로 'Sukha'이다. 이는 좋은 인연이나 상황을 만나 심신이
기쁘게 되는 것을 말하며, 위에서 '樂者'는 곧 그렇게 된 사람들을 의미한다고 볼 수
있다.

유마경압좌문(維摩經押座文)[1]

頂禮上方香積世, 妙喜如來化相身.

示[2]有妻兒眷屬徒, 心淨[3]常修於梵行.

智[4]力神通難[5]可測, 手搖日月動須彌. 念菩薩佛子

我佛如來在菴園, 宣說甚深普集敎.

長者身心歡喜了, 持其寶蓋詣[6]如來. 念菩薩佛子

---

1 [原校] (王重民) 사본은 모두 다섯 건이고 그 번호와 교정 순서는 다음과 같다. S.2440 原卷은 서로 다른 流傳本에 근거하여 베낀 두 편이 하나의 사권에 들어간 모습이다. 이 중 첫 번째는 잔결되어 두 번째 편을 原卷으로 하였고 첫 번째는 甲卷으로 하였다. 乙卷은 P.3210, 丙卷은 S.1441, 丁卷은 P.2122이다.

2 [原校] ‘示’가 原卷에는 ‘是’로 되어 있으며 여기서는 乙卷과 丙卷에 근거하여 고쳤다. [校注] 丁卷에도 ‘示’로 되어 있다. ‘示’는 곧 ‘示現’(모습을 드러냄)을 가리킨다.

3 [潘重規] ‘淨’이 乙卷과 丁卷에는 ‘靜’으로 되어 있다.

4 [潘重規] ‘智’가 乙卷에는 ‘聖’으로 되어 있다.

5 [原校] 丁卷에서는 ‘難’을 ‘能’으로 썼다.

6 [原校] 乙卷, 丙卷, 丁卷에는 ‘寶蓋詣’가 ‘花蓋供’으로 되어 있다. [校注] 사실 乙卷은 ‘花蓋詣’로 되어 있다. 또 甲卷에서는 ‘寶蓋’를 ‘花蓋’로 썼다.

偏偏搖[7]動布金雲,[8] 七寶雙雙香[9]送遠.

直到菴園法會上, 捧[10]其寶蓋上如來. 佛子

五百花蓋立其前, 聖力合成爲一蓋.

日月星辰皆總現, 山河大地及龍宮. 佛子

世界搖時寶蓋搖, 世界動時寶蓋動.

一切十方諸淨土, 三世如來悉現中. 佛子

毗耶離國地中心,[11] 寶樹光暉金璨[12]爛.

多出人賢性[13]慈愍, 久曾過去早修行. 佛子

居士維摩衆中尊, 十德圓明人所重.

親近無邊三世佛, 故號維摩長者身. 佛子

五百聲聞皆被訶, 住相法空分所證.

更[14]有光嚴彌勒衆, 身心皆拜道徒[15]中. 佛子

不二眞門性自融, 只有維摩親證悟.

---

7 '搖'가 丁卷에는 '綢'으로 되어 있다.

8 原錄에서는 '雲'을 '鈴'으로 쓴 다음 "甲卷에는 '鈴'이 '雲'으로 되어 있고 乙卷에는 '靈'으로 되어 있다"고 교기하였다. 이 중에 '雲'자의 의미가 가장 나은 것 같다. 『佛祖統記』卷三十 : "현겁이 처음 이루어질 때는 광음천에 금빛 구름이 펼쳐지고 큰 비가 쏟아진다(賢劫初成時, 光音天空中布金色雲, 注大洪雨)"에서 '布金雲'은 곧 금빛 구름을 펼친다는 의미이다. 原卷을 보면 '雲鈴' 두 글자로 되어 있으나, 그 중 '鈴'자는 먹이 묽고 '雲'자는 비교적 진하게 쓰여 있다. 이 역시 '雲'을 써야 하는 이유가 될 것이다. 乙卷의 '靈'은 '雲'과 모양이 비슷해서 잘못 쓴 글자이다.

9 '香'을 原錄에서는 '相'으로 잘못 썼다. 각 사권이 모두 '香'으로 되어 있다.

10 [原校] 甲卷에는 '捧'이 '持'로 되어 있다. [潘重規] 丁卷도 '持'로 되어 있다.

11 [原校] 갑, 을, 병 세 사권은 이 구부터 '故號維摩長者身'까지 여덟 구가 없다. [校注] 丁卷에도 이 여덟 구가 없다.

12 '璨'자가 原卷에는 속자인 '瓉'로 쓰여 있다(『龍龕手鏡』 참고). '璨爛'은 '燦爛'과 같다.

13 '性'이 原錄에는 '惟'로 잘못 쓰여 있다. 여기서는 原卷에 근거하여 옳게 고쳤다.

14 [原校] '更'이 丁卷에는 '便'으로 되어 있다.

15 '徒'는 '途'로 읽어야 한다. P.2292 「維摩詰經講經文」의 "광엄은 성 밖에서 예불을 드리고자 …… 이제 막 성문에 도착하여 마침 유마를 만났네. 앞으로 나아가 합장하고 공손하게 길 위에서 절을 올렸네(光嚴禮佛於城外 …… 行程纔到大城門, 恰值維摩相遇會. 便向前, 合手掌, 禮拜虔恭途路上)"가 참고가 된다.

示病¹⁶室中而獨臥, 廣談六品不思議.¹⁷ 佛子

大聖牟尼悲願深, 一一親呼十大衆.

皆曰不堪而¹⁸問疾, 唯有文殊千佛師. 佛子

巍巍身動寶星宮, 焱焱珠搖飛寶座.

八萬仙人香滿國, 千千聖衆遍長空. 佛子

請飯上方香積中, 化座燈王師子吼.

盡到毗耶方丈室, 作其佛事對弘經.¹⁹ 佛子

今晨擬說甚深經,²⁰ 惟願慈悲來至此,

聽衆聞經²¹罪消滅, 總證菩提法報身.²² 佛子

---

16 原錄에서는 '示病'을 '示疾'로 쓰고 "을, 병, 정 세 사권은 '示疾'이 '示病'으로 되어 있다"고 교기하였다. 그러나 이는 原卷과 甲卷 역시 '示病'으로 되어 있는 것을 잘못 본 것이다.

17 '議'가 原卷과 을, 병, 정 세 사권에는 '儀'로 되어 있다. 여기서는 甲卷에 근거하여 고쳤다.

18 '而'는 '與'로 읽어야 할 것 같다. S.5949 「下女夫詞」: "이 술은 포도주로서 이제 사군께 바치옵니다. 부디 (저를 위해) 이 술을 마셔주신다면 만년의 봄을 누릴 것입니다 (酒是蒲桃酒, 將來上使君, 幸垂而飲却, 延得萬年春)"에서 '而'자 역시 '與'로 읽어야 한다(P.3350 사권은 실제로 '與'로 되어 있다). P.2292 「維摩詰經講經文」에 "세존이 미륵에게 말씀하셨다. '지금 의논할 일이 있다. 유마거사가 지금 병이 들어 비야리성에 누워 있는데, 오늘 나 대신에 문병을 다녀와야겠다.' (世尊乃告彌勒, 此時有事商量, 維摩臥疾於毗耶, 今日與吾問去)"라는 구절이 있다. 위의 '不堪與門疾'에서 '與'는 곧 '與吾'의 '與'로서 개사의 빈어가 생략된 형태이다.

19 [原校] '弘經'이 原卷에는 '弘揚'으로 되어 있어 丙卷과 丁卷에 근거하여 고쳤다. 乙卷에는 '紅經'으로 되어 있다. [校注] 甲卷에는 '弘揚'으로 되어 있다.

20 原錄에서는 '經'을 '文'으로 쓰고 "'文'이 原卷에 '經'으로 되어 있어 을, 병, 정권에 근거하여 고쳤다"라고 교기하였다. 그러나 '經'자 역시 의미가 통하그로 굳이 고칠 필요가 없다.

21 [潘重規] '聽衆聞經'이 丙卷에는 '聽衆經教'로 되어 있다.

22 '報'를 原錄에서는 '報'로 썼으며 여기서는 乙卷과 丙卷에 근거하여 고쳤다. '法報身'은 부처의 三身 중 법신과 보신을 말한다. 「金剛般若波羅蜜經講經文」에 "법신과 보신의 두 몸을 사람들은 깨우치지 못하니, 이제 어떻게 될지 창이 곧 나오겠습니다(法報二身人不會, 由[猶]如何等唱將來)"라는 구절이 있는데 위의 '法報身'은 곧 이 '法報二身'을 말한다. 러시아 소장 올젠부르그 편 109호 압좌문: "청중들은 경문을 들으면 죄가 사라지고 모두가 보리의 법보신을 증험하리라(聽衆聞經罪消泯, 總證菩提法報身)"에도 '法報'로 쓰여 있다.

火宅忙忙[23]何日休, 五欲終招[24]生死苦. 重述

不似[25]聽經求解脫, 學佛修行能不能?

能者虔恭合掌著, 經題名目唱將來.

상방의 향적세계에 큰절을 올리자

묘희(妙喜) 세계의 여래께서 화신(化身)하시네.

아내와 아이, 식구를 거느린 모습을 하고

마음이 맑아 항상 범행(梵行)[26]을 닦으시네.

지력(智力)의 신통함은 헤아리기 힘들고

손으로 해와 달을 흔들고 수미산을 움직이시네.

우리 부처 여래께서는 암원(菴園)[27]에 계시며

---

23 原錄에서는 '忙忙'을 '茫茫'으로 쓰고 "乙卷과 丁卷에는 '茫茫'을 '忙忙'으로 썼다"고 교기하였으나 사실 甲卷과 丙卷 역시 '忙忙'으로 되어 있다. 原卷의 '忙忙'은 '忙忙'의 다른 모습일 뿐이다.(『玉篇』心部: "忙, 同忙.") 原錄에서 억지로 '茫茫'이라 고친 것은 옳지 않다. '忙忙'은 바쁘고 긴박한 모습이다. P.2999 등 「太子成道經」 및 러시아 소장 압좌문에도 '불타는 집의 긴박함은 어느 날 사라질까(火宅忙忙何日休)'라는 구가 있는데 여기서는 모두 '忙忙'으로 되어 있다.

24 原錄에서는 '招'를 '朝'로 쓰고 "朝가 原卷에는 '招'로 되어 있어 여기서는 甲卷에 근거하여 고쳤다"고 교기하였다. 原卷이 '招'자로 되어 있다는 건 정확한 의견이다. 불교에서는 오욕을 고통의 근원이자 윤회의 원인으로 본다. 그래서 위 구는 오역이 결국 생사윤회의 고통을 부른다는 의미가 된다. 『故圓鑒大師二十四孝押座文』: "효자는 반드시 하늘의 복에 감동할 것이나, 오역을 저지르면 지옥의 재앙을 부르리라(孝子必感天宮福, 五逆能招地獄殃)"에서 '招' 역시 같은 의미이다.

25 [原校] 乙卷에는 '似'가 '傾'으로 되어 있다. [校注] 乙卷의 글자 역시 '似'의 속자이다. [譯注] 여기서 '似'는 특별한 의미 없이 부사 뒤에 쓰이는 어조사로 보는 것이 나을 듯하다. 蔣禮鴻은 『敦煌變文字義通釋』에서 이와 같은 용법으로 쓰인 '似'의 예를 몇 가지 들고 있다. 「父母恩重經講經文」: "어려서부터 어머니가 보살피고 커가면서는 엄하신 아버지가 가르치시는데, 이제 다 컸다 싶으니 도리어 배은망덕한 짓만 배울 줄 누가 알았겠습니까(自小阿娘臺擧, 長成嚴父敎招, 誰知近來稍似成人, 却學棄背恩德!)」『景德傳燈錄』卷十七: "앞의 화살은 그래도 괜찮으나, 뒤의 화살은 사람의 마음을 쏜다(前箭猶似可, 後箭射人心)."

26 [譯注] 梵行: '梵'은 곧 '淸淨'의 의미이고 '범행'은 음탕한 욕망을 끊는 '梵天의 행법'을 말한다.

27 [譯注] 菴園: '菴羅樹園'의 약칭으로 암라팔리(Āmlapāli)의 여인이 불교에 귀의하면서 봉헌한 원림이다. 부처는 여기서 유마경을 설법하였다.

심오한 설법을 베풀어 널리 가르침을 모으시네.

장자(長者)는 몸과 마음으로 기뻐하며

보개(寶蓋)를 가지고 여래께로 가네.

이리저리 흔들리며 금운(金雲)이 펼쳐지고

칠보(七寶)는 짝을 이뤄 멀리까지 향기를 보내네.

곧장 암원의 법회로 가서는

그 보개를 받들어 여래께 올리네.

오백 가지 화개(花蓋)가 그 앞에 서자

성력(聖力)으로 합쳐 하나의 화개로 만드시네.

일월과 성신이 모두 모습을 드러내

산하와 대지가 용궁까지 미치네.

세계가 흔들릴 때 보개가 흔들리고

세계가 움직일 때 보개가 움직이누나.

일체 시방(十方)의 모든 정토

삼세의 여래께서 모두 그 속에서 모습을 보이시네.

비야리(毗耶離)국 땅의 한가운데서

보배로운 나무의 빛이 금빛 찬란하구나.

현명하고 자애로운 사람들 많이 나와

오랜 세월 지나며 진작부터 수행을 하였지.

유마거사는 많은 이들에게 존경을 받고

십덕(十德)에 두루 밝으심을 사람들은 중시한다네.

가없는 삼세(三世)의 불(佛)을 가까이 하시어

그래서 유마장자라 부른다네.

오백 성문(聲聞)들이 모두 꾸짖음을 듣고

주상(住相)[28]과 법공(法空)[29]으로 증험한 바를 나누네.

---

28 [譯注] 住相 : 현상계의 변화를 나타내는 生相, 住相, 異相, 滅相의 四相 중 하나이다. 法體가 현재에 잠시 머무르도록 하는 것이다.

또 광엄보살과 미륵보살의 무리가 있어

모두들 길 가운데서 몸과 마음으로 절을 올리네.

불이(不二)의 진리의 문에 본성이 스스로 융화되어

오로지 유마만이 친히 증험하고 깨닫는다네.

병실에서 홀로 누우신 모습 보이시며

육품(六品)의 불사의를 널리 담론하시네.

대성(大聖) 석가모니는 비원(悲願)이 깊어

십대중(十大衆)을 하나하나 친히 부르셨지.

모두 감히 문병할 수 없다고 말하니

오직 천불(千佛)의 스승 문수보살만 있다네.

크고 우람한 몸은 보배로운 천궁(天宮)을 움직이고

높디높은 구슬이 흔들려 보좌(寶座)를 날리네.

팔만의 선인(仙人)들이 온 나라를 향기롭게 하고

천천의 성중(聖衆)들이 넓은 하늘에 펼쳐 있구나.

상방의 향 가득한 가운데 밥을 청하고

자리를 만들어 등왕(燈王)여래는 사자후를 외치네.

비야리국의 방장실에 모두 이르러

불사(佛事)를 일으키고 널리 불경을 전하네.

오늘 아침 깊고 심오한 경문을 설하려니

오직 자비가 이곳에 오기를 바랄 뿐.

청중들은 경문을 들으면 죄가 사라지고

모두가 보리의 법보신(法報身)을 증험하리라.

불타는 집의 긴박함은 어느 날 사라질까

오욕은 결국 생사의 고통을 부르네.

경문을 들어 해탈을 구하지 않고서

부처님을 배워 수행할 수 있겠습니까?

할 수 있는 분은 경건히 합장하십시오.

이제 경제(經題)의 이름을 창하겠습니다.

[30]三界去來生死苦, 淪(輪)迴六道未曾休.

唯有寶積學修行, 請問世尊淨土行.

我佛嘿然而受請, 爲說菩提淨土因.

六度万行盡令修, 皆契如來淨土果.

心淨本願[31]佛土淨, 身子懷疑[32]問世尊.

我佛將喩日光明, 月淨秋輪霄漢外.

三界長空皆總照, 是其盲者不能分.

螺髻從座問聲聞, 勿是思唯[33]佛土穢.

30 아래부터는 丁卷에만 보이는 부분이다. 『敦煌變文集』에서는 「維摩詰經講經文」의 다른 한 편으로 기록하고 王慶菽은 "본 사권의 번호는 P.2122이고 표제는 잔결되어 있다. 여기서는 위 내용이 근거하고 있는 『維摩詰所說經』에 따라 임시로 제목을 지었다"라는 교기를 달았다. 그러나 이하의 글은 모두 7언의 唱詞로 되어 있고 경문도 說白도 없어 일반적인 강경문의 체제와는 다르다. 項楚는 아래의 글은 "역시 압좌문에 속하므로 「維摩詰經講經文」에서 삭제해야 한다"고 했는데 이는 대단히 정확한 의견이다. 丁卷의 머리제목이 '維摩押座文'이고 아래의 글은 다른 행에서 앞글의 '經題名字唱將來' 구 다음에 이어져 있으므로, 사실 이는 「維摩押座文」의 일부분이지 다른 한 편으로 보아서는 안 되는 것이다. 내용상으로 볼 때, 上文은 전체 경문의 대의를 개괄하고 있으므로 아무래도 전체 경문의 강경을 시작할 때 쓰는 압좌문일 것이고, 下文의 전반부는 本經 「佛國品」의 대의를 총괄하고 후반부는 '方便品'이라는 표제로 본경 방편품의 대의를 개괄하고 있다. 따라서 이들은 각각의 품을 개강할 때 쓰던 압좌문일 것이다.

31 '願'을 原錄에서는 '源'으로 썼다. 여기서는 原卷의 글자가 '願'이라는 潘重規의 의견을 따랐다. 그러나 문맥으로 볼 때는 '源'자가 옳다. S.3872 「維摩詰經講經文」의 "마음의 근원을 깨닫게 되면 그곳이 곧 정토이다(了悟心源, 卽是淨土)"가 바로 위 구의 의미이다.

32 原卷을 보면 '疑'자에 '忄' 편방이 붙어 있는데, 이는 '懷'와 같은 편방을 써버린 것이다. 原錄에서 이를 '擬'로 썼으나 옳지 않다.

33 '思'를 原錄에서는 '恩'으로 잘못 썼으며 여기서는 原卷에 근거하여 고쳤다. '唯'는 '惟'로 읽어야 한다. 위 구는 경문 "이때 나계범왕이 사리불에게 말하기를 '그런 뜻을 일

我見卽今釋迦土, 地平如掌寶天宮.

隨其心淨見如思(斯), 不是如來土不淨.

自是本心心垢重, 隨其心垢見丘陵.

五百長者發歡心, 啓(稽)首佛前而讚嘆.

無量聲聞法眼淨, 遠陳³⁴離垢捨輪迴.

只此維磨(摩)三卷經, 能引衆生出生死.

若有得聞淸淨敎, 當來同得法王身.

終朝敬日³⁵死王摧, 何所栖心求解脫.

聽取維摩圓滿敎, 不受阿毗罪報³⁶身.

삼계(三界)에서는 생사의 고통이 오가고

육도(六道)의 윤회는 아직 끝나지 않았는데,

오직 보적(寶積)보살만 수행을 배워

세존께 정토의 행(行)을 청해 묻네.

으켜 이 불국토가 청정하지 않다는 말은 삼가 주십시오'(爾時螺髻梵王語舍利弗, 勿作是意, 謂此佛土以爲不淨)"의 의미이다.

34 蔣禮鴻은 '陳'을 '塵'으로 교기하였다. 王重民이 『敦煌曲子詞集』「楊柳枝」: "당 위의 백년의 사람은 보이지 않으니, 모두가 먼지로 화하였다네(不見堂上百年人, 盡總化爲陳)"의 '陳'을 '塵'으로 본 것에서 이를 확인할 수 있다.

35 原錄에서는 '敬'을 '散'으로 쓰고 "原卷의 '敎'자는 '散'자인 듯하다"라고 교기하였다. 그러나 蔣禮鴻은 "이 글자는 '敬'자의 별체이지 '散'자가 아니다. '敬'은 '竟'의 동음가차자이다"라고 했다. 原卷을 보면 손으로 쓰면서 '敬'자가 약간 변형된 모습이며, 아래의 '一切有情皆敬重'의 '敬' 역시 같은 모습을 하고 있다. '敬日'을 '竟日'로 본 蔣禮鴻의 의견은 대단히 타당하다.

36 '報'를 原錄에서는 '根'으로 교기하였으나 徐震堮은 '報'자로 보아야 한다고 했다. 徐震堮의 의견이 옳다. '죄보'는 죄업의 보응을 말한다. '阿毗'는 곧 '阿鼻'로서 지옥 이름이다. 希麟의 『續一切經音義』卷一에서는 "阿鼻는 범어로서 阿毗라고도 하고 阿鼻旨라고도 하며, 여기서는 無間(끊임없음)을 말한다. '무간'에는 두 가지 뜻이 있는데, 하나는 몸이 끊임없다는 것이고, 다른 하나는 고통을 받음이 끊임없다는 것이다. 이 지옥은 길이와 넓이와 깊이가 2만 유순이다(阿鼻, 梵語也, 或云阿毗, 或云阿鼻旨, 此云無間. 無間有二義, 一身無間, 二受苦無間. 此地獄縱廣深等二萬由旬)"라고 했다. '阿毗罪報'는 생전에 죄업을 지어 사후에 아비지옥의 괴로움이라는 보응을 받게 된다는 의미이다.

우리 부처께서는 조용히 물음을 받으셔서

그를 위해 보리 정토의 인(因)을 설하시고,

육도의 만 가지 행을 다 닦게 하시어

모두가 여래 정토의 과(果)를 맺는구나.

마음의 깨끗함은 본래 불토의 깨끗함에서 연원함에

사리불이 의심을 품고 세존께 여쭙네.

우리 부처께서는 햇빛의 밝음을 깨우쳐 주려 하시고

달은 은하수 밖에서 가을의 바퀴를 맑게 하는구나.

삼계의 넓은 하늘에 모두 비쳐도

눈먼 자는 분별하지 못하리라.

나계(螺髻) 범왕이 자리에서 성문(聲聞)을 나무라며

불토의 더러움을 생각하지 말라 하네.

내가 본 것은 지금 석가의 불토라

그 땅의 평평함이 손바닥의 보배로운 천궁과 같으니,

그 마음의 깨끗함을 따라 이처럼 보는 것이지

여래의 땅이 부정한 것이 아니라네.

이 본심으로부터 마음의 때가 무거우면

그 마음의 때를 따라 언덕을 보게 된다네.

오백 장자가 즐거운 마음을 발하며

부처님 앞에서 머리를 조아리네.

무량한 성문들은 법안(法眼)이 깨끗하여

먼지를 멀리하고 때를 벗어나 윤회를 버리네.

이 『유마』의 경문 세 권만으로도

능히 중생들을 삶과 죽음에서 나오게 하리라.

만약 청정한 가르침을 듣는다면

장차 법왕의 몸을 함께 얻을 수 있으리라.

새벽부터 종일토록 사왕(死王)이 억누르니

어느 곳에 마음을 깃들여 해탈을 구하겠는가!
유마의 원만한 가르침을 들어 얻으면
아비지옥에서 죄과에 보응하는 몸을 받진 않으리라.

方便品
毗耶離國地中心, 寶樹光暉金璨爛.
多出仁賢性慈敏,[37] 久曾過去早修行.
居士維磨(摩)衆中尊, 十德圓明仁(人)所重.
彼近無邊三世佛, 故號維磨(摩)長者身.
行住坐臥宿根深, 善解門中觀妙行.
芥納須彌吞巨海, 萬門化行足威儀.
爲度毗耶多衆人, 現疾室中方便故.
種種多般而化道, 珍財布施攝貧人.
六度一一設弘宣, 總是如來眞密印.
示有妻兒修梵行, 不[38]著三界見居家.
外典經書雖盡明, 常樂如來眞淨敎.
一切有情皆敬重, 四衢要路益衆生.
若有善法寶堂中, 開論崢嶸師子吼.
道引[39]大衆爲衆首, 處其長者最居尊.
口密能宣般若宗,[40] 國主大臣令[41]忍辱.

---

37 '敏'은 '慜'에서 편방을 생략한 가차자이다. '慜'은 '愍'과 같다.
38 '不'를 原錄에서는 '衣'로 잘못 보았다. 여기서는 原卷이 '不'로 되어 있다는 潘重規의
    의견을 따랐다.
39 '道引'은 '導引'과 같다.
40 이 구를 原錄에서는 '□密客能般若宗'이라 쓰고 "원래는 '客'자 옆에 '齒'자가 있는데
    무슨 의미인지 알 수가 없다"라고 교기하였다. 그러나 실제 原卷을 보면 궐문으로 표
    시한 부분이 '口'자로 되어 있고, '口'자 아래 글자 하나가 이미 지워져 있으며('齒' 같
    은데 原錄에서는 이를 '客'으로 보았다) 지워진 부분 우측에 또 작은 글자 하나가 지
    워져 있다.(역시 '齒'자 같으며 이 글자가 바로 原錄의 교기에서 말한 '齒'자이다) 이

外意⁴²之中除我慢, 在其王子孝尊親.

內苑嬪妌⁴³妃宮女中, 教化皆令捨五欲.

一切庶人無福力, 令其修學道衆生.

(原文은 여기에서 끝남)

방편품(方便品)

비야리국 땅의 한가운데서

보배로운 나무의 빛이 금빛 찬란하구나.

여러 생 동안 성품이 인자하고 현명하여

오랜 세월 지내오며 일찌감치 수행에 힘쓰셨네.

유마거사는 중생 속의 존자 되시어

십덕을 두루 갖춰 사람들의 존경을 받으셨네.

언제까지나 삼세의 부처님을 가까이 모신 까닭에

유마장자라 부르게 되었다네.

걷고 머물고 앉고 누움에 숙근(宿根)이 깊어

문중을 깨우쳐 묘행을 보게 함에 능하시네.

작은 글자 위쪽으로 '密'자가 있으므로 앞의 세 글자는 사실 '口密' 두 글자로 보아야 한다. 또 原卷에는 '般'자 오른쪽 위로 '宣'자가 있는데 이 글자는 '能'자 다음에 넣는 것이 옳다. '口密'은 불교 용어로 '語密'이라고도 하며 '三密' 중 하나이다. 唐代 不空 譯 『菩提心論』: "어밀이란 진언을 미묘하게 암송함으로써 문구가 오류 없이 분명해지도록 하는 것이다(語密者, 如密誦眞言令文句了了分明無謬誤也)."

41 '令'을 原錄에서는 '全'으로 잘못 썼으며 潘重規는 原卷에 '令'으로 되어 있다고 옳게 보았다. 위 구는 『維摩詰經』「方便品」의 "만약 찰제리(왕족) 속에 있게 되면, 왕족 속에서도 으뜸이 되어 忍辱의 방법을 가르쳤다(若在刹利, 刹利中尊, 教以忍辱)"에 근거하고 있다.

42 '外意'는 곧 바라문이다. 『注維摩經』卷二: "婆羅門, 秦言外意." 이 구는 本經 방편품의 "만약 바라문 사이에 있게 되면, 바라문 사이에서도 으뜸이 되어 나의 오만한 마음을 없애주었다(若在婆羅門, 婆羅門中尊, 除其我慢)"라는 의미를 사용하고 있다.

43 '妌'를 原錄에서는 '妃'로 고쳤다. 徐震堮은 이에 대해 "통례에 따르면 '妌'는 '后'로 보아야지 '妃'로 고치는 건 옳지 않다"고 했는데 이는 타당한 지적이다. 「葉淨能詩」: "황제는 매우 즐거워하며 함께 앉아 흥겹게 어울리고 비빈과 궁녀들에게도 모두 석 되씩 술을 권했다(皇帝極歡, 同坐興合, 妃妌婇女, 皆勸三升)"에서 '妃妌'가 곧 '妃后'라는 점에서도 '妌'가 '后'와 통함을 알 수 있다.

겨자씨에 수미산을 넣어 거대한 바다를 삼키고
만문(萬門)에 교화를 행함은 족히 위엄이 있으시네.
비야리국의 수많은 중생들을 구제하기 위해
방 안에서 질병을 드러내 보이셨네
가지가지 많은 이들 교화하여 이끌어주고
진귀한 재물 보시하여 가난한 이들 도와주시네.
육도에서 하나하나 교법을 전하시니
모두가 여래의 진정한 밀인(密印)이라,
아내와 아이가 있는 중생의 모습으로 범행을 닦아
삼계에 집착하지 않고 속가(俗家)에 거하시네.
외전(外典)⁴⁴의 경서에도 비록 모두 밝으나
항상 여래의 진정(眞淨)한 가르침을 즐긴다네.
모든 중생들이 공경하고 존중하는데
네거리 요로에서 중생들을 이익되게 하네
만약 보당에 선법(善法)이 있다면
탁월한 논의를 열어 사자후를 외치시네.
대중을 인도하여 무리 속의 상수(上手)가 되고
그 장자로 처하며 가장 높이 거하시네.
세밀한 설법으로 능히 반야의 근본을 베푸시어
왕과 신하들이 인욕바라밀을 행하도록 하였네.
바라문들 속에서는 그들의 아상(我相)을 제거하고
왕자들 속에서는 부모에 대한 효를 가르치셨네.
내원의 비빈과 궁녀들 속에서는 오욕을 버리도록 가르치셨고,
복덕 없는 모든 백성들에게는 불도를 닦도록 가르치셨네.

44　【譯注】外典 : 佛書 이외의 책을 말한다.

온실경강창압좌문(溫室經講唱押座文)[1]

頂禮上方大覺尊,[2] 歸命難思淸淨衆.

四智三身隨衆[3]願, 慈悲丈六釋迦文.[4]

百千萬劫作輪王, 不樂王宮恩愛事.

捨命捨身千萬劫, 直至今身證菩提.

生死海中久沉淪, 不覺不知業力引.

---

1 [原校] (王重民) 모두 두 개의 사본이며 原卷 P.2440, 甲卷 P.3210 순으로 교정하였다. [校注] 原卷의 머리제목은 '溫室經講唱押座文'이다. 甲卷은 제목 없이 「維摩經押座文」 뒤에 이어서 초록되어 있으며, 앞의 네 구와 마지막 여섯 구만 P.2440과 대체로 같고 나머지는 전혀 다르다. 사실 甲卷은 「佛說阿彌陀經押座文」이며 P.2122 「佛說阿彌陀經講經文」의 複本으로서 『敦煌變文集』 권5에 이미 들어가 있다. 따라서 이를 중복해서 기록한 건 잘못이다.

2 [原校] 甲卷에는 '上方大覺尊'이 '無邊功德山'으로 되어 있다. [校注] P.2122 사권에도 '無邊功德山'으로 되어 있다.

3 [原校] 甲卷에는 '衆'이 '海'로 되어 있다. [校注] P.2122 사권이도 '海'로 되어 있다.

4 [原校] 甲卷에는 '文'이 '尊'으로 되어 있다. [校注] P.2122 사권어도 '尊'으로 되어 있다.

垢障消除今睹佛, 光照三千世界中.

毗耶離國有菴園, 奈女[5]還生奈花中,

寶樹枝條光色好, 非凡非聖化生身.

祇城[6]還[7]從奈女生, 妙通法術救衆生.

能療衆病一切差, 國稱之寶[8]大醫王.

父號祇婆慈愍賢, 下針之[9]疾立輕便.

名高八國爲長者, 迴喪起死閻浮中.

祇城思念牟尼尊, 明旦敕家俱詣佛.

直到靈山法會上, 請佛沐浴及凡僧.

佛說七物各有功, 不違祈願浴法身.

香湯能淨凡聖衆, 功德無量滿願中.

今晨擬說甚深文, 唯願慈悲來至此.

聽衆聞經罪消滅, 總證菩提法寶身.[10]

閻浮濁惡實堪悲, 老病終朝[11]長似醉.

已[12]捨喧喧求出離, 端坐聽經[13]能不能?

能者虔恭合掌著, 經題名字[14]唱將來.

---

5   [譯注] '奈女'는 비야리국의 암라팔리 숲에 살던 여인인 암라팔리의 번역이다.

6   '城'을 原錄에서는 '域'으로 잘못 썼다. 여기서는 原卷에 근거하여 옳게 고쳤다. 潘重規 역시 '城'으로 보았다.

7   '還'을 原錄에서는 '还'으로 썼으며, 潘重規는 이 글자가 '還'의 속자라고 하였다. 그러나 실제 原卷에는 '还'이 아닌 '還'으로 되어 있다. 아래의 '寶'와 '靈'자도 原錄에서 모두 간체자로 써서 여기서는 原卷에 근거하여 옳게 고쳤다.

8   [校注] '之寶'는 '至寶'로 읽어야 할 것 같다. [譯注] '之'를 '그'(대명사)로 보면 문맥이 통하므로 여기서는 '之'를 '至'로 보지 않았다.

9   '之'는 '諸'로 읽어야 한다.

10   '寶'는 '報'로 읽어야 한다. 法報身은 法身과 報身을 말한다.

11   '朝'를 原錄에서는 '期'로 잘못 보았다. 여기서는 原卷에 근거하여 고쳤다. P.2122와 P.3210 역시 '朝'로 되어 있다.

12   '已'가 P.2122와 P.3210 사권에는 '旣'로 되어 있다.

13   '聽經'이 P.2122와 P.3210 사권에는 '身心'으로 되어 있다.

14   [潘重規] 甲卷에는 '經題名字'가 '清凉商調'로 되어 있다. [校注] 사실 甲卷은 '清冷高

상방의 대각세존께 머리를 조아리고
헤아리기 어려운, 중생을 깨끗이 하심에 귀의하네.
사지(四智)와 삼신(三身)으로 중생의 바람을 따르니
자비로운 1척 6장의 석가모니시라네.
백천만겁의 세월에 전륜왕이 되어도
왕궁의 은애(恩愛)로운 일을 즐기지 않으시고,
천만 겁의 세월 동안 목숨을 버리고 육신을 내던져
금세에 이르러 보리를 증득하셨네.
생사의 바다에 오래도록 빠져 있어
업력의 당김을 깨닫지 못하였는데,
더러운 때와 장애가 사라진 지금 부처님을 보니
그 빛이 삼천(三千)의 세계에 비치는구나.
비야리국에 암원이 있으니
내녀(奈女)가 내화(奈花) 속에서 태어났네.
보수(寶樹)의 나뭇가지는 빛깔이 좋은데
범인도 성인도 아니면서 화생(化生)으로 태어났네.
기바(耆婆)는 또 내녀로부터 태어나
오묘한 법술로 중생을 구제하였네.
중생의 병을 치료하여 모두 낫게 할 수 있으니
나라에서는 그를 칭해 보배로운 대의왕(大醫王)이라 하네.
아버지가 자비롭고 어진 기바(祇婆)를 불러
여러 질병에 침을 놓으니 금세 낫는구나.
이름 높은 팔국의 장자들이
염부 속에서 죽음을 돌려 다시 살아나네.
왕사성에서는 석가모니의 존엄함을 생각하여

調로 되어 있고, P.2122에는 '淸凉高調'로 되어 있다.

다음날 집안 모두가 부처님께 가도록 명하였네.
곧바로 영산(靈山)의 법회에 이르러
부처님 청해 목욕시킴이 범승(凡僧)까지 이르네.
부처님께서 말씀하시길, 일곱 가지 사물이 각각 공이 있으니
법신을 씻으리라는 기원을 어기지 않아야 하리라.
향기로운 탕은 범성(凡聖)의 중생을 깨끗이 할 수 있고
무량한 공덕은 기원 속에 가득하네.
오늘 아침 이 심오한 경문을 말하려 하니
오직 바라는 건 자비로움이 이곳에 함께 하는 것.
청중들은 경문을 들으면 죄가 사라지고
모두가 보리의 법보신(法報身)을 증험하리라.
염부의 탁하고 더러움은 실로 슬퍼할 만하고
늙고 병들어 종일토록 취한 것만 같구나.
이미 소란함을 버리고 벗어나길 구하였으니
가만히 앉아 경문을 들을 수 있겠습니까?
할 수 있는 분은 경건히 합장하십시오.
이제 경제(經題)의 이름을 창하겠습니다.

고원감대사이십사효압좌문(故圓鑒大師二十四孝押座文)[1]

世間[2]福惠,[3] 莫越如來,

相好端嚴, 神通自在.

---

1   [原校] (王重民) 총 세 권이 존재하며 사권 번호 및 교정 순서는 다음과 같다. 原卷, S.7, 刻本 / 甲卷, P.3361 / 乙卷, S.3728, 마지막 한 구가 빠짐. [校注] 原錄에서는 제목 아래에 '左街僧錄圓鑒大師賜紫雲辯述'이라는 題款을 덧붙인 다음 "이 행은 原卷에는 없으며 甲卷과 乙卷에 근거하여 채워넣었다"라고 교기하였다. 이에 대해 周紹良은 "이미 '二十四孝押座文' 앞에 '故圓鑒大師'라는 글자가 있으므로 다음 행에 따로 제관을 넣어서 중첩시킬 필요는 없다"고 했다. 周紹良 선생은 甲卷과 乙卷의 제관은 초사자가 '안 해도 될 일'을 한 것이라고 보았으며, 이 때문에 "초사자가 쓴 것이 꼭 정확하고 믿을 만 한 건 아니다"라고 단정하였다. '故圓鑒大師二十四孝押座文'이라는 표제는 原卷에만 보인다. 甲卷과 乙卷은 '압좌문'의 세 글자로만 제목이 쓰여 있으므로 그 아래에 작자의 제관을 넣을 필요가 있었다고 볼 수 있다. 다만 原錄에서 原卷의 표제를 써놓고 다시 甲卷과 乙卷을 보고 제관을 채워 넣어 사족이 아닌가 생각하게 된 것이다. 그리고 乙卷에는 '左街'가 '右街'로 되어 있다.

2   '間'자가 原卷에는 잘 알아볼 수 없게 쓰여 있으나 甲卷과 乙卷에는 모두 '間'으로 쓰여 있다. 原錄에서는 '門'으로 보았으나 이는 잘못이다.

3   [原校] 甲卷에는 '惠'가 '慧'로 되어 있다. [校注] '惠'와 '慧'는 통한다.

佛身尊貴因何得? 根本曾行孝順來.

須知孝道善無疆,[4] 三教之中廣讚揚.

若向二親能孝順, 便招千佛護行藏.

目連已救青提母, 我佛肩昇淨飯王.[5]

萬代史書歌[6]舜主, 千年人口讚王祥.

慈烏返哺猶懷感, 鴻雁纏飛便著行.

郭巨願埋親子息, 老萊[7]歡著綵衣裳.

最難誑惑謾衷懇, 不易欺輕[8]對上蒼.

泣竹筍生名最重, 臥冰魚躍義難量.

若能自己除譏謗, 免被他人卻毀傷.

犬解報恩能騾草,[9] 馬能知主解垂韁.

4　原卷에는 '疆'자 왼쪽에 '土' 편방이 붙어 있다. 이는 '疆'의 이체자이다.

5　原錄에서는 '飯'을 '梵'으로 쓴 다음 "甲卷과 乙卷에는 '梵'이 '飯'으로 되어 있다"고 교기하였다. 그러나 사실은 '飯'자가 옳다. 정반왕은 가비라국의 왕으로 석가모니의 아버지이다. 범어 이름은 'Śuddhodana'이며 뜻에 따라 번역하면 '淨飯'이 된다. 석가모니 등이 친히 정반왕의 영구를 옮김으로써 효도를 보여준 이야기가 劉宋의 京聲이 번역한 『淨飯王般涅槃經』에 나온다.

6　原卷에는 '歌'가 이체자인 '謌'로 되어 있다(『說文』 참고). 甲卷과 乙卷은 모두 '歌'로 되어 있다.

7　'萊'를 原卷에서는 '來'로 썼으며 여기서는 甲卷과 乙卷에 근거하여 고쳤다. 老萊는 곧 老萊子로 춘추 시대 楚나라의 은사이다. 색동옷을 입고 부모님을 즐겁게 해드렸다는 이야기가 『初學記』 권17 「孝子傳」에 보인다.

8　'欺輕'은 곧 '欺騙, 輕薄'(속이다, 무시하다)이다. 甲卷에는 '輕欺'로 되어 있는데 의미는 같다(原錄에서는 甲卷에 근거하여 '輕欺'로 썼으나 꼭 그럴 필요는 없다). S.5441 王梵志 시 : "돈이 있으면 다른 사람이 알까 걱정하고, 가족들은 서로를 속인다네(有錢怕人知, 眷屬相輕薄)"에서 '輕'이 곧 '輕薄'의 '輕'이다. P.2718 王梵志 시 : "형제는 서로 화합하고, 삼촌과 조카는 서로 무시하지 말아야지(兄弟須和順, 叔侄莫輕欺)"에도 '輕欺'란 말이 있다.

9　'騾'이 原卷에는 속자인 '騩'으로 되어 있고 甲卷과 乙卷에는 '騾'으로 되어 있다(돈황 사본에서 '展'자는 '㞡'으로 쓰인 경우가 많다. '騾'은 본래 '말이 흙 위에 누워 뒹구는 행동'을 가리키는데(『玉篇』 '馬'部 참고), 위에서는 개가 풀 위에서 뒹구는 것을 가리킨다. 삼국 시대에 李純이라는 자가 술에 취해 들판에서 잠이 들었는데, 어느 사냥꾼이 들판에 불을 놓자 이순의 개가 "곧 물속으로 들어가서 이리저리 움직여 몸을 적신 다음 이순이 누워 있는 풀밭으로 가서 주변의 풀을 모두 적셨다. 불이 젖은 풀 쪽으

休貪[10]賄貨[11]耽婬慾,[12] 莫惱慈親縱酒狂.

男女病來聲喘喘, 父孃[13]啼得淚汪汪.

兩肩荷負非爲重, 千遶須彌未可償.[14]

勤奉晝昏知動靜, 專看顏色問安康.

吐甘嚥苦三年內, 在腹懷軦[15]十月强.[16]

試出去[17]遙和夢逐, 稍歸來晚立門傍.

孝慈必感天宮福, 五逆能招地獄殃.

勤苦卻須知[18]己分, 資財深忌入私房.

須憂陰騭相摩折, 莫信妻兒說短長,

自是意情無至[19]孝, 卻怨庚甲有相妨.

로 와 꺼지면서 이순은 해를 입지 않을 수 있었으나 개는 불에 타 죽었다(乃入水中,
宛轉欲濕其體, 來向純臥處四邊草上, 周遍臥令草濕. 火至濕草邊, 遂卽滅矣, 純得免難,
犬燃死)." 돈황본 句道興의 『搜神記』에 이 이야기가 실려 있다.

10 '貪'이 甲卷과 乙卷에는 '消'로 되어 있으나 의미상 '貪'자가 더 낫다. 原錄에서는 甲卷
    과 乙卷을 따라 '消'로 고쳤다.

11 '賄貨'가 甲卷과 乙卷에는 '財賄'로 되어 있다. 의미는 같다. 『說文』 '貝部': "賄, 財也."
    "貨, 財也."

12 [潘重規] 甲卷에는 '慾'이 '泆'로 되어 있다.

13 각 권이 모두 '孃'으로 되어 있는데 原錄에서 이를 '娘'으로 쓴 건 잘못이다. '孃'은 어
    머니를 말하고 '娘'은 젊은 여자를 가리키는 말이다. 무턱대고 '孃'을 '娘'으로 고쳐서
    는 안 된다.

14 [原校] '償'이 原卷에는 '瞥'으로 되어 있으며 여기서는 甲卷과 乙卷을 따라 고쳤다.

15 '軦'은 原卷에 있는 모양 그대로이다. 原錄에서는 甲卷과 乙卷을 따라 '娠'으로 고쳤
    다. 여기서 '軦'은 '擔'과 쓰임이 같다. '懷擔'은 비슷한 의미의 복합사로서 아이를 잉태
    하고 있음을 가리킨다. 따라서 글자를 굳이 고칠 필요는 없다.

16 [譯注] '强'이 수량사와 함께 쓰이면 '남짓'의 의미가 된다. 돈황본 「捉季布傳文」: "진
    영에서 나와 깃발을 버리고 백보 남짓 다가서서, 먼지 하나 일지 않게 말을 세워 한
    곳에 모았다(出陣抛旗强百步, 駐馬攢蹄不動塵)."

17 '去'가 原卷에는 '路'로 되어 있다. 여기서는 甲卷과 乙卷을 따라 고쳤다.

18 原卷에는 '知'로 되어 있는데 原錄에서는 甲卷과 乙卷에 근거하여 바로 '歸'로 썼다.
    그러나 '知'자가 타당하지 않을 이유가 없으므로 고쳐서는 안 된다. [譯注] 사실 '知'를
    쓰면 '卻'과 의미가 잘 통하지 않으므로 여기서는 문맥상 더 어울리는 '歸'자로 번역하
    였다.

19 [潘重規] 甲卷에는 '至'가 '志'로 되어 있다. [校注] 乙卷도 '志'로 되어 있다.

四鄰忿怒傳揚出, 五逆名聲遠近彰.

若是弟兄爭在戶, 必招鄰里閣遷墻.[20]

至親骨肉須同食, 深分交朋尙併糧.

祇對語言宜款曲, 領承敎示要參詳.

試[21]乖剒酌虧恩義, 稍錯停騰失紀綱,

切要撫憐於所使, 倍須安岬向孤孀.

[姑姨舅氏孤孀子, 收向家中賜寵光.

貧闕親知[22]垂濟惠, 崎嶇道路置橋樑.

佛道若能依此敎, 號曰慈悲大道場.][23]

晨昏早遣兒[24]妻起, 酒食先敎父母嘗.

共住不遙還有別, 相看非久卽無常.

生前直懶供茶水, 沒後虛勞[25]酹酒漿.

志意順從同信佛, 美言參問勝燒香.

柔和諫要慈親會, 醜漏[26]名須自己當.

---

20 [原校] 乙卷에는 ‘闇遷’이 ‘閧于’로 되어 있는데 이것이 더 낫다. [潘重規] 甲卷도 ‘閧于’로 되어 있다. [校注] ‘閧’는 ‘鬩’의 속자이다. 『說文』 ‘鬥’部 : “鬩, 恒訟也. 詩曰 : 兄弟鬩于牆. 從鬥兒. 兒, 善訟者也.” 『詩經』 「小雅‧棠棣」에는 ‘鬩’가 ‘閧’로 되어 있다. 또 『시경』의 ‘兄弟鬩于牆’은 형제가 울타리 안에서 화목하지 못하고 다투는(즉 집안의 분규) 것을 가리키므로, 여기서 말하는 ‘鄰里闇遷墻’는 『시경』의 의미와 통하지 않는다. 아무래도 原卷을 따라 ‘闇遷墻’으로 보는 것이 옳지 않을까 생각된다. 옛날에 주민들은 대부분 담장을 세웠고 ‘闇遷墻’은 곧 담장의 경계를 옮긴다는 말이 된다.

21 각 권이 모두 ‘試’로 되어 있는데도 原錄에서는 이를 ‘誠’로 잘못 썼다.

22 ‘親知’는 친척과 친구를 말한다. P.2685 「善濮兄弟分家文書」 : “두 집안은 서로 화목할 것이며 친지들에 대해서는 이 문서로 확정해 두니, 지금 이후로는 다툼을 허락하지 않는다(其兩家和同, 對親諸立此文書. 從今已後, 不許爭論)”에서 ‘親諸’는 ‘親知’가 되어야 한다. 사본에서 ‘諸’와 ‘知’는 통용된다.

23 [原校] 甲卷과 乙卷에는 이상의 여섯 구가 없다.

24 ‘遣兒’가 原錄에는 ‘兒妻’로 되어 있다. 潘重規는 甲卷이 ‘妻兒’로 되어 있다고 했으나 실제로는 原卷과 乙卷도 모두 ‘妻兒’로 되어 있다. 原錄에서 잘못 쓴 것이다.

25 [原校] 甲卷에는 ‘虛勞’가 ‘靈前’으로 되어 있다.

26 [原校] 甲卷과 乙卷에는 ‘漏’가 ‘惡’으로 되어 있는데 이 글자가 더 낫다. 曾毅公은 “漏는 陋와 같다”고 하였다.

正酷熱天須扇枕, 遇嚴凝月要溫床.

殘年改易如流速, 甘旨[27]供承似火忙.

若解在生和水乳, 卻勝亡後[28]祭豬羊.

爭無里巷明宣說, 自有神祇闇記將.

共樹共枝爭判[29]割, 同胞同乳忍分張.

如來演說五千卷, 孔氏譚論十八章.

莫越言言宣孝順, 無非句句述溫良.

孝心號曰眞菩薩, 孝行名爲大道場.

孝行昏衢爲日月, 孝心苦海作梯航.

孝心永在[30]清涼國, 孝行常居悅樂鄉.

孝行不殊三月雨, 孝心何異百花芳.

孝心廣大如雲布, 孝行[31]分明似日光.

孝行萬災咸可度, 孝心千禍總能禳.[32]

孝爲一切財中寶, 孝是千般善內王.

佛道孝爲成佛本, 事須行孝向耶娘.

見生稱意免輪迴, 孝養能消一切災,

能向老親行孝足,[33] 便同終日把經開.

27　[譯注] '甘旨'는 부모님을 봉양하면서 바치는 좋은 음식을 말한다. 白居易「奏陳情狀」: "신의 어머니는 병환이 많고 신의 집안은 가난합니다. 좋은 음식이 부족하면 봉양할 수가 없고, 약이 모자라면 공연히 걱정만 드리게 됩니다(臣母多病, 臣家素貧, 甘旨或虧, 無以爲養, 藥餌或闕, 空致其憂)."

28　[潘重規] '後'가 甲卷에는 '歿'로 되어 있다. [校注] 乙卷 역시 '歿'로 되어 있다.

29　[潘重規] '判'이 甲卷과 乙卷에는 '斷'으로 되어 있다. [校注] '判割'과 '斷割'은 같은 말로서 모두 가산을 나눈다는 의미이다. P.3833 王梵志 시: "하루아침에 인연을 끊으니 천금도 쪼개 가져야지(一旦罷因緣, 千金須判割)"에서 '判割'이 곧 분할의 의미이다.

30　原錄에서는 '在'를 '有'로 잘못 썼다. 각 권이 모두 '在'로 되어 있다.

31　'孝行'을 原錄에서는 '孝心'으로 썼으며, 潘重規는 "甲卷과 乙卷이 모두 '孝行'으로 되어 있으며『敦煌變文集』에서는 '孝心'으로 썼다"고 했다. 하지만 실제로는 原卷도 '孝行'으로 되어 있으므로 결국 原錄에서 잘못 쓴 것이다.

32　[原校] '禳'이 原卷에는 '禳'으로 되어 있으며 여기서는 甲卷에 근거하여 고쳤다. [校注] 乙卷도 '禳'으로 되어 있다.

善言要使親情喜, 甘旨何須父母催.
要似世尊端正相, 不過孝順也唱將來.

세상에서 복과 지혜가
여래를 뛰어넘는 이는 없네.
상호(相好)는 단정하고 위엄이 있으며
무애자재(無礙自在)의 신통함을 지니셨네.
불신의 존귀함은 무엇 때문에 얻게 되는가?
일찍이 효순(孝順)을 행했기 때문이지.
모름지기 효도의 선함은 끝이 없어
삼교(三敎) 중에서 널리 찬양됨을 알아야 하리라.
만약 두 부모님께 효도할 수 있다면
천불(千佛)을 불러 행실을 감싸주리라.
목련은 이미 어머니 청제(靑提) 부인을 구하고
우리 부처님께서는 정반왕(淨飯王)이 탄 가마를 어깨에 메셨다네.
사서(史書)에서는 만대에 걸쳐 순(舜)임금을 노래하고
사람들의 입은 천년에 걸쳐 왕상(王祥)을 칭찬하네.
까마귀는 먹이를 되먹여주면서도 오히려 감사해하고
기러기는 겨우 날기 시작하면 곧 행렬에 붙는다네.
곽거(郭巨)는 친자식을 땅에 묻길 바랐고
노래자(老萊子)는 색동옷 입기를 즐겼다네.
가장 속이기 어려운 건 진실하고 정성스러운 이를 속임이고
하늘을 속이고 무시하기는 쉽지 않다네.
대나무에 눈물을 흘려 죽순이 돋아나니 그 이름 가장 무겁고
얼음에 드러눕자 물고기가 뛰어오르니 그 뜻은 헤아리기 어려워라.
만약 스스로 헐뜯고 비방하지 않을 수 있다면

33　[原校] 乙卷에는 '足'이 '順'으로 되어 있다.

다른 사람에게 해를 당하는 일은 없으리라.
개는 은혜를 갚을 줄 알아 풀 위를 뒹굴고
말도 능히 주인을 알아보고 고삐를 드리우니,
재물을 탐하거나 음욕에 빠지지 말고
부모님 괴롭히며 술주정이나 부리진 말아야지.
아들딸이 병이 들어 끙끙 앓으면
부모님은 눈물이 철철 넘치도록 우신다네 .
두 어깨에 짐을 지고도 무겁다 여기지 않으시니
수미산을 천 번 돌아도 (그 은혜) 다 갚지 못한다네.
주야로 부지런히 받들어 동정을 파악하고
안색을 자세히 살펴 안부를 물어야지.
삼 년 동안 단 건 토해 먹이고 쓴 건 삼키시며
열 달 동안 배에 아이를 품고 계신다네.
행여 멀리 나가기라도 하면 꿈과 함께 쫓아오시고
조금이라도 늦게 돌아오면 문가에 서 계신다네.
효자는 반드시 하늘이 주는 복에 감동할 것이나
오역(五逆)을 저지르면 지옥의 재앙을 부르리라.
힘들게 부지런히 일하면서도 이를 자신의 일로 돌리고
재산이 있어도 절대 자기만 챙기진 말아야지.
모름지기 음덕(陰德)이 닳고 꺾일까 근심하고
처자식이 좋다 나쁘다 말하는 건 믿지 말아야지.
스스로의 뜻과 마음에 지극한 효성이 없으면
도리어 팔자를 원망하며 서로 꺼리게 되니,
사방 이웃의 분노는 퍼져 나가고
오역의 이름이 멀고 가까운 곳에서 드러난다네.
만약 형제가 집안에서 다투면
이웃은 반드시 담장을 몰래 옮기게 된다네.

지친과 골육은 모름지기 먹을 것을 함께 해야 하니
사귐이 깊은 친구가 오히려 양식을 다툰다네.
말씀에 답할 때는 다정하고 완곡하게 하고
가르침을 받으면 자세히 살펴야 하리라.
헤아림을 어겨 보려다가 은의를 져버리게 되고
마땅함에서 조금 어긋나다가 기강을 잃게 된다네.
시키는 바를 반드시 신경 쓰고 소중히 여기며
홀로 되신 어머니는 두 배로 편하게 모셔야지.
고모와 이모와 외삼촌은 홀로 된 어머니와 아들을
집안으로 거두어 사랑의 빛을 주어야 하리라.
넉넉지 못한 친지들에게는 은혜를 베풀고
험한 길에는 다리를 놓아주어야지.
불도(佛道)에서는 능히 이 가르침을 따를 수 있다면
이를 일러 자비의 큰 도량이라 한다네.
아침저녁 문안 때 미리 처자식이 일어나도록 하고
술과 먹을거리는 부모님께 먼저 맛을 보이네.
함께 살 날 멀지 않은데 또 이별을 하고
서로 본 지 오래지 않은데 금방 덧없어진다네.
생전에 찻물 바치는 일 게을리 하면
돌아가신 후 술과 음료 따라드려도 소용없다네.
지심으로 순종하는 것은 부처님을 믿는 것과 똑같고
좋은 말로 여쭙는 것이 향을 사르는 것보다 낫다네.
부드럽고 온화한 간언은 부모님께 모아드리고
추하고 비루한 이름은 자기가 감당해야지.
뜨거운 여름에는 베개에 부채질을 해드리고
엄동설한을 만나면 침상을 따뜻이 해드려야지.
남은 생을 바꿈은 물처럼 빨리 하고

맛난 음식 바침은 불처럼 바삐 한다네.
생존해 계실 때 물과 젖처럼 화합할 줄 아는 것이
돌아가신 후 돼지와 양으로 제사 드리는 것보다 나으리라.
어찌 마을에서 드러내놓고 말하지 못하고
스스로 신주를 모셔놓고 남몰래 기념하는가.
같은 나무 같은 가지이면서도 재산다툼을 하고
같은 배에서 나고 같은 젖을 먹고도 기어이 갈라서는구나.
여래는 5천권을 연설하셨고
공자는 18장을 논의하셨는데,
말씀마다 효도를 베풀라는 것 이상이 없고
마디마디 온량함을 말하지 않은 것이 없네.
효심을 부르길 진보살(眞菩薩)이라 하고
효행을 이름하여 대도량(大道場)이라 한다네.
효행은 어두운 거리의 해와 달이 되고
효심은 고통의 바다에서 사다리와 배가 된다네.
효심은 영원히 맑고 시원한 나라에 머물고
효심은 항상 기쁘고 즐거운 마을에 거한다네.
효행은 삼월의 비와 다름이 없고
효심은 백화의 향기와 무엇이 다르리.
효심은 구름이 펼쳐지는 듯 광대하고
효행은 햇빛처럼 밝게 빛난다네.
효행은 만 가지 재앙도 모두 구제할 수 있고
효심은 천 가지 화도 모두 물리칠 수 있다네.
효는 모든 재물 중에서도 보물이며
효는 천 가지 선함 중에서도 왕이 된다네.
불도에서 효는 성불의 근본이 되니
반드시 부모님께 효도해야 하리라.

현생에서 마음을 맞춰드리면 윤회를 면하고
효성스런 봉양은 일체의 재앙을 없앨 수 있다네.
연로하신 부모님께 충분히 효를 행할 수 있다면
종일토록 경문을 들추는 것이나 마찬가지라네.
좋은 말로 부모님의 마음을 기쁘게 해드리고
맛난 음식을 어찌 부모님께서 재촉하게 하겠는가!
세존처럼 단정한 모습을 바란다면
그저 효도하는 것뿐이니, 이제 창이 나오겠습니다.

좌가승록대사압좌문(左街僧錄大師壓座文)[1]

[2]三界衆生多愛癡, 致令煩惱鎭相隨.

---

[1] 【原校】 (王慶菽) 이 사권의 번호는 S.3728이다.(周紹良) 이 「左街僧錄大師壓座文」은 사실 앞에 나온 「故圓鑒大師二十四孝押座文」의 끝제목이 되어야 한다. '大師' 앞의 '圓鑒' 두 글자가 생략되고 '押座文' 앞의 '二十四孝' 네 글자가 빠지면서 이런 모습이 된 것이다. 각본 S.7과 사본 P.3361에 모두 끝제목이 없다고 허서 이를 다른 작품의 편명으로 잘못 가져다써서는 안 된다. 【校注】 본 사권은 「故圓鑒大師二十四孝押座文」 앞에 초록되어 있다. 따라서 본 편의 제목이 후자의 끝제목이 될 수는 없으므로 周紹良의 주장은 타당하지 않은 것 같다.

[2] 原卷을 보면 제목 아래 다음의 글이 들어가 있다. "敕天下三十州內, 建造舍利塔, 差天使僧人, 葵(揆)同取午時入函, 一時起塔. 節度刺史縣令傅(停)常務檢校, 用正庫錢物修造."(原錄에서는 '葵同'과 '傅常'을 사람이름이라 단정하고 '入函'을 '八承(永)'으로 잘못 보았다. 여기서는 原卷에 근거하고 周紹良의 교기를 참작하여 고쳤다) 周紹良은 이 글이 압좌문이 아니라 隋文帝가 사리탑을 지으라는 칙령을 내렸음을 기록한 것이라고 보았다. 그러면서 周紹良은 唐代 승려 道宣의 『集神州三寶感通錄』 卷二의 "수문제 인수 원년에 황제는 해내 30곳의 청정한 땅에 탑을 세우고자 조령을 내렸다. '法相을 이해하고 널리 베풀 수 있는 승려 30인을 청하여 각자 시자와 산관을 거느리고 길을 나누어 주마다 사리를 보내 탑을 세우도록 해야 하리라. …… 자사 이하는 7일 동안 상무를 멈추고 오로지 탑과 관련된 일만 파악하도록 하라. 10월 15일 정오

改頭換面³無休日, 死去生來沒了期.

饒俊⁴須遭更姓字, 任姦終被變形儀.

直教心裏分明著, 合眼前程物(總)⁵不知.

假饒不被改形儀, 得箇人身多少時.

十月處胎添相貌, 三年乳餔⁶作嬰⁷兒.

寧無命向臍風⁸榭,⁹ 也有恩從撮口¹⁰離.

子細思量爭不怕, 纔生便有死相隨.

設使身成童子兒, 年登七八歲髻雙垂.

가 되면 함에 넣고 일시에 탑을 세운다(隋文帝仁壽元年, 帝欲於海內淸淨處三十所建塔. 下詔曰 ' …… 宜請沙門三十人, 解法相堪宣導者, 各將侍者散官, 分道送舍利於諸州起塔. …… 其剌史以下, 常務停七日, 專知塔事. 同至十月十五日正午入函, 一時起塔)"이라는 글을 인용하였다. 周紹良의 주장은 타당하다. 原卷을 보면 이 글은 본 편의 제목 앞에 쓰여 있으며 그 앞에 다시 네 줄의 글이 들어가 있다. 네 줄에서 앞 세 줄은 "大唐開元錄 大藏經集神州三寶感通錄 上卷"이라 쓰여 있으며 그 다음 줄에는 '終南山釋道宣撰'이라 기록되어 있다. 즉 이 두 기록은 사실 道宣의 『集神州三寶感通錄』의 내용이지 다음에 오는 압좌문과 관련이 있는 건 아니라는 말이다. 그래서 여기서는 쓰지 않았다.

3   【譯注】'改頭換面'은 불교용어로 六道의 윤회에서 중생들은 겉모습만 바뀔 뿐 실제 정신은 변하지 않는다는 의미이다.

4   '饒俊'을 原卷에서는 '饒縱'으로 고쳤다. 徐震堮은 이에 대해 "'饒'는 곧 '縱'의 의미이다. 그러나 '縱饒'라고는 해도 '饒俊'이라고는 하지 않는다. '饒俊'은 아래의 '任姦'과 짝을 이뤄 의미가 분명해지므로 글자를 고칠 필요는 없다"고 했다. 徐震堮의 주장이 타당하다.

5   原錄에서는 '物'을 '總'으로 보았는데 이는 대단히 옳은 지적이다. '總'의 속자인 '惣'에서 '心'을 생략하면 '物'이 된다. P.3716 王梵志 시 : "삿된 음탕함과 망령된 말은, 틀린 것임을 알고 모두 하지 말아야지(邪淫及妄語, 知非物勿作)"에서 '物' 역시 '惣'의 생략형이다. P.2718에는 실제로 '惣'자로 쓰여 있다.

6   '乳餔'는 '乳哺'와 같다. '餔'와 '哺'는 옛날에 통용되었다. 原錄에서는 '餔'를 '哺'로 고쳤는데 그럴 필요는 없다.

7   '嬰'이 原卷에는 편방을 더한 속자인 '孾'으로 되어 있다(『龍龕手鏡』 '女'部 참고).

8   '臍風'은 갓 태어난 영아가 걸리는 파상풍을 말한다.

9   【潘重規】'榭'는 '謝'와 통하며 세상을 떠난다는 의미이다.

10   【譯注】 여기서 '撮口'는 파상풍에 걸리거나 경기가 들었을 때 갓난아이들에게 나타나곤 하는 입술이 오므라드는 증상으로 보는 것이 타당하다. 이 병에 걸리면 아이는 젖을 먹지 못한다.

父憐漏(編)草竹爲馬,¹¹ 母惜胭顋¹²黛染眉.

女卽¹³使聞周氏教, 兒還教念百家詩.

算應未及甘羅貴, 早被無常暗裏追.

笄年弱冠又何移,¹⁴ 漸漸顔高卽可知.

삼계의 중생들은 대부분 어리석음을 좋아하여

번뇌가 계속 따라다니도록 한다네.

쉼 없이 머리를 고치고 얼굴이 바뀌지만

죽고 태어나는 건 끝날 기약이 없다네.

아무리 빼어났다 해도 성과 이름을 고치게 되어 있고

아무리 간사했다 해도 결국 모습이 바뀌게 된다네.

그저 마음속을 밝게 빛나게 해야 할지니

눈감은 후에는 앞길이 전혀 보이지 않기 때문이지.

11　이상의 두 구를 原錄에서는 "年登七八歲, 髻雙垂父憐. 漏(編)草竹爲馬"로 기록했다. 이에 대해 徐震堮은 "'垂'자에서 구를 끊어야 하고 '八'자는 연문이다. '父憐'은 아래 구에 속해 '母惜'과 짝을 이룬다. '漏草'는 해석이 안 된다. 아무캐도 잘못 쓴 것 같다'라고 했다. 徐震堮은 구절을 옳게 읽었다. 다만 '七八歲'에서 연문은 '八'이 아닌 '歲'자인 것으로 보인다. 또 『晉書』 「孫登傳」에는 "손등은 가족이 없어서 군의 북쪽 산에 토굴을 지어 살며 여름에는 풀을 엮어 옷을 만들고 겨울에는 머리를 풀어헤치고 살았다(登無家屬, 於郡北山爲土窟居之, 夏則編草爲裳, 冬則披髮自隨)"라는 내용이 있다. '編草竹爲馬'는 아이들을 즐겁게 해주려고 풀로 옷을 짜고 죽마를 만들어준다는 의미일 것이다. 原校에서 '漏'를 '編'으로 본 것은 일리가 있다

12　'胭顋'는 연지를 두 뺨에 바른다는 의미이다. 이 두 구는 부모님이 자식들을 사랑하여 그들을 위해 몸을 꾸미고 화장을 한다는 의미이다. 周紹良은 '胭顋'를 '胭脂'로 고쳤으나 옳지 않은 지적인 것 같다.

13　'卽'을 原錄에서는 '郎'으로 썼으며, 徐震堮은 '郎'이 '卽'을 잘못 쓴 것이라 했다. 사실 原卷은 '卽'으로 되어 있는데 原錄에서 이를 잘못 본 것이다.

14　'何移'를 原錄에서는 '可(何)多'로 썼다. 【徐震堮】原卷을 보면 乙 획 하나가 '何移' 두 글자 사이에 그어져 있는데, 다소 연한 검은색으로 초사자가 잘못해서 더럽혀 놓은 상태다. 『敦煌變文集』에서 이를 두 글자의 편방을 없앤다는 표시로 보고 '可多'로 잘못 써서 문맥이 맞지 않게 되었다. '笄年弱冠又何移, 漸漸顔高卽可知'는 '나이가 어릴 때는 용모에 별 변화가 없으나 점점 나이가 먹어가면서 얼굴이 늙어감을 알게 된다'는 의미이다. 또 '移'와 '知'는 압운이 되나 '多'와 '知'는 압운이 성립하지 않는 것으로도 잘못임을 알 수 있다.

만약 모습이 바뀌지 않아

얼마의 시간 동안 사람의 몸을 얻게 되면,

열 달을 뱃속에 있으면서 생김새가 더해지고

삼 년 동안 젖을 먹이며 아기가 되리라.

어찌 파상풍에 걸려 죽는 일 없으리,

입술 오므라드는 병으로 은덕에서 멀어지기도 한다네.

세심히 주의한다한들 어찌 두렵지 않겠는가,

겨우 태어나자마자 죽음이 뒤따르곤 하는데.

만약 몸이 자라 어린아이가 되면

일고여덟 살에 상투를 두 갈래로 드리운다네.

아버지는 풀옷을 짜고 죽마를 만들어 사랑해주시고

어머니는 뺨에 연지를 바르고 눈썹을 그리며 아껴주신다네.

딸에게는 곧 주씨(周氏)의 가르침을 듣도록 하고

아들에게는 또 백가(百家)의 시를 읊도록 한다네.

아마 감라(甘羅)의 귀함에 미치지 못한다면

진작부터 무상귀(無常鬼)가 몰래 쫓아올 것이네.

계년(笄年)과 약관(弱冠) 정도에 또 무슨 변화가 있을까,

점점 얼굴이 높아지면서 곧 알 수가 있다네.

불설아미타경압좌문〈佛說阿彌陀經押座文〉[1]

地獄苦吟

欲明大敎之由漸, 先須讚嘆大師.

慈悲化道多般, 練行修因三劫滿.

親說一乘眞實敎, 爲度群生歸本源.

娑婆世界不堪居, 巡曆(歷)三塗輪轉苦.

劍樹刀山[2]霜雪白, 有人見者總心寒.

1 　본 편을 原錄에서는 「佛說阿彌陀經講經文」이라는 제목으로 썼다. [原校] (王慶菽) 내
　　용이 동일한 「阿彌陀經講經文」은 총 세 권이다. 세 권 모두 표제가 원래 없어 여기서
　　는 글의 내용이 근거하고 있는 「佛說阿彌陀經」에 따라 임시로 제목을 넣었다. 그리
　　고 P.2122를 原卷으로, P.3210을 甲卷으로, 북경도서관 소장 殷字 62호를 乙卷으로
　　정하여 校勘하였다. [校注] 이 사권을 보면 '講下時開阿彌陀經' 운운하는 말만 나올
　　뿐 직접 경문을 인용한 부분은 없다. 본 편을 「阿彌陀經押座文」으로 본 周紹良 선생
　　의 의견이 옳은 것 같아 여기서는 이를 따랐다. 또 甲卷에는 앞쪽 20줄이 없이 '頂禮
　　無邊功德山'부터 시작하며 사권 끝에 '天成元年二月十一日判官馬共□□同寫'라는 기
　　록이 들어가 있다.

盡是前生不孝身, 受報罪根何日息.

火起燒身生復死, 何時得受福[3]人身,

畜生修羅也不堪, 餓鬼不聞漿水字.

更有鐵城千萬丈, 四門煙起火炎炎

東西馳走苦聲高, 南北交分空里叫.[4]

今[5]勸門徒之(知)果報, 先須孝順二慈親. 佛子佛子

若說生身父母恩, 出血書經皮作紙,

身肉悉皆充供養, 經過千劫不爲難.

今朝成長作人身, 一一皆從父母得.

願捨家緣[6]來聽法, 不作三塗罪報[7]身.

此經難遇復難逢, 若有得聞皆作佛.

大寶花王成正覺, 永捨凡夫惡業身.

「지옥의 괴로운 신음」

큰 가르침에 감회되는 이유를 밝히려면

먼저 큰 스승을 찬탄해야 하리라.

---

2 ‘刀’가 原卷에는 ‘刃’으로 되어 있는데 이는 ‘刀’에 필획을 더한 글자일 것이다(필획의 증감은 속자의 특징 중 하나이다). 原錄에서는 이를 ‘刃’ 그대로 썼다. 아래 ‘刀山劍樹 悉摧殘’의 ‘刀’도 原卷에는 ‘刃’으로 甲卷에는 ‘刀’로 되어 있다. ‘劍樹刀山’은 지옥의 혹형 중 하나이다.

3 [潘重規] ‘受福’은 ‘福受’로 바꾸어야 할 것이다.

4 [蔣冀騁] ‘分’은 ‘奔’이 되어야 하며 이는 소리가 잘못된 것이다. …… ‘交奔’과 ‘馳走’는 대를 이룬다. 또 ‘里’는 위의 ‘聲’과 짝을 이루도록 ‘音’이 되어야 할 것이다. ‘苦空’은 불교용어이다. ‘苦聲苦’와 ‘空音叫’는 서로 짝이 되는 말로 동서남북에서 모두 苦空의 소리로 크게 울부짖는다는 의미이다. [校注] ‘分’에 대한 주장은 타당한 것 같다. 그러나 여기서 ‘里’는 곧 ‘裏’이고 ‘空裏叫’는 허공에서 외친다는 의미가 아닐까 한다.

5 ‘今’을 原錄에서는 ‘奉’으로 잘못 썼다. 潘重規는 原卷이 ‘今’으로 되어 있다고 했다.

6 ‘家緣’은 ‘家計’와 같으며 가산과 가업을 말한다. 宋代 葛守中의 시 「陳搏」: “화악 세 봉우리의 나그네, 그윽이 거하며 해를 기억하지 않네. 안개와 노을을 생계로 삼고, 구름과 강물로 가업을 꾸린다네(華岳三峰客, 幽居不記年. 煙霞爲活計, 雲水作家緣).”

7 ‘罪報’는 불교용어로서 죄업으로 말미암아 찾아오는 苦果를 말한다. 原錄에서는 ‘報’를 ‘根’으로 잘못 고쳤다.

자비와 교화의 도가 다양하여
계행(戒行)을 연마하고 인연을 닦음이 삼겁에 가득하네.
한 수레의 진실한 가르침을 친히 말씀하시어
중생을 구제해 근본으로 돌아가게 하시니,
사바세계는 머무를 수 없어
삼도(三塗)의 윤회의 고통을 거치게 된다네.
검수(劍樹)와 도산(刀山)에 서리와 눈은 희니
보는 사람은 누구든 마음속이 차가워진다네.
모두가 전생에 불효한 몸이니
죄의 뿌리에 보응함이 언제나 끝나겠는가.
불이 일어 몸을 태워 살았다가도 다시 죽으니
어느 때에 인신(人身)의 복을 받을 수 있으리.
축생과 아수라도 도저히 참을 수 없고
아귀에는 마실 것이란 말은 아예 들리지 않네.
더구나 철성(鐵城)이 천만 길이나 되어
사방 문에는 연기가 일어나고 훨훨 불이 타오른다네.
동서로 질주해도 괴로운 소리만 높고
남북으로 달려도 허공에 울부짖는 소리뿐이네.
이제 문도들께 권면하니, 인과응보를 깨달아
먼저 두 부모님께 효도해야 할 것입니다. 불자 불자
낳아주신 부모님의 은혜를 말한다면
피를 내어 경문을 쓰고 가죽으로 종이를 만들어야 하리.
온몸으로 충분히 공양을 해드리면
천겁이 지나도록 재난이 없으리라.
오늘 사람의 몸으로 성장을 한 건
하나하나 모두가 부모님으로부터 얻은 것이지.
가산을 버리고 법을 듣길 원한다면

삼도의 죄보(罪報)의 몸은 되지 않으리라.

이 경문은 만나기 어렵고 또 만나기 어려우니

만약 듣게 되면 모두 성불할 것이네.

대보화왕(大寶花王)[8]에서 바른 깨달음을 이루면

범부(凡夫)의 악업의 몸은 영원히 버리게 되리라.

願不願? 願不願?[9] 此下白道願者還須早至道場聽一回. 妙法人勸多人,[10] 求經作佛, 若是信心, 即須覺悟. 諸說法, 意在如恩.[11] 能不能, 能者高聲念阿彌陀佛, 講下時開[12]阿彌陀經.

---

8 【譯注】大寶花王 : 진귀환 보배로 이루어진 큰 연꽃을 '대보화' 혹은 '대보화왕'이라 하며, 이 대보화왕으로 이루어진 자리를 '大寶花王座'라 한다. 여기서는 청중들이 강경을 듣는 자리를 '대보화왕'이라는 말로 미화한 것으로 보인다.

9 原錄에서는 '願不願'을 중첩하지 않았다. 原卷을 보면 '願不願' 세 글자의 오른쪽 아래에 각각 중첩부호를 하나씩 넣어 '願不願'을 반복하라고 표시하고 있다.

10 '妙法'이 原錄에는 '如法'으로 되어 있으나 潘重規는 '如'자가 原卷에는 '妙'로 되어 있다고 했다. 그런데 '妙法人勸多人'은 뜻이 통하지 않는다. 아무래도 앞의 '人'자는 연문인 듯하고 '多'는 '衆'을 잘못 쓴 것 같다. '多'자는 속서로 '鄕'으로 쓰며 이는 '衆'의 속자와 비슷한 모양이라 잘못 쓰기가 쉽다. 楊雄은 '妙法'을 위 구에 붙여 읽었는데 이는 옳지 않은 것 같다. 【譯注】楊雄의 끊어 읽기가 타당하다고 판단되어 '妙法'을 위쪽에 붙여 번역하였다.

11 '如恩'은 말이 통하지 않는다. 袁賓은 '恩'을 '思'로 고치고 이를 다시 '斯'로 읽었는데 타당한 의견인 것 같다. 潘重規는 '如恩'을 '知恩'으로 보았으나 옳지 않은 것 같다.

12 【校注】'開'가 原卷에는 '耵' 모양으로 되어 있다. 原校에서는 이를 '用'자로 보았으며 蔣冀聘은 '開'자를 잘못 쓴 것이라고 했다.('開'는 '刑'로 쓰이기도 한다) 아울러 蔣冀聘은 '開經'이 불교용어로서 경문을 강하기 전에 偈를 한 단락 부르는 절차를 말한다고 했는데 이는 타당한 주장이다. 「長興四年中興殿應聖節講經文」에는 "어떻게 다시 충효의 뜻을 펼칠까, 경문 한 가지를 불러 군왕께 보답해야지(何路再申忠孝意, 開經一藏報君王)"이라는 기록이 있고, 또 P.3849 「俗講儀式」에서는 "무릇 속강을 할 때는 먼저 범패를 읊고 다음으로 보살을 두 번 읊고 압좌문을 설하고 「온실경」을 (강의한다). 법사는 경문의 제목을 노래로 풀이하고 염불을 한 번 하고, 강의의 시작을 말하고 장엄을 말한 다음, 염불을 한 번 하고, 경문 제목의 글자를 하나하나 설명하고, 경전의 본문을 설한다(夫爲俗講, 先作梵了, 次念菩薩兩聲, 說押座了; 素旧(?)溫室經. 法師唱釋經題了, 念佛一聲了, 便說開講了, 便說莊嚴了, 念佛一聲, 便一一說其經題字了, 便說經本文了)"라고 했으며, 그 다음에는 또 『維摩經』의 강경의식에 대해 말하면서 "다음에는 「유마경」을 펼치는데 …… 「유마경」을 강의할 때는 먼저 범패를 읊고

바라십니까? 바라십니까? 바라시는 분은 일찍 도량으로 와서 묘법을 한 번 들어야 할 것입니다. 많은 사람들에게 권하노니, 경문을 구하고 부처가 되십시오. 이와 같은 신심(信心)에는 깨달음이 필요합니다. 모든 설법은 그 뜻이 이러함에 있습니다. 할 수 있겠습니까? 할 수 있는 분은 높은 소리로 아미타불을 읊으시고, 강석(講席) 아래에서 그때마다 아미타경을 펼치십시오.

頂禮無邊功德山, 歸命難思淸淨海.
四智三身隨衆願, 慈悲丈六釋迦尊.
雖卽雙林入涅槃, 長在世間行敎化.
今欲說經申讚嘆, 唯願慈悲來證知.[13]
題稱淨土佛彌陀. 王舍城南竹園內.
先告聲聞舍利弗, 廣演西[14]方日沒宮.
去此娑婆十萬强, 寶閣珠臺齊日月.
八水冷冷[15]分九曲, 行行寶樹網羅遮.

다음으로 관세음보살을 두세 번 읊으며 …… (已後便開維摩經 …… 講維摩, 先作梵, 次念觀世音菩薩三兩聲 ……)"이라 했다. 여기 나온 '開經', '開維摩經'의 '開'자가 위에 나온 '開'의 용법과 일치하는 점이 근거가 된다. 【譯注】校注의 의견은 그 자체로는 타당하나 이곳의 '開'에는 적용되지 않는 듯하다. 교주에서 인용한 '開經'은 그 주체가 講經僧이다. 그러나 본문에서 '開'의 주체를 강경승으로 하면 '講下時'의 해석이 모호해진다. '講下'는 '講席'의 아래라는 의미로 강경승이 설법을 펼치는 높은 자리 아래를 말한다. 즉 이곳에는 설법을 듣는 청중들이 있으며 따라서 '開'의 주체는 청중이 되어야 한다. 이렇게 보아야 '時'도 '때때로' 혹은 '그때마다'라는 본래의 의미를 살릴 수 있다. 그리고 '開'는 게송을 시작한다는 의미가 아니라 경문을 펼친다는 의미가 된다.

13 '證知'는 '증명, 보증'의 의미이다. S.6537 「家童再宜放良書」: "산하에 서약하고 일월에 보증하나니, 해와 달이 기울고 바뀌어도 고치지 않을 것을 맹세합니다(願後代子孫更莫改易, 請山河作誓, 日月證知, 日月傾移, 誓言莫改)"에서 '證知'도 같은 의미이다. 또 「唐蕃會盟碑」: "이처럼 맹세하나니 영원히 이를 고칠 수 없다. 삼보와 성현들과 일월성신을 보증으로 삼는다(依此盟誓, 永久不得移易. 然三寶及諸賢聖日月星辰請爲知證)"에서 '知證'은 '證知'와 같다.

14 '西'를 原錄에서는 '日'로 잘못 썼다. 潘重規는 原卷과 甲卷이 모두 '西'로 되어 있다고 했다.

雙雙聖鳥玉階傍, 兩兩化生池裏坐.
白鶴迦陵和雅韻, 共命頻迦讚苦空.
閻浮濁惡實堪悲, 老病終朝長似醉.
既捨喧喧求出離, 端坐身心能不能?
能者虔恭合掌著, 清涼高調[16]唱將來.

끝없는 공덕(功德)의 산에 머리를 조아리고

헤아리기 어려운 청정의 바다로 귀의하네.

사지(四智)와 삼신(三身)으로 중생의 바람을 따르니

자비로운 1척 6장의 석가모니시라네.

비록 쌍림(雙林)에서 열반에 드셨으나

오래도록 세간에 계시며 교화를 행하시네.

이제 경문을 설하여 찬탄을 펼치려니

오직 자비로움으로 증명해주시길 바랄 뿐이네.

정토불 미타를 언급하신 건

왕사성 남쪽 죽원(竹園) 안에서였네.

먼저 성문 사리불에게 고하시며

서방의 해 지는 궁을 널리 펼치시니,

이 사바로부터의 거리는 십만 남짓이고

보각(寶閣)과 주대(珠臺)에는 해와 달이 가지런하구나.

여덟 가지 물은 맑게 흐르며 아홉 굽이로 나뉘고

가는 곳마다 보배로운 나무의 그물이 덮고 있다네.

쌍쌍의 성스러운 새들이 옥계단에 기대고

짝지은 화생(化生)들이 연못 안에 앉아 있네.

---

15   [潘重規] '冷冷'은 '泠泠'이 되어야 할 것이다. 돈황사본에서는 흔히 'ㄱ'와 'ㄱ'을 구분
하지 않고 쓴다.

16   '涼'이 甲卷에는 '冷'으로 되어 있다. 또 '高'자는 原卷에 '高'로 되어 있으며 甲卷에 쓰
인 글자 역시 '高'로 보아야 할 것이다. '高調'는 高雅한 곡조를 말한다. 原錄에서는
이를 '商調'라 했으나 이는 타당하지 않은 것 같다.

백학과 극락조가 아름다운 소리로 화답하고

공명조(共命鳥)와 빈가조(頻伽鳥)가 고공(苦空)을 찬탄하네.

염부의 탁하고 더러움은 실로 슬퍼할 만하고

늙고 병드니 종일토록 취한 것만 같구나.

이미 소란스러움을 버리고 벗어나길 구하였으니

조용히 앉아 몸과 마음을 바로 할 수 있겠습니까?

그럴 수 있는 분은 경건히 합장하십시오.

맑고 높은 소리로 창이 나오겠습니다.

此下唱經

以此開讚修多羅藏所生功德, 唯願光明普照三千界, 佛刹[17]微塵國土中. 蒙光總得證菩提, 齊出愛河生死苦.

이하에서는 경문을 창함

이로써 수다라장(修多羅藏)[18]이 만드는 공덕의 찬(讚)을 시작하니, 오직 광명이 삼천(三千)의 세계에 비추고 부처님께서 미진(微塵)의 국토로 오시어, 모두가 보리를 증험할 빛을 받고 다 같이 애욕의 강과 생사의 고통에서 벗어나길 바랄 뿐입니다.

吟[19] :

二十八天聞妙法, 天男天女散天花.

17 　'刹'이 甲卷에는 '到'로 되어 있다. 原錄에서는 甲卷에 근거하여 바로 '到'로 고쳤으나 이는 옳지 않다. '佛刹'은 불토를 가리킨다. 唐 王維 「讚佛文」: '미세한 먼지 속에서 억 개의 불토를 본다네(在微塵中, 見億佛刹)"을 참고할 수 있다. 【譯注】 그러나 '到'로 했을 때 의미가 더 매끄러워 여기서는 '到'로 보고 해석하였다

18 　【譯注】 修多羅藏 : '수다라'는 '수트라'의 음역으로 본래 실이나 끈을 의미한다. 고대 인도에서는 부처님의 가르침인 경문을 실로 꿰어 보관했다고 한다. 여기서 파생되어 '수다라장'은 곧 부처님의 가르침을 한데 모아놓은 것이라는 의미가 되었다.

19 　原卷에는 '吟'자가 있고 甲卷에는 없다. 潘重規는 原卷에 근거하여 '吟'자를 채워 넣었고 여기서는 이를 따랐다.

龍吟鳳舞彩雲中, 琴瑟鼓吹和雅韻.

帝釋前行持寶蓋, 梵王從後捧金[20]爐.

各領無邊眷屬俱, 總到圓城[21]極樂會.

三光四王八部衆, 日月星辰所住宮.

雲擎樓閣下[長][22]空, 掣拽羅衣來入會.

伏願我今聖皇帝, 寶位常安萬萬年.

海晏河淸樂泰平,[23] 四海八方長奉國.

六條寶階堯風扇, 舜日光輝照帝城.

東宮內苑彩頻(嬪)妃, 太子諸王金葉茂.

公主永承天壽祿, 郡主將爲松比年.

朝庭[24]卿相保忠貞, 州縣官寮順家國.

又願遠行千里者, 各隨本意稱求心.

早到家鄉拜尊堂, 莫遣慈親倚門望.

病苦連綿枕席者, 觀音勢至賜醒醐.

更有懷胎難月人, 願誕聰明孝養子.

若有三塗受苦者, 鐵床釘體數千般.

---

20 原錄에서는 '金'을 '舍'로 잘못 보았다. 潘重規는 原卷과 甲卷에 근거하여 '金'자로 보
   았다.

21 '圓城'이 原錄에는 '圓成'으로 되어 있다. 原卷의 '城'자는 '土' 편방이 '工' 비슷하게 쓰
   여 있는데 이는 곧 '城'자를 말한다. 아래의 "舜日光輝照帝城"에서 '城'자도 이렇게 쓰
   여 있다. 甲卷은 '圓成'으로 되어 있다. 『文苑英華』권753의 唐 朱敬則 「隋唐祖論」:
   "성인이 도성에 있고 천자가 만물을 만드니 충분히 태평의 날이 나타나고 大明의 때
   가 드러나리라(聖人圓城之中, 天子生成之物, 豈足表太平之日, 顯休明之辰)"에도 '圓
   城'이라는 말이 나온다.

22 '長'자가 原卷에는 빠져 있다. 여기서는 甲卷에 근거하여 채워 넣었다.

23 '泰'자를 原錄에서는 '奏'로 잘못 썼다. 潘重規는 原卷이 '泰'로 되어 있다고 옳게 보았
   다. 甲卷의 '奏'은 비슷한 모양 때문에 잘못 쓴 것이다. '泰平'은 곧 '太平'이다.

24 原卷에는 '朝庭'으로 되어 있고 甲卷에는 '庭'이 '廷'으로 되어 있으며 原錄에서는 '朝
   廷'으로 썼다. '廷'과 '庭'은 고대에 서로 통했으며 '朝廷' 역시 '朝庭'으로 쓰이곤 했다.
   『漢書』권79 「馮奉世傳」: "사방에 기근이 들자 조정에서는 이를 근심하기 시작했다
   (四方饑饉, 朝庭方以爲憂)." 따라서 '庭'을 굳이 고칠 필요는 없다.

刀山劍樹悉摧殘, 地獄鑊湯化蓮沼.

鐵犁耕舌灌洋銅,[25] 磨摩[26]碓擣作微塵,

如斯苦痛滿其中, 總是多生謗三寶.

普願今朝聞妙法, 永捨三塗六道身.

佛前坐持[27]寶蓮花, 齊證如來無漏體.

遍野飛禽兼走獸, 莫遭羅網[28]喪微軀.

北狄雄軍早迴戈, 羅莎城頭烽火靜.

亡過魂靈生淨土, 寶池[29]岸側弄金沙.

常持[30]衣裓[31]散天花, 即到食時歸本國.

---

[25] '灌洋銅'이 原錄에는 '洋銅灌'으로 되어 있으나 潘重規는 原卷디 '灌洋銅'으로 되어 있다고 했다. 실제 原卷을 보면 '洋銅灌'에서 '灌'자는 지워지고 '氵'자 오른쪽 위로 '汁'자가 더해져 있다. 徐震堮이 이를 '洋'으로 본 건 타당하다. '洋'은 '烊'과 같은 음이다. 『通釋』에서는 "금속을 녹인다는 의미의 '烊'자를 당대 사람들은 모두 '洋'이나 '煬'으로 썼다. '烊'이 정자이긴 하나 '洋'자보다 나중에 생긴 글자인 듯하다"고 했다. 또 『廣韻』 「陽韻」에서는 "'烊'은 곧 '焇烊(녹이다)'으로 『陸善經字林』에 보인다(烊, 焇烊, 出陸善經字林)"고 했고, 唐代 釋道世의 『法苑珠林』 권108에 인용된 「派系篇」 '引證部'에서는 "쇠칼로 입구를 열어 부어서 구리를 녹인다(以鐵鉗開口, 灌以烊銅)"고 했다. 이에 근거하면 '烊'자는 당대 이전에 이미 쓰였던 것으로 보인다. 또 『大愛道比丘尼經』에서는 "차라리 녹인 구리를 마실지언정 술을 마시지는 않는다(寧飲煬銅, 不飲酒味)"고 했다. '烊銅'은 곧 '煬銅'이다.

[26] 徐震堮은 "'摩' 역시 '磨'가 되어야 한다"고 했다. 劉凱鳴은 『康熙字典』을 인용해 '摩'와 '磨'는 고대에 통했으므로 '摩'를 군이 고칠 필요는 없다고 했는디 이는 옳은 의견이다.

[27] 原校에서는 "甲卷에는 '持'가 '待'로 되어 있다"고 했으나 '持'가 의미상 낫다.

[28] '羅網'이 原錄에는 '網羅'로 되어 있다. 潘重規는 原卷과 甲卷에 근거하여 '羅網'으로 옳게 고쳤다.

[29] '池'를 原錄에서는 '地'로 잘못 썼다. 潘重規는 原卷과 甲卷이 모두 '池'로 되어 있다고 했다. 위의 '寶池'는 『佛說阿彌陀經』 경문: "극락국에는 일곱 개의 보배로운 연못이 있는데, 팔공덕수가 그 속을 가득 채우고 연못 바닥은 온통 금사로 깔려있다(極樂國有七寶池, 八功德水充滿其中, 池底純以金沙布地)"의 '七寶池'를 가리킨다.

[30] [原校] 甲卷에는 '持'가 '將'으로 되어 있다. [校注] '持'와 '將'은 같은 뜻의 다른 글자이다.

[31] '衣裓'는 꽃을 담는 그릇이다. 『佛學大辭典』에서는 『阿彌陀經義記』를 인용하여 "衣裓는 꽃을 담는 그릇으로서 상자 모양에 다리가 하나 있으며 손으로 바쳐 공양한다"고 했으며, 또 『象器箋』 권19를 인용하여 "승가에서는 꽃을 뿌리는 그릇을 衣裓라 한다. 작은 대나무 바구니로 그릇을 삼아 꽃을 거기에 담아 뿌린다"라고 했다. 아래의 "化生童子道心强, 衣裓盛花供十方"에서 '衣裓' 역시 같은 의미이다.

從此永爲不退轉, 證取如來金色身,

三十二相悉周圓, 八十種因[32]從此得.

普勸門徒修眞行, 學佛修行能不能? 能者念阿彌陀.

化生童子佛宮生, 便得眞珠網裏行.

耳裏惟聞念三寶, 時時更聽樹相撑.

化生童子上金橋, 五色雲擎寶座搖.[33]

合掌惟稱無量壽, 八十憶[34]劫罪根消.

化生童子佛金牀,[35] 天雨天花動地香.

更有諸方共獻果, 委花[36]旋被鳥銜[37]將.

化生童子食天廚,[38] 百味馨香各自殊.

---

32 '種' 아래에는 '好'자가 빠져 있고 '因'은 연문으로 보고 지워야 한다. '八十種好'는 여래
   의 善相에 나타나는 팔십 가지의 세밀한 특징을 말한다. S.6551「佛說阿彌陀經講經文」
   의 "32相은 황금색과 같고, 80好는 원만하고 환하다(三十二相同金色, 八十種好悉圓
   明)"과 "80好는 사람의 용모를 넘어서고, 32상相은 天尊을 능가한다(八十種好過人相,
   三十二相勝天尊)." 日本 龍谷大學 소장「悉達太子修道因緣」의 "(부처는) 1천 구의 불
   상이 되어 각기 32상과 80가지 호를 만들어낸다([佛]化作一千軀佛象, 個個出來三十二
   相, 八十種好)" 등의 기록이 이를 증명해준다.
33 '搖'를 任半塘은 '遙'로 고쳤으나 이는 분명치 않다. 제불보살과 염불행인들은 미타정
   토에 왕생할 때 손으로 연꽃의 보좌를 받쳐 든다. 소위 "五色雲擎寶座搖"의 '寶座'가
   곧 연꽃의 보좌를 가리킨다.
34 '憶'을 原錄에서는 '一'로 썼다. 潘重規는 原卷과 甲卷이 모두 '憶'으로 되어 있다고 옳
   게 보았다. '憶'은 '億'으로 읽어야 한다. 楊雄은 原卷이 '億'으로 되어 있다고 했으나
   이는 분명치 않다.
35 [潘重規] '佛'은 '拂'이 되어야 한다. [校注] 潘重規의 의견이 옳다. P.2187「破魔變文」
   에는 "제가 자친을 버리고 하계에 내려온 것은 맹세컨대 가녀린 제 손으로 세존의
   침상을 닦고자 함입니다(我捨慈親來下界, 誓將纖手掃金牀)"과 "부처는 四禪에 거하
   여 본래가 청정하거늘 누가 그대에게 침상을 닦아 달라 했는가!(佛座四禪本淸淨, 阿
   誰要你掃金牀)"라는 말이 있다. 任半塘은 이에 근거하여 '佛金牀'이 '拂金牀'이 되어야
   한다고 보았다. 이는 대단히 타당한 의견이다.
36 '委花'는 해석이 안 된다. 아무래도 '香'을 잘못 쓴 듯하다.
37 '銜'을 原錄에서는 '衝'으로 잘못 썼다. 潘重規는 原卷과 甲卷이 모두 '銜'으로 되어 있
   다고 했다.
38 [原校] 乙卷에는 '天'이 '大'로 되어 있다. [校注] '天'자가 맞다. '天廚'는 천상의 부엌을
   가리킨다.『漢武帝內傳』: "서왕모는 스스로 천상의 부엌을 만들었으니 참으로 오묘

無限[39]天人持寶器, 瑠璃缽飯似眞珠.

化生童子見飛仙, 落花空中左右旋.[40]

微妙歌音雲外聽, 盡言極樂勝諸天.

化生童子問春冬,[41] 自到西方見未分.

極樂國中無晝夜, 花開花合辨(辨)朝昏.

化生童子道心强, 衣裓盛花供十方.

恰[42]到齋時還本國, 聽經念佛亦無防.[43]

化生童子舞金田,[44] 鼓瑟簫韶半在天.

舍利鳥吟常樂韻, 迦陵齊唱離攀緣.

化生童子本無情, 盡向蓮花朵裏生.

七寶池中洗塵垢, 自然清淨是修行.

化生童子自相誇, 爲得如來許出家.

短[45]髮天然宜剃度, 空披荷葉作袈裟. (原文至此已完)

하고 비상하였다. 풍성하고 보배로운 상품의 과실에 백 가지 맛의 향기로운 꽃은 …… 지상에 있는 것들이 아니었다(王母自設天廚, 眞妙非常, 豊珍上果, 芳華百味 …… 非上所有)." 「目連變文」: "부친이 천상의 부엌을 만들어 공양해도 성자는 먹지 않으며 괴로워한다(父雖備設天廚供, 聖者不餐唱苦哉)."

39 '限'이 原卷에는 '根'으로 되어 있다. 여기서는 甲卷에 근거하여 '限'으로 고쳤다.

40 [原校] 乙卷에는 '旋'이 '施'로 되어 있다. [校注] '施'는 운이 맞지 않으므로 틀렸으며 '旋'을 잘못 쓴 것으로 보아야 한다.

41 각 권이 모두 '春冬'으로 쓰여 있으나 任半塘은 이를 '冬春'으로 바꿨다. '春'과 아래의 '分'과 '昏'이 압운을 이루는 것으로 볼 때 일리가 있는 주장이다.

42 原錄에서는 '怜'으로 썼다가 '恰'으로 고친 후 "乙卷에는 '怜'이 '舍'로 되어 있다"고 교기를 달았다. 潘重規는 原卷이 '恰'으로 되어 있다고 옳게 보았으며 여기서는 이 의견을 따랐다. 甲卷의 '怜' 역시 실제로는 '恰'의 속자이다.(俗書에서 '恰'과 '怜'은 섞여 쓰인다)

43 任半塘은 '防'을 '妨'으로 옳게 고쳤다.

44 '田'을 原錄에서는 '用'으로 잘못 썼으며 여기서는 甲卷에 근거하여 고쳤다. 任半塘은 '田'을 '鈿'으로 옳게 보았다. '金鈿'은 곧 '金花釵'로 부녀자들의 머리장식이자 물건을 장식할 때도 쓰인다. 위에서는 후자를 가리키는 것 같다. 劉禹錫 「酬樂天醉後狂吟」 : "「양류곡」을 멋지게 불고 나를 위해 금비녀 춤을 추네(好吹楊柳曲, 爲我舞金鈿)." 劉長卿 「揚州雨中張十宅觀妓」: "지워진 화장에 검은 눈썹을 덧칠하고 고운 춤에 금비녀가 떨어지네(殘妝添石黛, 艶舞落金鈿)"에서도 '金鈿'이 모두 춤과 연관되어 있다.

음(吟) :

이십팔천(二十八天)에서 묘법이 들리고

천남(天男)과 천녀(天女)는 천화(天花)를 흩뿌리네.

색동구름 속에서 용은 노래하고 봉황은 춤추며

금슬을 연주하니 아름다운 소리로 어울리누나.

제석(帝釋)은 보개(寶蓋)를 가지고 앞장서고

범왕(梵王)은 황금화로를 받쳐 들고 뒤를 따르네.

각자 끝없는 권속들을 이끌고 와

모두가 도성의 극락의 모임에 가네.

삼광(三光)의 사천왕과 팔부중(八部衆)과

일월성신이 거처하는 궁이라,

구름이 누각 아래 넓은 하늘에서 받쳐주니

비단옷 당겨 끌고 입회하러 온다네.

엎드려 바라건대, 지금 우리 성황제(聖皇帝)께서는

만만 년 동안 보위가 늘 편안하시길.

바다가 평온하고 강은 맑아 즐겁고 태평하니

사해와 팔방에서 오래도록 나라를 떠받든다네.

여섯 가닥의 보배로운 계단에는 요임금의 부채가 날리고

순임금의 햇빛이 황제의 성을 비추는구나.

동궁의 내원(內苑)에는 고운 비빈들이요

태자와 제왕들은 금잎이 무성하구나.

공주는 천수(天壽)의 녹을 영원히 받고

군주(郡主)는 장차 소나무와 나이를 견주리라.

조정의 경상(卿相)들은 충정을 간직하고

45　'短'이 原卷과 甲卷에는 모두 '矩' 모양으로 되어 있어 原錄에서는 이를 '矩'로 썼다.
돈황사본에서 '短'자는 '矩'자와 서로 섞여 쓰이므로 '短'인지 '矩'인지는 문맥을 보고
판단해야 한다.

주현의 관료들은 나라에 순응하네.
또 멀리 천릿길을 가려는 이는
각자 본의를 따라 구원의 마음을 말한다네.
일찍 고향으로 돌아가 존당(尊堂)께 절 올려
자친(慈親)께서 문에 기대어 멀리 바라보지 않게 해야지.
침석에서 질병의 고통 끊이지 않는 이는
관음과 대세지께서 제호(醍醐)[46]를 내려주시네.
더욱이 아이를 품어 달을 보내기 힘든 이는
총명하고 효성스런 자식이 태어나길 바라신다네.
만약 삼도에서 고통을 받는 자가 있어
(뜨거운) 철침상과 몸에 못 박는 일이 수천 가지여도,
도산(刀山)과 검수(劍樹)는 모두 꺾여 없어지고
지옥의 뜨거운 가마솥 탕은 연꽃 늪이 된다네.
철쟁기로 혀를 일구어 끓는 구리를 붓고는
먼지가 되도록 갈고 문지르고 방아에 찧는다네.
이와 같은 고통이 그 속에 가득하니
결국 여러 생에서 삼보(三寶)를 헐뜯어서이지.
널리 바라옵건대, 오늘은 묘법을 들으시어
삼도(三塗)와 육도(六道)의 몸을 영원히 버리시고,
부처 앞에 앉아 보배로운 연꽃을 들고서
일제히 여래의 무루체(無漏體)[47]를 증험하시길.
너른 들판에는 새가 날고 짐승이 달리나
그물에 걸려 작은 몸 상하는 일 없게 한다네.
북쪽 오랑캐의 빼어난 군대는 일찍 창을 거두고

---

46 【譯注】醍醐 : 우유를 정제해서 만든 최고의 음료로서 '佛性'을 비유할 때 쓰인다.
47 【譯注】無漏 : 불교용어로서 열반과 보리와 모든 번뇌의 근원을 끊은 법을 말한다. '有漏'와 상대되는 개념이다.

라사(邏莎)성 꼭대기의 봉화는 고요하구나.
죽은 혼령이 정토에서 태어나
보배로운 연못의 언덕 가에서 금모래를 가지고 놀며,
항상 꽃바구니를 가지고서 천화(天花)를 뿌리다
식사 시간이 되면 본국으로 돌아간다네.
이로부터 영원히 퇴전(退轉)하는 일 없이
여래의 금빛 몸을 증험해 취한다네.
삼십이상(三十二相)이 모두 두루 원만하고
팔십종호(八十種好)를 이로부터 얻는다네.
문도들은 진실한 행실의 수행을 널리 권하노니
부처를 배우고 수행할 수 있겠습니까? 능자는 아미타불을 염하십시오.
화생동자가 불궁(佛宮)에서 태어나
진주를 얻어 그물 속을 걷네.
귓속에는 오로지 삼보를 염하는 소리만 들리고
때때로 나무가 서로 지탱하는 소리를 또 듣네.
화생동자가 금교(金橋)로 오르니
오색의 구름이 보좌를 들어 흔드네.
합장하여 오로지 무량수를 부르면
팔십억겁 죄의 뿌리가 사라진다네.
화생동자가 금침상을 터니
천우(天雨)와 천화(天花)가 땅의 향기를 움직이누나.
또 제방(諸方)에서는 함께 과일을 바치고
향기로운 꽃이 맴도니 새가 물어다 가져가네.
화생동자가 하늘의 부엌에서 밥을 먹으니
백 가지 맛과 향기가 제각기 다르구나.
무한한 천인은 보배로운 그릇을 들고
유리 바리때의 밥은 진주와 같구나.

화생동자가 비선(飛仙)을 보니

낙화가 공중에서 좌우로 맴도는구나.

미묘한 노랫소리 구름 밖에서 들려

모두들 극락이 제천보다 낫다고 말하네.

화생동자가 봄과 겨울을 묻고는

스스로 서방으로 가 나뉘어 있지 않음을 보네.

극락의 나라에는 낮밤이 없어

꽃이 피고 오므려지는 것으로 아침저녁을 분별하지.

화생동자는 도심(道心)이 강하여

바구니에 꽃을 담아 시방에 바치고,

꼭 재시(齋時)가 되면 본국으로 돌아가

경문을 듣고 염불함에 또한 거리낌이 없다네.

화생동자는 금비녀 춤을 추고

소소(簫韶)를 부는 소리는 하늘에 가득하네.

사리조(舍利鳥)가 상락(常樂)[48]의 운을 읊으니

가릉이 일제히 이별과 당김의 인연을 창하네.

화생동자는 본래 무정하여

모두가 연꽃으로 가 꽃송이 속에서 태어난다네.

칠보의 연못 속에서 먼지와 때를 씻어

자연의 청정함으로 수행을 한다네.

화생동자가 스스로 나서서는

여래를 얻기 위해 출가를 허락받네.

본래의 짧은 머리 삭발하여 고통에서 벗어남이 마땅하니

다만 연잎을 헤쳐 가사를 만들 뿐이네.

(원문은 여기에서 끝남)

---

48   [譯注] 常樂 : 열반에 갖추어져 있는 네 가지 덕인 常, 樂, 我, 淨 중 첫 번째와 두 번째
를 말한다.

압좌문(押坐文)¹

佛世難遇似²優曇缽花,³ 我輩得逢似盲龜値木.

生死海中千萬劫, 轉換從來⁴多少身.

億億萬劫數雖多, 幾⁵度得逢佛出世.

1　【原校】(王慶菽) 사권의 번호는 S.4474이다. 표제가 원래 없어서 문체에 근거하여 표제를 넣었다. 【校注】 S.2440 두루마리에도 이 글이 있다. 비록 아래 부분의 매 행이 한두 자씩 지워져있지만, 그 중에는 더 자세한 부분도 꽤 있고 표제도 그대로 남아있다. 여기서는 이것을 甲卷이라 부르겠다.

2　'似'가 甲卷에는 '如'로 되어 있다. 이는 아래 '似'자와의 반복을 피하기 위한 표현 방법이다.

3　'優'가 原卷에는 '憂'로 되어 있으며 여기서는 甲卷을 따랐다. '優曇缽'은 '烏曇跋羅' 등으로도 쓰며 범어 Udumbara의 음역이다. 이 꽃은 대부분 밤에 피었다가 금방 시들기 때문에 불경에서는 항상 이 꽃을 희귀한 물건에 비유한다. 『法華經』「莊嚴王品」: "여래의 출현은 우담바라 꽃처럼 얻기가 어려워, 눈 먼 거북이 물 위에 뜬 나무구멍을 만난 것이나 마찬가지입니다(佛難得值, 如優曇波羅華, 又一眼之龜値浮木孔)."

4　'轉換從來'가 甲卷에는 '從來轉換'으로 되어 있다. 甲卷의 표현이 더 낫다.

5　'幾'가 原卷에는 '旣'로 되어 있다. 여기서는 甲卷에 근거하여 고쳤다.

必若當初逢著佛, 爭肯將身向者⁶裏來?

縱緣心願見慈尊, 卽漸擬求親近去.

動說無邊無量劫, 日月時長大曬⁷難.

見佛不是暫時間, 百千万劫長時見.

欲得來生者個事, 數聽經文能不能?⁸

能者須⁹生渴仰心, 似見世尊須一種.

樂者虔恭合掌[著],¹⁰ 經題名字唱將來.

부처세상을 만나기 어려움은 우담바라와 같아

우리가 만나기는 눈먼 거북이 나무를 찾는 것이나 마찬가지네.

생사의 바다에서 천만 겁을 지나며

지금까지 얼마나 많은 몸이 바뀌었는가.

억억 만겁은 비록 많은 수이나

몇 번은 부처가 출현한 세상을 만날 수 있으리니,

처음부터 반드시 부처를 만나게 되어 있다면

어찌 이곳으로 몸을 끌고 올 필요가 있겠는가.

인연을 좇아 자존(慈尊) 뵙기를 마음으로 바라면

곧 점차 가까이 다가가게 될 것이나,

무량겁의 세월 동안 늘 끝없음을 말하여도

세월이 항상 길기는 참으로 어렵다네.

부처님을 뵙는 건 잠시간이 아니라

---

6 '這'는 '者'에서 나중에 파생된 글자이다. 따라서 原錄에서는 '者'를 '這'로 고쳤으나 꼭 그럴 필요는 없다.

7 [譯注] '曬'는 '煞'과 같으며 '매우(甚)'의 의미이다. 「丑女緣起」: "대왕의 부인께서 매우 기뻐하시며 일부러 재물을 보내주셨다(大王夫人歡喜曬, 因玆特地送資財)."

8 이상의 두 구를 原錄에서는 "欲得來生者個數, 聽文能不能"이라고 했으나 이럴 경우 의미가 통하지 않는다. 여기서는 甲卷에 근거하여 옳게 고쳤다.

9 原錄에서는 '須'를 '便'으로 잘못 썼다. 甲卷과 乙卷 모두 '須로 도어 있어 이에 근거하여 옳게 고쳤다.

10 '著'자가 原卷에는 빠져 있어 여기서는 甲卷에 근거하여 채워 넣었다.

백천만겁의 긴 시간에 뵙는 것이지.
내생에 이 일이 이루어지길 바란다면
자주 경문을 들으러 오십시오.
그럴 수 있는 분은 모름지기 우러르는 마음을 일으키시어
세존을 뵘과 마찬가지로 하시기를.
낙자(樂者)들께선 경건히 합장하십시오.
경제(經題)의 제목이 창으로 나오겠습니다.

압좌문 1(押座文一)[1]

善哉調御, 大覺世尊, 四智圓光, 三明具足.

百億化形如月影, 萬類分身度有情.

只爲慈悲愍念多, 現八相人聞(間)成正覺.

先向鹿園(苑)談四諦, 後到靈山說一乘.

座中弟子信心人, 曠劫輪迴不植(値)佛.

今朝旣能來法會, 各各虔心合掌著.

經題名目唱將來.

훌륭한 다스림, 대각세존이시여!

사지(四知)와 원광(圓光)에 삼명(三明)까지 모두 갖추셨네.

백억의 화형(化形)은 달그림자 같고

만 가지 분신(分身)으로 유정(有情)한 중생을 구제하시네.

1 　[原校] (王慶菽) 이 사권의 번호는 P.2044이다.

다만 자비로써 많은 이들을 근심하고 사랑하고자
세상에 팔상으로 현시하여 정각(正覺)을 이루시네.
먼저 녹야원에서 사성체(四聖諦)를 담하시고
다음에는 영산(靈山)으로 가시어 일승(一乘)을 말하시네.
좌중의 제자들은 믿음이 깊은 사람들이나
광겁(曠劫)의 윤회에서 부처를 만나지 못하였네.
오늘 기왕 법회에 올 수 있게 되었으니
각기 경건한 마음으로 합장하시길.
경제의 명목이 창으로 나오겠습니다.

압좌문 2(押座文二)[1]

作梵而唱

善哉大聖大慈尊, 三世十方無數佛.

各願乘花兼寶座, 惟願今朝降道場.

無邊菩薩起慈心, 擁護道場諸弟子.

大梵天王兼帝釋, 願座[2]祥雲降碧空.

閻羅天子及將軍, 司命天曹諸官長.

羅刹夜叉惡鬼等, 加被今朝受戒人.

山中有廟獨孤魂, 地土靈祇[3]諸聖者.

---

1 본 사권은 러시아 소장 돈황사본 올젠부르그 109번이며 『敦煌變文集』에는 수록되어
  있지 않다. 白化文은 이를 교록하여 『敦煌變文論文錄』에 넣었으며, 潘重規는 『敦煌
  變文集新書』에 교록하여 넣었다. 여기서는 맨쉬코프의 『影印敦煌讚文』에 덧붙여진
  사진에 근거하여 교기하였다. 표제는 원래 있는 것이다.
2 [潘重規] 돈황사본에서 '座'와 '坐'는 흔히 통용된다. [校注] '座'는 '坐'가 나중에 분화된
  글자로서 좌석을 나타내는 '座'에만 전용되었다. 위의 '座'는 '坐'가 되어야 한다.

更有河沙諸眷屬, 願降慈悲入道場.
先亡父母及公婆, 亡過兄弟及姊妹.
願降道場親受戒, 不墮三塗地獄中.
平生現在及尊親, 總願合家無障難.
更願座中諸弟子, 淸淨身心戒品圓.
從茲發願速脩行,[4] 願證菩提不退轉.
今辰疑[5]說甚深[6]文, 惟願慈悲來至此.
聽衆聞經罪消滅, 總證菩提法報身.
火宅忙忙何日休, 五欲終朝[7]生死苦.
不似聽經求解脫, 學佛修行能不能?
能者合掌虔恭著,[8] 經題名字唱將來.
念觀世音菩薩, 三說. 此下受齋戒.[9]
범패를 지어 창을 할 것

---

3 '地土靈祇'는 토지신을 말한다. 「廬山遠公話」: "시방의 모든 여래들과 토지신에게 아
   뢰었다(啓告十方諸佛如來, 土地靈祇)"의 '土地靈祇'와 같다. 백화문은 『敦煌變文論文
   錄』에서 '地土'를 '地藏'이라고 했으나 이는 근거가 없다.
4 '脩行'은 '修行'과 같다. 백화문은 『敦煌變文論文錄』에서 '循行'이라 했으나 이는 잘못
   이다.
5 原卷을 보면 '今'이 '令'자처럼 쓰여 있다. 이 사본에서는 '今'자가 '令'자와 섞여 쓰이고
   있다. 여기서는 문맥에 맞게 바로 '今'으로 고쳐 썼다. 또 '辰疑'는 '晨擬'가 되어야 한
   다. 이는 편방을 생략한 가차자이다. S.2440 「維摩經押座文」과 「溫室經講唱押座文」
   에 모두 "今晨擬說甚深文"이라는 구가 있다.
6 '甚深'은 '極甚'과 같으며 '甚'은 정도를 표시한다. 백화문이 『敦煌變文論文錄』에서 이
   구 끝에 물음표를 넣은 것을 보면 '甚'을 의문대명사로 본 듯하나 이는 잘못이다.
7 '朝'는 '招'로 읽어야 한다.
8 原卷을 보면 '虔恭著'가 '虔著恭'으로 되어 있다. 여기서는 '恭'자 위에 '乙' 부호가 있다
   고 한 潘重規의 의견을 따랐다. 다른 예를 참고하면, 이 구는 "能者合掌虔恭著"로 고
   쳐야 옳을 듯하다. P.2122 「佛說阿彌陀經講經文」과 S.2440 「維摩經押座文」과 「溫室
   經講唱押座文」에 모두 "能者合掌虔恭著"라는 구가 있다.
9 이 행 다음에는 '八關齋戒文'이 초록되어 있다. 위 압좌문에서 "加被今朝受戒人" "願
   降道場親受戒" "此下受齋戒" 운운한 것을 보면 본 편은 '八關齋戒'의 압좌문인 것으로
   보인다.

훌륭하도다, 대성(大聖) 대자존(大慈尊)이시여.
삼세시방(三世十方)의 무수한 부처님시여.
모두가 꽃과 보배로운 자리에 오르시어
다만 오늘 도량으로 내려와 주시길.
끝없는 보살은 자비심을 일으켜
도량의 여러 제자들을 안아 보살피시고,
대범천왕과 제석은
상서로운 구름에 앉아 푸른 하늘로 내려와 주시길.
염라천자와 장군이
천조(天曹)의 여러 관장(官長)에게 명을 내리니,
나찰과 야차의 악귀 등은
부처님의 힘이 더해져 계를 받은 사람이 되리라.
산 속 사당의 외로운 혼령,
토지신과 여러 성자(聖者)들,
또 항하의 모래알 같은 모든 권속들에게
자비를 내려 도량으로 들어오게 하시길.
돌아가신 부모님과 시부모님,
죽은 형제와 자매들은
도량으로 내려와서 친히 계를 받아
삼도의 지옥으로 떨어지지 않으시길.
지난날이나 지금이나 부모님을 존경하여
온 집안에 장애와 어려움이 없으시길.
더욱이 좌중의 여러 제자께서는
청정한 몸과 마음으로 계품(戒品)이 원만하시길.
이로부터 발원하고 속히 수행하시어
보리를 증험하여 퇴전하지 않으시길.
오늘 아침 깊고 심오한 경문을 설하려니

오직 자비가 이곳에 오기를 바랄 뿐.
청중들은 경문을 들으면 죄가 사라지고
모두가 보리의 법보신(法報身)을 증험하리라.
불타는 집의 긴박함은 어느 날 사라질까,
오욕은 결국 생사의 고통을 부른다네.
경문을 들어 해탈을 구하지 않고서
부처님을 배워 수행할 수 있겠습니까?
할 수 있는 분은 경건히 합장하십시오.
이제 경제(經題)의 이름을 창하겠습니다.
관세음보살을 읊되 세 번을 말한다. 이하에서는 재계(齋戒)를 받는다.

해좌문회초(解座文匯抄)[1]

西方好, 卒[2]難論, 實是奢花不省聞.

1 본 사권의 번호는 P.2305이고 표제는 원래 없다. 王慶菽은 『敦煌變文集』 권5에 수록
하면서 「無常經講經文」으로 제목을 지었다. 原校에서는 啓功의 말을 인용하여 "글에
서 인용한 「無常經」의 '上生非想處' 등의 구절에 근거하고 내용상 모두 無常의 의미
를 찬술하고 있으므로 임시로 이 제목을 정했다"라고 했다. 王重民은 나중에 『敦煌變
文硏究』에서 이에 대해 의문을 표하면서 "이 편이 강경문인지 아닌지 그리고 「無常經」
의 강경문인지 아닌지는 좀 더 고찰이 필요하다"고 했다. 周紹良은 이 사권이 전체가
「무상경」의 의미를 찬술한 것도 아니고 또 사권 전체가 7언구로 되어 있어 일반적인
강경문의 체제와 맞지 않는다고 했다. 또 본문에서 자주 보이는 "날이 늦었으니 돌아
가십시오, 집에 계신 시어머니가 공연히 화내십니다(日晚且須歸去, 阿婆屋裏乾嗔)"
과 "내일 때가 되면 일찍 들으러 오시고, 계단 앞에서 염불하고 게를 받으십시오(明日
依時早聽來, 念佛階前領取偈)" 구에 근거하여 周紹良은 이 사권이 속강을 끝낼 때 쓰
는 맺음말 즉 해좌문을 모아서 기록한 것이라 했다. 이는 대단히 타당한 의견이다.

忽爾這身³生那裏, 千年萬歲沒沉輪(淪).

濁世溺,⁴ 不須論, 八苦⁵三災豈忍聞.

好行未曾行一點, 不依公道望千春.

刀山耀日, 劍樹凌雲.

何曾安樂, 業火燒身.

動說十劫五劫, 不曾快活逡巡.

爭如淨土, 菩薩爲鄰.

閑向八德池中弄水, 悶來七重樹下遊春.

或登寶殿, 或禮經文.

或驅孔雀, 或臂加陵.⁶

사권 자체의 단락과 내용을 보면, 본 편은 8칙의 해좌문을 함께 초록해 놓고 있다. 그리고 소위 '解座文'이라고 제목을 붙인 돈황사본은 아직 없다. 孫楷第는 「唐代俗講軌範與其本之體裁」라는 논문에서 이렇게 말했다. "解座란 강경을 마친 후 경문을 거두고 자리를 파하는 것이다. 梁代 陸雲이 지은 「御講般若經序」의 소위 '강의 시작부터 해좌까지 모두 23일을 강의하였다(自開講迄於解座, 凡講二十三日)'는 이를 두고 한 말이다. 강연을 할 때는 모두 높은 자리에 올라가며 강이 끝나지 않으면 그 자리를 풀지 않는다. …… 개강 때 범찬이 있고 해좌 때도 범찬이 있다. 개강의 범찬을 그 저본에서 이미 압좌문이라 했으니 해좌의 범찬을 글로 논하면 역시 해좌문이라 할 수 있을 것이다." 여기서는 손해제의 주장을 따라 '해좌문'이라는 문체를 따로 설정하여 '압좌문' 뒤에 덧붙였다.

2 [項楚] '卒'은 '猝'과 같으며 '창졸간에, 갑자기'의 의미이다.

3 [原校] 본 사권에는 '身'이 모두 '乃'으로 되어 있다. 여기서는 모두 '身'으로 쓰겠다. [校注] 原卷에 바로 '身'으로 쓰인 곳도 있으므로 原校는 타당성이 부족하다.

4 [項楚] '濁世溺'은 '西方好'와 짝을 이루므로 '溺'을 '弱'으로 보아 '좋지 못함' 즉 '나쁨'의 의미로 해석해야지 '빠지다'의 의미로 보아선 안 된다. 속어에서 '好'와 '弱'을 반대의 의미로 함께 쓰는 경우는 흔히 볼 수 있다. 「父母恩重經講經文」: "좋은 남자여자도 있고, 나쁜 남자여자도 있다(有好男女, 有弱男女)." [校注] 古字에서 '溺'과 '弱'은 통용되었으며 項楚의 의견은 타당하다.

5 '苦'는 原卷에 '若'처럼 쓰여 있다. 돈황사본에서 '苦'자와 '若'자는 섞여 쓰이곤 한다. 여기서는 문맥에 맞게 옳게 고쳤다.

6 '臂'자는 풀이가 안 되며 아무래도 '避'로 읽어야 할 듯하다. '避'는 위의 '驅', '禮', '登'과 함께 모두 동사로 쓰였다. '加陵'은 새 이름으로 '迦陵'과 같으며, 범어 kalaviuka의 음역이다. [項楚] '臂'는 팔에 매나 기타 새 종류를 거는 것을 말한다. 劉餗『隋唐嘉話』卷上 : "태종은 빼어난 새매를 얻어 자기 것으로 삼아 팔에 걸었다가 멀리 정공이 보이자

或來昇瑞採(彩), 或去入祥雲.

或卽晨登寶殿, 或時夜禮慈尊.

鎭聞妙法, 常歷耳根.

到彼永超生死, 因茲漸得佛[7]身.

日晚且須歸[8]去, 阿婆[9]屋裏乾嗔.[10]

서방정토의 좋음을 창졸간에 논하긴 힘드니

분명 그 화사함은 일찍이 들은 적이 없는 것이네.

만약 이 몸이 그 곳에 태어난다면

천 년 만년 푹 빠져 있으리라.

인간세상의 나쁨은 논할 필요가 없으니

팔고(八苦)와 삼재(三災)[11]를 어찌 차마 듣겠는가.

좋은 행실은 한 가지도 행하지 않으며

공도(公道)에 의거하지 않은 채 천 년 세월을 바란다네.

곧 품에 숨겼다(太宗得鵑絶俊異, 私自臂之, 望見鄭公, 乃藏於懷.)." 李冗『宣室志』卷10 : "그 매는 무척 훌륭했다. 업 사람들이 기르는 매들 중에 좋은 것들이 아주 많으나, 어느 것도 그에 미치지 못했다. 항상 팔에 걸고 놀며 손에서 떼지 않았다(其鷹甚神俊, 鄴人家所育鷹隼極多, 皆莫能及. 常臂以玩, 不去手)."

7   '佛'이 原卷에는 흔한 속자인 '仏'로 되어 있다. 原錄에서는 '仙'으로 썼으나 이는 잘못이다.

8   '須歸'가 原卷에는 '歸須'로 되어 있다. 글자의 자리가 뒤바뀐 듯하여 여기서는 原錄에 근거하여 고쳤다.

9   孫楷第는 "阿婆'는 六朝 이래 俗人들이 나이 든 부인을 칭할 때 쓰는 말이다. …… 이 글에서 '阿婆'는 듣는 사람들의 부인을 말하는 것 같다. 그들을 높여서 '阿婆'라 하는 건 요즘 남의 부인을 부를 때 '太太'라 하는 것과 마찬가지 다"라고 했으며, 項楚는 손해제의 말을 따르면서도 '阿婆'가 지금의 '老婆'와 같으며 '阿'는 어조사이고 '阿婆'에 높임의 의미는 없다고 했다. 또 蔣禮鴻은 속강의 청중 중예는 남자도 있고 여자도 있으므로 이 '阿婆'는 '남편의 어머니'를 말하는 듯하다고 했다. 이상의 세 가지 주장 중에 어떤 것이 옳은지 확신할 수 없어 일단은 모두 기록한다.

10   [項楚] 乾嗔 : 공연히 화를 내다. '乾'은 '공연히, 쓸데없이'의 의미이다. 돈황본「茶酒論」: "네 머리로 공연히 힘쓰지 마라(阿你頭腦, 不須乾努)."

11   [譯注] '八苦'는 중생들이 받는 여덟 가지 고통으로 生苦, 老苦, 病苦, 死苦, 愛別離苦, 怨憎會苦, 求不得苦, 五蘊盛苦를 말한다. [項楚] 불경에는 大三災와 小三災가 있는데 여기서 가리키는 것은 '소삼재' 즉 饑饉災, 疾疫災, 刀兵災이다.

도산(刀山)이 해를 비추고

검수(劍樹)는 구름을 뚫네.

어찌 편안하고 즐거우리

악업의 불이 몸을 태우는데.

십겁(十劫)이네 오겁(五劫)이네 항상 말하지만

잠시라도 즐거운 적이 없다네.

어찌 정토처럼

보살을 이웃으로 하겠는가.

한가할 땐 팔덕지(八德池)¹²에 가서 물놀이를 하고

답답할 땐 칠중수(七重樹)¹³에 가서 봄놀이를 한다네.

보전(寶殿)에 오르기도 하고

경문에 예를 올리기도 하며,

공작을 몰기도 하고

가릉을 팔에 걸기도 하네.

상서로운 광채에 오르기도 하고

상서로운 구름으로 들어가기도 하며,

아침에 보전에 오르기도 하고

밤에 자존께 예를 올리기도 한다네.

항상 묘법을 들음에

늘 이근(耳根)¹⁴을 지난다네.

그곳에 이르면 생사를 영원히 초월하고

이로 인하여 점점 불신을 얻게 된다네.

이제 날이 저물었으니 돌아가셔야지요.

---

12 【譯注】八德池 : 정토에 있는 여덟 가지 공덕을 갖춘 물 즉 '八功德水'를 말한다.

13 【譯注】七重樹 : 극락국토의 보배로운 나무인 七重行樹를 가리킨다. 일곱 겹으로 늘어서 있어 '칠중행수'라 한다.

14 【譯注】耳根 : 눈, 귀, 코, 혀, 몸의 5根 중 하나로서 소리를 듣고 耳識을 이끌어내는 기관 즉 '귀'를 말한다.

집에 계신 부인께서 공연히 화내십니다.

二.

且人生一世, 喩若漂[15]蓬, 貴賤雖殊, 無常一蓋.[16] 上至帝主, 下及
庶民, 富貴卽有高低, 無常且還一種. 故無常經云 : 上生非想處云云.

사람의 한 인생은 떠도는 쑥과 같습니다. 귀천이 비록 달라도 무상(無
常)한 건 마찬가지지요. 위로는 제왕에서 아래는 서민에 이르기까지 부
귀에 높고 낮음이 있어도 무상은 결국 한 가지랍니다. 그래서 『무상경
(無常經)』에서는 "비상처(非想處)에서 상생하다" 운운하였지요.

上三皇, 下四皓, 潘岳美容彭祖少.
將爲[17]紅顏一世中, 也遭白髮驅摧[18]老.
文宣王, 五常敎, 誇騁文章詞麗操(藻).
將爲他家得久長,[19] 也遭[白髮驅摧老].[20]
說西施, 怛(姐)己貌, 在日紅顏誇窈窕.

---

15 【徐震堮】'漂'는 '飄'가 되어야 한다. 【校注】'漂'와 '飄'는 음도 비슷하고 뜻도 통하므로
　　굳이 고칠 필요가 없다.
16 【項楚】'一蓋'는 '一槪'가 되어야 한다. '一槪'는 '마찬가지, 구분이 없음'의 의미이다.
17 '將爲'는 '~라 여기다(以爲)'의 의미이며 '爲'와 '謂'는 통한다. 아래의 예들도 마찬가지
　　다.
18 【徐震堮】'摧'는 '催'가 되어야 한다.
19 '久長'이 原錄에는 '長久'로 잘못 쓰여 있어 여기서는 原卷에 근거하여 옳게 고쳤다.
20 【原校】 이하의 각 구는 원래 "也遭……"로 되어 있다. 여기서는 위 구를 따라 '白髮驅
　　摧老' 다섯 글자를 채워 넣었다. 【校注】原卷에서 '也遭' 아래의 빈칸은 중첩된 구를
　　생략한다는 의미이다.

只留名字在人間, 也遭[白髮驅摧老].

或是僧, 或是道, 淸淨蓮臺持釋敎.

將爲無常免得身, 也遭[白髮驅摧老].

或經營, 或工巧, 鬪樣尖新[21]呈妙好.

假饒富貴似石崇, 也遭[白髮驅摧老].

持齋戒, 眞要妙, 聽取經文大乘敎.

休於濁世醉昏昏, 須臾便是無常到.

上來敎化總須聽, 思量卻是於身好.

莫著癡[22]心樂色身, 須臾便是無常到.

大丈夫, 自斟酌, 何事[23]驅驅爲十惡.

七十人年猶自希, 何須更作千年約.

强聞經, 相取語, 幻化之身無正主.

假饒貪戀色兼身, 限[24]來卻被無常取.

金輪王, 四州主, 統領万方養黎庶.

國王富貴沒人過, 限來也[被無常取].

樹提伽, 石崇富, 世代傳名至今古.[25]

思量榮貴暫時間, 限來也[被無常取].

說恆娥, 談落(洛)浦, 美貌人間難比喩.

端嚴將爲百千年, 限來也[被無常取].

大丈夫, 實風措,[26] 欲行弄影勤[27]迴顧.

21　‘鬪’를 原錄에서는 ‘聞’으로 썼는데 徐震堮은 이를 ‘鬪’로 보아야 한다고 했다. 徐震堮의
　　의견은 매우 타당하다. ‘鬪樣尖新’은 모양의 참신함과 출중함을 견준다는 의미이다.
22　‘癡’를 原錄에서는 ‘擬’로 잘못 썼다. 여기서는 原卷에 근거하여 고쳤다.
23　‘何事’는 ‘何須, 何必’의 의미이다. 晉 左思 「招隱」 2수 중 제1수 : “산수에 맑은 소리가
　　있는데, 굳이 휘파람불며 노래할 필요 있으랴(山水有淸音, 何事待嘯歌).”
24　[項楚] ‘限’은 ‘大限’이라고도 하며 생명의 기한, 곧 죽을 때를 말한다.
25　이 구는 예나 지금이나 대대로 이름이 전한다는 의미이다. 楊雄은 ‘至今古’를 ‘足今古’
　　로 보아야 한다고 했으나 취할 만한 의견은 아니다.
26　[項楚] ‘風措’는 ‘風流’이다. 柳永, 「合歡帶」 : “몸매는 본래부터 아리따웠고, 풍류는 참

少年休更騁婆羅, 限來也[被無常取].

或是僧, 伽藍住, 古貌慢慢[28]如龍虎.

淸霄寺宇好安身, 限來也[被無常取].

或入道, 求仙侶, 燒練長生爐裏煮.

饒君多有駐顔方, 限來也[被無常取].

不論貴賤與高低, 揀甚僧尼及道侶.

除却牟尼一個人, 餘殘總被無常取.

講多時, 言有據, 日色偏斜留不住.

高聲念佛且須歸, 只向階前領偈去.

위로는 삼황(三皇), 아래로는 사호(四皓)[29]에

반악(潘岳)은 용모가 아름답고 팽조(彭祖)는 늙지 않아,

한 평생 홍안(紅顔)일 것이라 생각했으나

역시 백발을 만나 늙음을 재촉하게 되었지.

문선왕(文宣王)의 오상(五常)의 가르침은

문장을 내세워 펼치고 글이 아름다워,

오래도록 장수할 것이라 생각했으나

역시 [백발을 만나 늙음을 재촉하게 되었지].

으로 묘사하기 어렵구나(身材兒早是妖嬈, 算風措實難描)."

27 '勤'이 原卷에는 '勒'으로 되어 있다. 이는 '勤'자의 획수를 줄여 잘못 쓴 것으로 여기서
　　는 原校에 근거하여 고쳤다.

28 [蔣禮鴻] '慢慢'은 얼굴빛이 밝게 빛나는 모습을 말하며, '漫漫'이라고도 한다. 돈황본
　　「歡喜國王緣」: "부인은 용모가 아리땁고 옥 같은 얼굴에 가늘고 연약하여 마치 예쁘
　　게 꽃핀 복숭아나무 같고 가을 연못의 연꽃잎 같았다. 그녀의 넘쳐나는 자질과 타는
　　듯 아름다운 자태는 참으로 밝고도 빛이 나서 왕의 마음을 사로잡았다(夫人容儀窈窕,
　　玉貌輕盈, 如春日之夭桃, 類秋池之荷葉, 盈盈素質, 灼灼嬌姿, 實可漫漫, 偏稱王心)."

29 [譯注] 여기서 '四皓'는 진말에 상산에 은거했던 東園公, 角里先生, 綺里季, 夏黃公을
　　말한다. 수염과 눈썹이 모두 흰 색이라 상산의 사호라 칭해졌다. 이들은 고조가 불러
　　도 응하지 않았으나 나중에 고조가 태자를 폐위하려 할 때 장량(張良)의 계책에 따라
　　태자의 스승들이 되면서 고조가 스스로 태자를 폐위하려는 마음을 접게 만든다. 『史
　　記』「留侯世家」와 『漢書』「張良傳」에 이야기가 전한다.

서시(西施)와 달기(妲己)의 용모를 말한다면
살아있을 때의 홍안이 요조함을 뽐내었으나,
다만 이름만 세상에 남았을 뿐
역시 [백발을 만나 늙음을 재촉하게 되었지].
혹자는 승려가 되고 혹은 도를 닦아
청정한 연대(蓮臺)에서 석가의 가르침을 지키며,
무상이 자기 몸에는 없을 것이라 생각하나
역시 [백발을 만나 늙음을 재촉하게 되었지].
혹자는 장사를 잘 하고 혹자는 기술이 좋아
모양의 참신함을 다투며 오묘한 아름다움을 드러내어,
설사 부귀함이 석숭(石崇)처럼 된다 하더라도
역시 [백발을 만나 늙음을 재촉하게 되었지].
재계(齋戒)를 지킴은 참으로 깊고 미묘하니
경문의 대승(大乘)의 가르침을 귀 기울여 들으시고,
탁세에서 혼미하게 취해있지 마시길,
순식간에 무상이 이르게 된다네.
이상의 가르침에 모두 귀 기울여야 하나
생각은 오히려 몸이 좋은 것에 둔다네.
색신(色身)을 즐기려는 어리석은 마음에 집착하지 마시길,
순식간에 무상이 이르게 된다네.
대장부는 스스로 알아서 하는 것이니
어찌 십악을 저지름에 애를 쓸 필요가 있겠는가.
나이 칠십도 오히려 드문데
어찌 또 천년의 약속이 필요가 있으리.
경문을 열심히 듣고 그 말을 취하시길,
허깨비 같은 몸은 불변의 주인이 없는 법이니,
설사 색과 소리를 탐한다 하더라도

죽을 때가 되면 무상에게 뺏기고 말지.
금륜왕(金輪王)은 사주(四州)의 왕으로서
만방을 다스리고 백성들을 길러주지.
국왕의 부귀함은 아무도 넘볼 수 없으나
죽을 때가 되면 [역시 무상에게 뺏기고 만다네].
수제가(樹提伽)[30]와 석숭의 부귀함은
대대로 예나 지금이나 그 이름이 전해지나,
영화와 부귀를 생각함은 잠시이고
죽을 때가 되면 [역시 무상에게 뺏기고 만다네].
항아(恒娥)를 말하고 낙포(洛浦)[31]를 이야기한다면
그 미모는 세상에서 비할 바가 없어,
백년 천년 단정하고 아름다우리라 생각해도
죽을 때가 되면 [역시 무상에게 뺏기고 만다네].
대장부는 참으로 풍류가 있어
그림자를 희롱하려 부지런히 고개를 돌리나,
젊을 때는 또 능수능란하게 내달리는 일 그만두시라,
죽을 때가 되면 [역시 무상에게 뺏기고 말지니].
혹은 승려가 되어 가람에서 살고
고졸한 풍모 용호처럼 밝게 빛나며,
맑은 하늘의 사원에서 몸 편하길 좋아해도
죽을 때가 되면 [역시 무상에게 뺏기고 만다네].
혹은 도(道)에 입문해 신선과 짝하려
장생의 약을 단련하고 화로 속에 익혀보나,

---

30 【譯注】 樹提伽 : 불경에 나오는 巨富의 이름으로 殊底色迦라고도 한다. 【校注】 범어
   Jyotiska의 음역이고 '火生' 혹은 '光明'으로 意譯된다. 관련 사적은 『根本說一切有部毗
   奈耶雜事』 권2,3과 『樹提伽經』 등에 보인다.
31 【項楚】 洛浦 : '낙수의 물가'라는 의미이나, 여기서는 낙수의 여신인 '宓妃'를 가리킨다.

군주가 용모를 유지하는 처방을 많이 갖고 있어도
죽을 때가 되면 [역시 무상에게 뺏기고 만다네].
귀천과 고하를 막론하고
승니(僧尼)와 도려(道侶)를 각별히 구별하나,
석가모니 한 사람만 제외하고는
나머지는 모두 무상에게 뺏기게 된다네.
오랜 시간 강(講)을 하며 말에 근거가 있었으나
날이 저물어 더는 머무를 수 없겠습니다.
높은 소리로 염불하시고 돌아가시되
섬돌 앞에서 게(偈)를 받아 가십시오.

三.

不修行, 悟³²經義, 逐色耽聲迷與醉.
人生一世瞥然間, 不修實是愚癡意.
或貧窮, 或富貴, 第一身心行自利.³³
無常忽到一生休, 不修[實是愚癡意].³⁴
有錢財, 不布施, 更擬貪監³⁵於自己.

---

32   '悟'는 '忤'로 읽어야 한다.
33   [項楚] '自利'는 불교에서 스스로 보리를 구하는 것을 말한다. '利他'는 중생의 제도를
     말한다. 『無量壽經』: "선어를 닦고 익혀서 스스로 깨닫고 중생을 제도하여 나와 남에
     게 모두 이득이 된다(修習善語, 自利利人, 人我兼利)."
34   [原校] 이하 각 구의 '實是愚癡意' 다섯 글자는 위 구에 근거하여 채워 넣었다.
35   '監'은 '憸'으로 읽어야 한다. 『玉篇』「心部」: "憸, 貪憸也." '憸'은 '嗌'으로 쓰기도 한다.
     『集韻』「談韻」: "憸, 貪憸, 嗜也, 或從口." '貪憸'은 곧 동의의 복합사인 것이다. 原錄

忽然擘手向兩邊頭, 不修[實是愚癡意].

大蒙頭,[36] 分明利, 五妄(妾)三妻心裏喜.

前呈(程)一一自家耽,[37] 不修[實是愚癡意].

兄弟居, 男幼稚, 莫便分張非與是.

同泡(胞)共乳長爲人, 不修[實是愚癡意].

不修行, 求出離, 百歲人生如夢寐.

波吒[38]一一自家當, 不修[實是愚癡意].

世間情, 終不恥, 託手心頭[39]懃比試,

忽然失脚落三塗, 不修[實是愚癡意].

尙(上)來[40]勸化總須聽, 各各自家須使意.

___

에서는 이를 '婆'으로 고쳤으나 옳지 않은 것 같다.

36　[項楚] '大蒙頭'는 물건으로 머리를 덮는다는 의미, 즉 어두워서 아는 바가 없다는 의미일 것이다. 여기서는 '蒙頭'로 사리에 밝지 못하고 어리석은 모습을 비유하고 있다.

37　'耽'은 '當'으로 읽어야 한다. "前程一一自家當"은 소위 "자기가 저지른 일은 자기가 책임진다"는 의미이다. S.5588의 시 「只爲求因果」: "이생에서 조금의 선함도 배우지 않고 오로지 악한 일만 즐기면, 사후에 윤회에 빠져 괴로움을 당한다. 자기가 저지른 일이라 자기가 책임지는 것이다(在生不學分毫善, 惡事專心羨 死後輪廻受苦忙, 自作自身當)"와 S.2682 「太子成道經」의 "스스로 지은 죄를 스스로 책임진다(自身作罪自身當)." 그리고 본 편의 바로 아래에 나오는 "波吒一一自家當, 不修[實是愚癡意]"도 모두 비슷한 의미이다. [項楚] '前程'은 본래 앞길을 의미하나 여기서는 사후의 상황을 가리킨다.

38　'波吒'는 본래 지옥의 이름이다.『法苑珠林』권11에서 인용한「三法度論經」: "세 번째는 '아타타' 지옥이다. 입술은 움직이지 못하고 혀만 움직일 수 있어서 이런 소리가 난다. 네 번째는 '아파파' 지옥이다. 혀는 움직일 수 없고 입술만 움직일 수 있어서 이런 소리가 난다(三名阿吒吒地獄, 由脣動不得, 唯舌得動, 故作此聲. 四名阿波波地獄, 由舌不得動, 唯脣得動, 故作此聲)." '波吒'는 '波波吒吒'의 생략형이다. 지옥이라는 뜻에서 고난이나 고통으로 의미가 확장되어 위에서는 '고난'의 의미로 쓰였다. [項楚] '波吒'는 본래 지옥에서 고통을 받을 때 지르는 소리를 말하며, 이 의미가 파생되어 위에서는 지옥에서 당하는 혹형의 고통을 가리키고 있다.

39　[項楚] '託手心頭'는 손으로 가슴을 문지르는 것으로 스스로를 반성할 때 하는 동작이다. 돈황본「破魔變」: "가슴에 손을 얹고 곰곰이 생각해보면, 세간사 어떤 일도 오래가지 않는다네(心頭託手細參詳, 世事從來不久長)."

40　'尙來'를 原校에서는 '上來'라고 했으며 徐震堮은 '向來'가 되어야 한다고 보았다. 項楚는 原校가 옳다며 이렇게 말했다. "'上來'는 총괄하는 말로서 현대한어의 '以上'에 상

到家各自省差殊,⁴¹ 相勸直論好底事.⁴²

說多時, 日色被, 珍重⁴³門徒從座起.

明日依時早聽來, 念佛階前領取偈.

수행하지 않고 경문의 뜻을 거스르고

색을 좇고 소리를 즐기며 취해 헤매고 있구나.

사람의 한 평생 눈 깜짝할 사이라

수행하지 않음은 참으로 어리석은 생각이라네.

빈궁한 이든 부귀한 이든

몸과 마음으로 스스로 보리를 구하는 것이 제일이라.

무상이 홀연 이르면 한 생이 끝나버리니

수행하지 않음은 [참으로 어리석은 생각이라네].

재산이 있으면서도 보시하지 않고

자기를 위해서만 즐기고 탐하려 하면,

홀연 손이 양쪽으로 찢어지니

수행하지 않음은 [참으로 어리석은 생각이라네].

어리석고 무지한 채 이익을 분명히 하면

다섯 첩과 세 처의 마음은 기쁘겠으나,

앞으로의 일을 하나하나 스스로 감당해야 하니

수행하지 않음은 [참으로 어리석은 생각이라네].

당하며, 위에서 말한 내용을 개괄할 때 쓴다. 변문에서 흔히 보이는 용례이다."

41 [項楚] 省差殊 : 잘못을 반성하다. '差殊'는 곧 과오를 말한다. 日僧 圓仁『大唐求法巡禮行記』卷四 : "잘못을 범한 자는 모두 환속을 시켜 교대로 본관으로 돌려보낸다(差殊者盡勒還俗, 遞歸本貫)."

42 [項楚] '好底事'는 곧 '好的事'로서 복을 닦고 선을 행하는 일을 말한다. '底'는 '的'이다.

43 '珍重'은 '保重'이라는 말과 같으며 헤어질 때 쓰는 상투어이다.『僧史略』: "떠날 때 '진중'이라 말함은 왜인가? 이는 서로 만남을 마쳐 마음이 이미 통한 후 '진중'하라고 당부하는 것이다. '잘 보중하십시오', '스스로를 아끼십시오', '편히 쉬십시오', '안녕히 계십시오'와 같은 말이다(臨去辭曰珍重者何? 此則相見旣畢, 情意已通, 囑曰珍重, 猶言善加保重, 請加自愛、好將息、宜保惜, 同也)."

형제가 있고 아들이 어리면
곧바로 누가 옳고 누가 그르다 나누지 마시길,
같은 배에서 함께 젖을 먹고 사람으로 자라니
수행하지 않음은 [참으로 어리석은 생각이라네].
수행하지 않고 고통에서 벗어나려 하니
백년의 인생은 꿈과 같아라.
지옥의 고통 하나하나 스스로 감당해야 하니
수행하지 않음은 [참으로 어리석은 생각이라네].
세간의 정을 끝까지 부끄러워하지 않았는지
가슴에 손을 얹고 정성스레 생각해보시길.
홀연 발을 헛디뎌 삼도에 떨어지니
수행하지 않음은 [참으로 어리석은 생각이라네].
지금까지 권면한 바를 모두 귀 기울여 듣고
모두들 스스로 생각해보시길.
집으로 돌아가 각자의 잘못을 반성하시고
좋은 일은 서로 권면하고 논하시기를.
오랜 시간 말도 했고 날도 저물어가니
문도들께선 보중하시고 자리에서 일어나십시오.
내일 시간이 되면 일찍 들으러 오시고
섬돌 앞에서 염불하시고 게를 받으십시오.

四.

人生一世, 瞥爾之間, 如石火電光, 非能久住. 奉勸門徒, 速求出利.[44]

사람의 한 생은 눈 깜짝할 순간의 전광석화와 같아 오래 머물 수가 없지요. 문도들께 삼가 권하노니, 속히 (생사의) 고통에서 벗어나십시오.

勸門徒, 修福善, 休愛春光堪賞翫.
思量能得幾多時, 必竟⁴⁵於身爲大患.
眷屬多, 誰⁴⁶相管, 前路自家當苦難.
閑來託手自思量, 也是與(於)[身爲大患].
戀西施, 暮(慕)月面, 多傾美容生敬善.⁴⁷
斂心淨意試思量, 也是與[身爲大患].
煞豬羊, 羞玉饌,⁴⁸ 屈命⁴⁹親情恣歡宴.
烹炮宰煞自家當, 也是與[身爲大患].
懈慢心, 難誘勸, 揀點師僧論貴賤.
[□]凡道聖有偏坡,⁵⁰ 也是與[身爲大患].
生死心, 誇修善, 口轉經時心不轉.

44 　【徐震堮】 '出利'는 '出離'가 되어야 한다.
45 　'必竟'은 '畢竟'이 되어야 한다. '必'과 '畢'은 변문에서 통용된다. P.2714 「十二時」의 "잠시 동안 권속들을 생각하는 것도 결국은 몸에 큰 재앙이 된다네(思量眷屬暫時間, 畢竟於身終大患)"이 위 구와 유사하다는 점은 '必竟'이 곧 '畢竟'이라는 것에 참고가 된다.
46 　'誰'가 原卷에는 간체 속자인 '谁'로 되어 있다. 原錄에서는 이를 '難'으로 잘못 보았다.
47 　袁賓은 '生敬善'은 뜻이 통하지 않으므로 '生'이 '無'가 되어야 한다고 했다. 그러나 '生敬善'은 곧 미모에 대해 그렇다는 말이므로 '生'자는 틀리지 않다.
48 　『說文』 「丑部」에서는 "羞, 進獻也"라 했고, 『左傳』 「隱公三年」의 "귀산에게 천거할 만하고 왕공에게 바칠 만하다(可薦於鬼神, 可羞於王公)"에 대해 杜預는 "羞, 進也"라 는 주석을 달았다. 위의 '羞玉饌'은 곧 옥찬을 바친다는 말이며 '羞'는 '진헌하다'의 의미이다.
49 　【譯注】 여기서 '屈'은 '초청하다'의 의미로 쓰였다. 牛僧儒 『玄怪錄』: "어떤 자가 칼을 쥔 채 두 손을 모으고 앞으로 나와 말했다. '도통께서 공을 초청하셨습니다.'(一人握刀拱手而前曰, 都統屈公)." 『唐五代語言詞典』 '屈' 조항 참고.
50 　【潘重規】 이 구는 한 글자가 빠진 것 같다. 【校注】 原卷을 보면 구의 처음 한 칸이 비어 있는데 아무래도 초사자가 확신하지 못해 빈칸으로 남겨둔 것 같다. 문맥에서 보면 '說'자가 빠지지 않았을까 한다. 그리고 '偏坡'는 '偏頗'로 읽어야 한다.

佛言如此闡提人,⁵¹ 也是與[身爲大患].

釋迦師, 巧方便, 演說蓮花經⁵²七卷.

千方萬便化衆生, 意惡⁵³總交登彼岸.

便愍懃, 能精練, 虔懇身心頻發願,

不唯空見阿彌陀, 定往天宮兜率院.

更擬說, 日西垂, 坐下門徒各要歸.

忽然逢著故醋擔, 五十茄子兩旁箕.⁵⁴

문도들께 권하노니, 복(福)과 선(善)을 닦아야지

봄빛을 사랑하며 완상하진 마시기를.

얼마나 많은 시간을 얻을 수 있을까 생각하다

결국엔 몸에 큰 재앙이 오는 것이네.

권속이 많다 한들 누가 신경을 써주리

앞길은 스스로가 고난을 감당해야 하니.

평소 (가슴에) 손을 얹고 스스로 생각해보면

---

51   [項楚] '闡提人'은 곧 '一闡提人'으로, 불경에서는 일체의 善根을 끊은 사람을 '一闡提'라 한다. 『大般涅槃經』 권19 : "일천제는 인과를 믿지 않고 부끄러움이 없으며 업보를 믿지 않고 현재와 미래 세상을 보지 않고 선한 벗과 친하지 않고 부처가 말씀하신 가르침의 계율을 따르지 않으니, 이런 사람을 일천제라고 한다. 제불과 세존이 다스릴 수 없는 바이다(一闡提者, 不信因果, 無有慚愧, 不信業報, 不見現在及未來世, 不親善友, 不隨諸佛所說教戒, 如是之人 名一闡提, 諸佛世尊所不能治)."

52   [項楚] 『蓮花經』은 곧 『妙法蓮華經』을 말한다. 『묘법연화경』은 세 가지 서로 다른 번역본이 있는데, 西晉의 竺法護가 번역한 『正法華經』 10권, 姚秦의 鳩摩羅什이 번역한 『묘법연화경』 7권, 隋의 闍那崛多와 達摩笈多가 공역한 『添品妙法蓮華經』 8권이 그것이다. 따라서 위의 '七卷'은 가장 널리 알려진 구마라집의 역본임을 알 수 있다. 그리고 '蓮花經七卷'이라고 밝힌 점을 통해 위 글이 「妙法蓮華經講經文」을 강창할 때 썼던 해좌문임을 알 수 있다.

53   [項楚] 원문의 '惡'은 '要'가 되어야 한다. '惡'자의 俗書가 '要'자와 비슷해서 잘못 쓰게 된 것이다.

54   이 연은 무슨 의미인지 알 수가 없다. 任半塘은 '旁箕'를 '螃蜞'로 고쳤는데 일리가 있다. [項楚] 원문의 '旁'은 '筹'이 되어야 한다. '筹箕'는 대나무를 째서 만든 것으로 물건을 담는 용기이다. "五十茄子兩旁箕"는 50전이면 가지 두 바구니를 살 수 있다는 의미로 우스개로 하는 말이다.

역시 [몸에 큰 재앙이 되는 것이네].
서시를 사랑하고 달 같은 얼굴 사모하며
미모에 푹 빠져 공경하고 좋게 여기나,
마음을 가다듬고 뜻을 깨끗이 하여 생각해 보면
역시 [몸에 큰 재앙이 되는 것이네].
돼지와 양을 죽여 옥찬(玉饌)을 바치고
친한 이들 불러다가 즐겁게 잔치를 벌이며,
삶고 굽고 도살하고 죽이는 일 스스로 맡으니
역시 [몸에 큰 재앙이 되는 것이네].
나태하고 게으른 마음이라 설득하여 권면하기 힘들고
사승(師僧)을 택함에도 귀천을 논하고,
도성(道聖)을 말함에도 공정하지 못하니
역시 [몸에 큰 재앙이 되는 것이네].
번뇌의 마음으로 선을 닦았다 과시하고
입으로 경문을 읊을 때에도 마음으로는 읊지 않으니,
부처님 말씀에, 일체의 선근(善根)을 끊은 이런 자들은
역시 [몸에 큰 재앙이 있게 된다네].
석가사(釋迦師)께서 방편(方便)에 능하시어
『연화경(蓮花經)』 일곱 권을 연설하시고,
천 가지 만 가지 방법으로 중생을 교화하심은
모두가 피안에 이르게 하려는 뜻이라네.
간절한 마음으로 능히 깊이 연마하시고
정성스런 심신으로 자주 발원하시어,
아미타불을 그저 뵐뿐 아니라
천궁의 도솔원(兜率院)으로 왕생할 것이네.
더 말하려 해도 해가 서쪽으로 떨어져
좌하의 문도들께선 각자 돌아가셔야 하겠습니다.

갑자기 또 쓰라린 부담에 봉착했으니
오십 전이면 가지가 두 바구니랍니다.

五.

我輩門徒, 善男善女, 生在娑婆五濁惡世, 唯耽生死, 不悟[55]無常. 四
相遷,[56] 小四相, 說五粘喩. 天晴開, 喩辨議.

우리 문도들은 선남선녀이나 사바의 오탁악세(汚濁惡世)에 태어나 오
로지 살고 죽는 일에만 탐닉하고 무상을 깨닫진 못하는구나. 사상(四相)
의 변화와 소사상(小四相)에 대해 다섯 가지 깨달음을 말하다. 하늘은 맑
게 개고 분명한 의론을 깨우치다.

恰似人生一世, 貪愛色聲[57]無異,
鬢邊白髮到來, 何處將身迴避.
耳聾眼闇腰疼, 猶自憂家憂計,
四支(肢)沈重難行, 形貌汪尫[58]憔悴.

---

55 '悟'를 原錄에서는 '惜'으로 잘못 썼다. 여기서는 原卷에 근거하여 고쳤다.
56 [項楚] '四相遷'은 곧 '四相遷移'로 諸法의 생멸과 변천의 과정을 개괄하는 말이다. '四
    相'은 '生, 住, 異, 滅'을 말한다. 이에 대해서는 각 종파의 해석이 일치하진 않으나,
    대체적으로 말해 무에서 새로 생기는 것을 '生', 生相이 연이어지는 것을 '住', 변화의
    발생을 '異', 유에서 무로 돌아가는 것을 '滅'이라 한다. 이를 인생에 적용한다면 '四相
    遷移'는 생로병사, 즉 태어나서 죽는 과정이 된다.
57 '色聲'을 原錄에서는 '聲色'으로 잘못 썼다. 潘重規는 原卷이 '色聲'으로 되어 있다고
    옳게 지적했으며, 여기서는 이에 근거하여 고쳤다.
58 [項楚] '汪尫'은 '尫羸가 되어야 한다. 필사자가 '尫'을 '汪'으로 잘못 썼다가 나중에 이
    를 깨닫고서 바로 아래에 정자를 썼으나 원래의 틀린 글자를 디처 지우지 않았고 게
    다가 '羸'자까지 빠뜨려 '汪尫'이 된 것이다. '尫羸은 몸이 약하다는 의미로 변문에서

死王⁵⁹忽爾到來, 前路有何次第,⁶⁰

閻王問你之時, 著⁶¹甚言詞祇備.⁶²

莫推男女成行, 準望⁶³他家修致,

直饒每日設齋, 爭似自家親[祇]備.

囑兒孫, 行孝義, 禮念六時金殿裏,

直饒依語便如斯, 不如在世[親祇備].

更遺言, 相委記,⁶⁴ 畫取閻王幀子⁶⁵跪,

饒君跪得一千雙, 不如在世[親祇備].

勸門徒, 修福利, 一一祇承⁶⁶來世事,

免於沒後囑兒孫, 聞健⁶⁷自家[親祇備].

念觀音, 求勢至, 極樂門開隨取意,

흔히 보이는 말이다. 「維摩詰經講經文」: "높은 침상에 누워 계시며 볼품없는 방에서 수척해지시다(偃臥高床, 尫羸壞室)"와 「父母恩重經講經文」: "안색이 초췌하고 겉모습이 수척하다(顏容憔悴, 形貌汪[尫]羸)"을 보면 '尫'자가 본래 '汪'으로 되어 있으나 '羸'자는 빠져 있지 않다.

59 項楚는 '死王'이 곧 '死亡'을 인격화한 것으로 '死神'과 같은 말이라 했다. 原錄에서는 '死王'을 '死亡'으로 고쳤으나 이는 옳지 않다.

60 [項楚] '次第'는 '상황, 광경'의 의미이다. 李淸照 「聲聲慢」: "오동나무에 가는 비가 쌓여 황혼이 되니 방울방울 떨어졌다. 이 광경을 어찌 '愁'라는 한 글자로 깨달을 수 있겠는가(梧桐更兼細雨, 到黃昏, 點點滴滴, 這次第, 怎一個愁字了得)."

61 [項楚] '著'는 개사로 '~으로, ~을 가지고(用, 拿)'의 의미이다. [校注] '著'를 原錄에서는 '看'으로 잘못 썼다. 여기서는 原卷에 근거하여 고쳤다.

62 '祇備'는 '대비하다(備)'의 의미이며 '祇'는 접사이다. [項楚] '祇備'는 '준비하다, 대응하다'의 의미이다. '祇'는 본래 동사 앞에 쓰여 공경의 의미를 나타냈으나 사용하는 과정에서 점차 그 의미가 약화되어 실제로는 아무런 의미가 없게 되었다.

63 原卷에는 '準'이 속자인 '准'으로 되어 있다. '準望'은 '기대하다, 바라다'의 의미이다. 「悉達太子修道因緣」: "백 년 동안 함께 부귀하길 바랐으면서, 이제 와서 도중에 첩을 버린단 말입니까(準望百年同富貴, 抛妾如今半路中)"에서 '準望'도 같은 의미이다.

64 '委記'는 '부탁하다, 당부하다'이며 '記'는 '認'와 통한다.

65 [蔣禮鴻] '幀'은 '楨'이 되어야 한다. '幀子'는 염왕을 그린 화폭이다. 후대에는 '楨'이 '幀'으로 변했다.

66 徐震堮은 '丞'이 '承'이 되어야 한다고 옳게 지적했다. '祇承'은 곧 '承'이며 '祇'는 접사이다.

67 '聞健'은 '건강할 때'의 의미이며 '聞'은 '趁'의 의미이다.

一彈指頃到西方, 大聖彌陀見歡喜.
更聞經, 兼受記, 必定當來値慈氏,
永抛濁世苦娑婆, 不向三塗受沈墜.
更擬說, 日西止, 道理多般深奧義,
明朝早到與君談, 且向階前領取偈.

흡사 사람의 한 생이
성색(聲色)을 탐하고 사랑함에 다름이 없으니,
귀밑머리에 흰 머리털이 생기면
어느 곳으로 몸을 피하겠는가?
귀가 먹고 눈이 멀고 허리가 아파도
오히려 스스로 집안의 생계를 걱정해야 하니,
사지는 무거워 걷기도 힘들고
용모는 파리하고 초췌해진다네.
사왕(死王)이 갑자기 오기라도 하면
앞날은 어떤 모습이 될 것이며,
염왕(閻王)이 당신께 질문을 던질 때는
무슨 말로 대비할 것인가?
자식들을 내세워 행하게 하고
다른 사람에게 지재(持齋)할 것을 바라지 말지니,
설사 매일 재(齋)를 베푼다 해도
어찌 자기가 친히 대비하는 것과 같겠는가?
자손에게 부탁하길, 효도를 행하고
육시(六時)[68]에는 금전에서 예배하고 염불하라 하나,
설사 말대로 그렇게 한다 하더라도

---

68 【譯注】六時 : 하루 낮밤을 각각 세 개의 時로 구분하여 육시라 한다. 낮은 새벽과 한
   낮과 해질녘이며, 밤은 초저녁과 한밤중과 새벽이다. 불교에서는 이 육시에 예불 의
   식을 행한다.

살아있는 동안 [친히 대비하는 것만] 못하다네.
또 유언으로 당부하길,
염왕의 화폭을 그려다가 궤배(跪拜)를 올리라 하여,
설사 그대가 (화폭) 1천 쌍에 궤배를 올린다 해도
[살아있는 동안 친히 대비하는 것만] 못하다네.
문도들께 권하나니, 복리(福利)를 닦으시어
내세의 일을 일일이 챙기시고,
죽은 후에 자손들에게 부탁하지 않으시려면
건강할 때 스스로 [친히 대비를 하십시오].
관세음보살을 염하시고 대세지보살을 찾으시면
극락의 문이 열려서 하고 싶은 바를 마음껏 하실지니,
손가락 한 번 튕기는 짧은 순간에 서방에 도착하여
대성(大聖) 아미타불을 기쁘게 뵐 것입니다.
또 경문을 들어 수기(受記)[69]하면
반드시 내세에 자씨(慈氏)[70]를 만나,
탁세의 고통과 사바세계를 영원히 버리고
삼도에 깊이 떨어지는 일은 없을 것이네.
더 말하려 하나 해가 이미 서쪽에 이르렀습니다.
(말씀드린) 도리는 여러 가지 심오한 뜻이 있으니
내일 아침 일찍 와서 여러분과 얘기를 나누겠습니다.
섬돌 앞으로 가셔서 게를 받으십시오.

---

69 [項楚] 불교에서 '記'는 예언을 말한다. 부처가 제자들이 내세에 成佛할 것을 예언하는 것을 '授記'라 하고 제자들이 성불의 예언을 받는 것을 '受記'라 한다.
70 [譯注] '慈氏'는 미륵보살의 姓으로, 흔히 미륵보살을 가리킬 때 쓴다.

六.

五千經卷佛標錄, 要悟人生時急速.
百歲何殊石火光, 一生大似風中燭.
既覺知, 須打撲,[71] 休更頭頭[72]起貪欲,
直墮[73]黃金北斗齊, 心中也是無猒[74]足.
壘珠珍,[75] 石追磓[76]白玉, 滿庫綾[77]羅有千束,
有人更與送將來, 心中[也是無猒足].[78]
買莊田, 修舍屋, 賣[79]盡[80]人家好林木,
直饒滿國是生涯, 心中[也是無猒足].

---

71 原錄에서는 '撲'의 오른쪽 부분을 '業'으로 썼으며 潘重規는 이 글자가 '撲'의 속서일
   것이라고 했다. '打撲'은 '던져버리다'의 의미이다. 慧琳『一切經音義』卷40 : "(撲)考
   聲云 : 投於地也"와 卷35 : "打撲, 考聲云 : 撲亦打也"를 보면 '打撲'이 동의의 복합사임
   을 알 수 있다.
72 [項楚] '頭頭'는 '處處', '時時', '事事'와 같다.
73 劉堅은 '直墮'을 '直饒'로 보아야 한다고 주장했다. 項楚는 "'墮'자는 틀리지 않다. 여기
   서 '直'과 '墮'는 각자가 하나의 단어가 된다. '直'은 곧 '直饒'이고 …… '墮'는 '垛'자의
   동음가차자로서 의미는 '堆'와 같다"고 했는데, 이 중에서 項楚의 의견이 옳다. '墮'와
   '垛'는 음이 비슷하여 통용된다.
74 '猒'은 나중에 '厭'이 되었다. 原錄에서 이를 '厭'으로 바로 바꾼 건 옳지 않다.
75 楊雄은 原卷이 '珍珠'으로 되어 있다고 했으나 실제 原卷에는 '珠珍'으로 되어 있다.
76 [徐震堮] '磓'는 '塠'가 되어야 한다. [校注]『廣韻』「灰韻」 : "磓, 落也. 都回切. 塠, 同上."
   '磓'와 '塠'는 본래 '墜落'의 의미를 가진 이체자이나 '堆聚'의 의미로도 쓰일 수 있다.
   「伍子胥變文」 : "음식을 산같이 쌓아 길가에 늘어놓다(飮食塠如山岳, 列在路邊)."『正
   字通』「石部」 : "磓, 聚石也." 쌓고 모으는 것이 대부분 흙이나 돌과 관계가 있으므로
   '磓'든 '塠'든 모두 의미가 통하는 것이다. 따라서 '磓'자는 고치지 않아도 된다.
77 '綾'을 原錄에서는 '陵'으로 썼다. 여기서는 原卷에 근거하여 옳게 고쳤다.
78 [原校] 이하 각 구의 '也是無厭足' 다섯 자는 위 구를 따라 채워 넣었다. [校注] 原卷을
   보면 '中'자 아래로 세로 줄이 그어져 있는데, 이는 중복된 구라 생략한다는 의미이다.
79 楊雄은 '賣'를 '買'로 보아야 한다고 했다. 따를 만한 의견이다.
80 [譯注] 교주본에서는 '盡'을 '盉'으로 잘못 썼다. '盉'은 전혀 말이 통하지 않으므로 여
   기서는 原錄, 潘重規, 項楚본 등에 따라 '盡'으로 고쳤다.

溢倉囷, 收麥粟, 萬石千車盡⁸¹收畜(蓄),

諸人種蒔總將來, 也是心中[無猒足].

剩穿坑, 盡搆束,⁸² 開得眼來行諂曲,

總⁸³交(教)你似石崇家, 心中⁸⁴[也是無猒足].

怕日斜, 恨時促, 只爲家中多骨肉,

交(教)你騎馬著綾羅, 心中[也是無猒足].

怕見人, 擬求屬,⁸⁵ 鄒(皺)卻兩眉難敲觸,

無事徒煩發善心, 有災淨處求師卜.

空中總是善龍神, 天上比⁸⁶無惡星宿,

當情⁸⁷道著莫生嫌, 辟病⁸⁸說時徒戒助.⁸⁹

81　‘盡’을 原錄에서는 ‘冬’으로 썼으며 楊雄은 이를 ‘盡’으로 보아야 한다고 했다. 原卷을 보면 ‘尽(盡)’인 듯도 하고 ‘冬’인 듯도 하여 여기서는 문맥에 어울리게 ‘盡’으로 썼다.

82　‘束’을 原錄에서는 ‘來’로 쓰고 또 ‘搆’는 ‘購’로 썼다. 그러나 潘重規는 原卷이 ‘束’으로 되어 있다고 보고 ‘搆束’으로 썼다. 韻으로 따진다면 ‘束’자가 옳은 듯하다.(아래의 ‘曲, 足, 肉’ 등과 압운이 됨) 그러나 ‘搆束’이든 ‘搆來’든 ‘購來’든 모두 뜻이 통하지 않아 좀 더 고찰이 필요할 것 같다. [項楚] ‘搆束’을 ‘묶다’의 의미로 해석해서 “剩穿坑, 盡搆束”을 땅에 구덩이를 많이 파 재물을 묶어 매장해 둔다는 의미로 보아야 한다. 그래서 본 편의 제8단에 “地下深藏與他道”라는 말이 있는 것이다.

83　‘總’은 ‘縱’으로 읽어야 한다. 唐 李益의 시 「度破訥沙」: “변방 북쪽에 봄이 오지 않는다고 말하지 마시길, 봄이 오는 소식은 어느 곳에서도 알 수 있으니(莫言塞北無春到, 總有春來何處知)”에서도 ‘總’은 ‘縱’과 통한다. P.2054 「十二時」: “석숭의 집처럼 부유하다 할지라도, 무덤 속으로 들어가지 않는 자 누가 있으리(更饒富似石崇家, 誰免身爲墳下土)”의 앞 구가 위의 “總交(教)你似石崇家”와 같은 의미이다.

84　‘心中’이 原卷에는 ‘中心’으로 되어 있다. 여기서는 위쪽과 아래쪽에 기록된 것처럼 두 글자의 위치를 바꿨다.

85　[項楚] ‘求屬’은 ‘求囑’과 같으며 ‘간청하다, 부탁하다’의 의미이다. “怕見人, 擬求屬”은 누가 부탁해올까 걱정되어 사람들을 피한다는 의미이다.

86　‘比’는 ‘본래’의 의미이다. 「漢將王陵變」: “군영을 공격한 것이 본래 왕릉의 잘못이라면, 무고한 노모가 무슨 죄가 있습니까!(斫營比是王陵過, 無辜老母有何愆?)”에서의 ‘比’와 같은 의미이다. 徐震堮은 ‘比’를 ‘必’로 보아야 한다고 했으나, 옳지 않은 의견이다.

87　[項楚] ‘當情’은 ‘本情’이다. ‘當’은 ‘本’의 의미이다.

88　‘辟’은 ‘僻’ 혹은 ‘癖’으로 읽어야 한다. 『集韻』「昔韻」: “僻, 邪也.” ‘辟病’은 나쁜 병폐를 말한다.

89　[徐震堮] ‘戒助’는 ‘戒勖’으로 읽어야 앞뒤로 운이 맞다. [校注] S.5796 王梵志 시: “권

數數頻將業剪除, 時時好把心調伏,

敬師僧, 愍孤獨, 卻可挽逃穿地獄.[90]

饒你兒孫列滿行, 去時只解空啼哭.

若要欲得眼親逢, 學取經文便合同,

海水毛吞渾不異, 須彌界納[91]事相容.

若能改換申勘[92]處, 依舊身心總不中.

日晚念佛返舍去, 事須傳語親屬記.

5천 경권(經卷)의 부처님의 저록으로

인생의 시간이 빠름을 깨달아야 하리라.

백년이 어찌 전광석화와 다르겠는가,

사람의 일생은 바람 속의 촛불과 같다네.

깨달음을 얻어 (마음속 불안을) 떨쳐버리고

무슨 일이든 탐욕의 마음이 들지 않아야 하나,

설사 황금을 북두(北斗)와 나란히 쌓는다 해도

마음속으로는 여전히 만족하지 못한다네.

선의 글을 지어 어기지 않도록 조심한다네(撰修勸善, 誡勖非違[違])." '戒勖'과 '誡勖'은 같은 뜻이다. 그리고 '徒'는 '圖'로 보아야 한다.

90 [項楚] 여기서 '挽'은 '剜'과 통용된다. '挽逃穿地獄'은 지옥의 벽을 뚫고 나온다는 의미인 것 같다. 위 내용은 "스승을 공경하고, 고독한 자를 불쌍히 여기는" 등의 선행을 하면 본래는 지옥에 떨어질 사람도 재앙을 면할 수 있다는 말이다.

91 [潘重規] '界'는 '芥'가 되어야 한다. [校注] 반중규의 주장은 옳다. '芥子納須彌'는 불교에서 흔히 쓰는 말로 모든 相은 진실한 것이 아니므로 아무리 작아도 그것을 포용할 수 있음을 비유한다. 鳩摩羅什 역, 『維摩詰所說經』「不思議品」: "만약 보살께서 해탈하시면 높고 넓은 수미산을 겨자씨 안으로 들일 수 있습니다. 늘어남도 줄어듦도 없으니, 이는 수미산 왕의 본래 모습이 그러하기 때문입니다(若菩薩住是解脫者, 以須彌之高廣, 內芥子中), 無所增減, 須彌山王本相如故)." P.2122 「維摩經押座文」: "겨자씨에 수미산을 넣어 거대한 바다를 삼키고, 만문에 교화를 행함은 족히 위엄이 있으시네(芥納須彌吞巨海, 萬門化行足威儀)"의 앞 구가 바로 위에 나온 '海水毛吞', '須彌芥納'의 의미이다.

92 [項楚] 원문의 '申'은 '由'를 잘못 쓴 것이며 '由'는 '猶'와 통한다. 그리고 '勘'은 '堪'이 되어야 한다.

진주를 쌓고 백옥을 쌓고
창고 가득 능라가 천 다발이고,
거기다가 어떤 사람이 다시 보내주어도
마음속에서는 [여전히 만족하지 못한다네].
장전(莊田)을 사고 집을 고치고
남들의 좋은 숲과 나무까지 모두 사들여,
설사 온 나라가 자기 재산이 되어도
마음속에서는 [여전히 만족하지 못한다네].
창고와 곳집이 넘쳐나도록 곡식을 거두고
만석과 천 수레를 모두 거두어 쌓아놓고,
사람들이 모종 심은 것까지 모두 가져와도
마음속에서는 [여전히 만족하지 못한다네].
구덩이를 많이 파서 모두 (묻어) 묶어 두고는
뻔히 알면서도 악행을 저지르니,
모두들 당신을 석숭의 집처럼 만들어줘도
마음속에서는 [여전히 만족하지 못한다네].
해가 기욺을 두려워하고 시간이 촉박함을 한스러워하며
오로지 집안의 많은 골육들만 위하니,
설사 말을 태워주고 비단옷을 입혀 주어도
마음속에서는 [여전히 만족하지 못한다네].
누가 부탁이라도 할까 사람 만나기를 꺼려
두 눈썹 찌푸리니 다가가기도 힘들며,
별 일 없을 때는 선심(善心)의 발원도 귀찮아하나
재앙이 닥치면 점쟁이만 찾으려 한다네.
공중에는 모두가 선한 용신(龍神)이요
하늘에는 본래 악한 별자리가 없다네.
본정(本情)을 말하면 싫어하는 마음 갖지 말고

나쁜 병폐를 말하면 애써 조심하고 힘쓰시길.

틈나는 대로 악업을 없애고

자주자주 마음을 잘 조복(調伏)하며,

사승(師僧)을 존경하고 고독한 이를 불쌍히 여기면

지옥을 뚫고 도망쳐 나올 수 있으리라.

설사 당신의 자손이 만 줄로 늘어선다 해도

죽을 때는 다만 헛된 눈물만 흘릴 줄 아니,

만약 눈앞에서 친히 만나고자 한다면

경문을 배우고 취해야 그럴 수 있으리니.

터럭 하나가 바닷물을 삼킴도 전혀 기이하지 않고

겨자씨에 수미산이 들어가는 것도 가능하다네.

새로이 바꾸어 감내하며 처할 수 있다면

예전의 몸과 마음이 결국은 맞지 않게 되리라.

날이 늦었으니 염불하고 돌아가시되

꼭 친속들게 말씀을 전해 명심토록 하십시오.

七.

滿閻浮提界皆虛僞,⁹³ 無問⁹⁴富饒貧與貴,

---

93 뒤의 세 글자가 原卷에는 '虛皆僞'로 되어 있다. 여기서는 徐震堮의 교정에 근거하여 자리를 바꿨다.

94 '無問'은 '無論, 不論'의 의미이다. 隋 巢元方『諸病源候論』卷40「嬰子小兒注車船候」: "남여를 불문하고 차와 배를 타면 속이 막히고 울렁거리며 머리가 아프고 구토가 나온다(無問男子女人, 乘車船則心悶亂, 頭痛吐逆)."

富者貪心日日生, 貧人忘(妄)念朝朝起.

得富饒, 沒慚愧, 來世却貧怨天地,

是個⁹⁵經中總有言, 不論貧富皆沈墜.

鑊湯誰管足才能, 爐炭不憑君意氣.

白玉生前爲得人, 黃金死了難相閉.⁹⁶

往(枉)施爲, 沒計避, 一點點怨家相逢值,

所以如來⁹⁷勸世人, 不如聞健日先祇備.

望兒孫, 囑鬼神, 把閻王橙子千迴跪,

直饒你跪得一千雙, 不如聞健親祇備.

望兒孫, 剩燒紙,⁹⁸ 相共冥間出道理,

賊過後張弓虛費工, 也不如[聞健先祇備].⁹⁹

望兒孫, 行孝義, 保塞¹⁰⁰我一生錯使意,

饒你保塞總無騫,¹⁰¹ 也不如[聞健先祇備].

望兒孫, 羞飯味, 疊七修齋兼遠忌,¹⁰²

饒你疊七總周旋, 也不如[聞健先祇備].

---

95 [項楚] '是個'는 '모든, 일체'의 의미이다. 『宋詩紀事』卷2 陶穀「寄贈夢英大師」: "모든 비문을 완전하게 읽으니, 그 총명함과 영리함은 타고난 것이었다(是箇碑文念得全, 聰明靈性自天然)."

96 [項楚] 여기서 '閉'는 묘 안에 넣고 봉한다는 의미이며, 이 구는 죽은 후에는 황금을 가져갈 방도가 없다는 의미이다.

97 [原校] 原卷을 보면 '如來'가 '來如'로 되어 있다.

98 [楊雄] '剩'은 '盛'이 아닐까 생각된다. 이 구는 자손들이 지전을 많이 태우길 바란다는 의미이다. [校注] 해석은 정확하나 글자의 교정은 틀렸다. '剩'은 '많다'의 의미이며 '剩燒紙'는 많은 지전을 태운다는 말이다. 위에 나온 '剩穿坑'의 '剩' 역시 '많다'의 의미이다.

99 [原校] '聞健先祇備' 다섯 글자는 위 구에 근거하여 채워 넣었다. [校注] 原卷을 보면 '如'자 아래에 선이 죽 그어져 있다. 이는 글자 쓰기를 생략한다는 의미이다.

100 蔣禮鴻은 '保塞'를 '報塞'으로 읽었다. 아래도 마찬가지다. '報塞'는 '갚다, 배상하다'의 의미이다.

101 '騫'은 '愆'이 되어야 한다.

102 '疊七'은 '累七'과 같다. '累七修齋'는 사람이 죽고 나서 49일이 될 때까지 7일마다 한 번씩 공양하는 일을 말한다. 합해서 '累七齋'라 칭한다.

望兒孫, 行捨施,[103] 鑄像寫經痛相爲,

饒你鑄得一千軀, 也不如[聞健先祗備].

生前身作七分收, 死後爲之得一分,[104]

只那施爲一分時, 時時往往虛抛契.[105]

貪爲身, 貪爲已, 垂[106]憶二親遭拷捶,

莫道思量救拔門, 眼裏參差兼沒淚.

盡推日月間人情,[107] 皆道世塗難辦致,

大(待)欲將錢爲二親, 且緣欠[108]闕如何是.

可昔[109]心, 錯鈍擬,[110] 在後兒孫不勘(堪)矣.

聞身强健早修行, 不如自 …….[111]

自作得, 自家收, 旋把災殃旋旋抽,

---

103 ‘捨施’를 原錄에서는 ‘施捨’로 썼다. 여기서는 原卷이 ‘捨施’로 되어 있다는 潘重規의
     말을 따랐다.

104 [項楚] 불교에서는 사람이 죽어서 친척들 중 산 자가 죽은 자를 위해 복을 빌어주면
     죽은 자가 7분의 1의 공덕을 얻고 살아 있는 자는 7분의 6의 공덕을 받는다고 한다.
     만약 죽은 자가 생전에 자신을 위해 미리 복을 닦아두었다면 그 공덕은 모두 자기에
     게 돌릴 수 있다.

105 [項楚] 원문의 ‘契’는 ‘棄’가 되어야 한다.

106 [蔣禮鴻] ‘垂’자는 의미가 통하지 않는다. ‘誰’자의 착오인 것으로 보인다.

107 [項楚] 間人情 : 인정이 가로막히다. 이 구는 시간이 흘러 친한 정이 흐려진다는 의미
     이다.

108 ‘欠’을 原錄에서는 ‘久’로 잘못 썼다. 潘重規는 原卷이 ‘欠’으로 되어 있다고 했다.

109 蔣禮鴻은 ‘昔’을 ‘惜’으로 보았다. 타당한 지적이다.

110 [項楚] ‘鈍擬’는 ‘바라다, 짐작하다’의 의미이다. ‘鈍擬’는 곧 ‘准擬’이며, ‘鈍’과 ‘准’은 음
     이 비슷하다. 白居易, 「不准擬二首」: “나이 60에 산을 오를 때 남의 부축이 필요 없기
     를 바라진 않는다네(不准擬身年六十, 上山仍未要人扶).” “나이 60에 봄놀이를 가서
     스스로 흥취가 있기를 바라진 않는다네(不准擬身年六十, 遊春猶自有心情).”

111 [原校] 原卷의 빈칸에 무슨 글자를 채워야 할지 모르겠다. [校注] 原卷을 보면 ‘自’자
     아래에 직선이 하나 그어져 있는데, 이는 초사자가 흔히 쓰는 말을 생략한다는 표시
     이다. 楊雄은 아래 구 “自作得, 自家收”에 근거하여 ‘作自家收’를 임시로 채워 넣었으
     나 옳지 않은 듯하다(이 구의 끝 글자는 앞 연의 ‘矣’자와 압운이 되어야 한다). [項楚]
     위에서 여러 번 나왔던 “不如聞健先祗備”와 5번째 해좌문에 나온 “聞健自家親祗備”에
     근거하면, 이 구도 ‘家先祗備’를 넣어 “不如自[家親祗備]”로 볼 수 있을 것이다.

須自鈍丞[112]方免難, 望他著力沒因由.

奉勸門徒行行眞,[113] 直須前路覓不身,[114]

破除罪垢休粘(沾)惹, 辟牒還須見地頭.[115]

設使這身歸大夜, 是伊不作也[116]無憂,

必生兜率更何擬(疑), 便向閻浮永別離.

身具光明餐玉饌, 心無苦惱卦[117]天衣.

眼前只是逢賢聖, 口裏徒煩道是非.

日晚念佛歸舍去, 莫交老…….[118]

인간 세계에 가득한 것이 모두가 거짓임은

부유하든 가난하든 귀하든 구분이 없다네.

부자의 탐심은 하루하루 새롭고

---

112 【項楚】'鈍丞'은 곧 '准承'이다. '鈍'은 '准'과 음이 비슷하며 '丞'과 '承'은 통용된다. '准承'은 '기대하다, 바라다'의 의미이다. 여기서는 '대처하다, 대비하다'의 의미로 확장되었다.

113 【徐震堮】'行行眞'은 '行眞行'이 되어야 할 것 같다. 【校注】原卷에는 '行く眞'으로 되어 있는데, 이는 곧 '行眞行'의 생략형이 아닐까 한다. P.2122 「佛說阿彌陀經講經文」의 "문도들에게 진행의 수행을 널리 권하노니, 부처를 배우고 수행하실 수 있겠습니까?(普勸門徒修眞行, 學佛修行能不能?)"이 참고가 된다.

114 【項楚】원문의 '不'자는 '人'자의 잘못이다. '覓不身'은 六道의 윤회에서 三塗에 떨어지지 않고 다시 사람의 몸을 얻는 것을 말한다. 『大般涅槃經』권20 : "사람의 몸을 얻기 어려움은 마치 우담바라와 같다(人身難得, 如優曇花)." 『顏氏家訓』「歸心」 : "사람의 몸은 얻기 어려우니 헛되이 보내버리지 말라(人身難得, 莫空過也)." 【校注】'不身'은 불교용어 '不思議身'를 줄인 말이다.

115 【譯注】이 구는 해석이 불분명하다. 項楚는 좀 더 살펴봐야한다는 말로 주석을 대신하고 있으며, 교주에서는 일단 해석이 되지 않는다는 전제 하에 '나쁜 일을 저지르면 반드시 대가를 치른다'는 의미로 보고 있다. 그러나 앞뒤 구와 연결해보면 이 구 역시 선업을 쌓는 행동 중 하나가 아닐까 생각된다.

116 【項楚】'是伊'는 '伊'와 같으며 '伊'는 곧 '他'이다. 구어에서 '是'는 첫머리에 나오는 인칭 대명사의 앞에서 어조사로 쓰이며 의미는 없다. 그리고 '不作'은 곧 '不作惡業'으로서 '作' 뒤에는 빈어가 생략되어 있다.

117 '卦'는 '掛'로 읽어야 하며 '穿'의 의미로 쓰였다(고어에서 '卦'와 '掛'는 통용된다. 『廣雅』 「釋言」 : "卦, 掛也.") 「蘇武李陵執別詞」 : "이릉을 보니 몸에는 오랑캐의 갖옷을 걸치고 머리에는 오랑캐의 모자를 쓰고 있었다(且見李陵, 身卦胡裘, 頂帶胡帽)."

118 【原校】原卷의 빈칸에는 무슬 글자를 채워야 할지 알 수 없다. 【校注】原卷을 보면 '老'자 아래로 선이 쭉 그어져 있는데, 이는 초사자가 흔히 쓰는 말을 생략한 것이다.

빈자의 허망한 생각은 매일매일 일어난다네.
부귀함을 얻으면 부끄러움이 없어지고
내세에 가난해지면 천지를 원망한다네.
모든 경(經)에서 다 말하기를,
빈부를 막론하고 모두 나락으로 떨어진다 했지.
가마솥의 탕은 재능의 많음을 상관치 않으며
화로의 숯은 그대의 호기에 좌우되지 않는다네.
백옥은 살아있을 때나 사람을 얻는 데 쓰고
죽으면 황금은 (묘에 묻어) 봉할 수가 없다네.
나쁜 일을 저질러 놓고 무턱대고 피해봤자
아무리 작은 원수라도 만나게 되어 있다네.
그래서 여래께서는 세상 사람들에게 권하시길,
건강할 때 미리 대비하는 것만 못하다 하셨지.
자손들에게 바라길, 귀신에게 부탁해서
염왕의 화폭을 가져다 천 번 궤배를 올리라 하나,
설사 당신이 천 쌍에 궤배를 올릴 수 있다 해도
건강할 때 친히 대비하는 것만 못하다네.
자손들에게 바라길, 지전을 넉넉히 태워
저승에서 빠져나올 수 있게 한다 해도,
도적이 지나간 후에 활을 당김은 쓸데없는 짓이니
역시 [건강할 때 미리 대비하는 것만] 못하다네.
자손들에게 바라길, 효도를 행해
내 평생의 잘못된 생각들을 보상케 하여,
설사 허물이 모두 없어지도록 보상받는다 하더라도
역시 [건강할 때 미리 대비하는 것만] 못하다네.
자손에게 바라길, 맛있는 음식을 바쳐
누칠재(累七齋)를 행하며 멀리하고 꺼리게 해,

설사 누칠을 끝까지 돌린다 하더라도
역시 [건강할 때 미리 대비하는 것만] 못하다네.
자손에게 바라길, 보시를 행해
온 힘을 다해 불상을 만들고 경문을 베껴,
설사 천 개의 몸을 만든다 하더라도
역시 [건강할 때 미리 대비하는 것만] 못하다네.
생전에 스스로 칠푼을 거두어야
죽은 후에 자기에게 한 푼이 돌아가나,
한 푼 밖에 베풀지 않았다면
흔히 헛되이 버려지고 만다네.
제 몸 위하고 자기 위하기 바쁜데
누가 부모님이 (지옥에서) 매 맞으실까 걱정하리.
구원의 문을 생각한다 말하지 마시라,
눈 안에는 눈물 한 방울 없을 터이니.
날과 달이 다 가면 인정에 틈이 생겨
모두들 사람살이 힘들다며
부모님 위해 돈을 가져오려 해도
부족해서 그렇게 못하였다 말한다네.
안타까운 마음으로 헛되이 기대해 보나
후대 자손들은 능히 그렇게 못할 것이니,
건강할 때 진작 수행을 하시어
스스로 [먼저 대비하는 것만 못하다네].
스스로 지은 건 스스로 거두어
재앙을 돌려 잡아 서서히 뽑아 없애시길.
모름지기 스스로 대비해야 어려움을 면하므로
남의 힘을 바랄 이유가 없다네.
문도들께 권하노니 부디 진행(眞行)을 행하시어

앞날에 꼭 불사의(不思議)한 몸을 찾으시길.

죄의 때를 없애 엉겨 붙지 않게 하고

[   ]

설사 그 몸이 죽음으로 돌아간다 하더라도

그가 악업을 저지르지 않으면 역시 근심이 없어,

의심의 여지없이 꼭 도솔천에서 태어나고

염부(閻浮)와는 영원히 이별이라네.

몸에는 광명이 비치고 옥찬(玉饌)을 먹으며

마음에는 고뇌가 없고 천의(天衣)를 입는다네.

눈앞에서는 현인과 성인만 만날 뿐이고

입으로 시비를 따지는 건 번거로울 뿐이라네.

해가 저물었으니 염불하고 집으로 돌아가시어

(늙으신 어머님 노하지) 않게 하십시오.

八.

休誇似玉如花貌, 年去年來數便老,
須知浮世片時間, 莫作久長千歲調.
劈星言, 劈星道,[119] 劈面道時合醒噪,[120]

119　[項楚] 아래의 "劈面道時合醒噪" 구를 볼 때 위의 두 '星'자를 모두 '面'으로 보아 이
　　　구는 "劈面言, 劈面道"가 되어야 할 듯하다. '劈面'은 '당면하다, 가주하다'의 의미이다.

120　[項楚] '醒噪'는 놀래서 깨운다는 의미로 여기서는 '깨달음'을 비우하고 있다. '噪'는 시
　　　끄럽게 떠드는 소리이며, 이 시끄러운 소리로 잠들어있는 자를 깨우므로 '醒噪'라 하
　　　는 것이다.

頭上緣何白髮多, 只這個是無常抛暗號.

經營克可生機揢,[121] 分定不由人計料,

富貴須知宿種來, 如今必定難迴拗.

莫逞聰明誇計校, 計校得成身已老,

更捻眼暗答身邊, 只這個是[無常抛暗號].[122]

只趁事持[123]誇窈窕, 鬥艶爭輝呈面峭,[124]

酒肉茶[125]粧盡恣情, 見說講開卻失笑.

劫(幼)時光, 且覓好,[126] 阿誰聽你閑經教,

看看面皺尚覓强良,[127] 由(猶)不悟[無常抛暗號].

休趁閑行兼不紹,[128] 不紹交(敎)君沉惡道,

---

121 [項楚] 원문의 '克可'는 '苛刻'으로 보고 '揢'는 '括'이 되어야 할 것이다. '機括'은 '機栝'이라고도 하며 본래는 활의 틀을 말하나 여기서는 책략이나 꾀를 비유하고 있다.

122 [原校] 이하 각 구의 '無常抛暗號' 다섯 글자는 위의 구에 근거하여 채워 넣었다.

123 [項楚] '事持'는 '종사하다, 처리하다'의 의미이다. [校注] '事持'는 해석이 안 된다. 좀 더 고찰이 필요하다.

124 '峭'는 '빼어나다, 아름답다'의 의미이다. 白居易, 「代琵琶弟子謝女師曹供奉寄新調弄譜」: "낮고 깊은 「유빈」의 음률은 고우면서도 원망이 많고, 영롱한 「산수」의 곡조는 아름다우면서도 맑구나(蕤賓掩抑嬌多怨, 散水玲瓏峭更淸)"의 '峭'자 역시 같은 의미이다. 原錄에서 '峭'를 '俏'로 고쳤으나 굳이 그럴 필요는 없을 것 같다.

125 '茶'는 '塗'로 읽어야 하며, 이는 곧 현대어 '搽粉(분을 칠하다)'의 '搽'이다. 변문에서 '茶'는 '塗'의 동음가차자로 쓰인다.

126 [項楚] 여기서 '覓好'는 좋은 것을 찾고 즐거운 일거리를 만든다는 의미이다. '好'는 곧 '好事'로 즐거운 일을 가리킨다.

127 [徐震堮] '覓'은 연문이고 '强良'은 '强梁'이 되어야 할 것이다. [校注] '良'자가 연문인 듯하다. '覓强'은 '강함을 뽐내다, 강함을 찾다'의 의미로서 당대에 흔히 쓰이던 말이다. 위의 '且覓好'에서 '覓'과 같은 뜻이다. P.2292 「維摩詰經講經文」: "나의 제자인 십대 성문은 언제나 명성과 능력의 부족을 이유로 여러 번 문병을 부탁했으나 모두 사양하였다(吾之弟子, 十大聲聞, 尋常盡覓於名能, 試使多般而辭退)"의 '覓' 역시 '내세우다, 찾다'의 의미이다. P.3883 「孔子項託相問書」: "두 사람이 당시 승부를 겨루던 중이라, 항탁이 먼저 죽을 줄 어찌 알았겠는가(二人登時却覓勝, 誰知項託在先亡)"에서 '覓勝'이 P.5529에는 '覓强'으로 되어 있다. '覓强'과 '覓勝'은 같은 의미로서 강함을 뽐내고 승리를 다툰다는 말이다. 이 외에도 변문에서는 '索强', '打强'이라는 말도 있는데 이 역시 비슷한 의미이다. 위에서 '覓强良'이라고 한 것은 초사자가 '覓强'이 말이 되지 않는다고 보고 마음대로 '良(梁)'을 넣었기 때문인 듯하다.

如今盡狂亂施爲,[129] 冥司業鏡分明照.

那磨[130]時, 無拗校,[131] 一任磨磨兼碓搗,

況今情序[132]頓昏沈, 由(猶)不悟[無常拋暗號].

人生百歲尋常道, 阿那個得七十身不妖?[133]

纏亡三日早安排, 送向荒郊看古道.[134]

送迴來, 男女鬧, 爲分財物不停[135]懷愕(懊)惱,

看看此事到頭來, 由不悟[無常拋暗號].

火宅驅牽長煎炒, 千頭万序何時了,

恰到病來臥在床, 一無支抵[136]前程道.

心恟惶, 生熱惱, 冤恨健時不預造,

轉動艱難聲喚[137]頻, 由(猶)不悟[無常拋暗號].

爲人卻要心明了, 莫學掠虛[138]多帝了,[139]

128　[項楚] '不紹'는 '不肖'와 같다. '紹'는 '계승하다'의 의미이며, 가업과 가풍을 잇지 못하는 것을 '不紹'라 한다.

129　[徐震堮] '盡'자는 '狂亂' 다음으로 와야 할 것 같다. [校注] '盡'은 '極'의 의미이고 '狂'은 방종을 '亂'은 제멋대로 구는 것을 말하므로 이 구는 멋대로 악행을 저지른다는 의미가 된다. '盡'자는 굳이 자리를 옮길 필요가 없을 듯하다.

130　[項楚] '那磨'는 죄상을 파헤친다는 의미로, 지옥에서 저승사자가 죄인을 심문하는 것을 가리킨다. '磨'는 '磨勘'이나 '磨問'의 '磨'이다.

131　'校'에는 본래 '대항하다, 저항하다'의 의미가 있다.

132　[徐震堮] '序'는 '緖'가 되어야 한다. 아래도 마찬가지다.

133　[項楚] '阿那個'는 곧 '哪個'이다. 「廬山遠公話」: "어젯밤 바깥채에서 들린 소리는 어느 노복이 경을 읽는 소리였느냐?(昨夜西院內阿那個佳(家)人念經之聲?)" '妖'는 '夭'가 되어야 한다. '妖'는 '夭'와 같으며 '일찍 죽다'의 의미이다. [校注] '夭'는 본래 '단명'의 의미이나 나중에는 일반적인 죽음을 가리킬 때도 쓰이게 되었다.

134　'看古道'는 무덤이 옛 길의 양쪽으로 세워진다는 의미이다.

135　'停'은 공평하게 나눈다는 의미이다.

136　[項楚] '支抵'는 아래의 '支准'과 같은 뜻으로 '준비하다, 대응하다'의 의미이다.

137　[項楚] '聲喚'은 '신음하다'의 의미이다. 『水滸』 2회 : "태공이 물었다. 누가 이렇게 신음을 하는가?(太公問道, 誰人如此聲喚?)"

138　'掠虛'는 허명만을 취하고 그 실체에는 힘쓰지 않는다는 의미이다. 『廣韻』 「藥韻」 : "掠, 取也."

139　'帝'는 아무래도 잘못 쓴 것 같다. 袁賓은 이를 '事'로 보았으나 옳지 않은 것 같다.

只磨¹⁴⁰貪婪沒盡期, 也須支准¹⁴¹前程道.

莫恣懷, 盡亂造, 病來不怕君年少,

直不病時耆年也耳聾, 由(猶)不悟[無常抛暗號].

如今世上多顚到(倒), 莫便准承¹⁴²他幼小,

他緣壽命各差殊, 影向¹⁴³於身先自夭.

卻孤窮, 無倚¹⁴⁴槁(靠), 終日冤嗟懷懊惱,

更添腰曲在身邊, 猶不悟常常[抛暗號].

非干於事休纏擾, 纏擾於身心不好,

鎭長煩惱相构¹⁴⁵牽, 陷墮這身失計料.

或披枷, 受鞭考(拷), 淚似流星誰處告,

這般災難¹⁴⁶不由天, 禍本無門人自召.

從今後, 休惹鬧, 有高聲處身莫到,

敎君一世沒災迍, 行處自然人道好.

富貴奢華未是好, 財多害己招煩惱,

影響因茲墮卻身, 只爲貪求心不了.

140　'只磨'는 '只沒', '這麼'와 같으며 '如此'의 의미이다.

141　[項楚] '支准'은 '준비하다, 대응하다'의 의미이며, '支準' 혹은 '祇準'으로도 쓰인다.

142　[項楚] '准承'은 '기대하다, 바라다'이다. 돈황본 「維摩詰經講經文」: "미래와 미래의 생은 지금 존재하지 않고 색상의 장엄은 아직 이르지 않았으니, 불과를 기대함이 이치에 맞지 않거늘 어떻게 보리의 수기를 받을 수 있으리(未來、未來生現無, 色相莊嚴且未至, 准承佛果理全虧, 怎生得受菩提記!)"

143　蔣禮鴻은 '影向'을 '影響'으로 보면서, 이는 인과감응의 필연성이 마치 그림자가 형체를 따르고 소리가 몸을 따르는 것과 같음을 의미한다고 주장했다. 江藍生의 의견도 마찬가지다. [項楚] 원문의 '向'은 '響'이 되어야 한다. 여기서 '影響'은 인과응보를 가리키며 "影響於身先自夭"는 응보가 자신의 수명에 나타나 일찍 죽는다는 말이다.

144　'倚'를 原錄에서는 '依'로 잘못 썼다. 여기서는 原卷이 '倚'로 되어 있다는 潘重規의 의견을 따랐다.

145　'构'는 '拘'의 잘못된 俗書인 듯하다. '拘牽'은 번거롭게 얽혔다는 말이다. 金 王若虛, 「茅先生道院記」: "공을 사모하여 뵙기를 원한 지 오래였으나, 속세의 누가 번거롭게 얽혀 그 뜻을 이루지 못했습니다(慕公而願見者久矣, 俗累拘牽, 竟莫之遂)."

146　原錄에서는 '難'을 '雖'로 잘못 보았다. 여기서는 原卷에 근거하여 옳게 고쳤다.

遇干戈, 披(被)鞭拷, 地下深藏與他道,[147]

一一君親眼見來, 由(猶)[不悟無常拋暗號].

見他榮貴休生惱, 富貴貧窮由宿造,

但知[148]穩自用身心, 衣食自然長恰好.

慢佛僧, 輕神道, 爭使這身人愛樂,

直須[149]折得形骸鬼不如, 由[不悟無常拋暗號].

十般道理與君宣, 側耳摩心淨莫喧,

總是門徒身上事, 速須打撲鎖心猿.[150]

莫依前不肯拋貪愛, 的沒淪(輪)迴去不還,

儻若今朝相取語, 西方必見禮金仙.

生到蓮花佛國裏, 快樂逍遙難可比,

水流風動悟無生,[151] 鈴鐸樹搖聞四諦.

迦陵形, 孔雀貌, 盡是你彌陀佛化起,[152]

---

147 [項楚] 위 구는 고문을 해서 금을 찾는다는 의미인 것 같다. 『太平廣記』권127 「元徽」(『廣古今五行記』에서 인용) : "조몽휘가 말했다. '저는 금 2백 근과 말 1백 필을 가지고 있습니다. 모두 조인의 집에 있으니 경이 취하시면 됩니다. 이에 조몽휘는 조인의 머리를 높은 나무에 달고 큰 돌로 발을 찍고 채찍으로 때리며 금과 말을 내놓으라고 했으나 조인은 죽고 말았다(兆夢徽曰 '我有金二百斤, 馬一百匹, 在祖仁家, 卿可取之.' 兆於是懸祖仁首於高樹, 以大石隊其足, 鞭箠之, 問得金及馬, 而祖仁死)."

148 [項楚] '但知'는 '단지 ~하기만 하면(只要)'이다. '知'는 어조사로서 뜻이 없다. '穩自'는 '온당한(穩安)'의 의미이며 '自'는 어조사로서 의미가 없다.

149 '須'는 연문인 듯하고 '直'은 '直饒(설사~일지라도)'와 같다. 본 편의 "병이 없어도 늙으면 귀가 머는데, 오히려 [무상이 암호를 던졌음을] 깨닫지 못한다네(直不病時耆年也耳聾, 由[猶]不悟無常拋暗號)"와 "설사 황금을 북두(北斗)와 나란히 쌓는다 해도, 마음속으로는 여전히 만족하지 못한다네(直墮黃金北斗齊, 心中也是無猒足)"에서의 '直'과 같은 용법이다.

150 '猨'을 原錄에서는 '猿'으로 고쳤다. '猨'과 '猿'은 모두 '蝯'에서 분화된 글자이다. 『干祿字書』: "猿이 속자이고, 猨이 통용자이다. 蝯이 정자이나 지금은 쓰이지 않는다(猿猨蝯：上俗; 中通; 下正, 今不行)." 『玉篇』「犬部」: "猨은 원숭이와 비슷하나 더 크며 휘파람을 불 줄 안다. 猿은 猨과 같다(猨, 似彌猴而大, 能嘯也. 猿, 同猨)." 『集韻』「元韻」: "蝯은 猨과 猿으로도 쓰인다(蝯, 或作猨猿)."

151 '無'를 原錄에서는 '死'로 잘못 썼다. '無生'은 불교용어로 만물의 실체에는 생멸하는 바가 없어 '無生'이라 칭한다.

不似閻浮禽鳥聲, 聲聲盡道眞空理. [153]

韻淸玲, 聲琦王尼, 聽著令人皆出離,

全勝娑婆五濁中, 四想遷移[154]無定止.

早求生, 速抛此, 莫厭聞經頻些子, [155]

須知聽法是津糧(梁), 若缺津糧爭到彼,

勸卽此日申間勸, [156] 且乞時時過講院.

莫辭暖熱成持, [157] 各望開些方便,

還道講來數朝, 施利苦無大段, [158]

念佛各自歸家, 明日卻來相伴

옥 같다 꽃 같다 자랑하지 마시길,

---

152 [項楚] 이 구는 서방정토의 모든 새들은 자연적으로 태어난 것이 아니라 아미타불이 변해서 소생한 것임을 의미한다. 『阿彌陀經』: "이 새들은 모두 아미타불이 법음을 널리 퍼뜨리고자 몸을 바꾸어 된 것이다(是諸衆鳥, 皆是阿彌陀佛欲令法音宣流, 變化所作)."

153 [項楚] '眞空理'는 진여의 이치, 즉 불교의 진리를 말한다.

154 [項楚] 원문의 '想'은 '相'이 되어야 한다. '四相遷移'는 생로병사의 인생 과정을 말한다.

155 [項楚] '頻些子'는 '횟수를 좀 더 늘이다'의 의미이다. '些子'는 '조금'이라는 뜻으로 '一點點'과 같다.

156 [項楚] 원문의 '申'은 비슷한 모양 때문에 '中'을 잘못 쓴 것이다. [校注] '間'은 '諫'으로 읽어야 한다. 또 첫머리의 '勸'자는 잘못 쓴 것 같다.(아무래도 아래의 '勸'자를 그대로 써버린 것 같다)

157 '成持'는 '도와주다', '부축해주다'의 의미이다. 『祖堂集』卷14「江西馬祖」: "서천의 황삼랑은 두 아들을 마조에게 출가시켰다. 어느 해에 집으로 돌아오는데 대인이 두 승려를 보고 살아있는 부처와 마찬가지라 예를 올리며 말했다. '나를 낳아준 자는 부모님이요 나를 만들어준 자는 친구라고 옛사람이 일렀습니다. 두 승려께서는 저의 친구로서 이 늙은이를 도와주신 분들입니다.' (두 승려가) 말했다. '대인께서는 비록 연로하셨으나, 이런 마음을 가지고 계심에 무슨 어려움이 있겠습니까?(西川黃三郎, 敎兩個兒子投馬祖出家. 有一年却歸屋裏, 大人纔見兩僧, 生佛一般, 禮拜云 '古人道 : 生我者父母, 成我者朋友. 是你兩個僧, 便是某甲朋友, 成持老人.' 曰 '大人雖則年老, 若有此心, 有什摩難?)

158 原卷을 보면 '苦'가 '若'처럼 쓰여 있다. 돈황사본에서 '苦'와 '若'은 뒤섞여 쓰이므로 여기서는 문맥에 근거하여 '苦'로 썼다. "施利苦無大段"은 강경을 해서 얻은 보시가 많지 않다는 말이다. [項楚] '大段'은 '大量'이다. 「廬山遠公話」: "백장은 많은 재물을 노리고 사찰로 들어갔다(白莊比入寺中, 望其大段資財)."

해가 가고 해가 오면 금방 늙어지나니.

인간세상은 순간일 뿐임을 깨달아

천년 동안 오래 살 계획을 하진 마시라.

말씀을 맞이하고 도를 맞이하고

도에 당면해서는 깨달음을 얻어야 하나,

머리 위는 어찌하여 백발이 많아지는가,

이는 무상(無常)이 암호를 던진 것일 뿐이네.

아등바등 살아가며 꾀를 내보나

(운명을) 나누고 정함은 사람의 꾀에서 말미암지 않네.

부귀함은 과거에 뿌린 씨 때문이라

지금 정해진 건 되돌리기 힘듦을 알아야 하리.

총명함을 과시하며 꾀를 자랑하지 마시라,

꾀를 이루다가 몸은 이미 늙어지고,

그 몸에 눈까지 어두워지니,

이는 무상이 [암호를 던진 것일 뿐이네].

하는 일마다 요조(窈窕)함을 뽐내고

곱고 빛남을 다투고 얼굴의 아름다움을 내세우며,

술과 고기에 화장까지 하며 제멋대로 굴고

속강이 시작되었다는 말을 들으면 피씩 웃고 만다네.

젊었을 때의 빛남으로 즐거운 일만 찾으니

누구라고 한가한 경전의 가르침을 듣겠으며,

얼굴의 주름을 보고도 여전히 강함을 드러내며

오히려 [무상이 암호를 던졌음을] 깨닫지 못한다네.

나쁜 짓만 좇으며 불초(不肖)하지 마시길,

불초하면 그대는 악도에 떨어지게 될지니,

지금 멋대로 날뛰며 일을 저지르면

저승사자의 업경(業鏡)에 훤히 비친다네.

심문할 때는 저항도 못하게 해
꼼짝없이 (몸이) 갈리고 짓이겨지니,
지금의 상황이 갑자기 암울해지는데도
오히려 [무상이 암호를 던졌음을] 깨닫지 못하는구나.
인생은 백 년이 보통의 도라 하나
누구라서 칠십에 죽지 않을 수 있으리?
죽은 지 겨우 사흘 만에 금방 처분되어
황량한 교외로 보내져 무덤길을 바라본다네.
보내고 돌아오면 자식들은 시끌벅적
재물을 똑같이 나누지 않았다고 괴로워하니,
이 사태가 끝장에 이르렀음을 보고도
오히려 [무상이 암호를 던졌음을] 깨닫지 못한다네.
불난 집에서 쫓기며 오래도록 지지고 볶였으나
천 가지 만 가지 복잡한 일은 어느 때나 끝나겠으며,
마침 병이 찾아와 병상에 눕게 되어도
먼 앞날에 대한 대비는 한 가지도 없다네.
마음은 두렵고 머리에서는 열이 펄펄 나
건강할 때 미리 손쓰지 않았음을 한탄하고,
몸 움직이기도 어려워 자주 신음하면서도
오히려 [무상이 암호를 던졌음을] 깨닫지 못한다네.
사람이라면 마음을 분명히 다잡아
공연히 허명만 취하려 하지 마시길,
이런 탐욕은 끝날 기약이 없으니
역시 먼 앞날에 대한 대비를 해야 하리라.
멋대로 생각하며 난잡한 짓 하지 마시라,
병은 그대의 나이를 상관 않고 닥쳐오고,
설사 병이 없어도 늙으면 귀가 머는데도

오히려 [무상이 암호를 던졌음을] 깨닫지 못한다네.
지금 세상은 대부분이 거꾸로 뒤집혀 있으니
다른 젊은 사람들에게 기대하진 마시라,
다른 인연의 수명은 각기 차이가 있으나
응보는 나한테 먼저 닥쳐 일찍 죽게 된다네.
외롭고 궁하면서도 의지하지 않은 채
종일토록 원통해하고 괴로워하고,
더구나 몸은 허리까지 굽었는데도
오히려 무상이 [암호를 던졌음을] 깨닫지 못한다네.
상관이 없는 일이면 얽히지 말지니
얽히면 몸과 마음에 좋지 않다네.
항상 번뇌는 서로 얽히고설키는데도
이 몸은 아무런 대비도 못한다네.
혹은 칼을 쓰고 채찍으로 맞아
눈물이 유성처럼 흘러도 누구에게 하소연하리.
이런 재앙은 하늘에서 말미암음이 아니니,
재앙은 본래 문이 없어 사람이 스스로 자초한다네.
지금부터라도 시끄럽게 하지도 않고
큰 소리가 나는 곳에는 가지도 않으시면,
당신에게는 평생토록 재앙이 없고
어디를 가든 인도(人道)가 훌륭해지리라.
부귀와 사치와 화려함은 좋은 것이 아니니
재산이 많으면 스스로를 해치고 번뇌를 부르며,
그 응보가 이로 인해 몸을 망치니
탐욕스런 마음만은 끝이 없다네.
병기에 맞고 채찍으로 고문을 당하며
땅속에 깊이 묻어 놓은 것은 남의 길에 내주니,

일일이 그대가 친히 보고도

오히려 [무상이 암호를 던졌음을 깨닫지 못하네].

다른 이의 영화와 부귀를 보아도 괴로워 마시라,

부귀와 빈궁은 이전의 업보가 만든 것이니,

다만 스스로 몸과 마음을 옳게만 쓴다면

의식(衣食)은 자연히 오래도록 합당할 것이네.

불승(佛乘)을 업신여기고 신도(神道)를 경시하니

어찌 이런 사람을 좋아하겠는가?

설사 형해(形骸)의 잘림이 귀신보다 더 해도

오히려 [무상이 암호를 던졌음을 깨닫지 못하네].

열 가지 도리를 그대에게 베푸니

귀 기울이고 마음을 가다듬어 시끄럽게 하지 마시라.

모두가 문도들의 신상의 일이니

속히 불안한 마음은 버리고 잠가 버리시라.

여전히 탐욕을 떨쳐버리지 않으시려 하면

반드시 윤회에 빠져 돌아오지 못할 것이나,

만약 오늘 한 말을 받아들이면

서방에서 반드시 금선(金仙)¹⁵⁹을 뵙고 예를 올릴 것이네.

연꽃의 불국정토에서 태어나면

즐거움과 소요함이 비할 바 없으니,

물은 흐르고 바람은 불어 무생(無生)을 깨닫고

방울소리와 나무의 흔들림으로 사체(四諦)를 듣는다네.

가릉의 모습과 공작의 용모는

모두가 미타불이 화(化)한 것이라,

염부의 새소리와는 달리

159　[項楚] 불경에서는 부처의 몸색깔이 온통 금색이라 '金仙'이라 부른다.

소리마다 모두 진여(眞如)의 이치를 말한다네.
울림은 맑고 영롱하며 소리는 옥처럼 아름다워
이를 들으면 사람들은 모두 고통에서 벗어나니,
모두가 사바의 오탁(五濁)에 있는 것보다 낫고
사상(四相)의 옮겨감은 정한 바가 없다네.
어서 생을 찾고 속히 저것을 버리시고
좀 더 자주 경문 듣기를 싫어하지 마시길,
법문을 들음이 곧 다리가 됨을 아셔야 할지니,
다리가 없으면 어찌 피안에 이르겠는가?
권할 바는 오늘 말하는 가운데 권하였으니,
부디 자주 강원(講院)에 들르시어,
사양치 마시고 따뜻한 손길로 도와주시고
부디 모두 방편(方便)을 여시길.
며칠 동안 또 강경을 하러 왔으나
보시는 신통치가 않군요.
염불하고 각자 집으로 돌아가시고
내일 다시 와서 함께 자리하시지요.

해좌문 2수(解座文二首)[1]

一.

先開有教益群情, 此[2]說空宗令悟解.

後向雪山談[3]妙法, 益今利後不思議.

---

1   본 사권의 번호는 P.3128이고 표제는 원래 없다. 『敦煌變文集』에는 두 편 중 첫째 편의 전반부를 「太子成道經一卷」에 넣고 있고 潘重規는 이를 「八相押座文」 뒤에 덧붙여 '押座文'으로 제목을 삼았다. 둘째 편은 『敦煌變文集』 권6에서 「不知名變文」이라는 제목으로 수록했으며 王慶菽은 본 편에 대해 이렇게 교기하였다. "무슨 경문을 풀어 놓은 것인지 몰라 일단 제목을 이렇게 넣었다. 王重民은 압좌문의 또 다른 형식인 것 같다고 했다." 마지막 부분의 "各自念佛歸舍去, 來遲莫遣阿婆嗔"과 "合掌階前領取偈, 明日聞鐘早聽來"를 볼 때 '解座文二首'라는 周紹良의 주장이 맞는 것 같다. (周紹良 선생은 해좌문을 '散座文'이라 칭하기도 한다) 여기서는 이에 근거하여 제목을 바꾸고 압좌문 뒤쪽에 넣었다.

2   '此'는 '次'로 읽어야 한다. S.2440 「八相押座文」에 동일한 구가 있는데 거기에는 '此'가 '次'로 되어 있다.

忽然衆集雨天花, 毫光遠照東方界.

彌勒共文殊親問答, 因茲衆會得聞經.

二深先昌敬群情, 秋子[4]上群偏領解.

扇拂糟糠令避席, 開是悟人[5]說眞宗.

至者因喩曉深宗, 說彼如來同長者.

火宅門前化諸子, 到來齊上天牛車.

四大聲聞悟一乘, 例皆[6]之心[7]生信解.

還似世人無福德, 忽因長者付家財.

一雲使雨閏(潤)万[8]苗, 三草閑花皆結實.

五性三乘聞妙法, 隨根受道各[9]修行.

爲彼當來得佛時, 國土因緣及名字.

十號圓明皆具足, 莊嚴世界地瑠璃.

過去東方萬八千, 久遠大通智勝佛.

我等須爲聽法衆, 早聞妙理結因緣.

三周化利[10]悉[11]周圓, 三根總受如來法.

3　　原卷을 보면 '談'이 지워진 흔적이 있는데, 원래 '誇'자를 썼다가 다시 그 위에 '談'을 쓴 것이다. S.2440 「八相押座文」의 같은 구에는 '談'으로 되어 있다. 潘重規는 이를 '誇'로 잘못 썼다.

4　　'秋子'는 곧 '鶖子' 혹은 '鶖鷺子'로 범어 'Śāriputra'의 음역이다. 석가모니의 10대 제자 중 한 명으로 지혜제일로 알려져 있다.

5　　'是'는 '宗'으로 읽어야 한다. '開是悟人'은 부처의 知見에 이르는 길을 보여주는 법문을 말한다. 『法華經』「方便品」에 나오는 말이다.

6　　'例皆'는 同義의 連文으로 '모두'를 의미한다. 潘重規는 '皆'를 '眥'로 보고 또 '例'를 '倒'로 고쳤으나, 이는 잘못된 의견인 듯하다.

7　　'之'는 '諸'와 통한다. '之心'은 곧 '諸心'이다.

8　　'万'이 原卷에는 '方'으로 되어 있다. 이는 '万'자를 잘못 쓴 것 같다. 여기서는 周紹良의 교록을 따라 고쳤다.

9　　'各'이 原卷에는 '谷'으로 되어 있다. 아무래도 모양이 비슷해 잘못 쓴 것 같다. 여기서는 周紹良의 교기에 근거하여 고쳤다.

10　'化'는 교화를, '利'는 이익을 말한다. '三周化利'는 부처의 三周說法이 上中下根의 성문을 구제한다는 의미이다. 周紹良은 '化利'를 '凡利'로 잘못 브았다.

11　'悉'이 原卷에는 '患'처럼 쓰여 있다. 이는 비슷한 모양 때문에 잘못 쓴 글자이다. 北京

五百高明齊得記, 還與親友示衣珠.

受學無學亦同愁, 上中下品皆蒙記.

正法像法經多劫, 地平如掌實莊嚴.

辟如鑿井向高源,[12] 見彼土乾知水遠.

濕土如渥知近[13]水, 淨水持取大乘經.

適來和尚說其眞, 修行弟子莫因巡.[14]

各自念佛歸舍去, 來遲莫遣阿婆嗔.

먼저 가르침을 열어 군중의 마음을 더하고

다음으로는 공종(空宗)[15]을 말하여 깨닫게 하시네.

그 후 설산(雪山)으로 가서 묘법을 말하시어

지금에 더해주고 훗날에 이익을 주심이 불가사의로다.

갑자기 중생들이 모이고 천화(天花)가 비처럼 내리고

가는 빛이 멀리 동방의 세계를 비추며,

미륵이 문수와 더불어 친히 문답하니

이로 인해 중생들이 모여 경문을 들을 수 있네.

두 분이 선창으로 군중의 마음에 경의를 표하자

사리불이 군중 위에 올라 가르침을 주시네.

부채로 조강(糟糠)을 털어 자리를 비키게 하자

개시오입(開示悟入)으로 진종(眞宗)을 설하시네.

이른 자들이 가르침을 받아 심종(深宗)을 깨닫고는

저 여래와 장자께 말씀을 드리니,

光字 94호 「維摩詰經講經文」: "영화에 얽매이지 마시고, 그것들이 곧 재앙임을 깨달으십시오(少戀榮華, 了知是患)"의 '患'자가 또 다른 사권인 P.3079에는 '悉'로 잘못 쓰여 있는 점을 참고할 만하다.

12 '源'은 '原'으로 읽어야 한다.

13 '近'을 周紹良은 '进'으로 잘못 보았다. 돈황사본에서 '進'은 간체인 '进'으로 쓰지 않는다.

14 '因巡'은 '因循'과 같으며 '대충대충, 경솔한'의 의미이다.

15 【譯注】空宗 : 性空의 이치로 망상을 없애는 종파로서 法相宗, 三論宗 등을 포함한다.

불타는 집의 문 앞에서 제자(諸子)로 화하시어

모두 이끌어 큰 소의 수레에 오르게 하시네.

사대성문(四大聲聞)이 일승(一乘)을 깨달아

모든 제심(諸心)에 신해(信解)가 생겨나고,

또 복덕 없는 세인(世人) 같은 이들은

홀연 장자께서 가재(家財)를 주시네.

구름 한 조각이 비를 내어 만 무의 땅을 적시니

삼초(三草)[16]와 들꽃이 모두 결실을 맺네.

오성(五性)과 삼승(三乘)의 묘법을 듣고

근기에 따라 도를 받아 각기 수행한다네.

부처님께 와서 귀의할 때면

국토의 인연이 이름에 미치리라.

십호(十號)의 원만함과 밝음이 충분히 갖추어지고

장엄(莊嚴)의 세계는 유리의 땅이니,

과거의 동방 만팔천 불국토는

오래고 먼 대통지승불(大通智勝佛)이시라.

우리는 모름지기 불법을 듣는 군중이 되어

일찍 묘리를 듣고 인연을 맺어야 하리.

교화와 이익에 대한 삼주(三周)의 설법이 모두 원만하니

삼근(三根)은 모두 여래의 법을 받는다네.

오백의 고명한 관세음을 모두 기억하고

친지와 벗들에게는 의주(衣珠)의 깨달음을 보여주네.

배웠든 배우지 않았든 똑 같이 근심하고

상중하의 품계를 모두 기억하여,

정법시(正法時)과 상법시(像法時)의 여러 겁을 지나

16　【譯注】三草 :『法華經』「藥草喩品」에 나오는 上草, 中草, 下草의 세 가지 약초를 말한
다. 이 구는 각기 다른 약초와 꽃들도 다 같이 비의 혜택을 받는다는 의미이다.

손바닥처럼 평평한 땅을 열매로 장엄한다네.

우물을 팔 때 높은 근원으로 향하듯

저 땅의 마름을 보고 물이 멀리 있음을 안다네.

젖은 듯 습한 땅으로 물이 가까이 있음을 알아

깨끗한 물로 대승경(大乘經)을 취한다네.

지금까지 화상이 그 진리를 말했으니

수행 제자들께선 가벼이 생각지 마시길.

각자 염불하고 집으로 돌아가시어

늦어서 공연히 마나님 노하게 하진 마십시오.

二.

娑婆世界, 高下不平, 富貴貧窮, 各性本異.[17] 種時不能自種, 只是怨天不平. 見他貴富家榮華,[18] 我卽終朝貧困. 佛子

　사바세계는 고하(高下)가 평등하지 않고 부귀와 빈궁은 본래의 타고남이 각기 다르지. 심을 때 스스로 심지 못하고 단지 하늘이 공평하지 않다고만 원망하네. 남의 부귀하고 영화로움만 보이고, 나는 하루 종일 궁핍하기만 하다네. 불자(佛子).

　上無片瓦可亭居,[19] 自長身來一物無,

17　徐震堮은 '各性本異'는 '本性各異'가 되어야 할 것이라고 했다.

18　'貴富'를 原錄에서는 '富貴'로 바꾸었으나 굳이 그럴 필요는 없다. '華'자는 原錄에는 빠져 있으며 여기서는 原卷에 근거하여 채워 넣었다. 또 '家'자는 '他'자 아래로 와야 할 것 같다.

八節夫妻噸[20]咒願, 只求富貴免軀貧.

兒覓富貴百千般, 不道前生惡業牽,

蓋得肚皮脊背露, 脚根有襪指頭串.[21]

朝求暮乞不成噲,[22] 有日無夜著甚眠,

唯恨前生不修種,[23] 垂[24]知貪苦最艱難.

위로는 편안히 거할 기와 조각 하나 없고

장성한 이래로 무엇 하나 가진 게 없어,

사시사철 부부는 틈만 나면 빌고 바라며

그저 부귀해져 가난한 몸 벗어나게만 해 달라네.

백방 천방으로 부귀를 찾으면서도

전생의 악업이 이끈 것임은 깨닫지 못하네.

뱃가죽을 덮으면 등뼈가 드러나고

발꿈치의 버선은 발가락 끝이 다 나왔네.

---

19 『說文』「高部」에서는 "'亭'은 백성들이 편안해지는 것이다(亭, 民所安定也)"라고 했다. 따라서 '亭居'는 '편안히 거하다'는 의미가 된다. 徐震堮은 '亭'을 '停'으로 읽었으나 그럴 필요는 없다. '停'자는 나중에 생긴 글자이다.

20 '八節'은 입춘, 춘분 등의 여덟 절기를 말한다. P.2418「父母恩重經講經文」: "사시사철 돌아오지 않으니 어머니는 슬피 울며 애만 태운다네(見四時八節未歸來, 阿娘悲泣無情緒)"에 나오는 '八節'과 같은 의미이다.

21 『廣韻』: "串, 穿也." 위의 '串'은 곧 '穿'의 의미이다. 原校에서는 '串'을 '穿'으로 바꿨으나 그럴 필요는 없다.

22 『說文』「口部」에서는 "噲, 聲也"라 하고, 『廣韻』에서는 이를 '眾聲'이라 풀이했으나, 위의 문맥과는 잘 맞지 않는다. 아무래도 위의 '噲'은 '喰'자를 잘못 쓴 것 같다. '喰'은 '餐'의 속자이다.(『龍龕手鏡』「食部」참고) S.2614「大目乾連冥間救母變文」: "차례대로 걸식을 행함에 빈부를 가리지 말라(次弟乞貪, 莫問貧富)"에서 '貪'이 '食'자를 잘못 쓴 것임을 참고할 만하다.

23 '修種'은 '수행하고 덕을 베풀다'의 의미이다. 여기서 '種'은 곧 앞에 나온 "심을 때 스스로 심지 못하고서 단지 하늘이 공평하지 않다고만 원망하네(種時不能自種, 只是怨天不平)"의 '種'이다.

24 【劉凱鳴】'垂'는 음이 비슷한 '誰'를 잘못 쓴 것으로 보아야 한다. 【校注】『廣韻』「支韻」: "垂, 幾也"와 『集韻』: "垂, 將及也"를 따르면 '垂'자로도 뜻이 통하므로 굳이 고칠 필요는 없는 것 같다.

아침저녁으로 구걸해도 끼니를 채우지 못하니
낮이든 밤이든 무슨 잠을 자겠는가.
오로지 한스러운 건 전생에 복덕을 베풀지 않았음이니
가난의 괴로움이 참으로 힘듦을 알게 되었네.

自家早是貧困, 日受飢恓. 更不料量, 須索[25]新婦, 一處作活. 更被
妻兒,[26] 說言道語, 道個甚言語也 :
　집안이 원래 가난하여 늘 배고프고 처량하였는데, 게다가 깊이 헤아
리지 못하고 신부까지 찾아 함께 살아가게 되었네. 이제 또 마누라에게
한마디 듣게 되니 무슨 말을 하는가?

憶得這身侍[27]你來, 交(敎)人不省傍粧臺.
洗面河頭因擔水, 梳頭坡下拾柴迴.
煎水滓來無米煮, 何時且過[28]有資財.
可借[29]却娘娘百疋錦, 衡敎這裏忍飢來.
　"생각해보면 이내 몸 당신을 모신 이래로
　화장대 가까이 하는 것도 살피지 못하였어요.
　시냇가에서 얼굴 씻으며 물을 긷고
　언덕 아래에서 머리 빗고 땔감 주워 돌아왔지요.
　찌끼 나오도록 물을 끓여도 밥 지을 쌀이 없으니
　어느 때에나 재물이 넉넉하게 될까요.
　아까워라, 어머니의 비단 백 필을 마다하여

25　'須索'은 同義連文으로 '須'는 곧 '索'이다.
26　原錄에서는 '兒'를 '女'로 잘못 썼다. 여기서는 原卷에 근거하여 옳게 고쳤다.
27　'侍'를 原錄에서는 '待'로 잘못 썼다. 여기서는 原卷이 '待'로 되어 있다는 潘重規의 말
　을 따랐다.
28　'過'는 原卷에 쓰여 있는 그대로다. 原錄에서는 이를 근거 없이 '遇'로 근거 없이 고쳤다.
29　'借'는 '惜'과 같다. '借'와 '惜'은 음이 비슷하여 뜻이 통한다.

여기서 이렇게 배고픔을 참고 있으니."

他兒婿還說道里(理), 道個甚言語也:
이제 남편이 또 도리를 말하니, 대체 무슨 말을 하는가?

"娘子今日何置言,[30] 貧富多生[31]惡業牽.
不是交(敎)娘子獨[32]如此, 下情終日也飢寒.
初定之時無衫蔥, 大歸[33]娘子沒沿房.[34]
娘子空來我空手, 索[35]何媒人卧秤量,
娘子旣言百疋錦, 娘娘呼我作上馬郎.
彼此赤身相奉侍, 門當戶對恰相當."
"당신 오늘 왜 이렇게 원망만 하오?
빈부란 다생(多生)의 악업이 이끈 것이거늘.
당신 혼자만 그런 것이 아니라
나 역시 종일토록 배고프고 춥다오.
처음 정혼할 때 적삼과 바지 하나 없었고
당신 시집보내면서 혼수 하나 없었소.
당신도 빈손으로 오고 나도 빈손이었으니

---

30 蔣禮鴻은 '置言'을 '埋怨'으로 옳게 해석하였다.
31 [原校] 앞 구를 볼 때 '多生'은 '前生'이 되어야 할 것이다. [校注] '多生'은 불교용어이다. 중생들이 선악의 업을 지어 윤회의 고통을 받아 생사가 계속 이어지므로 '多生'이라 부른다.
32 '子獨' 두 글자를 原錄에서는 '得' 한 글자로 잘못 썼다. 여기서는 原卷에 근거하여 옳게 고쳤다.
33 '大歸'는 '待歸'로 읽어야 할 것 같다. 사본에서 '大'와 '待'는 통용된다. '歸'는 '出嫁'의 의미이다. 위 구의 '初定'은 정혼을 말하고, 이 구는 출가를 가리키고 있다.
34 原卷을 보면 '沿'자의 오른편이 '公'으로 되어 있는데, 이는 '沿'자의 속서이다. 蔣禮鴻은 沿房을 '시집갈 때 가져가는 옷이나 재물 등'을 가리킨다고 보았다. 이는 대단히 타당한 의견이다.
35 '索'을 原錄에서는 '奈'로 썼으나 原卷을 자세히 살펴보면 '索'자처럼 쓰여 있다.

무슨 매파를 찾아 재보기나 하였겠소.
당신이 이미 백 필의 비단을 말했으니
당신은 나를 상마랑(上馬郞)으로 불러보오.
피차 빈 몸으로 서로를 받들어 모시니
딱 들어맞는 천상배필이 아니겠소."

白日起[□]無飯喫, 夜頭擬臥沒氈眠.
大³⁶擬妻夫展脚睡, 凍來直[□]³⁷野雞盤.³⁸ 佛子, 佛子
娑婆國裏且無貧, 拾得珠金³⁹亂過與⁴⁰人,
弟子將⁴¹來疊寶座, 合掌齊聲請世尊.
寶座旣成諸天繞, 彌陀卽便自乘雲,
將爲化生來說法, 定證金剛不壞身.
門徒切要審思量, 念佛更燒五分香,
閑來不守三歸界,⁴² 如何生死作橋樑.
欲得千年長富貴, 無過念佛往西方,
合掌階前領取偈, 明日聞鐘早聽來.
해가 떠 몸을 일으켜도 먹을 밥이 없고
밤에 잠을 자려 해도 이부자리 하나 없다네.

36　蔣禮鴻은 '大'를 '待'로 옳게 보았다.
37　'直' 아래 빠진 글자는 '成'이 아닐까 한다. '直成'은 곧 '眞成'으로 당대에 흔히 쓰던
　　말이다. P.3418 王梵志 시 : "사람이 자식을 기름은 새가 새끼를 키움과 같다네(人間
　　養男女, 眞成鳥養兒)." 杜甫 「奉贈李八友曛判官」 : "참으로 바퀴자국 안의 붕어처럼
　　궁하니, 마치 상갓집의 개와도 같구나(眞成窮轍鮒, 或似喪家狗)." 그리고 劉淇의 『助
　　字辨略』 권1에서는 '眞'자를 "眞成, 眞個, 眞如此也"라고 풀이했다.
38　위의 두 구는 부부가 밤에 다리를 펴고 자려 해도 추위가 닥쳐와 서로 뒤척이며 잔다
　　는 의미이고, 이를 '野鷄(꿩)'가 자는 모습에 비유한 듯하다.
39　'珠金'을 原錄에서는 '金珠'로 썼다. 여기서는 原卷에 근거하여 고쳤다.
40　'過與'는 '건네다, 주다'의 의미이다.
41　原錄에서는 '將'을 '收'로 잘못 보았다. 여기서는 原卷에 근거하여 고쳤다.
42　【譯注】'界'는 '戒'로 읽어야 할 것이다.

두 부부 다리를 펴고 자려 하나
추위가 닥쳐 꿩처럼 뒤척이기만 하네. 불자(佛子), 불자(佛子)
사바국(娑婆國) 안에는 가난이 없어
금은보화를 주워도 아무에게나 줘버린다네.
제자들께선 장차 보좌를 쌓아
합장하고 엄숙한 소리로 세존을 청하시길.
보좌가 만들어지면 천신들이 주위를 맴돌고
아미타께서 스스로 구름을 타시네.
장차 화생을 위하여 법을 설하시며
상하지 않는 금강의 몸을 증명해 주시네.
문도들께서는 꼭 깊이 생각하시어
염불하고 오분향(五分香)을 불사르시길.
삼귀계(三歸戒)도 제대로 지키지 못하고서
어찌 생사(生死)로 교량을 만들겠는가!
천년 동안 오래도록 부귀하려면
염불하여 서방정토에 왕생하는 것보다 좋은 건 없다네.
계단 앞에서 합장하고 게를 받으시고
내일 종소리가 들리면 일찍 들으러 오십시오.

해좌문(解座文)[1]

今朝法師說其眞, 坐下聽衆莫因循.

念佛急手歸舍去, 遲歸家中阿婆嗔.

오늘 법사께서 그 진리를 말씀하셨으니

좌하의 청중께선 대충 넘기지 마십시오.

염불하고 어서 집으로 돌아가시지요,

늦게 돌아가면 집안의 마나님께서 노하십니다.

---

1 본 편은 『敦煌變文集』에서 「三身押座文」 말미에 실려 있다. 周紹良은 이 네 구가 사실 '압좌문'의 체제와는 다른 강경이 끝날 때 나오는 '해좌문'이지만, 강경법사가 사용의 편의를 위해 이를 압좌문 뒤에 초록한 것으로 보았다. 周紹良의 의견이 타당하다고 생각되어, 여기서는 이에 근거하여 '해좌문'이라 제목을 붙이고 독립된 한 편으로 만들었다. 原卷의 번호는 S.2440이다.

계포시영(季布詩詠)¹

漢高皇帝詔得韓信, 於彭城²垓下作一陣, 楚滅漢盈.³ 張良見韓信煞人教⁴多. 張良奏曰:"臣且⁵唱楚歌, 散卻楚軍." 歌曰:

---

1 [原校] (王重民) 총 두 권으로 사본의 번호와 교정 순서는 原卷이 P.3645, 甲卷이 S.1156이며, 甲卷에는 끝제목과 날짜가 있다. 이 시는 분명 장량과 관련된 사건을 읊고 있으나, 왜 앞 뒤 제목 모두 '계포'로 되어있는지 모르겠다.

2 '彭城'은 옛 縣이름이며 소재지는 江蘇 徐州이다. 秦漢 교체기에 楚懷王과 項羽는 모두 이곳에 도읍을 정했다. 기원전 202년 한과 초의 양군은 팽성 서남쪽 해하에서 결전을 벌이는데, 위의 싸움은 바로 이를 가리킨다. 당시 해하가 초나라 땅이었으므로 위에서 팽성과 해하를 함께 칭한 것이다. 原錄에서는 '於彭城'을 위 구로 넣었으나 이는 옳지 않다. 아래 부분에 나오는 "彭城垓下作一陣"에서도 '彭城垓下'를 이어서 읽고 있다.

3 '盈'을 原錄에서는 '興'으로 썼다. 여기서는 原卷과 甲卷에 근거하여 옳게 고쳤다. '盈'은 '贏'이 되어야 한다. 고대에 '盈'과 '贏'은 통용되었다.

4 '敎'를 原錄에서는 '交'로 쓴 다음 '較'로 고쳤으나, 原卷에는 '敎'로 되어 있고 甲卷에는 '交'로 되어 있다. '敎'와 '交'는 모두 정도의 심함을 나타내는 말로 '較' 혹은 '校'로도 쓰였다.

5 [原校] 甲卷에는 '臣且'가 '與臣'으로 되어 있다. [校注] 사실 甲卷이 '臣且'로 原卷이

한(漢) 고조(高祖)가 한신(韓信)을 불러들여 팽성(彭城)의 해하(垓下)에서 한 바탕 전쟁을 치러 초(楚)는 멸하고 한(漢)은 이겼다. 장량(張良)은 한신이 많은 사람들을 죽이는 것을 보았다. 장량이 아뢰었다. "신이 지금 초가(楚歌)를 불러 초군을 흩어지게 하겠습니다." 노래 부르기를,

張良奉命入中營,[6] 處分兒郎速覷聽.
"今夜揀人三五百, 解踏楚歌[7]總須呈."
張良說計甚希有, 其夜圍得楚家營.
恰至三更調練熟, 四畔齊唱楚歌聲.

장량이 명을 받들고는 중영(中營)으로 들어가
병사들에게 속히 알리라 분부하네.
"오늘 밤 3~5백 명을 뽑을 터이니
초가를 부를 줄 아는 이는 모두 나오도록 하라."
장량이 계책을 말하기는 매우 드문 터라
그날 밤으로 초의 진영을 에워쌌네.
삼경이 되자마자 능숙하게 조련하여
사방에서 일제히 초가를 부르네.

詞曰[8] :

'與臣'으로 되어 있다. '臣且'가 의미가 더 잘 통하므로 여기서는 이를 썼다. 原校에서는 原卷과 甲卷을 혼동한 경우가 많다.

6 原錄에서는 '營'을 '宮'으로 쓴 다음 "甲卷에는 '宮'이 '營'으로 되어 있다"는 교기를 달았다. 그러나 실제로는 甲卷이 '宮'으로 되어 있고 原卷이 '營'으로 되어 있다. '營'이 맞으므로 여기서는 다시 이 글자를 썼다.

7 [項楚] '解踏楚歌'는 '초 땅의 노래를 부를 줄 알다'라는 의미이다. 노래를 부를 때 발로 땅을 구르며 박자를 맞추므로 '踏歌'라 칭한 것 같다. 李白, 「贈汪倫」: "이백이 배에 올라 장차 떠나려는데 갑자기 강 위에서 노랫소리가 들려왔다(李白乘舟將欲行, 忽聞江上踏歌聲)."

8 甲卷에는 '詞曰'이라는 두 글자가 없다.

今年蕭率[9]度濠梁,[10] 玉霜芬芬滿澗霜.[11]

丈夫躭[12]得高官職, 如何忘卻阿耶孃.

人總俱從父母生, 生子還從父母養,

三年不食胸前乳, 六尺之軀何處長!

養兒只合知家計, 四時八節供甘脆,[13]

甘脆由來總不供, 抛卻耶孃虛度世.

躭人負戟[14]已數年, 百戰百傷命轉然,

---

9   原卷을 보면 '蕭'자를 알아보기 힘들며 모양이 '舊'자와 비슷하다. 여기서는 잠시 原錄
    을 따라 '蕭率'로 쓰되 그 의미는 좀 더 살펴보아야 한다. 張鴻勳은 이를 '蕭瑟'이라고
    했으나 무슨 근거로 그렇게 보았는지는 모르겠다. [項楚] '蕭率'은 '쓸쓸하고 적막하
    다'의 의미이다. '蕭率', '蕭瑟', '蕭颯', '蕭索' 등은 같은 말을 다르게 쓴 것으로 보인다.

10 甲卷을 보면 '濠'자의 오른 편방이 '毫'로 되어 있다. 이는 '濠'의 속자이다. 原錄에서
    이를 근거 없이 '壕'로 바꾸었다. 淸 顧祖禹『讀史方輿記要』「江南三」, 鳳陽府 : "호수
    는 부의 남쪽 10리 지점에 있다. 두 개의 근원이 있는데, 동쪽 근원은 호당산에서 나
    오고 서쪽 근원은 막야산에서 나온다. 옛 부성의 서남쪽 50리 승고산에 이르러 합해
    져 동북쪽으로 다시 흘러간다. 성 동쪽 15리에 바위가 물을 막은 곳이 있는데, 이를
    '호량'이라고도 하고 '석량하'라고도 부른다. 지금의 구홍교가 그곳이다(濠水, 在府南
    十里, 有二源, 東源出濠塘山, 西源出鎮鋣山. 流至舊府城西南五十里昇高山而合, 又東
    北流, 至城東十五里, 有石絶水, 謂之濠梁, 亦曰石梁河, 今之九虹橋也)." 위에서 말하
    는 '濠梁'은 이 지방을 가리킨다.

11 [原校] '滿'자가 原卷에는 없다. 여기서는 甲卷에 근거하여 채워 넣었다. 또 두 번째
    '霜'자가 甲卷에는 '雪'로 되어 있다. 이 구는 아무래도 "玉雪芬芬滿澗霜"이 되어야 할
    것 같다. [校注] 原卷에도 '滿'자는 있다. 전체 구를 "玉雪芬芬滿澗霜"으로 본 건 타당
    하다. 마지막의 '霜'자는 위아래의 梁, 養, 長 등과 압운이 되나 '雪'자는 그렇지 않다.
    「李陵變文」에 "백설은 어지러이 북방의 자줏빛 변새에 퍼지고(白雪芬芬平紫塞)"라는
    구가 나오며 '玉雪'은 곧 '白雪'과 같다.

12 '躭'은 곧 '耽'의 속자이다. 이 부분에서는 초군을 떠나게 할 목적으로 고관을 갖기 위
    해 부모님을 잊는 건 해서는 안 될 짓이라는 말로 선동하고 있다.

13 原卷을 보면 '甘脆'가 왼쪽 편방이 모두 '食'자로 된 글자로 쓰여 있다. 이는 모두 속자
    이다. [項楚] 原卷의 글자는 '甘脆'와 같다. '甘脆'는 곧 좋은 음식을 말하며 '供甘脆'는
    부모님께 효도하는 모습이다. 『戰國策』「韓策二」 : "신에게는 노모가 계십니다. 집안
    이 가난하여 이리저리 떠돌며 개잡는 일을 해서 아침저녁마다 좋은 음식으로 어머님을
    모실 수 있었습니다(臣有老母, 家貧客遊, 以爲狗屠, 可旦夕得甘脆以養親)."

14 [原校] 甲卷에는 '人'이 '入'으로 되어 있다. [校注] '人'이든 '入'이든 해석이 안 되는 건
    마찬가지다. 이 글자는 '戈'가 되어야 할 것 같다. 또 '戟'자를 原錄에서는 '戰'으로 썼
    다. 여기서는 原卷에 근거하여 옳게 고쳤다.(甲卷의 '戰'자는 비슷한 모양 때문에 잘

夢時有時[15]槍下臥, 覺來元[16]在鼕鼓邊.

千萬之卒何處徹(撤), [雁足之書早晚[17]迴?

戰馬有時恒披[18]著, 一弓無夜不張弦].[19]

急携(兮)急携(兮)摧[20]人早,[21] 速携(兮)速携(兮)摧人老.

關山[22]盤礴[23]路行難, 那個是我家鄉道.

楚卒聞言雙淚垂,[24] 器械槍旗總抛卻,

三三五五總波濤(逃),[25] 各自惡歸營幕內.[26]

못 쓴 글자이다) '軌(擔)戈負戟'이라고 해야 의미가 가장 어울린다.

15 [項楚] 원문의 '夢時'는 '有時'와 글자가 중복된다. 아무래도 '夢裏'가 되어야 할 것 같다.

16 原錄에서는 '元'을 '原'으로 썼으나 原卷과 甲卷은 모두 '元'으로 썼다. '原來'의 '原'자는 본래 '元'으로 쓰다가 明代 이후에야 비로소 '原'자가 이를 대신하게 되었다. 따라서 '原'자로 고쳐서는 안 된다.

17 '晚'을 原錄에서는 '脫'로 썼다. 그러나 原卷이 근거로 삼은 甲卷의 글자는 사실 '晚'의 속자이다. '早晚'은 '何時'이다. '早晚'은 위의 '何處'와 대구를 이루며 '何處'는 '何時'와 같다.

18 '披'를 原錄에서는 '被'로 썼다. 여기서는 甲卷에 근거하여 고쳤다. 이 구는 甲卷에만 있다.

19 [原校] 이상의 세 구는 甲卷에 근거하여 채워 넣었다.

20 '摧'는 '催'로 읽어야 한다. 아래도 마찬가지다.

21 原錄에서는 '早'를 '老'로 쓰고 아래의 '老'를 '早'로 쓰고는 "이 구의 '老'자와 아래 구의 '早'자는 甲卷에는 반대로 되어 있다"라고 교기를 달았다. 그러나 사실 原卷이 위가 '早'자, 아래가 '老'자이고, 甲卷이 위가 '老'자, 아래가 '早'자로 되어 있다.

22 '關'이 原卷에는 '開'로 되어 있으며 甲卷에는 알아보기 힘들게 쓰여 있다. 原錄에서는 이를 '開'라 썼으나 그럴 경우 해석이 안 된다. 여기서는 문맥에 맞게 '關'으로 고쳤다.

23 '盤'이 原卷에는 '礓'으로 되어 있다. 여기서는 甲卷에 근거하여 고쳤다. '盤礴'은 '磐礴'과 같으며 광대한 모습을 형용한다. [項楚] '礓礴'은 큰 바위가 가로 막고 있는 모양으로 '盤礴', '磅礴' 등으로도 쓰인다.

24 [原校] 甲卷에는 '楚'가 '士'로, '垂'는 '落'으로 되어 있다.

25 周紹良은 '濤'를 '逃'로 보면서 이렇게 말했다. "'波逃'는 '奔波逃跑'라는 말과 같다. 「張淮深變文」에는 '波逃'라는 말이 자주 보인다. 이는 당대에 흔히 쓰이던 말로 「廬山遠公話」에도 보인다."

26 [項楚] 이 구에 대해 『敦煌變文集』 교기에서는 "原卷에는 '各自思歸□營幕'이라 되어 있고, 甲卷에는 '各自惡□榮墓內'로 되어 있다. 甲卷의 '惡□'와 '榮墓'는 모두 모양이 비슷해서 잘못 쓴 글자이다. 그러나 이를 보면 原卷에서 빠진 글자는 맨 마지막, 즉 '內' 자리에 있어야 함을 알 수 있다"고 했다. 甲卷의 '惡'자는 틀리지 않은 것 같다. 이 구는 곧 "各自惡歸營幕內"로서 초군이 전쟁이 싫어 다투어 도망간다는 의미이다.

恰至三更半, 楚王然始覺.

攅星[27]拔劍出營來, 早見五星競交錯.

切藉[28]精神大丈夫, 奈何今日天邊輪.

五六年[來][29]征戰苦, 彭城垓下會一輪.

失時不利,[30] 天喪奈何.

旣[31]有拔山擧頂(鼎)羽, 此時不忘(亡)若[32]何爲!

千金不博[33]老頭春,[34] 醉臥階前忘卻貧,

世上若也[35]無此物, 三分愁煞二分人.

가사에 이르기를,

27　[項楚] '攅'은 '모이다'의 의미이다. 옛날에는 보검에 별 모양의 도안을 넣곤 했다. 돈황본「伍子胥變文」: "칼집에서 빛줄기가 나와 온 들판이 밝아지는 듯하니, 칼 가운데에 해와 달과 북두칠성이 새겨져 있어서라네(匣中光出, 遍野精明, 中有日月, 北斗七星)"과『五燈會元』권13「護國守澄禪師」: "칠성의 광채가 밝게 빛나고, 육국에서는 연기와 먼지가 사라졌다(七星光彩耀, 六國罷煙塵)"에서 '七星'은 모두 보검 위의 도안이다. 위의 '攅星' 역시 보검의 별 모양 도안을 가리킨다.

28　蔣禮鴻은 '切藉'을「變文字義待質錄」의 항목으로 넣어 좀 더 고찰이 필요하다고 보았으며, 項楚 역시 좀 더 살펴보아야 한다고 했다.

29　[原校] '來'자는 甲卷에 근거하여 채워 넣었다. 즉 原卷은 두 개의 3자구이나 甲卷은 7자구이다.

30　原錄에서는 甲卷에 근거하여 '利' 아래에 '天喪余' 세 글자를 넣었다. 그러나 原卷에는 '失時不利'와 '天喪奈何'가 각각 4자구로 되어 있고, 이 구로도 뜻이 통하므로 '天喪余' 세 글자를 더하는 건 오히려 쓸데없는 일이 된다.

31　'旣'는 '卽'으로 읽어야 한다. '卽'은 곧 '卽使'(설사 ~일지라도)의 의미이다.

32　[項楚] '亡'은 '도망'의 의미이다. '若'은 '你'이다.

33　'博'을 原錄에서는 '傳'으로 썼다. 여기서는 甲卷에 근거하여 고쳤다. '博'은 곧 '바꾸다'의 의미이다.『古今韻會擧要』「藥韻」: "博, 貿易也." P.2718「茶酒論」: "제주와 건화라는 술로 무늬비단을 바꾸고 얇은 비단을 바꾸다(劑酒乾和, 専錦博羅)"에서 '博' 역시 같은 의미이다.

34　'老頭春'은 술이름이다.『正字通』「日部」: "춘, 당대 사람들은 술을 '춘'이라 했다(春, 唐人名酒爲春)." 李白 시「哭宣城善釀紀叟」: "기수는 황천에서도 노춘을 빚고 있겠지(紀叟黃泉裏, 還應釀老春)"에서 '老春'이 '老頭春'의 약칭이 아닐까 한다.

35　'也'를 原錄에서는 '夜'로 썼다. 이 '夜'자는 '也'의 음차자로서 여기서는 甲卷에 근거하여 원래 글자를 썼다.『宋朝事實類苑』권66에 인용된『劉貢父詩話』에서는 '夜'와 '也'의 동음차용에 대해 상세히 고찰해 놓았다. 돈황사본에서도 두 글자가 차용된 예를 자주 볼 수 있다.

"올해 쓸쓸히 호량(濠梁)을 건널 때
백설은 펄펄 내리고 냇가엔 서리가 가득했네.
장부가 높은 관직을 탐하여
부모님을 잊어서야 되겠는가.
사람은 모두 부모에게서 태어나고
태어난 자식은 또 부모에게서 길러지네.
삼년 동안 앞가슴의 젖을 먹지 않고서
어찌 육척의 몸으로 자라났겠는가!
길러주었으면 마땅히 가계를 꾸려서
사시사철 달고 연한 것 바쳐야 하거늘,
달고 연한 건 바칠 생각도 않고
부모님을 버린 채 헛된 삶만 사는구나.
창을 메고 극(戟)을 진 지 이미 몇 해
백 번 싸워 백 번 다쳐 목숨이 왔다갔다하고,
잠결에서는 창 아래 누웠다가
깨어보면 바로 북 옆이기도 하네.
천만의 병사는 어느 때나 철수하고
편지는 어느 때나 돌아올 것인가.
전마(戰馬)는 시간 있을 때 항상 안장을 얹어두고
하나의 활이라도 시위를 당기지 않는 밤이 없네.
급하구나 급하구나, 어서 죽도록 재촉함이여,
빠르구나 빠르구나, 늙음을 재촉함이여.
험난한 산에 바위가 가로막아 길을 다니기 힘드니
그곳이 바로 내 고향 길이라네."
초의 병사들 이 말을 듣고 두 눈에 눈물을 흘리며
무기고 깃발이고 모두 던져버리고는,
삼삼오오 짝지어 모두 도망가

군영의 막사로는 돌아가려 하지 않네.
마침 삼경 반이 되자
초왕이 비로소 잠에서 깨어났네.
별들이 새겨진 보검을 뽑아 군영을 나오니
오성(五星)이 다투어 섞이는 모습이 문득 보이네.
대장부는 정신만 차리면 그만이거늘
어찌 오늘 하늘가에서 패배를 당하겠는가!
오륙년 동안 싸움터에서 고생하다가
팽성의 회하에서 한 번 지고 마는구나.
때를 놓쳐 불리해지고
하늘이 나를 버리니 어찌한단 말인가!
제아무리 산을 뽑고 솥을 드는 항우라 해도
지금 도망가지 않으면 어찌할 것인가!
천금으로도 노두춘(老頭春)을 바꾸지 않고
계단 앞에 취해 누워 가난을 잊으니,
세상에 이것이 없다면
사소한 근심에도 사람은 동강이 나 죽으리라.

季布一卷
天福四年己亥[36]······四日記[37]
계포일권(季布一卷)
천복(天福) 4년 기해(己亥)······4일 씀

---

[36] '己亥' 두 글자는 原錄에 없으며, 여기서는 甲卷에 근거하여 채워 넣었다.
[37] 【原校】 끝제목과 날짜 두 줄은 原卷에 없으며 여기서는 甲卷에 따라 채워 넣었다.

<h1 style="text-align:center">소무이릉집별사_(蘇武李陵執別詞)[1]</h1>

於是泣啼[2]相送, 漸過峻溪_(浚稽). 見峻嶺千重, 洪崖萬刃_(仞). 東連渤海, 西接雁門.[3] 春草不榮, 夏仍降雪. 猿啼似哭, 鶴叫如歌. 野樹枯生, 寒花[4]亂墜, 白雲散漫, 黃葉飛微. 幽澗冰生, 鴻鳴逐旅_(侶). 時聞羌[5]笛, 聽且愁人. 曉度[6]胡川, 覆縱連黜,[7] 時降_(逢)務_(牧)羊客, 不見採樵人. 蘇

---

1   【原校】(啓功) 이 사권의 번호는 P.359이다. 【校注】 표제는 원래부터 있는 것이다.
2   '啼'가 原卷에는 'ㆍ' 편방에 오른편은 '蒂'로 쓰여 있다. 이 글자는 '渧'의 增旁字이다. 위에서 '渧'는 곧 '啼'의 이체자로 보아야 한다. 原錄에서는 '涕'로 썼으나 이는 잘못이다. P.3697「捉季布傳文」: "계포는 이 말을 듣고 눈물을 흘렸다(季布聞言而渧泣)"에서 '渧泣'은 곧 '啼泣'과 같다.
3   【項楚】漢代의 雁門郡과 唐代의 雁門關은 모두 지금의 山西省 경내에 있었다. 위에서 말하는 준계산의 위치는 정확히 알 수 없다.
4   '花'를 原錄에서는 '草'로 썼다. 여기서는 原卷에 근거하여 고쳤다.
5   原卷을 보면 '羌'자 위에 '艹'가 있다. 이는 '笛'자를 보고 편방을 더해버린 것이다.
6   原錄에서는 '度'를 '渡'로 썼다. 여기서는 原卷에 근거하여 고쳤다.
7   原錄에서는 '蹤'을 '縱'으로 썼다. 여기서는 原卷에 근거하여 고쳤다. 【項楚】'覆縱連黜'은 아무래도 틀린 부분이 있는 것 같다. 좀 더 고찰해 봐야 한다.

大使忿見單于, 李將軍羞看漢節.[8] 或悲或恨, 再笑再吟. 知千萬之珍重,[9] 況戀[10]河而阻隔. 是罰(時)三人相對下泣. 酌別酒於路傍, 按離琴而(於)膝上.

이에 눈물 흘리며 서로 전송하고는 서서히 준계(峻溪)를 지났다. 험준한 산봉우리는 천 겹이고 거대한 벼랑은 만 길이었다. 동쪽으로는 발해(渤海)와 이어지고 서쪽으로는 안문(雁門)에 접하였다. 봄풀은 무성하지 않고 여름이면 곧 눈이 내렸다. 원숭이 울음소리 곡하는 듯하고 학의 울음소리 노래하는 듯했다. 들의 나무는 마른 채 살아가고, 차가운 꽃은 어지러이 떨어지며, 백설은 이리저리 흩어지고, 낙엽은 드문드문 날렸다. 깊은 계곡엔 얼음이 얼고, 기러기는 울며 짝을 좇았다. 때때로 들려오는 강적(羌笛) 소리가 사람을 근심케 하였다. 새벽에 오랑캐의 내를 건너 자취를 찾아서 연달아 물리쳤다. 때때로 양을 치는 객은 만났으나 땔감 줍는 사람은 보이지 않았다. 소대사(蘇大使)[11]는 노하여 선우를 만나고, 이장군(李將軍)은 부끄러이 한(漢)의 사절을 보았다. 혹은 슬퍼하고 혹은 한탄하다 웃기도 하고 읊조리기도 하였다. 무사히 보중하였음을 알았으니 하물며 산과 물로 떨어져 있었음에랴. 이때 세 사람은 마주보고 눈물을 흘리며 길옆에서 이별주를 따르고 무릎 위에서 이별의 금(琴)을 눌렀다.

蘇武把酒迴謝韓曾[12]曰 : "僕是大漢之將, 久沒陷在於沙場, 不因厶[13]

8　[項楚] '漢節'은 한 왕조의 사절을 말한다. 아래를 보면 '韓曾'이 바로 그임을 알 수 있다.

9　'千萬珍重'은 보중할 것을 신신당부하는 말이다. 元稹「鶯鶯傳」: "종이를 앞에 두니 목이 메어 와 그 정을 펼칠 수가 없습니다. 부디 보중하시고 또 보중하십시오(臨紙嗚咽, 情不能申, 千萬珍重, 珍重千萬!)."

10　'戀'은 '孿'이 되어야 한다.

11　[項楚] 蘇大使는 蘇武를 가리킨다. 한 왕조에서 흉노에 파견한 사절이므로 大使라 칭하는 것이다.

12　[徐震堮] '曾'은 '增'이 되어야 한다.

來, 寧無歸[?], 銘肌陋(鏤)骨,[14] 起(豈)望辜恩." 言由(猶)未了, 迴看李陵. 且見李陵, 身卦(掛)胡裘, 頂帶胡帽, 脚跢赤荊. 問李陵曰 : "將軍是大漢之將, 豈不望在隴西?[15] 積代已來, [?]名露頂, 朱門烈戰(列戟), 南面於人. 出入香宮, 高官隘路. 奈何將軍, 遊遊沙漠, 儻如骨肉, 陷在虜庭, 言不人之所笑."[16]

소무가 술을 한증(韓曾)에게 돌리고 사례하며 말하였다. "저는 대한(大漢)의 장수로서 오랫동안 모래밭에 빠져 있었으니, 누가 오지 않는다 해서 어찌 돌아갈 마음이 없었겠으며, 살갗에 새기고 뼈에 새겨 놓은 은혜를 어찌 저버렸겠습니까?" 말을 마치기 전에 이릉을 돌아보았다. 이릉을 보니 몸에 오랑캐의 갓옷을 걸치고 머리에는 오랑캐의 모자를 쓰고 다리에는 붉은 가시나무를 찔러 놓았다. 이릉에게 물었다. "장군은 대한의 장수로서 어찌 농서(隴西)에 있기를 바라지 않았습니까? 대를 쌓은 이래로 [높은] 이름이 최고로 드러나고 붉은 문에 극(戟)을 도열하여 사람들을 남면(南面)했습니다. 향궁(香宮)을 출입하느라 고관들은 길을 막았습니다. 무슨 이유인지 장군은 사막을 떠돌며 마치 골육인 듯 오랑캐의 땅에 빠졌으니 어찌 사람들의 웃음거리가 되지 않겠습니까?"

李陵聞誚, 直得[17]身皮骨解,[18] 陪生(背主)辭親, 陵雖有力, 過有身而

13　[項楚] 'ㄙ'는 곧 '某'로서 여기서는 韓曾을 가리키고 있다.

14　[項楚] '銘肌鏤骨'은 '살과 뼈에 새겨 넣는다'는 의미로 영원히 잊지 못함을 형용한다. 『顔氏家訓』「序致」: "평생의 뜻을 돌이켜 살과 뼈에 새겨 넣었으니, 한낱 고서의 훈계처럼 눈으로 훑고 귀로 지나칠 것만은 아니다(追思平昔之指, 銘肌鏤骨, 非徒古書之誡, 經目過耳也)."

15　[譯注] 이릉의 집안은 隴西에 근거를 두고 있었다. 『史記』에는 이릉의 조부인 李廣이 이곳 사람이라는 기록이 있다. 『史記』「李將軍列傳」: "이장군 광은 농서 성기 사람이다(李將軍廣者, 隴西成紀人也)."

16　[項楚] 『敦煌變文集新書』의 교기에서는 '言'이 '豈'를 잘못 쓴 것 같다고 했다. 그리고 '不' 아래에는 혹시 '爲'자가 빠지지 않았나 생각된다. 결국 이 구는 "豈不爲人之所笑"로 볼 수 있다.

17　蔣禮鴻은 '直得'을 '致得'으로 보았다.

云可, 令(今)無家而可歸. 已(以)手把胸, 望天大哭. 李陵所帶胡鄕之帽,
棄在沙場. 遂向腰間取仞(刀), 已(以)說往年, 共遙呈[19]長安.

이릉은 꾸짖는 말을 듣고 몸이 찢어지고 뼈가 갈라지는 듯 했다. 주
인을 배반하고 부모님을 떠나서 비록 힘은 가졌으나, 지난날 목숨을 부
지하며 허락하는 말을 했다가 지금은 돌아갈 집이 없게 된 것이다. 손
으로 가슴을 움켜쥐고 하늘을 바라보며 통곡하였다. 이릉은 쓰고 있던
오랑캐의 모자를 모래바닥에 버렸다. 이윽고 허리 사이에서 칼을 꺼내
지난날을 이야기하며 다 같이 멀리 장안(長安)을 바라보았다.

乃卽言曰: "憶借(昔)陵初携步年(卒), 不滿五千, 深入虜庭, 强過萬
□,[20] □行至到峻溪山南, 龍勒河北, 地迥無泉, 空砂無水. 陵下□未
定,[21] 見單于兵馬十萬餘衆, 行若兩[22]□, 一罰(時)全□. 陵此日擬戰,
彼晨(衆)我寡; 陵擬不戰, □公在攸[23]羊壇[24]憶吾賢, 不免自從旗隊, 陣
號越華,[25] □右射右虛,[26] 凶奴傾□[27]衆, 時前街(衝)漢將爭功, 抽刀淨

18　[袁賓] '皮'는 '支'가 되어야 한다. 모양이 비슷해 잘못 쓴 것이다. 변문에서 중복을 피
　　하느라 이렇게 쓴 것이지 사실 '支'와 '解'는 같은 뜻이다.

19　[項楚] '呈'은 '望'이 되어야 한다. '望'자의 초서가 '呈'자와 비슷해 잘못 쓴 것 같다.

20　[原校] 이하의 '□' 부호는 모두 原卷에 빈칸으로 남겨진 부분이지 훼손된 글자를 표
　　시한 게 아니다.

21　'定'을 原錄에서는 '淸'으로 잘못 썼다. 여기서는 原卷에 근거하여 고쳤다. 또 '未'자
　　앞의 빠진 글자는 '營'자일 것으로 보인다.

22　原卷에서는 '衆行若兩' 네 글자를 빠뜨렸다. 여기서는 原卷에 근거하여 채워 넣었다.

23　'攸'은 '牧'을 잘못 쓴 것 같다.

24　'壇'은 '疆'의 속자이다. 그러나 '疆'자로는 해석이 안 되므로 좀 더 고찰해봐야 한다.
　　[項楚] 원문의 글자는 '彊'이 되어야 하며 이는 '强'과 같다.

25　[項楚] '越華'는 군대의 진형 이름일 것이다. 그러나 이 구의 의미에 대해서는 좀 더
　　살펴보아야 한다.

26　[項楚] '右射右虛'의 의미는 확실치 않다.

27　[原校] 原卷에서 이 글자는 왼쪽의 '酉' 편방만 남아 있다. [校注] 다음다음 줄에 '凶奴
　　傾敗'라는 말이 있는 것을 볼 때, 이 구는 초사자가 아래의 '凶奴傾敗' 구를 잘못 베껴
　　쓴 것으로 보인다. 즉 '凶奴傾敗'에서 '敗'자의 편방을 '酉'자로 쓰던 중에야 자기가 잘
　　못 쓰고 있음을 깨닫고서 다시 고치려다가 미처 지우진 못한 것으로 보인다. 따라서

(爭)入, 看遠□云了□玉虛而星刃,[28] 斬虜集(奪)旗. 是日也, 感德(得)文超(天起)陣雲, 地生戰霧, 凶奴傾敗, 當卽抽[軍].

　이윽고 말하였다. "생각해보면, 예전에 제가 처음 병사들을 이끌어 5천도 되지 않은 숫자로 오랑캐의 땅으로 깊이 들어왔으나, 그 강함은 만군 이상이었습니다. 행군을 해서 준계산(峻溪山) 남쪽, 용륵하(龍勒河) 북쪽에 이르자 땅은 아득한데 샘은 없고 빈 사막에 물 한 방울 보이지 않았지요. 저는 군영을 미처 다 치지 못한 상태에서 선우의 병마가 10만이 넘는 것을 보았습니다. 그래서 비처럼 빨리 움직여 일시에 모두 [몸을 숨겼지요]. 제가 이날 싸움을 하려 하니 저쪽은 많고 이쪽은 적었습니다. 허나 싸움을 하지 않으려 해도 소공(蘇公)께서 양을 치며 저의 현명함을 기억하신 터라, 결국 스스로 깃발부대를 따라 [월화(越華)의 진을 명하고 오른쪽에서 오른쪽 빈 곳에 화살을 날렸습니다.] 군사들은 이때 앞으로 치달았고 한의 장수는 공을 세우고자 칼을 뽑아 다투어 쳐들어가서는 멀리 [적의 깃발을 보고 칼날을 번쩍이며][29] 오랑캐의 목을 베고 기를 빼앗았습니다. 이날은 감사하게도 하늘이 진운(陣雲)을 일으켜주시고 땅이 전무(戰霧)를 만들어주셨습니다. 흉노는 대패하여 즉시 군대를 물렀습니다.

漢將得勝, 約行二十餘里, 猶未迴旗.[30] 無賴當卽抽軍, 漢將德(得)勝, 遂被狂寇順風放火, 紅解[31]連天. 陵在火中, 事洽(恰)難爲, 不免乍

이 구는 연문으로 지워야 하고 '衆'자는 아래에 붙여 읽어야 할 것 같다.

28　이 구는 해석이 안 된다. 劉凱鳴은 '星'을 '腥'의 가차자로 보아야 한다고 했으나 꼭 그런 것 같지는 않다. 또 그는 '玉虛'가 음이 비슷한 '浴血'을 잘못 쓴 것이라 했으나 이는 더욱 억측에 가깝다. [項楚] 이 구는 좀 더 고찰이 필요하다.

29　[譯注] 이 작품은 사본 자체의 오탈자와 의미가 불분명한 단어 때문에 해석이 안 되는 부분이 많다. 위에서 [ ]로 표시한 부분은 역자가 문맥을 고려하여 임시로 번역을 넣은 것이다.

30　[項楚] '迴旗'는 '回軍'의 의미이다. 군대의 깃발은 고대의 전투에서 진퇴를 지휘하는 도구로 쓰였다. 깃발을 돌리면 군대는 돌아온다. 『左傳』「成公2년」: "군대의 이목이 나의 깃발과 북에 있으며, 이에 따라 나아가고 물러난다(師之耳目, 在吾旗鼓, 進退從之)."

(詐)降戰(單)于. 陵[32]准擬[33]喫□, 心飴(擬?)突□, 日夜定斗,[34] 校[35]亂相煞, 偷路還家. □陵□中□滅. 奈何武帝□取佞臣之言, 道陵上祖已來, 三代背[36]漢, □□敕下所司, 捕捉陵之家口, 一男一女, 攤[37]入雲陽, 馬乖行顯,[38] 准法處分. 少妻幼女, 無罪枉誅.[39] 陵有老母, 八十有五, 走待人扶, 食[40]須人餵, 負天何辜, 也被誅戮!

한의 장수는 승리를 거둔 후 대략 20여 리를 더 가고도 군대를 돌리지 않았습니다. 어쩔 수 없이 곧 군대를 물리다가 한의 장수는 승리를 거두고도 결국 미친 적이 바람에 놓은 불을 맞고 말았습니다. 붉은 화염은 하늘에 이어졌습니다. 저는 불 속에서 상황이 힘들게 되자 결국 선우에게 거짓으로 항복하는 수밖에 없었습니다. 저는 [밥을] 먹으면서도 마음속으로 [탈출할] 생각을 하고, 밤낮으로 계획을 세워 닥치는 대로 죽이고 길을 찾아 집으로 돌아갈 생각을 했습니다. 어찌 제가 [오랑캐 땅에서] 죽을 수 있겠습니까? 그런데도 무제(武帝)께서는 어찌하여 간신의 말을 듣고는 저의 조부 이래로 삼대가 한을 배반했다 말하시며 관리에게 칙명을 내려 저의 가족을 잡고 아들 하나와 딸 하나까지 안아다

---

31 [徐震堮] '解'와 '焔'은 음이 비슷해 서로 차용된다. [項楚] 원문의 '解'는 '燄'을 비슷한 모양 때문에 잘못 쓴 것으로 보인다. '燄'은 곧 '焔'이다.
32 原錄에서는 '陵'을 빠뜨렸다. 여기서는 原卷에 근거하여 채워 넣었다.
33 '准擬'는 '~을 계획하다, 기대하다'의 의미이다.
34 '斗'가 原卷에는 속자인 '鬥'로 되어 있다. '定斗'는 해석이 안 되며 좀 더 고찰이 필요하다. [項楚] 원문의 '鬥'는 모양이 비슷한 '計'자를 잘못 쓴 것으로 보인다.
35 '校'는 '淆'로 읽어야 할 것이다.
36 '背'를 原錄에서는 '皆'로 썼으나, 그러면 뜻이 통하지 않는다. 蔣禮鴻은 이를 '背'로 옳게 고쳤으며, 原卷도 실제로는 '背'자로 되어 있다.
37 [蔣禮鴻] '攤'은 '攤'이 되어야 할 것이다.
38 [蔣禮鴻] '馬乖行顯'은 '馬市行頭'가 되어야 할 것이다. 「李陵變文」에 나오는 "이릉의 노모와 처자는 말 시장에서 법에 따라 처형토록 했다(並陵老母妻子於馬市頭付法)"과 「廬山遠公話」의 "노비를 파는 시장(口馬行頭)"라는 말로 근거를 삼을 수 있다.
39 原錄에서는 '誅'를 '殊'로 쓴 다음 '誅'로 고쳤다. 그러나 실제 原卷이 '誅'로 되어 있어 여기서는 옳게 고쳤다.
40 原錄에서는 '食'을 '養'으로 잘못 썼다. 여기서는 原卷에 근거하여 옳게 고쳤다.

운양(雲陽)으로 들여보내 말과 수레를 파는 저자에서 법대로 처분하셨단 말입니까! 젊은 아내와 어린 딸이 무슨 죽을죄를 지었단 말입니까! 저의 노모는 85세라 길을 갈 때는 다른 사람의 부축을 받아야 하고 먹는 것도 꼭 남이 먹여줘야 하거늘, 무슨 하늘을 저버린 허물이 있다고 또 주륙을 당하셨단 말입니까!

乍可[41]□□[42]沙漠, 恓恓虜庭, 北闕[43]之下, 求得錐寸寡利. 煞父天子, 誰能手事![44] 足下如萬□, 陵無迴心, 老母墳前, 慇懃爲時日拜著, 到武帝殿前, 爲陵披訴. 儻逢人信, 時附一音; 若遇來鴻, 芳菲一行."[45]

차라리 사막을 떠돌며 오랑캐의 땅에서 처량히 살고 (오랑캐의) 조정 아래에서 눈곱만한 이익이나마 얻을 뿐, 아버지를 죽인 천자를 어찌 능히 모실 수 있겠습니까? 족하께서 [아무리 권하셔도] 저는 마음을 돌리지 않을 터이니, 노모의 무덤에 가시면 꼭 시일에 맞춰 절을 올려 주시고, 무제의 전(殿) 앞에 이르면 저를 위해 호소해 주십시오. 만일 인편을

---

41 [項楚] '乍可'는 '寧可(차라리 ～하다)'의 의미이다. 高適 「封丘作」 : "차라리 풀숲과 물가에서 미친 노래를 부르지 어찌 차마 속세에서 벼슬을 하겠는가(乍可狂歌草澤中, 寧堪作吏風塵下)."

42 原卷을 보면 빈칸의 두 번째 글자는 중복부호로 표시되어 있다. 즉 빠진 두 글자는 疊音의 단어라는 말이다. 앞에 '遊遊沙漠'이라는 구가 있는 것을 볼 때 빠진 글자는 '遊遊'가 아닐까 한다.

43 [項楚] '北闕'은 고대 궁전의 북쪽 문루로 조정을 대신 가리키기도 한다. 위의 '북궐'은 흉노의 조정을 말한다.

44 원문의 '手'는 '首'가 되어야 한다. '首事'는 '복종하다, 시봉하다'의 의미로, 여기서 '首'는 '항복'을 나타낸다. 『後漢書』 「西域傳」 : "비록 항복한 자들이 있었으나, 일찍이 그들을 징계해서 고치지 않아 이때부터 점차 소홀하고 태만해지게 되었다(雖有降首, 曾莫懲革, 自此浸以疏慢矣)"의 李賢 注 : "猶服也."

45 [項楚] '芳菲一行'은 '편지 한 통을 부치다'의 의미이다. '芳菲'는 곧 '紛亂'이다. 蔣禮鴻은 『敦煌變文字義通釋』 권5의 '芬芬, 芳芳, 分芳, 分分, 分非' 조목에서 이를 '紛紛'이라고 해석하면서 이렇게 말했다. "「李陵變文」의 '虜騎芬芬逐後來'에서 '芬芬'은 곧 '紛紛'이고 '芬芳, 分芳, 分分, 分非'는 '芬芬'의 변형일 뿐이다." 위에 나온 '芳菲' 역시 '芬芬'의 변형으로 보인다. '一行'은 간단한 편지를 말한다. '芳菲一行'은 상대방을 존경하는 말투로, 공들여 편지를 쓸 필요 없이 마음대로 한 줄만 써주시면 된다는 의미이다.

만나시거든 그때 짧은 소식 전해주시고, 오는 사신이 있거든 편지 한
줄 부쳐주십시오."

是日也, 酌別酒, 敲革取鞬,[46] 唱如[47]歌. 蘇武未語不見, 遂乃再趁
李陵, 拘馬搖鞭, 各自題詩一首:

이날 이별주를 따르고 화살통을 치며 서로 노래를 불렀다. 소무가 아
무 말 없이 보지 않고 있다가 이윽고 다시 이릉을 좇아 말을 잡고 채찍
을 흔들자, (둘은) 각자 시를 한 수씩 지었다.

凉風趁□煙, □(旅)[48]雁遠思邊.
蘇武歸南國, 雖陵何負天!
羨他失伴鳥, 塞北獨連蕃.[49]
漢軍日(君白)[50]雲下, 咸陽[51]路幾千?
서늘한 바람 [뿌연] 연기를 좇고
떠나는 기러기 멀리 변방을 생각하네.
소무가 남국(南國)으로 돌아가나
이릉이라고 어찌 하늘을 저버리리!
그를 부러워하는 짝 잃은 새가 되어

46　[項楚] '革取鞬'은 화살통 즉 '胡鞬'이다.
47　[項楚] 원문의 '如'는 '而'와 통용된다.
48　[原校] 이 글자는 原卷에 왼쪽 '扌' 편방만 쓰여 있다. 이 글자는 아마 '旅'자의 별체일
　　것이다.
49　[項楚] 원문의 '蕃'은 '翻'이 되어야 한다. '連翻'은 새가 나는 모습이다. 沈約「送別友
　　人」: "바다 기러기는 멀리서 날아오르고, 처마의 제비는 밖으로 날며 나오네. 봄이
　　가고 가을이 다시 오니, 서로 엇갈려 만나지 못하는구나(遙裔發海鴻, 連翻出簷燕, 春
　　去秋更來, 參差不相見)."
50　[項楚] 원문에서 '軍'은 '君'이 되고 '日'은 '白'이 되어야 한다. 그래서 이 구는 "漢君白
　　雲下"가 되어 이릉의 한나라 군주에 대한 그리움을 표현하는 것으로 보아야 한다.
51　[項楚] '咸陽'은 본래 秦나라의 도성이었으나 나중에 일반적인 도성을 가리키는 말로
　　쓰이곤 했다.

변방 북쪽에서 홀로 하늘을 나네.
한(漢)의 군주는 흰 구름 아래 계시니
함양(咸陽) 가는 길은 몇 천 리던가?

蘇武和曰:
소무가 화답하기를:

勸君⁵²所賜酒, 過後爲君愁.
欲知相憶處, 思君棗水⁵³頭.
有時無雁翼,⁵⁴ 群臣並是憂.

하사받은 술을 그대에게 권하였으나
앞으로는 그대를 위해 근심하겠네.
서로 기억하는 곳을 알아두어
호수(滈水)가에서 그대를 그리워하리라.
사신도 없을 때가 되면
군신들이 모든 걱정을 함께 하리라.

己巳年六月五日⁵⁵
기사(己巳)년 6월 5일

---

52 '君'을 原錄에서는 '軍'으로 잘못 썼다. 여기서는 原卷에 근거하여 고쳤다.
53 '棗'는 '滈'와 통한다. 『廣韻』: "滈는 물이름으로 도성 지역에 있다(滈, 水名, 在京兆)." '滈水'는 장안 근처의 강으로 "思君滈水頭"는 소무가 장안에서 이릉을 그리워함을 말하고 있다. [項楚] '棗水'는 어떤 강을 잘못 쓴 것인지 모르겠다. 어쨌든 장안 부근의 강일 것이다.
54 [項楚] '雁翼' 역시 사신을 말한다. 편지를 기러기발에 묶어 보낸다는 전고에서 나온 말이다.
55 [原校] 原卷을 보면 날짜를 쓴 부분 아래에도 여러 글자가 복잡하게 쓰여 있으나 선명하지 않아서 판독할 수가 없다.

백조명(百鳥名)−군신의장(君臣儀仗)[1]

是時二月向盡, 纔始[2]三春. 百鳥林中而弄翼, 魚[3]皷水而躍鱗. 花[4]

---

1   **[原校]** (王重民) 原卷은 수미가 완전하고 앞뒤 제목과 기록한 연월까지 있다. 두 권이 현존하며 그 번호는 原卷이 S.3835, 甲卷이 S.5752이다. 甲卷은 같은 두루마리에 두 번을 초사하였는데, 첫 번째 초사본의 글씨는 그래도 괜찮으나 두 번째는 대단히 조악하고 완전하지도 않다. **[校注]** 甲卷의 첫 번째 사본은 앞제목과 끝의 40여자만 썼으며 글씨도 그다지 좋은 편이 아니다. 두 번째 사본은 전반부만 베껴 썼는데 그것도 중간에 잔결된 부분이 많다. 그러나 글씨는 첫 번째 사본보다 좋다. 原校에서 말한 바는 실제 상황과 어긋나는 부분이 많다. 또 P.3716 사권도 본 편의 머리 부분을 싣고 있으나(이하에서는 '乙卷'이라 칭함), 『敦煌變文集』에서 이 사권은 교기하지 않았다. 潘重規는 乙卷에 대해 이렇게 교기하였다. "누런 종이로 뒷면에 글이 쓰여 있다. 머리제목부터 총 6행뿐이며, 뒤에 종이가 남아있으나 안타깝게도 다 초록되어 있진 않다. 그러나 이것으로도 런던에 소장된 두 사권의 오자를 상당히 많이 고칠 수 있었다. 뒷면의 이어붙인 곳에 '沙門 洪眞'이라는 서명이 있다." **[項楚]** '君臣儀仗'은 본 편의 부제이다.

2   **[原校]** 甲卷의 첫 번째 사본에는 '始'자가 연문으로 들어가 있으나 두 번째 사본에는 없다. **[校注]** 이는 甲卷의 두 번째 사본이 '始'자를 빠뜨린 것으로 보아야 한다. 原卷, 甲卷의 첫 번째 사본, 乙卷이 모두 '纔始'라 쓰고 있다. 이는 同義連文일 뿐 '始'자가 연문인 건 결코 아니다.

照勺(灼), 色輝鮮, 花初發而笑日, 葉含芳而起津. 山有大蟲爲[5]長, 鳥
有鳳凰爲尊. 是時諸鳥[6]卽至, 雨集[7]雲奔, 排備[8]儀仗, 一傲[9]人君.

　때는 2월이 곧 다하고 막 삼춘(三春)이 시작되는 때이다. 온갖 새가 숲
속에서 날갯짓을 하고 고기는 물장난을 치며 헤엄치고 논다. 햇빛이 밝
게 비추니 색이 휘황하고 선명하다. 꽃은 이제 막 피어나 해를 보고 웃
고 나뭇잎은 향기를 머금은 채 언덕에 나 있다. 산에서는 호랑이가 왕
이요, 새 중에는 봉황이 으뜸이다. 이때 여러 새들이 이르러 비처럼 모
이고 구름처럼 내달려 의장(儀仗)을 갖추니 인군(人君)을 그대로 흉내 낸
모습이었다.

　白鶴身[10]爲宰相, 山鷓鴣直諫忠臣.
　翠碧鳥爲糺壇(糺彈)侍御,[11] 鷯子爲遊奕將軍.[12]

3　[劉瑞明] ‘魚’자 앞에 ‘千’자가 빠진 것 같다. 그래야 ‘百鳥’와 짝을 이루고 자수도 같아
　　지기 때문이다. [校注] 이 두 구는 일부러 대를 맞춘 구는 아니므로 ‘千’자는 필요 없
　　을 것 같다.
4　[劉瑞明] ‘花’자는 아래 구와 중복되므로 ‘光’자의 잘못으로 보아야 할 것이다. 두 글자
　　는 모양이 흡사하다. [譯注] 여기서는 劉瑞明의 의견을 따라 번역하였다.
5　甲卷의 첫 번째 사본은 여기까지만 초사되어 있고 그 아래로는 줄을 바꿔 「晏子賦一
　　首」를 써놓았다.
6　原錄에서는 ‘諸鳥’를 ‘之鳥’로 쓴 다음 “甲卷에는 ‘之鳥’가 ‘諸鳥’로 되어 있다”고 교기를
　　달았다. 그런데 乙卷 역시 ‘諸鳥’로 되어 있다. 돈황사본에서 ‘之’와 ‘諸’는 통용되며,
　　여기서는 문맥을 보고 甲卷과 乙卷에 근거하여 고쳤다.
7　‘集’이 甲卷과 乙卷에는 ‘屯’으로 되어 있으며 의미는 같다. 『廣雅』「釋詁」: “屯, 聚也.”
　　曹植「七啓」: “새와 짐승이 모인 연후에 모여서 둘러쌌다(鳥集獸屯, 然後會圍).”
8　‘排備’는 ‘排比’와 같으며 ‘안배하다, 준비하다’의 의미이다.
9　原卷을 보면 ‘傲’자가 ‘忄’ 편방으로 되어 있는데 이는 모양이 비슷해 잘못 쓴 글자이
　　다. 甲卷과 乙卷은 ‘放’으로 되어 있으며 의미는 같다. 그리고 甲卷의 두 번째 사본은
　　여기부터 아래의 “久在山間別”까지가 빠져 있다.
10　‘身’이 乙卷에는 ‘充’으로 되어 있다.
11　‘糺彈’이 原卷에는 ‘糺壇’으로 되어 있다. 原卷의 ‘糺’은 ‘糾’를 잘못 쓴 것이고 ‘壇’은
　　‘彈’의 음차자이다. 『正字通』「糸部」: “糾, 糾也.” ‘糺彈’은 侍御史 직책이다. [項楚] ‘糺
　　彈’은 관리의 과실을 탄핵한다는 의미이고 ‘侍御’는 곧 시어사이다. 唐代의 시어사는
　　어사대 소속으로 감찰과 탄핵을 맡았다.

蒼[13]鷹作六軍神策,[14] 孔雀王專知[15]禁門.

護澤鳥[16]偏知別堂,[17] 細脛子[18]通事舍人.

鴻雁專知禮部, 鴻鶴[19]太史修文.

日月鳥[20]夜觀星象, 赤觜鴉[21]晝望煙雲.

突厥鳥權知蕃館,[22] 老鵄[23]專望煙雲.

印尾鳥爲無才技, 專心遏舞[24]鄕村.

---

12 [項楚] ‘遊奕將軍’은 유격과 순라를 담당하는 무관이다.

13 ‘蒼’이 原卷에는 ‘鶴’으로 되어 있다. 이는 편방이 같아진 글자라 여기서는 乙卷에 근거하여 옳게 고쳤다.

14 [項楚] ‘六軍神策’은 곧 唐代 禁軍의 이름인 ‘神策軍’을 말한다. 여기서는 신책군을 통할하는 神策軍使를 가리킨다.

15 ‘知’는 ‘관장하다’의 의미이다. 『吐魯番出土文書』 제1책 「北凉玄始十二年兵曹牒」: “병조에 의해 파견되어 양 도를 지키는 일을 관장했다(爲曹所差, 知守塢兩道).”

16 ‘護澤鳥’는 곧 ‘姻澤鳥’이다. 『爾雅』 「釋鳥」의 “鸄, 澤虞”에 대한 郭璞의 주석 : “지금의 고택조는 물부엉이와 유사하다. 검푸른 색으로 연못에서 살며 사람을 보면 도망가지 않고 울어댄다. 이 모습이 지키는 업무를 맡은 관리 같아 이렇게 부르는 것이다. 속칭 ‘밭을 지키는 새’라고도 한다(今姻澤鳥, 似水鴞, 蒼黑色, 常在澤中, 見人輒鳴喚不去, 有象主守之官, 因名云. 俗呼爲護田鳥).” 乙卷에는 ‘護宅鳥’로 쓰여 있다.

17 ‘堂’이 原卷에는 ‘當’으로 되어 있다. 이는 ‘堂’을 잘못 쓴 것으로 여기서는 乙卷을 따라 옳게 고쳤다. 러시아 소장 올젠부르그 편 101호 [維摩詰經講經文] : “그 남녀를 당 아래로 부르다(喚伊男女下當來)”의 ‘當’ 역시 ‘堂’의 오자라는 점을 참고할 만하다. 劉瑞明은 ‘別當’을 ‘護當’으로 고쳤으나 이는 근거가 없다.

18 ‘細脛子’는 다리가 가늘고 길어 잘 달리기 때문에 붙여진 이름이며, 그래서 통사사인의 직을 맡은 것 같다. 정확히 무슨 새인지는 좀 더 살펴보아야 한다.

19 ‘鴻鶴’은 곧 ‘鴻鵠’이며 이는 ‘黃鵠’을 말한다. 옛날에 ‘鶴’과 ‘鵠’은 통용되었다. ‘太史’는 곧 太史令으로 천문역법을 관장한다. 그래서 ‘때’를 아는 고니에게 그 일을 맡긴 것이다.

20 [項楚] ‘日月鳥’에 대해서는 좀 더 고찰해보아야겠다.

21 ‘赤觜鴉’는 곧 ‘赤嘴鴉’이다. ‘赤嘴鴉’는 새이름으로 ‘赤嘴鳥’라고도 한다. 李時珍은 『本草綱目』 권49에서 산까치의 별명이라고 했다.

22 [項楚] ‘突厥鳥’는 곧 ‘鶌鳩’이다. 『爾雅』 「釋鳥」의 “鶌鳩, 寇雉”에 대한 郭璞의 주석 : “鶌은 집비둘기처럼 크며 까투리와 흡사하다. 쥐발에 뒷발가락은 없으며 꼬리는 갈라져 있다. 성미가 급하고 떼를 지어 날아다닌다. 북방 사막에서 온 것이다(鶌, 大如鴿, 似雌雉, 鼠脚無後指, 岐尾, 爲鳥憨急, 群飛, 出北方沙漠地).” ‘權知’는 ‘代理’의 의미이며, ‘蕃館’은 소수민족의 사절을 접대하는 여관을 말한다.

23 ‘老鵄’는 곧 ‘老鴟’로 흔히 ‘老鷹’이라고 한다. ‘鵄’는 ‘鴟’의 이체자이다.

24 [項楚] ‘遏舞’는 ‘빠른 속도로 날며 춤추다, 미친 듯 춤추다’의 의미이다. 【校注】『玉篇』

白練帶,²⁵ 色如銀, 久在山間別作群.
聞道鳳凰林裏現, 將男挾女²⁶悉來臻.

백학(白鶴)은 몸소 재상이 되고
산자고(山鷓鴣)는 직간하는 충신이네.
쇠새는 규탄시어(糾彈侍御)가 되고
새매는 유혁장군(遊奕將軍)이 되네.
푸른매는 육군신책(六軍神策)이 되고
공작왕은 금문(禁門)을 전문으로 맡네.
호택조(護澤鳥)는 별당을 전문으로 맡고
세경자(細頸子)는 통사사인(通事舍人)이 되네.
기러기는 예부(禮部)를 전문으로 맡고
고니는 태사(太史)로서 천문을 다스리네.
일월조(日月鳥)는 밤에 별자리를 보고
산까치는 낮에 연기와 구름을 본다네.
돌궐조(突厥鳥)는 번관(蕃館)을 대행해 맡고
솔개는 연기와 구름을 전문으로 바라보네.
흰꼬리매는 재주가 없어
마을을 지키는 데 온 마음을 쏟네.
물까치는 은 같은 빛깔로
오래도록 산간에서 따로 무리를 이루네.
봉황이 숲 속에 나타났다는 말을 듣고는

: "遏, 遮也." 『呂氏春秋』 「安死」 : "많은 무리들을 모아 깊은 산과 너른 연못과 숲속을 근거로 하여 치고 들어가서 신속히 탈취했다(聚群多之徒, 以深山廣澤林藪, 撲擊遏奪)." '遏舞'는 침략이나 소요를 막는다는 의미인 것 같다.

25 [項楚] '白練帶'는 곧 '白練鳥'로 '練鵲'이라고도 한다. 흰색의 긴 꼬리가 있다. 『全唐詩補逸』 권8, 張祜 「江南雜題三十首」 중 13수 : "붉은 파초는 가운데가 반쯤 말리고, 백련은 꼬리가 길게 드리웠네(紅蕉心半卷, 白練尾長垂)."

26 '挾'을 原錄에서는 '狹'으로 썼으며, 徐震堮은 이를 '挾'으로 봐야 한다고 했다. 甲卷에 '挾'으로 되어 있어 여기서는 이를 따랐다. '挾'과 '將'은 같은 의미이다.

수컷새끼 들고 암컷새끼 끼고 모두들 찾아오네.

薰胡鳥[27]、鵠鵠師[28]、鴻鳥子[29]、鮑鶄兒[30]、赤觜鴨[31]、碧生(玉)雞,[32] 鴛鴦作伴, 對對雙飛, 奉符追喚, 不敢延遲. 從此是鳥[33]卽至, 亦[34]不相違.

부엉이, 곡곡사(鵠鵠師), 백조, 굴뚝새, 붉은부리오리, 벽계(碧鷄)가 원앙으로 짝을 이뤄 쌍쌍이 날며 부절을 받들고 쫓아다니면서 외치니 감히 늦게 갈 수가 없었다. 이로부터 모든 새들이 당도하니 역시 하나도 어김이 없었다.

淘河鳥,[35] 脚趦趄,[36] 尋常傍水覓魚喫,

---

27 '薰胡鳥'는 '訓狐', '訓胡'라고도 하며 부엉이를 가리킨다. 慧琳 『一切經音義』 卷12 '訓狐' : "관서에서는 '訓候'라고 하고 산동에서는 '訓狐'라고 한다. 이는 곧 부엉이로 '鉤格'이라고도 한다. 낮에는 웅크리고 있다가 밤에 움직이며 울음소리가 기이하다. 경문에서 '薰胡'라고 쓴 것은 옳지 않다(關西呼爲訓侯, 山東謂之訓狐, 卽鳩鴟也. 亦名鉤格. 晝伏夜行, 鳴有怪. 經文作薰胡, 非體也)." 『酉陽雜俎』 卷16에 서는 '訓胡'라고 했다.

28 [原校] 甲卷에는 '鵠鵠師'가 '保報師'로 되어 있다. [校注] 『漢書』 「司馬相如傳」 '子虛賦'에 대한 顔師古의 주석 : "고니는 물새이며, '구구'하고 운다(鵠, 水鳥也, 其鳴聲鵠鵠云)." '鵠鵠師'는 '鵠(고니)'의 별명인 듯하며 울음소리 때문에 이런 이름을 얻은 것 같다.

29 [項楚] '鴻鳥子'은 '鴻'의 속명으로 '백조'를 가리키는 것 같다.

30 [項楚] '鮑鶄兒' 역시 새이름이다. 돈황본 「鷰子賦」에도 나오나 어떤 새인지는 좀 더 살펴보아야 한다.

31 '鴨'을 原錄에서는 '鴉'로 썼다. 原卷과 甲卷은 모두 '鴨'으로 되어 있어 여기서는 이를 따랐다. [項楚] 위에 "赤觜鴉晝望煙雲"이라는 말이 나오므로 여기서는 중복이 되지 않게 '赤觜鴨'으로 보는 것이 맞다.

32 '生'자가 原卷과 甲卷 모두 이렇게 쓰여 있으며 原校에서는 이를 '玉'으로 고쳤다. 이는 타당한 의견인 것 같다. '碧玉雞'는 새이름인 '碧雞'일 것이다. '碧'자를 보고 '玉'까지 써버리게 되어 '碧玉雞'라 칭한 것이다.

33 [項楚] '是鳥'는 '모든 새'의 의미이다. '是'는 '일체, 모든'의 뜻이다.

34 '亦'은 '一'로 읽어야 한다. 사본에서 '亦'과 '一'은 통용된다. 『經典釋詞』 卷3 : "一, 猶皆也." 『三國志・蜀志』 「法正傳」 : "군신들이 여러 번 간언을 했으나 모두 따르지 않았다(群臣多諫, 一不從)"에서 '一不'는 '皆不, 都不'의 의미이다.

35 '淘'가 原卷에는 '濤'로 되어 있다. 徐震堮은 '濤'는 '淘'가 되어야 하고 '淘河'는 곧 '鵜鴣'라고 했다. 甲卷에는 '淘'로 되어 있어 여기서는 이를 따랐다.

野鴨³⁷遙見角鷗來, 刺頭水底³⁸覓不得.

白鸚鵡, 赤雞赤,³⁹ 身上毛衣有五色,

兩兩三三傍水波, 向日遙觀眞錦翼.

巧女子,⁴⁰ 可怜許,⁴¹ 樹梢頭, 養男女,

銜茅花, 拾柳絮, 窠裏金針誰解取?

隴有道,⁴² 出鸚鵡,⁴³ 敎得分明解人語,

人裏⁴⁴般粮總不如, 籠裏將來獻明珠(主).

36　[原校] 甲卷에는 '脚蹠趚'이 '脚曆刺'로 되어 있다. [校注] 『廣韻』「錫韻」: "蹠趚, 行貌." 『篇海類編』「人事類」走部: "蹠趚, 行貌." '蹠趚', '蹠趚', '蹠趚', '曆刺' 등은 모두 같은 단어의 다른 쓰기법이다. 『廣韻』「麥韻」: "趚, 急走也. 出字林." 盧善煥은 '蹠趚'이 질주하는 모습이라고 했는데, 이는 타당한 의견이다. 項楚는 이를 '드러내다'의 의미로 보고, 蔣冀騁은 '趥趄'의 음이 변한 것이라 했다. 모두 하나의 설이 될 수 있다.

37　原錄에서는 '鴨'을 '鴉'로 썼으나 潘重規는 原卷과 甲卷이 모두 '鴨'으로 되어 있다고 했다. 潘重規의 주장이 옳다.

38　[原校] 甲卷에는 '水底'가 '水中'으로 쓰여 있다.

39　[項楚] 원문의 '雞赤'은 '鸂鶒'이 되어야 한다. 鸂鶒은 물새이다. 『藝文類聚』 권92에서는 『臨海異物志』의 내용을 인용하여 "계칙은 물새이다. 5색의 털에 물여우를 먹으며, 물속에서는 독기가 없다(鸂鶒, 水鳥, 毛中五彩色, 食短狐, 其在水中, 無毒氣)"라 했으며, 또 宋代 謝惠連의 「鸂鶒賦」를 인용하여 "만 가지 물새의 종류를 보건대, 참으로 계칙만큼 화려한 것은 없다. 밝게 빛나는 선명한 자태의 옷을 입고, 검고 붉은 아름다운 색깔이 섞여 있다(覽水禽之萬類, 信莫麗乎鸂鶒, 服昭晰之鮮姿, 糅玄黃之美色)"이라 했다.

40　[項楚] '巧女子'는 부엉이이며 '巧婦' 등으로도 불린다.

41　'可怜許'는 사랑스럽다는 의미이며 '許'는 접미사로서 의미가 없다.

42　徐震堮은 '有'가 '右'가 되어야 한다고 정확하게 보았다. 唐代에 隴右道의 경계는 지금의 甘肅省 六盤山 서쪽과 靑海省 靑海湖 동쪽 및 新疆 동부였다. 농우의 앵무새는 옛날부터 유명했다. 『漢書』「武帝紀」를 보면 元狩 2년 여름에 南越에서 '能言鳥'를 바쳤다는 내용이 나오는데, 顏師古는 이에 대해 "즉 앵무를 말한다. 농남과 연해에 이 새가 있다(卽鸚鵡也, 隴南及沿海並有之)"라는 주석을 달았다. 白居易의 시 「鸚鵡」: "농서의 앵무를 강동으로 가져가, 한 해를 기르니 주둥이가 점점 붉어졌네(隴西鸚鵡到江東, 養得經年嘴漸紅)." 농서와 농남은 모두 농우도에 속했다.

43　甲卷의 두 번째 사본은 여기까지다. 바로 아래에 "不飮盜泉之水" 1구가 이어져 있고, 줄을 바꿔 "乙未年六月十五日立朝□□□百姓□□定爲"라는 글이 쓰여 있다.

44　[蔣禮鴻] '人裏'은 '人實'이 되어야 할 것 같다. 혹은 여기서 '裏'자는 '中'과 통할 수도 있다. [校注] '中'자가 더 타당하다. '人中'은 곧 '人間'이라는 말과 같다. 『百喩經』「伎兒作樂喩」: "인간세상과 천상에서 비록 조금의 즐거움을 받는다 하더라도, 이 또한

鸅鴠⁴⁵亦曾作老鼠, 身上無毛生肉羽,
恰至黃昏卽出來, 白日何曾慕風雨!
念佛鳥, 提胡盧,⁴⁶ 尋常道酒不曾酤.
澤雉沿身百種有,⁴⁷ 鷦鷯向後一物無.⁴⁸
獨舂鳥, 悉鼻卑,⁴⁹ 出性爲便⁵⁰高樹枝,
雀公身寸惹子大,⁵¹ 卻謙(嫌)老鴟沒毛衣.
吉祥鳥,⁵² 最靈喜, 出在臺山⁵³巖長⁵⁴裏,

열매는 없는 것이다(人中天上雖受少樂, 亦無有實)."

45 　[徐震堮] '鸅鴠'은 '蝙蝠'이 되어야 할 것 같다. [蔣禮鴻] '鸅鴠'는 '鴠鸅'로 바꿔야 한다. 『方言』 권8: "편복(박쥐)을 관동 지방에서는 '복익'이라 부른다(蝙蝠, 自關而東謂之服翼)." '鸅鴠'은 곧 '服翼'이다. 글자는 다르지만 음은 같다.

46 　'提胡盧'는 새이름으로 '提壺盧'라고도 하며 우는 소리 때문에 이렇게 불린다. 宋 周紫芝 「提壺盧」: "제호로는 나무 끝에서 술을 권하는 소리로 서로를 부른다. 사람들에게 술을 사라고 권하나 파는 곳은 없다(提壺盧, 樹頭勸酒聲相呼, 勸人沽酒無處沽)." 張鴻勳은 '胡盧'를 '胡盧' 즉 '葫盧'라 칭하며 물건을 담는 그릇이라고 했으나, 이는 잘못된 의견이다.

47 　[項楚] '澤雉'는 꿩의 일종이다. 『莊子』 「養生主」: "연못의 꿩은 열 걸음을 가서 한 입 쪼아 먹고, 백 걸음을 가서 한 번 물을 마시지만, 그래도 우리 안에서 길러지기를 바라진 않는다(澤雉十步一啄, 百步一飮, 不蘄畜乎樊中)." 새의 몸이 화려한 깃털로 덮여 있으므로 '沿身百種有'라고 한 것이다.

48 　[項楚] '鷦鷯'은 새이름으로 머리가 작고 꼬리에 털이 없으며 병아리처럼 생겼다. 꼬리에 털이 없어 '向後一物'라고 한 것이다.

49 　'悉鼻卑'는 독용조의 모습을 묘사한 것인지 새이름을 말하는 것인지 확실하지 않다.

50 　'便'은 '적당하다, 딱 맞다'의 의미이다. 劉瑞明은 '爲便'을 '便着'으로 고쳤으나, 이는 근거가 없다.

51 　[項楚] '雀公'은 곧 '雀'으로 참새를 가리킨다. '惹子'는 '그토록'이라는 의미로, 상대를 무시하는 뜻이 내포되어 있다. 『維摩詰經講經文』: "그대 같은 동자라면, 내가 말하는 지극한 이치를 이해할 수 있으리(念君惹子大童兒, 便解與吾論志(至)道)." [校注] 劉瑞明은 '身寸'을 '身才'로 고쳤다. '身才'는 '身材'와 같다.

52 　[項楚] '吉祥鳥'는 五臺山의 '聖鳥'라 전해진다. 「敦煌歌辭總編」 권3 失調名(五臺山讚): "길상의 성조가 수시로 나타나, 밤이면 날아와 성스러운 등에 불을 댕기네(吉祥聖鳥時時現, 夜夜飛來點聖燈)."

53 　'臺山'은 '五臺山'을 가리키나 原錄에서는 고유명사 표시를 하지 않았다. 오대산은 문수사리 보살이 현신한 곳이라 전해진다.

54 　劉瑞明은 '長'을 '障'으로 고쳤는데, 이는 타당한 의견이다.

忽然現出彩雲中, 但是[55]人人皆頂禮.

花沒鴿,[56] 色能[57]美, 一生愛踏伽藍地,

野鵲人家最有靈,[58] 好事於先來送喜.

黑鸛公鳥,[59] 黃花樓,[60] 飛來飛去傍山頭,

山鵲觜紅得人愛, 群神身獨處飛.[61]

寒豪(號)[□],[62] 夜夜號,[63]

青雀兒, 色能青, 毛衣五色甚[□][64]明.

聞道鳳凰林裏現, 皆來拜舞在天庭. 了也.

사다새는 다리를 급히 놀리며

늘 물가에서 고기를 찾아 잡아먹고,

---

55 [項楚] '但是'는 '모든', '~이기만 하면'의 의미이다.
56 [項楚] '花沒鴿'은 '花鴿'을 말하는 듯하다. 『太平御覽』 권923의 『越絶書』 인용부분 : "촉 땅에 꽃비둘기가 있으니, 그 모습이 봄꽃과 같다(蜀有花鴿, 狀如春花)."
57 [項楚] '能'은 '이토록'의 의미로 과장의 어기가 내포되어 있다. 薛能「鄜州進白野鵲」: "가벼운 털에는 눈이 쌓여 날개에 서리가 일고, 붉은 부리는 쑥 들어가고 잘 빠진 꼬리는 길기도 하여라(輕毛疊雪翅開霜, 紅觜能深練尾長)."
58 '鵲'을 原錄에서는 '鵲'로 썼다. 그러나 原卷을 보면 '鵲'자에 더 가깝고 문맥을 봐도 '鵲'자가 맞다. 까치는 항상 교목이나 농가 근처의 나무에 무리지어 둥지를 틀고 '까아까아' 소리를 내며 우는데 사람들은 이를 길조로 생각한다. 後周 王仁裕『開元天寶遺事』卷下 : "당시에는 인가에 까치 소리가 들리면 모두 길조라 생각했다. 그래서 영험한 까치가 좋은 소식을 알려준다고 말하는 것이다(時人之家, 聞鵲聲, 皆爲喜兆, 故謂靈鵲報喜)." 위의 '野鵲人家'는 까치를 의인화한 말이다.
59 '黑鸛公鳥'은 무엇을 말하는지 잘 모르겠다. 혹시 '黑鸛鴿'을 잘못 쓴 건 아닐까 한다.
60 [項楚] '黃花樓'는 새이름이다. 어떤 새를 말하는지는 고찰이 필요하다.
61 [原校] 이 구는 한 글자가 빠져 있다. [項楚] 이 구는 한 글자가 빠졌다. '群神'은 분명 새이름일 텐데 좀 더 살펴보아야 할 것 같다. [校注] '群神'은 '君臣'으로 읽어야 할 것이다. '群'과 '君', '神'과 '臣'은 사본에서 통용되는 경우가 많다. 『敦煌零拾』본「歡喜國王緣」: "신(臣)이 지금 노래하고 춤을 춤에 무슨 어긋남이 있었는지, 왕께서는 갑자기 자리에서 눈물을 흘리시네(神今歌舞有詞(何?)乖? 王忽筵中淚落來)"에서 '神' 역시 '臣'으로 읽어야 한다(실제로 상해도서관 소장본에는 '臣'자로 되어 있다).
62 原校에서는 '豪'를 '號'로 고치고 項楚는 빠진 글자를 '蟲'으로 보았는데, 둘 다 타당한 의견이다.
63 이 구 다음에 7언구 하나가 빠진 것 같다.
64 [徐震堮] '明' 위에 빠진 글자는 '鮮'자나 '分'자일 것이다.

들오리는 멀리 부엉이가 오는 것을 보고
고개를 물속에 처박아 못 찾도록 하네.
흰 앵무새와 붉은 물오리는
몸에 오색의 털옷을 입고는,
두셋씩 짝이 되어 파도에 의지해
해를 향해서 비단날개를 멀리 바라보네.
부엉이는 사랑스럽게
나뭇가지 끝에서 새끼들을 키우며,
띠와 꽃을 물고 버들개지를 주우니
둥지 안 금침(金針)을 누가 헤쳐 가져가겠는가?
농우도(隴右道)에서 나는 앵무새를
사람의 말을 똑똑히 알아듣도록 가르치네.
사람들 사이에서 비교해 보니 다들 그보다 못해
새장 안에서 꺼내 명주(明主)께 바치네.
박쥐는 또 일찍이 쥐가 되어
몸에 털도 없이 살날개가 생겨,
저물녘만 되면 밖으로 나오니
무엇 때문에 한낮의 비바람을 흠모하겠는가!
염불조(念佛鳥), 제호로(提胡盧)는
술을 팔지 않는다고 항상 말하고,
연못의 꿩은 온몸이 갖가지 깃털로 덮여 있으나
메추라기는 꼬리 쪽으로 가도 무엇 하나 없다네.
할단새, 실비비(悉鼻卑)는
높은 나뭇가지가 천성에 딱 맞고,
참새는 자기 몸은 얼마나 크다고
도리어 솔개에 털옷이 없다고 싫어한다네.
길상조(吉祥鳥)는 가장 영험하고 복스러워

오대산(五臺山)의 바위벽 안에서 나와,
고운 구름 속에서 나타나기라도 하면
누구든 머리를 조아려 예를 표한다네.
꽃비둘기는 색깔이 그토록 아름다워
일생동안 가람의 땅을 밟기를 즐기고,
들까치는 가장 영험한 이들이라
좋은 일에는 먼저 와서 기쁜 소식을 알린다네.
구관조, 황화루(黃花樓)는
산꼭대기 옆으로 왔다갔다 날며,
메까치는 붉은 부리를 사람들이 좋아하나
임금과 신하가 홀로 있는 곳에서 난다네.
한호충(寒號蟲)은
밤마다 울며,
파랑새의 빛깔은 그토록 푸르고
털옷의 오색은 참으로 선명하다네.
봉황이 숲속에 나타났다는 말을 듣고는
모두 하늘 정원으로 와서 절을 올리고 춤추는구나.

百鳥名一卷
庚寅年十二月日押牙索不子[65]自手記□.[66]
백조명일권(百鳥名一卷)
경인(庚寅)년 12월 일 압아(押牙) 색불자(索不子)가 직접 수기함

---

65 [項楚] '押牙'는 곧 '押衙'로 軍府의 속관이다. '索不子'는 본 사권의 필사자 이름이다.
66 原錄에서는 '記'자를 결문으로 처리했으나, 潘重規는 原卷의 글자는 판독이 가능하다
    고 했다. 여기서는 潘重規의 의견에 근거하여 채워 넣었다.

사수인연(四獸因緣)[1]

過去久遠, 往昔世時, 有一大國, 號曰迦尸. 人則安樂, 五稼豊稔, 四序調和, 無諸災疫. 其王稱云: "是我之福感德[2]如此, 國界淸平." 其王夫人亦去: "是妾之福." 太子云: "是寡人福." 三箇各爭不定. 王遂問修道仙人, 決曉所疑. 仙人答曰: "非王所感, 亦非夫人太子之福. 彼是山林之中, 迦毗羅鳥[3]、兔及獼猴、象等四獸, 結爲兄弟, 行恩布義,

---

1   [原校] (王慶菽) 본 사권의 번호는 P.2187이다. [校注] 본 작품은 동일한 두루마리로 「破魔變文」 뒤에 초사되어 있으며 표제도 원래 있다. 周紹良은 이 작품이 부처의 본생 고사 중 하나로 판단했으며, 項楚는 한걸음 더 나아가 『十誦律』 권34, 『四分律』 권50, 『大智度論』 권12, 『大唐西域記』 권7에도 모두 같은 고사가 실려 있음을 밝혔다. 다만 『十誦律』에서는 세 가지 짐승만 나오고 본 편에서는 토끼가 더해져 네 가지 짐승이 나온다. 그리고 馬世長은 티베트의 사원에 보존되어 있는 탕카에도 사수인연의 본생 고사가 그려져 있는 점을 들어, 이 사수인연 변문이 漢文 불전이 아닌 티베트 불전에서 기원한 것일 수 있다는 주장을 했다. 이는 타당한 의견이라 할 수 있다.

2   [原校] '德'은 '得'이 되어야 한다. [校注] 사본에서 '得'과 '德'은 자주 통용된다. 아래의 "爲先修行孝因果, 今感得成佛之緣"이 바로 '感得'으로 되어 있다.

3   '迦毗羅'는 '迦陵頻伽'를 말하는 것 같다. 가릉빈가는 새이름으로 범어 Kalaviuka의 음

互相邁(尊)敬, 感此事也." 王遂往看, 果如其言. 國內人民, 盡知此事.

　아득하고 먼 옛날에 가시(迦尸)[4]라는 큰 나라가 하나 있었다. 사람들은 편안하고 즐겁고 오곡(五穀)은 풍성하게 익고 사계절은 조화롭고 재난이나 돌림병도 없었다. 그 왕이 말하기를 "이는 나의 복에 그토록 감응하여 나라가 잘 다스려졌기 때문이요." 그러자 왕의 부인이 "이건 첩의 복입니다"라고 하니, 이번에는 태자가 "이건 저의 복입니다"라고 말했다. 세 사람이 제각기 다투며 결정하지 못하자, 왕은 곧 도를 닦는 선인(仙人)에게 물어 의심되는 바를 깨우쳐주도록 했다. 선인은 답했다. "왕께서 감동시킨 바도 아니며, 그렇다고 부인과 태자의 복도 아닙니다. 저 산의 숲속에서 가비라조(迦毗羅鳥)와 토끼와 원숭이와 코끼리 등의 네 짐승이 형제를 맺어 은혜를 행하고 의를 베풀고 서로를 존경하여 이에 감응한 것입니다." 왕이 곧 가서 보니 과연 말한 그대로였다. 나라의 백성들은 모두 이 일을 알게 되었다.

　其象、鳥等, 以何因由識得大小? 鳥問象云 : "汝先到此樹邊之時, 其樹大小?" 白象答云 : "我到樹邊之時, 倚樹揩[5]痒, 樹纔勝我[6]也." 次問獼猴 : "汝見樹時, 其樹大小?" 獼猴答云 : "我於樹上, 捉其枝條騰躍跳擲,[7] 勝得我也." 又問其免 : "汝到樹時, 其樹大小?" 免子答云 : "我到樹

역이며 迦毗伽羅, 迦尾羅 등으로도 쓴다. 慧苑『華嚴經音義』卷下 : "가릉빈가는 '미음조'라고도 하고 혹은 '묘성조'라도 한다. 이 새는 본래 설산에서 온 것이다. 알 속에 있을 때부터 이미 울 수가 있는데, 그 소리가 온화하고 우아해서 듣는 사람들이 싫어하지 않는다(迦陵頻伽, 此云美音鳥, 或云妙聲鳥. 此鳥本出雪山. 在殼中卽能鳴, 其音和雅, 聽者無厭)." 原錄에서는 '迦毗羅'에 고유명사 표시를 했으나 이는 잘못인 것 같다.

4 　[項楚] '迦尸'는 석가모니가 세상에 있을 때의 인도 16대국 중 하나이다. 석가모니가 오랫동안 여기서 활동하였으므로 이곳에는 그의 수많은 전설과 유적들이 보존되어 있으며 사수인연도 그 중 하나이다. 迦夷國이라고도 하고 바라닐사국(婆羅疟斯國)이라고도 한다.

5 　'揩'를 原錄에서는 '指'로 썼고 徐震堮은 이를 '揩'로 보아야 한다고 했다. 徐震堮의 말이 옳다. 사실 原卷에도 '揩'로 되어 있다.

6 　[項楚] '勝我'는 '나의 무게를 버틸 수 있다'는 의미이다.

邊, 喫噉樹葉, 口到樹頭, 枝杌花葉."[8] 其鳥云 : "我昔山中食此樹果,
遺子此地, 乃生其樹." 因此樹故, 如上四獸, 識得大小. 鳥最居長, 兔
得第二, 獼猴第三, 白象最小.

그 코끼리와 새 등은 어떻게 나이가 많고 적은지 구별하게 되었을까?
새가 코끼리에게 물었다. "네가 이 나무 곁에 왔을 때 나무는 나이가 얼
마나 됐지?" 흰 코끼리가 대답했다. "나는 나무 곁으로 왔을 때 나무에
기대 가려운 곳을 긁었는데 나무가 겨우 나를 버틸 정도였지." 다음으로
원숭이에게 물었다. "네가 나무를 보았을 때 나무는 나이가 얼마나 됐었
지?" 원숭이가 답했다. "내가 나무 위에서 가지를 잡고 뛰어오르고 몸을
던지고 했는데도 나를 버티고 있더군." 이번에는 토끼에게 물었다. "네
가 나무에 왔을 때는 나무의 나이가 얼마였지?" 토끼가 답했다. "나는
나무 곁으로 와 나뭇잎을 먹으면서 입을 나무 끝까지 가져가 빈 가지만
남게 꽃잎까지 다 먹어버렸어." 이번에는 새가 말하였다. "내가 예전에
산 속에서 이 나무의 열매를 먹을 때 그 씨를 땅에 남겨놨더니 이 나무
로 자랐어." 이 나무로 인해 위에 나온 네 짐승의 나이를 알게 되었으니,
새가 가장 나이가 많고, 다음이 토끼, 원숭이가 세 번째 그리고 코끼리
가 가장 어렸던 것이다.

如是四獸, 由恩義故, 於後命終, 盡得生天, 帝釋諸天, 異口同音,
歡喜讚嘆. 爾時如來告諸大衆 : 彼時鳥者, 卽我身是, 兔是舍利, 獼猴
卽是大目乾連, 白象卽今阿難陀是. 四獸行恩, 尚感如是廣大功德, 豈
況其人, 如[9]無恩義也.

7　'擲'은 '뛰어오르다'의 의미로 '騰躍跳擲'은 같은 의미의 네 글자를 병렬해 놓은 것이다.
8　[潘重規] 原卷의 '杌'은 '杌'이 되어야 할 것 같다. 이는 나무가 짧게 나와 있는 모습이
　다. [項楚] '杌'이 맞다. 나무에 가지가 없는 모습을 '杌'이라 한다. 『玉篇』: "杌은 五와
　骨의 반절음이며, 나무에 가지가 없는 것을 말한다(杌, 五骨切, 樹無枝)." 위의 '枝杌
　花葉'은 토끼가 나뭇잎을 먹어 그 나무의 꽃잎까지 모두 없어지고 빈가지만 남았다는
　말이다.

이 네 짐승처럼 은의(恩義)의 연유에 말미암으면 죽은 후에도 천상에
태어날 수 있다. 제석(帝釋), 제천(諸天)은 이구동성으로 기쁘게 찬탄했다.
이때 여래께서 모든 대중께 알려주셨다. "그때의 새가 곧 나의 몸이고,
토끼는 사리불(舍利佛)이고, 원숭이는 대목건련(大目乾連)이고, 흰 코끼리는
지금의 아미타불(阿彌陀佛)이니라. 네 짐승이 은의를 행하여 일찍이 이처럼
광대한 공덕을 감득한 것인데, 하물며 어찌 사람이 은의가 없단 말인가!"

唐僧統和尙[10]讚述四獸恩義頌.[11] 爲先修行孝因果, 今感得成佛之緣,
其由如是.[12]
당승통(唐僧統) 화상이 '사수인의송(四獸因義頌)'을 찬술한다. 먼저 효행
의 인과를 닦아야 지금 성불의 인연을 감득하게 되는 연유가 바로 이러
하다.

奇哉四獸, 能結好事,
敬大識小, 以樹爲類.
布義行恩, 低心下意.
動止相隨, 匪辭重累.
連襟綴袖,[13] 陳雷莫比.

9　　[潘重規] '如'는 '而'이다. 돈황사본에서는 '而'를 '如'로 쓰는 경우가 많다.
10　　[項楚] '唐僧統和尙'은 돈황의 名僧인 悟眞을 가리킨다. '唐'은 오진의 俗姓이다. 또 '僧
　　　統'은 승직으로 돈황 지역에서 가장 지위가 높은 불교지도자였던 河西都僧統을 가리
　　　킨다. 張議潮는 沙州에서 기의한 후 오진을 당시 돈황 지역의 都僧統이었던 洪辯을
　　　따라가 入唐케 한다. 이후 오진은 長安에서 큰 명성을 쌓고 돌아와 20여 년 동안(869~
　　　895) 하서도승통 직을 맡는다.
11　　[項楚] 이 행은 후반부의 표제로서 아래의 4언체 찬문이 '四獸因義頌'이고 그 작자가
　　　당승통화상임을 설명해주고 있다. [校注] 사실 '四獸因義頌'은 「四獸因緣」의 내용이
　　　아니나, 原卷에 실려 있으므로 일단은 이곳에 같이 기록한다.
12　　이상의 세 구는 原卷에 작은 글자로 쓰여 있다. 項楚는 이를 '四獸因義頌'의 '小序'라
　　　고 보았는데, 이는 대단히 정확한 지적이다. [項楚] 서문 중 '其由如是'는 앞에 나온
　　　사수인연 고사를 가리킨다.

感世淸平, 災殃不起.

風雨順時, 吉祥呈瑞.

迦尸國人, 無不歡喜.

聖敎稱揚, 諸天讚美.

後得成佛, 福因由此.

기특하구나, 네 마리 짐승이

능히 좋은 결실을 맺었으니,

나이 든 이를 공경하고 어린 이를 인정해주며

나무로 인해 무리를 이루네.

의를 베풀고 은혜를 행하며

생각을 굽히고 뜻을 낮추네.

움직일 때나 멈출 때나 서로 따르며

아무리 번거로운 일도 마다하지 않네.

옷깃을 잇고 소매를 연이으니

진뢰(陳雷)[14] 같은 우정은 비할 바가 없구나.

이에 감응하여 세상은 잘 다스려지고

재앙은 일어나지 않으며,

풍우(風雨)는 때를 따르고

길상(吉祥)이 상서로움을 드러내니,

가시국의 사람들은

기뻐하지 않는 이가 없구나.

성스러운 가르침이 찬양되니

제천(諸天)은 아름답다 찬탄하네.

13　[項楚] '連襟綴袖'는 항상 서로 따르며 떨어지지 않는다는 말로 대단히 깊고 돈독한 우정을 의미한다.

14　[譯注] '陳雷'는 우의가 깊었던 東漢의 陳重과 雷義를 말한다. 둘의 우의가 워낙 깊어 "아교와 옻이 아무리 굳다 해도 뇌의와 진중만 못하다"라는 말이 생겼다.

나중에 성불(成佛)할 수 있다면
그 복은 이에 말미암은 것이지.

아가신부문(齖齨新婦文)[1]

夫齖齨新婦者, 本自天[2]生, 鬥脣閤[3]舌, 務在喧[4]爭. 欺兒踏壻,[5] 罵

---

1 『敦煌變文集』에서 본 편의 제목은 「齖齨書一卷」이다. [原校] 「齖齨書一卷」은 총 3편이며 표제는 원래부터 있는 것이다. 原卷은 「齖齨一首」, 乙卷은 「齖齨書一卷」으로 되어 있으며 여기서는 乙卷에 따라 제목을 붙였다. P.2564를 原卷으로 하고, P.2633을 甲卷으로 하고, S.4129를 乙卷으로 하여 교감하였다. [校注] 原卷의 시작부분에 쓰인 제목은 「齖齨新婦文一本」이며 '齖齨一首' 네 글자는 原卷의 마지막에 쓰여 있다. 甲卷은 첫 부분이 잔결되어 있으며 끝제목이 「齖齨新婦文一本」이라 쓰여 있다. 乙卷은 전반부가 잔결되어 있고 끝제목은 '齖齨書一卷'이다. 여기서는 原卷의 머리제목과 甲卷의 끝제목에 따라 「齖齨新婦文」을 제목으로 썼다. 辭書에 '齖齨'라는 단어는 없다. [郭在貽] 『集韻』 去聲 '禡'韻에서는 "誣訝, 言不正"이라 했다. 여기서 誣와 齖는 같은 小韻 안에 있으며, 訝와 齨는 성조만 다를 뿐 음이 비슷하다. 따라서 '齖齨'는 '誣訝' 즉 말이 올바르지 않다는 의미가 아닐까 한다. [譯注] 글자의 본의를 따져보면 치아가 가지런하게 나지 않은 것을 '齖'라 하고, 윗니와 아랫니가 흉하게 겹쳐 있는 것을 '齨'라 한다. 이처럼 '齖齨'는 본래 치아의 흉한 모습을 가리키지만, 성깔이 억세면서 버릇없는 사람을 형용하기도 한다.
2 甲卷은 여기부터 시작된다.
3 '閤'자는 '合'이 되어야 한다. 위에서는 바로 앞의 '鬥'자 때문에 '門' 편방을 더하게 된 것이다. '鬥脣閤舌'은 말싸움을 가리키며, 여기서 '合'과 '鬥'는 같은 의미이다. 南唐 劉

詈高聲. 翁婆共語, 殊總不聽. 入廚惡發, 翻粥撲羹, 轟盆打甌,[6] 雹[7]
釜打鐺. 嗔似水牛料鬥,[8] 笑似轆轤作聲. 若說軒[9]裙撥[10]尾, 直是世間
無比. 鬥亂親情, 欺鄰逐里.[11] 阿婆[12]嗔着, 終不合觜. 將頭自[13]搕,[14]
竹天竹地,[15] 莫[16]著臥床, 佯病不起.

崇遠『金華子雜編』卷上 : "잠시 후 판관 공씨는 갓옷을 떨치고 소매를 걷어 올리며 사납게 말했다. '한나라의 사내 서른다섯 명이 같은 해에 한 부사를 찾아 돌아가며 말싸움을 배운 적이 있었다(俄而判官孔振裘攘袂, 厲聲曰 : 韓三十五老大漢, 向同年覓得一副使, 而更學鬥脣合舌)."

4   '喧'이 原卷에는 '暄'으로 되어 있다. 여기서는 乙卷에 근거하여 고쳤다.

5   原卷에는 '壻'가 속자로 쓰여 있다. '欺兒踏壻'는 곧 '欺踏兒壻'로 남편을 속이고 구박한다는 의미이다. '兒壻'는 남편이다.

6   '甌'의 오른쪽 편방이 原卷에는 '元' 모양으로 쓰여 있다. 이는 '甌'의 俗寫이다.(속서에서 '瓦' 편방은 '元'자와 흡사하다) 여기서는 문맥에 의거하여 옳게 고쳤다.

7   蔣禮鴻은 '雹'을 '撲'으로 읽고 '던지다'의 의미로 보았다.

8   [蔣禮鴻] '料鬥'는 맞닥뜨려 싸운다는 의미이다.『朝野僉載』卷二 : "원수일은 성미와 행동이 깊지 않고 급해서 당시 사람들은 그를 싸움꾼 오리에 늙은 닭이라고 불렀다(袁守一性行淺促, 時人號爲料鬥鳧翁鷄)." [校注] '料鬥'는 동의의 연문으로 '料'는 '鬥'와 같다. 元曲에 '料嘴', '料口', '料脣' 등의 단어가 자주 나오는데, 여기서 '料'자도 모두 같은 의미이다.

9   '軒'은 '攓'으로 읽어야 한다.『集韻』「仙韻」: "攓은 손으로 옷을 드는 모습이다(攓, 手發衣)."

10   甲卷에는 '撥'이 '簸'로 되어 있다. '簸'는 곧 '흔들다'의 의미로 위의 문맥과 잘 통한다.

11   [原校] '鄰逐里'는 '凌妯娌'가 되어야 할 것 같다. [校注] '欺鄰逐里'는 곧 '欺逐鄰里'이다. 위에서 '欺兒踏壻'가 곧 '欺踏兒壻'인 것과 마찬가지의 예이다.

12   原錄에서는 '阿'를 '向'으로 쓴 다음 "乙卷에는 '向'을 '阿'로 썼다"고 교기하였다. 그러나 위 단락은 乙卷에 없는 부분이다. 原錄에서 甲卷을 乙卷으로 잘못 말한 듯하다. 사권을 보면 原卷과 甲卷이 모두 '阿'로 되어 있어 여기서는 이를 따랐다. '阿婆'는 시어머니로 문맥에도 잘 들어맞는다.

13   [原校] 原卷에는 '自'가 '白'으로 되어 있으며 여기서는 甲卷에 근거하여 고쳤다.

14   '搕'을 原錄에서는 '榼'으로 썼다. [郭在貽] '榼'은 '磕'의 俗別字인 것 같다. [校注] 사본에서 '木'과 '扌' 편방을 구분하지 않고 쓰므로 여기서는 문맥에 맞게 '搕'으로 썼다.『玉篇』「手部」: "搕, 打也." '搕'자는『說文』에 실려 있지 않으며, '磕'에서 나중에 분화된 글자이다.

15   [郭在貽] '竹'은 '築'으로 읽어야 할 것 같다(두 글자 모두 張六 반절음이다).『說文』에서는 '築, 擣也'라고 했다. [校注] '築'은 '치다'의 의미이다. P.2418「父母恩重經講經文」: "겨우 가르쳐보려 하면 불같이 화를 낸다(纔擬交詔便氣築天)."『三國志・魏志』「少帝記」: "도적이 칼로 그 입을 쳐서 말을 하지 못하게 했다(賊以刀築其口, 使不得言)."

드세고 버릇없는 신부는 태어날 때부터 원래 그랬지. 입술을 잘 놀리고 혀를 잘 굴려 말다툼하는 것이 그녀의 일거리지. 남편을 속이고 구박하며 큰 소리로 욕을 해대며, 시부모가 이야기해도 드통 들을 생각도 않는구나. 부엌에 들어가서는 발악하며 죽을 뒤엎고 국을 내동댕이치며, 물동이를 흔들고 시루를 두들기는가 하면, 가마를 집어건지고 솥을 때리곤 하네. 성내는 모습은 마치 물소가 싸움하는 듯하고, 웃는 소리는 마치 도르래가 삐걱대는 소리 같네. 치마를 치켜 올리고 꽁무니를 흔드는 짓거리로 말하자면 정말로 세상에 견줄 바가 없으리라. 친척들은 싸움을 붙여 이간질시키고, 이웃 사람들을 속여서 내쫓기도 한다네. 시어머니가 노하여도 끝까지 주둥이를 다물 줄 모르더니, 제 머리를 때리고 하늘을 치고 땅을 치다가 침상에 딱 달라붙어서는 아픈 척하며 일어나지도 않네.

見壻入來, 滿眼流淚. 夫問來由, 有何事意. 沒可分疏,[17] 口[18]稱是事[19]: "翁婆罵我, 作奴作婢之相, 只是擔[20]眠夜睡, 莫與飯[21]喫, 餓[22]急

---

16 '莫'을 原錄에서는 '撲'으로 고쳤으나 이럴 경우 의미가 매끄럽지 못하다. 아무래도 이 글자는 '撲'자를 잘못 쓴 글자인 것 같다. '撲'자의 우측 편방이 속서에서는 '莫'자와 비슷하여 '撲'을 '撲'으로 잘못 본 다음, 이를 다시 간단히 쓰다가 '莫'으로 쓰게 된 것 같다. '撲'은 곧 '趴'로 문맥에 잘 들어맞는다.

17 '疏'가 原卷에는 '梳'로 쓰여 있으며 徐震堮은 '疏'가 되어야 한다고 교기하였다. 甲卷에는 '疎'로 되어 있으며, 이는 '疏'의 속자이다. 여기서는 甲卷에 근거하여 고쳐 썼다.

18 原校에서는 "甲卷에는 '口'가 '只'로 되어 있다"고 했으며, 이에 대해 徐震堮은 甲卷이 옳다고 했다.

19 原校에서는 "甲卷에는 '是事'가 '是是'로 되어 있다고 했으며, 이에 대해 徐震堮은 甲卷이 옳다고 했다.

20 '擔'을 原校에서는 '貪'으로 고쳤다. 徐震堮은 이를 '旦'으로 고쳐야 할 것 같다고 했고, 蔣禮鴻은 '擔'을 '膽'의 가차자로 보면서 『龍龕手鏡』의 "膽, 俗: 尬, 正: 丁舍反, 好也. 瓼也"라는 기록을 인용했다. 이 중에서 蔣禮鴻의 의견이 옳다. '尬'은 '耽'의 이체자이기도 하다. 『玉篇』을 참고.

21 '飯'을 原錄에서는 '飰'으로 썼다. [原校] '飰'이 原卷에는 '飯'으로 쓰여 있다. 여기서는 甲卷에 근거하여 고쳤다. 돈황사본에서 '飰'자는 대부분 '飯'으로 쓰여 있다. [校注] '飰'은 '飯'의 속자이므로(『玉篇』「食部」를 참고) 정자를 고쳐 속자를 쓸 필요는 없다.

22 [原校] 甲卷에는 '餓'가 '我'로 쓰여 있다.

自起." 阿婆向[23]兒言說 : "索[24]得个屈期[25]醜物入來, 與[26]我作底!"[27] 新婦聞之, 從床忽起 : "當初緣甚不嫌, 便卽下[28]財下禮? 色[29]我將來, 道我是底? 未許之時, 求神拜鬼. 及至入[30]來, 說我如此." 新婦乃索[31]離書 : "[廢我別嫁可曾(憎)夫婿." 翁婆聞道色離書],[32] 忻忻喜喜. "且[33]與緣房[34]衣物, 更別造一牀氈被. 乞求趁卻, 願更莫逢相值." 新婦道辭便去, 口裏咄咄罵詈 "不徒[35]錢財産業, 且離怨[36]家老鬼." 新婦慣[37]喚

23　[原校] '向'이 原卷에는 '問'으로 쓰여 있다. 여기서는 甲卷에 근거하여 고쳤다. [校注] 原卷의 '問'자는 소리가 가까운 '聞'을 잘못 쓴 것일 수도 있다. '聞'자 역시 의미는 통한다.

24　'索'이 甲卷에는 음차자인 '色'으로 되어 있다. '索'은 곧 '求'로서 위에서는 '아내를 얻다'의 의미이다.

25　[蔣禮鴻] '期'와 '奇'는 음이 같다. '屈期'는 곧 '屈奇'로 '괴이하다'의 의미이다.

26　[原校] '與'가 原卷에는 '已'로 쓰여 있다. 여기서는 甲卷에 근거하여 고쳤다. [校注] 原卷의 '已'는 음이 비슷하여 '與'자를 잘못 쓴 것이다. 돈황사본에서 '與'와 '已'는 구분되지 않는다.

27　여기서 '底'는 의문대명사로서 '什麼'와 같은 말이다.

28　'下'가 原卷에는 '不'로 되어 있으며 原錄에서는 이를 '下'로 고쳤다. 甲卷에는 바로 '下'로 되어 있어 여기서는 이를 따랐다. '下財下禮'는 곧 '下財禮'로 결혼예물을 준다는 의미이다.

29　蔣禮鴻은 '色'을 '索'으로 읽고 '아내를 얻다'의 의미로 보았다. 아래 "翁婆聞道色離書"의 '色' 역시 '索'과 통하며 '찾다'의 의미로 쓰였다.

30　[原校] 甲卷에는 '入'이 '將'자로 되어 있다.

31　'索'이 甲卷에는 '色'으로 되어 있다. 이는 '色'자와 통한다.

32　'可曾'이 原卷에는 '可會'로 되어 있다. [原校] "廢我別嫁, 可曾夫婿. 翁婆聞道色離書"의 15자는 甲卷에 근거하여 채워 넣었다. [袁賓] '會'는 '曾'이 되어야 한다. 모양이 비슷해 잘못 쓴 것이다. 또 '可曾'은 '可憎'으로 …… 미워하게 한다는 의미이다. [校注] 甲卷은 본래 '可曾'으로 되어 있으며 원빈은 이를 '可憎'으로 옳게 고쳤다. 그러나 '可憎'은 '사랑할 수 있는'이라는 반어의 의미로 보아야 할 것이다. 위 구는 마음에 드는 낭군에게 다시 시집가겠다는 의미이다. [譯注] 꼭 반어의 의미로 보지 않고 '可憎夫婿'를 '(자기의) 미운 남편'으로 풀이해도 된다.

33　[原校] 甲卷에는 '且'가 '是'로 되어 있다.

34　[原校] 甲卷에는 '緣'이 '沿'으로 되어 있다. [校注] 甲卷에는 '沿'의 속자인 '㳂'으로 쓰여 있다. '緣房'과 '沿房'은 같은 의미로 혼수를 가리킨다. 宋 李元弼 『作邑自箴』 卷六 : "부부의 나이만 맞는다면 혼수의 많고 적음은 논할 필요가 없다(但得夫婦年齒相當, 不必論緣房之多少也)."

35　徐震堮은 '徒'를 '圖'로 옳게 읽었다.

向村中自由自在, 禮宜(儀)不學, 女翁[38]不愛, 只是手提竹籠, 恰似傍田
拾菜. 如此之流, 須爲監解.[39] 看是名家之流, 不交(教)自解. 本性齫齖,
打煞也不改. 已後與兒索[40]婦, 大須隱審[41]趁逐,[42] 莫取媒人之配. 阿
家[43]詩曰:

그러다 남편이 들어오는 것을 보고는 한바탕 눈물을 쏟는구나. 남편
이 무슨 일이냐고 연유를 묻자 변명거리가 없어 다짜고짜 이렇게 말한
다. "아버님이랑 어머님이 종년이라고 욕을 했어요. 한밤중인 듯 잠만
자려 하니 밥도 주지 말라고요. 배고프면 저절로 일어난다고 말이에요."
그러자 시어미가 아들에게 말한다. "저런 요상하고 못생긴 것을 데려와
서 나더러 대체 어떡하란 말이냐?" 신부가 이 말을 듣고는 벌떡 침상에
서 일어난다. "애당초 왜 싫다 하지 않고 예물을 주었나요? 나를 데리고
올 때는 내게 뭐라고 했죠? 아직 허락하지 않았을 땐 귀신에게 절하며

36 [原校] '怨'이 原卷에는 '恐'으로 되어 있다. 여기서는 甲卷에 근거하여 고쳤다. [校注]
'恐'은 비슷한 모양 때문에 '怨'을 잘못 쓴 것이다.

37 原錄에서는 '慣' 아래에 '喚'자를 넣은 다음 "甲卷에는 '喚'자가 없다"고 교기하였다. 여
기서는 甲卷에 근거하여 삭제했다.

38 '翁'자는 '工'으로 읽어야 한다. 두 글자는 음이 비슷해 서로 통용된다. '女工'은 길쌈,
자수, 바느질 등을 가리킨다.

39 袁賓은 '監解'가 '尷尬'의 변체이며 행실이 옳지 않다는 뜻이라고 했으나, 이는 분명치
않다. '監解'는 '監戒'가 되어야 할 것 같다.

40 '索'을 原錄에서는 '色'으로 쓰고 "乙卷에는 '色'이 '索'으로 되어 있다. 돈황사본에서
'色'과 '索'은 서로 통용된다"라고 교기하였다. 甲卷에도 '索'으로 되어 있으며 여기서
는 이를 따랐다. 乙卷의 '索'자는 절반이 지워져 있다.

41 '隱'을 原錄에서는 '穩'으로 쓰고 "原卷에는 '穩'이 '隱'으로 되어 있다. 여기서는 乙卷에
근거하여 고쳤다"라고 교기하였다. 甲卷 역시 '穩'자로 되어 있다. 그러나 '穩'은 '隱'자
에서 나중에 분화된 글자이므로 굳이 '隱'을 '穩'으로 고칠 필요가 없다. '隱審'과 '穩審'
은 '딱 들어맞도록 자세히 살피다'의 의미이다.

42 '趁逐'은 '추구하다, 찾다'의 의미이다. '趁'과 '逐'은 각각이 '내몰다'와 '쫓다'의 의미를
함께 갖고 있으며 두 글자를 함께 써도 뜻은 변함이 없다. 이 중 '쫓다'의 의미에서
'추구하다, 찾다'까지 의미가 확장된 것이다.

43 '阿家'는 '阿姑'와 같으며 시어머니를 가리킨다. 돈황본 「孝子傳」: "신부는 그 말을 듣
고 곧 넓적다리를 잘랐고, 시어머니는 그것을 먹고 병이 나았다(新婦聞之方割股, 阿
家喫了得疾平)."

애걸복걸하더니, 막상 데리고 와서는 다른 말을 하는군요." 신부가 곧 이혼계약서를 찾는다. "차라리 나를 다른 집으로 보내라, 이 나쁜 남편아!" 시부모는 이혼계약서를 찾는다는 말을 듣고 희희낙락 좋아한다. "우선 혼수와 옷가지를 주고 침대보와 이불은 따로 마련해주마. 부디 어서 떠나고 다시는 만나지 않았으면 한다." 신부는 작별하고 떠나면서도 입에서 욕지거리가 끊이지 않는다. "돈과 재물을 바라서가 아니라 원수 같은 시어미한테서 벗어나는 것뿐이야." 신부는 늘 그랬듯 멋대로 마을로 가서는 예의도 배우지 않고 길쌈도 하기 싫어하며, 마치 밭 옆에서 야채라도 캐는 듯 손에는 달랑 대나무 삼태기만 들고 있네. 이런 부류들은 모름지기 유심히 지켜보고 타일러야 하지. 명문가의 규수는 가르치지 않아도 스스로 알아서 하거늘, 본성이 드세고 버릇없으니 때려 죽인데도 고치지 못하네. 앞으로 아들에게 여자를 구해줄 때는 하나하나 뜯어보고 잘 찾으시길. 매파의 말만 믿고 배필을 구하진 마시고. 시어머니가 시를 읊네.

龆齗新婦甚典硯,[44] 直得[45]親情[46]不許見.[47]
千約萬束[48]不取語, 惱得老人腸肚爛.

버릇없는 신부가 헤프고 못돼먹어

가까운 친척들도 보기 싫어하는구나.

천 번 만 번 가르쳐도 말을 듣지 않으니

이 늙은이 속만 문드러지네.

44　[蔣禮鴻] '典硯'은 행동에 조심성이 없고 사람이 좋지 못하다는 말이다.

45　蔣禮鴻은 '直得'를 '致得'으로 읽었다. 이는 '~한 결과가 되다'의 의미이다.

46　[原校] 甲卷에는 '親'이 '新'으로 되어 있다. [校注] '親情'은 친척을 가리킨다. '親'자가 맞다.

47　'許'는 '喜'로 읽어야 한다. 음이 비슷해서 잘못 쓴 것이다. S.3835 「百鳥名」: "巧女子, 可怜喜"의 '喜'를 徐震堮은 '許'로 교기하였다(실제로 S.5752에는 '許'자로 되어 있다).

48　'束'을 原錄에서는 '來'로 잘못 보았다. 原卷과 甲卷에는 모두 '束'으로 쓰여 있다. '千約萬束'은 여러 번 단속하고 가르친다는 의미이다.

新婦詩曰 :
이제 신부가 시로 읊는다.

本性齟齬處處知, 阿婆何用事悲悲.[49]
若覓下官[50]行婦禮, 更須換卻百重皮.[51]
본성이 드세고 버릇없음은 곳곳에서 알 터인데
어머니께서 사사건건 애통해할 필요가 있을까요.
제게 신부의 예를 치러주시려면
가죽 백 겹은 있어야 바꿀 수 있겠지요.

49　[原校] 甲卷에는 '悲悲'가 '卑卑'로 되어 있다. [校注] 마지막 세 글자는 '事事悲'로 읽어
　　야 할 것 같다. 그래야 위 구 '處處知'와 짝을 이룬다.

50　[原校] 甲卷에는 '官'이 '棺'으로 되어 있다. [校注] '下官'은 겸칭으로서 위에서는 며느
　　리 자신을 가리킨다. 甲卷의 '棺'은 편방이 잘못 더해진 오자이다.

51　原錄에는 이 시 다음에 8구의 칠언시 한 수와 「十二時」 한 단락과 데릴사위가 장인의
　　학대를 참지 못해 신부를 데리고 도망가는 이야기가 하나 더 있다. 그러나 본 편의
　　제목과는 무관하여 삭제하였다. 任半塘은 초사자가 「十二時」를 잘못 섞어버렸다고
　　했는데 이는 타당한 의견이다. 이 「十二時」는 甲卷, 乙卷, 原卷에도 보이고 P.3821에
　　도 따로 실려 있다. 그리고 여기 실린 칠언시는 P.2119 사권에도 보이며, 내용은 대체
　　로 일치한다(첫 두 구만 없다).

목련연기 目連緣起

목련이 지옥에 떨어진 모친을 구제한다는 내용으로 수미(首尾)가 완정하다. 동일 고사의 「대목건련명간구모변문」에 비해 편폭이 짧다. 모친의 구제 경로도 지옥과 아귀 → 축생(개) → 천인으로, 지옥 → 아귀 → 축생 → 인간 →천인의 경로를 거치는 「대목건련명간구모변문」보다 짧다. 끝부분에 중국의 여러 효자 고사들이 언급되고 있다.

대목건련명간구모변문 大目乾連冥間救母變文

『불설우란분경(佛說盂蘭盆經)』 고사를 바탕으로 하고 있다. 목련의 모친은 성인(聖人)을 기만한 죄로 아비지옥에 떨어지고, 아라한과를 얻은 목련은 모든 지옥을 샅샅이 찾아다니며 지옥에 떨어진 모친을 찾는다. 후에 여래의 위신력에 힘입어 모친을 지옥에서 구해내긴 하나 모친은 아귀의 몸이 되어 굶주림의 고통에 시달린다. 다시 세존을 찾은 목련은 우란분재를 올리면 모친의 굶주림을 구할 수 있다는 가르침을 따라 우란분재를 올려 모친을 아귀도에서 구해낸다. 그러나 이번에 모친이 들어간 곳은 축생도다. 왕사성을 떠도는 개의 몸이 된 것이다. 지옥도에서 아귀도로, 아귀도에서 다시 축생도로 좀 더 나은 곳으로 전생(轉生)하긴 했지만 목련의 마음은 아프기만 하다. 이에 목련은 개의 몸이 된 모친을 불탑 앞으로 모시고 와서 이레 동안 밤낮으로 경전을 독송하니, 모친은 그 공덕으로 마침내 여인의 몸을 얻게 된다. 지옥의 참혹상과 목련의 지극한 효심이 돋보인다.

목련변문 目連變文

목련구모고사를 다루고 있는데, 뒷부분이 잔결된 탓에 목련이 모친을 찾아 지옥으로 들어가는 장면에서 끝난다.

비유경변문 譬喩經變文

아귀도에 떨어진 아귀가 이번 생에 아귀도에 떨어지게 만든 자신의 전생 인간을 찾아, 그 죽은 몸뚱이에 몽둥이질을 해대며 살아생전 그의 악업을 하나하나 폭로하는 내용이다.

빈파사라왕후궁채녀공덕의공양탑생천인연변 頻婆娑羅王后宮綵女功德意供養塔生天因緣變

제목은 '빈파사라왕 후궁의 시녀 공덕의(功德意)가 탑에 공양하여 천상에 태어난 이야기'란 뜻이다. 본편은 두 권자(S.3491과 P.3051)의 내용을 고사의 전개순서에 맞춰 앞뒤로 연결해 놓은 것인데, 중간에 누락된 내용이 있어 이야기의 연결이 매끄럽지 않다. 『찬집백연경(撰集百緣經)』에 따르면, 빈파사라왕의 아들 아사세(阿闍世)가 부왕을 죽이고, 공덕의가 빈파사라왕이 세운 불탑을 청소한 죄로 아사세왕에게 죽임을 당하는 대목이 빠져 있다. 전반부(S.3491)는 독실한 불교도인 왕사성의 빈파사라왕이 나이가 들어 매번 숲속으로 가서 예불을 올리기가 힘들어지자, 부처님의 머리카락과 손톱을 구해다가 궁궐 안에 탑을 세우고 거기에 예배를 올리시라는 한 신하의 계책을 받아들여 숲속에 계신 부처님을 찾아뵙는다는 내용이고, 후반부(P.3051)는 천상에 태어난 공덕의가 부처님의 설법을 듣고 수다원과(須陀洹果)를 얻어 천상으로 돌아가고, 부처님이 다음날 비구들에게 공덕의에 관한 이야기를 설한다는 내용이다.

환희국왕연 歡喜國王緣

환희국왕의 부인 유상(有相)이 7일 후에 죽을 운명에 처하는데, 목숨이 끝나기 하루 전 그녀는 석실 비구니를 찾아가 계(戒)를 받고 부처에 귀의하고, 죽어 그 공덕으로 천상에 태어난다. 그리고 반 년 후 천상의 유상부인은 하계에 내려와 환희국왕에게 현신 설법하니 환희국왕 역시 계를 수지하고 부처에 귀의한다는 내용이다.

금강추녀인연 金剛醜女因緣

파사닉왕의 부인이 딸을 하나 낳았는데 그 용모가 몹시 추하였다. 크게 실망한 왕은 딸을 깊은 궁으로 보내 함부로 밖으로 나오지 못하게 하였다. 딸이 성인이 되어 결혼할 나이가 되자 왕은 관직과 재물로 사윗감을 사들이자는 왕비의 계책을 받아들여 가난한 사내 하나를 궁으로 불러들인다. 그리고 공주를 대면시키는데, 공주의 추한 모습을 본 사내는 깜짝 놀라 혼절하고 만다. 그러나 이미 돌이킬 수 없는 상황이라 사내는 마지못해 공주와 결혼한다. 부마가 된 사내는 조정 고관들의 모임에 초청되기도 하는데, 이번에는 자신이 고관들을 집으로 초청해야 할 순번이 되었다. 아내의 추한 모습을 고관들에게 내보여야 될 처지가 된 사내는 근심에 잠겼고, 아내가 거듭 그 까닭을 묻자 사내는 사실대로 고백한다. 남편의 말을 듣고 깊은 슬픔에 잠긴 추녀는 향을 사르며 부처님의 가호를 기원한다. 그러자 추녀는 부처님의 자비를 입어 추악한 모습을 벗고 남편조차 알아보지 못할 정도로 아름다운 여인으로 변한다. 부처님은 전생의 업인(業因)을 묻는 왕에게, 공주는 전생에 벽지불을 공양하면서 얼굴이 못 생겼다고 말한 적이 있었는데, 벽지불을 공양한 인연으로 왕가(王家)에 태어났으되 성자를 못 생겼다고 비방한 악업으로 추한 얼굴을 하게 된 것이라고 알린다.

부지명변문 1 不知名變文一

어떤 경전에 의거한 것인지 알 수가 없다. 인생의 짧음과 생사의 무상(無常)함을 주 내용으로 하고 있는데, 육신은 질병의 뿌리이고 삶은 죽음의 근원인 까닭에, 육신과 삶이 없다면 질병이나 죽음도 없다는 도가(道家)의 이론도 보이고, 불보살만이 생로병사의 고통에서 벗어날 수 있다는 내용도 보인다.

부지명변문 2 不知名變文二

연등불이 세상에 오신다는 소문에 선혜보살이 한 여인으로부터 연꽃 일곱 송이를 구해 연등불 앞에 바침으로써 내세에 부처가 되리라는 수기를 받고, 몇 겁의 세월이 흐른 후, 선혜보살은 싯다르타태자로 태어나 석가모니부처가 되고, 연꽃을 바친 여인은 아소다라 공주로 태어나 태자비가 된다는 석가모니의 전생담을 다루고 있다. 본문에서는 선혜보살이 연등불에게 연꽃을 바치는 장면에서 끝난다.

팔상압좌문 八相押座文

압좌문은 강경을 시작하기 전에 청중을 집중시키기 위한 찬문(贊文)이다. '압좌'가 곧 좌석을 진정시킨다는 의미이다. 그래서 압좌문의 마지막은 일반적으로 다음에 나올 도강의 창을 소개하는 문구로 끝난다. 『팔상압좌문』은 석가모니의 탄생, 출가, 고행, 성도, 설법, 열반 등의 과정을 7언으로 송찬하고 있다.

삼신압좌문 三身押座文

총 28구 중 여섯 구만 8~9언이고 나머지는 모두 7언의 운문이다. 선한 일을 행하고 악업을 저지르지 말고 오묘한 불법을 듣도록 권하는 내용이다.

유마경압좌문 維摩經押座文

총 60구의 7언 운문이다. 유마장자에 대한 소개와 『유마힐경』의 대략적 내용이 담겨 있다. '염보살불자(念菩薩佛子)'와 '불자(佛子)'가 구절 끝에 규칙적으로 표기되어 있는 것이 특징이다.

온실경강창압좌문 溫室經講唱押座文

7언 42구의 압좌문으로 『불설온실세욕중승경(佛說溫室洗浴衆僧經)』의 대략적 내용을 담았다. 자비로운 석가모니가 출가 후 삼천(三千)의 세계를 비추고, 왕사성에서 부처님을 모시는 장면 등이 묘사되어 있다.

고원감대사이십사효압좌문 故圓鑒大師二十四孝押座文

현존 세 사본 중 두 사본(S.3728, P.3361)에 오대(五代) 때 인물인 운변(雲辯)이 서술했다는 기록이 있어서 오대 때 압좌문 사본으로 추정된다. 불도(佛道) 중에서도 효(孝)의 중요성을 강조하고 있고, 뒷부분에서 공자와 여래(如來)를 함께 언급하며 효를 논한 것이 흥미롭다.

좌가승록대사압좌문 左街僧錄大師壓座文

인생무상을 깨닫고 윤회의 번뇌를 끝내라는 내용이다. 어머니 뱃속에서부터 닥치는 괴로움과 살면서 겪게 되는 고통을 묘사한다. 본문은 계년(笄年)과 약관(弱冠)에서 끝나지만, 원래는 늙어 죽을 때까지의 인간사와 괴로움이 모두 포함된 내용이었을 것이다.

불설아미타경압좌문 佛說阿彌陀經押座文

『아미타경』 강의를 본격적으로 시작하기 전에 지옥을 묘사하고 효도를 역설하고 성불을 권하고 있다. 『돈황변문집』에서는 이 사본을 『불설아미타경강경문』으로 임시 제목을 붙이고, 본 『돈황변문교주』에서는 주소량(周紹良)의 의견을 따라 압좌문으로 제목을 붙였다. 여타 압좌문과 비교할 때 편폭이 훨씬 긴 점, 그리고 "경문의 창이 곧 나오겠습니다(唱將來)"
라는 압좌문 문미의 전형적인 구절 다음에도 계속 찬문이 이어지고 있는
점에서 볼 때, 이 사본은 강경문의 일부에 압좌문이 덧붙여진 것으로 보
인다. 현재 남아있는 사본의 모습과 달리, 당시 강경문은 이처럼 압좌문
이 붙여진 상태로 유통되었을 수 있다.

압좌문 押坐文

짤막한 편폭의 전형적인 압좌문 형식이다. 경문을 부지런히 듣고 생사
의 바다를 건너 부처세상을 만날 것을 권면하고 있다

압좌문 1 押座文一

부처에 대한 찬양, 부처의 깨달음과 설법, 부처를 만날 것을 권면하는
내용 등이 지극히 짧은 찬문 안에 모두 들어가 있다.

압좌문 2 押座文二

부처님의 자비와 힘으로 악귀, 혼령, 항하의 모래알 같은 권속들, 부모님,
죽은 형제와 자매들이 모두 계를 받고 지옥으로 떨어지지 않기를 바라는
내용이다. 본격적인 강경을 시작하기 전의 기도문으로도 볼 수 있겠다.

해좌문회초 解座文匯抄

'압좌문'과는 반대로 '해좌문'은 강경을 마무리할 때 자리를 해산하는
의미로 부르는 찬문이며, 일반적으로 "날이 저물었으니 집으로 돌아가라"
혹은 "게(偈)를 받고 돌아가라"는 말로 끝난다. 이 해좌문회초에는 총 8편
의 해좌문이 포함되어 있다. 강경법사는 강경의 내용이나 현장의 분위기
를 고려하여 적합한 해좌문을 그때그때 골라 사용했을 것이다. 서방정토
에 대한 찬양, 인생의 무상함, 고통을 벗어나기 위한 수행, 경문의 학습을
권하는 내용 등으로 다양하게 구성되어 있으며, 특히 부인이 화내지 않도

록 날 저물기 전에 들어가라고 하거나 은근히 보시를 요구하는 말 등은 상당히 해학적이다.

해좌문 2수 解座文二首

두 편의 해좌문이 들어가 있다. 첫 번째 작품에는 여래의 설법과 장엄의 장면이 환상적으로 묘사되어 있으며, 두 번째 작품은 남편이 가난한 신세를 한탄하는 아내를 달래는 장면이 대화 형식으로 표현되어 있어 다른 해좌문들과 상당히 다른 느낌을 준다.

해좌문 解座文

해좌문 중 마지막 네 구만 적혀 있다. "염불하고 어서 집으로 돌아가시지요, 늦게 돌아가면 집안 마나님께서 노하십니다"는 전형적인 해좌문의 마지막 구절이다.

계포시영 季布詩詠

제목은 '계포시영'으로 되어 있으나, 사본 내용에는 '계포'가 등장하지 않는다. 제목을 잘못 썼을 수도 있고, 원래는 계포를 주인공으로 하는 이야기의 일부일 수도 있다. 해하(垓下)의 전투에서 장량이 사면초가(四面楚歌)의 계책을 쓰는 장면이 운문으로 묘사되어 있다.

소무이릉집별사 蘇武李陵執別詞

한의 사신 소무와 이릉이 변방에서 이별하는 장면을 담았다. 소무가 이릉에게 대한(大漢)을 외면하고 오랑캐에게 굴복하여 스스로 웃음거리가 되었다고 꾸짖자, 이릉은 흉노와 끝까지 항전하다 어쩔 수 없이 굴복했는데도 노모와 처자식까지 무참히 사형에 처해졌다고 한탄한다. 작품의 마지막은 고국으로 돌아가고 싶은 이릉과 그의 심정을 이해하는 소무의 오언시로 끝난다.

백조명 百鳥名 - 군신의장君臣儀仗

작자 미상의 동물 우언 고사이다. 새 중의 으뜸인 봉황을 황제에 비유하고 학, 매, 공작, 기러기 등을 인간세상의 각종 관직에 배치하여 묘사하고 있다. "～새가 ～가 되고(맡고)"의 패턴이 반복된다는 점에서 볼 때, 박자를 중시한 민간의 공연에 쓰였을 가능성이 크다.

사수인연 四獸因緣

가시(迦尸)라는 나라가 태평성대를 이룬 것이 왕이나 왕비나 태자의 복이 아닌 산 속의 가비라조, 토끼, 원숭이, 코끼리의 너 짐승 덕분이고, 여래는 이 네 짐승이 각각 여래 자신, 사리불, 대목건련, 아미타불이라고 말한다. 네 짐승의 은의를 보면서 사람들이 불법에 귀의할 것을 권하는 내용이다.

아가신부문 齖齘呵新婦文

'아가'는 이를 흉하게 드러내며 대드는 모습이다. 드세고 버릇없는 신부는 하루 종일 욕만 하고 발악하고 되는대로 물건을 집어던지다가 남편이 오자 신세한탄을 늘어놓는다. 신부는 남편에게도 한 바탕 욕을 퍼붓고, 시어머니는 신부가 제 발로 나가주기만을 간절히 바란다. 신부의 고약한 행실, 시어머니와의 갈등, 그 사이에서 어쩔 줄 모르는 남편의 모습이 짧은 편폭 속에도 절실하게 그려져 있다.

참고자료 QR코드

季布詩詠	佛說阿彌陀經押座文	押坐文

故圓鑒大師二十四孝押座文	譬喩經變文	溫室經講唱押座文

剛醜女因緣	頻婆娑羅王后宮綵女功德意供養塔生天因緣變	維摩經押座文

大目乾連冥間救母變文	四獸因緣	左街僧錄大師壓座文

目連變文	三身押座文	八相押座文

目連緣起	蘇武李陵執別詞	解座文二首

百鳥名―君臣儀仗	아가신부문(＿新婦文)	解座文

不知名變文一	押座文一	解座文匯抄

不知名變文二	押座文二	歡喜國王緣

|참|고|문|헌|

본서에서 인용한 變文 補校 논저 목록 : 1939년 1월~1983년 1월

敦煌卷季布罵陣詞文考釋, 吳世昌, 『史學集刊』, 제3기, 1939년 출판(『敦煌變文論文錄』에도 수록).

季布罵陣詞文補校, 馮沅君, 『文史哲』, 1951년 제3기(『敦煌變文論文錄』에도 수록).

「季布罵陣詞文補校」的討論, 黃雲眉・鄭靜遠・馮沅君, 『文史哲』, 1951년 제4기(『敦煌變文論文錄』에도 수록).

『敦煌變文集』校記補正, 徐震堮, 『華東師大學報』, 1958년 제1기.

『敦煌變文集』校記再補, 徐震堮, 『華東師大學報』, 1958년 제2기.

敦煌變文字義通釋, 蔣禮鴻, 中華書局 上海編輯所, 1959년 3월 제1판, 1960년 3월 제2판, 1962년 제3판, 1981년 上海古籍出版社 제1판, 1988년 9월 신2판.

敦煌變文待質錄, 蔣禮鴻, 위 책의 부록.

敦煌變文詞語硏究, 徐復, 『中國語文』, 1961년 제8기.

敦煌變文中的雙音連詞, 胡竹安, 『中國語文』, 1961년 제10・11기 合刊.

評『敦煌變文字義通釋』, 徐復, 『中國語文』, 1961년 제10・11기 合刊.

讀增訂本『敦煌變文字義通釋』, 王貞珉, 『文學遺産增刊』, 1961년 제3집.

『敦煌變文集』校記錄略, 蔣禮鴻, 『杭州大學學報』, 1962년 제1기(『敦煌變文字義通釋』 부록으로도 실림).

敦煌俗文學中的別字異文和唐五代西北方音, 邵榮芬, 『中國語文』, 1963년 제3기.

讀『敦煌變文字義通釋』偶記, 張永言, 『中國語文』, 1964년 제3기.

「漢將王陵變」校記, 曾錦漳, 『香港浸信會學院學報』 제4권, 1977년 7월.

語詞雜說, 劉堅, 『中國語文』, 1978년 제2기.

唐代文學與佛敎硏究, 平野顯照, 日本 朋友書店, 1978년.

讀變文札記, 周紹良, 『文史』 제7집, 1979년 출판.

敦煌變文集四獸因緣訂正, 潘重規, 『大陸雜誌』, 제59권 제4기, 1979년 10월, 臺北.

讀蔣禮鴻『敦煌變文字義通釋』札記, 吳小如, 『文獻』, 1980년 제1집.

變文雙恩記校錄, 潘重規, 『幼獅學志』, 제16권 제1기, 1980년.

「雙恩記」變文簡介, 任半塘, 『揚州師院學報』, 1980년 제2기.

「雙恩記」變文殘本, 任半塘, 『揚州師院學報』, 1980년 제2·3기.

「雙恩記」校記, 王文才, 『揚州師院學報』, 1980년 제3기.

『敦煌曲子詞集』校議, 蔣禮鴻, 『敦煌變文字義通釋』 부록3, 1981년판.

敦煌變文語辭札記, 項楚, 『四川大學學報』, 1981년 제2기.

敦煌變文釋詞, 周光慶, 『中國語文通訊』, 1981년 제2기.

「渾搥自撲」校釋, 陳治文, 『中國語文』, 1981년 제4기.

校勘在俗語詞研究中的運用, 劉堅, 『中國語文』, 1981년 제6기.

敦煌變文校勘商榷, 項楚, 『中國語文』, 1982년 제2기.

敦煌變文詞語校釋拾遺, 陳治文, 『中國語文』, 1982년 제2기.

敦煌變文論文錄, 周紹良·白化文 編, 上海古籍, 1982년 4월.

新版『敦煌變文字義通釋』讀後, 呂淑湘, 『中國語文』, 1982년 제3기.

敦煌變文語辭札記, 項楚, 『詞曲研究叢刊』, 1982년 제4집.

敦煌變文論集, 潘重規, 臺北石門圖書公司, 1982년 간행.

重版『敦煌變文集』試議, 張金泉, 『杭州大學學報』, 1982년 제4기.

讀變枝談, 蔣禮鴻, 『關隴文學論叢』, 甘肅人民出版社, 1982년 8월.

敦煌寫本「燕子賦」二種校注(之一), 江藍生, 『鄭隴文學論叢』, 上同.

讀新版『敦煌變文字義通釋』, 郭在貽, 『天津師大學報』, 1982년 제5기.

敦煌變文中一些新生的語法現象, 祝敏徹『社會科學』(甘肅), 1983년 제1기.

敦煌變文裏的「熠沒」和'擧'字, 梅祖麟, 『中國語文』, 1983년 제1기.

敦煌變文的破讀字例, 張傳曾, 『語言研究』, 1983년 제1기.

敦煌變文字義析疑, 項楚, 『中華文史論叢』, 1983년 제1기.

「望空便額」別解, 江藍生, 『中國語文』, 1983년 제2기.

敦煌變文校勘拾遺, 郭在貽, 『中國語文』, 1983년 제2기.

『敦煌變文集』中的「放猿」詩, 宇文卒, 『文學遺産』, 1983년 제2기.

「維摩碎金」探索(부록 補校), 項楚, 『南開學報』, 1983년 제2기.

敦煌寫本「廬山遠公話」初探, 韓建瓴, 『敦煌學輯刊』, 1983년 창간호(총 제4기).

敦煌變文校勘拾遺續補, 郭在貽, 『杭州大學學報』, 1983년 제3기.

唐五代西北方音與敦煌文獻研究, 龍晦, 『西北師範學院學報』, 1983년 제3기.

「望空便額」校釋質疑, 袁賓, 『中國語文通訊』, 1983년 제5기.

詞義札記, 李崇信, 『中國語文』, 1983년 제5기.

「伍子胥變文」補校, 項楚, 『文史』, 제17집, 1983년 6월 출판.

唐代白話詩釋詞, 郭在貽, 『中國語文』, 1983년 제6기.

敦煌變文校勘零札, 袁賓, 『社會科學』(甘肅), 1983년 제6기.

一個新考定的王陵變殘卷, 梅爾(Victor H. Mair), 『Chinoperl Papers』, 1983년 11월.

敦煌變文校勘零拾, 袁賓, 『中國語文』, 1984년 제1기.

敦煌變文中的幾個行爲動詞—穿・走・行李・去, 祝敏徹・尙春生, 『語言研究』, 1984년 제1기.

關於『敦煌變文字義通釋』, 蔣禮鴻, 『杭州大學學報』, 1984년 제2기.

『敦煌變文字義析疑』讀後, 盧善煥, 『敦煌學輯刊』, 1984년 제2기.

敦煌變文校勘辨補, 劉凱鳴, 『蘭州大學學報』, 1984년 제3기.

變文字義零拾, 項楚, 『中華文史論叢』, 1984년 제2집.

敦煌變文集新書, 潘重規, 臺灣中國文化大學중문연구소, 1984년 1월 초판.

『敦煌變文集』校補(一), 袁賓, 『敦煌學研究』(『西北師範學報』增刊, 1984년 출판).

『敦煌變文集』變文闕文試補, 劉凱鳴, 『敦煌學研究』, 上同.

『敦煌變文集』校記補議, 江藍生, 『敦煌學輯刊』, 1984년 제1기.

蓮花經變文, 맨쉬코프, 소련모스크바과학출판사, 1984년 출판.

敦煌變文校勘零札補記, 袁賓, 『社會科學』(甘肅), 1984년 제4기.

敦煌變文假借字音義關系研究, 許仰民, 『信陽師範學院學報』, 1984년 제4기.

敦煌變文裏的掇'字, 劉士海, 『中國語文通訊』, 1984년 제5기.

「長興四年中興殿應聖節講經文」校證, 周紹良, 『紹良叢稿』, 齊魯書社, 1984년 11월.

敦煌變文虛詞拾零, 袁賓, 『廣西大學學報』, 1985년 제1기.

敦煌變文中的雙音節副詞, 高偉, 『敦煌學輯刊』, 1985년 제1기.

蘇聯所藏押座文及說唱佛經故事五種校記, 郭在貽, 『文獻』 제21집 1985년 4월.

敦煌變文韻部研究, 都興宙, 『敦煌學輯刊』, 1985년 제1기.

敦煌變文詞語瑣記, 江藍生, 『語言研究』, 1985년 제1기.

敦煌變文校勘補遺, 劉凱鳴, 『敦煌研究』, 1985년 제3기.

對「釋努力」一文的一點補充, 郭在貽, 『中國語文通訊』, 1985년 제3기.

『敦煌變文集』詞語拾零, 袁賓, 『語文研究』, 1985년 제3기.

訓詁叢稿, 郭在貽, 上海古籍, 1985년 2월 출판.

『敦煌變文集』補校(二), 袁賓, 『華東師範大學』, 1985년 제2기.

「廬山遠公話」補校, 項楚, 『敦煌學論集』, 甘肅人民出版社, 1985년 출판.

'影響'釋義, 江藍生, 『中國語文』, 1985년 제2기.

敦煌俗文學中所見的唐五代西北音韻類(導言), 張金泉, 『中國學論集』, 甘肅人民出版社, 1985년

3월.

敦煌變文詞語校釋商兌, 項楚, 『中國語文』, 1985년 제4기.

「燕子賦」校注商榷, 劉瑞明, 『社會科學』(甘肅), 1985년 제5기.

敦煌變文校勘復議, 劉凱鳴, 『中國語文』, 1985년 제6기.

「伍子胥變文」「漢將王陵變」辨疑, 朱雷, 『魏晉南北朝隋唐史資料』, 제7기, 1985년 12월.

對可補入『敦煌變文集』中的幾則錄文的討論, 白化文, 『敦煌學輯刊』, 1986년 제1기.

敦煌寫本「韓擒虎話本」初探(一)—「畫本」足本・創作與抄卷時間考辨, 韓建瓴, 『敦煌學輯刊』,
    1986년 제1기.

敦煌變文校補, 袁賓, 『蘭州大學學報』, 1986년 제2기.

關於『敦煌變文集』內七十八篇俗講・變文和通俗文學等資料的原一百八十七篇卷子影印本芻
    議, 王慶菽, 『社會科學』(甘肅), 1986년 제2기.

俗語詞零札, 袁賓, 『天津師大學報』, 1986년 제2기.

蘇藏「蓮花經變文」校錄, 徐芹, 『中國敦煌吐魯番學會研究通訊』, 1986년 제3기.

敦煌本句道興『搜神記』補校, 項楚, 『文史』, 제26집, 1986년 6월 출판.

敦煌變文字義校釋零札, 劉凱鳴, 『文史』, 제27집, 1986년 12월 출판.

敦煌變文校勘零拾, 黃靈庚, 『語文研究』, 1986년 제2기.

「破魔變文」補校, 項楚, 『敦煌學輯刊』, 1986년 제2기.

「太子成道慶」隨筆數則, 梁梁, 『敦煌研究』, 1986년 제3기.

『敦煌變文集』中幾個卷子定名之商榷, 周紹良, 『敦煌吐魯番文獻研究論集』, 제3집, 中華書局,
    1986년 2월 출판.

'望空'補正, 劉瑞明, 『中國語文』, 1986년 제3기.

敦煌本「燕子賦」考記, 簡濤, 『敦煌研究』, 1986년 제3기.

「捉季布傳文」「廬山遠公話」「董永變文」諸篇辨疑, 朱雷, 『魏晉南北朝隋唐史資料』, 제8기, 1986
    년 12월.

敦煌變文詞語校釋拾零, 劉凱鳴, 『敦煌學研究』, 『西北師院學報』增刊, 1986년 출판.

露柱・碌碡・盧都, 劉瑞明, 『文史』, 제27집, 1986년 12월 출판.

「降魔變文」補校, 項楚, 『敦煌研究』, 1986년 제4기.

唐宋俗語詞札記, 袁賓, 『山東師大學報』, 1986년 제4기.

閩南方言與敦煌文獻研究, 黃幼連, 『杭師院學報』, 1987년 제1기.

敦煌變文釋例, 張涌泉, 『杭州大學學報』, 1987년 제1기.

敦煌變文語詞札記, 都興宙, 『蘭州大學學報』, 1987년 제1기.

晚唐敦煌本「釋迦因緣劇本」試探, 李正宇, 『敦煌研究』, 1987년 제1기.

「佛說阿彌陀經講經文」補校, 楊雄, 『敦煌學輯刊』, 1987년 제1기.

蘇聯所藏押座文及說唱佛經故事五種校勘拾零, 張涌泉, 『蘭州大學學報』, 1987년 제1기.

'踏破賀蘭山缺'句法海, 黃征, 『文學遺産』, 1987년 제2기.

「維摩詰經講經文」(S.4571)補校, 楊雄, 『敦煌研究』, 1987년 제2기.

敦煌文學論文集, 王慶淑, 吉林大學出版社, 1987년 8월 출판.

「金剛般若波羅蜜講經文」補校, 楊雄, 『敦煌研究』, 1987년 제4기.

敦煌文獻裏的俗語詞, 黃幼連, 『浙江師大學報』, 1987년 제3기.

「悉達太子修道因緣」校注幷跋, 周紹良, 『一九八三年全國敦煌學討論會文集』(文史遺書編下), 甘肅人民出版社, 1987년 4월 출판.

敦煌學雜考, 項楚, 上同.

敦煌寫本「下女夫詞」新探, 張鴻勳, 上同.

'賜無畏'及其他—讀『敦煌變文集』札記, 周一良, 上同.

唐民間詩韻—論變文詩韻, 張金泉, 上同.

校勘變文當明方音, 張金泉, 上同.

「捉季布傳文」校補, 趙逵夫, 『唐代文學論叢』, 제9집, 陝西人民出版社, 1987년 3월 출판.

敦煌變文校勘復議補遺, 劉凱鳴, 『蘭州大學學報』, 1987년 제1기.

敦煌講唱文學作品選, 張鴻勳, 甘肅人民出版社, 1987년 8월 출판.

再談'望空便額裏的'望空', 陳治文, 『中國語文』, 1987년 제2기.

「唐太宗入冥記」缺文補意與校釋, 劉瑞明, 『文獻』, 1987년 제4집.

「大目乾連冥間救母變文」補校, 項楚, 『古籍整理研究』, 『四川大學學報叢刊』, 제27집(『敦煌變文叢考』에도 수록, 上海古籍, 1991년 4월).

敦煌文獻作品選, 周紹良 等, 中華書局, 1987년 12월 출판.

中國文學古文獻「蓮花經變文」, 맨쉬코프(徐東琴 譯), 『中國敦煌吐魯番學會研究通訊』, 1988년 제1기.

敦煌變文點校獻疑, 王鍈, 『杭州大學學報』, 1988년 제1기.

敦煌文學芻議, 周紹良, 『社會科學』(甘肅), 1988년 제1기.

講經文四篇補校, 楊雄, 『敦煌研究』, 1988년 제1기.

變文和榜題, 白化文, 『敦煌研究』, 1988년 제1기.

『敦煌變文集』校記散錄, 項楚, 『敦煌語言文學論文集』, 浙江古籍出版社, 1988년 10월 출판.

『敦煌變文集』(上冊)校補, 蔣紹愚, 『敦煌語言文學論文集』, 上同.

變文詞語考釋錄, 袁賓, 『敦煌語言文學論文集』, 上同.

變文詞義釋例初探, 張金泉, 『敦煌語言文學論文集』, 上同.

「父母恩重經講經文」補校, 袁志(郭在貽・張涌泉・黃征), 『敦煌語言文學論文集』, 上同.

敦煌變文詞義補箋, 王鍈, 『貴州民族學院學報』, 1988년 제1기.

'渾搥自撲'·'擧身自撲'校釋復議, 袁澤仁, 『溫州師範學院學報』, 1988년 제1기.

敦煌變文校勘辨補, 都興宙, 『靑海師範大學學報』, 1988년 제3기.

『敦煌變文集』校注拾零, 蔣冀騁, 『江西師範大學學報』, 1988년 제2기.

『敦煌變文集』校注拾遺, 蔣冀騁, 『江西敎育學院學報』, 1988년 제2기.

「降魔變文」校議, 『山西師大學報』, 1988년 제3기.

蘇聯所藏押座文及說唱佛經故事五種補校, 郭在貽·張涌泉·黃征, 『古籍整理研究學刊』, 1988
　　　년 제3기, 제4기 연재.

敦煌變文校勘平議, 張涌泉, 『敦煌研究』, 1988년 제4기.

「廬山遠公話」校補, 郭在貽·黃征·張涌泉, 『新疆文物』, 1988년 제4기.

『敦煌變文集』所見吳方言詞語選釋, 凌培, 『湖州師專學報』, 1988년 제4기.

伯二二九二「維摩詰經講經文」補校, 郭在貽·張涌泉·黃征, 『浙江學刊』, 1988년 제5기.

敦煌變文整理校勘中的幾個問題, 郭在貽·張涌泉·黃征, 『古漢語研究』, 1988년 창간호(12월).

「舜子變」「前漢劉家太子傳」「唐太宗入冥記」諸篇辨疑, 朱雷, 『魏晉南北朝隋唐史資料』, 제9·10
　　　기 合刊, 武漢大學學報編輯部, 1988년 12월.

讀變文札記, 周紹良, 『敦煌語言文學研究』, 北京大學出版社, 1988년 7월 출판.

敦煌文學四篇札記, 劉銘恕, 『敦煌語言文學研究』, 上同.

敦煌文學雜考二題, 李正宇, 『敦煌語言文學研究』, 上同.

敦煌變文字義續拾, 項楚, 『敦煌語言文學研究』, 上同.

變文和榜題, 白化文, 『敦煌語言文學研究』, 上同.

敦煌「燕子賦」(甲本)研究, 張鴻勳, 『敦煌語言文學研究』, 上同.

『敦煌變文集』未入校的兩個「下女夫詞」殘卷校錄, 楊寶玉, 『敦煌語言文學研究』, 上同.

「大目乾連冥間救母變文」校議, 郭在貽·張涌泉·黃征, 『安徽師大學報』, 1989년 제1기.

敦煌變文釋詞, 郭在貽·黃征·張涌泉, 『語言研究』, 1989년 제1기.

「押座文」八種補校, 郭在貽·張涌泉·黃征, 『寧波師院學報』, 1989년 제1기.

『敦煌變文集新書』校議, 郭在貽·黃征·張涌泉, 『文獻』, 1989년 제2·3기 연재.

「伍子胥變文」校釋補正, 孫悅春, 『河北學刊』, 1989년 제2기.

「歡喜國王緣」等三種補校, 郭在貽·張涌泉·黃征, 『語文研究』, 1989년 제2기.

『敦煌變文集』底本選擇不當之一例, 郭在貽·張涌泉·黃征, 『古籍整理出版情況簡報』, 제208기
　　　(1989년 5월)

斯四五七一「維摩詰經講經文」補校, 郭在貽·張涌泉·黃征, 『古文獻研究』, 哈爾濱師大 『北方
　　　論叢』增刊, 1989년 6월.

「秋吟」和「不知名變文」三種補校, 郭在貽·張涌泉·黃征, 『溫州師院學報』, 1989년 제2기.

「四獸因緣」考, 馬世長, 『敦煌研究』, 1989년 제2기.

「韓朋賦」補校, 郭在貽・黃征・張涌泉, 『古籍整理』, 1989년 제2기.

敦煌變文校記二十七則, 胥洪泉・徐相霖, 『四川師範大學學報』, 1989년 제2기.

『敦煌變文集』校注拾遺, 蔣冀騁, 『浙江師範大學學報』, 1989년 제2기.

釋'攢蚖', 俞忠鑫, 『敦煌學輯刊』, 1989년 제2기.

敦煌變文校釋商榷及新補, 劉瑞明, 『固原師專學報』, 1989년 제3기.

『敦煌變文集新書』讀後, 郭在貽・張涌泉・黃征, 『杭州師範學院學報』, 1989년 제5기.

敦煌故事賦「茶酒論」與爭奇型小說, 張鴻勳, 『敦煌研究』, 1989년 제1기.

敦煌俗賦「茶酒論」與爭奇型故事, 張鴻勳, 『中國敦煌吐魯番學會研究通訊』, 1988년 제2기.

敦煌變文集補編, 周紹良・白化文・李鼎霞, 北京大學出版社, 1989년 10월 출판.

「晚唐敦煌本〈釋迦因緣劇本〉試探」的商榷, 曲金良, 『敦煌研究』, 1989년 제3기.

敦煌變文集校議, 郭在貽・張涌泉・黃征, 手稿(1990년 11월 岳麓書院 정식 출판).

關於『敦煌變文集』內「降魔變文」校記的一些問題, 王慶菽, 『敦煌語言文學研究通訊』, 1989년 제
    2기.

|본서 탈고 후 출판된 자료 목록|

敦煌變文選注, 項楚, 巴蜀書社, 1990년 2월 출판.

「長興四年中興殿應聖節講經文」研究, 楊雄, 『敦煌研究』, 1990년 제1책.

敦煌兩種寫本「燕子賦」中所見唐代浮逃戶處置的變化及其它, 朱雩, 『敦煌吐魯番文書初探二編』,
    武漢大學出版社, 1990년 2월 출판.

「須大拏太子本生因緣」殘卷校錄并解說, 白化文, 『敦煌吐魯番學研究論文集』, 漢語大詞典出版
    社, 1990년 6월 출판.

近代漢語語法資料匯編(唐五代卷), 劉堅・蔣紹愚 主編, 商務印書館, 1990년 6월.

「長興四年中興殿應聖節講經文」校議, 郭在貽・張涌泉・黃征, 『敦煌學輯刊』, 1990년 제1기.

斯二四四○(七)文書以'劇本'定性擬名之質疑, 劉瑞明, 『敦煌學輯刊』, 1990년 제1기.

「佛說盂蘭盆經」與「目連救母變文」, 童光俠, 『敦煌學輯刊』, 1990년 제1기.

敦煌變文詞義補箋(二), 王鍈, 『貴州民族學院學報』, 1990년 제3기.

『敦煌變文集』校勘拾遺, 楊雄, 『敦煌研究』, 1990년 제4기.

    再談斯二四四○(七)「釋迦因緣」的性質, 李正宇, 『敦煌研究』, 1990년 제4기.

伯三六一八「秋吟一本」校補, 施謝捷, 『古籍整理研究學刊』, 1990년 제4기.

「維摩詰經講經文」補校, 項楚, 『敦煌吐魯番文獻研究論集』, 제5집, 北京大學出版社, 1990년 출판.

敦煌本「燕子賦」箚記, 項楚, 『敦煌吐魯番文獻研究論集』, 제5집, 上同.

「伍子胥變文」校補, 郭在貽・黃征・張涌泉, 『文史』, 제32집, 1990년 3월 출판.

敦煌寫本書寫特例發微, 郭在貽・張涌泉・黃征, 『敦煌吐魯番學研究論集』, 漢語大詞典出版社, 1990년 8월 출판.

「唐太宗入冥記」補校, 郭在貽・黃征・張涌泉, 『文獻』, 1990년 제4기.

說校勘中補改之難, 黃征, 『古籍整理出版情況簡報』, 제232기(1990년 11월).

「伍子胥變文」校補拾遺, 趙逵夫, 『社科縱橫』, 1990년 제6기.

『敦煌變文集補編』校補, 蔣禮鴻, 『漢字文化』, 1991년 제1기.

「李陵變文」補校, 郭在貽・黃征・張涌泉, 『古籍整理研究學刊』, 1991년 제1기.

『敦煌變文集』校記四十五則, 胥洪泉, 『敦煌學輯刊』, 1991년 제2기.

敦煌變文校釋平議, 劉凱鳴, 『敦煌學輯刊』, 1991년 제2기.

「李陵變文」校補拾遺, 趙逵夫, 『社會科學』(甘肅), 1991년 제2기.

「李陵變文」補校, 劉瑞明, 『喀什師範學院學報』, 1991년 제2기.

「太子成道經」(斯三○九○)疑難點校釋補遺, 黃武松, 『敦煌研究』, 1991년 제3기.

「目連變文」校勘拾遺, 楊雄, 『敦煌學』, 제17집, 1991년 9월 출판.

敦煌變文詞義商榷, 董希謙・馬國强, 『中國語文』, 1991년 제6기.

關於『近代漢語語法資料匯編』的唐代變文校補, 古敬恒, 『敦煌研究』, 1992년 제1기.

敦煌俗語詞小札, 黃征, 『古漢語研究』, 1992년 제1기.

'踏破賀蘭山缺—近代漢語中的一種特殊句式, 黃征, 香港『語文建設通訊』, 제36기, 1992년 6월.

「韓擒虎話本」補校, 郭在貽・黃征・張涌泉, 『古典文獻研究』, 南京大學出版社, 1992년 5월.

魏晉南北朝語詞零札: 指授・指取, 黃征, 『中國語文』, 1993년 제3기.

『敦煌變文集』第一卷六篇補校, 趙逵夫, 「蘭州大學學報』, 1992년 제2기.

敦煌寫本「燕子賦」(甲種)釋詞, 鄧文寬, 『中國敦煌吐魯番學會研究通訊』, 1992년 제2기.

讀變枝談, 蔣禮鴻, 『敦煌研究』, 1992년 제3기.

『敦煌變文集校議』議, 段觀宋, 『文獻』, 1992년 제4기.

敦煌變文校釋析疑, 劉凱鳴, 『敦煌學輯刊』, 1993년 제2기.

『敦煌變文字義通釋』商補, 樊維綱, 『杭州大學學報』, 1993년 제3기.

敦煌俗音考辨, 黃征, 『浙江社會科學』, 1993년 제4기.

「維摩碎金」校釋補正, 王繼如, 『俗語言研究』, 創刊號, 日本花園大學禪文化研究所, 1993년 12월 발행.

敦煌變文校讀箚記, 方一新, 『俗語言研究』, 創刊號, 上同.

敦煌俗語詞輯釋, 黃征, 『語言研究』, 1994년 제1기.

「張淮深變文」'驄馬政'釋詞, 鄧文寬, 『中國敦煌吐魯番學會研究通訊』, 1994년 제1기.

『敦煌變文集』四篇俗賦校補, 伏俊連, 『中國敦煌吐魯番學會研究通訊』, 1994년 제2기.

「李陵變文」「張議潮變文」「破魔變」諸篇辨疑, 朱雷, 『魏晉南北朝隋唐史資料』, 제13집, 1994년 5
　월.
敦煌文獻語言詞典, 蔣禮鴻 主編, 黃征·張涌泉 등 참여, 그 중 일부 조목은 본서의 手稿에서 모
　음, 杭州大學出版社, 1994년 9월 출판.
敦煌文書校讀研究, 蔣冀騁, 臺灣文津出版社, 1994년.
英國圖書館藏敦煌漢文非佛敎文獻殘卷目錄, 榮新江, 臺灣新文豐出版公司, 1994년 7월.
敦煌研究論集, 楊雄, 甘肅文化出版社, 1995년 3월 출판.
漢語俗字研究, 張涌泉, 岳麓書社, 1995년 4월.
『敦煌變文集』校讀散記, 汪維輝, 『俗語言研究』, 제2기, 1995년 6월.
『醜女緣起』校釋補正, 王繼如, 『俗語言研究』, 제2기, 上同.

|찾|아|보|기|

인명

화생동자(化生童子)　6-332, 6-333

화현불(火祆佛)　4-161

환희왕(歡喜王)　6-181, 6-202

황석공(黃石公)　1-324

황제(黃帝)　1-52, 1-53, 1-65, 1-76, 1-77,
　1-90, 1-122, 1-124, 1-125, 1-133, 1-135,
　1-180, 1-183, 1-185, 1-187, 1-188, 1-190,
　1-193, 1-195, 1-198, 1-208, 1-212, 1-215,
　1-217, 1-220, 1-223, 1-224, 1-225, 1-241,
　1-242, 1-250, 1-256, 1-259, 1-261, 1-262,
　1-264, 1-274, 1-280, 1-282, 1-284, 1-288,
　1-290, 1-291, 1-292, 1-294, 1-295, 1-296,
　1-297, 1-300, 1-302, 1-307, 1-324, 1-331,
　1-333, 1-334, 1-335, 1-336, 1-338, 1-341,
　1-346, 1-354, 1-355, 1-356, 1-363, 1-366,
　1-367, 1-382, 1-391, 1-392, 1-400, 1-401,
　1-409, 1-410, 1-411, 1-412, 1-413, 1-415,
　1-417, 1-419, 1-421, 1-426, 1-429, 2-34,
　2-47, 2-48, 2-72, 2-83, 2-96, 2-98, 2-99,
　2-101, 2-105, 2-106, 2-107, 2-111, 2-112,
　2-113, 2-139, 2-211, 2-212, 2-213, 2-214,
　2-216, 2-222, 2-223, 2-224, 2-225, 2-226,
　2-228, 2-232, 2-234, 2-237, 2-254, 2-255,
　2-256, 2-257, 2-261, 2-262, 2-265, 2-266,
　2-268, 2-270, 2-271, 2-272, 2-273, 2-274,
　2-275, 2-276, 2-277, 2-278, 2-279, 2-280,
　2-281, 2-282, 2-283, 2-284, 2-285, 2-286,
　2-287, 2-288, 2-289, 2-290, 2-291, 2-299,
　2-311, 2-312, 2-313, 2-314, 2-315, 2-317,
　2-318, 2-319, 2-320, 2-321, 2-322, 2-323,
　2-324, 2-325, 2-326, 2-327, 2-328, 2-329,
　2-330, 2-331, 2-332, 2-333, 2-334, 2-335,
　2-336, 2-337, 2-338, 2-339, 2-340, 2-341,
　2-379, 2-380, 2-426, 2-430, 2-441, 2-446,
　2-459, 2-460, 2-461, 2-462, 2-463, 3-103,
　3-115, 3-145, 3-213, 3-214, 3-215, 3-292,
　3-395, 3-401

희견(喜見)보살　4-243, 4-245, 4-246, 4-248,
　4-252, 4-254, 4-264, 4-507